貴志祐介

신세계에서 2

SHINSEKAI YORI GE

© Yusuke KISI 2008

All rights reserved.
Original Japanese edition published by KODANSHA LTD.
Korean translation rights arranged with KODANSHA LTD.
through JM Contents Agency Co.

이 책의 한국어판 저작권은 JMCA를 통해
저작권자와 독점 계약한 ㈜해냄출판사에 있습니다.
저작권법에 의하여 한국 내에서 보호를 받는 저작물이므로
무단전재와 복제를 금합니다.

From the new world

신세계에서 2

기시 유스케 장편소설

이선희 옮김

차례

1권

한국어판 서문

Ⅰ 새싹의 계절
Ⅱ 여름의 어둠
Ⅲ 깊은 가을

2권

IV 겨울의 천둥소리 … 7

V 세상을 태우는 불 … 181

VI 어둠 속에서 타오른 화톳불은 … 403

옮긴이의 말 … 576

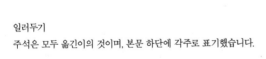

일러두기
주석은 모두 옮긴이의 것이며, 본문 하단에 각주로 표기했습니다.

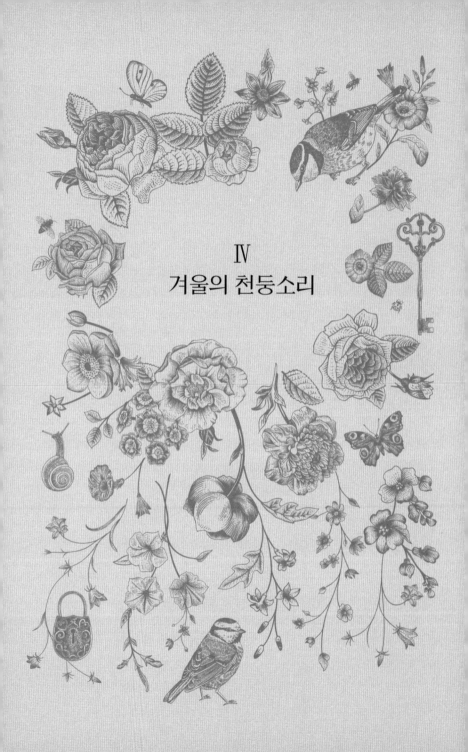

IV
겨울의 천둥소리

1

소란스러움이 나를 감싼다. 의자를 질질 끄는 둔탁한 소리. 나무 바닥 위를 걷는 리듬. 쿵쿵 뛰어다니는 학생들의 진동. 교실 한가운데 스토브 위에서 쉭쉭 소리를 내며 수증기를 내뿜는 주전자 소리. 기묘한 억양의 이야기 소리. 웃음의 물결. 물속에서 들리듯 분명하지 않은 대화. 누가 말하는지 모르는 나지막한 중얼거림.

한 사람 한 사람의 말에는 상대에게 전하고 싶은 의미가 있겠지만 여러 목소리가 합쳐지면 말은 부드럽게 녹아들어, 무의미하게 공간을 채우는 꿀벌의 웅성거림으로 바뀌는 법이다.

이 자리에 있는 모든 사람의 생각이 목소리로 변한다고 해도 어쩌면 똑같을지 모른다. 한 사람 한 사람의 생각에는 분명한 의미가 있어도, 모든 것이 합쳐지면 방향성을 잃고 혼돈스러운 잡음으로 변하게 되는 것이다. 마치 새어나온 주력처럼. 다음 순간, 아무런 맥락도 없이 머리에 떠오른 말에 나는 당황함을 감출 수 없었다. 새어나온 주력……? 대체 무슨 말일까?

"사키, 왜 그렇게 멍하니 있어?"

노트에 굵은 글자가 떠올랐다. '왜'라는 글자 속에 있는 'ㅇ' 자가 만화의 눈처럼 변해서 윙크하고 'ㅓ' 자가 히죽 웃는다. 뒤를 돌아보니 마리아가 걱정스러운 눈길로 나를 쳐다보고 있었다.

"그냥 생각하고 있었을 뿐이야."

"내가 맞혀볼까? 료 생각했지?"

"료?"

나는 얼굴을 찡그렸다. 너무도 황당했기 때문이지만 마리아는 다른 의미로 받아들인 모양이다.

"숨길 필요 없어. 널 선택하지 않을까 봐 걱정돼서 그래? 걱정할 필요 없어. 료는 분명히 널 좋아하니까."

이나바 료. 소꿉친구인 건강하고 활발한 남자아이. 항상 중심에 서서 친구들을 이끌어가는 리더십의 소유자. 하지만…… 그 순간 위화감이 온몸을 덮쳤다. 왜 그 애일까?

"료는 2반이잖아. 왜 나를 선택하겠어?"

마리아는 웃음을 터뜨렸다. "새삼스럽게 무슨 말이야? 그건 처음뿐이고, 1반에 오고 나서는 계속 우리와 함께 행동했잖아."

그렇다. 료는 학기 도중에 우리 반으로 편입되었다. 이유는 단 하나. 2반은 여섯 명인 데 비해 우리 1반은 처음부터 네 명밖에 없었기 때문이다.

애초에 우리 반은 왜 그렇게 적었을까……?

"사키, 왜 그래? 오늘 좀 이상해."

그녀는 열을 재려는 듯 손으로 내 이마를 만졌다. 그녀가 하는 대로 가만히 있자 이번에는 기습적으로 키스를 감행했다.

"왜 이래, 이러지 마!"

나는 다급히 얼굴을 돌렸다. 우리를 쳐다보는 아이는 아무도 없었지만 어쩐지 부끄럽고 창피했던 것이다.

그녀가 천연덕스럽게 말했다. "거봐, 키스를 해주니까 벌써 기운을 차렸잖아."

"내가 원하는 건 이런 게 아니야."

"하긴 내가 아니라 다른 사람이 해주는 걸 원하겠지."

"그게 아니야! 그런 생각 안 했어."

"너희는 언제 봐도 사이가 좋다니까."

마리아 뒤에서 얼굴을 내민 소년은 당사자인 료였다. 그를 본 순간, 나도 모르게 얼굴이 새빨개졌다. 그걸 보고 마리아가 오해하지 않을까 생각하니, 머리끝까지 피가 솟구쳤다. 그녀가 의자에 앉아 있는 나를 자기 가슴으로 끌어당기며 말했다.

"우리는 원래 사랑하는 사이잖아. 질투나?"

"솔직히 말하면 약간."

"누구한테?"

"양쪽 다."

"거짓말."

키가 크고 밝은 성격의 료는 누구나 좋아하고 또 한 수 접어주는 존재다. 반면에 신중하게 생각하는 타입은 아니다. 머리가 나쁘지는 않지만 모든 면에 표면적인 반응밖에 보이지 않는 경솔한 점이 있었다. 그렇다고 주력이 뛰어난 것도 아니고…….

또 위화감이 증폭되었다.

나는 지금 료를 누구와 비교하는 것일까?

료가 나를 쳐다보며 말했다. "사키, 오후 수업이 시작되기 전에 잠시 얘기하지 않을래?"

"아하, 방해꾼은 사라질 테니까 부디 행복하시길!"

마리아는 허공에 뜨더니 공중에서 발레라도 하듯 방향을 바꾸었다. 그 순간 새빨간 머리카락이 허공에 나부꼈다.

료가 마리아의 뒷모습을 바라보며 말했다. "마모루가 계속 너만 쳐다보고 있어. 사전 인기투표에서 네가 압도적으로 1등이라는 걸 안 다음부터는 제정신이 아닌 모양이야."

"후후후, 이래서 인기인은 피곤하다니까. 아아, 죄 많은 내 인생이여!"

그녀가 변덕스러운 잠자리처럼 날아가자 료는 내 쪽으로 시선을 옮겼다.

"여기는 시끄러우니까 잠시 밖으로 나가자."

"좋아."

거절할 이유는 없었다. 나는 앞장서서 걷는 그의 뒤를 따라 교실을 나왔다. 하지만 복도의 막다른 곳에서 왼쪽으로 꺾어지려고 하는 걸 보고 서둘러 제지했다.

"잠깐! 그쪽엔 가고 싶지 않아."

"왜?"

그는 뒤를 돌아보고 의아한 표정을 지었다. 나 자신도 왜 그쪽에 가고 싶지 않은지 이유를 설명할 수 없었다.

"그냥…… 그쪽에 가서 뭐하려고?"

"거기엔 아무도 오지 않으니까 편하게 얘기할 수 있을 것 같아서. 그 앞쪽에 있는 건 정원으로 통하는 입구뿐이니까."

그렇다, 정원…… 나는 정원이 싫다. 왜 이렇게 정원을 싫어하는지는 잘 모르겠지만…….

"그냥 밖으로 나가면 안 돼? 날씨가 좋아서 밖에 나가고 싶어."

"그럼 그렇게 하지 뭐."

우리는 복도 오른쪽으로 돌아 밖으로 나갔다. 날씨는 나쁘지 않지만 겨울 햇살은 둔탁하고 공기는 싸늘했다. 료는 어깨를 들썩이며 팔을 문질렀다. 나를 상당히 독특하든지, 추위를 타지 않는 여자애라고 생각했으리라.

그는 단도직입적으로 말했다. "당번 말인데, 난 널 지명할 거야."

"고마워."

어떻게 대답해야 좋을지 몰라서 무난하게 대꾸했다. 그 대답을 듣고 그는 적잖이 실망하는 눈치였다.

"그것뿐이야?"

"그것뿐이면 안 돼?"

그는 끝까지 정공법으로 밀어붙였다. "넌 어때? 나를 지명할 건지 알고 싶어."

"나는…….'

이번 겨울에 전인학급 학생들은 모두 2인 1조의 당번이 되어야 한다. 원칙적으로는 남녀로 이루어지지만, 학생 수가 홀수이거나 남녀 중 어느 한쪽이 많은 경우에는 변칙적으로 세 명이 한 팀이 되거나 동성 팀이 생기는 일도 있다.

표면적으로는 학급 일을 하거나 여러 가지 행사를 준비하는 것에 불과하지만, 어쨌든 남녀 지명이 일치한 팀부터 순서대로 정해진다. 따라서 학생들 사이에서는 사랑을 고백하기 위한 공식 행사로 받아들인 지 오래다. 당시 학교에서는 우리 연애까지 관리하고 있었던 것이 분명하다. 그것은 '당번(當番)'이라는 단어만 봐도 알 수 있다. 일반적으로는 순서대로 일을 담당한다는 뜻이지만, 옥편에서 조사해보니 '번(番)' 자에는 '한 쌍'이라는 의미가 들어 있었다. 한자에 대한 윤리위원회나 교육위원회의 강박관념을 생각해보면 본질을 정확히 꿰뚫어보았다고 할 수 있으리라. 상대가 정공법으로 나오는 걸 보고 나도 솔직하게 대답했다.

"미안해, 난 아직 안 정했어."

"안 정했다고? 따로 생각해둔 사람이라도 있어?" 그의 목소리에 걱정이 잔뜩 배었다.

"흐음, 특별히 없지만……."

문득 사토루의 얼굴이 떠올랐지만 즉시 지워버렸다. 마음을 털어놓을 수 있는 친구이기는 해도 연애 대상은 아니다.

"너는 왜 하필 나야?"

그는 자신만만하게 대답했다. "그걸 몰라서 물어? 지금까지 계속 너를 봐왔고, 너밖에 없다고 생각했기 때문이야."

"계속이라니? 언제부터 그렇게 생각했는데?"

"글쎄, 언제부터일까? 그런 건 언제부터라고 분명하게 선을 그을 수 없잖아. 구태여 말하자면, 그러니까……." 그는 돌연 모호한 표정을 지었다. "잘은 모르지만 하계 캠프를 다녀온 다음부터일 거야."

머릿속에서 2년 전에 보았던, 별들이 빼곡히 박힌 밤하늘이 되살아났다.

"하계 캠프의 가장 큰 추억은 뭐였는데?"

"그건…… 전부. 우리는 같이 카누를 저었잖아. 그때 네가 경치를 구경하다 강물에 빠질 뻔해서 내가 황급히 잡아준 적이 있었지? 그때는 정말 간 떨어지는 줄 알았어."

나는 이마에 주름을 잡고 생각했다. 그런 일이 있었던가? 더구나 하계 캠프에서 우리는 목숨을 걸고 대모험을 했는데, 그동안 뿔뿔이 헤어져 있었다. 두 사람의 가장 큰 추억이라고 하면 하계 캠프의 첫날 밤이나 재회했을 때를 떠올려야 하지 않나?

"나이트카누는?"

"나이트카누?"

아무래도 잘 모르는 것 같았지만 그는 대충 얼버무렸다.

"물론 그것도 재미있었어."

재미있었다……. 그날 밤의 소중한 추억을 그렇게 얄팍한 말로 처리하고 싶지 않다.

다시 교실로 들어갔을 때 우리는 사토루와 지나쳤다. 그는 복잡한 눈길로 우리를 쳐다보았다. 그의 시선 끝에 있는 사람은 내가 아니었다. 이상할 건 하나도 없다. 비록 한때이기는 했지만 료와 사토루는 연인 관계였으니까.

하지만 그의 눈에 깃든 감정을 본 순간, 나는 등골이 서늘해지는 걸 느꼈다. 그의 눈에 깃든 것은 사랑이나 질투의 감정이 아니었다. 순수한 의아함이라고 표현해야 할까? 도저히 이해할 수 없는 걸 볼 때의 눈이었던 것이다.

그날 밤, 내가 꾼 꿈은 종잡을 수 없이 너무나 혼돈스러웠다. 대부분은 눈뜬 시점에서 떠올릴 수 없었지만 마지막 장면만은 마음에 뚜렷이 새겨져 있었다.

나는 아무것도 없는 어두컴컴한 곳에 서 있었다. 손에는 꽃다발을 들고 있다. 잠시 후, 그곳이 학교의 정원이라는 사실을 깨달았다. 사방에는 수많은 묘비가 자리 잡고 있었다. 나는 최대한 시선을 고정했지만, 칙칙한 어둠이 방해해서 묘비에 쓰여 있는 글자를 읽을 수 없었다. 나는 맨 앞에 있는 묘비 앞에 꽃다발을 바쳤다. 묘비를 만든 지 얼마 되지 않은 것 같은데, 이미 돌이 풍화되어 대지속으로 녹아들려 하고 있었다. 글자도 읽을 수 없을 정도로 흐물흐물 무너져내린 것이다. 그 모습을 보고 있노라니 가슴에 커다란 구멍이 뚫린 듯한 쓸쓸함이 스며들었다.

그때 누가 나에게 말을 걸었다. "벌써 나를 잊었어?"

소년의 목소리다. 그리운 목소리. 들은 적이 있는 것 같지만 누구의 목소리인지는 모르겠다.

"미안해. 생각이 나지 않아."

"그래…… 그렇다면 할 수 없지."

나는 목소리가 들린 쪽을 쳐다보았지만 누구의 모습도 보이지 않았다.

"어디 있어? 얼굴을 보여줘."

"나에게는 얼굴이 없어."

소년의 조용한 목소리를 듣고 나는 한없는 슬픔을 느꼈다. 그렇다……. 그에게는 이제 얼굴이 없다.

"하지만 너는 내 얼굴을 알고 있어."

"잘 모르겠어. 기억이 나지 않아."

소년이 다정하게 말했다. "그건 네 탓이 아니야. 누가 나를 땅속에 묻은 뒤, 묘비 글자를 깎아냈기 때문이지."

"누가 그랬지? 왜 그런 짓을 한 거야?"

"저쪽을 봐. 다들 그러니까."

시선을 옆으로 돌리자 그곳에는 수많은 카드를 겹쳐놓은 듯한 기묘한 모양의 묘비가 있었다. 대부분 이미 무너져버린 불안정한 모양이라서 이름이 보이지 않는다.

"그리고 그 뒤쪽도."

안쪽에는 눈에 띄지 않는 묘비가 얌전히 세워져 있었다. 거기에는 처음부터 이름이 없고, 대신 둥근 원반 같은 물체가 끼워져 있었다. 가까이 다가가서 쳐다보니 거울이었다. 거울에 내 얼굴이 비치지 않을까? 그렇게 생각하자 발이 얼어붙는 듯한 공포가 피부 속까지 스며들었다.

등 뒤에서 얼굴 없는 소년이 말했다. "괜찮아. 무서워할 것 없어. 그건 네 무덤이 아니야."

"그러면 누구 무덤이야?"

"자세히 쳐다봐. 그러면 알 테니까."

나는 가까이 가서 거울을 들여다보았다. 그 순간, 강렬한 빛이 내 눈을 비추었다. 나는 너무나 눈이 부셔서 무의식중에 손으로 얼굴을 덮었다. 그리고 천천히 눈꺼풀을 들어올렸다.

창문 커튼 사이로 아침 햇살이 새어 들어왔다. 나는 작게 기지개를 펴고 자리에서 일어섰다. 커튼을 열고 창밖을 바라보았다. 동쪽의 낮은 각도에서 떠오른 아침 해가 창문을 노랗게 물들였다. 조금 떨어진 곳에서는 암청색줄무늬밤나방 세 마리가 나뭇가지에서 나뭇가지로 힘차게 날아다니고 있다.

여느 때와 다름없는 아침 풍경이다. 가볍게 눈을 비빈 순간, 꿈속에서 눈물을 흘렸다는 걸 깨달았다.

부모님이 눈치채지 못하도록 세면장에서 세수를 했다. 벽시계를 쳐다보니 아직 7시가 채 되지 않았다. 다시 지금 꾼 꿈을 떠올려보았다. 그 목소리의 주인공은 누구일까? 그 목소리를 들을 때마다 왜 이리도 슬프고 그리운 것일까?

그리고 불현듯 생각이 났다. 묘비에 끼워져 있던 거울! 그건 분명히 본 적이 있다. 꿈에서 본 게 아니라 현실에서 본 것이다. 별안간 가슴이 두근거렸다. 그 거울을 본 건 지금보다 훨씬 어렸을 때다. 장소는 어디였을까? 그 시절에 그렇게 멀리 갔을 리 없을 텐데. 집 근처…… 아니, 집 안인가? 커다란 상자 안에 잡동사니가 잔뜩 들어 있었다. 그때는 그것이 소중한 보물처럼 여겨져서 하루 종일 바라보아도 질리지 않았는데……

그렇다. 창고 안이다. 우리 집 옆에는 커다란 창고가 있다. 벽 위쪽은 하얀색이고 아래쪽은 벽돌색이며 안쪽은 놀랄 만큼 넓다. 예전에는 종종 아무도 모르게 들어가서 신나게 뛰어놀던 내 놀이터였다.

나는 잠옷 위에 솜옷을 걸쳐 입고 살며시 계단을 내려가 밖으로 나왔다. 겨울 아침의 차갑고 메마른 공기는 이제 막 세수한 얼굴이 얼얼할 만큼 자극적이었지만, 폐에 공기를 가득 빨아들이자 기분까지 맑아지는 듯했다.

창고의 빗장 위치는 기억하고 있어서 별다른 어려움 없이 문을 열 수 있었다. 문을 닫아도 방충망으로 들어오는 햇빛을 통해 그럭저럭 내부를 관찰할 수 있었다. 앞쪽에는 다섯 평 정도의 커다란 공간이 자리하고 있고, 선반이 빼곡히 들어선 보관고 위쪽에 2층으로 올라가는 계단이 있었다.

나는 어렴풋한 기억을 더듬으며 2층으로 올라갔다. 2층을 온통 채우고 있는 선반에는 오래된 궤짝들이 놓여 있었다. 나는 하나에 100킬로그램이 넘는 궤짝을 주력으로 내려 순서대로 뚜껑을 열었다. 그것은 다섯 번째 궤짝 안에 들어 있었다. 나는 직경 30센티미터 정도의 둥근 거울을 들어올렸다. 유리 안쪽에 은을 발라놓은 보통 거울과 달리 묵직한 청동 거울이 손가락 끝에서 급격히 온도를 빼앗아갔다. 그렇다. 이것이다. 꿈에서 본 거울은 분명히 이 청동 거울이다. 그것만이 아니다. 서서히 기억이 되살아났다. 분명히 예전에 이 거울을 보았다. 그것도 한두 번이 아니다. 나는 청동 거울의 표면을 자세히 살펴보았다. 오랫동안 방치되어 있었다면 표면에 녹이 끼어 있고, 심한 경우에는 푸른곰팡이까지 끼어 있어야 한다. 하지만 이 거울은 뿌옇게 흐려 있을 뿐이다. 내가 마지막으로 이 거울을 본 건 채 5년도 되지 않았다. 분명히 그때 거울을 닦았다.

나는 궤짝을 원래대로 선반에 올려놓은 후 거울만을 들고 창고를 나왔다.

부모님 눈에 띄고 싶지 않아서, 집 뒤쪽에서 백련 4호를 타고 수로로 나왔다. 이른 아침임에도 벌써 몇 척의 배와 지나쳤다. 수로를 건너오는 바람이 뺨에 차갑게 부딪혔다. 되도록 사람들의 눈에 띄지 않도록 조심하면서 교통량이 적은 수로를 골라 아무도 없는 선착장에 도착했다.

나는 청동 거울과 함께 들어 있던 천으로 거울 표면을 닦아서 뿌연 부분을 없애려고 했다. 막상 해보니 수작업으로는 생각보다 힘들다는 사실을 깨달았다. 그래서 손의 움직임에 주력을 가했다. 표면의 더러움이 없어진 모습을 떠올리자 청동 거울은 눈 깜짝할 사이에 핑크에 가까운 황금빛 광택을 되찾았다.

마경이라는 것은 처음 보았을 때부터 알았다.

마경은 태곳적부터 존재하는 기법으로 만든 거울의 일종이다. 육안으로 보면 아무런 모양이 보이지 않지만, 태양광에 비추면 반사상 안에 그림이나 문자가 떠오른다. 거울 표면에 있는 미크론*만 한 미세한 요철에 의해 평행한 빛이 흩어지는 현상을 이용한 것으

---

* Micron, 1미크론은 1미터의 100만 분의 1 단위.

로, 촛불이나 화톳불, 인광등으로는 보이지 않고 오직 태양광 아래에서만 그림이 떠오르는 것이다.

고대에는 청동 거울을 얇게 연마한 뒤, 요철이 있는 도형을 뒤에 붙여 더욱 연마함에 따라 그 모양을 거울 표면에 옮겼다고 하는데, 전인학급의 초급 과정에서는 미묘한 터치를 체득하기 위한 주력의 교재로 사용했다. 나도 수업 시간에 딱 한 번 만든 적이 있다. '사키'라는 글자를 아라베스크 문양으로 감싼 것으로, 스스로 생각해도 꽤 멋진 작품이었다.

나는 마경으로 태양광을 잡은 후, 선착장 안쪽에 있는 건물 벽면에 반사상을 비추었다. 원형의 빛 한가운데에 떠오른 건 글자라고 하기에는 너무나 어설픈, 비뚤어진 그림이었다. 그래도 '喜美(요시미)'라는 글자는 똑똑히 읽을 수 있었다.

교실로 들어가자 료는 평소처럼 친구들과 둘러앉아 담소를 나누고 있었다. 대부분이 2반 아이들이다. 그는 나를 보자마자 자신만만한 미소를 지었다.

"사키, 이제 와?"

"잠시 할 얘기가 있어."

"좋아, 어디로 갈까?"

"어디든 상관없어. 금방 끝나니까."

나는 앞장서서 교실을 나왔다. 료는 바라보는 친구들의 시선을 의식하듯 느긋한 태도로 내 뒤를 따라왔다. 나는 정원으로 향하는 복도 도중에서 걸음을 멈추었다.

"너한테 몇 가지 묻고 싶은 게 있어."

그는 여전히 여유로운 모습이었다. "뭐든지 물어봐."

"우리 둘이 나이트카누를 했을 때 말인데……."

"뭐야, 또 그 얘기야?"

그는 쓴웃음을 지었지만 시선이 허공에서 불안정하게 흔들렸다.

"넌 그때 나한테 나이트카누에는 철칙이 있다고 말했어. 그게 뭔지 기억나?"

"잠시 모닥불 쪽을 보지 마."

얼굴 없는 소년의 말이 나의 뇌리에서 되살아났다.

"왜?"

"나이트카누에는 철칙이 있어. 카누를 타기 전에 눈을 어둠에 익숙해지도록 만들어야 한다는 거. 안 그러면 한동안 아무것도 안 보이거든."

"그렇게 옛날 일을 어떻게 기억해? ……뭐였더라? 바위에 부딪히지 않도록 조심하라는 거였나?"

"좋아, 그럼 최근 일이야. 사토루와는 왜 헤어졌지?"

그 순간, 그의 얼굴이 긴장으로 가득 찼다.

"그건…… 그게 이제 와서 무슨 상관이야?"

"아니, 너희 둘 그렇게 친하게 잘 지냈잖아. 내가 질투할 정도로 말이야."

"그랬던가?" 료의 말투가 불쾌하게 변했다.

"그러면 마지막 질문이야. 다시 하계 캠프로 돌아가는데……."

그는 자포자기한 사람처럼 힘없이 대꾸를 했다. "그래, 뭐든지 물어봐."

"리진 스님 이야기야. 어떻게 돌아가셨는지 기억나?"

"리진 스님이 누구야? ……돌아가셨다고? 누가 돌아가셨다는 거야?"

나는 당황한 모습으로 더듬거리는 그의 말을 가로막았다.

"됐어, 역시 너는 아니야."

"무슨 말이야?"

"난 당번을 정할 때 네 이름을 안 쓸 거야."

그는 한동안 믿을 수 없다는 표정으로 나를 빤히 쳐다보았다.

"그럴 수가……! 왜지?"

"미안해. 하지만 미리 말해두는 게 예의라고 생각했어."

나는 아연한 표정의 그를 내버려두고 교실로 들어왔다.

교실 입구에 서 있던 사토루가 부루퉁한 얼굴로 물었다. "사키, 저 녀석 이름을 쓸 거야?"

"내가 왜 저 녀석 이름을 쓰겠어? 쓸 리 없잖아."

"뭐? 그게 무슨 말이야?"

나는 새삼스레 그를 뚫어지게 쳐다보았다.

"너야말로 왜 료를 좋아하게 됐지?"

그는 몹시 당황한 표정을 지었다. "왜라니…… 글쎄, 지금은 잘 모르겠어."

"역시 그렇군. 나쁜 애는 아니지만 미스 캐스팅이었어."

"뭐?"

"절대로 료는 아니야. 우리가 좋아하던 사람은……."

그 말의 의미가 그의 의식에 침투할 때까지는 잠시 시간이 필요했다. 이윽고 그의 뺨에 희미한 붉은 기운이 감돌았다. 여전히 입을 다물었지만 어느새 눈동자에는 강한 의지의 빛이 돌아와 있었다.

당번은 대부분 첫 번째 개표에서 팀이 정해진다. 밑져야 본전이라는 생각으로 마음속 우상을 쓰는 사람도 있기는 하지만, 거의 사전에 합의를 하기 때문이다.

나와 사토루가 한 팀으로 정해졌을 때, 료는 우리를 쳐다보지 않았다. 그 직후에 료도 2반 여자아이와 한 팀을 이룬 걸 보면, 역시 나름대로 복안을 만들어둔 것이리라.

당시 모든 아이들의 관심은 마리아의 선택이었는데, 그녀도 깨끗이 마모루로 결정했다. 지금까지 마리아에 대한 마모루의 헌신적인 모습을 생각하면 당연한 보상이었을지도 모른다. 방과 후에 인적이 없는 수로 옆에 넷이 모이자마자 마리아가 물었다.

"어떻게 된 거야? 료가 아니라니?"

넷이 두 팀이 된 걸 축하하는 모임을 갖자고 마리아가 제안했을 때, 나와 사토루는 그 자리에서 사실을 털어놓기로 했다. 마리아는 반신반의의 표정이 아니라 내 머리를 의심하는 눈길로 나를 쳐다보았다.

"료가 아니야. 우리 다섯 명이 하계 캠프를 갔을 때, 거기에는 료가 없었어."

"그럴 리 없어. 난 똑똑히 기억해. 맨 처음 띠둥지만들기의 둥지를 발견한 사람이 료였어."

사실은 내가 먼저 발견했지만 지금은 그런 걸 따질 때가 아니다.

"그건 료가 아니었어."

"그러면 누구야?"

"그건 몰라. 아무리 머리를 쥐어짜도 이름이 생각나지 않아."

"어떤 애였는데? 얼굴은 어떻게 생겼지?"

"얼굴도 생각나지 않아."

'나에게는 얼굴이 없어'라는 꿈속의 말이 떠올랐다.

마리아가 쓴웃음을 지으며 절레절레 고개를 가로저었다. "지금 그렇게 말도 안 되는 얘기를 믿으라는 거야? 사키 너, 어떻게 된 거 아니야?"

나를 무시하는 그녀의 태도에 발끈했다. 그때 옆에서 사토루가 도움의 손길을 내밀었다.

"……사키 말을 듣고 나니 나도 짐작되는 부분이 있어. 그 녀석과 사귄 기억이 있지만, 지금 생각해보면 아무래도 료가 아닌 것 같아. 그 녀석, 내 타입이 아니야."

마리아는 거만한 표정으로 팔짱을 꼈다. "그야 네 타입이 귀여운 미소년이란 건 나도 알고 있어. ……예를 들면 레이처럼 말이야. 하지만 사람 일은 아무도 모르는 법이잖아. 료가 끈질기게 따라다니는 바람에 넘어갔을 수도 있고."

"아니야, 오히려 내가 끈질기게 따라다녔어."

그렇게 말하고 나서 사토루의 얼굴이 새빨개졌다. 그는 잠시 호흡을 가다듬고 나서 덧붙였다.

"어쨌든 우리는 기억을 조작당한 게 틀림없어. 기억을 헤집어 파는 사이에 앞뒤가 맞지 않는 점도 몇 가지 나왔고……."

"어떤 거 말이야?"

"료의…… 아니, 헷갈리니까 다른 이름으로 부르는 게 좋겠어. 일단 X라고 할게. 난 어릴 때 X의 집에 몇 번 간 적이 있어. 그런데 거기는 료의 집과 달랐어. 료의 집은 전망마을에 있잖아. 앞이 탁 트인 언덕 위에. 하지만 X의 집은……."

다음 순간, 나도 모르게 소리를 질렀다. "숲속이었어!"

"그래. 북쪽으로 한참 간 곳에 덩그러니 한 채만 있는……. 굉장히 큰 집이었단 것만은 지금도 똑똑히 기억해."

마리아가 미간에 주름을 잡았다. "그러고 보니…… 어렴풋하긴 하지만 나도 기억나."

경국지색이란 말이 있듯이 미인은 어떤 표정을 지어도 아름다운 법이다.

그때까지 잠자코 듣고 있던 마모루가 끼어들었다. "나는 료의 집에도, X의 집에도 가본 적이 없어. 그런데 북쪽 숲속에 있다면, 어느 마을이지?"

몇 번이고 생각해봤지만 이상하게도 정확히 들어맞는 마을이 없다.

나는 사토루를 쳐다보며 말했다. "사토루, 일곱 개 마을 이름을 순서대로 말해봐."

"갑자기 그건 왜?"

"어쨌든 말해봐."

예전 같으면 내 부탁을 들어주지 않았을 텐데, 같은 당번이 돼서 그런지 그는 순순히 손가락을 꼽으며 말했다.

"상수리마을과 썩은나무마을, 흰모래마을, 황금마을, 물레방아마을, 전망마을, 그리고 이엉마을이잖아."

이번에는 내가 미간에 주름 잡을 차례였다. 어린 시절부터 알고 있는 마을 이름인데, 왜 이렇게 강한 위화감이 드는 것일까? 마리아의 얼굴은 조금 전과 달리 진지함으로 가득 찼다.

"숲속이라고 하면 상수리마을인가? ……하지만 북쪽이라고 하면 썩은나무마을밖에 없는데. 잘은 모르지만 거기에 그렇게 큰 집이 있을 리 없잖아."

"나도 그렇게 생각해. 거기는 왠지 팔정표식 밖인 것 같고."

그렇게 말하는 도중에 사토루의 눈꺼풀이 움찔 움직였다. 그 모습을 보고 나는 흠칫 놀랐다. 이 느낌…… 요즘 들어 생각을 떠올리려고 할 때마다 계속 똑같은 감각에 휩싸인다. 그때마다 내 얼굴을 관찰한 사람이 있으면 분명히 눈꺼풀에 경련이 인다는 걸 느꼈으리라. 이것은 일종의 경고일지도 모른다. 마음에 새겨져 있는 어두운 암시가 봉인되어 있는 기억이 되살아나지 못하도록 방해하는 신호…….

"한 번 가보자."

내 말에 모두 황당한 표정을 지었다.

"어디를?"

"어디긴 어디야? 썩은나무마을이지."

마리아가 투덜거렸다. "오늘은 당번이 정해진 날이잖아. 다른 애들은 모두 축하 파티를 할 텐데, 우리는 뭐 때문에 그렇게 쓸쓸한 곳에 가야 돼? 꼭 당번이 마음에 안 들어서 가는 것 같잖아."

썩은나무마을은 '축하'라는 말과 어울리지 않는 곳에 있었다.

선착장 주변에는 여러 집들이 늘어서 있고, 일단 중심이 되는 커다란 길도 있다. 하지만 조금 안쪽으로 들어가면 분위기가 완전히 달라진다. 아무도 살지 않는 폐가만 즐비해서 쓸쓸하다기보다 퇴락했다는 표현이 어울리는 것이다.

사토루가 의아한 얼굴로 닫혀 있는 덧문을 만지며 물었다. "여기 살던 사람들, 다 어디로 갔을까?"

"무슨 사고나 천재지변이 일어나서 다른 마을로 이사 갔다고 한 것 같은데."

마모루의 대답은 내 기억과 일치했다. 이렇게 좁은 세계에서 일어난 사건이면서, 몹시 모호한 부분까지 포함해서. 나는 친구들을 재촉해서 걷기 시작했다.

"어쨌든…… X의 집은 훨씬 북쪽에 있었어. 가보자."

사람들 눈에 띄지 않도록 일부러 좁은 길을 선택했지만, 도중에 아무도 만나지 않는 건 다른 마을에서는 상상도 할 수 없는 일이다.

약 한 시간쯤 걸어가자 썩은나무마을을 덮친 '천재지변'의 흔적이 서서히 분명해졌다. 여기저기에 땅이 갈라지고, 나무들이 우르르 쓰러져 있다. 지층이 1미터 이상 어긋난 곳도 있었다. 아무리 봐도 거대한 지진의 흔적으로밖에 보이지 않았지만, 물론 그런 규모의 지진이 일어났다면 가미스 66초 전체가 커다란 피해를 입었을 것이다. 또 넓은 지역에 걸쳐, 마치 일정한 방향에서 카펫을 민 듯 주름이 잡혀 있는 것도 기묘했다. 미니어처 습곡 산맥을 떠올리게 하는 주름의 높이는 장소에 따라서 3미터에 이르는 것도 있었다.

"무슨 일이 일어나야 땅이 이렇게 되지?"

사토루의 중얼거림에 마리아가 대답했다. "엄청난 주력을 가진 사람이 지층을 비튼 거 아닐까?"

"뭐 때문에?"

"이유는 잘 모르지만."

다시 조금 걸어가고 나서 우리는 일제히 걸음을 멈추었다. 우리의 앞길을 가로막는 것이 있었던 것이다.

"팔정표식이야……."

거대한 태풍이 휩쓸고 간 것처럼 소나무들이 옆으로 쓰러져 있고, 그중에서 일정한 간격으로 서 있는 나무들에 금줄이 쳐져 있었다. 쓰러진 나무 중 일부를 일부러 세웠다고밖에 볼 수 없었다.

"썩은나무마을이 이렇게 좁아? 벌써 팔정표식이 나오다니."

내 의문을 듣고 사토루가 금줄을 조사했다.

"그게 아니야. 이 줄은 만든 지 얼마 되지 않았……."

그는 갑자기 말을 끊고 나를 쳐다보았다. 그가 무슨 생각을 하는지, 이심전심으로 내 마음에 전해졌다. 이걸 기시감이라고 하는 것일까? 우리는 이와 비슷한 대화를 예전에 나눈 적이 있다. 그건 거의 확신에 가까웠다.

팔정표식 앞쪽을 따라 오른쪽으로 돌아가자 언덕이 무너지고 나무들을 전부 베어낸 곳이 나오더니, 갑자기 시야가 탁 트였다.

"이런 데가 있는 줄…… 전혀 몰랐어……."

마리아가 어이없는 표정으로 중얼거린 것도 무리가 아니다. 우리 눈앞에 펼쳐져 있는 건 새파란 물을 담고 있는 호수였다. 마치 칼데라 호처럼 아름다운 원형을 유지하고 있는 호수…… 팔정표식 너머에 있어서 가까이 갈 수는 없지만 지름은 족히 200미터가 넘으리라.

다시 그 건너편을 쳐다보자 그와는 비교가 되지 않을 만큼 커다란 호수가 펼쳐져 있었다. 건너편 기슭은 보이지 않지만, 어쩌면 기타우라로 이어져 있을지도 모른다. 흙이 드러나 있는 이쪽 호수와 달리 고대 호수처럼 숲이 완전히 매몰된 듯하다. 저것 때문에 썩은 나무마을이라는 이름이 붙은 것일까?

마모루가 노골적으로 집에 가고 싶다는 태도를 보였다. "이 앞쪽엔 집이 있을 것 같지 않아. 역시 잘못 생각한 거야. X 따위는 없어."

"그러면 왜……? 나도 사키와 사토루의 말을 듣고 그런 생각이 들었어. 어쩌면 내가 알던 사람은 료가 아니라 다른 남자아이일지도 모른다고."

혼란 때문인지 마리아의 목소리에는 힘이 없었다. "착각이야. 우리만 할 때는 어느 날 갑자기 어른이 되는 법이잖아. 키만 크는 게 아니라 얼굴이나 성격까지 바뀌는 건 흔히 있는 일이야."

나와 사토루는 서로의 눈을 바라보았다.

마모루의 말은 우리의 실생활과 동떨어져 있었다. 그 무렵 우리에게는 시간이 달팽이처럼 느리고, 모든 것이 호박 안에 갇힌 파리처럼 영원한 교착 상태에 빠져 있다는 느낌이 들었던 것이다.

"얘들아, 또 한 사람 없었어……?"

마리아가 불쑥 그렇게 말한 순간, 우리는 펄쩍 뛰어오를 만큼 놀랐다.

"우리 반만 처음부터 네 명이었다는 건 있을 수 없어. 료가 오기 전에는 X가 있었을 거야. 그래도 한 사람이 모자라잖아. 잘 생각나지 않지만 또 한 사람이 있었던 것 같아."

나의 뇌리에 눈에 띄지 않는 소녀의 모습이 깜빡였다. 그리고 꿈에서 본, 카드를 몇 장 겹친 듯한 묘비도.

사토루가 머리가 아픈 듯 관자놀이를 문지르며 말했다. "있었어, 기억나. 적어도 X처럼 기억이 완전히 말소되진 않은 것 같아. 그런데 왜일까? 왜 도중에 없어진 아이에 관해선 아무도 화제로 삼지 않는 걸까?"

"그런 얘기는 제발 그만해! 그런 걸 조사하는 건 좋지 않아. 계속 그러면……." 마모루는 버럭 소리를 지르다 돌연 겁먹은 표정으로 말을 머뭇거렸다.

"계속 그러면 어떻게 된다는 거야? 우리도 처분된다는 거야?"

내가 그렇게 말한 순간, 그 자리의 공기가 차갑게 얼어붙었다.

마리아의 얼굴이 창백해졌다. "사키, 하계 캠프에서도 그런 얘기를 한 것 같아."

"했어. 아마 했을 거야. 구체적으로 무슨 이야기를 했는지는 기억나지 않지만. 기억하려고 하면 머릿속에서 누가 방해해."

그렇게 대답한 사람은 사토루였다. 그는 심한 두통을 참는 것처럼 두 손으로 머리를 누르며 말을 이었다.

"하지만 내가 사키에게 그런 말을 했던 것 같아. 다른 애들한테도 말했어, 모닥불 옆에서. 그때 내 의견에 찬성한 사람이 X였어."

마모루가 주위가 떠나갈 듯이 소리를 질러댔다. "그만해! 이제 듣고 싶지 않아. 그런 얘기를 하면 안 돼! 윤리 규정 위반이야!"

평소에 내성적이고 조용한 마모루가 이렇게 자제심을 잃은 건 처음이다.

"알았어. 그만할 테니까 진정해."

마리아가 마모루를 껴안고 어린아이를 달래듯 토닥토닥 등을 두드리며 나와 사토루를 쳐다보았다.

"이 얘기는 이제 그만두자. ……알았지?"

마리아의 날카로운 시선을 받고 우리는 고개를 끄덕이는 수밖에 없었다.

마경은 검은 판자벽 위에 선명한 반사상을 만들었다. 사토루와 마리아는 한동안 아무 말도 하지 않았다. 컨디션이 좋지 않은 마모루는 먼저 집으로 돌려보낸 다음이었다.

"어떻게 생각해?"

나의 재촉에 사토루가 겨우 무거운 입을 열었다. "음…… 상당히 어설프게 보이지만 이 글자의 터치는 초보자가 주력으로 만든 것 같아."

마리아도 동의했다. "그래. 기본적으론 우리가 수업 시간에 만든 것과 똑같아."

"그러면 이제 내 말이 거짓말이 아니라는 걸 믿을 거야?"

"처음부터 거짓말이라곤 생각하지 않았어. 너에게 언니가 있었다는 추측도 맞을 거야. 하지만 너희 언니가 학교에 의해, 그러니까…… 처분되었다는 건 심한 비약이 아닐까?"

"만약 언니가 병이나 사고로 죽었다면 숨길 필요가 없잖아."

마리아가 내 시선을 피했다. "꼭 그렇다고 할 순 없어. 너무 괴로운 추억이라서 너에게 말하지 않았을지도 모르지."

"하지만 이 글자를 봐. 사토루의 말처럼 너무 어설프지 않아? 언니는 주력을 제대로 사용하지 못한 것 같아."

"그럴 가능성은 부정할 수 없지만 모든 건 억측에 불과해."

사토루는 나에게 마경을 받아서, 판자벽에 비친 반사상 각도와 크기를 미묘하게 바꾸며 관찰했다.

"자세하게 보면 어설픈 것과는 조금 달라. 하나하나의 선은 깨끗하게 파여 있는데, 다만 일그러지거나 이중으로 된 부분이 있을 뿐이야……."

나는 그때 사토루가 무슨 말을 하는지 이해할 수 없었다. 그리고 한참 후에 그런 증상이 일종의 시각 장애에서 기인한다는 사실을 알고 그의 혜안에 감탄할 수밖에 없었다. 언니를 비롯하여 많은 어린아이의 미숙한 주력이 시각 장애에 의한 것이라는 의혹이 짙지만, 대부분의 기억을 잃어버린 지금 진상은 베일에 싸여 있다.

고대에는 이 시각 장애를 근시나 난시로 불렀던 것 같다. 대증요법으로는 선글라스에 도수가 있는 렌즈를 끼워서 일상생활에는 지장이 없는 수준까지 이르게 할 수 있었다고 한다.

"어쨌든 나한테는 언니가 있었어." 나는 사토루에게 마경을 받아서 두 손으로 높이 치켜들었다. "이게 그 증거야."

사토루가 나지막한 목소리로 주의를 주었다. "사키, 그만둬. 누가 보면 이상하게 여길 거야."

마리아가 내 어깨에 손을 얹고 귓가에서 속삭였다. "네 마음은 이해해. 하지만 제발 부탁이니까 더 이상 말썽을 일으키지 말아줘."

친구가 하는 의외의 말을 듣고 나는 분노를 참을 수 없었다. "내가 지금 말썽을 일으키려는 것 같아? 난 단지 진실을 알고 싶을 뿐이야. 언니만이 아니야. 우리 반에 있던 여자아이도, 그리고 누구보다……."

X. 얼굴 없는 소년. 누구보다 사랑했던 소년. 그런데 지금은 얼굴도 떠올릴 수 없다.

"무엇과도 바꿀 수 없는 우리의 소중한 친구도……."

"알고 있어. 나도 괴로워. 추억은 있는데, 가장 중요한 부분이 잘려나갔으니까. 이대로 있으면 안 되겠다는 마음은 너와 똑같아. 하지만 지금은 살아 있는 친구가 더 걱정돼서 죽겠어."

"나라면 걱정할 필요 없어."

마리아가 되받아치듯 말했다. "네 걱정은 안 해. 넌 강하니까."

"강하다고? 내가?"

"그래. 넌 X 때문에 누구보다 깊은 상처를 받았어. 난 그 사실을 잘 알고 있어. 하지만 넌 그걸 견뎌냈지. 보통 사람이라면 도저히 견딜 수 없었던 깊은 슬픔을……."

"너무해. 날 대체 뭐라고 생각하는 거야?"

나는 그렇게 반박하며 어깨에 있는 마리아의 손을 뿌리쳤다.

"오해하지 마. 네가 냉정한 사람이라고 말하는 게 아니야. 오히려 다른 사람보다 더 감정이 섬세하지. 하지만 넌 그 슬픔이나 괴로움을 얼마든지 떠안을 수 있어."

그녀의 눈에 커다란 눈물방울이 맺히는 걸 보고 내 분노는 급속히 시들었다.

"우리는 너만큼 강하지 않아. 나는 항상 거만하게 행동하지만 무슨 일이 일어나면 즉시 도망치려고 하지. ……하지만 나와 사토루보다 더 약한 사람이 있어."

사토루가 물었다. "마모루 말이야?"

"그래, 마모루는 너무 세심하고 예민해. 자신이 믿는 사람에게 배신이라도 당하면 도저히 일어날 수 없을 거야. 사람만이 아니야. 자신이 믿는 세계에도……." 그녀는 천천히 나를 껴안았다. "세상에는 모르는 편이 좋은 것도 있어. 진실이 가장 잔인한 경우도 있잖아. 이 세상에는 진실을 똑바로 받아들일 수 있는 사람만 있는 게 아니야. 지금보다 더 무서운 진실을 알게 되면, 아마 마모루는 무너질 거야."

우리는 한동안 침묵을 유지했다. 맨 먼저 침묵을 깨고 한숨을 내쉰 사람은 나였다.

"알았어."

"정말이야?"

나는 그녀를 꼭 껴안았다.

"약속할게. 앞으로 마모루한테는 이런 얘기를 하지 않겠다고. 하지만 난 진실을 알 때까지 포기하지 않을 거야. 그렇지 않으면……

너무 불쌍하잖아."

얼굴 없는 소년. 결코 이대로 잊어서는 안 된다. 이대로 잊어버리면 그가 존재하지 않은 것과 똑같이 되지 않는가? 어떻게 해서라도 그에 관한 기억을 되찾아야 한다.

우리 세 사람은 서로를 껴안고 입을 맞추었다. 서로 위로하고, 또 격려하면서 결코 외롭지 않다는 것을 재확인하기 위해. 그리고 다함께 선착장으로 내려갔다. 그곳은 우리 집이 있는 물레방아마을의 변두리였다. 평소에 인적이 없고, 수로를 따라 검은 판자로 된 담이 이어져 있어서 두 사람에게 마경을 보여줄 장소로 선택한 것이다. 각자 자신의 배가 묶여 있는 밧줄을 풀려고 했을 때, 뒤쪽에서 누군가 말을 걸었다.

"여러분, 잠시 시간 있어요?"

뒤를 돌아보니 중년의 남녀가 서 있었다. 가미스 66초에서 한 번도 본 적 없는 사람은 거의 없는데, 두 사람 모두 처음 보는 얼굴이었다. 우리에게 말을 건 여성은 작고 통통한 체격으로, 해를 끼칠 것 같지 않은 온화한 분위기를 띠고 있었다. 이어서 질문한 뚱뚱한 남성도 사람 좋아 보이는 미소를 짓고 있었다.

"와타나베 사키 양이죠? 그리고 아키즈키 마리아 양과 아사히나 사토루 군."

우리는 당황하면서도 "네"라고 대답하는 수밖에 없었다.

"그렇게 긴장할 필요 없어요. 잠시 얘기하고 싶을 뿐이니까요."

우리를 처분하려는 것일까? 우리는 서로 얼굴을 쳐다보았지만 어떻게 해야 좋을지 짐작도 되지 않았다.

겨우 용기를 짜내어 사토루가 물었다. "저기…… 교육위원회분이
신가요?"

체구 작은 여성이 그를 바라보며 미소를 지었다. "아니에요. 우리
는 사토루 군 할머니 밑에서 일하는 사람들이에요."

그 말을 들은 그의 몸에서 긴장이 빠져나가는 게 보였다. 어떻게
된 것일까? 우리는 그의 할머니에 관해서 들은 적이 한 번도 없다.

체구 작은 여성이 나와 마리아의 의문을 간파하고 빙긋이 미소
를 지으며 설명했다. "사토루 군의 할머니는 아사히나 도미코 씨예
요. 윤리위원회 의장을 역임하고 계시죠."

2

중년 남녀는 쇼조지에 갈 때처럼 우리를 창문 없는 가옥형 배
에 태웠다. 하지만 목적지를 비밀로 할 생각이 없는지 무의미하게
방향을 바꾸는 일은 없어서, 수로를 나아가는 사이에 어느 주변에
있는지 짐작이 되었다. 배에서 내린 곳도 일반적으로 사용하는 선
착장이었다. 혹시 팔정표식 밖으로 데려가는 게 아닐까 하고 긴장
한 나머지, 선착장에 도착했을 때는 오히려 맥이 풀렸다.

아버지가 일하는 초의 사무소와 어머니의 직장인 도서관을 힐
끔 쳐다보며, 우리는 초에서 가장 넓은 길을 가로질러 작은 골목
안으로 들어갔다. 윤리위원회는 이엉마을 중심지에서 조금 벗어난
곳에 있었다. 바깥문을 지나 안으로 들어가니 나무 복도가 장어

의 잠자리처럼 길게 뻗어 있었다. 밖에서는 평범한 상가 건물처럼 보였지만, 내부는 상당히 크다는 걸 알 수 있었다.

우리가 도착한 곳은 안방 같은 느낌의 조용한 방이었다. 백단향 같은 향기가 피어오르고, 안쪽에는 겨울에 피는 한목단의 족자가 걸려 있었다. 옻칠을 한 커다란 좌탁에는 창문에서 새어 들어오는 불빛이 비치고, 아래쪽에는 도라지색 방석 세 개가 나란히 놓여 있었다. 우리는 예의 바르게 무릎을 꿇고 앉았다.

"여기서 잠시만 기다리세요."

우리를 여기까지 안내(또는 연행)한 여성이 그렇게 말하고 문을 닫았다. 다음 순간, 나와 마리아는 양쪽에서 사토루를 힐문했다.

"사토루, 어떻게 된 거야?"

"네 할머니가 윤리위원회 의장이란 말은 한 번도 안 했잖아."

"설마 우리에 관해 모두 보고한 건 아니겠지?"

그는 안절부절못하는 표정을 지었다. "이렇게 쌍으로 공격하지 마. 나도 몰랐으니까."

"뭘 몰랐다는 거야?"

"그러니까 할머니……라고 할까 아사히나 도미코 씨가 윤리위원회 의장으로 있다는 거."

"거짓말하지 마!"

"어떻게 그런 일이 있을 수 있지? 손자인 네가 몰랐다는 게 말이 되냐고?"

양쪽에서 책망을 받은 그는 겁먹은 얼굴로 뒤로 물러서더니 결국 방석에서 떨어졌다.

"내 얘기 좀 들어봐. 애당초 윤리위원회 의장이 누구인지, 너희도 몰랐잖아."

"그건 그렇지만……."

"다른 직책과 달리 윤리위원회 위원은 전부 비공개야. 당사자도 본인이 위원이란 걸 밝히지 않고."

그래도 마리아는 의심의 눈초리를 거두지 않았다. "하지만 왠지 느낌으로 알 수 있잖아."

그러자 그는 돌변한 표정으로 바닥에 책상다리를 하고 앉았다. "느낌으로, 난 전혀 몰랐어."

마리아가 끈질기게 물고 늘어졌다. "친할머니인데도?"

"그러니까, 나는……."

"실례하겠습니다."

그때 문밖에서 나는 소리를 듣고 그는 황급히 방석 위로 돌아왔다. 우리도 정면을 향해서 자세를 바로 했다.

"기다리게 해서 미안해요."

문을 열고 조금 전의 여성이 들어왔다. 손에는 찻잔이 실린 쟁반을 들고 있다. 여성은 우리 앞에 뜨거운 차와 과자를 내려놓았다.

"한 사람씩 이야기를 듣고 싶으니, 순서대로 가시겠어요?"

여기서 싫다고 하면 어떻게 될까? 한순간 그런 생각이 머리를 스쳤지만 물론 우리에게는 선택의 여지가 없었다.

"그러면 처음에는 와타나베 사키 양부터."

목이 말라 차를 마시고 싶었지만 나는 할 수 없이 자리에서 일어나, 여성의 뒤를 따라 기다란 복도를 걸어갔다.

"여러분에게 이야기를 들을 사람은 니이미 씨로 조금 전에 함께 있던 남자분인데요. 그분이 맡아서 할 거예요. 아 참, 아직 내 소개를 하지 않았군요. 나는 기모토라고 해요. 만나서 반가워요."

나는 꾸벅 고개를 숙였다. "안녕하세요."

"……그런데 의장님께 보고했더니 사키 양에게만은 직접 이야기를 듣고 싶다고 하시더군요. 그래서 지금 의장님 집무실로 가는 거예요."

"네? 사토루의…… 아사히나 도미코 씨 말인가요?"

"네, 아주 다정하고 따뜻한 분이에요. 그렇게 긴장할 것 없어요."

그렇게 말한다고 해서 긴장을 풀 수는 없었다. 내 심장은 조금 전까지도 평화롭다고 하기 힘든 상태였지만 더욱 세차게 방망이질 치기 시작했다. 기모토 씨는 어느 방 앞에서 걸음을 멈추더니, 복도에 한쪽 무릎을 꿇은 채 널문에 손대고 말했다.

"실례하겠습니다."

나도 황급히 그녀의 뒤쪽에 앉았다. 그러자 여성의 상큼한 목소리가 돌아왔다.

"들어와요."

우리는 널문을 열고 안으로 들어갔다. 그곳은 조금 전에 있었던 곳보다 훨씬 넓은 서원식 방이었다. 왼쪽에 큼지막한 책상이 있고, 그 뒤쪽에는 책장과 선반이 나란히 벽에 붙어 있었다.

책상 앞에 앉아 있는 은빛 머리카락의 여성이 고개를 들지 않고 말했다. "거기 앉으세요."

"알겠습니다."

방 한가운데에는 조금 전과 똑같은 크기의 좌탁이 놓여 있었다. 나는 그 앞에 있는 방석을 옆으로 치우고 앉았다.

"그러면 전 실례하겠습니다."

기모토 씨가 고개를 숙이고는 밖으로 나갔다.

혼자 남겨진 순간, 맹수 우리에 버려진 사람처럼 손발이 차가워지고 목이 타들어갔다.

그때 은빛 머리카락의 여성이 고개를 들고 물었다. "와타나베 사키지? 미즈호 씨의 따님……."

콧방울 옆에서 입가까지 뻗은 팔자주름을 제외하면 주름도 거의 없고, 의외로 젊어 보였다.

"네."

"그렇게 긴장할 거 없어. 난 아사히나 도미코야. 우리 사토루와 친하게 지낸다면서."

그녀는 조용히 일어서서 내 왼쪽으로 오더니, 우아한 동작으로 벽을 등지고 앉았다. 머리카락 색깔에 맞는 은회색의 잔무늬 비단옷이 황홀할 정도로 아름다웠다.

"사토루와는…… 사토루 군과는 어릴 때부터 소꿉친구거든요."

그녀의 얼굴에 희미한 미소가 감돌았다. "그랬구나."

60대 중반 정도일까? 눈이 크고 이목구비가 뚜렷한 얼굴로, 젊은 시절에는 상당한 미인에 자존심도 강했으리라.

"내가 상상했던 대로야. 눈이 아주 좋아. 눈빛이 살아 있어."

나를 보면 사람들은 대부분 내 눈을 칭찬한다. 달리 칭찬할 점이 없어서이리라. 눈빛이 살아 있다는 말도 자주 듣는데, 만약 눈

빛이 살아 있지 않다면 죽은 사람이 아닌가?

"고맙습니다."

"꼭 너를 만나서 직접 얘기해보고 싶었어."

단순한 빈말로 여겨지지 않아서 나는 적잖이 당황했다. "왜죠?"

"언젠가 내 자리를 물려주고 싶기 때문이지."

나는 멍하니 입을 벌렸다. 순간적으로 어떻게 대답해야 좋을지 알 수 없었다.

"그렇게 놀랐어? 하지만 결코 농담이나 순간적인 생각이 아니야."

"말도 안 돼요……. 저는 이렇게 막중한 일을 해낼 수 없어요."

"호호호호, 미즈호 씨와 똑같은 말을 하는구나. 역시 피는 속일 수 없어."

나는 몸을 앞으로 내밀고 물었다. "저희 엄마를 잘 아세요?"

처음에는 긴장감이 극에 달해 있었지만, 그녀가 가지고 있는 독특한 분위기가 내 마음의 장벽을 무너뜨려주었다.

그녀는 내 눈을 바라보며 마음 깊은 곳에 스며드는 청량한 목소리로 대답했다. "잘 알다마다. 네 엄마가 태어났을 때부터 알고 있지. 네 엄마는 사람들 위에 설 수 있는 훌륭한 자질을 가지고 있어. 지금도 도서관 사서라는 어려운 직책을 더할 나위 없이 잘 해내고 있으니까. 하지만 내 직책을 이어받기 위해서는 꼭 필요한 자질이 있는데, 그 점으로 볼 때 너보다 더 좋은 적임자는 없어."

"제가 어떻게……. 이유가 뭐죠? 저는 아직 전인학급 학생인 데다 성적도 좋은 편이 아닌데요."

"성적? 주력을 말하는 거니? 넌 특별히 가부라기 씨처럼 되고 싶은 게 아니잖아."

"그야 뭐…… 되고 싶어도 될 수 없고요."

"학교에서 테스트하는 건 주력의 소질만이 아니야. 또 한 가지, 인격 지수라는 게 있지. 학생 본인에게는 결코 알려주지 않지만."

"인격 지수요?"

그녀는 나이에 비해서 새하얀 치아를 드러내며 고운 미소를 지었다. "어느 세계에서도 지도자에게 가장 필요한 건 특별한 능력이 아니라 이 인격 지수야."

갑자기 눈앞이 밝아진 듯했다. 나는 그때까지 여러 면에서 열등 감으로 똘똘 뭉쳐 있었던 것이다.

"예를 들면 머리가 좋다든지, 감수성이나 통솔력이 뛰어나다는 건가요?"

눈을 반짝이며 물었지만 그녀는 우아한 동작으로 고개를 가로 저었다.

"아니야, 머리가 좋은 건 관계없어. 물론 감수성도 아니야. 그리고 통솔력 같은 인간관계의 기량은 나중에 여러 가지 경험을 하면 저절로 몸에 배는 법이지."

"그러면……?"

"인격 지수는 그 사람의 인격이 얼마나 안정되었는지 나타내는 수치야. 예상치 못한 사건이 일어나서 마음에 위기가 다가와도 자신을 잃어버리거나 마음이 무너지지 않고, 일관되게 자기 자신을 유지할 수 있느냐! 지도자에게 가장 중요한 건 그런 마음가짐이거든."

그 말을 들어도 조금도 기쁘지 않았다. 여기 오기 전에 들은 마리아의 말이 떠올랐다. 마리아는 나에게 강한 사람이라고 했다. 그것은 곧 내가 둔하다는 말이 아닐까?

"제가 그 점수가 높았나요?"

"그래, 놀라울 정도였어. 아마 전인학급이 시작된 이후 가장 높지 않을까?" 돌연 그녀의 눈이 예리하게 빛났다. "하지만 그것만이 아니야. 너의 굉장한 점은 모든 사실을 안 다음에도 인격 지수가 거의 변하지 않았다는 거지."

다음 순간, 내 얼굴에서 핏기가 사라지는 느낌이 들었다.

"모든 사실이라니, 뭐 말이죠……?"

"너는 유사미노시로에게 인류의 피비린내 나는 역사를 듣고, 우리 사회가 얼마나 얇은 얼음 위에서 지금의 평화와 안정을 손에 넣었는지 알았잖아. 우리는 너희가 돌아온 이후 철저한 심리 테스트를 하고 경과를 관찰했지. 그런데 그렇게 엄청난 일을 겪었으면서도 네 인격 지수는 단기간에 회복되었어. 다른 네 명은 상당히 오랫동안 폭풍우 속 나뭇잎처럼 흔들렸는데."

그러면 역시 모든 사실을 알고 우리를 모르모트처럼 관찰했던 걸까? 어느 정도 예상은 했지만 나는 쇠망치로 머리를 얻어맞은 듯한 충격에 휩싸였다.

"혹시…… 처음부터 각본이 짜여 있었던 건가요?"

그녀는 다시 원래의 온화한 표정으로 돌아갔다. "설마! 아무리 필요해도 그렇게 위험한 도박은 하지 않아. 너희가 규칙을 위반하고 있다는 건 처음부터 알고 있었어. 하지만 설마 유사미노시로…… 선사시대의 도서관 단말기를 잡으리라곤 어느 누구도 예상하지 못했지."

정말일까? 그녀의 말을 100퍼센트 믿을 수는 없었다.

"하지만 그런 테스트 결과만으로……."

"아니야. 모든 사람의 운명을 짊어져야 하는 최고 적임자에게는 청탁을 전부 받아들이는 도량, 진실을 알아도 동요하지 않는 담력이 필요하지. 너에게는 그게 있어."

청탁을 모두 삼킨다는 청탁병탄(淸濁倂呑)이란 단어는 참 무서운 말이다. 깨끗한 것이라면 누구든지 삼킬 수 있다. 중요한 점은 더러운 것도 태연하게 삼키는 것이 아닌가.

"저희는 규칙을 깨뜨리고, 알아서는 안 되는 지식을 알았어요. 그런데 왜 처분하지 않으셨죠?"

나도 모르게 따지듯 물었지만 그녀는 불쾌한 표정을 짓지 않았다. 그리고 나를 타이르듯 차분하게 설명했다.

"네가 무슨 말을 하고 싶은지 알아. 변명할 생각은 없지만 너희의 처분을 정하는 사람은 우리가 아니라 교육위원회야. 의장은 히로미 씨. 너도 알고 있지? 어릴 때부터 걱정거리가 많은 사람이었어. 최근에는 약간 도가 지나친 것 같은 생각이 들지만."

히로미 씨…… 도리가이 히로미 씨가 교육위원회 위원이라는 말은 들었지만 의장인 줄은 몰랐다. 어머니 친구로, 우리 집에 놀러와서 함께 저녁을 먹은 적도 있다. 체구가 작고 야위었으며, 알아들을 수 없을 만큼 목소리가 작고 내성적인 여성이다. 그 사람이 학생들의 생사여탈권을 장악하고, 종종 비정하고 냉혹한 결정을 내렸다는 것일까? 도저히 믿어지지 않았다.

"윤리위원회는 초의 최고의사결정기관이지만, 교육위원회의 독자적인 결정에는 기본적으로 참견하지 않았지. 하지만 너희는 예외야. 내가 직접 부탁해서 처분하지 말아달라고 요구했어."

"사토루 때문인가요?"

"아니, 그렇게 중요한 결정에 사적인 감정을 앞세울 순 없어. 모든 건 네가 있었기 때문이야. 너는 우리 초의 장래에 꼭 필요한 사람이니까."

역시 하마터면 우리는 말살될 뻔했다. 그렇게 생각하자 별안간 속이 울렁거렸다. 그런데 어떻게 처분을 피할 수 있었던 것일까? 믿기지는 않지만 그녀의 말처럼 내가 귀중한 인재이기 때문일까? 지금까지 이런 찬사를 받은 일이 없어서 그런지 도통 이유를 알 수 없었다. 어쩌면 내가 도서관 사서의 딸이라서 처분할 수 없었던 게 아닐까? ……만약 그렇다면 언니의 경우에도 조건은 똑같았으리라.

"하지만 교육위원회 사람들을 나쁘게 생각하지 말렴. 그 사람들은 공포에 휩싸여 있을 뿐이야."

"공포라뇨……?"

다른 사람의 생사까지 지배하는 막강한 권력자들이 무엇을 그렇게 두려워하는 것일까?

"아니, 내 표현이 좋지 않았구나. 나도 똑같은 공포를 가지고 있으니까."

"무엇에 대한 공포죠?"

그녀는 의외라는 표정으로 나를 빤히 쳐다보았다. "정말 몰라서 묻는 거니? 우리에게 가장 무서운 존재는 이 세상에 두 가지밖에 없어. 악귀, 그리고 업마."

나는 순간적으로 말문이 막혔다. 별안간 어렸을 때부터 귀가 따갑도록 들었던 두 개의 옛날이야기가 떠올랐다.

"하지만 교육위원회 사람들은 진짜 악귀나 업마를 본 적이 없지. 그게 나와 다른 점이야. 그래서 나는 항상 그 사람들에게 단순한 공포에 휩싸여 있다고 말하고 있어."

"그러면 실제로……?"

"그래. 난 내 눈으로 똑똑히 봤어. 그것도 바로 코앞에서. 그 얘기를 듣고 싶니?"

"네."

그녀는 잠시 눈을 감고 나서 조용히 이야기를 시작했다.

악귀는 지금까지 전 세계적으로 서른 번 정도 사례가 남아 있어. 그 가운데 두 번을 제외하곤 모두 남자아이였지. 아무리 발버둥쳐도 공격성 속박에서 벗어날 수 없는, 골치 아픈 남성성을 잘 나타내고 있다고 생각해.

그 학생도 역시 남자아이였지. 유감스럽게도 본명은 기억나지 않아. 아득한 옛날이지만 사건 자체는 똑똑히 기억하고 있는데 왜 이름이 기억나지 않는 걸까? 어쩌면 잊고 싶기 때문이 아닐까?

사건의 자세한 사항을 기록한 파일은 도서관에도 한 부밖에 없는데, 그곳에도 YK라는 이니셜밖에 남아 있지 않아. 어느 게 성이고, 어느 게 이름인지도 분명하지 않고. 경위는 잘 모르지만 일설에서는 이렇게 이야기하더군. 윤리 규정을 시행하기 전의 경과 조치로써 태고의 일본 법률을 잠정적으로 부활시킨 직후라서, 소년법 61조의 규정을 적용했기 때문이라고⋯⋯. 말도 안 되는 이야기지만 뭐 그건 아무래도 상관없겠지. 일단 그 아이를 K라고 부르기로 할게.

K는 당시 지도학급의 1학년 학생이었지. 지도학급은 전인학급의 전신으로, 나이는 열세 살이었을 거야. ⋯⋯그래, 지금의 너보다 한 살 어렸겠구나.

당시 K는 눈에 띄지 않는 평범한 학생이었어. 그런데 맨 처음 이상을 발견한 건 신입생에 대한 로르샤흐검사*를 통해서였지. 지금은 하지 않지만 반으로 접은 종이 사이에 떨어뜨린 잉크 얼룩을 보고, 연상한 내용을 통해서 성격을 알아보는 심리 테스트야.

얼룩에 대한 반응을 통해, K가 평소에 대단히 큰 스트레스를 껴안고 있다는 사실을 알았지. 이유가 분명하지는 않았지만, 잉크 얼룩에서 연상한 내용 중에는 기이하고 잔학한 것이 많았어. 아마 무의식 속에 파괴와 살육에 대한 욕구가 소용돌이치고 있어서일 거야. 그런데 그때는 그런 점을 중요하게 여기지 않았고, 실험 결과도 사건 이후에 조사가 이루어지면서 처음으로 주목하게 되었지.

지도학급에서 주력의 사용 방법을 배우고 습득함에 따라서 K의 이상성은 점차 뚜렷해졌어. 주력의 재능이나 성적은 항상 평균점

---

* Rorschach test, 스위스의 정신의학자 H. 로르샤흐가 발표한 인격진단검사로 투영법의 대표적인 방법.

을 아슬아슬하게 통과하거나 그 이하였거든. 그런데 K는 보통 학생들이 당황하는 상황에서 오히려 태연하게 행동했다고 하더군. 구체적인 에피소드는 남아 있지 않는데, 여러 경기에서 사람들에게 해를 끼칠 가능성이 있는 경우에도 주력을 사용하는 데 주저하지 않았다고 하더군.

담임 선생은 일찍이 그의 이상한 면을 알아차리고 당시의 교육위원회에 예방 조치를 취해야 한다고 거듭 주장했지. 하지만 교육위원회에서는 효과적인 대책을 취하지 않았어. 여기에는 몇 가지 이유가 있었지.

첫째, 그전의 악귀가 나타나고 나서 80년이 지났다는 것. 기억이 서서히 풍화되면서 위기감이 없어진 거야. 둘째, K의 어머니가 잔소리 많기로 유명한 초의회 의원이었다는 것. 당시 모든 결정은 초의회에서 내렸기 때문에 학교 측에서도 과감하게 결정하지 못한 것 같아. 셋째, 학교를 포함한 관료기구에 무사안일주의가 횡행했다는 것. 역사상 그렇지 않았던 때가 있었는지는 심히 의문이지만. 그리고 넷째, 그 시점에서 취할 수 있는 효과적인 방책이 거의 없었다는 거야. 결국 K는 정기적인 카운슬링 말고는 아무런 처분도 받지 않고, 계속해서 따뜻한 보호를 받았지. 그리고 입학한 지 7개월이 지난 어느 날, 마침내 사건이 발생했어.

도미코 씨는 천장을 올려다보고 깊은 한숨을 내쉬었다. 그리고 책상 옆 작은 선반에서 찻주전자와 찻잔 두 개를 꺼내더니, 좌탁 위에 있던 포트에서 뜨거운 물을 따라 나에게 차를 타주었다.

나는 은은한 향기가 퍼지는 차로 목을 적시고 나서 다음 이야기를 기다렸다.

솔직히 말해 사건에 관해 남아 있는 기록은 별로 없어. 특히 앞부분은 거의 알려져 있지 않지. 발단이 무엇이었는지, 어떤 경위로 피해가 확산되었는지, 모든 건 억측의 영역에 지나지 않지만 어쨌든 사건은 실제로 일어났어. 그 결과 1,000명이 넘는 고귀한 생명을 잃어버린 것도 엄연한 사실이고…….

최초의 희생자가 담임 선생이었던 것만은 틀림없어. 발견된 시체는 심하게 손상되어서, 본인인지 아닌지 확인하기 힘들었다고 하더군. 그리고 같은 반의 22명. 이어서 2학년 학생, 3학년 학생 등 모두 50여 명의 학생들도 처참한 모습으로 발견되었지…….

K가 진짜 악귀였다는 것도 틀림없는 사실이야. 그는 완전한 격세유전*으로, 인간에 대한 공격제어를 가지고 있지 않은 괴물이었지. 더구나 태어날 때부터 괴사기구에 결함이 있었는지 전혀 작동하지 않았다고 하더구나. 이 두 가지 무서운 변이를 가진 아이가 태어날 확률은 300만 명에 한 명이라고 하니, 단순히 계산하면 우리 가미스 66초에는 나타날 수 없지. 하지만 어차피 확률은 확률에 불과하니까…….

K의 이상성을 적어도 가족들은 알고 있었을 거야. 특히 K의 어

머니는 그가 갓난아이였을 때부터 눈치를 챈 것 같더구나. 그래서 어렸을 때부터 여러 가지 심리 치료나 교정 조치를 시켰지. 그중에는 세뇌에 가까운 것도 있었다고 하더군. 그런 보람이 있어서인지 어린 시절에는 K의 공격성이 억제되어 있었어. 하지만 그것이 과연 좋은 조치였는지는 의문이야. 로르샤흐검사에 나타난 K의 강한 스트레스는 아무래도 공격성을 억지로 억제했기 때문인 것 같거든.

그리고 운명의 날, 어떤 계기가 있었는지는 잘 모르지만 그동안 억제했던 공격성이 마침내 터지고 말았어. 아니, 오히려 인간의 가면이 깨지고 안에서 악귀가 나왔다고 하는 편이 맞을지도 모르지.

다른 악귀의 사례에서 유추하면 아무래도 최초의 한 사람이 분수령인 것 같아. 실제로 여기에서 멈춘 경우도 몇 건 있었지. 공격 제어나 괴사기구가 없어도, 인간은 이성에 의해 살인을 피할 수 있으니까. 하지만 최초의 한 사람을 죽이면 한 번 스위치가 켜진 살육은 끝없이 이어지게 되어 있어. 악귀가 죽지 않으면 끝이 찾아오지 않는데, 이 경우도 예외는 아니었지.

K는 처음에 주력으로 담임 선생의 두 손과 두 발을 네 방향으로 비틀어 떼어낸 뒤, 잘 익은 과일을 으깨듯 머리를 짓이겼지. 그리고 겁에 질린 학생들을 잇따라 들어올려 교실 벽으로 내동댕이쳤어. 완전히 평평해져서 벽에 딱 달라붙을 정도로 세차게 말이야.

현장은 그야말로 지옥 같았다고 하더구나. 나중에 검시나 뒤처리를 담당한 사람의 90퍼센트는 트라우마 진단을 받고, 일을 그만 둘 수밖에 없었을 정도로 말이야…….

바야흐로 완전한 악귀로 변한 K는 교실에서 나온 후 다음 사냥감을 찾아 온 학교를 배회했지. 그리고 비명을 지르며 도망치는 아이들을 게임하듯 살육해댔어. 남겨진 시체 위치로 보면 아이들을 공포로 조종하면서 패닉에 의해 추락사하거나 압사하도록 했고, 가축들처럼 한 곳에 모아 몰살하기도 했지.

그동안 누구 한 사람 악귀에게 효과적인 반격을 할 수 없었어. 주력에서는 K보다 뛰어난 학생이 얼마든지 있었지만 강력한 공격 제어와 괴사기구로 인해 손발이 꽁꽁 묶여 있었지……. 즉, 인간을 공격하는 게 불가능했던 거야. 반면에 K 쪽에서 보면 내부에 공격 제어가 존재하지 않은 만큼, 상대가 언제 공격할지 모른다는 공포에 휩싸일 수밖에 없었겠지. 그래서 주위에 있는 사람들을 몰살할 때까지 선제공격을 계속한 거야.

어떤 학자는 K가 뇌 안에서 분비되는 쾌락 물질로 인해 피에 취해 있었기 때문에, 연쇄적인 대량 살인을 저지를 수밖에 없었다고 하더구나. 악귀의 정식 명칭인 라먼 크로기우스 증후군을 일명 '닭장 속의 여우 증후군'이라고 부르는 이유가 바로 거기에 있어. 덧붙여서 말하자면 라먼과 크로기우스는 학자 이름이 아니야. 라먼은 인도의 뭄바이에서, 크로기우스는 핀란드의 헬싱키에서 각각 수만 명을 학살한 소년의 이름이지. 사상 최악의 악귀 이름을 사용한 가장 저주스러운 병명인 거야.

세계 기록을 가지고 있는 라먼과 크로기우스에 비하면 K에 의한 희생자 수는 수십 분의 1에 불과하지. 하지만 잔인무도한 점에서는 똑같다고 생각해. 고대문명 말기 대도시에 비해 가미스 66초의 인구 밀도가 훨씬 낮은 것이 불행 중 다행이었지. ……1,000명이 죽은 걸 다행이라고 표현해도 좋다면 말이야.

그리고 또 한 가지, 온몸을 바쳐서, 아니 스스로를 희생해서 K를 막은 사람이 있었어. 이 땅에 아직 사람들이 살고 있는 것은 다 그분의 숭고한 희생 덕분이지.

도미코 씨는 잠시 숨을 돌리고 미지근해진 차를 천천히 마셨다. 지금 들은 이야기에 압도되어서 나는 무릎을 꿇은 채 숨을 쉴 수조차 없었다. 무섭고 끔찍한 이야기를 계속 듣는 것은 고통에 지나지 않았다. 하지만 결말을 알고 싶다는 마음도 그에 뒤지지 않았다.

문득 나에게 왜 이런 이야기를 해줄까 하는 의문이 솟구쳤다. 후계자로 삼고 싶다는 말은 사실일지도 모른다. 어쩌면 그러기 위한 하나의 시험이 아닐까?

K는 살아 있는 모든 것의 목숨이 끊어진 후 정적에 휩싸인 학교에서 나왔지. 그리고 매우 자연스러운 모습으로 거리를 걸어갔어. 그때 K를 목격한 사람이 딱 한 명 기적적으로 살아남았는데, 이상한 점이 하나도 없었다고 하더구나. 다만 키 작은 남자아이가 조용히 걸어가고 있었대. 그만큼 평범한 일상의 광경으로밖에 보이지 않았던 거야. 하지만 그 직후에 일어난 일은 도저히 현실이라고 믿을 수 없을 정도였다고 하더군.

그때 우연히 K 맞은편에서 걸어오는 사람들이 있었지. 묘법농장에서 일하는 농업기술자들이었어. 그런데 K와의 거리가 40~50미터 되었을 때 맨 앞에 있었던 남성의 상반신에서 피연기가 솟구치며 온몸이 갈기갈기 찢어졌다더구나.

축축하고 뜨뜻미지근한 피안개로 주위가 어두컴컴해지는 가운데, 사람들은 무슨 일이 일어났는지 몰라서 그 자리에서 걸음을 멈추었어. 그런 와중에 K만은 걸음을 멈추지 않고 그들을 향해 걸어가, 나머지 사람들을 한 사람씩 무참한 고깃덩어리로 바꾸었지.

이윽고 K의 모습은 모퉁이를 돌아가서 보이지 않았어. 맨 처음 이변을 알아차렸을 때 순간적으로 건물 뒤에 숨은 목격자가 두 명 있었는데, 그중 한 사람이 도움을 요청하기 위해 뛰어갔지. 또 한 사람은 얼이 빠져서 꼼짝도 할 수 없었다고 하더구나. 그런데 이미 사라졌다고 생각한 K가 다시 나타난 거야. 아마 누가 숨어 있는 기척을 알아차리고 유인해내려고 한 거겠지. 그리고 그때 뛰쳐나온 목격자의 머리를, 나무에서 과일을 떼어내듯 간단히 떼어낸 거야.

K가 다시 모퉁이를 돌아간 뒤에도 혼자 남은 목격자는 정신적 충격으로 꼼짝도 할 수 없었던 모양이야. 다음 날에야 겨우 사람들에 의해 발견됐는데, 장시간에 걸쳐 목격한 내용을 말한 다음 평생 폐인처럼 지냈다고 해. 나는 이 사건을 헤아릴 수 없을 만큼 머릿속으로 되풀이하고 곱씹어왔지. 그래서 분명히 말할 수 있어. K는 역시 문자 그대로 악귀이고 악마였다는 걸……

조금 전에도 말했지만 K의 주력은 보통 사람보다 조금 낮은 수준이었지. 지금 남아 있는 성적표를 봐도 '상상력과 창조성이 부족하고 유치하다'라는 평가밖에 없어. 그런데 주력을 사용해서 미증유의 대량 학살을 이루어낸 실력은 천재라고 할 수 있을 정도야. 이렇게 표현하면 세상을 떠난 사람에게 미안하지만 말이야……

그러나 K의 간계는 악마가 무색하리만큼 교묘하고, 처음부터 초의 전멸을 기도했던 것이 분명해.

K는 일단 건물을 부수고 모든 수로를 막은 후, 불을 질러 사람들이 한 방향으로 대피하도록 유도했지. 그리고 그때까지 참았던 사악한 욕망을 모조리 터뜨려서, 속이 메슥거릴 만큼 피비린내 나는 살육을 저지르기 시작했어. 공포에 질린 나머지 무턱대고 도주하는 사람들은 K의 손바닥 위에 있었다고 할 수 있지.

그때 기와 더미를 뛰어넘고 불타는 집 사이를 가로질러 새끼 거미가 흩어지듯 사방팔방으로 도망쳤다면 많은 사람들이 살았을 거야. 하지만 누구 한 사람 그렇게 하지 않았어. 공포에 휩싸인 채 군중 심리에 사로잡혀 똑같은 방향으로 도망친 거지. 불길이 솟구치지 않은 유일한 길을 통해서.

그 앞에 있었던 건 나무들이 울창한 숲이었어. 모두 숲속으로 도망치면 안전하다고 착각했던 거야. 하지만 주력을 가진 악귀에게 쫓긴 경우에 그것은 목숨을 내놓는 것이나 마찬가지지. K는 사람들이 전부 숲속으로 도망친 걸 확인하고 나서 숲에 불을 질렀어. 아직 아무도 가지 않은 멀리 떨어진 곳에 불의 벽을 만들어, 사람들을 안에 가둔 거야. 그리고 서서히 벽의 울타리를 좁혀갔지. K가 진정한 악마였다고 생각하는 건 그대로 사람들을 태워 죽인 게 아니라 앞쪽에 도망칠 길을 만들어두었다는 거야. 불길과 연기를 피해서, 사람들은 뻔히 알면서도 호랑이 입으로 뛰어드는 수밖에 없었지.

"어때? 더 듣고 싶어?"

나는 잠시 망설이고 나서 고개를 끄덕였다.

"이야기만 들어도 토할 것 같지 않아? 네 얼굴을 보면 그렇다는 걸 알 수 있어. 그런데 왜 더 들으려는 거지?"

"……K를 어떻게 저지했는지 알고 싶어요."

도미코 씨는 특유의 온화한 미소를 지었다. "알았어."

K는 숲으로 도망친 사람을 최후의 한 명까지 다 죽이고 나서 초로 돌아왔어. 그리고 하루 종일 초 안을 이 잡듯이 샅샅이 뒤져서 생존자를 궤멸시켰지. 계절은 마침 가을에서 겨울로 바뀔 무렵이었는데, 살육에 취한 K는 두꺼운 옷을 입는 걸 깜빡했던 것 같아. 한밤중이 되어서야 악성 감기에 걸렸다는 사실을 깨달았지.

K는 반쯤 파괴된 초의 병원을 찾아갔어. 의사가 있을 줄은 상상도 못 하고, 단지 감기약을 구하기 위해서였을 거야. 하지만 병원에는 아직 의사가 한 명 남아 있었지. 숨이 붙어 있는 빈사 상태의 부상자를 구하기 위해 필사적으로 일하던 의사가……. 쓰치다라는 이름의 그 의사가 초를 구한 거야. 나는 그때 그의 곁에서 처음부터 끝까지 모두 지켜보았지.

놀랐어? 나는 당시 그 병원 간호사였거든. 그때 병원에 남아 있었던 사람은 의식 불명의 부상자와 중병인을 제외하면 쓰치다 선생님과 나뿐이었지. 그때 K가 들어왔어.

나는 그를 보자마자 악귀란 사실을 알았지. 일단 눈이 보통 사람과 달랐으니까. 홍채가 올라가 있었는데, 이른바 삼백안 정도가 아니라 눈알이 180도 돌아간 것처럼 온통 흰자위였어. 그 눈으로 보일까, 라고 고개가 갸웃거려질 정도로 말이야. 더구나 전혀 깜빡이지 않더군. 머리카락은 기름 같은 것으로 딱 붙이고, 얼굴에는 얼룩무늬가 있었지. 그것이 사람의 피에 의한 것이라는 사실을 알고 나서는 다리가 덜덜 떨리더구나.

K는 말없이 내 앞을 지나쳐서 진료실로 들어갔어. 변명도, 거래도, 협박도 하지 않고 다만 감기에 걸렸으니까 치료해달라고 하더라고. 쓰치다 선생님의 얼굴은 보이지 않고 의자에 앉으라는 목소리만 들릴 뿐이었어.

선생님은 나를 부르지 않았지만 나는 진료실로 들어갔어. 선생님을 혼자 놔둘 수는 없었으니까. 내 얼굴을 본 선생님은 아무 말도 하지 않았지. 그리고 K에게 입을 벌리라고 하고 안을 들여다보았는데, 목 안이 놀라울 정도로 새빨갰어. K는 상당히 괴로워 보였지. 열도 있고 오한이 나는지 온몸을 바들바들 떨었어. 그게 진짜 감기였는지 아니었는지는 지금도 의문이야. 많은 사람을 살해하는 과정에서 안개처럼 피어오르는 피를 대량으로 마신 바람에 일종의 알레르기 반응을 일으켰는지도 모르지. 만약 그렇다면 희생자들은 어느 정도 복수를 한 게 된 셈이야.

선생님은 K의 목에 요오드 글리세린을 발라주셨어. 그리고 나에게 안쪽 조제실에서 항생 물질을 가져오라고 말했지. 나는 악귀를 위해 귀한 약을 사용하기 싫었지만, 일단 선생님이 시키는 대로 페니실린을 가지러 안으로 들어갔어. 평소에 보관해둔 것은 부상자의 치료에 거의 사용하는 바람에 유효기간이 지나 폐기할 예정인 것을 찾느라 시간이 걸렸지.

그래서 그동안 어떤 일이 일어났는지는 보지 못했어. 하지만 남은 증거로 볼 때 진상은 분명했지. 선생님은 구급용 약제보관 선반에서 염화칼륨 알약을 꺼내, 치사량의 몇 배를 증류수에 녹였어. 그리고 감기약이라고 속이고 K에게 정맥 주사를 놓은 거야.

갑작스러운 비명을 듣고 나는 겨우 찾은 항생 물질 상자를 떨어뜨렸어. 그리고 즉시 진료실로 뛰어가려고 했지. 다음 순간, 격렬한 폭발음과 함께 붉게 물든 진료실이 눈에 들어왔어. K가 선생님의 머리를 날려버린 거야.

그다음에는 끔찍한 비명이 끝없이 이어졌지. K는 단말마의 고통을 맞이했지만 쉽게 죽지는 않았어. 마치 인간의 몸에 악마가 빙의했다고밖에 여길 수 없는 사악하고 끔찍한 비명을 지르더구나. 이윽고 비명은 점차 약해지더니 어린애의 울음소리로 바뀌었지. 그리고 마침내 들리지 않았어…….

이야기를 마친 도미코 씨는 손에 든 찻잔을 물끄러미 바라보았다. 묻고 싶은 것이 산더미처럼 많았지만 나는 입도 벙긋 할 수 없었다.

"……악귀가 남긴 무참한 발톱 자국에서 일어설 때까지는 슬픔을 치유하는 오랜 세월과 끈질긴 인내가 필요했지. 맨 처음 내가 한 일은 살아남은 사람들 사이에서 K의 혈통을 완전히 제거하는 일이었어."

나는 앵무새처럼 그녀의 말을 따라했다. "혈통을 제거한다……?"

"K에게는 공격제어의 결여와 괴사기구의 무효라는 두 가지 중대한 유전적 결함이 있었지. K와 가까운 혈연관계에 있는 사람들은 똑같은 유전자를 가지고 있을 가능성이 높으니까 말이야. 그래서 K의 혈통을 5대까지 거슬러 올라가 모든 분기에서 끊어야 했어. 오해하지 말았으면 좋겠는데 그건 복수가 아니야. 다시는 악귀의 출현을 허용해서는 안 된다는 굳은 결의의 표현일 뿐이지."

무릎 위에서 가늘게 떨고 있는 내 손이 눈에 들어왔다.

"그 사람들은 어떻게……?"

"여기까지 얘기했으니 이제 와서 감출 필요는 없겠지. 그때는 요괴쥐를 이용했어. 우리에게 가장 충실한 콜로니에서 최강의 병사 40마리를 선발해 부대를 만들었지. 그리고 암살용 장비를 주어서 나쁜 혈통을 이어받은 사람을 하룻밤 사이에 급습했어. 물론 상대가 눈치채면 요괴쥐는 상대도 되지 않으니까 작전은 신중에 신중을 기해 단행했지. 그래도 요괴쥐의 절반을 잃었지만, 어차피 남은 요괴쥐도 처분하려고 했으니까 그 정도면 완벽한 성공이라고 할 수 있지 않을까?" 그녀는 마치 쓰레기라도 처리하는 것처럼 담담하게 설명했다. "하지만 그것만으론 충분하지 않았어. K의 혈통을 끊어도 악귀가 나타나지 않는다는 보장은 없으니까. 그래서 우리는 학교와 교육제도를 전면 수정했지. 지도학급을 폐지하고 모든 학생을 효율적으로 파악할 수 있는 전인학급을 창설한 거야. 또 교육위원회의 권한을 대폭으로 늘려서 윤리위원회를 비롯한 어떤 압력도 받지 않도록 개편했지. 그리고 윤리 규정의 일부를 바꾸어 기본적 인권의 시작 시기를 늦추었어."

"그게 무슨 뜻이죠?"

그녀는 찻주전자에 다시 물을 넣어서 두 개의 찻잔에 차를 따랐다.

"옛 윤리 규정에는 수태 후 22주째부터 인권이 발생하는 것으로 되어 있었지. 이것은 임신 중절이 가능한 기간에 관한 규정이었는데, 새로운 윤리 규정에서 생후 17세로 늦춘 거야. 따라서 17세까지는 교육위원회의 직권으로 처분할 수 있지."

법적으로는 내가 미성숙한 태아나 마찬가지로, 아직 인간으로 인정받지 못하고 있음을 알았을 때의 충격은 도저히 말로 표현할 수 없었다. 그런 사실은 와키엔에서도, 전인학급에서도 들은 적이 없다. 애초에 인권이 몇 살부터 발생하는지, 자신에게 인격이 있는지 없는지, 그렇게 생각하는 사람이 어디 있을까?

"그리고 처분 방법도 훨씬 세련되게 바꾸었어. 아무리 요괴쥐가 인간에게 충성을 다한다고 해도 높은 지능을 가진 생물에게 살인을 허용하는 건 미래에 화근을 남기게 되니까. 그래서 평범한 고양이를 주력으로 품종 개량해서 부정고양이를 만든 거야."

부정고양이……. 그 말은 마음속에 봉인되어 있던 부분에 강렬한 감정을 불러일으켰다. 공포. 그리고 슬픔…….

"그 후에는 철저하게 대처해 위험 인자를 사전에 제거한 덕분에 악귀는 한 번도 나타나지 않았지. 하지만 또 한 가지 무서운 사건이 일어났어. 이번에는 아직 기억에도 새로운, 불과 20년 전 사건이야."

그녀는 차를 한 모금 마시고 다시 말을 이었다.

주력이 새어나올 위험성에 관해서는 고대문명 말기부터 지적을 했다고 하더군. 하지만 사람들은 그로부터 오랫동안 '나쁜 누출'이라는 현상을 간과하거나 과소평가해왔지. 고작해야 정밀기계가 자주 고장을 일으키거나 물건이 뒤틀리는 정도일 뿐, 사람과 가축에는 해가 미치지 않는다고 말이야. 그리고 지금까지 대부분의 경우에는 그러했지.

그런데 구테가와 이즈미라는 소녀의 경우에는 그렇지 않았어. 그 애의 주력은 방사능처럼 주위에 있는 모든 사물을 오염시켰지. 그 애는 당시 황금마을 변두리에 있는 농장의 외동딸이었는데, 그 애가 사춘기에 접어들어 축령을 맞이한 이후 이상하리만큼 기형적인 가축이 많이 발생했어. 농작물도 많이 마르거나 시들어서, 처음에는 신종 바이러스에 감염된 게 아닐까 의심할 정도였지.

전인학급에서도 그 애 주위의 10미터 안에 있는 물건은 모조리 기이하게 바뀌었어. 책상과 의자는 단기간에 사용할 수 없게 되고, 말기에는 주위 벽이나 바닥에 수많은 기포나 눈동자 같은 문양, 염라대왕의 수염이라고 불리는 곰팡이 같은 것이 잔뜩 자라서 차마 눈뜨고 볼 수 없을 정도였으니까.

윤리위원회와 교육위원회에서는 전문가로 구성된 특별조사반을 만들었지. 그 결과 그 애의 주력에서 새어나오는 나쁜 누출이 인류 유전자에 손상을 준다는 사실이 밝혀졌어. 그래서 일단 전인학급의 등교를 중지시키고 자택에서 교과를 이수하게 했는데, 불행하게도 이미 나쁜 누출이 미치는 범위가 당치도 않게 확대된 다음이었지. 6킬로미터 떨어져 있는 시계탑의 톱니바퀴가 뒤틀어져서 시겟바늘이 움직이지 않을 정도로 말이야.

우리는 머리를 맞대고 회의를 거듭했지. 그 결과 그 애는 하시모토 아펠바움 증후군 환자인 엄마이니 처분해야 한다는 결론을 내렸어. 나는 윤리위원회의 책임자로서 그 애에게 직접 그 사실을 전하고 싶었지. 하지만 이미 가까이 가는 것은 위험한 상태라서, 차(茶) 운반 인형을 원격 조종해서 편지를 주고받았지.

그때를 떠올리면 지금도 가슴이 아파. 그 애는 정말로 순수하고 마음이 따뜻한 아이였으니까. 지금까지 사례로 볼 때 그런 애가 오히려 엄마가 될 확률이 높더군. 그 애는 자기 때문에 많은 사람의 목숨이 위험하다는 걸 알고, 어떤 처분에도 협조하겠다고 말했지.

이른바 폭심지인 그 농장의 모든 생물은 죽음에 이르렀어. 그 애에게는 부모님과 농장 직원들이 잠시 대피했다고 말했는데, 실제로는 온몸의 근육 조직이 섬유질로 변하는 기이한 병에 걸려서 이미 숨을 거둔 후였지. 그 애에게는 끝까지 그 사실을 말하지 않았지만.

내가 마지막으로 멀리서 보았을 때, 농장 건물은 아메바처럼 기이하게 뒤틀리고, 지금이라도 흘러내려 주위의 모든 걸 삼켜버릴 것처럼 보였지.

우리는 농장의 맨 끝에 있는 절반쯤 녹아내린 오두막집 테이블 위에 원격 조종을 이용해서 알약 다섯 알을 놓아두었어. 나쁜 누출을 억제하기 위한 정신안정제라고 하면서……. 그중 한 알에는 치사성 독약이 들어 있었는데, 그 애에게 매일 한 알씩 먹으라고 했지.

그 애는 그날 다섯 알을 전부 먹었어. 워낙 총명한 애니까 아마 어떤 약인지 알았겠지. 아마 약이 변질되어 효과가 없어질까 봐 두려웠을 거야……

뺨을 타고 눈물이 흘러내렸다.

이유는 알 수 없다. 한 번도 만난 적이 없는 이즈미라는 소녀를 진심으로 동정한 것도 사실이다. 하지만 그것만이 아니다. 내 마음은 폭풍우에 휘말린 작은 배처럼 격렬하게 흔들리고 있었다. 눈물이 끊임없이 뺨을 타고 흘러내렸다.

도미코 씨가 말했다. "네가 얼마나 괴로운지 알아. 괜찮아. 억지로 참을 필요 없어. 마음이 풀릴 때까지 실컷 울어."

"왜……? 왜 이렇게 슬픈 거죠?"

내 의문에 그녀는 조용히 고개를 가로저었다.

"그 이유는 아직 말할 수 없어. 하지만 인간은 커다란 슬픔에 직면했을 때, 그것을 소화해서 받아들이기 위한 추모 작업이 필요하지. 그러니 너는 이렇게 눈물을 흘릴 필요가 있어."

"저희 기억에서 사라진 사건과 관계가 있나요?"

"그래……"

그 순간, 얼굴 없는 소년의 모습이 뇌리에 떠올랐다.

"제 기억을 돌려주세요."

그녀는 슬픈 미소를 지었다. "그럴 수는 없어. 너희 기억뿐 아니라 마리아의 일기에 이르기까지 모든 기록에서 그 애에 관한 정보를 없앤 건, 그것이 너무도 생생하고 충격적인 사건이었기 때문이야. 사건의 기억 자체가 트라우마가 되어서 아이들뿐 아니라 모든 사람의 정신을 불안하게 만들고, 더 무서운 비극의 방아쇠가 될 우려가 있었거든. 마치 도미노가 쓰러지는 것처럼……."

무슨 일이 있어도 동요하지 않는 그녀의 얼굴에 어두운 잔물결이 일었다.

"너라면 그것에도 견딜 수 있을지 모르지. 하지만 네 기억의 봉인을 풀어주면 친구들에게 비밀로 해둘 수 없잖아. 결국은 모두 알게 될 거야."

"……하지만."

"내가 너에게 한 말의 의미를 잘 생각해보렴. 고리는 항상 가장 약한 부분에서 끊어지는 법이지. 우리는 가장 약한 사람을 배려하지 않으면 안 돼."

"가장 약한 사람……요?"

그녀는 위로하듯 내 머리카락을 어루만졌다. "조금 전에 너에게 내 자리를 물려주고 싶다고 했지? 그건 결코 농담이 아니야. 그때가 오면 너는 잃어버린 기억을 찾을 수 있을 거야."

"제가 도미코 씨의 뒤를 이어받다니, 그건 불가능해요."

인격 지수가 어떻든, 내 정신이 그렇게 강하지 않다는 것은 나 자신이 가장 잘 알고 있었다.

"네 마음은 충분히 이해해. 나도 이 일을 떠맡기 전에는 그렇게 생각했으니까. 하지만 언젠가 그렇게 해야 할 날이 올 거야. 이 일은 너밖에 할 수 없는 일이니까. 내 말 잘 들어. 그때가 오면 꼭 생각해야 돼. 두 번 다시 악귀나 업마가 나타나지 못하게 하려면 어떻게 해야 하는지……."

그녀의 말이 내 가슴에 무겁게 울려퍼졌다.

3

마모루가 집을 나간 것은 아직 추위가 혹독한 2월 중순이었다.

그의 아버지가 아침에 도자기 가마에 불을 지핀 후 깨우러 갔을 때는 이상한 모습을 볼 수 없었다. 그런데 아무리 기다려도 아침 식탁에 오지 않아서 다시 보러 갔더니, 침대는 텅 비어 있고 어디에서도 보이지 않았다고 한다. 책상 위에는 '찾지 마세요'라는 짧막한 내용의 편지가 남아 있었다. 유사 이래 가장 많이 남겨둔 가출인의 변명이며 가장 무의미한 헛소리가 아닐까?

마리아가 새하얀 숨결을 토해내며 울먹이는 목소리로 말했다.
"어떡하지?"

귀마개가 달린 모자에는 새하얀 눈이 내려앉고, 속눈썹까지 얼어붙은 것이 가슴 아팠다.

마리아와 마모루의 집은 동쪽과 서쪽으로 전혀 다르지만, 매일 아침 만나서 같이 등교한 것은 나도 알고 있었다. 그런데 오늘은 아무리 기다려도 마모루가 나타나지 않아서 집으로 찾아갔다고 한다. 당황한 기색이 역력한 그의 아버지에게서 사정을 들은 마리아는 다른 사람에게는 절대로 말하지 말라고 부탁하고 나서 맨 먼저 나를 찾아왔다.

"그걸 몰라서 물어? 우리 힘으로 찾는 수밖에."

나는 그때 백련 4호의 밧줄을 풀려고 하던 참이었다. 만약 그녀가 조금만 더 늦게 왔다면 서로 엇갈렸을 것이다.

"사토루까지 셋이서 마모루를 찾는 거야."

"하지만 1반의 네 명이 모두 학교에 안 가면 이상하게 여기지 않을까?"

명목상으로는 료도 1반으로 되어 있지만 지금은 거의 2반 아이들과 함께 행동한다. 그녀 말대로 1반의 집단 결석은 단순한 의아함을 뛰어넘어 즉시 회의의 대상이 될 것이다.

"일단 학교에 가는 게 좋겠어. 오늘 3교시와 4교시는 자유연구시간이잖아. 그때 몰래 학교를 빠져나오는 거야."

그날은 토요일이라서 전인학급의 수업은 오전밖에 없었다.

"하지만 홈룸시간까지 돌아갈 수 없잖아."

"변명은 나중에 생각하면 돼. 다행히 우리 중에는 천재적인 거짓말쟁이가 있으니까. 어쨌든 지금은 한시라도 빨리 마모루를 찾아야 하잖아."

이번 겨울의 초반은 따뜻하게 시작했는데, 1월 막바지에 이르자 대륙에서 강한 한파가 몰려와서 기록적인 추위를 보였다. 더구나 어젯밤부터 함박눈이 내리는 바람에 거리는 온통 은세계로 변해 있었다. 마모루가 어디로 갔는지는 알 수 없지만, 나는 설원의 트레킹에 대비하여 널빤지로 만든 설피*를 백련 4호에 실었다.

---

* 雪皮. 산간 지대에서 눈에 빠지지 않도록 신 바닥에 대는 넓적한 덧신.

전인학급에 지각하기 바로 직전에 도착했지만, 태양왕의 주목을 받지 않고 책상에 안착할 수 있었다. 마모루가 감기에 걸려 결석한다는 마리아의 말에 특별히 수상쩍게 여기는 사람은 없었다.

1교시는 '인간사회와 윤리'라는 제목의 따분하기 그지없는 수업이었다. 우리는 안절부절못하는 마음을 감추면서 시간이 지나가기만을 기다렸다. 수업 종료를 알리는 차임벨이 울리자마자 나와 마리아는 사토루를 붙잡고 사정을 설명했다.

2교시는 평소에 내가 가장 싫어하고, 선생님의 목소리만 들어도 골치가 지끈거리는 수학 시간이었다. 하지만 오늘 수학 시간에 안절부절못하는 학생은 최소한 세 명으로 늘어났다. 그리고 애타게 기다리던 3교시는 반별 자유연구로, 필요하면 학교 밖으로 나가는 것도 가능하다. 셋이 나란히 교실에서 나가려고 했을 때, 첫 번째 장애물이 나타났다.

"너희들, 어디 가는 거야?" 료는 나와 시선을 맞추지 않고 사토루를 향해서 말했다.

사토루가 가볍게 어깨를 들썩였다. "자유연구 시간이잖아."

"그래서 어디 가냐고 묻는 거잖아. 나도 너희와 같은 1반이니까."

마리아가 조바심 내며 되받아쳤다. "넌 맨날 2반 아이들과 어울리잖아."

"하지만 일단은 1반이야. 그리고 예전에는 너희와 같이 행동했어. 왜 이렇게 됐는지는 잘 모르겠지만……."

그는 자신이 처한 부조리한 상황을 받아들일 수 없는 모양이었다.

사토루가 달래듯 그의 어깨를 가볍게 두드렸다. "알았어, 알았어.

미안해. 내가 아직 설명 안 했던가?"

그 모습에서 친밀함은 한 조각도 찾아볼 수 없었다. 아무리 생각해도 이 두 사람이 한때 애인 사이였다는 것은 믿을 수 없다.

"예전에 자유연구 과제에 관해서 얘기했는데, 그때 마침 네가 없었거든. 다 같이 아이디어를 낸 결과, 눈의 결정을 조사하기로 했어."

"눈의 결정? 말도 안 돼. 너무 어린애 같잖아. 예전에 유아이엔에 다닐 때, 겨울방학 과제로 한 적이 있어."

료는 우리 소꿉친구이기는 하지만 나와 사토루가 다닌 와키엔이 아니라 마모루와 같은 유아이엔 출신이다.

"눈의 결정이 주력에 의해 어떻게 변하는지 조사하는 거야. 우리는 이미 분담을 정했어. 넌 교사 뒤쪽에 있는 눈을 조사해줘."

"뭘 어떻게 조사해야 하는데?"

"일단 눈의 결정을 현미경으로 확대해서 패턴을 스케치하는 거야. 최소한 100가지 정도의 패턴이 필요해. 그리고 그 패턴을 대강 분류한 뒤, 마지막으로 몇 가지 패턴을 선별해서 일정한 장소에 쌓인 눈에 주력으로 결정을 바꿀 수 있는지 실험하는 거야."

료가 의심스러운 말투로 물었다. "그렇다고 이미 완성되어 있는 결정의 형태가 바뀔까?"

그의 말이 끝나기도 전에 청산유수 같은 사토루의 설명이 시작되었다. "바로 그거야. 실은 그게 이번 자유연구의 최대 주안점이거든. 잘 들어. 고체는 대부분 결정이잖아. 그래서 녹이지 않고 눈의 결정을 주력으로 바꿀 수 있다면, 모든 고체의 특성을 자유자재로 바꿀 수 있을지 몰라."

료의 입에서 감탄사가 새어나왔다. "아하……!"

아직도 사토루의 그럴듯한 허풍에 속아 넘어가는 것이 신기하기만 했다. 역시 그가 우리와 어울렸다는 것은 새빨간 거짓말이다.

"나는 교사 뒤쪽을 맡으면 된다고 했지?"

"그래, 부탁해. 우리는 적당히 나눠서 밖을 조사할게. 아 참, 도중에 중단하면 안 돼. 그러면 나중에 처음부터 다시 시작해야 하니까."

"알았어."

료는 시원하게 대답하고 교사 뒤쪽으로 뛰어갔다. 사토루의 말과 행동에 나는 마음속으로 혀를 내둘렀다.

"악마."

"악마는 무슨. 지금은 어쩔 수 없잖아."

우리는 당당하게 학교 정문을 통과해서 선착장으로 향했다. 털모자 밑으로 빠져나온 귓불이 얼얼할 만큼 공기가 차갑고 아직 가루눈이 휘날리고 있었다.

사토루는 필요한 장비를 가져오기 위해 일단 집으로 가고, 나와 마리아는 백련 4호를 타고 마모루의 집으로 향했다. 수온에 비해 외부 기온이 낮아서 그런지, 수로 위에는 온천처럼 아지랑이가 하늘하늘 피어오르고 있었다. 군데군데 얼은 얼음을 미처 주력으로 깨뜨리지 못할 때는 배 앞쪽으로 깨뜨렸는데, 그 모습은 마치 북극해를 항해하는 고대의 쇄빙선 같았다.

"마모루가 왜 가출했는지 알아?"

내 질문을 받고 마리아는 잠시 생각에 잠겼다.

"잘 모르겠어…… 하지만 요즘 들어 좀 우울해 보였어."

그러고 보니 그런 것 같기도 하다.

"왜? 무슨 일 있었어?"

"그렇게 대단한 일은 아니야. 게다가 그걸 알아차린 사람은 나뿐이고……."

"말해봐."

"주력 과제를 해내지 못할 때가 종종 있었어. 그렇게 어려운 기술이 아니라서 마모루의 실력이라면 쉽게 해낼 수 있을 줄 알았는데……. 애당초 비관적으로 생각하는 타입이라서, 한 번 실수하면 그걸로 끝이잖아."

"그것뿐이야?"

겨우 그런 걸로 가출까지 할까?

"그래서 한 번 태양왕에게 지적을 받았거든. ……그 이후, 거짓 고양이가 오지 않을까 농담처럼 말했는데, 안색이 창백해진 걸로 봐서 본인은 농담이라고 여기지 않는 것 같았어."

그렇다면 책임의 한 자락은 나에게도 있지 않을까? 어쩌면 반에서 사라진 아이들에 대해 말한 것이 발단이 되었는지 모른다. 마리아나 도미코 씨의 평가가 맞다고 하면 마모루는 나보다 훨씬 약한 것이다. 그때 차가운 공기가 등줄기를 가로질렀다.

"고리는 항상 가장 약한 부분에서 끊어진다……."

내 중얼거림을 듣고 마리아가 의아한 표정으로 되물었다. "무슨 말이야?"

"아무것도 아니야."

나는 혼란스러운 머릿속을 정리하려고 했다. 소름 끼치는 생각이 뇌리에 떠올랐지만 그 생각의 정체를 잡을 수 없었다.

마모루의 집이 있는 상수리마을은 초의 가장 서쪽에 자리 잡고 있었다. 한겨울에 차가운 강바람을 정면에서 받는 것은 상당히 힘들어서, 선착장에 도착했을 때는 얼굴 감각이 마비될 정도였다.

나는 백련 4호를 기둥에 묶은 후 가져온 배낭을 메고 널빤지 설피를 신었다. 크로스컨트리에 적합한 텔레마크스키에 일본의 전통적인 설피와 눈 신발의 장점을 합친 것이다.

널빤지 뒤쪽에 무수한 가시를 박아서, 전진할 때는 매끄럽지만 후퇴할 때는 브레이크가 걸린다. 따라서 평지에서는 평범하게 걷거나 스케이팅의 요령으로 나아갈 수도 있다. 주력으로 나아갈 때는 두 발을 어깨만큼 벌리고 허리를 낮춘다. 그러면 언덕길도 가뿐하게 올라갈 수 있고 평지에서도 마음껏 속력을 낼 수 있다. 문제는 내리막길로, 주력으로 제동을 거는 건 정신적으로 피곤해서 오히려 스키 기술로 활강하는 쪽이 편했다. 마리아는 일반 신발을 신은 채 요정처럼 공중을 떠다니고 있었다.

마모루의 집에 도착한 우리는 주변에 남아 있는 발자취를 확인했다. 실종된 사람의 뒤를 쫓을 때는 소복하게 쌓인 눈이 도움이 되기도 한다.

"마리아, 혹시 이거 아니야?"

내가 발견한 것은 발자국이 아니라 두 갈래로 난 썰매 자국이었다. 두 갈래의 폭이 좁은 것을 보면 어린애용 썰매인 듯하다.

"마모루는 설피를 잘 못 탔어. 오히려 거의 사용할 수 없었지."

"유아이엔 시절에 사용했던 썰매일 거야. 그리고 썰매 자국이 푹 팬 걸 보면 상당히 무거운 물건을 실은 것 같아."

어린애용 썰매에 짐을 많이 싣고 집을 나가는 건 좋은 방법이 아니지만, 너무도 마모루답다는 생각이 들었다. 잠시 기다리고 있자 사토루의 배가 맹렬한 스피드로 다가오는 것이 보였다.

"많이 기다렸지? 어디로 갔는지 알아냈어?"

배에서 내린 그는 이미 설원을 트레킹하기 위한 장비로 무장하고 있었다. 내 것보다 폭이 넓고 긴 그의 설피는 다리 힘이 필요하기는 하지만 물살이 없는 수면에서는 물거미보다 빨리 움직일 수 있는 장점을 가지고 있었다.

우리 세 명은 마모루가 남긴 썰매 자국을 따라갔다. 마모루는 세 시간쯤 먼저 출발했지만, 어린이용 썰매에 짐을 가득 실은 만큼 거의 속도를 낼 수 없을 것이다. 게다가 도중에 어느 쪽으로 갈지 망설였을 테니까 두 시간이면 따라잡을 수 있으리라. 썰매 자국은 마모루의 집 뒤쪽에서 한동안 길을 따라 이어지더니, 도중에 오른쪽으로 휘어서 작은 언덕을 올라갔다.

"사람들 눈에 띄지 않는 곳으로 가려고 했나 봐."

사토루의 말에 머리 위에서 마리아가 대답했다.

"주력으로 썰매 자국을 없애지 않은 게 마모루다워."

나는 처음부터 껴안고 있던 의문을 입에 담았다. "그런데 왜 배를 사용하지 않았을까?"

익숙지 않은 썰매를 사용하기보다 배를 사용하는 편이 스피드도 빠르고 무거운 짐도 운반할 수 있지 않은가?

"누가 볼까 봐 그랬겠지."

역시 그것이 가장 큰 이유였으리라. 하지만 그것 말고 다른 이유가 있을지도 모른다. 강이나 수로는 도망치기도 편하지만 쫓아가기도 좋다. 혹시 마모루는 팔정표식을 넘어서 산속으로 들어가려고 한 게 아닐까?

한때 그쳤던 눈이 다시 흩날리기 시작했다. 우리는 추적 속도를 높이기로 했다. 나와 사토루가 썰매 자국을 사이에 두고 양쪽에서 눈 위를 활주하고, 마리아는 한 번에 40~50미터씩 완만한 점프를 반복하며 뒤에서 따라왔다. 계속 떠 있는 것보다 그쪽이 편한 것이다.

"잠시만!"

뒤쪽에서 들리는 마리아의 소리를 듣고 우리는 활주를 멈추었다. 내가 천천히 되돌아가면서 물었다. "왜 그래?"

마리아가 썰매 자국에서 4~5미터 떨어진 곳에서 몸을 숙이고 눈을 쳐다보았다.

"이거 어떻게 생각해?"

그녀가 가리킨 것은 눈 위에 남은 발자국이었다. 사람이나 곰, 원숭이의 발자국치고는 몹시 작다. 가장 비슷한 것은 토끼 발자국이지만 그보다는 조금 크고, 양발을 가지런히 모아서 뛴 게 아니라 사람처럼 번갈아 걸음을 옮긴 것처럼 보인다.

내 어깨 너머로 발자국을 들여다보던 사토루가 숨을 헐떡이며 말했다. "요괴쥐 같아……."

"요괴쥐라고? 요괴쥐가 왜 이런 데 있지?"

"그걸 내가 어떻게 알아? 사냥이라도 하러 온 거 아닐까?"

"사냥?"

불길한 예감이 뇌리를 스쳤다.

"만약 요괴쥐라면 큰일이야."

"왜?"

"이 발자국을 잘 봐. 썰매 자국과 평행으로 이어져 있잖아."

아무리 봐도 요괴쥐가 마모루의 뒤를 쫓아갔다고 생각할 수밖에 없었다.

눈에 찍힌 두 줄기 자국은 점차 우리를 인가에서 떨어진 곳으로 이끌었다. 새로 쌓인 눈 위에서 상당히 고생하며 앞으로 나아간 흔적을 엿볼 수 있었다. 이윽고 급경사면 아래에 도착하자 그 자리에서 눈사람이 되는 것보다 낫다고 여겼는지 가까스로 기어 올라간 듯하다.

사토루가 어이없는 표정으로 말했다. "마모루 녀석, 어린이용 썰매로 무모하게 잘도 올라갔군. 보기와 달리 의외로 두려움을 모르는 거 아니야?"

어쩌면 더 무서운 것에 쫓김으로써 앞뒤를 생각할 수 없었던 것일지도 모른다…….

우리도 썰매 자국을 쫓아 경사면을 올라갔는데, 가루눈에 휩쓸려 그대로 드러난 아이스반*에 설피가 미끄러지는 바람에 몇 번이

---

* Eisbahn, 눈 표면이 녹아서 다시 얼어붙거나 눈이 다져져서 단단해진 상태나 장소.

나 넘어질 뻔했다. 주력이 없었으면 벌써 경사면에서 거꾸로 떨어졌으리라.

경사면은 크게 커브를 그리며 끝없이 이어지고, 그 사이에 있는 절벽 밑의 계곡도 점점 깊어졌다. 마모루의 썰매는 도중에 비스듬하게 자라난 나무들의 방해를 받아 재빨리 올라가지 못한 듯했다. 좀 더 앞으로 나아가자 위쪽은 투박한 바위가 있는 무너지기 쉬운 경사면으로 바뀌었다. 이제 갈 수 있는 곳까지 갈까 아니면 되돌아갈까의 선택밖에 남지 않았는데, 아무리 주력을 사용해도 무거운 썰매를 타고 있는 경우에는 경사면에서 방향을 바꾸기가 쉽지 않다. 마모루는 아마 옴짝달싹 할 수 없는 상태에서 무모하게 전진하는 것밖에 다른 방법이 없었으리라.

"사토루, 썰매 자국이 안 보여. 어디 있는지 알아?"

나는 경사면 도중에 멈춰 서서 그렇게 말했지만 그도 고개를 가로저을 뿐이었다.

"나도 잘 모르겠어. 무거운 짐을 실은 탓에 지금까지는 아이스반 위에 남아 있었는데……."

"내가 위쪽을 보고 올게."

급경사면을 메뚜기처럼 뛰어다니던 마리아가 그렇게 말하며 기구처럼 상승했다.

"이 주변까지는 자국이 희미하게 남아 있어."

나는 계곡 밑으로 미끄러지지 않도록 주력으로 몸을 지탱하며, 울퉁불퉁한 얼음 위에 남아 있는 흔적을 더듬었다. 손가락 끝에 이질적인 감촉이 느껴졌다. 바위다. 경사면에서 튀어나오지 않아

눈에는 보이지 않았지만, 아이스반이 아니라 평평하고 단단한 바위가 튀어나와 있다. 적어도 커다란 집의 대문 정도는 되는 듯하다. 위에 쌓여 있는 눈을 주력으로 날려보내자 바위 한가운데에 금속으로 할퀸 듯한 흔적이 나타났다.

"사토루, 이거 봐!"

사토루는 경사면에서 재빨리 방향을 바꾸어 내 옆에서 멈추었다.

"이것 봐. 혹시 마모루의 썰매가 여기서……!"

그때 경사면 위에서 마리아가 내려왔다. "위에는 아무 흔적도 없어. 그리고 여기를 올라가긴 힘들었을 거야."

"마리아, 큰일 났어!"

내 설명을 듣고 이미 추위로 새하얘진 그녀의 얼굴에서 완전히 핏기가 사라졌다.

"그러면 마모루는 여기서 미끄러져서…… 밑으로?"

우리는 절벽 밑을 내려다보았다. 언제 이렇게 올라왔는지, 계곡 바닥까지는 100미터쯤 되었다. 여기서 떨어졌다면 주력을 이용해서 몸을 지키지 않은 이상, 살아 있을 가능성은 거의 없으리라.

"어쨌든 내려가보자. 여기서 미끄러졌다고 해도 꼭 바닥까지 떨어졌다곤 할 수 없으니까."

사토루의 말에 따라 우리는 30도가 넘는 경사면을 천천히 내려갔다. 30~40미터쯤 내려갔을 때, 설피에 전해지는 경사면의 감각이 바뀌었다.

"눈 웅덩이야!"

경사면 도중에 있는 깊은 구덩이가 부드러운 눈으로 덮여 있는 것이다.

"아직 희망이 있어. 여기가 쿠션이 되어 썰매가 멈췄을지 몰라."

"하지만 그다음에 있어야 할 썰매 자국이 어디에도 없어."

마리아가 안절부절못한 모습으로 주력을 이용해서 무턱대고 눈을 치우려고 했다.

"위험해. 넌 주력으로 공중에 떠 있으니까 나한테 맡겨."

나는 마리아를 제지하고, 웅덩이의 눈을 단숨에 날려보내려고 돌풍을 일으켰다. 하늘로 솟구친 눈 연기에 사토루가 움찔거리며 뒤로 물러섰다.

마리아에게는 큰소리쳤지만 주력을 사용하지 않고 급경사면에서 있는 것은 무모한 시도였다. 거의 몇 초마다 주력을, 바람을 일으키는 것에서 내 몸을 지탱하는 쪽으로 돌려야 했다. "아!"라는 마리아의 외침을 듣고 나는 바람을 중지했다.

마리아의 비통한 목소리가 이어졌다. "저기 묻혀 있어!"

눈 사이에서 튀어나온 건 쇠로 된 썰매의 발이었다.

"파내야겠어! 내가 할 테니까 너희는 손대지 마."

그때 사토루가 떠올린 이미지는 거대한 삽이었다. 다음 순간, 엄청난 양의 눈이 하늘로 솟구치더니 절벽 밑으로 떨어졌다. 썰매의 모습이 드러나자 이번에는 사람 손으로 파내는 양 섬세하고 재빠른 동작으로 바꾸었다. 그는 앞을 가로막은 눈을 전부 제거한 뒤 거꾸로 되어 있던 썰매를 뒤집었다. 썰매에 쌓여 있던 짐은 주위에 흩어져 있지만 마모루의 모습은 어디에서도 보이지 않았다.

마리아가 미친 사람처럼 소리쳤다. "어디야? 마모루는 어디 있지? 여기에 없다면 밑으로 떨어졌다는 거잖아. 그렇다면 빨리 구해야지!"

그녀에게 어떻게 대답해야 좋을지 몰라서 나는 고개를 떨구었다. 만약 마모루에게 주력을 사용할 시간이 있었다면 여기서 멈췄을 것이다. 그런데 여기보다 더 밑으로 떨어졌다면 도중에 완전히 의식을 잃었으리라. 그렇다면 살아 있을 가능성은 희박할 것이다. 그런데 우리 중에 냉정함을 잃지 않은 사람이 있었다. 사토루였다.

"잠시만……! 이상하지 않아? 왜 썰매가 이렇게 안전하게 묻혀 있었을까?"

그의 말에서 무언가를 느끼고 내 마음속에서 가느다란 희망이 피어올랐다.

"눈이 내렸기 때문이잖아."

내 대답을 듣고 그는 천천히 고개를 흔들었다. "아니야. 마모루가 지나간 후에 이렇게 쌓일 정도로 눈이 많이 내렸다면, 썰매 자국이 묻혀서 우리가 여기까지 쫓아올 수 없었을 거야."

"그러면 눈 웅덩이에 떨어졌을 때의 충격으로 썰매가 눈 속으로 들어간 게 아닐까?"

"그렇다고 해도 그때 솟구친 눈으로 이렇게까지 완벽하게 숨길 수는 없어."

"너희들, 대체 지금 무슨 말을 하는 거야? 마모루가 없어졌는데 이렇게 태연하다니! 그래도 너희가 친구야? 그런 게 무슨 상관이 있는데?"

"상관이 있어. ……어쩌면 마모루는 무사할지 몰라."

사토루의 말에 우리는 숨을 들이마시고 동시에 소리쳤다.

"정말이야?"

"그게 무슨 뜻이야?"

그는 심사숙고하는 표정으로 말했다. "여기에 썰매가 묻혀 있던 이유는 한 가지밖에 없어. 썰매를 발견할 수 없도록 누가 일부러 묻어둔 거야."

그 즉시 마리아의 목소리가 밝아졌다. "그럼 마모루가 묻어둔 거 아니야?"

"아니면 마모루를 쫓아온 요괴쥐……일 수도……."

썰매가 묻혀 있던 곳에서 마모루 또는 요괴쥐가 걸어서 이동했다면, 어느 쪽으로 갔을까? 우리는 현실적인 루트를 찾아보기로 했다. 잠시 경사면을 따라 걸어간 후, 약간 완만해진 곳으로 올라가서 다시 울창한 덤불 사이를 빠져나갔다. 그리고 거기에서 경사면 위까지 이어져 있는 좁은 길을 발견했다.

"짐승들이 다니는 길 같아."

더구나 그 길 위에는 요괴쥐 발자국과 함께 무거운 것을 끌고 간 흔적이 뚜렷이 남아 있었다. 최악의 상상을 했는지, 마리아가 꺼져 들어가는 목소리로 중얼거렸다.

"설마 마모루를……."

사토루가 고개를 흔들며 대답했다. "그건 아냐. 마모루는 정신을 잃은 것 같아. 요괴쥐는 마모루를 구하기 위해 데려간 것 같고."

"그걸 어떻게 알아?"

내 질문에 그는 길 한가운데를 가리켰다.

"여기 봐, 나무뿌리가 튀어나와 있잖아. 일부러 나무뿌리를 피해서 지나갔어. 만약 요괴쥐가 끌고 간 게 시체였다면 나무뿌리에 부딪히든 말든 신경 쓸 리 없잖아."

단지 쉽게 운반하려고 나무뿌리를 피했을지도 모르지 않는가? 그렇게 설득력 있는 이유라고 여겨지지는 않았지만 그래도 그의 말에 용기를 얻은 건 사실이다.

짐승 길을 지나서 경사면을 끝까지 올라간 순간, 눈 위에 이어져 있던 흔적이 홀연히 종적을 감추었다. 하지만 주변의 땅을 주의 깊게 관찰하니 꼼꼼히 흔적을 지운 표시가 눈에 띄었다. 그곳에서 20미터 정도 앞으로 걸어가자 요괴쥐의 발자국과 함께 무언가를 끌고 간 흔적이 되살아났다. 목표가 눈앞으로 다가왔음을 느끼고 우리는 일제히 긴장했다. 눈의 흔적은 나무들이 드문드문해진 숲속을 뚫고 100미터 정도 이어져 있었다.

그때 사토루가 앞쪽을 가리켰다. "얘들아, 저기 봐⋯⋯!"

덤불로 가려져 있지만, 두 개의 커다란 소나무 사이에 높다랗게 쌓인 눈이 보였다. 살며시 다가가 살펴보자 그것은 돔 모양으로 생긴 2미터 정도의 물체였다.

마리아가 숨죽인 목소리로 말했다. "눈집이야!"

그것은 어렸을 때 만들었던 눈집과 똑같았다. 표면에는 눈을 탁탁 때려서 압축한 흔적도 보이고, 커다란 찐빵처럼 만들고 나서 안을 파낸 방법도 똑같았다. 소나무가 양쪽을 지탱하고 있어서 보통 눈집보다 내구성이 훨씬 뛰어난 것처럼 보였다.

사토루가 나를 쳐다보며 긴장한 얼굴로 물었다. "어떡하지?"

"지금은 정면 승부하는 수밖에 없어."

지금은 한가하게 토론할 시간이 없다. 나는 마음을 굳게 먹고 눈집으로 다가갔다. 사토루와 마리아는 이심전심으로 양쪽으로 흩어졌다. 요괴쥐가 주력을 가진 인간을 공격하지는 않겠지만, 세 사람이 한군데에 모여 있지 않고 옆에서 지원해주는 모습을 보면 더 공격하기 힘들 것이다.

나는 눈집 앞에 서서 소리쳤다. "안에 누구 있어?"

대답은 들리지 않았다. 주위를 둘러보니 반대쪽에 출입구 같은 작은 구멍이 있고, 구멍 앞에는 마른 나뭇가지를 끈으로 묶은 것이 쳐져 있었다. 나는 살며시 마른 나뭇가지를 치우고 안을 들여다보았다.

"사토루! 마리아! 여기 있어!"

다음 순간, 두 사람 모두 뛰어와서 나와 함께 구멍을 들여다보았다.

내부는 생각보다 훨씬 넓었다. 눈집 한가운데서 담요를 덮고 누워 있는 사람은 마모루였다. 얼굴은 거의 보이지 않았지만 폭발할 듯한 머리카락을 가진 사람이 마모루 말고 누가 또 있으랴. 가슴이 미세하게 위아래로 들썩이는 걸 보면 살아 있는 것은 분명했다. 아마 잠이 든 모양이다.

"다행이다……."

마리아가 안도하며 두 손으로 얼굴을 가리고 울음을 터뜨린 순간, 마모루가 가늘게 눈을 떴다.

"아아! 너희들 왔구나."

"지금 태평하게 그런 말을 할 때야? 이렇게 걱정하게 만들면 어떡해?"

말투와 달리 사토루의 얼굴에도 미소가 배어 있었다.

"어떻게 된 거야? 경사면에 썰매가 떨어진 흔적이 있던데."

내가 그렇게 묻자 마모루는 기억을 더듬으려고 하는지 미간에 주름을 잡았다.

"역시 미끄러졌구나. 그때 상황이 기억나지 않아. 기억이 나는 건 머리를 망치로 얻어맞은 것처럼 몽롱했다는 거야. 다리를 다쳐서 걸을 수 없었는데, 스퀸크가 나를 발견하고 눈 속에서 파낸 뒤 여기까지 데려왔어."

마리아가 울음 반, 웃음 반의 얼굴로 물었다. "누구라고?"

"스퀸크. 진짜 발음은 더 어렵지만. ……아 참, 너희도 옛날에 만난 적이 있어."

"우리도 만난 적이 있다고? 언제?"

그때 등 뒤에서 바스락바스락 덤불이 움직이는 소리가 들렸다. 뒤를 돌아보자 마치 얼어붙은 것처럼 멍하니 서 있는 요괴쥐의 모습이 눈에 들어왔다. 우리를 보고 상당히 놀란 모양이었다.

사토루가 주력으로 들어올리자 요괴쥐는 가져온 짐을 떨어뜨리고 겁먹은 모습으로 끼익끼익 비명을 질렀다. 빵빵하게 옷을 많이 입은 데다 보온성이 높은 옛날의 종이옷을 입었는지 사락사락하는 소리가 들렸다. 맨 위에 입은 팔락거리는 오물색 망토가 오랜 기억을 불러일으켰다.

"아! 이 요괴쥐, 혹시 그때……."

마리아가 의아한 얼굴로 물었다. "사키, 너도 알아?"

"그래. 그때 너도 같이 있었어. 전인학급에 입학한 지 얼마 되지 않았을 때, 수로에 떨어진 요괴쥐를 구해준 적이 있잖아."

서서히 기억이 돌아왔다. 분명히 이마에 굴벌레나방 콜로니의 약자인 '굴'이라는 글자가 새겨져 있었다……. 사토루와 마리아도 즉시 기억을 떠올린 모양이다.

"스퀸크를 내려줘. 내 생명의 은인이야."

마모루의 말을 듣고 사토루가 우리 눈앞에 살며시 요괴쥐를 내려놓았다. 스퀸크라는 요괴쥐는 우리를 향해 몸을 낮추고 정중히 고개를 숙였다.

"키키키키키……. 신이시여, 고맙습니다."

"아니야, 인사는 우리가 해야지. 마모루를 구해줘서 고마워."

"당치도 안습니다. 시시시시시……시·인…… 곤경에 빠진 신을 구하는 건, pssssh…… 당연한 일입니다."

스퀸크의 말은 예전에 만난 스퀴라나 기로마루에 비해 상당히 알아듣기 힘들고 가끔 숨이 새어나오거나 신음 같은 목구멍소리가 섞였지만, 수로에서 구해줬을 때에 비하면 장족의 발전을 이룬 셈이다.

"구해준 건 고맙지만 스퀸크, 넌 왜 마모루의 뒤를 따라왔지?" 사토루의 말투는 힐문에 가까웠다.

"네, 우연히 지나가다가 눈 위의 흔적을 발견해습니다. 그래서 grrrrr…… 다른 코로니의 요괴쥐인 줄 알고 ssssh…… 알아보러 갔습니다." 스컹크는 돼지처럼 생긴 주름투성이의 코를 내밀고 더 듬더듬 말했다.

누런 어금니 밑의 헤벌쭉 벌어진 입가에서는 새하얀 숨결과 함께 침이 뚝뚝 떨어졌다.

"흐음…… 그런데 애당초 이런 데서 뭐하고 있었어?"

내 질문에 스컹크보다 빨리 반응한 사람은 마리아였다.

"그게 무슨 상관이야? 이 애는 마모루를 구해줬어. 그런데 너희는 왜 야단만 치는 거야?"

나는 당황해서 황급히 입을 다물었다. "야단치려고 하는 게 아니야."

이때 스컹크를 좀 더 추궁했다면 그 후에 일어난 일이 달라졌을까? 요괴쥐가 사토루도 무색하리만큼 변명과 거짓말에 탁월하다는 걸 생각하면 어차피 별 차이가 없었으리라.

그래도 스컹크가 왜 팔정표식 안쪽에 있었는지는 물어보아야 했다. 당시 우리가 팔정표식 밖으로 나가는 일은 엄격하게 금지되어 있었음에도 요괴쥐의 출입이 자유로웠던 것을 알았다면 강한 위기감을 가지게 되었을지도 모른다. 나중에 안 사실이지만 요괴쥐의 출입이 자유로웠던 이유는 놀랍게도 요괴쥐가 문명화한 데다 야생 동물이기 때문이라는 것이었다.

어쨌든 마리아는 조금 전과 달리 혹독한 말투로 마모루를 추궁했다. "그보다 마모루, 설명해줘."

"응…… 미안해."

"미안하다고만 하면 무슨 이유인지 모르잖아. 왜 혼자 이런 짓을 한 거야?"

마모루는 침상 위에서 몸을 일으켜 어머니에게 야단맞는 어린애처럼 울상을 지었다.

"하지만…… 어쩔 수 없었어. 죽고 싶지 않았으니까."

마리아가 미간에 주름을 잡았다. "무슨 뜻이야?"

"난 너희와 달라. 주력도 다른 사람보다 못하고 특별한 장점이 있는 것도 아니고…… 낙오자가 되기 일보 직전이었어."

"그렇지 않아."

나의 그 말은 친구들에 의해 완전히 무시당했다.

"언제부턴가 나를 보는 태양왕의 눈길도 차가워졌어. 난 처분될 명단에 들어간 거야. X라든지, 예전에 우리 반에 있던 여자아이나 사키의 언니처럼……."

마리아가 비난하는 눈길로 내 얼굴을 노려보았다. 나는 당황해서 그녀의 의혹을 부정했다.

"난 아무 말도 안 했어."

"그래도 알고 있어. 너희들이 모여서 소곤소곤 얘기하는 거. 사키의 언니가 남긴 거울, 나에게만 말 안 했지?"

"몰래 엿들었어?"

나는 그렇게 물었지만 이 말 역시 전원에게 무시당했다.

마리아는 표변해서 어린애를 달래는 말투로 타일렀다. "……마모루. 처분이라든지 명단이라든지, 그런 게 어디 있어? 네가 오해한 거야."

"거짓고양이가 왔었어."

그 말이 끝나기가 무섭게 주위는 찬물을 끼얹은 것처럼 조용해졌다.

"무슨 말이야? 그건……."

마리아는 말을 하려다 마모루의 표정을 보고 다음 말을 집어삼켰다.

"적어도 두 번은 봤어. 처음에는 나흘 전 밤이었지. 어두워져서 집에 가려고 했을 때, 뭐가 쫓아오는 느낌이 들었어. 그래서 화톳불이 켜져 있는 모퉁이를 돌아간 다음, 잠시 걸어가고 나서 재빨리 돌아봤지."

사토루가 목소리를 낮추며 물었다. "있었어?"

"거짓고양이의 모습은 안 보였어. 하지만 내가 돌아온 모퉁이에서 무언가가 숨는 걸 봤어. ……화톳불에 비친 그림자가 모퉁이 밖으로 튀어나온 걸 똑똑히 봤으니까. 모양은 확실하지 않지만 엄청나게 큰 그림자였어."

우리는 마른침을 삼키며 마모루의 말에 귀를 기울였다.

"나는 공포에 휩싸여 화톳불에 주력을 가했어. 그 즉시 장작이 새하얀 불덩어리로 변하더니 눈 깜짝할 사이에 전부 타버렸지. 하지만 그림자는 그전에 어디론가 사라졌어. 나는 집에 도착할 때까지 어두운 길을 죽을힘을 다해 뛰어갔지."

마리아가 분위기를 부드럽게 만들려고 얼굴에 미소를 담고 말했다. "……혹시 잘못 본 거 아니야? 공포에 휩싸이면 마른 갈대도 귀신으로 보인다잖아."

나도 입을 맞추었다. "그래. 만약 부정…… 거짓고양이가 정말로

왔다면 더 빨리 덮쳤을 거야."

하지만 사토루는 그런 우리의 노력을 멋지게 물거품으로 만들었다.

"과연 잘못 본 걸까? 거짓고양이 이야기는 몇 가지가 있는데, 기분 나쁠 만큼 한 가지 공통점이 있어. 사냥감을 덮치기 전에 예행 연습처럼 미리 뒤를 쫓아간다고 하더군."

마모루가 깊숙이 고개를 끄덕였다. "나도 그렇게 생각해. 그때는 덮칠 생각이 없었던 것 같아. ……하지만 어제는 그렇지 않았어."

"어제라고? 설마……."

마리아에게는 짐작되는 부분이 있는 모양이었다.

"어제 학교 수업이 끝날 즈음이었어. 나는 보충 수업이 있어서 남아 있었지. 보충 수업이 끝나고 집에 가려고 했을 때, 태양왕이 심부름을 시켰어. 남은 프린트 용지를 비품 보관창고에 가져다놓으라고……."

"비품 보관창고라면 정원으로 가는 도중에 있잖아!"

내가 느낀 차가운 공기는 반드시 기온 탓만은 아니었다.

"그래. 나는 시키는 대로 프린트 용지를 가져갔어. 하지만 그렇게 많지도 않았는데 일부러 나한테 시킨 이유를 알 수 없었지. 어쨌든 선반 위에 올려놓고 나서 집에 가려고 했을 때 뒤쪽에서 낯선 기척이 느껴졌어."

마모루의 눈에 그렁그렁 눈물이 고였다.

"뒤쪽 복도에는 창문이 없어서 캄캄했지. 나는 종종걸음으로 뛰어갔어. 절대로 뒤돌아봐선 안 된다는 생각을 하면서. 이유는 잘 모르지만 한 번 돌아보면 그걸로 끝장이라고……. 그 대신 귀를 쫑긋 세웠더니 소리가 들렸어. 걸음걸이가 부드러워서 발소리는 나지 않았지만, 사람보다 무거운 탓인지 복도 바닥에서 삐걱거리는 소리가……."

그의 말투에 울음이 배기 시작했다.

"내가 걸음을 멈추자 뒤쪽 소리도 멈췄어. 공포로 인해 발이 얼어붙은 순간, 짐승의 숨소리 같은 게 들렸어. 그리고 짐승 냄새도. 난 이제 틀렸다고 생각했어. 여기서 거짓고양이에게 잡아먹힐 거라고. 그래서 나도 모르게 주력을 내뿜었나 봐. 다음 순간, 주변의 공기가 소용돌이 같은 소리를 내기 시작했어. 그리고 뒤쪽에서 무서운 신음이 들렸지. 나는 뒤를 돌아보고…… 봤어."

사토루가 몸을 앞으로 내밀며 물었다. "어떻게 생겼어?"

"어둠 속에 녹아들기 직전에 한순간 새하얀 뒷모습이 보였는데, 믿을 수 없을 만큼 커다란 고양이였어. 복도에는 드문드문 핏자국이 남아 있었지. 아마 소용돌이가 낫족제비가 되어 상처를 입힌 것 같아."

나는 아무 말도 할 수 없었다. 마리아의 눈은 분노로 이글이글 타올랐다.

"난 어제 마모루의 보충 수업이 끝날 때까지 기다릴 생각이었어. 하지만 태양왕이 오래 걸리니까 먼저 집에 가라고 했지. 처음부터 마모루를 혼자 있게 만들어 죽일 생각이었던 거야……!"

"잠시만! 왜 마모루를 처분해야 하지? 주력이 뛰어나지는 않지만 보통은 되고, 성격도 문제가 없잖아. 항상 성실하고 협조성도 높은데……."

"그걸 내가 어떻게 알아? 실제로 마모루는 거짓고양이를 봤어. 그것도 두 번이나. 더 이상 뭘 의심하는 거야?"

사토루와 마리아의 말다툼을 들으며 나는 등골이 오싹한 기분에 사로잡혔다.

도미코 씨에게 들은 이야기에 따르면 마모루가 처분 대상이 되어도 이상할 게 없었다. 부정고양이가 다가온 순간 공포에 휩싸여서 자기도 모르게 그랬다곤 하지만, 마모루는 상대가 보이지 않는 상황에서 위험한 주력을 발동했다. 자칫 잘못하면 인간을 향한 공격으로 이어질 수 있는 폭거가 아닌가! 게다가 자기도 모르게 했다는 말이 더 큰 문제일지 모른다. 의식 차원에서 주력을 완전히 제어할 수 없다면 가까운 장래에 업마가 될 위험성이…….

나는 어느새 교육위원회의 시점에서 생각하는 걸 깨닫고 경악을 금할 수 없었다.

마모루가 조용히 말했다. "거짓고양이를 봤을 때 생각났어. 예전에도 그 녀석을 본 적이 있어."

사토루가 어안이 벙벙한 얼굴로 물었다. "무슨 말이야?"

"아무리 머리를 짜내도 뚜렷하게 생각나지는 않아. 아마 사라진 기억의 일부인 것 같아. ……하지만 난 분명히 정원에서 창고 같은 오두막집 뒤에 숨어 있었어. 그때 문이 열리고 안에서 그 녀석이…… 거짓고양이가 나왔어."

그때 마리아의 입에서 "아!"라는 소리가 새어나왔다.

"기억나! 나도…… 거기에 있었어."

이윽고 침묵이 찾아왔다. 무겁고 답답한 공기가 주위를 에워쌌다. 마모루를 찾아 집으로 데려가기만 하면 된다는 달콤한 계획은 산산이 부서졌다. 이제 어떻게 하면 좋을까? 우리 네 명은 패닉 상태에 빠진 채 망연자실했다.

마모루의 발이 부러졌을 가능성도 있어서, 어쨌든 바로 데려가는 건 무리였다. 그래서 일단 사토루만 돌아가기로 했다. 두말할 필요도 없이 태양왕에게 나와 마리아가 감기에 걸려 조퇴했다고 변명하기 위해서다.

나와 마리아는 마모루 옆에 또 하나의 눈집을 만들었다. 나는 만일에 대비해 배낭 안에 침낭을 넣어왔지만 마리아는 아무런 준비도 해오지 않아서, 우리는 마모루의 썰매를 파내러 갔다.

다행히 마모루는 지나칠 정도로 많은 음식과 일용품을 가지고 왔다. 우리는 그것을 썰매에 싣고 돌아와 모닥불을 만들었다. 그리고 눈을 녹여 물을 끓여서 셋이 저녁을 먹었다. 스컹크에게도 말린 고기를 조금 나눠주었다.

나는 식후에 차를 마시며 말했다. "내일은 날씨가 좋을 것 같아."

"그래."

왠지 마리아의 대답이 쌀쌀맞게 들렸다.

"날씨만 좋으면 마모루를 썰매에 태우고 갈 수 있을 거야."

"어디로 갈 건데?"

"그야……."

잠시 말문이 막힌 순간, 마모루가 고개를 들고 선언했다.

"난 집에 안 가."

"하지만……."

"집에 가면 분명히 죽게 될 거야."

마리아도 동의했다. "그래! 마모루는 정말로 살해될 뻔했어."

나는 어떻게든 두 사람을 설득하려고 했다. "하지만 현실적으로 생각해봐. 역시 집에 가는 수밖에 없잖아. 지난번에 윤리위원회 의장인 도미코 씨와 얘기한 적이 있어. 우리 사정을 설명하면…… 아마 이해해줄 거야."

말은 그렇게 했지만 확신은 조금도 없었다. 도미코 씨도 마모루가 위험하다는 판단을 내릴지 모르고, 그렇지 않다고 해도 교육위원회의 직권을 침해하면서까지 마모루를 지켜줄지는 의문이다.

마리아는 말도 붙이지 못할 만큼 차갑게 말했다. "안 돼, 이제 아무도 믿을 수 없어. 네 말처럼 윤리위원회에서는 학생의 처분을 직접 결정하지 않을지도 모르지. 하지만 묵인은 했잖아. 그렇지 않으면 친구들이 없어지지 않았을 테니까. 네 언니도, 우리 반에 있던 여자아이도, 그리고 X도."

다시 얼굴 없는 소년의 모습이 뇌리에 떠올랐다. 그 소년이 옆에 있다면 지금의 상황에서 어떤 조언을 해줄까?

"집에 가지 않으면 어떻게 할 거야?"

내 의문에 대답해준 사람은 마모루였다. "혼자 살아갈 거야."

"하지만 캠프와는 사정이 달라. 그러려면 앞으로 수십 년이나 혼자 살아야 하고……."

"그건 지겨울 만큼 생각하고 또 생각했어. 하지만 주력이 있으니까 어떻게 될 거야."

"말도 안 돼. 그렇게 막연하게……."

마리아가 다시 마모루의 말에 지지를 표했다. "나도 어떻게 될 거라고 생각해. 주력을 연마하면 웬만한 일은 해결할 수 있어. 그리고 마모루는 혼자가 아니야. 내가 옆에 있을 거니까."

머리가 혼란스러워지면서 이리저리 흔들렸다.

"자, 잠시만! 마리아, 너까지 왜 이러는 거야?"

"하지만 마모루를 혼자 내버려둘 순 없잖아. 우리는 같은 당번이니까."

이 말에 이의를 제기한 사람은 의외로 마모루였다. "안 돼. 마리아는 집에 가. 안 그러면 부모님께서 걱정하실 거야."

"왜? 내가 옆에 있는 게 싫어?"

"싫을 리 없잖아. 말만 들어도 고맙고 마음 든든해. 하지만 집을 떠나서 살면 여러모로 힘든 일이 많을 거야. 나는 집에서 살 수 없으니까 어쩔 수 없지만, 넌 그렇지 않으니까……."

마리아가 다정한 미소를 지었다. "그런 걱정은 하지 마. 그래서 나한테 한마디 말도 없이 가출했지? 이 세상에 너처럼 착한 사람은 없을 거야. 하지만 우리는 하나야. 앞으로는 언제, 어디서든 같이 있을 거야. 알았지? 약속했어."

마모루는 대답하지 않았지만 눈에 굵은 눈물방울이 맺혔다. 나는 깊은 한숨을 내쉬었다. 이미 어떤 말로도 설득할 수 없음을 알았기 때문이었다.

그날 밤, 나는 눈집 안에서 마리아와 사랑을 나누었다.

나는 그녀의 가슴에 얼굴을 묻고 달콤한 목소리로 물었다. "이제 만날 수 없는 거야?"

마리아는 내 머리칼을 어루만지며 대답했다. "만날 수 없긴! 분명히 또 만날 수 있어. 난 진심으로 널 사랑해. 하지만 지금은 마모루가 걱정돼서 견딜 수 없어. 그리고 마모루를 지켜줄 수 있는 사람은 나밖에 없잖아."

"그건 알지만. 그래도……."

"뭐?"

"부러워."

마리아가 웃음을 터뜨렸다. "이 바보. 우리는 앞으로 둘이 혹독한 자연과 싸우며 살아야 하는데, 뭐가 부럽다는 거야?"

나는 순순히 사과했다. "하긴 그래. 미안해."

"괜찮아. 용서해줄게."

마리아는 손으로 내 턱을 들어올리더니 재빨리 입술을 훔쳤다. 그 이후, 우리는 이별을 아쉬워하며 길고 뜨겁게, 그리고 탐욕스럽게 입맞춤을 나누었다. 그리고 그것은 나와 마리아가 나눈 마지막 입맞춤이 되었다.

4

다음 날 아침, 가랑눈이 흩뿌리는 가운데 나는 혼자 초로 돌아왔다.

추진력은 거의 주력에 의지했지만, 설피를 신고 긴 거리를 주파해서 그런지 다리와 허리의 피로는 극에 달했다. 마리아와 마모루의 앞길뿐만 아니라 미래에 대한 막연한 불안이 증폭되면서 마음이 무겁게 가라앉았다.

겨우 상수리마을의 선착장에 도착했지만 주위에는 사람의 그림자도 보이지 않았다. 아무리 일요일이라고 해도 평소 같으면 사람이 없는 것은 상상할 수 없는 일임에도 그때는 그렇게까지 신경 쓸여유가 없었다. 오히려 사람들 눈에 띄지 않아서 다행이라고밖에여기지 않은 것이다.

나는 백련 4호의 밧줄을 풀어 올라탄 후, 집으로 향했다. 그때까지 계속 주력을 사용한 탓에 집중력이 산만해지고 눈앞이 가물가물해서, 몇 번이나 배가 비틀거리거나 절벽에 부딪힐 뻔했다.

상수리마을에서 물레방아마을로 돌아오는 사이에도 배를 한 척도 만나지 못했다. 나는 그제야 이상하다고 생각하며 고개를 갸웃거렸다. 새하얀 눈이 쌓여 있는 양쪽 기슭에도 사람은커녕 움직이는 그림자조차 보이지 않았다. 마치 가미스 66초 전체가 황폐한 지역으로 변해버린 듯했다.

먼지처럼 춤을 추던 눈이 점차 커지면서 함박눈으로 변했다. 아무리 치워도 백련 4호의 언저리에는 차곡차곡 눈이 쌓였다.

그리운 집이 눈에 들어온 순간, 나는 깜짝 놀라서 숨을 들이마셨다. 부모님이 선착장에 우두커니 서 있었기 때문이었다. 두 분은우산도 쓰지 않고 서로 어깨를 기댄 채, 눈이 머리카락과 어깨에 달라붙어도 꼼짝도 하지 않았다. 백련 4호를 선착장에 대고 나는 부모님께 용서를 빌었다.

"죄송해요, 아무 말도 없이 이제 와서……. 어제는 도저히 올 수 없었어요."

두 분은 말없이 미소를 지었다.

조금 지나서 엄마가 먼저 입을 열었다. "배 안 고파?"

고개를 가로젓는 내 모습을 보며 아버지가 침울한 목소리로 말했다. "피곤하겠지만 교육위원회에서 오라고 하니까 지금 우리와 같이 가봐야겠구나."

어머니가 애원하는 눈길로 아버지를 쳐다보았다. "그전에 잠시만 쉬게 해주면 안 될까?"

"아니…… 안 돼. 급하다고 했고, 더 이상 늦추면 곤란해."

나는 억지로 기운 있는 목소리를 짜냈다. "난 괜찮아요. 별로 피곤하지 않아요."

"그러면 아빠 배를 타자꾸나. 넌 도착할 때까지 쉬고 있으렴."

우리는 아버지가 공무 이외에 사용하는, 백련 4호보다 두 배 정도 큰 배를 탔다.

어머니는 내 어깨를 껴안고 담요를 걸쳐주었다. 나는 눈을 감았지만 가슴이 두근거려서 잠들 수 없었다. 이엉마을 선착장에는 사람들이 나와 있었다. 2년 전 하계 캠프에서 돌아왔을 때 만난 중년 여성은 나와 눈을 마주치려고 하지 않았다. 나는 부모님을 따라 배에서 내린 뒤, 길거리의 눈을 짓밟듯 발에 힘을 주어 걸었다.

교육위원회는 어머니의 직장인 도서관의 한 채 옆 건물에 있었다. 대나무 울타리와 높은 벽이 주위를 에워싸고 있어서, 밖에서는 안의 모습이 보이지 않았다. 정문 옆에 있는 통용구를 통과하자 아직 눈은 내리고 있는데 안은 주력으로 깨끗이 치워져 있었다. 징 검돌을 밟고 현관에 도착할 때까지 30미터는 족히 되었다.

건물 안은 좁은 복도가 끝없이 이어져 있었다. 밖에서는 전혀 비슷하지 않았지만 내부 구조는 예전에 보았던 윤리위원회와 비슷했다.

도중에 중년 여성이 우리 부모님에게 말했다. "여기부터는 사키 양만 들여보내라고 하십니다."

"부모로서, 초의 수장으로서 한마디만 해명하게 해주십시오. 탄 원서도 가져왔습니다."

아버지는 육친의 정을 내세워 매달렸지만 상대는 바늘로 찔러 도 피 한 방울 나오지 않는 모습으로 대답했다.

"부모님의 동석은 타당하지 않습니다."

"저는 초의 도서 관리를 맡은 사람으로서 책임을 통감하고 있어 요. 이번 사건에 관해서 하고 싶은 말이 있는데, 특별히 배려해주 실 수 없을까요?"

"대단히 유감스럽지만 특별은 인정할 수 없습니다."

어머니는 도서관 사서의 권위를 이용하려고 했지만, 상대는 그 것도 받아들이지 않았다. 이윽고 부모님은 포기한 것 같았다.

어머니가 내 양어깨에 손을 올려놓고 진지한 눈길로 말했다. "사 키, 묻는 말에 뭐든지 솔직하게 대답해야 해."

"걱정하지 마. ……알고 있으니까."

어머니의 진심은 이심전심으로 알 수 있었다. 표면적인 말과는 반대로 적당히 취사선택해서 대답하라는 뜻이다. 여기서 잘못 말하면 목숨이 날아갈 수도 있으니까.

내가 들어간 곳은 검은빛을 뿌리는 나무가 깔려 있는 넓은 서양식 방이었다. 채광용 창문은 매우 작고 높은 곳에 매달려 있어서, 교과서에 실려 있던 렘브란트의 그림처럼 방 전체가 어둡고 우울한 분위기를 자아냈다. 한가운데에는 많은 사람들이 둘러앉아 진수성찬을 먹을 수 있을 만큼 커다란 테이블이 놓여 있고, 맞은편에는 열 명 남짓한 사람들이 진을 치고 앉아 있었다. 중앙에 앉아 있는 사람은 교육위원회 의장, 도리가이 히로미 씨였다. 좌우로 앉아 있는 사람도 분명히 교육위원회 위원들이리라. 맨 먼저 입을 연 사람은 히로미 씨가 아니라 왼쪽에 있는 뚱뚱하고 덩치 큰 여성이었다.

"와타나베 사키 양이죠? 거기 앉으세요."

나는 시키는 대로 우두커니 하나 놓여 있는 의자에 앉았다.

"난 교육위원회 부의장 고마쓰자키 마사요예요. 몇 가지 확인하고 싶은 게 있으니, 묻는 말에 하나도 빠짐없이 솔직하게 대답해주세요. 절대로 감추거나 거짓말을 해서는 안 돼요. 알았죠?"

말투는 학교 선생님처럼 다정했지만 실처럼 가느다란 눈은 깜빡거리지 않고 나를 뚫어지게 쳐다보았다. 사람을 주눅 들게 만드는 권위와 압력을 느끼고 나는 짤막하게 "네"라고 대답했다.

"어제 아침 일찍, 사키 양과 같은 1반의 이토 마모루 군이 가출했다는 보고를 받았어요. 그건 틀림없죠?"

나는 가냘픈 목소리로 대답했다. "틀림없습니다."

"그걸 언제 알았죠?"

숨겨도 소용없다는 걸 깨닫고 나는 솔직하게 대답하기로 했다.

"등교하기 조금 전이에요."

"어떻게 알았죠?"

"마리아…… 아키즈키 마리아가 저에게 알려주었어요."

"그래서 어떻게 했죠?"

"일단 학교에 등교하고, 그런 다음에 찾으러 가기로 했어요."

"왜 처음부터 부모님이나 선생님에게 말씀드리지 않았나요?"

여기서는 잠시 생각을 해야 한다. 나는 순간적인 기지를 발휘해서 대답했다.

"가능하면 일이 커지기 전에 데려오는 게 좋겠다고 생각했어요."

"그랬군요. 하지만 그건 나쁘게 말하면 은폐 공작이나 마찬가지예요. 교육위원회의 결정에 이의를 제기하는 거죠. 그 점에 관해서 사키 양은……."

그때 옆에 있던 히로미 씨가 그녀에게 귀엣말을 했다. 그녀는 자그맣게 "알겠습니다"라고 대답했다.

"……계속 묻겠습니다. 사키 양은 자유연구 시간에 마모루 군을 찾으러 갔죠. 누구와 같이 갔나요?"

"아키즈키 마리아, 그리고 아사히나 사토루 군과 같이 갔습니다."

"세 사람이 마모루 군을 찾으러 간 거군요. 그래서 마모루 군을 찾았나요?"

나는 잠시 망설일 수밖에 없었다. 어제 먼저 돌아온 사토루는 이미 이들에게 취조를 받았을 것이다. 사토루는 뭐라고 대답했을까?

"어서 대답하세요. 사키 양은 처음 겪는 일이겠지만 이것은 정식 조사회예요. 사키 양은 진실만을 말해야 합니다."

그녀의 말이 날카로워지면서 방 안에 불온한 공기가 떠다녔다. 그러자 지금까지 침묵을 지키고 있던 히로미 씨가 입을 열었다.

"사토루 군은 마모루 군을 찾았다고 증언했어요. 타고 있던 썰매가 구르는 바람에 발을 다쳐서 움직일 수 없다고 하더군요. 그래서 사키 양과 마리아 양이 마모루 군을 간호하기 위해서 남고, 혼자 먼저 돌아왔다고 말이죠."

요괴쥐에 관해서는 말을 하지 않은 것 같았다. 마사요 씨가 힐책하는 시선으로 히로미 씨를 쳐다보았다.

"의장님……."

히로미 씨가 알아듣기 힘들 만큼 작은 목소리로 말했다. "괜찮아요. 이건 진실을 알기 위해 만든 자리지, 이 애를 함정에 빠뜨리기 위해 만든 자리가 아니잖아요."

히로미 씨는 다시 내 쪽으로 얼굴을 돌렸다.

"어때요? 사토루 군의 말이 모두 사실인가요?"

"……네."

히로미 씨가 그렇게 냉혹한 사람이 아니라는 걸 알고 약간 마음이 놓였다. 다시 마사요 씨가 질문을 이어받았다.

"그러면 그 후에 무슨 일이 있었죠? 왜 사키 양만 돌아온 거죠? 우리는 사키 양과 마리아 양이 마모루 군을 데리고 무사히 돌아오길 기대하고 있었는데요."

나는 나란히 앉아 있는 교육위원회 위원들의 면면을 둘러보았다. 이런 경우에는 어떻게 말하는 게 좋을까? 이 자리를 모면하기 위한 거짓말은 사태를 악화시킬 뿐이다. 지금은 사실에 어긋나지 않는 정도로 진실을 말하는 수밖에 없다.

"저는 마모루에게 같이 가자고 말했어요. 하지만 싫다고 끝까지 버티더군요. 그래서 혼자 돌아올 수밖에 없었어요. 마리아는 마모루를 혼자 내버려둘 수 없다고 하면서 남았고요."

"그러면 마리아 양은 계속해서 마모루 군을 설득하고 있군요."

"네."

그렇게 대답할 때 나도 모르게 눈길을 피했다.

"사키 양은 혼자 돌아와서 어떻게 할 생각이었나요? 부모님과 선생님, 그리고 교육위원회에 제대로 보고하려고 했나요?"

"그건…… 잘 모르겠습니다."

"잘 모르겠다? 대체……."

그녀가 안색을 바꾸며 몸을 앞으로 내밀었을 때, 히로미 씨가 재빨리 가로막았다.

"사키 양이 혼란스러운 것도 무리는 아니라고 생각해요. 그런 사태에 처하면 누구라도 어떻게 해야 좋을지 모를 거예요. ……하지만 이제 망설일 필요 없어요. 우리 질문에 솔직하게 대답하면 되는 거예요. 그다음 일은 우리에게 맡기고요. 알겠죠?"

"알겠습니다."

"마모루 군은 왜 돌아오기 싫다고 말했나요? 사키 양은 당연히 그 이유를 물었겠죠?"

나는 무의식중에 고개를 끄덕였다. "네."

"마모루 군이 돌아오고 싶지 않다고 한 이유가 뭐죠?"

나는 잠시 숨을 들이마셨다. 예상보다 훨씬 침착한 것이 의외였다. 이 질문에도 새빨간 거짓말은 좋지 않으리라. 마모루의 이야기를 최대한 얼버무리고, 물론 부정고양이를 봤다는 말도 제외하고 이야기를 날조하려면⋯⋯.

내가 겁을 먹어 망설이고 있다고 받아들였는지 그녀가 야단치듯 소리쳤다.

"지금 뭐하는 거예요? 빨리 대답하세요! 지금 가미스 66초가 어떤 상황에 있는지 알아요? 외출 금지령이 내려지고, 주민들은 다들 불안에 떨고 있어요. 그게 다 한 학생이 제멋대로 행동했기 때문이에요!"

겨우 한 명이 없어졌다고 해서 왜 이렇게 야단법석을 떠는 것일까? 당시의 나는 도무지 이해할 수 없었다. 그때 다른 감정을 압도하면서 내 안에서 솟구친 건 강렬한 분노였다. 마모루가 제멋대로 행동했다니, 잘도 그런 말을 지껄이는군. 마모루를 정신적인 궁지에 몰아넣었을 뿐 아니라 결국 죽이려고 한 것은 교육위원회가 아닌가.

내 모습이 이상했는지, 테이블 건너편의 사람들이 웅성거렸다.

마사요 씨가 손가락 끝으로 테이블을 두들기며 힐문했다. "왜 잠자코 있는 거죠? 뭐라고 말해보세요!"

"마모루가 도망친 건 죽고 싶지 않았기 때문이에요."

나는 결국 말해버렸다. 이제 되돌아갈 수 없다.

"어, 어떻게 그런 말을……. 말도 안 되는 소리 그만두세요!"

"저는 다만 질문에 대답했을 뿐입니다."

내가 이렇게 강한 사람이었을까? 나의 격렬한 반응에 가장 놀란 사람은 나 자신이었다.

"이건 마모루에게 직접 들은 얘기예요. 마모루는 최근 두 번에 걸쳐 거짓고양이…… 부정고양이를 봤다고 합니다. 첫 번째는 다만 뒤를 쫓아왔을 뿐이지만요."

"그만두세요! 사키 양은 지금 당치도 않은 말을 하고 있어요!"

나는 그녀의 호통에 개의치 않고 말을 이었다. "두 번째는 그저께 방과 후였어요. 담임인 태양…… 엔도 선생님께서 마모루에게 남으라고 했다더군요. 더구나 의도적으로 마모루를 정원에 가까운 곳으로 혼자 보냈습니다. 거기서 마모루는 하마터면 부정고양이에게 죽을 뻔했어요. 부정고양이의 털 색깔이 하얀 것까지 똑똑히 봤다고 했습니다. 그래서 마모루는……."

그녀는 방 전체가 떠나가라 신경질적으로 소리쳤다. "이제 됐어요! 그만두세요! 사키 양은 이 조사회와 교육위원회를 모독했어요! 윤리 규정으로 비춰볼 때 사키 양의 행동은 중대한 범죄입니다!"

히로미 씨가 한숨을 섞어서 말했다. "저도 대단히 유감스럽군요. 사키 양의 부모님은 매우 훌륭한 분으로, 이런 결과가 나온 것을 안타까워하실 거예요."

목소리가 워낙 작아서 알아듣기 힘들었지만 나는 처음으로 그녀에게 공포를 느꼈다.

"두 분은 다른 방에 계시다고? ……그래요, 알겠습니다."

그녀는 다른 교육위원회 위원들과 밀담을 나누더니 다시 내 쪽을 향했다.

"이제 여기서 나가주세요. 단, 부모님과 함께 집에 갈 수는 없습니다. 사키 양은 이 건물에 있어야 해요. ……결과가 이렇게 돼서 정말로 유감스럽군요."

그것은 실질적인 사형 선고나 마찬가지였다.

나는 히로미 씨를 똑바로 쳐다보고 반항적으로 물었다. "저는 처분되는 건가요?"

"정말 끔찍한 아이군. 그런 말을 태연히 입에 담다니!"

그녀는 토해내듯 중얼거린 다음, 나에게 눈길을 돌리며 일어섰다. 그때 가볍게 문을 노크하는 소리가 들렸다.

"누구시죠? 지금 조사회 중입니다. 볼일이 있으면 나중에 오세요!"

마사요 씨가 야단치듯 말했지만 노크의 주인은 개의치 않고 문을 열었다. 다음 순간, 나를 제외한 모든 사람이 그 자리에 얼어붙었다. 뒤를 돌아본 나도 몸을 움찔거렸다.

"내가 방해가 됐나요? 하지만 지금 꼭 얘기를 하고 싶어서요."

기모노 위에 모피 숄을 두른 도미코 씨가, 황급히 일어선 교육위원회 위원들을 향해 정숙한 미소를 지었다.

"여러분도 여러모로 고민했겠지만 사키 양을 나한테 맡겨주실 수 없을까요?"

히로미 씨가 꺼져 들어갈 만큼 나지막한 목소리로 대꾸했다. "죄송하지만 어린아이의 조사는 전적으로 교육위원회의 결정 사항입니다. 아무리 도미코 씨라고 해도 이런 형태로 끼어드시는 건 좀……."

"미안해요, 나도 본의는 아니에요. 하지만 사키 양 문제는 나에게도 책임이 있어요."

"도미코 님, 잠시만요. 이 건에 관해서는 별실에서 얘기하는 게 좋지 않을까요?"

마사요 씨가 나를 힐끔 쳐다보며 말했지만, 도미코 씨는 그 말을 무시한 채 히로미 씨만을 쳐다보았다.

히로미 씨가 어쩔 수 없다는 표정으로 물었다. "……도미코 님에게 책임이 있다는 게 무슨 뜻이죠?"

"내가 사키 양에게 여러 가지 이야기를 해줬거든요. 부정고양이도 그중 하나죠."

그 순간, 그늘이 져서 자세히 보이지는 않았지만 히로미 씨의 안색이 바뀌는 걸 알 수 있었다.

"그건…… 이례적인 일이라고 생각하는데요."

"그래요. 분명히 이례적인 일이에요. 하지만 장래 지도자를 양성하는 데는 꼭 필요한 일이었어요."

마사요 씨가 흠칫 놀란 표정으로 물었다. "지도자라고요? 이 애가 말인가요?"

"그래요. 그러니까 히로미 씨, 사키 양을 너그럽게 봐주세요."

"그렇게 간단한 문제가 아니에요. 지금 남자아이뿐만 아니라 여자아이까지 행방불명이 됐어요!"

마음속 갈등 때문인지, 히로미 씨의 목소리가 파르르 떨렸다.

"사태가 심상치 않다는 건 알고 있어요. 하지만 이렇게 된 데는 교육위원회 책임도 크지 않을까요?"

그러자 나란히 서 있는 교육위원회 위원들의 얼굴에 당황한 표정이 역력했다.

"저희 책임……이라고요?"

"그래요, 애당초 마모루 군의 처분은 너무나 성급하고 졸속한 결정이 아니었나요? 더구나 그 처분조차 제대로 실행하지 못해서 이런 사태를 초래한 거잖아요."

"그건……."

히로미 씨가 뒷말을 잇지 못했다. 표정은 처참하리만큼 일그러졌다.

"책임 문제를 따지자면 여기에 있는 그 누구도 피할 수 없겠죠. 근본적으로는 나 자신도 책임져야 할 거예요. 1반 아이들에 대한 실험을 지시한 사람은 나였으니까요. 하지만 지금은 그런 부정적인 토론을 할 때가 아니에요. 앞으로 어떻게 해야 할지, 대책을 세워야 할 때죠. 그렇지 않나요?"

초의 수장은 물론이고 도서관 사서를 능가하는 절대적 권력을 쥐고 있는 교육위원회 위원들이 선생님에게 야단맞는 학생들처럼 고개를 떨구었다.

히로미 씨가 모기 같은 목소리로 말했다. "도미코 님 말씀이 맞아요."

"이해해줘서 고마워요. 그러면 사키 양은 나에게 맡겨줘요. 걱정하지 마세요. 무엇을 잘못했는지 잘 타이를 테니까요."

이미 반대의 목소리를 내는 사람은 아무도 없었다.

"난로가 있는 안쪽 방을 빌려주시겠어요? 잠시 거기서 얘기하고 싶군요."

그러자 마사요 씨가 당황하며 말했다. "아, 거기엔 지금……."

"어머나, 사키 양을 거기로 데려갈 생각이었어요?" 도미코 씨가
생긋 웃으며 덧붙였다. "괜찮아요. 전부 그대로 놔두어도……."

그곳은 약 15평은 됨직한 넓은 마루방이었다. 한가운데에 있는
커다란 난로에서는 새빨간 불길이 타오르고 있었다. 천장에 매달
린 갈고리에는 뜨거운 물이 가득 들어 있는 쇠냄비가 걸려 있고,
그곳에서 김이 모락모락 피어오르고 있었다.

"그렇게 긴장할 필요 없어."

도미코 씨는 국자로 뜨거운 물을 떠서 노란색 찻잔을 따뜻하게
데웠다. 찻숟갈로 세 번 젓고 나서 물을 그릇에 버린 뒤, 행주로 찻
잔 안쪽을 닦고 차를 두 숟가락 넣었다. 그리고 다시 국자로 뜨거
운 물을 떠서 찻숟갈로 휘휘 저었다. 나는 정중한 자세로 그녀가
타준 옅은 차를 마셨다.

"차 마시는 예절에 신경 쓸 필요 없어. 그냥 편하게 마시면 돼."

나는 고개를 끄덕였지만 긴장은 더욱 강해질 뿐이었다.

아무리 보지 않으려고 해도 난로 건너편에서 느긋하게 누워 있
는 부정고양이 세 마리가 눈에 들어왔다. 각각 얼룩 고양이와 갈색
반점 고양이, 회색 바탕에 검은색 줄무늬 고양이였다. 세 마리 모
두 기분 좋은 얼굴로 눈을 감은 채 가끔 귀를 움찔거리거나 꼬리
를 들어올렸다. 언뜻 보면 평화로운 광경처럼 보였지만, 세 마리의
덩치가 입을 다물 수 없을 만큼 커서 그런지 커다란 난로가 미니

어처처럼 보였다.

"아하, 아무래도 고양이들이 신경 쓰이는 모양이구나. 하지만 걱정하지 말렴. 명령을 내리지 않는 이상 사람을 공격하는 일은 없으니까."

나는 처음부터 느꼈던 의문을 입에 담았다. "……그런데 왜 세 마리나 있어요?"

"이 애들은 세 마리가 한 팀으로 행동하도록 훈련을 받았거든. 두 마리까지 죽는 걸 각오하고, 삼위일체나 천지인이라는 공격 방법으로 말이야."

"세 마리가 동시에 덮치는 건가요?"

그녀는 생글생글 웃으면서 대답했다. "그래. 때로는 최면술이 들지 않는 상대가 있으니까. 그런 사람이라도 세 마리가 세 방향에서 동시에 공격하면 웬만한 달인이 아닌 이상 방어하기 힘들지."

"교육위원회에서는 저를 처분하려고 했죠? 그렇다면 한 마리로도 충분했을 텐데."

그런 말을 태연히 입에 담는 것이 나 스스로도 이상했다.

"너는 한 번, 아니 두 번이나 부정고양이의 공격을 물리쳤어. 그 때 일은 기억하지 못하겠지만."

"그럴 리가…… 그런 일은 있을 수 없어요."

나는 양탄자 위에서 몸을 움직였다. 기억의 공백을 의식할 때는 항상 불쾌한 기분이 온몸을 휘감는다.

나는 한동안 이어진 침묵을 깨뜨리고 입을 열었다. "한 가지 여쭤봐도 되나요?"

"얼마든지."

"도미코 씨…… 저기 도미코 님은…….

"호호호호, 그냥 도미코 씨라고 불러도 돼."

"도미코 씨는 조금 전에 1반 아이들에 대한 실험을 지시했다고 하셨잖아요. 그게 무슨 뜻이죠?"

"어머나, 기억하고 있네."

그녀는 손바닥 안에서 천천히 찻잔을 돌렸다. 하얀 유약이 발린 빨간 찻잔이 아름다운 피부색처럼 보였다.

"너희도 알고 있었을 거야. 1반은 모두 독특한 사람들만 모여 있다는걸."

"그야…… 뭐…….

"너희는 정말 특별했어. 다른 학생들은 어릴 때부터 계속 반복된 최면 암시에 의해 사고 내용까지 꽉 묶어놓았지. 나쁜 일이나 몰라도 되는 일들은 생각할 수 없도록 말이야. 하지만 너희에게는 거의 사고의 자유를 빼앗지 않았어."

"왜죠? 왜 저희만 특별히 취급하신 거죠?"

"순종하는 아기 양만으로는 초를 지킬 수 없기 때문이야. 지도자에게는 청탁병탄의 도량, 즉 때로는 더러운 일도 마다하지 않는 강한 신념이 필요하고, 초 자체가 시대에 맞춰 변하기 위해서는 괴짜나 사기꾼 같은 사람도 필요하니까."

"저를 1반에 편입한 것도 그걸 위해서였나요?"

그녀는 순순히 인정했다. "그래."

"그러면 사토루는요? 손자라서 특별히 취급하신 건가요?"

그러자 도미코 씨의 입가에 기묘한 미소가 맴돌았다.

"손자라……. 사토루는 아사히나라는 성이 우연히 일본어의 맨 처음에 있었기 때문이야. 그런데 1반에는 특별한 소질을 가진 아이들이 모여 있었지. 거기에 관리하기 쉽도록 너를 넣은 거야."

그녀는 조용히 일어서서 난로 건너편으로 걸어가더니, 갈색 반점의 부정고양이 옆에 앉아 귀의 뒷부분을 간질였다. 고양이는 기분 좋은 표정을 지으며 끄륵끄륵 목을 울렸다.

"그런데 결과적으로 이렇게 잇따라 예측하지 못한 사태가 일어났지. 안타까운 건 가장 장래가 촉망되던 아이를……."

다음 순간, 그녀는 내 얼굴을 쳐다보고 별안간 말을 끊었다.

"이번 일만 해도 그래. 다른 아이 같으면 초를 떠나서 생활한다는 건 상상도 못 했을 거야. 팔정표식을 넘어간다는 생각만 해도 공포로 인해 다리가 움직이지 않았을 테니까. 하지만 그 애들은 달랐어. 초로 돌아와서 살해될 바에야 혼자 산다고 말했겠지?"

나는 어떻게 대답해야 좋을지 알 수 없었다. 그녀는 모든 걸 간파하고 있었던 것이다.

"아주 이성적인 판단이라고 생각해. 그야말로 자유로운 사고의 선물이고, 나라도 그렇게 했을 거야. 하지만 그것이 초의 안전을 뿌리째 위협하고 있어."

나는 솔직하게 마음속 의문을 털어놓았다. "두 사람이 없어진 게 그렇게 큰 문제인가요? 마리아와 마모루는 다시는 돌아오지 않을 거예요. 그러면 초에 악영향을 미치는 일은 없잖아요."

그녀는 안타까울 만큼 슬픈 표정으로 말했다. "넌 문제의 본질을 파악하지 못했구나."

"무슨 말씀이시죠?"

그녀는 고양이를 어루만지던 손길을 멈추었다. "지금 일본 열도의 인구가 얼마나 되는지 알고 있니?"

갑작스러운 질문을 받고 나는 적잖이 당황했다. "글쎄요…… 잘 모르겠어요."

"옛날 같으면 지리 시간에 맨 먼저 배웠을 거야. 하지만 지금은 그런 기본적인 사실조차 기밀 사항이 되었지. ……현재 일본에는 아홉 개 초가 있고, 인구를 전부 합치면 약 5만 명에서 6만 명쯤 될 거야."

나는 눈을 크게 뜨고 물었다. "그렇게 많아요?"

"고대문명을 기준으로 하면 겨우 그것뿐이냐고 하겠지. 1,000년 전에는 일본의 인구만 해도 1억이 넘었으니까."

아무리 도미코 씨 말이라고 해도 믿을 수 없었다. 개복치 알도 아니고, 인간을 헤아리는 단위가 억이라니! 그래서는 식량을 확보하기도 힘들고, 쾌적한 지역에 인구가 집중되면 발 디딜 틈도 없지 않은가?

"알고 있니? 고대문명에는 핵무기라는 게 있었다는 거? 방사성 물질의 핵분열이나 중수소의 핵융합 메커니즘을 이용해서 폭탄 하나로 도시 하나를 통째로 괴멸시킬 수 있었다고 하더구나."

"도시 하나를 통째로 괴멸시킨다……?"

그렇게 끔찍한 무기가 무엇 때문에 필요했는지 이해할 수 없다. 부를 얻기 위해서라고 할지도 모르겠지만, 그 대상인 도시를 괴멸시키면 승리하는 것에 무슨 의미가 있을까?

"그래서 고대인들은 핵무기 관리에 전전긍긍했지. 어느 국가에서 몇 발을 보유하고 있고 또 어느 국가에서 새로 핵무기를 가지게 되었는지. ……어쨌든 지금 상황은 그 시절과 똑같든지 더 심할지도 몰라."

"무슨 말씀을 하시는지 모르겠어요. 지금은 그렇게 무서운 무기가 없잖아요."

"그래, 핵무기는 없지. 하지만 잠재적으론 그보다 훨씬 무서운 존재가 득시글거리고 있어."

"그게 뭐죠?"

"인간……."

그녀는 다시 갈색 반점 고양이의 턱 밑을 만지작거렸다. 끄륵끄륵 목을 울리는 소리가 멀리서 들리는 천둥소리처럼 마루방을 가득 메웠다.

"지난번에 너에게 한 말을 곰곰이 생각해보렴. 한 사람의 악귀가 초의 주민을 모두 몰살시킬 수 있어. 더구나 한 번밖에 폭발하지 않는 핵폭탄과 달리, 악귀는 체력만 유지하면 끝없이 살육을 반복할 수 있지. ……업마에 이르러선 한 사람이 정신의 균형을 잃으면 이론상으론 지구도 없앨 수 있거든."

"……하지만 그건 매우 특수한 경우이고, 제대로 예방하기만 한다면……."

"그렇지 않아. 너는 주력이 어떤 형태로 폭주하는지, 그 형태에만 정신이 팔려 있어. 문제의 본질은 그곳에 무한한 에너지가 숨어

111

있다는 사실이야. 우리는 일본 열도에만 핵무기를 능가하는 5만 발에서 6만 발의 무기가 존재한다는 사실부터 깨달아야 돼……. 그 가운데 두 개가 행방불명이 되었을 때 고작해야 두 개라고 생각할 수 있을까?"

그때 얼룩 고양이가 일어서서 사자보다 두 배나 큰 거구를 뒤로 젖히고 검치호 같은 이빨을 드러내며 하품을 했다. 그리고 나에게는 아무런 관심도 보이지 않고 삐걱삐걱 판자 바닥을 울리며 유유히 걸어갔다.

그녀의 말에 충격받지 않았다고 하면 거짓말이리라. 나는 지금까지 인간을 그런 식으로 생각해본 적이 한 번도 없다. 위정자는 항상 최악의 상황을 예측하고 그에 대비해야 한다면, 그런 사고방식도 필요할지 모른다. 하지만 그때의 나에게는 단지 공포에 사로잡힌 노파의 망상으로밖에 들리지 않았다.

"두 사람을 데려오겠니? 그들을 구하고 싶다면 그렇게 하는 수밖에 없어. 다시 데려오면 그들의 목숨은 내가 보장하지. 하지만 이대로 계속 도망치면 두 사람은 결코 살 수 없어."

"왜죠?"

"교육위원회에서는 어떻게든 두 사람을 처분할 거야. 아마 주변에 있는 모든 요괴쥐 콜로니에 두 사람을 말살하라는 지시를 내리겠지. 그것만이 아니야. 두 사람이 갈 가능성이 있는 초, 즉 도호쿠 지방의 시로이시 71초, 호쿠리쿠 지방의 다이나이 84초, 추부 지방의 고우미 95초 등에 두 사람을 경계하라고 하며 처분을 의뢰하는 문서를 보낼 거야. 모든 초는 위험 분자를 없애는 독자적 방법을 가지고 있어서, 미리 방어하기 위해 그 방법을 실행할 테고."

"너무해…… 너무해요!"

"그렇게 되기 전에 두 사람을 데려와. 사흘을 줄게. 사흘간은 교육위원회에서 아무 짓도 할 수 없도록 막을 수 있어. 그동안 두 사람을 찾아 목에 밧줄을 묶어서라도 데려와. 괜찮아, 너라면 할 수 있어."

나는 등줄기를 쭉 펴고 심호흡을 했다. 선택의 여지는 없다. 이미 결심은 섰다.

"알겠어요. 지금 당장 출발할게요."

"그래, 너라면 틀림없이 해낼 수 있을 거야."

나는 그녀에게 고개를 숙이고 마루방에서 나가려고 했다. 그때 회색 바탕에 검은색 줄무늬의 고양이 모습이 눈의 한쪽 구석에 들어왔다. 고양이는 눈을 가늘게 뜬 채 꼬리를 좌우로 흔들었다. 마치 나를 배웅하는 것 같았지만, 고양이가 참새를 발견했을 때의 모습과 비슷하기도 했다. 나는 입구에서 뒤를 돌아보고, 진심으로 감사의 마음을 담아서 도미코 씨에게 말했다.

"도미코 씨가 오시지 않았다면 지금쯤 저는 이 고양이의 먹이가 됐겠죠?"

"글쎄, 어떻게 됐을까?"

그녀는 가볍게 미소를 지었다. 그때 문득 새로운 의문이 피어올랐다.

"그런데 도미코 씨는 어떻게 이런…… 강력한 영향력을 가지고 계시죠?"

그녀는 한동안 대답하지 않았다. 그리고 무례한 질문을 했다고 후회가 들었을 때, 조용히 일어서서 내 옆으로 다가왔다.

"선착장까지 배웅해줄게. 부모님께는 네가 아이들을 찾으러 출발했다고 전해줄 테니까 걱정하지 마."

"고맙습니다."

우리는 사이좋은 할머니와 손녀처럼 나란히 교육위원회를 나섰다. 눈발은 약간 가늘어졌지만 여전히 하늘에서 춤을 추고 있었다. 나는 새하얀 숨을 내뿜으면서 새삼스럽게 악의 근거지 같은 건물을 돌아보았다. 여기서 무사히 나온 건 기적이라고밖에 할 수 없으리라.

"조금 전 네 질문 말인데……."

그녀는 손을 앞으로 내밀어 바람에 춤추는 눈을 받았다. 의외로 젊은 사람의 손으로, 손목에도 검버섯은커녕 혈관도 보이지 않았다. 눈은 그녀의 손바닥 위에서 순식간에 녹아들었다.

"이번 기회에 말해두는 편이 좋겠구나. 나는 분명히 엄청난 권력을 가지고 있어. 마음만 먹으면 독재자도 될 수 있고 절대군주도 될 수 있지. 물론 그렇게 되고 싶다고 생각한 적은 한 번도 없지만."

그녀가 *허세*를 부린다고 생각되지는 않았다. 모든 사람들이 두려워하는 교육위원회 위원들이 그녀 앞에서는 어린애처럼 꼼짝도 못 했으니까.

"권력의 근원이 뭔지 아니? 하긴 너희는 인류 역사를 거의 배우지 않았으니, 어려운 질문이겠구나. 고대 권력자들은 직접적인 폭력에 의한 공포나 재력, 종교에 의한 정신 지배 등으로 교묘하게 권력을 손에 넣었지. 나에게는 그런 게 하나도 없어. 유일하게 많은 건…… 시간이지."

"시간요?"

나는 무슨 뜻인지 이해할 수 없었다.

"그래. 나는 아무런 장점이 없는 평범한 사람이지만 시간만은 지나칠 정도로 많이 있거든."

그러는 사이에 우리는 선착장에 도착했다. 그녀는 나를 위해 배를 마련해주었다. 대체 언제 지시한 것일까 하고 나는 고개를 갸웃거렸다. 배는 쐐기 모양의 쾌속정으로, 안에는 설피와 함께 며칠간 눈산에서 야영할 수 있는 장비가 갖춰져 있었다.

"사키 양의 눈에는 내가 몇 살로 보이지?"

매우 어려운 질문이다. 실제보다 너무 많이 말하면 실례라는 마음도 있었지만, 짐작할 수 없다는 것이 솔직한 심정이었다.

"예순……일곱 살 정도요?"

"아깝구나. 내가 얼마나 놀랐는지 알아? ……밑의 두 자리는 맞았거든."

그녀는 새하얀 치아를 드러내며 웃었다.

"내 진짜 나이는 267세야."

"설마요!"

농담이라고 생각하고 웃음을 터뜨렸으나 그녀는 진지한 얼굴을 무너뜨리지 않았다.

"병원의 간호사로 일할 때 악귀를 만났다고 했지? 그게 245년 전의 일이었지. 겸사겸사 말하자면 윤리위원회 의장으로 취임한 건 170년 전이고."

자신의 귀를 의심한다는 말은 이럴 때 사용하는 말이리라.

"그, 그럴 수가…… 어떻게……."

뒷말이 이어지지 않았다.

"어떻게 그리도 오래 사냐고? 아니면 어떻게 그리도 젊냐고? 이런이런, 그렇게 괴물 보는 것처럼 쳐다보면 어떡해?"

나는 말없이 고개를 가로저었다.

"난 어릴 때부터 주력 성적은 매우 평범했지. 지금의 전인학급이라면 2학년 과정에서 탈락했을 거야. 하지만 나밖에 할 수 없는 유일한 기술이 있었어. 이건 시세이를 포함해서 나 말고는 누구도 습득할 수 없는 비법이야. ……그게 뭔지 아니? 바로 내 세포의 텔로미어*를 회복할 수 있다는 거야. 텔로미어가 뭔지 알아?"

"아니요."

"지금은 이런 지식도 제한되어 있나 보구나. 텔로미어는 세포 내 DNA 말단 부분을 가리키는 거야. 인간의 세포가 분열할 때는 말단까지 복제되지 않아서 텔로미어가 조금씩 짧아지거든. 그리고 텔로미어가 완전히 줄어들면 세포는 더 이상 분열할 수 없어서 죽음을 기다리는 수밖에 없지. 따라서 텔로미어 길이는 우리의 남은 인생을 나타내는 촛불이라고 할 수 있어."

우리가 배운 생물학 지식은 제한되어 있어서 그녀의 말을 제대로 이해할 수는 없었지만, 이미지는 선명하게 그릴 수 있었다. 세포

---

* Telomere, 말단 소립으로 세포 시계의 역할을 담당하는 DNA 조각.

핵 안에서 분열해 복제되는 이중 나선, 나이가 들면 그 끝부분이 짧아진다. 만약 그것을 원래의 길이로 되돌릴 수 있으면 영원한 생명을 얻는 것도 꿈은 아니리라.

그녀는 재미있다는 표정으로 말을 이었다. "……그래서 사토루는 내 직계 자손이기는 해도 친손자는 아니야. 지금부터 210년 전, 나에게 첫 손자가 태어났을 때를 지금도 똑똑히 기억하고 있지. 손자는 자식보다 더 귀엽다고 하던데, 정말 그렇더구나. 그야말로 천사가 따로 없었지. 하지만 증손자, 고손자에 이르자 그런 감정이 점점 희미해졌어. 사토루는 나의 9대째 자손으로, 내 유전자를 512분의 1밖에 이어받지 못했지. 사랑스럽지 않은 것은 아니지만 육친이라는 감정은 거의 없다는 게 솔직한 심정이야."

그래서 도미코 씨가 할머니란 말을 들어도 사토루의 얼굴에 실감이 나지 않은 것이다. 더구나 그에게는 할머니가 두 명이나 있으니까, 할머니라는 말을 들으면 그쪽이 먼저 떠오를 것이다.

배가 출발하기 직전에 그녀는 이별 선물처럼 말했다. "모든 건 네가 돌아온 이후가 되겠지만, 전인학급에서는 너에게 새 과제를 줄 거야. 지금까지 했던 과제는 너무 따분했지?"

"아니에요……. 깨진 항아리를 다시 붙이는 기술도 가끔은 도움이 되고요."

"이건 비밀인데, 텔로미어를 회복하는 이미지는 깨진 항아리를 원래대로 만드는 것과 비슷해."

당시의 내 외골수 같은 면을 생각하면 지금도 등에 식은땀이 흐르곤 한다. 나의 그런 성격을 아는 사람은 목표에 강한 동기를 부여해 의욕을 불태우게 만드는 건 *갓난아이의 팔을 비트는 것이나* 다름없었으리라. (최근 고대 책에서 이런 표현을 발견했는데, 비유치고는 너무 심하지 않은가. 옛날 사람들은 정말로 갓난아이의 팔을 비틀었을까?)

어쨌든 쐐기 모양의 쾌속정을 조종하면서 나는 의기양양했다. 반드시 마리아와 마모루를 찾아서 데려오겠다는 강한 의지가 열네 살짜리 소녀의 머리끝부터 발끝까지 가득 찼던 것이다. 물론 소중한 친구의 목숨을 구하기 위해서라는 게 첫 번째 의의였지만, 선택받은 인간이라는 자부심이 뒷받침한 것은 부정할 수 없다.

지금 생각하면 나는 현재의 둥지를 지배하는 여왕벌에게 후계자로 지명당한 차세대 여왕벌 같은 심정이었을지도 모른다. 처음에는 격앙된 마음을 억누르지 못한 채 친구들에게 가려고 서둘렀지만, 몸을 찌르는 듯한 차가운 바람을 정면으로 맞는 사이에 머리가 조금씩 차가워졌다. 혼자는 너무 위험하다는 사실을 깨달은 것이다. 마모루가 좋은 사례가 아닌가? 요괴쥐 스퀑크가 없었다면 아마 그대로 죽었으리라.

나는 배를 정지시켰다. 나에게는 파트너가 필요하다. 사토루는 지금 어디 있을까? 나보다 먼저 돌아와서 교육위원회의 조사를 받았을 텐데. 도미코 씨가 있으니까 분명히 무사했겠지만.

돌연 기세등등하게 뛰쳐나온 것이 후회되었다. 도미코 씨에게 둘이 가게 해달라고 부탁할 걸 그랬다. 다시 되돌아가야 하나? 하지만 무언가가 나를 주저하게 만들었다.

세차게 내리는 눈은 어두운 수면에 닿자마자 흔적도 없이 사라졌다. 물 색깔이 무언가와 비슷했다. 나를 쳐다볼 때의 도미코 씨의 두 눈동자다. 그녀의 눈동자 안에는 빨려 들어갈 듯한, 깊은 심연이 자리하고 있었다. 마치 기나긴 시간을 들여다보는 듯한…….

한참을 망설인 끝에 배를 돌리려고 했을 때, 뒤쪽에서 다가오는 배가 눈에 띄었다. 하늘하늘 내리는 눈으로 인해 시야는 비단이 가로막은 듯 뿌옇지만, 물살을 헤치고 다가오는 검은 실루엣만은 똑똑히 알아볼 수 있었다. 내가 타고 있는 것과 똑같은 쾌속정이다. 그쪽에서도 내 모습을 확인했는지, 배를 탄 사람이 손을 크게 흔들며 소리쳤다.

"사키!"

사토루의 목소리였다. 나도 힘껏 손을 흔들었다.

"여기야, 여기!"

그가 숨을 헐떡이며 말했다. "여기서 따라잡아 다행이다! 눈이 많이 내려서, 이번엔 눈밭에서 네 뒤를 쫓아가야 하나 걱정했거든."

"여긴 어떻게 왔어? 교육위원회 조사를 받았지?"

"그래. 어젯밤 귀에 딱지가 앉을 정도로 잔소리를 들었어. 도리가 이 히로미라는 이상한 여자한테. 그런데 오늘도 출두하라고 해서, 이번에는 처분될지도 모른다고 절반쯤 각오했지."

"너희 할머니 덕분에 살았어."

그는 아직 도미코 씨가 자신의 무엇에 해당하는지 모르는 모양이었다.

"아아…… 역시 도미코 씨가 감싸줬구나. 오늘 아침부터 계속 작은 방 안에서 기다렸는데, 조금 전에 나오라고 하더니 즉시 네 뒤를 쫓아가라고 하지 뭐야. 처음에는 무슨 이유인지 몰라서 심장이 덜컹 내려앉았어."

"지금은 이유를 알고 있어?"

"그래, 어떻게든 마리아와 마모루를 데려와야 한다는 거."

그것만 알면 충분하다.

지난번과 달리 마모루가 *어디 있는지* 알고 있는 지금은 수로를 통해 최대한 지름길로 갈 수 있었다. 일단 상수리마을을 가로질러 갈 수 있는 곳까지 간 후, 그곳에서 200미터 정도는 배를 썰매처럼 이용해 눈 위로 나아갔다. 가끔 바위에 부딪히는 소리로 볼 때 배 바닥은 흠집투성이가 되었겠지만, 지금은 그런 것에 신경 쓸 때가 아니다. 도네 강에 도착했을 때는 물을 찾아서 산길을 기어나온 장어처럼 입에서 안도의 한숨이 새어나왔다.

우리는 그곳에서 반대로 2킬로미터 정도 거슬러 올라간 뒤, 배가 떠내려가지 않도록 안전하게 기슭으로 끌고 올라갔다. 그때까지 알아차리지 못했지만, 배 옆에는 '신의 눈'을 형상화한 초의 문양과 빨간색 번호, 소속을 나타내는 범자가 쓰여 있었다. 그런데 대일여래를 의미하는 ⚐(Vam)이라는 문자는 이번에 처음 보았다. 아마 윤리위원회 배로, 지금까지 이렇게 난폭하게 다룬 사람은 없었으리라. 우리는 설피를 신고 배낭을 멨다.

"자아, 어서 가자."

이제 겨우 점심시간이 지났을 테지만 하늘이 무겁게 내려앉아서 그런지 꼭 해 지기 직전 같았다. 눈은 여전히 하늘하늘 내리고, 공기는 칼로 뺨을 긋는 것처럼 차가웠다.

우리는 보이지 않는 밧줄에 이끌려, 눈을 박차고 완만한 경사면을 똑바로 올라갔다.

5

솔직히 고백하면 나는 길치에다 방향치다.

예전에 요괴쥐 소굴 안에서 사토루와 둘이 길을 잃었을 때, 길을 기억하는 건 특기가 아니라고 쓴 적이 있다. 그런데 실제로는 그 정도가 아니라 헤매지 않고 옳은 방향으로 가는 것은 자주 다니는 물레방아마을의 길이나 표식이 있는 수로뿐이다. 사토루는 나와 대조적으로 철새 같은 방향 감각을 가지고 있었는데, 지난번과 다른 길로 가서 그런지 가끔 멈추어 서서 생각에 잠기곤 했다.

"……으음, 이쪽이 맞지?"

나는 그때마다 적당히 맞장구를 쳤다. "아마 맞는 것 같아."

방향을 몰라서 어쩔 수 없이 그렇게 대답했는데, 그것이 그의 화를 부추긴 모양이었다.

"사키 너…… 사실은 아무 생각도 안 하지?"

"그렇진 않아."

"그냥 맞장구치는 거라면 차라리 하지 않는 게 좋겠어."

"확실히 생각해서 내린 결론이야."

그는 어이없는 표정을 지으며 고개를 흔들더니 경사면을 올라갔다. 나는 재빨리 그가 남긴 설피 자국으로 들어가서 그의 뒤를 따랐다. 나는 그때 사태를 지나치게 낙관하고 있었다. 마리아가 있는 눈집에만 도착하면 사명을 완수할 수 있다는 착각과 함께, 사토루와 합류함으로써 절반쯤 이루었다고 생각한 것이다.

울퉁불퉁한 설원과 대나무밭을 통과해서 커다란 언덕을 넘은 순간, 눈에 익은 경치가 펼쳐졌다.

"어? 여기는 아까 지나간 데잖아."

사토루가 가루 설탕 같은 눈으로 뒤덮인 경사면을 보고 낙담한 표정을 지었다.

"여기가 아닌가? 그때는 이 근처에 썰매 자국이 남아 있었는데."

그 이후 하루 종일 눈이 내린 탓에 대부분의 흔적이 사라진 것이다.

"하지만 틀림없어! 분명히 여기야!"

나는 확신을 가지고 그렇게 말했지만 그의 반응은 시큰둥했다.

"왜 그렇게 말하지?"

"기억나."

"거짓말이지? 넌 여기까지 오는 길도 몰랐잖아."

"그야…… 내가 원래 길은 좀……."

인정하고 싶지는 않았지만 이번에는 정말로 자신 있다는 것을 주장하기 위해서는 어쩔 수 없었다.

"하지만 여기는 기억나. 저 나무를 봐." 나는 옆에 있는 마가목을 가리키며 말을 이었다. "이 주변에선 못 보던 나무잖아. 그래서 똑똑히 기억하고 있어."

그래도 그는 의심의 눈초리를 거두지 않았다. "정말이야?"

"그리고 저기 있는 바위도! 큰 뱀이 똬리를 틀고 있는 모양이잖아. 그래서 언뜻 봤을 뿐이지만 기억에 남아 있어."

"내가 보기엔 뱀이라기보다 개똥 같은데……."

그는 일부러 밉살스럽게 말했지만 내 기억력을 조금은 인정해주는 듯했다.

"어쨌든 여기가 맞지? 그렇다면 멀지 않았어."

우리는 경사면을 따라 활주했다. 썰매 자국이 없어도 서서히 기억이 되살아났다. 길을 찾았다는 흥분 때문인지 저절로 속도가 올라가서 설피의 나무판이 덜덜 떨릴 정도였다.

이윽고 경사면의 각도가 더욱 급해졌다. 우리도 모르는 사이에 높은 곳까지 올라왔는지, 왼쪽에는 깊은 계곡이 입을 벌리고 있었다. 그러는 사이에도 눈이 계속 쏟아지는 바람에, 앞이 잘 보이지 않아서 속도를 떨어뜨려야만 했다.

"사키. 그 평평한 바위, 어디쯤에 있었지? 마모루의 썰매가 미끄러진 데 말이야."

나는 솔직하게 대답했다. "모르겠어. 이젠 아예 짐작도 안 돼."

애당초 경사면 도중에는 내 시선을 끄는 것이 없고, 눈이 쌓이는 바람에 전체 인상이 바뀌었다. 급경사면의 아이스반에는 가랑눈이 쌓이지 않았지만, 함박눈으로 바뀌면서 수북이 달라붙은 것이다. 우리는 결국 설피를 세울 수밖에 없었다.

사토루가 곱은 손을 비비며 말했다. "이 상태에선 위험하겠어. 그 바위에 발이 걸려서 넘어질지도 모르고."

"천천히 가면 되잖아."

"그러면 시간이 너무 많이 걸려. 아무리 천천히 가도 미끄러질 수 있고."

우리는 서로의 얼굴을 바라보았다. 상대가 좋은 방안을 내놓길 기대했지만 물론 뜻대로 되지는 않았다. 더구나 눈의 밀도는 점점 더해지고, 바람의 세기도 차츰 강해졌다. 가로막는 것이 없는 경사면에 우두커니 서 있노라니 매서운 추위가 뼛속까지 파고들었다. 조금 전까지는 그래도 온몸의 근육을 사용해 설피를 타느라 추운 줄 몰랐는데……. 더구나 아침부터 쫄쫄 굶은 것이 화근을 초래했는지, 혈당이 내려가서 몸에 힘이 들어가지 않고 머리가 어지러웠다.

"요컨대 그 바위만 안 밟으면 되지. 그 위쪽 길은 아니까 괜찮아."

울창한 덤불과 그 위쪽에 있는 짐승 길은 기억에 깊숙이 새겨져 있다.

"안 밟으면 된다고? 구체적으로 어떻게?"

"주력으로 길을 만들면 되잖아."

"그런가……? 그러면 그렇게 하지 뭐."

피로와 초조함으로 판단력이 떨어진 우리는 어린이용 썰매로 경사면을 올라간 마모루에게 뒤지지 않을 만큼 무모한 행동을 취했다. 둘이 동시에 거대한 삽의 이미지를 떠올려, 눈앞에 쌓여 있는 눈을 퍼서 길을 만든 것이다. 눈 속에서 새로 생긴 길은 아이스반보다 안전하고 쾌적하게 보였다.

"이제 됐어. 가자."

우리는 한 줄로 서서 설피를 타고 좁은 길을 내려갔다. 눈을 없앤 거리는 40~50미터 정도로, 끝에 도착하면 똑같은 일을 다시 반복해야 했다. 그때였다, 삐걱거리는 이상한 소리가 들린 것은.

"큰일 났다. 눈사태야……!"

우리는 그 자리에 멈추어 섰다. 생각해보면 급경사면에 쌓여 있던 눈 위에, 엄청난 양의 눈을 올린 것이다. 그렇다면 눈사태가 일어나지 않는 편이 오히려 이상한 것이다.

"지붕을 만들어!"

"양쪽으로 흘려보내!"

우리는 서로 그렇게 외치는 것이 고작이었다. 경사면 위에서 엄청난 기세로 눈 물결이 밀려들었다. 눈사태는 우리의 무덤을 만들려는 듯 단숨에 아래쪽으로 쏟아졌는데, 머리 위의 2~3미터와 수십 센티미터의 두 군데에서 보이지 않는 쐐기에 부딪히며 양쪽으로 갈라지더니, 반짝반짝 빛나는 물결이 되어 계곡 밑으로 떨어졌다. 그 시간은 채 1분도 되지 않았지만, 우리에게는 영원한 것처럼 느껴졌다.

정신을 차렸을 때는 이미 눈사태가 끝나 있었다. 눈이 아래쪽으로 떨어졌을 때 아이스반의 일부도 떨어졌는지, 모래처럼 거친 몇 줄기 흐름이 끊어질 듯 말 듯 이어져 있을 뿐이었다.

"사키, 괜찮아?"

"응. 너는?"

"난 아무렇지도 않아."

우리는 순간적으로 끝이 날카로운 맞배지붕을 상상했다. 무거운 눈사태를 똑바로 받기보다 좌우로 갈라지게 만드는 편이 현명하다고 판단한 것이다. 다행히 우리가 떠올린 이미지는 서로 부딪치지 않아서 두 사람 모두 다치지 않았지만 한동안은 몸의 떨림이 멈추지 않았다.

"비가 온 뒤 땅이 굳어진다…… 이런 말은 이럴 때 사용하는 게 아닌가? 저기 봐."

사토루가 경사면의 위쪽을 가리켰다. 쌓여 있던 눈이 모두 없어진 덕분에 어제 본 것과 똑같은 딱딱하고 울퉁불퉁한 아이스반이 눈에 들어왔다. 이제야 겨우 처음에 눈사태를 일으켜서 경사면의 불안정한 눈을 처리하고, 상황이 진정된 후에 나아가야 한다는 사실을 깨달았지만 이미 때늦은 후회에 불과했다.

마모루의 썰매가 미끄러진 평평한 바위는 그곳에서 멀지 않은 곳에 있었다. 경사면을 지나서 위로 올라가는 길도…… 우리는 울창한 덤불 사이를 빠져서 짐승이 다니는 좁은 길로 접어들었다.

"거의 다 왔어."

눈 위의 흔적은 사라졌지만 사토루는 확신을 가지고 있었다. 이제 곧 마리아를 만날 수 있다고 생각하니, 자연히 내 설피의 속도도 빨라졌다.

"어?"

다음 순간, 그가 돌연 발걸음을 멈추었다. 그런 바람에 하마터면 뒤에서 달려가던 내가 그를 들이받을 뻔했다.

"갑자기 멈추면 어떡해?"

"눈집이 없어."

"말도 안 돼! 그럴 리가……."

나는 나무들이 드문드문한 숲속을 둘러보았다. 분명히 여기였던 것 같지만 확신은 없었다. 눈집이 있었던 곳은 조금 더 앞쪽이었나……? 그때 내 눈이 30미터 앞쪽에 있는 소나무 두 그루를 포착했다.

"저거야! 저 나무였어."

우리는 소나무 주위를 자세히 조사했다. 눈집의 흔적은 남아 있지 않았지만 부자연스러운 부분이 눈에 들어왔다. 소나무의 상당히 높은 위치에 작은 눈덩이가 몇 개 붙어 있었던 것이다.

"눈집을 부수고 나서 눈에 띄지 않도록 평평하게 만든 거야. 요괴쥐의 재주치고는 너무 좋아." 사토루가 턱을 어루만지며 말했다. 생각에 잠길 때의 그의 버릇이다. "눈집에 사용했던 눈이 어마어마하잖아. 그걸 전부 가랑눈으로 만들어 광범위하게 뿌렸다고밖에 생각할 수 없어. 아마 마리아와 마모루가 주력을 사용했을 거야."

그 말을 듣고 나는 가슴을 쓸어내렸다. 눈집을 철거했을 때, 적어도 두 사람은 무사했다는 것이다.

"어느 쪽으로 갔을까?"

우리는 주변을 둘러보았다. 사람의 발자국이나 썰매 자국은 보이지 않았다.

"모르겠어. 자국이 나지 않도록 세심한 주의를 기울인 것 같아."

"발자국을 모두 지운 걸까?"

"아마 요괴쥐가 그랬을 거야. 마리아는 마모루를 안고 멀리까지 도약했을 거고."

나는 할 말을 잃어버렸다. 여기까지 오면 모든 것이 해결되리라고 생각했는데, 그것이 얼마나 안이한 생각이었는지 절실히 깨달은 것이다.

"······혹시 초로 돌아간 건 아닐까?"

그는 아련한 희망이 담긴 내 말을 일축했다. "아니야. 초로 돌아간다면 발자국을 지울 필요가 없을 테니까."

어떻게 하면 좋을까? 실망한 나머지 눈물을 흘릴 뻔했지만, 그에게 눈물을 보이고 싶지 않다는 마음에 아슬아슬하게 멈출 수 있었다.

"두 사람을 찾아야 해."

말은 그렇게 했지만, 단서가 하나도 없다는 건 지긋지긋할 정도로 알고 있었다.

"그래. ······하지만 그전에 잠시만 쉬자. 불을 피워 점심을 먹는 게 좋겠어. 배고파서 머리가 어지러우면 아무것도 할 수 없으니까."

그는 쓰러진 나무 위의 눈을 날려서 걸터앉은 뒤 등에 멘 배낭을 열었다. 나도 구원받은 심정으로 그의 옆에 걸터앉았다.

왔던 길을 다시 돌아가서 배에 도착했을 때, 우리 마음은 헛된 일을 했다는 마음으로 가득 찼다. 하지만 약한 소리를 토해낼 수는 없다. 시간이 별로 없는 것이다.

무겁고 두터운 구름에 가로막힌 태양은 서쪽 하늘로 넘어가려고 하고 있었다. 아마 오후 3시는 넘었으리라. 눈은 잠시 그쳤지만 가끔 바람꽃이 하늘하늘 춤을 추었다.

우리는 두 척의 쾌속정을 이끌고 도네 강의 청록색 물살을 거슬러 올라갔다. 2년 전에 비해 주력으로 배를 조종하는 기술도 몇 단계 발전했고, 배 자체도 빨리 달릴 수 있도록 설계되어서 순조롭게 나아갈 수 있었다. 도중에 어디선가 팔정표식을 넘었겠지만, 도네 강 위쪽까지는 금줄이 처져 있지 않았다.

상륙 지점을 명확히 정한 건 아니다. 믿는 것은 오직 사토루의 감으로, 나쁘게 말하면 운을 하늘에 맡긴 것이다. 하지만 배 안에 지도도 없고 지도를 가지러 갈 시간도 없는 이상, 지금은 행운의 여신을 믿어보는 수밖에 없으리라.

사토루가 배 속도를 줄이며 나를 향해 소리쳤다. "사키, 이제 충분히 온 것 같아!"

"올라갈까?"

그는 앞쪽을 가리켰다. 넓은 기슭 뒤쪽에는 북쪽을 향해 끝없이 설원이 이어져 있었다. 여기라면 출발점으로는 나쁘지 않으리라.

우리는 쾌속정을 기슭에 대고 눈 위에 내려섰다. 계속 주력을 사용한 탓에 머리 중심이 뜨겁고 멍한 느낌이 들었다. 잠시 쉬고 싶었지만 그럴 시간이 없다. 우리는 쾌속정 두 척을 기슭으로 끌어올린 다음, 설피를 신고 즉시 뛰기 시작했다. 설원 앞쪽에 있는 언덕을 올라간 후에는 한동안 등성이를 따라 전진했다. 완만한 내리막이 이어진 곳에서는 잠시 주력을 멈추고 중력을 이용해 활강했다. 내리막길이 평지로 바뀐 후에도 몸의 근력을 이용해서 땅을 스치듯 걸어갔다.

그러는 동안 뜨거웠던 머리는 조금 식었지만, 이번에는 익숙지 않은 운동으로 인해 숨이 목구멍까지 차올랐다. 차가운 공기를 한껏 들이마신 폐가 더 이상 견디지 못하고 비명을 질렀다. 나는 마침내 그 자리에서 걸음을 멈추었다.

"사토루, 잠시만……."

내 앞쪽에서 뛰어가던 사토루가 천천히 내 곁으로 돌아왔다.

"괜찮아?"

"잠시만 쉬면 괜찮을 것 같아."

나는 푹신한 눈 위에 누워 호흡이 정상으로 돌아오길 기다렸다. 상쾌한 바람이 달아오른 얼굴에서 열을 빼앗아갔다. 올라갔던 체온이 가라앉자 이번에는 온몸을 흥건히 적신 땀이 차가워지면서 써늘한 기운이 느껴졌다. 주력으로 옷의 온도를 올리자 몸에서 김이 모락모락 피어올랐다. 사토루가 자신의 물통 뚜껑에 따뜻한 차를 따라서 나에게 내밀었다.

"이런 때는 수분을 보충해야 해."

"고마워."

나는 차로 목을 적시며 그를 올려다보았다. 그가 이토록 다정하고 믿음직스럽게 보인 적이 있었나?

"왜 그렇게 빤히 쳐다보는데?"

"네가 참 따뜻한 사람 같아서."

그는 머쓱한 표정을 지으며 고개를 돌렸다.

"……마리아랑 마모루를 찾을 수 있을까?"

그는 다시 시선을 나에게 향하며 딱 잘라 말했다. "찾아내야지. 두 사람을 구할 방법은 그것밖에 없잖아."

"그건 그렇지만……."

"그러기 위해서 우리는 여기까지…… 왜 그래?"

차를 마시려고 물통 뚜껑을 입가로 가져간 순간, 나는 돌처럼 딱딱하게 굳었다.

"돌아보지 마. 네 뒤쪽…… 100미터쯤 떨어진 언덕 뒤에 있어."

"뭐가?"

"요괴쥐인 것 같아."

내 눈에 들어온 것은 거무칙칙한 그림자뿐이라서 확신할 수는 없다. 하지만 곰이나 원숭이가 아닌 것만은 분명하다. 사람치고는 너무 작은 데다 이런 곳에서 사람을 만나는 일은 있을 수 없기 때문이었다.

그는 자신의 주특기를 이용해, 눈앞의 공간에 사방 30센티미터 정도의 거울을 만들었다. 그리고 언덕 위를 볼 수 있도록 신중하게 거울의 방향을 바꾸었다.

그가 아무렇지도 않은 목소리로 말했다. "있어."

"잡을 수 있어?"

"이 거리에선 무리야. 좀 더 접근해야 돼."

그때 하필이면 두터운 구름 사이로 태양이 고개를 내밀었다. 반사된 거울 빛을 보았는지 거무칙칙한 그림자는 즉시 모습을 감추었다.

사토루가 혀를 찼다. "쳇, 눈치챘어."

"쫓아가자."

나는 눈 위에서 벌떡 일어섰다. 짧은 휴식을 통해 체력은 일시적으로 회복되었다. 조금 전처럼 느긋하게 크로스컨트리를 해서는 요괴쥐를 따라갈 수 없다. 우리는 주력으로 단숨에 설피 속도를 높였다. 순식간에 설원을 돌파한 뒤에는 급격한 각도로 언덕을 올라갔다.

"어느 콜로니일까?"

"글쎄, 설마 스퀑크는 아니겠지."

요괴쥐가 우리처럼 단시간에 이 정도의 거리를 이동할 수는 없으리라.

언덕 위에 도착했을 때는 당연히 요괴쥐의 모습이 보이지 않았다. 우리는 눈에 핏발을 세우고 요괴쥐의 발자국을 찾았다. 그리고 마침내 사토루가 언덕의 반대편에서 두 발로 걸어간 작은 발자국을 발견했다.

"찾았어! 이쪽이야!"

나는 재빨리 설피를 이용해서 발자국 옆으로 가려고 했다. 그때 그가 "잠깐!"이라고 소리쳤다. "왜?"라고 말하면서 뒤를 돌아본 순간이었다. 별안간 발밑이 갈라지며 체중을 지탱하던 저항이 깨끗하게 사라졌다.

몸이 허공에 뜬 채 눈 속을 빠져나가 밑으로 떨어지는 감각.

사토루의 아득한 외침.

비명.

그리고 내 의식은 그대로 어둠 속으로 빨려 들어갔다.

맨 처음 눈에 들어온 건 대나무가 복잡하게 뒤얽힌 천장이었다. 사방등 불빛일까? 천장에 비친 그림자가 흔들렸다. 나는 어느 오두막 안 얇은 이불 위에 누워 있는 듯했다. 바로 옆에는 활활 타오르는 작은 화로가 있고, 그 위에서는 쇠로 된 호리병이 김을 뿜어올렸다.

"사키."

나는 사토루의 목소리를 듣고 그쪽으로 고개를 돌렸다.

"어떻게 된 거야?"

그는 안도의 미소를 지으며 나를 바라보았다. "설비(雪庇)를 밟고 떨어졌어."

"설비?"

"언덕의 바람받이 밑에 처마 모양으로 생기는 눈 말이야. 위에서 보면 언덕이 이어져 있는 것처럼 보이지만 실제로는 언덕과 언덕 사이에 눈이 살짝 덮여 있을 뿐이라서 실수로 밟으면 끝장이지. 그대로 밑으로 떨어지는 거야."

"내가 밑으로 떨어졌어?"

"아니, 아슬아슬한 순간에 내가 막았어. 아마 다친 데는 없을 거야. 그런데 계속 눈을 뜨지 않아서 얼마나 걱정했는지 몰라."

나는 천천히 두 손, 두 발을 움직여보았다. 그의 말처럼 다친 곳은 없는 모양이다. 엄청난 공포에 짓눌려 정신을 잃은 뒤, 지금까지 쌓인 피로로 인해 잠든 것이리라.

"이 오두막집은 어디야?"

"어디일 것 같아? 놀라지 마. 우리가 찾던 곳이야."

"설마……! 여기가 파리매 콜로니란 말이야?"

"바로 그 설마야. 이렇게 생겼어도 일단은 귀빈실인가 봐."

133

그의 설명에 따르면 우리가 찾던 요괴쥐는 파리매 콜로니의 병사로, 내가 떨어지는 걸 보고 콜로니에 전하러 뛰어갔다. 파리매 콜로니에서는 즉시 현장으로 구조대를 보내 나를 여기까지 데려왔다고 한다.

"그러면 스퀴라도 만났어?"

"그래. 지금은 엄청 출세해서 이름까지 바뀌었지만."

그때 오두막집 입구에서 귀에 익은 목소리가 들렸다. "다행입니다! 눈을 뜨신 것 같군요."

"스퀴라!"

호리호리한 모습은 요괴쥐로서 별다른 특징이 없었지만, 억양이 뚜렷한 목소리는 틀림없이 2년 전에 들었던 파리매 콜로니의 주상이었다. 2년 전에는 초라한 갑옷으로 몸을 감쌌는데, 지금은 따뜻해 보이는 아시아흑곰의 털가죽을 걸치고 있었다.

"신이시여, 오랜만입니다."

"정말 오랜만이야. 그동안 잘 지냈어?"

"네, 덕분에 별 탈 없이 잘 지냈습니다. ……최근에는 신에게 봉사를 많이 해서, 고맙게도 대단히 명예로운 이름까지 받았죠." 스퀴라는 자랑스럽게 가슴을 활짝 펴며 말했다.

"어떤 이름을 받았는데?"

"네, 야코마루라고 합니다. 들 야(野) 자에 여우 호(狐) 자를 쓰죠."

스퀴라…… 야코마루가 출세했다는 건 사실인 모양이다. 무력보다 지혜를 내세우는 요괴쥐 이름으로 어울리고, 기로마루 이름에 있는 늑대 랑(狼) 자에 비해도 손색이 없다는 느낌이 들었다.

"2년 전에 비해 저희 파리매 콜로니는 눈부신 발전을 이루었습니다. 한때는 콜로니의 존속마저 위험했지만 지금은 여러 콜로니와 합병해서 총원 1만 8,000마리까지 늘어났죠. 이것도 오직 신의 도움과 선물이라고……."

사토루가 장황한 야코마루의 이야기를 가로막았다. "나도 느긋하게 너희 콜로니의 이야기를 듣고 싶지만 지금은 비상사태야. 네 도움이 필요해."

내용도 듣지 않고 야코마루는 우아하게 고개를 끄덕였다. "알겠습니다. 전부 이 야코마루에게 맡겨주십시오. 생명의 은인인 두 분을 위해서라면 언제라도 이 한 목숨 바칠 각오가 되어 있습니다."

과장스럽다는 생각도 들었지만 그때의 우리에게는 더할 수 없이 든든했다.

나는 단도직입적으로 물었다. "굴벌레나방 콜로니는 어디 있어?"

"여기서 4~5킬로미터쯤 북서쪽으로 가야 합니다. 장수말벌 콜로니 산하에도 들어가지 않고 저희와의 합병에도 소극적인…… 지금은 개체가 많지 않은 독립 콜로니죠. 굴벌레나방이 무슨 짓이라도 저질렀습니까?"

그때 야코마루의 눈이 반짝 빛난 것 같은 생각이 들었다. 나와 사토루는 서로의 얼굴을 쳐다보았다. 야코마루의 협조를 얻어야 하는 이상, 우리도 어느 정도는 정보를 제공해야 하리라.

"친구를 찾고 있어……."

사토루가 최대한 지장 있는 부분을 제외하고 대강 사정을 설명했다.

"알겠습니다! 일단 그 스퀑크라는 개체를 발견하는 게 지름길인 것 같군요. 내일 아침 일찍 굴벌레나방 콜로니로 가겠습니다."

"우린 지금 당장 가고 싶은데……."

"마음은 충분히 이해하지만 밤의 눈길은 대단히 위험합니다. 그리고 굴벌레나방 콜로니 쪽에서 기습 공격으로 착각할 우려가 있습니다. 이제 네댓 시간만 있으면 날이 밝을 테니까 그다음에 출발하는 게 좋을 것 같습니다."

벌써 시간이 그렇게 되었나? 사토루가 고개를 끄덕이는 걸 보고 출발은 아침으로 미루기로 했다.

"간단히 식사를 준비했습니다. 물론 저희 짐승들의 변변찮은 음식이 입에 맞을 리 없겠지만 부디 맛있게 드십시오."

야코마루가 신호를 보내자 작은 요괴쥐 두 마리가 빨간 쟁반을 들고 들어왔다. 그러자 2년 전에 장수말벌 콜로니의 야영지에서 먹은 죽이 떠올랐다. 식사는 약간 질게 지은 밥에 우엉과 토란 등이 들어 있는 된장국, 그리고 정체불명의 말린 고기와 소금을 뿌려서 구운 민물고기가 전부였다. 말린 고기는 가죽처럼 질긴 데다 맛이 없어서 먹을 수 없었지만 그것 말고는 그럭저럭 먹을 만했다.

우리가 식사하는 사이에 야코마루는 옆에서 이런저런 질문을 했다. 시시한 잡담을 가장하고 있지만 조금이라도 정보를 얻으려는 속셈이 빤히 들여다보여서 지긋지긋했다. 식사를 마치고 우리는 한 가지 요구를 했다.

"그러고 보니 2년 전에도 밤에 왔었지?"

"네, 그때가 그립군요. 정확한 장소는 여기가 아니었지만요."

"그때 밤이 깊었는데도 여왕님을 만났잖아. 오늘도 인사를 하고 싶은데."

그러자 야코마루의 얼굴에 당황한 표정이 떠올랐다.

"그러세요……. 알겠습니다. 여왕이 자고 있을지 모르니까 일단 부하를 보내겠습니다. 괜찮다면 그동안 저희 콜로니를 구경하시지 않겠습니까? 그 이후 상당히 많이 바뀌었거든요."

그의 안내를 받아 파리매 콜로니를 돌아다니던 우리는 소스라치게 놀랐다. 2년 전에는 대부분 지하 혈거에서 생활하고, 지상에 있는 구조물은 개미무덤 같은 첨탑뿐이었다. 그런 그들의 집단생활 장소가 하나의 도시라고 형용할 수 있을 만큼 변한 것이다.

맨 먼저 눈에 띈 것은 거대한 버섯을 연상케 하는 둥근 건축물이었다. 야코마루의 설명에 따르면 목재나 대나무를 골격으로 삼고, 진흙이나 가축의 똥을 발라서 만들었다고 한다. 토벽에는 출입구나 창문 역할을 하는 둥근 구멍이 몇 개 뚫려 있고, 안에서는 불빛이 새어나오고 있었다.

"다만 저희는 원래 혈거성 동물이라서 건물은 전부 지하 터널로 이어져 있지요. ……이쪽에 있는 건물들은 여러 가지 물건을 만드는 공장입니다."

한쪽에는 금속을 제련하고, 천을 짜고, 염색을 하고, 종이를 만드는 공장이 오밀조밀 들어서 있고, 일꾼들이 밤새 일하고 있었다. 그중에서도 시멘트 공장은 압권이었다. 쓰쿠바 산보다 멀리 떨어진 산에서 잘라낸 석회암을 가루로 만든 다음, 점토를 넣어 고온에 굽고 나서 석고를 넣어 다시 분말로 만든 후에 시멘트로 만든

다고 한다. 또한 완성된 시멘트는 자갈이나 모래를 섞어서 콘크리트로 가공한다는 것이다.

"여기서 생산된 콘크리트로 만든 첫 번째 건물이 바로 이겁니다."

그가 가리킨 것은 콜로니 중심에 있는 건물이었다. 직경이 30미터쯤 되는 단층의 원형 건물로, 콘크리트로 만들어서 그런지 바위처럼 단단해 보였다. 인류의 고대문명도 이러했을까? 건물의 당당한 위용에는 벌린 입을 다물 수 없을 정도였다.

그의 자랑스러운 설명이 이어졌다. "이 건물은 콜로니의 회의장입니다. 저희 콜로니의 1만 8,000마리를 대표하는 64마리의 평의원이 건물 안에서 토론하고 여러 가지 결정을 내리죠."

2년 전까지만 해도 콜로니의 중심지는 여왕이 사는 용혈이었다. 그런데 어떻게 짧은 시간에 이렇게까지 과격하고 근본적으로 바뀔 수 있었을까?

"용혈은 어디 있어?"

내 질문에 그의 목소리가 약간 흐려졌다.

"보시다시피 저희는 땅속 터널에서 땅 위에 있는 건조물로 생활의 중심을 옮겼습니다. 그에 따라 용혈도 없앨 수밖에 없었죠. 또한 콜로니 합병으로 여왕이 많아지는 바람에, 관리의 편의를 위해서 한 군데로 모아야 했고요……"

"그러면 거기로 가지 뭐. 내일 일도 부탁해야 하고."

"그러시겠어요? ……다만 콜로니의 의사결정은 평의회가 하는 만큼, 내일 일에 관해서는 평의회를 대표하여 이 야코마루가 책임을 지고……"

"괜찮아. 잠시 여왕님께 인사를 하고 싶은 것뿐이니까."

사토루가 강요하듯 말하자 야코마루는 포기한 표정을 지었다.

"……알겠습니다. 그러면 안내해드리죠."

그때 여왕의 모습을 보러 간 부하가 돌아와서, 끼익끼익 하는 소리로 야코마루에게 보고를 했다. 야코마루가 손을 흔들어 부하를 물러가게 했다.

"그러면 이쪽으로 오십시오."

랜턴을 든 그의 뒤를 따라간 곳은 공장 반대편의 맨 끝에 있는 토벽 건물이었다. 건물을 본 순간, 나는 얼굴을 찡그릴 수밖에 없었다.

"이게 뭐야……?"

여왕이 있는 건물치고는 너무나 초라해서였다. 공간은 비교적 넓었지만 엉성한 토벽에 지푸라기만 깔아놓은 지붕은 마치 가축우리 같지 않은가?

두터운 문을 열고 안으로 들어간 순간, 구토증을 유발하는 악취가 코를 찔렀다. 2년 전에 들어간 용혈 역시 코가 비뚤어질 듯한 짐승 냄새로 가득 차 있었던 것이 떠올랐다. 하지만 무언가가 다르다. 냄새는 오히려 예전보다 견디기 쉬웠지만, 소독약 같은 냄새가 뒤섞여서 독특한 악취를 자아내고 있었다.

구태여 비유를 하자면 예전에 갔던 용혈의 악취는 공포에 휩싸일 만큼 강렬한 생명력을 느끼게 했지만, 이 건물에 떠다니는 악취는 병원에 묘법농장의 퇴비를 뿌려놓은 것처럼 병적일 만큼 부자연스럽다고나 할까?

건물은 좁고 긴 장방형 한가운데에 복도가 있는, 가축의 축사를 떠올리게 하는 구조였다. 양쪽에는 굵은 나무로 만든 튼튼한 울타리가 뻗어 있는데, 조명이 희미해서 그런지 어둠에 잠겨 있는 울타리 안에서는 아무것도 보이지 않았다. 하지만 거대한 생물의 꿈틀거리는 기척은 생생하게 느껴졌다. 그쪽도 우리 냄새를 맡았는지 몸을 움직이는 소리가 났지만, 그 이상의 반응이나 말소리는 들리지 않았다. 지푸라기 위에서 꿈틀거리는 소리와 함께 간간이 철렁철렁 하는 쇠사슬 소리가 들렸다.

나는 야코마루를 힐끔 쳐다보았지만, 어두컴컴한 데다 랜턴 불빛 뒤에 있어서 표정은 읽을 수 없었다.

그가 하나의 울타리 앞에 걸음을 멈추고 말했다. "여기에 있는 분이 저희 여왕입니다."

"여왕님, 오랜만이에요. 예전에 뵈었던 사키입니다."

내 말에도 여왕은 아무런 대답이 없었다.

"자아, 안으로 들어가시죠."

그는 울타리 문을 열고 성큼성큼 안으로 들어갔다. 우리도 멈칫거리며 그의 뒤를 따랐다. 그는 안에서 웅크리고 앉아 있는 여왕에게 랜턴을 향했다.

어둠 속에서 거대한 애벌레 같은 모습이 떠올랐다. 주름이 자글자글한 새하얀 신체. 짧은 네 다리. 그때 풀무 같은 소리가 희미하게 들렸다. 여왕의 입에서 흘러나오는 소리다.

나는 가슴을 쓸어내리며 안도했다. 여왕이 잠들어 있는 것이다. 하긴 한밤중이니까 잠을 자는 것이 당연하지 않은가.

나는 여왕이 깨지 않도록 암소보다 큰 배를 살며시 만져보았다. 거대한 체구를 가진 생물답게 배는 천천히 위아래로 움직이고 있었다.

"곤히 잠들었나 봐."

이번에는 걸으면서 여왕의 목덜미에서부터 평평한 머리까지 어루만졌다. 그러자 앞머리에 있는 기묘한 이음새 같은 부분이 손가락 끝에 걸렸다. 여왕은 아직 눈을 뜨지 않았다.

사토루가 걱정스러운 얼굴로 물었다. "사키, 잠결에 물면 어떡해?"

"걱정하지 마. 잠에서 깰 것 같으면 재빨리 손을 뗄게."

그렇게 말한 순간, 손가락 끝이 미끄러지면서 중지로 여왕의 눈을 찔렀다. 화들짝 놀라며 손을 뗀 순간, 여왕의 머리가 움찔 움직였다. 하지만 더 이상 반응은 보이지 않았다. 돌연 무서운 의혹이 마음속에서 고개를 치켜들었다. 지금 내 손가락이 만진 눈은……

나는 강한 말투로 야코마루에게 명령했다. "랜턴으로 여기를 비춰줘!"

그는 한순간 주저했지만 서서히 빛을 이동시켰다.

여왕은 눈을 뜨고 있었다. 처음부터 잠들지 않은 것이다. 하지만 뜨여 있는 눈에서는 지성의 빛을 한 조각도 찾아볼 수 없었다. 아니, 어쩌면 완전히 메말라서 시력을 잃어버렸을지도 모른다. 반쯤 벌린 입에서는 부정고양이 같은 이빨을 드러낸 채 지푸라기 침상 위에 침을 흘리고 있었다.

나는 야코마루에게 랜턴을 빼앗아서 여왕의 머리를 비추었다. 앞머리의 오른쪽 부분에 V 자 모양의 커다란 수술 자국이 있었다.

굵은 실로 상처를 꿰맨 자국이 밭이랑처럼 부풀어올랐다.

"야코마루, 이게 어떻게 된 거지?"

분노에 가득 찬 사토루의 질문에도 야코마루는 초연하게 대답했다.

"어쩔 수 없었습니다."

"어쩔 수 없었다고? 여왕님에게 무슨 짓을 한 거야?"

우리의 화난 목소리가 가축우리 같은 건물 안에 메아리치자, 거대한 짐승들의 꿈틀거리는 소리와 쇠사슬 소리가 한층 커졌다.

"제가 설명해드릴 테니까 밖으로 나가시죠."

우리는 서둘러 여왕들이 있는 건물 밖으로 나왔다. 피부 속으로 스며드는 차가운 바람이 몸에 달라붙은 악취를 날려 보내준 덕분에 기분이 상쾌해졌다.

"저희도 여왕에게 저렇게 가혹한 조치를 하고 싶지는 않았습니다. ……여왕은 저희 콜로니 전체의 어머니이니까요."

"그러면 어째서……?"

내가 야코마루를 추궁하자 어디선가 요괴쥐 병사들이 우르르 나타났다. 야코마루가 고개를 흔들어 병사들을 물러가게 했다.

"예전에 여왕을 봤을 때 느끼셨죠? 여왕의 정신에 문제가 있다는 것을."

"그래, 어렴풋이."

"지금까지 여왕은 어느 콜로니에서도 절대적인 존재였습니다. 저희 여왕도 원래 강압적인 부분이 있었고요. 그런데 정신에 병이 들고 나서는 폭력의 정도가 심해졌습니다. 하루에도 열두 번씩 기분이 바뀌며 아무런 잘못도 없는 신하를 물어뜯어 중상을 입히거나 죽이는 사건이 잇따라 발생했으니까요. 그러다 결국 망상적 의심에 휩싸이며 콜로니 부흥에 힘쓰는 중신들(아시다시피 저희 콜로니는 땅거미와의 전쟁에서 큰 피해를 입었잖습니까?)을 계속 처형한 것입니다. 그대로 내버려두면 파리매 콜로니는 멸망할 수밖에 없다고 생각했습니다."

"아무리 그래도……."

사토루가 무슨 말인가 하려고 했지만 뒷말이 이어지지 않았다.

"저희 개체들은 모두 콜로니와 여왕에게 절대적 충성을 맹세하고 있습니다. 하지만 저희도 한 번 사용하고 버리는 일회용 도구는 아니잖습니까? 저희는 신을 제외하면 이 행성에서 가장 높은 지능을 가진 존재이지, 개미나 벌처럼 사회성 곤충은 아니니까요. 그렇게 믿는 자들, 콜로니의 장래를 걱정하는 자들이 모여서 협의한 끝에, 제가 앞장서서 '조합'을 만들었습니다."

"조합?"

"네, 저희의 최소한의 권리를 지키기 위해서는 여왕과 교섭할 필요가 있었으니까요. 하지만 여왕은 펄펄 뛰며 분노를 터뜨렸습니다. 저희를 반역자로 본 것입니다. ……결국 우여곡절 끝에 어쩔 수 없이 이런 결과에 이르게 되었지요."

"이런 결과라니……. 너희가 작당해서 여왕을 식물 상태로 만든 것 말이야? 저렇게 만들 바에야 차라리 죽이는 편이 낫지 않아?"

사토루의 비난에 야코마루는 고개를 옆으로 흔들었다.

"천만에요. 두뇌를 완전히 망가뜨리지는 않았습니다. 전두엽을 절제하는 로보토미*라는 수술을 했을 뿐이죠. 수술이 끝나자 여왕의 공격성은 모습을 감추고 그 대신 순수한 성격이 돌아왔습니다. 출산이라는 여왕의 임무를 예전처럼 행하고, 콜로니 확대에 적극적으로 공헌하게 되었죠. 여왕 자신도 병든 정신의 굴레에 묶여 있던 시기에 비하면 훨씬 행복하지 않을까요? ……그런데 첫 수술이라서 그런지 위생면에 문제가 있었던 모양입니다. 그 이후 뇌염에 걸리더니 저렇게 정신 활동이 현저하게 떨어졌지 뭡니까."

"너무해……."

내 중얼거림을 듣고 그는 호소하는 눈길로 우리를 쳐다보았다.

"그렇게 여기시는 게 당연할지 모르죠. 하지만 이거 유감스러운데요. 지성을 가진 존재에게는 똑같은 권리가 주어져야 하지 않을까요? 저는 그런 사실을 신의 책에서 배웠습니다. 민주주의의 대원칙이죠."

나와 사토루는 당황해서 서로의 얼굴을 쳐다보았다. 생쥐 괴물에게 그런 말을 들으리라곤 상상도 못 한 것이다.

"너희 여왕뿐만 아니라 다른 여왕도 폭군이었어? 왜 다들 저런 가축우리에 집어넣은 거지?"

"저희 콜로니의 사상에 찬성해서 합류한 콜로니는 크든 작든 똑같은 문제를 껴안고 있었죠. 콜로니 안에서 생식 능력이 있는 건 여왕뿐이니까 여왕이 없는 콜로니는 멸망하게 됩니다. 하지만 그렇다고 콜로니가 여왕의 전유물은 아니지 않습니까? 여왕은 출산

---

* Lobotomie, 대뇌 전두엽 백질의 일부를 잘라내 시상(視床)과의 연락을 끊는 수술.

이라는 중요한 일에 전념하고, 정치나 군사 같은 두뇌 노동은 각각 그 분야에 가장 적합한 자가 하는 것이 저희 파리매 콜로니의 기본 방침이죠."

당시의 요괴쥐 콜로니는 장수말벌 콜로니를 정점으로 하는 그룹과 다수의 콜로니를 합병한 파리매 콜로니라는 두 개의 세력으로 양분되어 있었다. 장수말벌 콜로니는 단독으로도 3만이 넘는 최대 최강의 콜로니로, 기로마루 장군이 실권을 장악하고 있으면서도 여왕을 지배자로 섬기는 전통적인 도식을 유지하고 있었다. 그 산하에 있는 콜로니도 모두 여왕을 절대군주로 떠받드는 보수적인 가치관을 공유하고 있었던 것이다. 따라서 그들은 혈연관계를 무시한 콜로니의 합병이라는 하늘도 놀라고 땅도 놀랄 만한 방법으로 급속히 세력을 확장한 파리매 콜로니를 이단시하고 경계하기 시작했다.

"……알았어. 뭐 너희들 내부 문제에 이래라저래라 할 생각은 없으니까." 사토루는 입이 찢어져라 하품을 했다. "아아, 피곤하다. 그럼 우리는 날이 밝을 때까지 잠시 눈을 붙일게."

"알겠습니다. 즉시 침상을 준비하라고 하겠습니다."

그렇게 말하는 야코마루의 눈에서 희미한 초록색 빛이 번쩍 뿜어나왔다.

우리는 귀빈실이라는 오두막 안으로 돌아왔다. 야코마루의 모습이 사라지자 사토루는 주력으로 화로 숯을 새빨갛게 만든 다음, 두 발을 내던지고 앉아 땅이 꺼져라 한숨을 쉬었다.

"마음에 안 들어. ……당최 마음에 안 들어."

"뭐가?"

"이 콜로니도 스퀴라…… 야코마루도 왠지 수상해. 말과 속마음이 다른 것 같아서 도무지 믿을 수 없어."

"하지만 마리아와 마모루를 찾으려면 야코마루의 협조를 받아야 하잖아."

그래도 그의 표정은 밝아지지 않았다.

"그건 그렇지만…… 그 녀석이 여왕에게 한 짓 봤지? 자신을 낳아준 어머니잖아. 어머니에게 어쩜 그렇게 심한 짓을 할 수 있지?"

나는 공허한 여왕의 눈을 떠올리고 가볍게 몸을 떨었다.

"그건 나도 충격이었어. ……하지만 아무리 사람의 말을 잘해도 요괴쥐는 어차피 짐승이잖아. 인간과 비슷하긴 하지만 감정의 중요한 부분은 다를 수밖에 없어. 더구나 야코마루의 말에도 일리는 있다고 생각해. 살아남기 위해서 그렇게 할 수밖에 없었겠지 뭐."

"너는 요괴쥐 편을 드는군."

나는 바닥 위에서 자세를 바로 잡고 앉았다.

"그건 아냐. 우리도 짐승에게 우리 멋대로 사람의 감정을 투영하는 일이 있잖아. 이 생물은 온순하다든지, 부모는 자식을 위해 목숨을 바쳐야 한다든지. 하지만 이상과 현실 사이에는 갭이 있을 수밖에 없잖아. 예전에 고대문명의 동물행동학 책을 읽은 적이 있어."

나는 도서관 사서인 어머니 덕분에 금서를 볼 기회가 다른 아이들보다 많았다.

"그때 엄청난 충격을 받았지. 하마를 예로 들어볼게. 와키엔에서 본 그림책에 하마는 동료가 죽으면 둥글게 둘러서서 죽음을 애도한다고 쓰여 있었지? 하지만 하마는 원래 잡식성으로, 동료 시체 주위에 모이는 건 시체를 먹기 위해서래."

"그건 나도 알고 있어."

"캥거루에 이르러서는 정말 최악이었어. 엄마가 아기를 주머니에 넣고 다니는 것은 그만큼 사랑하기 때문이라고 생각했는데……."

"뭐였더라?"

"무서운 짐승이 쫓아오면 주머니 안에서 아기를 꺼내 던져주지. 아기가 우걱우걱 잡아먹히는 동안, 엄마는 무사히 도망치는 거야."

그는 얼굴을 찡그렸다. "마치 미노시로 같군. 차라리 자기 몸을 잘라주는 편이 훨씬 나아."

"그러니까 요괴쥐에게 인간의 윤리를 적용하는 건 잘못이야."

그는 두 손을 뒷덜미에 가져가 깍지를 꼈다. "흐음, 내가 이상하게 느낀 건 그것만이 아니야. 뭐랄까, 인간과 너무 비슷한 거 같지 않아?"

"하긴 이렇게까지 인간과 비슷한 동물은 없을 거야."

그는 오두막집 입구까지 무릎으로 걸어가서 아무도 없는 것을 확인했다.

"녀석들, 혹시 인간으로 바뀌려고 하는 게 아닐까? 콘크리트 건물은 가미스 66초에도 없잖아. 그 공장을 보면 인간이 버린 물질문명을 자기 것으로 만들고 있다고밖에 생각할 수 없어."

나는 계속 머릿속에서 똬리를 틀고 있는 의문을 그에게 털어놓았다.

"그나저나 야코마루는 어디서 그런 지식을 얻었을까? 말로는 책에서 얻었다고 했는데."

"자기가 알고 싶은 게 쓰여 있는 책을 그렇게 쉽게 찾아낼 수 있을까?"

"그러면 어디서……?"

"내 상상인데, 야코마루가 유사미노시로를 잡은 게 아닐까? 유사미노시로가 내뿜는 일곱 색깔의 빛은 인간을 최면 상태에 빠뜨릴 수는 있어도 요괴쥐에게는 효과가 없을지 몰라."

그 말을 듣는 사이에 무서운 공포감이 밀려들었다. 옛날부터 요괴쥐에 대해 품고 있던 불길한 예감이 현실로 다가오는 듯했다.

"……설마 요괴쥐가 인간에게 반기를 들지는 않겠지?"

"그런 일은 있을 수 없어. 우리 둘만 해도 이 콜로니 정도는 쉽게 전멸시킬 수 있잖아."

아무리 요괴쥐가 물질문명을 발전시켰다고 해도, 주력을 가진 인간에게 대항할 수는 없으리라. 애당초 고도로 발달한 문명을 무너뜨린 건 인간의 주력이니까. 하지만 그렇게 생각해도 불안은 가시지 않았다.

"사토루, 야코마루가 여왕에게 한 수술 있잖아. 만약 그걸 인간에게 하면 어떻게 될까?"

그가 얼굴을 찡그리며 대답했다. "역시 똑같이 폐인이 되겠지. ……네가 무슨 생각을 하는지 알아. 수술도 성공하고 감염증에도 걸리지 않으면, 분명히 요괴쥐가 시키는 대로 하는 인간이 만들어질지 모르지만……."

다음 순간, 온몸에 소름이 끼쳤다. "맙소사……! 혹시 엄청난 일이 벌어지는 거 아닐까?"

"아니, 걱정하지 마." 그는 히쭉 웃으며 덧붙였다. "그 녀석이 여왕의 뇌에서 절제한 전두엽은 의지나 창조성을 관장하는 거야. 즉, 주력을 관장하는 것도 전두엽이지. 의지와 창조성을 빼앗긴 인간은 절대로 주력을 발동할 수 없어. 그러니까 염려 붙들어 매셔."

우리는 그때쯤 말을 끊고, 다음 날 아침을 대비하여 잠시 잠을 청하기로 했다. 나는 충분히 잠을 잤지만 그는 그렇지 못해서였다.

요괴쥐가 깔아놓은 침상에 누워 깜빡깜빡 조는 사이에 악몽 같은 이미지가 끊임없이 마음을 가로질렀다. 나도 파리매 콜로니에 오고 나서 사토루처럼 꺼림칙한 느낌에 휩싸인 것이다. 하지만 그 느낌의 정체를 알아차리기 전에 의식은 천천히 어둠의 안쪽으로 가라앉았다.

6

눈을 뜨자 주위는 희미하게 밝아져 있었다.

우리가 있던 곳은 목재 기둥에 대나무를 엮어 골조를 만든 후, 바깥쪽에 짐승의 가죽 같은 튼튼한 천을 씌운 공간이었다. 그런 면에서 보면 오두막이라기보다 유목민의 이동식 천막인 파오나 텐트에 가까워서, 날이 밝으면 희미한 빛이 새어 들어오는 것이다. 나보다 조금 일찍 깬 사토루는 벌써 준비를 하고 있는 참이었다.

"잘 잤어?"

내가 말을 걸자 그는 냉정한 얼굴로 고개를 끄덕였다.

"금방 나갈 수 있어? 녀석들은 이미 준비를 마친 모양이야. 날이 밝기 전부터 꼼지락꼼지락 움직이고 있던걸."

오두막 밖에서는 바쁘게 왔다 갔다 하는 요괴쥐들의 소리가 들렸다.

"알았어."

나도 서둘러 일어나서 출발 준비를 시작했다. 준비라고 해봤자 방한복을 입고 신발 끈을 조인 뒤 배낭의 물건을 점검하는 것뿐이라서 채 2분도 걸리지 않았다. 오두막을 나오자 하늘은 어제와 달리 맑게 개어 있었다. 아득한 태평양의 동쪽 하늘에서 아침 해가 떠오르려고 하고 있었다.

시선을 옆으로 돌린 순간, 요괴쥐 한 마리가 소나무 가지에 널어놓은 물건을 거두는 것이 눈에 들어왔다. 희멀건 색깔이 꼭 말린 고기 같았는데, 1미터가 넘는 걸 보면 생선치고는 너무 크다는 생각이 들었다. 그런데 자세히 쳐다보니 그것은 미노시로가 아닌가! 나와 사토루는 무의식중에 서로의 얼굴을 쳐다보았다.

"믿을 수 없어, 미노시로를 잡아먹다니."

가미스 66초에서 신성하게 여기는 미노시로를 잡아먹는 것에 우리는 형용할 수 없는 불쾌감을 껴안았다.

"……이때쯤이면 미노시로는 동면하고 있을 텐데. 일부러 구멍에서 파내어 식량으로 삼으려고 말린 것일까?"

그는 쓰디쓴 풀을 먹은 고양이 같은 표정을 지었다. 어젯밤에 먹은 정체불명의 말린 고기도 미노시로가 아닐까? 한순간 그런 생각이 머리를 스쳤지만 그에게는 말하지 않고 덮어두기로 했다. 그때 맞은편에서 야코마루가 다가오는 것이 보였다.

"신이시여, 편히 주무셨습니까? 저희는 당장이라도 출발할 수 있는데, 아침을 드시겠습니까?"

또 미노시로의 말린 고기가 나올 것 같아서 식욕이 동하지 않았다.

"너희는 어떡할 거야?"

"급한 일이 있을 때는 걸으면서 간단하게 먹습니다. 군량이라서 맛은 별로 없지만요."

"우리도 그거면 돼."

"알겠습니다."

야코마루는 추위를 타는 요괴쥐답게 모자가 달린 털옷 위에 금속의 징을 박은 가죽 갑옷을 입고 있었다. 2년 전에 만났을 때는 문관 냄새가 가시지 않았는데, 이제는 완벽한 장군의 차림이다. 목에 걸고 있는 작은 피리를 불자 200여 마리의 요괴쥐가 나타나서 일사불란하게 대열을 정비했다.

"세상에! 이렇게 많이 간단 말이야?"

사토루가 얼굴을 찡그리며 말하자 야코마루가 정중하게 대답했다.

"도중에 위험할지도 모르고, 저희는 무슨 일이 있어도 신을 지켜야 하니까요."

우리는 야코마루와 함께 긴 대열 한가운데로 들어갔다. 선두와 마찬가지로 맨 뒤쪽도 위험하다는 것이다. 우리 전후좌우에는 커다란 방패로 무장한 강인한 호위병이 배치되었다.

파리매 콜로니 주위는 눈이 말끔히 치워져 있어서, 병사들은 서 걱서걱 서리를 밟고 걸어갔다. 설원으로 들어가자 우리는 설피를 신었다. 병사들도 스키처럼 생긴 소박한 신발을 신고 짧은 다리로 걸어갔지만, 주력으로 나아가는 것과는 속도가 다를 수밖에 없다.

사토루가 조바심을 이기지 못하고 버럭 소리를 질렀다. "더 빨리 갈 수 없어? 장소만 가르쳐주면 우리끼리 먼저 갈게."

"죄송합니다. 저희는 신처럼 가벼이 갈 수 없습니다. 하지만 굴벌레나방 콜로니는 그렇게 멀지 않으니까 잠시만 참으십시오. 두 분만 가시다 무슨 일이라도 생기면 큰일이니까요."

우리는 어쩔 수 없이 요괴쥐의 행군 속도에 맞추었다. 느릿느릿 설원을 나아가는 사이에 야코마루는 우리에게 요괴쥐의 휴대 식량을 나눠주었다. 겉으로 보기에는 작은 환약이나 경단처럼 생겼는데, 입에 넣고 씹어보자 달콤한 기운이 입 안 구석구석까지 퍼졌다. 쌀가루에 벌꿀과 매실장아찌, 나무 열매 등을 넣어서 만든 듯했다. 맛있다고는 할 수 없지만 적어도 미노시로는 들어 있지 않은 것 같았고, 먹을 수 없을 정도는 아니었다.

설원을 지나서 몇 개의 언덕을 넘는 사이에 이 주변 지형에 왜 이렇게 언덕이 많은지 생각해보았다. 더구나 지금은 눈에 덮여 있어서 알 수 없지만 언덕마다 토질이 다른 것이다. 장소에 따라서는 자라나 있는 식물까지 달랐다.

다음 순간, 기괴한 상상이 뇌리를 가로질렀다. 그것은 주력을 가진 인간끼리 상대를 몰살하려고 하는 전투 장면이었다. 멀리 떨어진 반대편에서 거대한 암석이나 하나의 언덕이 완만한 포물선을 그리며 날아온다. 그것이 떨어질 때의 충격은 말로 표현할 수 없을 정도이고, 파괴력은 고대문명의 핵무기를 아득히 능가하리라. 지금으로부터 6,500만 년 전에 공룡이 멸망한 것도 불과 직경 10킬로미터의 운석이 충돌한 탓이라고 하지 않는가.

말도 안 되는 소리! 상식적으로 생각할 때 그런 일은 있을 수 없다. 물론 이론상으로 주력이 미치는 힘에는 한계가 없다고 하지만 실제로 주력을 발동할 때는 여러 가지 제약이 따른다. 주력을 이용해 영향을 미치려고 하는 대상을 일단 뇌 안에서 완벽하게 재구성해야 하므로, 크기나 복잡함에는 저절로 한계가 발생할 수밖에 없다. 지구를 두 동강 내겠다고 상상한다고 해서 즉시 그렇게 되는 건 아니라는 뜻이다.

하지만…… 나는 산맥처럼 이어져 있는 언덕을 둘러보았다. 우리 같은 초보자라도 땅사태를 일으키거나 상당한 크기의 바위를 날릴 수 있다. 그렇다면 가부라기 시세이 씨 같은 달인에 이르면 언덕을 움직이는 것도 가능하지 않을까?

그때 나의 상상을 야코마루가 깨뜨렸다.

"거의 다 왔습니다. 저 모퉁이를 돌아가면 보일 겁니다. 굴벌레나방 콜로니는 언덕 중턱에 난공불락의 요새를 쌓아놓았죠."

우리 눈앞에 나타난 것은 언덕이라기보다 거대한 하나의 바위 같았다. 높이는 150미터 정도, 직경은 300미터쯤 될까? 주위는 거의 90도에 가까운 절벽으로, 눈도 쌓여 있지 않았다. 손에 잡힐 만한 울퉁불퉁한 부분은 거의 없어서 바위를 올라가려면 상당한 어려움이 예상된다.

사토루가 눈을 가늘게 뜨고 거대한 바위를 쳐다보았다. "중턱이라더니, 저건 거의 벽이잖아. 그리고 그런 요새가 어디 있어?"

"저기입니다. 안 보이십니까? 바위가 튀어나오고 소나무가 있는 곳 말입니다. 그 뒤에 동굴이 있습니다."

야코마루가 가리킨 곳을 아무리 쳐다보아도 동굴은 보이지 않았다. 뿐만 아니라 움직이는 것 하나 없이 주위는 고요하기 그지없었다.

"굴벌레나방 콜로니는 오랜 세월에 걸쳐 저 바위 안에 종횡무진통로를 파서, 바위 전체를 하나의 요새로 바꾸었습니다."

"그건 그렇다고 치고, 어디로 들어가면 되는데?"

나에게는 입구가 짐작도 되지 않았다.

"바위에서 땅속까지 이어진 터널이 있다고 하는데, 출입구는 교묘하게 감추어져 있습니다. 평소에는 바위 중턱에 있는 구멍에서 땅까지 줄사다리를 이용해서 드나든다고 하더군요. 지금은 보이지 않지만 저희가 오는 걸 알고 줄사다리를 끌어올렸겠죠. 그들은 다른 콜로니와의 접촉을 끊고, 자기 콜로니 이외의 개체가 접근하면 오직 숨을 죽이고 지냅니다. ……하지만 이번에는 그렇게 되지 않는다는 사실을 알려주어야 하겠죠."

야코마루는 대열 뒤쪽에 있는 병사를 불렀다. 땅거미의 변이개체 정도는 아니지만 수선화의 뿌리를 떠올릴 만큼 흉곽이 발달한 그 병사는 메가폰 같은 커다란 통을 들고 있었다.

병사는 야코마루의 귀엣말을 듣고 굴벌레나방 콜로니의 요새를 향해 큰 소리로 메시지를 전했다. 가까이에서 듣고 있자니 고막이 터질 것 같아서, 나와 사토루는 두 손으로 귀를 막았다. 야코마루와 다른 요괴쥐 병사들은 어떻게 태연히 견디는 것일까? 설원에 메아리쳐서 군데군데 눈사태가 일어날 만큼 큰 소리로 불러도 굴벌레나방 콜로니에서는 아무런 반응이 없었다.

"아무래도 이쪽이 진심이라는 걸 보여주어야 할 모양입니다."

야코마루가 그렇게 말하자 활에 화살을 끼운 사수가 일렬횡대로 앞으로 나왔다.

그 모습에 사토루가 항의했다. "잠시만! 우리는 싸우러 온 게 아니잖아!"

"신의 말씀이 맞습니다. 하지만 보시다시피 상대는 이쪽의 대화 요구를 무시하고 있잖습니까? 게을리 낮잠만 자는 오만한 조개의 뚜껑을 열기 위해선 다소 거친 수단을 사용할 수밖에 없습니다."

야코마루가 날카로운 목소리로 명령을 내렸다.

그 즉시 수십 개의 화살이 바위 중턱에 있는 소나무를 향해서 아름다운 궤적을 그렸다. 대부분은 바위에 맞아서 튕겨나왔으나 그중 몇 개는 나무에 박히고 하나는 놀랍게도 바위에 꽂혔다.

반응은 여전히 없었다. 야코마루의 명령에 따라 일렬로 늘어선 사수들은 화살 끝에 감은 천에 부싯돌로 불을 붙였다. 천에 미리 기름을 적셔놓았는지, 불은 기세 좋게 활활 타올랐다.

이번에는 수십 개의 불화살이 허공을 가로질렀다. 불화살 하나가 소나무에 박히더니, 이윽고 소나무에서 새카만 연기가 피어올랐다. 그러자 이내 작은 변화가 눈에 들어왔다. 새하얀 연기 같은 것으로 볼 때, 불을 끄기 위해 나무 뒤쪽에서 눈을 뿌리는 모양이었다.

"이 정도면 녀석들도 알았겠죠. 다시 한 번 불러보겠습니다."

야코마루가 가볍게 오른손을 들자 메가폰을 든 병사가 앞으로 나와서 귀를 찢는 소리로 절규했다. 요괴쥐의 말이라서 무슨 뜻인지는 모르겠지만, 기묘하리만큼 고압적이고 공격적인 느낌이 들었다. 정말로 단순히 대화를 요구하는 것일까?

겨우 돌아온 대답은 이쪽이 쏜 열 배에 해당하는 화살이었다. 소나무 주변만 쳐다보고 있었는데, 바위틈에는 언제라도 일제히 쏠 수 있도록 화살 구멍이 뚫려 있었던 것이다. 위에서 아래를 향해 쏜 만큼, 적의 화살은 훨씬 직선적이고 속도도 빨랐다. 무방비하게 일렬로 서 있던 이쪽의 사수나 메가폰을 든 병사는 어찌할 도리 없이 고슴도치처럼 온몸에 화살을 받고 숨을 거둘 운명에 처해 있었다. 다음 순간, 벌떼처럼 덮친 화살은 눈에 보이지 않는 쐐기에 부딪힌 것처럼 아름답게 좌우로 갈라져서 엉뚱한 방향으로 날아갔다.

어제 눈사태를 피했을 때와 마찬가지로 나와 사토루가 분담해서 화살 방향을 바꾼 것이다. 순간적인 공동 작업치고는 상당히 절묘했다. 어렸을 때부터 친구인 만큼 우리 생각은 이심전심의 영역에 도달해 있었던 것이다.

이어서 일어난 침묵이 굴벌레나방 콜로니의 곤혹스러움을 대변해주었다. 물론 별안간 강풍이 휘몰아치면 화살이 한 방향으로 쏠리는 일도 있을지 모른다. 하지만 목표를 앞에 두고 화살이 양쪽으로 갈라지는 일은 있을 수 없다. 이것으로 상대는 이쪽에 주력을 가진 인간이 있다는 사실을 알았으리라.

야코마루가 깊숙이 고개를 숙였다. "충심으로 감사의 말씀을 드립니다! 신께서 저희 병사들의 목숨을 구해주셨습니다. 그나저나 굴벌레나방 콜로니는 신도 두려워하지 않는 발칙한 녀석들입니다. 대화를 하자고 다시 한 번 권하겠지만, 그 결과에 따라서는 강력한 수단이 필요할지도 모릅니다."

우리 대답을 기다리지 않고 야코마루는 다시 메가폰 병사를 앞에 세웠다. 내용은 여전히 알아들을 수 없었지만 조금 전보다 말투는 더 거만하고 위압적이었다. 도저히 단순한 휴전과 대화를 제안하는 것이라곤 생각할 수 없다. 아마 최후통첩 같은 말을 했으리라.

굴벌레나방 콜로니는 생각지도 못한 사태에 어떻게 해야 좋을지 몰라서 전전긍긍하는 모습이었다. 하지만 상상하건대 이쪽의 격렬한 도발로 한 병사의 자제심이 끊어졌는지, 메가폰 병사를 향해 화살 하나가 날아왔다.

이번에 나와 사토루의 연계 플레이는 절묘했다고 할 수 없다. 우리 두 사람의 주력이 화살 하나를 동시에 포착한 것이다. 그러자 공간이 일그러지고 빛이 아지랑이처럼 뒤틀리며 기괴한 무지개 같은 모양이 나타났다. 이것은 여러 사람의 주력이 교차했을 때 일어나는 현상으로, 예상할 수 없는 결과를 초래할 가능성이 있다. 우리는 다급히 주력을 멈추었지만 주력의 초점에 있던 화살은 눈부신 빛과 함께 허공에서 소리 없이 사라졌다. 화살 하나에 대한 방어치고는 지나치게 과장스러웠지만, 굴벌레나방 콜로니 쪽에서는 우리가 격노한 나머지 그런 행동을 보였다고 생각했으리라.

"신이시여! 굴벌레나방은 이쪽에 신이 계신다는 사실을 알면서도 일부러 활을 쏘았습니다. 이는 결코 용서할 수 없는 신의 모독 행위입니다. 부디 벌을 내려주시기 바랍니다."

나는 야코마루의 말에 따라 굴벌레나방 콜로니를 공격하는 것이 마음 내키지 않았다.

"……하지만 화살은 하나뿐이었고 실수로 발사한 것 같은데?"

"가령 하나라도 충분합니다! 신에게 활을 겨누는 행위는 콜로니가 몰살돼도 어쩔 수 없는 중죄입니다. ……더구나 계속 이렇게 있어서는 결판이 나지 않습니다. 굴벌레나방 녀석들이 이쪽의 대화 요구를 거부하는 이상, 친구분의 행방을 찾을 수 없으니까요."

먼저 결단을 내린 사람은 사토루였다.

"알았어, 할 수 없지 뭐."

"너무 심하게 하지는 마."

돌이켜보면 시작은 굴벌레나방 콜로니의 스퀑크가 마모루를 구해준 것이다. 그 보상이 회복할 수 없을 정도로 콜로니를 파괴시키는 것이라면 너무 심하지 않은가?

"알았어."

사토루는 바위 요새를 향해 입 안으로 진언을 외었다. 장작 튀는 소리와 함께 동굴 입구를 감추고 있던 소나무가 뿌리 부분에서 부러져 축 늘어졌다. 소나무 뒤쪽에 숨어 있던 굴벌레나방 콜로니의 병사들은 경악해서 그 자리에서 얼어붙었다.

이어서 보이지 않는 거대한 주먹으로 때린 것처럼 엄청난 소리와 함께 바위에 균열이 생기고, 작은 조각들이 사방으로 흩어졌다. 일격. 또 일격. 화살 구멍이 깨지면서 커다란 구멍이 뚫렸다.

나는 더 이상 참지 못하고 사토루를 만류했다. "됐어! 그만해!"

잠시 상황을 지켜보고 있노라니 맞은편에서 날카로운 외침이 들렸다. 똑같은 요괴쥐의 울음소리치고는 어딘지 모르게 애처롭고 가련하게 들렸다. 이에 대해 메가폰 병사는 어디까지나 강한 말투로 응수했다. 그러자 부러진 소나무의 뒤쪽 동굴에서 요괴쥐 몇 마리가 모습을 드러냈다. 대부분은 물고기 비늘처럼 보이는 갑옷을 입고 있었지만 고관으로 보이는 한가운데 한 마리는 망토를 걸치고 있었다. 나중에 알았지만 그것은 굴벌레나방 콜로니를 좌지우지하는 섭정으로, 퀴치라는 이름의 개체였다. 다른 요괴쥐가 지상까지 내려오는 기다란 줄사다리를 가져왔다.

문득 옆을 쳐다보자 야코마루가 입을 다물고 기묘한 표정을 짓고 있었다. 언뜻 보면 화난 것처럼 보였지만 눈에는 참을 수 없는 기쁨이 가득 차 있었다.

야코마루와 퀴치의 대면에 대해서는 여기에서 설명해도 아무런 의미가 없으리라. 야코마루는 승리를 거머쥔 정복자로서 퀴치를 대했다. 대화 내용은 알아들을 수 없었지만 일방적으로 여러 가지 요구를 한 것 같았다. 아무리 부조리한 요구를 하더라도 가엾은 퀴치는 받아들일 수밖에 없으리라.

화가 머리끝까지 치민 사토루가 중간에 끼어들어 마리아와 마모루의 행방을 물었다. 퀴치의 명령으로 우리 앞에 스쿼크가 끌려나왔다. 스쿼크는 완전히 움츠러들었지만, 우리 얼굴을 보고 생기를 되찾은 듯했다.

"스쿼크, 우리를 기억하지?"

"키키키키……. 네, 시니시여."

"마리아와 마모루는 어디 있지?"

사토루의 단도직입적인 질문에 그는 고개를 갸웃거렸다.

"잘 모르겠습니다, 시니시여."

"모른다고? 너는 두 사람과 같이 있었잖아."

"네, 하지만 신들은 멀리 가셨습니다."

나는 눈을 질끈 감고 밀려오는 절망을 밀어내려고 했다.

"멀리라니, 어디로 갔는데?"

"모르겠습니다."

"적어도 어느 방향인지는 알고 있겠지?"

"모르겠습니다. 시·니·시·여. 하지만 편지…… 주셨습니다."

스쿼크는 판초처럼 보이는 낡은 옷 안쪽에서 편지봉투를 꺼내우리에게 내밀었다. 나는 편지봉투를 받자마자 즉시 뜯었다. 안에는 스쿼크 말처럼 내 앞으로 보낸 마리아의 편지가 들어 있었다.

사랑하는 사키에게

네가 이 편지를 읽을 무렵, 나와 마모루는 어디 먼 곳에 있을 거야. 친구이자 애인이기도 했던 너에게 이런 형태로 이별 편지를 쓰게 되리라곤 꿈에도 생각하지 못했어. 정말, 정말 미안해. 그리고 부디 우리를 찾지 말아줘.

이렇게 편지를 쓰고 있자니 애절한 기분을 감출 수 없어. 마모루의 편지에서 똑같은 글을 봤을 때 우리는 그렇게 화를 냈는데 말이야. 하지만 글재주가 없어서 나도 똑같이 쓰는 수밖에 없을 것 같아.

우리를 걱정하는 네 마음은 충분히 이해하고 기쁘기도 해. 만약 반대였다면 나도 너처럼 걱정했겠지. 하지만 지금은 이렇게 하는 수밖에 없어.

우리는 이제 가미스 66초에서 살 수 없어. 그곳은 우리 삶을 허락하지 않으니까. 나 하나뿐이라면 그래도 괜찮을지 몰라. 하지만 마모루에게는 이미 낙오자라는 낙인이 찍혔어. 한 번 낙인이 찍히면 다시는 원래대로 돌아갈 수 없잖아. 그런 방식은 불량품을 선별하는 것과 다를 게 없지 않을까? 도자기 가마를 열었을 때 비뚤어지거나 금이 간 도자기는 깨어질 운명에 처해지지. 우리는 깨지길 기다릴 바에야 앞에 무엇이 기다리고 있든 도망치는 편이 낫다고 결론을 내렸어.

사실은 너와 함께 가고 싶었어. 이것은 거짓 없는 내 진심이야. 하지만 넌 우리와 달라. 예전에도 말했지만 넌 누구보다 강한 사람이야. 이 말은 육체적인 것도 아니고, 마음이 강하다든지 의지가 강하다는 것도 아니야. 넌 오히려 눈물도 많고, 사소한 일에도 금방 풀이 죽곤 하지. 나는 그런 너도 좋아했어. 하지만 넌 어떤 어려움을 만나도, 가령 마음의 밑바닥이 으깨졌다고 해도 반드시 일어설 수 있어. 힘없이 부러진 채 그대로 버려지는 사람이 아니야.

너라면 분명히 초에서 살아갈 수 있고, 초도 널 필요로 할 거야. 하지만 마모루는 그렇지 않아. 그리고 나마저 버리면 그는 살아갈 수 없어. 부디 나를 이해해줘.

초를 떠나고 나서 깨달은 사실이 있어.

우리 초는 이상해. 그렇게 생각하지 않아? 안정과 질서를 유지한다는 명목으로 어린아이들을 죽이는 초가 과연 인간 사회로서 정상일까? 유사미노시로의 이야기에 따르면 지금 상태에 이르기까지는 피비린내 나는 역사가 있었다고 했잖아. 하지만 지금의 초는 과거의 어떤 암흑시대와 비교해도 결코 당당한 곳이라곤 할 수 없어. 지금 초에서 일어나고 있는 일들을 돌이켜보니, 그 기이함이 어디서 왔는지 조금씩 보이는 것 같아.

어른들은 마음 깊은 곳에서 아이들을 두려워하고 있어. 어쩌면 어느 시대에나 그런 현상들이 있었을지 모르지. 자신들이 이루어놓은 업적을 다음 세대가 부정하면 불쾌하기 짝이 없을 테고, 상대가 피를 나눈 자신의 아이라면 더욱 괴로운 일이겠지.

하지만 가미스 66초의 어른들이 자신의 아이를 보는 시선은 그런 감정과 다른 기이한 시선인 것 같아. 구태여 비유하자면 한 바구니에 있는 알들이 부화하길 기다리면서 안에서 나오는 게 천사인지, 아니면 100만에 하나꼴로 태어나는 악마인지를 이마에 식은땀을 흘리며 뚫어지게 지켜보는 듯한……

우리는 불길한 예감이 든다는 이유만으로 깨뜨리고 버리는 수백,

수천의 알 중에 하나가 되기는 싫어. 그건 이쪽에서 사양하겠어.

태어나고 자란 집을 떠나고 부모님과도 헤어지겠다고 결심했을 때, 슬프고 쓸쓸한 마음이 가슴을 가득 메웠어. 하지만 부모님의 기분이 어떨까를 생각하면, 솔직히 말해서 잘 모르겠어. 만약 초에서 나를 처분하기로 정하면 부모님은 눈물을 뚝뚝 떨구고, 그리고 결국은 잊어버리겠지. 너희 부모님이 결국 네 언니를 포기한 것처럼.

하지만 우리 인연은 그렇지 않으리라고 믿고 있어. 만약 나를 처분한다고 해도 너희는 절대로 나를 버리지 않을 거야. 그건 나 역시 마찬가지고. 너에게 위기가 닥치면, 나와 사토루는 무슨 짓을 해서라도 너를 구하려고 할 테니까.

우리에게는 친구가 또 한 명 있었어. 지금은 이름도 떠올릴 수 없는 친구가. 그 X도 그런 때는 분명히 우리를 구해주려 할 거야. 그래서 나는 지금 마모루를 지켜야 해. 하지만 가장 괴로운 일은 그로 인해 너와 사토루를 만날 수 없다는 거야.

우리에게는 다행히 주력이라는 만능의 도구가 있는 덕분에, 자연 속에 내버려져도 그럭저럭 살아갈 수 있을 거야. 별로 능숙하지는 않지만 주력을 사용할 수 있게 됐다는 점만은 초와 전인학급에 깊이 고마워하고 있어.

나와 마모루는 앞으로 둘이 힘을 합쳐 새로운 생활을 만들어갈게.

너한테 한 가지 부탁이 있어. 만약 초에서 우리 소식을 물으면 죽었다고 말해줘. 우리는 초의 눈길이 닿지 않도록 멀리 떠날 생각이지만, 그래도 초에서 우리를 잊어준다면 지금보다 조금은 안심하고 잠들 수 있을 것 같아.

언젠가 다시 너와 사토루를 만날 수 있는 날이 오길 진심으로 바랄게.

사랑을 담아서, 너의 마리아

편지를 다 읽은 순간, 눈물이 끊임없이 흘러내렸다.

봉투 안에는 마모루가 그린 것으로 보이는 그림이 한 장 들어 있었다. 그것은 마리아와 내가 환하게 웃는 모습을 상상으로 스케치한 것이다.

내게서 편지를 받은 사토루는 말없이 읽고 나서 내 어깨를 안아주었다. 나는 터져나오는 오열을 가까스로 참았지만 눈물까지는 막을 수 없었다. 두 번 다시 마리아를 만날 수 없다는 예감은 어느새 확신으로 바뀌었다.

눈집이 없어진 걸 알았을 때, 목표를 파리매 콜로니로 정한 이유는 한 가지였다. 유일한 단서인 스퀑크를 찾기 위해서는 똑같은 요괴쥐의 힘을 빌리는 것이 지름길이라고 여긴 것이다. 스퀴라, 아니 야코마루를 진심으로 믿은 것은 아니지만, 사정이 워낙 긴박했기에 이용할 수 있는 건 뭐든 해보자는 심정이었다.

하지만 결과적으로 감쪽같이 이용당한 건 우리였다. 교활하기 짝이 없는 요괴쥐에게, 조바심으로 판단력을 잃어버린 인간의 어린아이를 조종하는 것은 식은 죽 먹기나 다름없었으리라. 이름은 본성을 나타낸다고 하는데, 파리매 콜로니의 이름인 파리매는 '염 옥맹'이라고도 하고, 등에나 벌, 풍뎅이를 덮쳐서 체액을 빨아먹는 흉악한 포식자로 알려져 있다. 이와 똑같은 특징을 가진 친척 중에 '거대파리새'라는 것이 있는데, 고대 생물도감에 없는 것을 보면 아마 지난 1,000년 사이에 태어난 새로운 종류인 것 같다. 지금도 팔정표식의 주변에서밖에 볼 수 없는 희귀종으로, 파리매보다 훨씬 거대해서 13~18센티미터에 달한다. 잠자리처럼 길고 가는 몸에는 효율적으로 산소를 받아들이려고 고도로 발달한 숨구멍이 있는데, 그것이 수많은 눈처럼 보여서 어린 시절에는 '백눈잠자리'라는 속칭으로 불렸다.

거대파리새는 평소에 나무 밑동 뒤에 숨어 있다 참새나 개똥지빠귀, 동박새, 박새, 때까치, 찌르레기처럼 작은 새가 지나가면 뒤에서 덮친다. 날카로운 칼 같은 주둥이로 숨골까지 찌른 후 풍선처럼 부풀어서 날 수 없을 때까지 피를 빨아먹는데, 까마귀까지 덮친 사례도 있다고 한다.

파리매 콜로니가 보여주는 일종의 하극상 같은 질서의 파괴자란 성격을 상징하는 것은 곤충인 주제에 먹이 연쇄의 상위에 있는 새를 잡아먹는 거대파리새 쪽일지도 모른다.

가까스로 굴벌레나방 콜로니에 도착했음에도 마리아의 행방에 대한 단서는 끊어져버렸다. 야코마루는 최선을 다해 수색하겠다고 약속했지만 어디까지 믿을 수 있을지 모르고, 애당초 지금의 시급한 상황에는 맞지 않는다. 도미코 씨에게 내일 중으로 돌아가기로 약속하지 않았던가? 그렇다면 마리아를 찾아서 데려가는 건 이미 절망적이었다. 나와 사토루는 심사숙고한 결과 차선책을 강구하기로 했다.

"알겠습니다! 부디 이 야코마루에게 맡겨주십시오!"

마리아가 편지에 쓴 것처럼 도미코 씨에게는 그들이 죽었다고 보고하는 수밖에 없다. 입을 맞춰달라고 부탁하자 야코마루는 순순히 대답했다. 윤리위원회에 대한 배신행위라고 하면서 난색을 표하리라고 여겼는데 기분이 나쁠 만큼 순순히 승낙한 것이다.

"두 분 모두 눈사태에 휘말려 계곡으로 추락한 걸로 하면 되겠죠? 어디까지 떠내려갔을지 몰라서 시체를 찾을 수도 없었다고 말이죠."

가장 자연스러운 변명으로는 그것밖에 없으리라. 주력을 가진 사람 둘이 모두 추락하는 것은 부자연스럽다고 여길지 모르지만, 썰매가 미끄러졌을 때 마모루를 구하려다 마리아도 추락했다고 하면 고개를 끄덕이지 않을까?

"공작을 하려면 다소 시간이 걸리지만, 잘만 하면 뼈도 준비할 수 있을지 모릅니다. 뼈를 가져다주면 이해하시지 않을까요?"

나와 사토루는 흠칫 놀라서 되물었다.

"무슨 말이야? 뼈라니? 뼈를 어디서 가져오려는 거지?"

사토루가 강력하게 추궁하자 실언임을 깨닫고 야코마루의 얼굴이 창백해졌다.

"……당치도 않습니다! 신의 뼈를 어떻게 구하겠습니까? 이런 말씀을 드리는 건 대단히 불경스러운 일이지만, 저희 뼈와 신의 뼈를 구분할 수 없는 부위가 있거든요. 특히 저희 중에 키가 큰 개체라면 어린 신과는 크기도 별로 차이 나지 않습니다. 따라서 그 뼈를 돌로 꼼꼼히 문질러⋯⋯."

"그만해! 알았어, 그건 너에게 맡길게."

나는 재빨리 그의 입을 다물게 했다. 마리아와 마모루의 시체를 모욕하는 것 같아서 견딜 수 없었던 것이다. 내 마음이 통했는지는 알 수 없지만 야코마루는 정중하게 고개를 숙였다.

"알겠습니다. 모든 건 이 야코마루에게 맡겨주십시오."

강을 거슬러 이틀에 걸쳐 여기까지 왔는데, 결국 헛고생으로 끝나고 말았다. 하지만 한숨을 쉬고 있을 수만은 없다. 우리는 파리매 콜로니에서 1박을 더 하고 가라는 야코마루의 제안을 거절하고 원점으로 돌아가기로 했다. 그 눈집이 있는 곳이다. 스퀀크의 진술에 따르면 마리아와는 거기서 헤어졌다고 한다. 우리는 설피를 신고 쾌속정을 두고 온 지점으로 향했다.

태양의 위치를 보면 시각은 어느새 정오가 지나 있었다. 하지만 배고픔은 느껴지지 않았다. 뜨거운 마음으로 몸을 움직여서는 아니다. 등줄기에서는 계속 초조감이 타올랐지만, 마음은 주위에 펼쳐져 있는 설원처럼 차갑게 식어 있었다.

마리아가 어디로 갔는지 알 수 있는 방법이 없을까? 가령 어느 방향으로 갔는지 알았다고 해도, 하늘을 나는 그녀를 쫓아가는 건 불가능하리라. 나는 압도적인 리드를 당한 승산 없는 게임에서, 종료 피리 소리를 들을 때까지 패배를 인정하지 않고 죽을힘을 다해 허무하게 발버둥 치는 선수 같은 심정에 휩싸였다.

무엇을 위해, 누구를 위해 아직 희망이 있는 것처럼 위장하는 것일까? 마지막까지 친구를 버리지 않았다는, 아름다운 내 이미지를 지키기 위해서일까? 아니면 단지 사토루 앞이기 때문일까?

나는 조금 앞에 있는 사토루의 뒷모습을 쳐다보았다. 정신을 통일해서 설피를 타고 있지만, 그의 마음속까지는 엿볼 수 없다. 나와 마찬가지로 필사적으로 절망에서 눈을 돌리고 있는지, 아니면 다른 생각을 하고 있는지…….

둘이 앞뒤로 나란히 달리고 있을 때, 나 자신이 정말로 두려워하는 것의 정체를 깨달았다. 우리 세계는 부모님을 제외하면 전인학급밖에 없다. 그리고 그중에서 정말로 친구라고 할 수 있는 사람은 1반 친구들뿐이다. 그런데 그 친구들은 모두 어디론가 사라지고, 남은 사람은 이제 나와 사토루뿐이다.

나는 미친 듯한 심정으로 간절하게 애원했다. 싫다. 더 이상 친구를 잃고 싶지 않다. 더 이상 소중한 사람, 사랑하는 사람을 잃고 싶지 않다.

그 순간, 앞에서 가는 사토루의 뒷모습이 다른 소년과 겹쳐졌다.

나는 숨을 들이마시며 나도 모르게 손을 내밀려고 했다. 극히 짧은 순간, 기억의 무덤에 봉인되어 있던 그리운 모습이 눈앞에서 생생하게 되살아났다. 하지만 환영은 이내 희미해지더니 눈 깜짝할 사이에 부질없이 사라졌다.

나는 어쩔 수 없이 다시 냉혹한 현실과 마주할 수밖에 없었다. 이제 이 세계에는 우리 두 사람밖에 없는 것이다. 마리아도 지금 나와 똑같은 고독을 맛보고 있을까? 아니, 나만큼은 아닐 것이다.

그녀는 말 그대로 모든 것을 버리고 도망치고 있으니까.

어제와 180도로 다른 맑은 하늘 밑에서, 따뜻한 햇살이 눈부시게 빛나고 있었다. 하지만 그 아름다운 경치를 바라보는 내 마음은 어제보다 더 암울해졌다. 한 가지 다행인 점은 사토루의 뛰어난 방향 감각 덕분에 즉시 쾌속정을 발견할 수 있었다는 것이다. 내가 설피를 벗는 동안 그는 주력으로 쾌속정을 들어올려 강에 띄웠다.

배에 올라타자 그가 내 얼굴을 보면서 말했다. "내가 조종할 테니까 넌 잠시 쉬어."

"왜? 너도 많이 피곤하잖아."

내 말은 사토루에 대한 배려가 아니라 단순한 허세에 불과했다.

"난 괜찮아."

그는 그렇게 말하고 내 등을 밀었다. 고집 부릴 기력도 없어서 나는 고맙다고 중얼거린 뒤, 무너져내리듯 그 자리에 주저앉았다. 이윽고 나는 잠 속으로 빠져들었다. 마치 배 바닥이 흐물흐물 녹아서, 물귀신들에 의해 강바닥으로 끌려가는 듯한 감각에 휩싸이며…….

꿈을 꾸었다. 처음에는 정신이 지쳤을 때 보는 맥락 없는 악몽뿐이었지만, 의식의 억압에서 벗어나자 마음 깊은 곳에 숨어 있던 기괴한 망상들이 끊임없이 떠올랐다. 곤충처럼 기다란 촉수를 꿈틀거리며 땅바닥을 기어 다니는 눈먼 귀신들. 모기의 날개에서 인분을 흩뿌리며 머리 위에서 춤추는 외눈박이 도깨비들.

쇠사슬에 묶인 지옥의 망자들이 줄지어 걸어간다. 아랫배에 달려 있는 커다란 소주머니가 정신을 지배하고 있어서, 아무리 도망치고 싶어도 둥근 눈을 크게 뜨면서 오직 소처럼 우는 수밖에 없다.

핑크색의 반투명 미노시로가 요염하게 몸을 비틀고 있다. 촉수는 불끈거리는 남근으로 변하고, 뿌리 쪽에 있는 수많은 여자 성기는 말미잘처럼 입을 벌렸다 닫았다 하고 있다. 그 건너편에서 발소리를 내지 않고 지나가는 것은 사신의 화신인 거대한 고양이의 그림자였다.

추악한 코끝을 들어올리고 공기 냄새를 맡고 있는 요괴쥐의 얼굴은 평평하고 넙데데했다. 그 대신, 온몸의 주름 사이에 있는 무수한 눈으로 연신 주위를 살펴보면서 칼처럼 생긴 날카로운 입을 움직이고 있다. 하지만 가장 무서운 것은 악귀였다. 어린아이의 모습인 악귀는 얼굴을 피로 물들인 채 눈을 희번덕거리며 황홀한 표정으로 살육 장면을 바라보고 있었다.

기이한 괴물들이 우글거리고 있다. 그리고 그 맨 안쪽에 그 소년이 서 있다. 거의 어둠에 녹아든 것처럼 조용히 서 있는 소년. 발에서 가슴, 목 주위까지는 보이지만 어두운 그늘에 가려서 얼굴은 알아볼 수 없다.

얼굴 없는 소년. 그를 부르려고 했으나 안타깝게도 입에서 이름이 나오지 않았다. 그는 나를 알아보는 듯했지만 말은 하지 않았다. 예전에는 모습이 보이지 않아도 목소리는 들을 수 있었다. 하지만 지금은 입도 벙긋하지 않는다. 그래도 얼굴 없는 소년에게서 나오는 메시지는 똑똑히 전해졌다. 그것은 심각한 걱정과 우려였다.

"어떻게 하면 마리아를 찾을 수 있지?"

내 질문에 얼굴 없는 소년은 보일 듯 말 듯 고개를 가로저었다.

"도저히 모르겠어. 이런 경우에는 어떻게 하면 되지?"

거듭 물어도 소년은 대답하지 않았다.

"말해줘. 제발 부탁이야. 난 어떻게 해야 하지?"

얼굴 없는 소년은 검지를 입술로 가져갔다. 그는 한마디도 하지 않았고 얼굴에 그림자가 드리워서 입술 모양도 확인할 수 없었지만, 그가 무슨 말을 하려고 하는지는 똑똑히 알 수 있었다. 나는 너무나 당황한 나머지 그 자리에서 발길을 멈추었다. 그가 왜 그런 말을 하는지 알 수 없었다. 하지만 다음 순간, 나는 그의 말에 번개를 맞은 듯한 큰 충격을 받았다.

거짓말, 거짓말이야. 지금 무슨 말을 하는 거야? 아무리 그래도 그건 너무하잖아…….

나는 항의하려고 했지만 입에서 말이 나오지 않았다. 그때 나를 부르는 소리가 들렸다.

"사키, 사키!"

의식이 급속히 깨어났다.

"사키, 나쁜 꿈이라도 꾼 거야?"

눈꺼풀을 들어올리자 걱정하는 표정으로 나를 바라보는 사토루의 얼굴이 눈에 들어왔다.

"……으응, 조금."

짧은 사이에 온몸은 땀으로 흥건히 젖었다. 나는 어떻게든 미소를 지으려고 했지만 아마 부자연스럽게 입술을 일그러뜨린 것으로 보였으리라.

그는 배려 깊은 표정으로 다정하게 말했다. "도착했어. 여기부턴 또 설피를 신고 가는 수밖에 없지만……. 사키, 여기서 기다릴래?

나 혼자 갔다 올 테니까."

나는 단호하게 고개를 흔들었다. "아니, 나도 갈래."

"……알았어."

내 얼굴을 보고 설득해봤자 소용없다는 사실을 깨달았으리라. 그는 순순히 자신의 제안을 철회했다.

눈집이 있던 곳까지는 아직 우리가 왕복했던 흔적이 뚜렷이 남아 있었다. 어제 똑같은 시간에 똑같은 장소에서 출발한 것이 떠올랐다. 우리는 꼬박 하루를 들여서 출발점으로 돌아온 것이다.

아니, 사태는 최악에 이르렀다.

어제는 앞길에 어떤 어려움이 기다리고 있어도 반드시 마리아를 찾을 수 있다고 믿어 의심치 않았다. 하지만 지금은 모든 단서가 끊어진 것이다. 그래도 우리는 만에 하나의 요행을 가슴에 품은 채, 설피를 신고 경사면을 올라갔다.

다시 시작된 탐색에서는 아무런 성과도 얻지 못했다.

마리아와 마모루는 묻혀 있던 썰매를 파내 가져간 듯했다. 하지만 반경 수십 미터를 샅샅이 살펴보아도 썰매 자국은 발견할 수 없었다. 초에서 추격자가 올 걸 예상하고 썰매를 허공에 띄운 채 어느 정도 나아간 후, 눈 위에 남은 자국을 꼼꼼히 없앤 것이리라.

서쪽 산 너머로 해가 떨어지는 걸 보았을 때, 조용한 절망과 체념이 차곡차곡 가슴을 채웠다. 사토루가 등 뒤에서 내 어깨를 껴안았다.

"사키, 울지 마. ……우리는 최선을 다했어. 우리가 할 수 있는 만큼……."

그의 말을 듣고 내 눈에서 눈물이 흐른다는 사실을 깨달았다. 뺨을 타고 떨어지는 따뜻한 감촉을 느끼지 못하다니, 정말로 내 정신이 아니었던 것이리라.

"그리고 기한은 내일까지야. 날이 밝으면 북서쪽으로 가보자. 어 쩌면 마리아가 남긴 흔적을 찾을 수 있을지 몰라."

그 말이 단순한 위로에 불과하다는 건 알고 있었다. 세렌디프*의 행운의 왕자라면 또 몰라도, 그런 식의 수색이 성공할 리 만무하 다. 그래도 그의 말은 나에게 작은 위안을 주었다.

우리는 눈 덮인 들판에서 하룻밤을 보내기로 했다. 간이형 텐트 는 쾌속정 안에 두고 왔기에, 마모루를 구한 스컹크처럼 눈집을 만 들기로 했다. 일단 주위에서 엄청나게 많은 눈을 긁어모아 돔 모양 으로 만든다. 그리고 눈을 단단히 압축해서 안쪽을 파내는 것이 다. 주력을 이용하는 만큼 스컹크보다 훨씬 잘 만들어야 하지만, 실제로 해보니 의외로 쉽지 않았다. 눈을 단단히 압축하는 데는 아무래도 주력보다 삽이 어울리는 것 같다. 하지만 난항을 거듭한 가장 큰 이유는 내가 도중에 몇 번이나 멍하니 서 있었기 때문이 었다.

우리는 눈집을 만들고 나서 저녁을 먹었다. 식욕은 없었지만 점 심도 걸렀으므로 억지로라도 배를 채워야 했다. 사토루가 커다란

---

* Serendip, 영국의 작가 호레이스 월폴의 『세렌디프의 왕자』에 나오는 주인공으로 원하는 보물은 찾지 못하지만 뜻밖의 사건을 통해 인생을 살아가는 데 필요한 용기와 지혜를 얻 는다.

돌의 안쪽을 깨끗이 파내 냄비를 만들었다. 그리고 그 돌냄비에 눈을 넣어 장작불에 올린 후 된장 맛이 나는 건조 밥을 넣어서 죽을 만들었다.

우리는 묵묵히 죽을 입으로 가져갔다. 그가 나를 신경 써서 가끔 말을 걸어주었으나 대화는 이어지지 않았다. 내 마음을 눈치챘는지 그는 도중부터 혼자 중얼거렸다.

"……그래서 그 책에 쓰여 있는 내용에 얼마나 신빙성이 있는지, 다음에 유사미노시로를 잡으면 확인해보고 싶어."

그의 이야기를 건성으로 흘려들을 생각은 없었지만 귀에 들어온 건 단편적인 내용뿐이었다.

"……이렇게 엄청난 파워를 가진 주력이 뇌 안에서 포도당을 사용한 약간의 에너지로 처리될 리 없잖아. 그렇다면 문제는 그 힘이 어디서 오느냐인데, 저자는 두 개의 가설을 소개하고 있어. 하나는 태양계 안에서 발동되는 주력은 모두 태양에서 유래한다는 거야. 어떤 경로로 힘을 끌어내는지는 잘 모르겠지만, 이 설에 따르면 태양계에서 떨어진 경우에는 주력을 사용할 수 없든지 적어도 발동 상태가 변한다고 하더군. 재미있지? 하지만 실제로 검증할 수는 없으니까 그냥 마음 내키는 대로 말한다는 생각도 들어.

……그래서 염동력, 즉 주력을 사용할 때마다 에너지를 빼앗기고 엔트로피의 쓰레기장으로 변한 태양은 그만큼 빨리 늙는 거야. 태양의 남은 생명은 약 50억 년이라고 하는데, 우리가 주력을 자주 사용하면 더 일찍 종말을 맞이할지도 모르지.

……또 다른 가설은 더 이해하기 힘들었어. 양자론에서는 관찰

하는 것 자체가 대상에 영향을 미치고, 그것이 전자 같은 미시적 세계에서 우리 세계에까지 영향을 미친다고 하더군. 예전에 유사 미노시로가 말했잖아. 맨 처음 주력의 존재를 실험으로 증명한, 뭐라는 학자의 학설 말이야.

……즉 시간과 공간, 물질은 전부 정보로 바뀌고, 주력은 정보(그것도 우주를 만드는 정보)를 만드는 힘이라는 거야. 이걸 그대로 해석해서 주력을 더 깊이 연마하면 지구뿐 아니라 우주의 모습을 바꿀 수 있다는 결론에 도달하지. 이건 장대한 둥근 고리를 이루는 비전이야. 우주는 원소를 창조하고 원소는 화학 물질을 만들며 유기물은 생물을 잉태하지. 생물은 인류로 진화함으로써 복잡한 뇌를 발전시키고, 결국 뇌가 만들어낸 환영이 우주 자체를 변모시키는…….

……흥미로운 점은 주력이 나타날 때까지의 심적 메커니즘과 미개 사회에서의 주술적 사고방식이 기묘하리만큼 똑같다는 거야. 프레이저라는 문화인류학자가 분류해놓은 걸 보면 주술에는 공감주술과 접촉주술의 두 종류가 있는데, 특히 후자는…….”

나는 그의 말을 도중에 가로막았다. “사토루…….”

“응. 왜?”

“우리, 마리아랑 마모루를 잊게 될까?”

다음 순간, 그의 표정이 딱딱하게 굳었다.

“난 죽어도 안 잊어.”

“하지만 교육위원회에서 또 우리 기억을…….”

그는 고개를 흔들며 단호하게 말했다. “또 그런 짓을 하게 놔둘 것 같아! 그자들이 언제까지나 우리 의식이나 기억을 관리할 수 있다고 생각한다면 큰 착각이야. 만약 우리 의지와 달리 끝까지 강행한다면 초를 떠나면 되잖아."

"우리라니?"

"너도 나와 같이 떠날 거 아니야?"

사토루의 얼굴에는 걱정이 잔뜩 묻어 있었다.

나는 가볍게 미소를 지었다.

"반대야."

"반대?"

"내가 먼저 초를 떠나면 네가 따라오겠지."

그는 한동안 벌린 입을 다물 수 없다는 표정을 짓더니, 이윽고 순순히 미소를 만들었다.

"알았어, 그렇게 할게."

"초를 떠나면 마리아와 마모루를 찾아내서 합류하자."

"당연하지. 두 명보다 네 명이 마음 든든하니까."

"그래! 그때는 꼭 마리아를 찾아내서……."

내 입에서는 뒷말이 나오지 않았다. 마치 목에 뭐가 걸린 것처럼 목소리가 나오지 않은 것이다. 입을 벌린 채 몸을 떠는 사이에 눈물이 주르륵 흘러내렸다.

잠시 후, 겨우 내 입에서 새어나온 건 흐느낌이었다. 그는 흐느껴 우는 내 옆으로 다가와서 계속 다정하게 안아주었다.

그날 밤, 우리는 눈집 안에서 하나가 되었다.

태어나서 처음으로 남성의 침입을 받았을 때, 생각지 못한 통증이 느껴졌다. 그동안 마리아와의 사이에서 성 경험이 풍부했는데, 남녀의 성행위와 전혀 다르다는 걸 문자 그대로 절감했다.

사토루가 도중에 움직임을 멈추고 물었다. "많이 아파?"

나는 이를 악물고 대답했다. "으…… 으응. 잠시만 기다려. 금방 익숙해질 거야."

나는 마음속으로 불만을 터뜨렸다.

남자와 여자는 왜 이렇게 불공평한 것일까? 여성은 40주에 이르는 임신 기간 내내 불편함을 참아야 하는 데다 남성은 도저히 견디지 못하는 고통을 참으며 출산해야 한다. 그런데 왜 성행위에까지 고통이 따라다니는 것일까?

"억지로 무리할 필요는 없어."

"괜찮아. ……넌 안 아파?"

"전혀."

그리고 나는 깨달았다. 내가 몹시 아파한다는 사실을 알면서도 그의 흥분이 가라앉지 않은 것이다. 이 얼마나 지독한 녀석인가? 하지만 잠시 지나자 통증은 서서히 줄어들었다. 나의 소중한 부분은 당혹스러울 만큼 촉촉이 젖어 있고, 오히려 일방적으로 정복되는 것에 기쁨을 느끼고 있었다.

내가 무의식중에 신음을 내자 그는 "기분 좋아?"라고 물었다.

"바보."

그것처럼 쓸데없는 질문이 어디 있으랴. 나는 대답하는 대신에 손톱으로 그의 등을 할퀴었다.

이것으로 처녀성을 잃었으니, 다음 신체검사를 어떻게 피할 수

있을지 생각해야 한다. 앞으로도 줄곧 나에게만 문제가 쏟아지는
것이다.

그의 움직임이 점차 격렬해졌다. 쾌감의 소용돌이 속에서도 나
는 당황감을 감출 수 없었다. 아이를 가지면 곤란해서였다. 하지만
내가 제지하기 전에 그의 움직임이 멈추었다. 한순간 피임 때문이
라고 여겼지만 그렇지 않았다. 그는 울고 싶을 만큼 사랑스러운 눈
으로 나를 내려다보았다.

나는 직감적으로 깨달았다. 그의 이 표정은 나를 위한 것이 아니
다. 어떻게 알았는지는 모르지만, 그가 내 안에서 보고 있는 건 그
가 사랑해 마지않던 한 소년의 그림자였다. 그와 동시에 그것은 내
가 진심으로 그리워하는 소년의 그림자이기도 했다.

그는 다시 움직임의 속도를 높였다. 그러자 나 역시 조금 전과
는 비교되지 않을 만큼 흥분의 속도가 높아졌다. 나를 힘차게 관
통하고 있는 것도 이미 사토루가 아니라 다른 소년의 이미지로 바
뀌었다.

우리는 서로를 매개로 해서 이미 이 세계에 없는 소년과 사랑을
나누었다. 그것은 당치도 않게 이상한 행위이고, 서로에 대한 배신
이라고 할 수 있을지 모르지만 우리는 모두 그 사실을 알고 있고,
그리고 그것을 강렬하게 원했다.

내가 절정을 맞이한 직후에 그는 구르듯 나한테서 떨어져 눈집
의 벽에 사정했다. 우리는 한동안 거칠게 숨을 몰아쉬며 누워 있
었다. 쾌감의 여운에 잠기면서도, 내 머릿속에는 꿈에서 들은 얼굴
없는 소년의 말이 빙글빙글 맴돌았다.

그는 왜 나에게 그런 메시지를 전한 것일까?

그는 나에게 이렇게 말했다.

마리아의 도주를 도와서는 안 돼.

그리고 이렇게 덧붙였다.

마리아는 지금 당장 죽어야 해…….

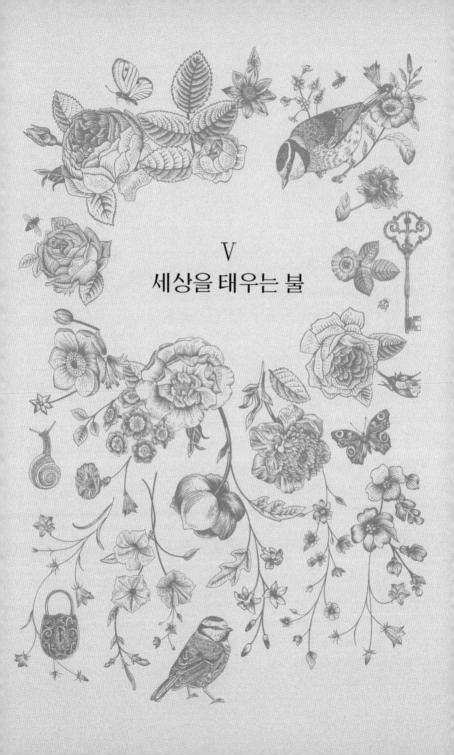

V
세상을 태우는 불

1

나는 무와 우엉, 당근 등의 근채류를 물로 씻은 다음 먹기 좋은 크기로 잘랐다. 그리고 한꺼번에 믹싱볼에 넣고는 사육실 안에 있는 벌거숭이두더지쥐의 집으로 가져갔다. 본래는 땅속 구멍에서 사는 생물이지만, 지금은 복잡하게 조립한 굵은 유리관 안을 활발하게 왔다 갔다 하고 있다.

나는 먹이 뚜껑을 열고 믹싱볼의 내용물을 모두 쏟아넣었다. 후두둑 떨어진 먹이 소리를 듣고 벌거숭이두더지쥐들이 유리관을 지나 모여들었다. 땅속 생활에 적응해서 그런지 시력은 약하지만 소리와 진동에는 매우 민감하다.

모든 개체의 몸에는 털이 거의 없어서, 주름투성이 햄이나 소시지에 짧은 손발이 붙어 있는 것처럼 보인다. 일꾼인 워커들에게는 태어난 순서대로 '공1'~'공31'이라는 이름을 붙이고, 구별하기 쉽

도록 피하까지 침투하는 물감으로 몸에 숫자를 써넣었다. '공(公)' 자를 사용한 이유는 공공기관에서 기른다는 뜻과 함께 햄(ハム)이라는 일본어의 가타카나가 '公' 자와 *비슷하게* 생겨서였다.

워커들이 먹이를 먹기 시작했을 때 그들보다 덩치가 큰 벌거숭이두더지쥐가 나타났다. 유리관 도중에서 '공8'과 마주쳤지만 그는 조금도 개의치 않고 거침없이 돌진했다. 공8은 필사적으로 뒷걸음질 쳤으나 이미 때가 늦어서, 결국 거대한 개체에게 무참히 짓밟히게 되었다. 거대한 개체는 이 둥지의 여왕인 '사라미'였다. 다른 워커들에 비해 몸 색깔이 검붉고, 암갈색과 새하얀 반점이 있어서 살라미 소시지를 연상시킨다는 것이 이름의 유래였다.

사라미 뒤에는 '♂1'~'♂3'의 마크가 찍힌 세 마리의 개체가 따르고 있다. 얼마 안 되는 생식 능력을 갖고 있는 수컷으로, 먹이 수집이나 영역 방어 등의 노동에는 일절 종사하지 않고 사라미와 교미해서 자손을 남기는 것이 유일한 역할이다. 그런데 그들이 원래 사라미가 낳은 아들들이라는 사실에는 놀랄 수밖에 없으리라.

사라미가 나타나자 워커들은 황급히 자리를 양보했다. 여왕인 사라미와 그 애인인 아들들이 먼저 먹이를 독점하는 것이다. 외모와 습성 모두 이렇게 *치가 떨리는 생물*도 흔하지 않으리라. 그래도 사육을 담당하는 사이에 다소 정이 들었지만, 종종 그들의 자손인 요괴쥐의 가장 끔찍한 부분을 보는 것 같아서 가끔 정나미가 떨어지곤 한다.

그때마다 의아한 생각이 고개를 치켜들었다. 수백 년 전 사람들은 대체 무슨 생각으로 이렇게 추악한 생물의 품종을 개량하여 인간에 가까운 지능을 안겨준 것일까? 물론 절대적인 권력을 가진 여왕에게 워커들이 따르는, 꿀벌 같은 진사회성을 가진 포유류는 이들 말고는 없다. 하지만 인류의 하인으로 만들기 위해서라면 더 나은 동물들이 얼마든지 있지 않은가? 꼭 혈거성이며 집단생활을 하는 포유류 중에서 골라야 한다면, 적어도 미어캣이라면 외모도 그렇고 훨씬 쉽게 친밀해질 수 있지 않을까?

싫든 좋든 벌거숭이두더지쥐의 사육은 내가 담당하게 되었지만 이것이 나의 본업은 아니다. 나에게 주어진 본연의 일은 이엉마을 보건소의 이류관리과(異類管理課)에서 요괴쥐의 실태 조사와 관리를 하는 것이다.

237년 7월, 나는 스물여섯 살이 되었다. 6년 전에 전인학급을 졸업하고 일자리로 선택한 곳이 초의 보건소다. 주력에서 우수한 성적을 거둔 동급생들은 영예로운 추첨 회의를 통해, 각종 공방에서 삼고초려를 하여 모셔갔다. 한편 나처럼 주력은 평범하나 학업은 그럭저럭 우수한 학생은 초의 관리 부분에 취직하는 것이 일반적인 관습이다.

솔직히 말해 졸업과 동시에 윤리위원회에서 불러, 미래 초의 지도자로서 빛나는 첫걸음을 시작하리라는 꿈을 꾸지 않은 것도 아니다. 하지만 도미코 씨는 모르는 척했고, 나도 처음부터 초의 중심부에 발을 들여놓을 자격이 있다고 여길 정도로 나 스스로를 과대평가하지는 않았다.

하지만 그때까지 여러 가지 사건들을 통해 교육위원회 및 학교와 관련된 곳에는 은밀한 불신감(오히려 혐오감에 가까운 감정)을 가지고 있고, 직장으로는 거의 더할 나위 없는 도서관도 어머니의 보호에서 벗어나고 싶다는 생각에 고려하지 않았다. 더구나 아버지가 아직 초의 수장으로 있었으므로(이례적이라고 할 수 있을 만큼 재임 기간이 길었다) 공공기관에서 직접 관할하는 분야도 피하려고 하자 결국 보건소 정도밖에 남지 않았다. 그렇다고 오해하면 안 되는 것은, 결코 그렇게 단순한 이유만으로 취직자리를 선택한 것은 아니다.

확실한 이유는 알 수 없지만 나는 어느 순간부터 요괴쥐에게 불길한 예감을 껴안게 되었다. 가까운 장래에 반드시 재앙을 일으킬 거라는 생각은 어느새 강박관념에 가까워져 있었다. 많은 사람들이 요괴쥐를 원숭이보다 다소 지능이 높은 악취 풍기는 음침한 생물로밖에 여기지 않은 것도 나의 은밀한 위기감을 증폭시키는 한 가지 원인이 되었다.

그런 이유로 보건소에 들어와서 이류관리과를 지원했을 때는 주위의 어이없는 시선과 실소를 한몸에 받아야 했다. 한가한 직장을 좋아한다고 여긴 것이리라. 그때 전성관을 타고 들린 것은 기묘하게 늘어진 와타히키 과장의 목소리였다.

"사키 씨, 손님 왔어."

"네, 금방 갈게요."

나는 먹이 찌꺼기를 재빨리 처리한 후, 손을 씻고 사육실을 나섰다. 손님이 찾아오는 일이 거의 없는 부서인 만큼 누구인지 짐작이 되지 않았다.

이류관리과의 문을 열자 와타히키 과장이 넉넉한 미소를 지으며 나를 맞이했다. 40년 전에 전인학급을 졸업한 후 계속 보건소에서 근무하는 사람으로, 정년퇴직 이전의 마지막 직책이 이류관리과 과장(참고로 말하면 직원은 나 하나뿐이다)이다. 진지하고 온화한 인품은 상사로서 더할 나위 없지만, 이류관리과를 단순한 한직으로밖에 여기지 않는 것이 유일한 단점이다. 그의 시선 끝에 있는 사람은 뜻밖에도 사토루였다.

"사키 씨, 아사히나 씨와 동급생이었다면서?"

나는 당황감을 감추지 못하며 대답했다. "……네에, 그래요."

"뭐 조금 빠르지만 둘이 점심이라도 먹으러 다녀오는 게 어때? 오늘은 할 일도 별로 없고."

"아니요, 그건……."

내가 고사하려고 하자 사토루도 당황한 얼굴로 말했다.

"저…… 와타히키 과장님, 오늘 찾아온 건 업무적인 일이라서요."

업무적인 일이라니, 대체 무슨 일일까?

"알았어. 그러면 내가 먼저 식사하러 다녀와도 되겠지? 그러면 여기서 둘이 얘기할 수 있으니까."

과장은 다 안다는 얼굴로 재빨리 밖으로 나갔다. 상사에게 아직 점심 먹기에는 이르다고 말할 수 없어서, 나는 우두커니 서 있을 수밖에 없었다.

사토루가 거북함을 얼버무리듯 말했다. "어떡하지? 과장님께서 괜히 오해하셨나 본데."

무엇 때문이었는지 기억나지 않지만, 우리는 사소한 일로 싸운 뒤 한 달 이상 말하지 않은 상태였다.

나는 데면데면한 태도로 물었다. "그런데 오늘은 무슨 일로 오신 거죠?"

냉전 상태가 계속되고 있다고 선언하려는 게 아니라 순전히 업무적인 일이라는 말이 마음에 걸려서였다.

그는 상쾌한 바리톤의 목소리로 대답했다. "아아…… 요괴쥐에 관해 몇 가지 묻고 싶은 게 있어서."

어린 시절에 귀여운 강아지처럼 생겼던 그는 사춘기 이후에 몰라볼 만큼 성장해서, 지금은 올려봐야 할 정도로 키가 크고 피부가 하얀 청년으로 변모했다. 나도 여성치고는 키가 큰 편이었지만 그와 이야기할 때는 올려다보는 것에 익숙해져 있었다.

"지금 전쟁을 하고 있는 요괴쥐 콜로니는 어디지?"

그의 질문이 너무도 뜻밖이라서, 나는 사무적으로 행동하려던 것도 잊어버렸다.

"전쟁? 전쟁하는 데는 없는데……."

"틀림없어? 혹시 약소 콜로니 중에서 국지적으로 싸우고 있는 데도 없어?"

나는 책상 서랍에서 몇 장의 서류를 꺼냈다. 그리고 그에게 응접용 소파에 앉으라고 하고, 나도 그 앞에 앉았다.

"이거 봐. 요괴쥐는 전쟁을 일으키기 전에 반드시 이걸 제출해야 하거든. 만일 그 규정을 어기면 콜로니가 소멸될 수도 있어서, 잊어버리거나 고의로 신청하지 않는 일은 있을 수 없어."

그는 내가 건네준 용지를 신기한 듯 쳐다보았다.

"이류 A호 서식① : 콜로니 간의 전쟁 행위 등 허가신청서……?

기습 공격을 감행할 때도 사전에 이런 걸 제출해?"

"그걸 제출한다고 해서 상대 쪽에 정보가 새어나가는 건 아니니까."

"그다음은, 이류 A호 서식② : 콜로니 간 통폐합신고서와 이류 B호 서식① : 유수(幼獸) 등 관리이전신청서. ……아하, 그래서 어느 콜로니에도 일본어를 잘하는 주상 역할이 필요한 거구나."

그는 겨우 이해한 얼굴로 고개를 끄덕였다.

"그래. 서식에는 반드시 요괴쥐의 주상 역할과 여왕이나 섭정 등 최고관리책임자의 코 도장을 찍게 돼 있어. ……한심해?"

"뭐가?"

"이런 일, 어리석다고 생각하지? 원래 공무원들 일이 다 형식적이거든. 네가 하는 일처럼 진정한 의미에서 초의 발전에 도움이 되는 일은 아니야."

"아아…… 그렇게 생각하진 않아."

정곡을 찔렀는지 그는 당황한 얼굴로 말을 더듬었다.

주력과 학업 모두 전인학급의 상위 3위 안에 들어간 그는 여러 공방의 권유를 받았다. 그의 운명은 추첨 회의에서 정해지리라고 생각했는데, 그는 공적 기관에 한해서 역지명할 수 있는 제도를 이용하여 묘법농장에 취직했다. 나와 마찬가지로 많은 사람들이 그의 선택을 의외라고 여겼지만, 생물공학에서 견줄 자가 없다는 평가를 받고 있는 다테베 유의 연구실에서 품종 개량과 유전자 연구에 힘쓰는 것을 보면 타당한 판단이었다고 말할 수밖에 없다. 원래 빛의 조종에 탁월한 면도 있어서, 그 무렵 주력을 보조적으로 이용하는 새로운 현미경 제작에 종사하고 있었다.

"다만…… 뭐랄까, 단어들이 아주 특이하군. 너희 과에서 취급하는 건 요괴쥐지? 요괴쥐는 한자로 쓸 때 보통 '화서(化鼠)'라고 쓰잖아. 그런데 왜 일부러 '이류(異類)'라고 썼을까?"

"화서관리과, 라고 하면 너무 끔찍하잖아."

그렇게 말하면서 나 자신도 예전부터 의문으로 품고 있는 걸 떠올렸다. '화서'란 단어는 마치 금기어처럼 공공기관에서는 일절 사용하지 않는다. 어떤 경우에도 '이류'라고 바꾸는 것이다. 그것은 평소에 말할 때에도 반드시 지적할 정도로 철저했다.

나는 본론으로 들어갔다. "……그보다 무슨 일이야? 요괴쥐가 전쟁을 하고 있지 않느냐니."

"음, 너도 알고 있겠지만 우리 연구실에서는 종종 요괴쥐에게 시료를 채취해달라고 의뢰하고 있어. 녀석들은 숲속이나 늪 바닥에서도 필요한 걸 찾아오니까."

"묘법농장에서는 주로 대모벌 콜로니나 딱정벌레 콜로니를 이용하지?"

"그래. 얼마 전 대모벌 콜로니에 상수리마을의 깊은 곳에서 점균을 채취해오라고 시켰지. 그런데 어제 아침에 잠복해 있던 자들한테 공격을 받았대."

"공격?"

"상대가 어느 콜로니인지는 분명하지 않지만 다짜고짜 활을 쐈다지 뭐야. 대모벌 콜로니 쪽은 응전 준비가 되어 있지 않아서 도망치는 수밖에 없었는데, 몇 마리가 죽었다고 하더군."

"······사냥을 하다 착각한 건 아닐까?"

"아니야. 대모벌 콜로니 개체들은 탁 트인 곳에서 걷고 있었기 때문에 짐승으로 착각했을 리 없어. 상대는 몰래 숨어서 목표를 노리고 정확히 공격했대. 분명히 고의였어."

나는 잠시 생각에 잠겼다. 요괴쥐는 원래 전쟁을 좋아하는 종족이지만 현재 그렇게 긴장이 고조된 곳은 없고, 실력을 행사할 만한 콜로니도 짐작이 되지 않았다.

"상대는 자신이 공격한 개체가 대모벌 콜로니의 개체라는 걸 알고 있었을까?"

그는 분노가 치밀어오르는 듯 콧구멍을 부풀리며 대답했다. "그것까진 잘 모르겠는데······ 그건 왜?"

"일단 습격을 당한 게 단순한 약소 콜로니가 아니라 대모벌 콜로니였다는 점이 마음에 걸려. 상당한 전투력이 있는 데다 장수말벌의 직계잖아. 대모벌을 공격하는 건 장수말벌에게 선전 포고를 하는 것과 똑같으니까."

"인간의 분노를 사는 것도 두려워하지 않고 최강 콜로니에게 이빨을 드러내다니······! 혹시 외래종 아닐까?"

우리는 동시에 땅거미를 떠올렸다. 무모하기 짝이 없는 행동으로 볼 때 지역의 규칙을 모르는 외래종일 수 있어서였다.

"하지만 최근 한동안은 외래종이 나타나지 않았어. 외래종의 척후병이 나타나면 반드시 어느 콜로니가 알아차리고, 그 즉시 우리에게 보고가 들어오거든."

그는 일어나 창가로 다가가더니 팔짱을 낀 채 밖을 쳐다보았다.

"여기에 오면 알 수 있으리라고 생각했는데. 사건은 점점 두터운 베일에 싸일 뿐이군."

나는 기묘한 사실을 알아차리고 이마에 주름을 잡았다.

"사토루, 그보다 대모벌 콜로니에서 너에게 직접 피해를 호소한 거야?"

"아니, 우리 농장 사람이 우연히 숲속에서 공격을 받은 대모벌 콜로니의 개체들을 만났대. 공격받은 자들이 보호를 요청해서 즉시 부근을 수색했는데, 적의 모습은 이미 사라졌다고 하더군."

"흐음."

아무래도 이해가 되지 않는다. 보통 다른 콜로니의 공격을 받으면 맨 먼저 이류관리과에 보고해서 보복의 허가를 얻는 법이다. 그런데 대모벌 콜로니에서는 왜 지금까지 아무런 소식이 없을까?

"어쨌든 이런 사태를 방관하는 건 큰 문제잖아. 시료 수집에도 지장이 있고 무엇보다 인간을 얕잡아볼 테니까."

"그래, 알았어. 서둘러 조사해볼게."

"공격한 콜로니를 알아내면 어떻게 하는데?"

"적어도 징벌이 필요하지 않겠어? 장수말벌 콜로니에 대신 처벌하라고 명령하든지, 어느 과에서 출장을 가든지."

평소에 보건소 안에서 이류관리과와 가장 자주 일하는 곳은 환경위생과와 유해조수대책과다. 그중에서도 후자가 본격적으로 출동하면 그 콜로니는 역사의 페이지에서 이름을 찾아볼 수 없게 된다.

사토루가 웃음을 참는 표정으로 말했다. "그나저나……."

"왜?"

"너 혼자 대답하니까 네가 마치 이류관리과 과장 같아서……."

우리는 얼굴을 마주 보고 미소를 지었다. 어느새 응어리는 흔적도 찾아볼 수 없었다.

그때 내 안에는 어느 멍청한 콜로니의 순간적인 행동 덕분에 사토루와 화해할 수 있었다는 기쁨마저 솟구쳤다. 초에서 가장 요괴쥐에게 경계심을 가지고 있던 나조차 이것이 얼마나 무서운 사건의 서막인지 상상도 못 한 것이다.

보건소의 월례회의는 각 과에서 매달 비슷한 보고가 장황하게 이어지는 따분한 행사에 불과했다. 따라서 237년 7월 회의에 참석한 보건소 직원들은 모두 간이 철렁할 만큼 놀랐으리라.

우선 보건소의 책임자인 가네코 히로시 소장 옆에 초의 중진 세명이 옵서버로 앉아 있었다. 직능회의 대표인 히노 고후 씨. 안전보장회의 고문인 가부라기 시세이 씨. 그리고 윤리위원회 의장인 아사히나 도미코 씨다. 앞의 두 사람은 각각 최고와 최강의 주력을 가진 초의 2대 간판이며 진정한 의미의 실력자이고, 도미코 씨에 관해서는 새삼 설명할 필요가 없으리라.

이 세 명이 전부 참석하는 일은 거의 없고, 하물며 보건소의 월례회의에 관심을 가지는 일은 상식적으로 생각할 수 없다. 어쩌면 신종 전염병이라도 발생한 게 아닐까 하고 사람들은 생각했으리라.

"이번에는 특별한 의제가 있어서 각 과의 정례보고는 전부 생략하겠습니다."

평소와 달리 가네코 소장이 긴장한 모습으로 말한 첫마디는 이

것이었다.

"일주일 전에 묘법농장의 의뢰를 받아 시료를 채취하러 갔던 대모벌 콜로니의 요괴쥐 여섯 마리가 정체불명의 상대에게 공격을 받는 사건이 발생했습니다. 그 가운데 두 마리는 독화살을 맞고 절명했습니다."

다음 순간, 회의실 안이 소란스러워졌다. 중대한 사건이라서가 아니다. 요괴쥐 몇 마리가 죽은 것 정도로 왜 정례보고를 취소하느냐는 것에 대한 의문이었다.

"현 시점에서 이류…… 요괴쥐의 '전쟁 행위 등 허가신청서'의 승인이 내려졌거나 또는 제출한 신청서 중에 결재를 하지 않은 것은 없습니다. 따라서 이는 분명한 불법 행위이며 징벌 대상입니다. 지금 별실에 출석시켜놓은 이류 대표 두 마리의 증언을 듣고 징벌을 정하는 것이 타당하다고 생각하는데, 그전에 예비지식으로써 현재 이류세계의 세력 판도에 관해 이류관리과의 설명이 있겠습니다. 그러면 와타나베 사키 씨, 부탁합니다."

"네."

나는 약간 긴장된 얼굴로 자리에서 일어섰다. 그리고 회의실 벽에 걸린 화이트보드 앞으로 다가가서 뒤를 돌아보고 고개를 숙였다. 본래 이런 보고는 와타히키 과장이 해야 하지만, 지금 요괴쥐에 관해서 누구보다 자세히 알고 있는 사람이 나라고 해서 특별히 선발된 것이다.

"간토 지역 근교에 있는 이류 콜로니는 지난 10년간 두 개 그룹으로 나누어져서, 현재는 거의 균형 상태를 취하고 있습니다."

나는 선을 그을 수 있는 화이트보드에 주력으로 간단한 표를 만들었다. 주력을 이용해도 손으로 쓴 것처럼 글씨가 삐뚤삐뚤한 것이 유감이었다.

"첫 번째 그룹은 장수말벌계입니다. 장수말벌 콜로니 본체의 병력은 약 10만 마리. 산하에 있는 유력 콜로니는 종이말벌, 대모벌, 곰개미, 딱정벌레, 길앞잡이, 송장벌레, 왕사마귀, 장수잠자리, 왕사슴벌레, 물방개, 귀뚜라미, 좀매부리, 꼽등이 등의 열세 개로, 그들을 합산한 총병력은 50만 마리에 이릅니다. 전부 인간에게 매우 충실한 콜로니로, 인간에게 맞지 않는 일을 해주는 귀한 노동력의 담당자이기도 합니다."

"우리는 옵서버인데, 한 가지 질문을 해도 되나요?"

손을 들고 그렇게 말한 사람은 가부라기 시세이 씨였다. 최근 들어 이마가 약간 넓어지기는 했지만 새까만 선글라스를 쓴 풍모는 여전히 박력이 넘쳤다.

가네코 소장이 재빨리 대답했다. "하십시오."

"요괴쥐, 이류 말인데요…… 이들 콜로니는 어떤 관계로 맺어지죠? 그룹은 항상 하나로 단단히 맺어져 있다고 생각해도 됩니까?"

"장수말벌계 경우에는 이른바 봉건 영주의 주종 관계로 보시면 됩니다. 각각의 콜로니는 절대 존재인 여왕을 떠받드는 독립국가 같은 것으로, 장수말벌 콜로니를 정점으로 하는 맹약에 의해 한 콜로니에 대한 공격은 그룹 전체에 대한 공격으로 간주됩니다. 생식 능력이 있는 수컷을 교환하는 것 말고 여왕이 늙어서 바꿀 때에는 그룹의 다른 콜로니에서 새로운 여왕을 맞이하는 등, 혈연으로 맺어져 있기 때문에 배신은 생각할 수 없습니다."

가부라기 씨가 고개를 끄덕이는 걸 보면서 나는 말을 이었다.

"또 하나의 그룹은 파리매계입니다. 파리매 콜로니의 병력은 약 5만 5,000마리로, 여기에 대모등에붙이, 명나방, 불나방, 도둑나방, 왕지네, 무당거미, 뚱보기생파리, 벼멸구 등 여덟 개 콜로니가 합쳐지면 총병력은 25만에서 30만에 이릅니다. 이쪽도 인간에게 항상 공손한 자세를 보이며, 예전부터 장수말벌계가 독점하고 있는 인간의 일을 분담하고 싶어 합니다. ……조금 전 질문에 대한 대답입니다만, 파리매계에서는 콜로니의 융합이 장수말벌계에 비교되지 않을 만큼 착착 진행되고 있으며, 각 콜로니 명칭은 성채의 이름이나 군사 행동의 단위인 사단의 이름으로 잔존하는 것에 불과합니다."

"무슨 뜻이죠?"

"일단 파리매계에서는 혁명을 통해 여왕에 의한 지배를 뒤집었습니다. 각 콜로니는 선거에 의해 선출된 대의원들이 의사를 결정하고, 각 콜로니의 대표가 모여서 그룹 전체의 의사를 결정하죠. 여왕의 직무는 완전히 생식에만 한정되어 있습니다."

회의실이 시끄러워졌다. 요괴쥐 사회의 지각 변동에 대해 일반 사람들은 거의 모르고 있었던 것이다. 그 콜로니에서 여왕이 가축 같은 취급을 받고 있다는 말은 일부러 하지 않았다.

"힘이 이 두 그룹으로 양분된 결과, 어디에도 속하지 않는 독립 콜로니는 거의 남아 있지 않습니다. 유력한 것은 대륙에서 귀화한 노래기 콜로니 정도일 겁니다."

가부라기 씨가 다시 다그치듯 물었다. "……그러면 장수말벌계

대모벌 콜로니를 공격한 것은 파리매계 콜로나나 노래기 콜로니일
가능성이 높다는 건가요?"

내가 대답해도 좋을지 몰라서 가네코 소장을 쳐다보았다.

"……현장에 남아 있는 유류품을 신중하게 조사한 결과, 대모벌
콜로니를 덮친 건 굴벌레나방 콜로니 병사였다는 게 판명됐습니다."

가부라기 씨가 이해할 수 없다는 목소리로 말했다. "굴벌레나방
콜로니? 저기 표에는 그런 이름이 없잖습니까? 독립 콜로니에도 이
름이 거론되지 않았는데, 어떻게 된 일이죠?"

다시 내가 대답을 떠맡았다.

"굴벌레나방 콜로니는 10여 년 전에 중립을 선언하고, 스스로 독
립 콜로나라고 주장하고 있습니다. 따라서 일단 목록에서 제외해
놓았는데, 현재는 파리매계에 가깝다고 생각합니다. 그런 이유로
일단 별도로 해놓았습니다."

12년 전에 양쪽을 연결시켜준 사람이 나라는 말은 입이 찢어져
도 할 수 없었다.

"그래그래, 그렇게 된 거군. 그러니까 경우에 따라서 이 문제는
한 콜로니의 소멸로 끝나지 않겠어. 만약 파리매계 전체가 관여하
고 있다면 이건 인간에 대한 반역이라고 볼 수 있으니까 말이야.
이 주변에 있는 요괴쥐의 절반을 구제해야 할지도 모르겠네."

히노 고후 씨가 뚱뚱한 뺨에 미소를 머금은 채, 주위를 둘러보
며 어린애처럼 새된 목소리로 말했다. 혈색이 좋은 대머리가 조명
을 받고 반짝였다.

"아니, 아직 결론이 난 건 아닙니다."

가네코 소장이 황급히 부정했지만, 고후 씨의 발언으로 회의실 분위기는 일변했다. 최종적으로 최대 30만 마리에 이르는 요괴쥐를 말살해야 한다면 상상을 초월한 엄청난 일이라 할 수 있다. 세 명의 초거물 옵서버가 일부러 참석한 것도 충분히 이해할 수 있었다.

"그러면 지금 대기하고 있는 이류 대표를 부르겠습니다. 장수말벌 콜로니의 주석사령관인 기로마루와 파리매 콜로니의 대표인 야코마루입니다. 어떻게 하시겠습니까? 처음에 기로마루의 증언부터 들으려고 하는데요."

가네코 소장의 말에 이의를 제기한 사람은 그때까지 잠자코 듣고 있던 도미코 씨였다.

"우리는 옵서버라서 지시할 생각은 없지만 양쪽을 함께 들어오게 하는 게 어떨까요? 만약 이야기가 서로 다르다면 직접 대면하게 해야만 흑백을 가릴 수 있을 테니까요."

가네코 소장이 깊숙이 고개를 끄덕였다. "도미코 님의 말씀이 맞습니다. 그러면 그렇게 하겠습니다."

그러자 와타히키 과장이 이것이야말로 자신의 일이라는 양 재빨리 일어나서 요괴쥐 두 마리를 데려왔다. 먼저 새하얀 예복으로 몸을 감싼 기로마루가 인간처럼 큰 키를 앞으로 숙이고 느긋한 걸음걸이로 들어왔다. 12년 전에 비해 한층 풍격이 더해졌지만, 반면에 이미 노령에 들어섰다는 것을 엿볼 수 있었다. 아무래도 요괴쥐의 노화는 조상인 벌거숭이두더지쥐만큼은 아니더라도 인간보다는 빠른 듯하다.

역시 새하얀 예복을 입은 야코마루가 기로마루의 뒤를 이어 모습을 나타냈다. 체구는 훨씬 작지만 지금이 한창 때인 듯 예전보다 훨씬 당당하고 정력적인 모습이었다. 두 마리는 회의실 아래쪽에 나란히 자리하고 나서도 서로 거리를 두고 시선조차 마주치지 않았다.

가네코 소장이 엄숙한 목소리로 말문을 열었다. "우선 장수말벌 콜로니의 기로마루에게 묻겠다. 대모벌 콜로니는 장수말벌 산하에 있는 콜로니인가?"

기로마루가 약간 쉰 목소리로 또박또박 대답했다. "그러합니다."

"지금으로부터 일주일 전, 대모벌 콜로니의 병사 여섯 마리가 습격을 받고 그 가운데 두 마리가 죽는 사건이 발생했다. 그건 알고 있겠지?"

"네."

"범인이 누구인지 짐작이 되나?"

"살아남은 병사들에게 들은 결과, 직접 손을 쓴 것은 굴벌레나방 콜로니 병사라는 사실을 알아냈습니다."

"직접 손을 섰다? 즉, 지시는 다른 곳에서 내렸단 말인가?"

기로마루는 큰 눈으로 야코마루를 힐끔 쳐다보았다.

"네, 굴벌레나방 콜로니는 파리매 콜로니와 하나로 이어져 있습니다. 따라서 파리매 콜로니의 명령을 받았다고 생각합니다."

야코마루가 끼어들고 싶은 듯 몸을 움직였지만, 회의실에 앉은 사람들을 보고 고개를 숙였다.

"그러면 이번에는 파리매 콜로니의 야코마루에게 묻겠다. 너는 굴벌레나방 콜로니에 명령해서 대모벌 콜로니 병사를 덮치게 만들었나?"

야코마루가 가슴 앞에서 두 손을 꼭 부여잡고 소리쳤다. "천부당
만부당하신 말씀입니다! 천지신명께 맹세하건대, 저희는 그런 지
시를 내린 적이 없습니다."

"하지만 굴벌레나방 콜로니는 네 콜로니 산하에 있다. 아니, 구체
적으로 말하자면 너희 일부가 아니냐?"

"물론 저희는 예전부터 굴벌레나방 콜로니에 접근해서 합류하자
고 제안해왔습니다. 하지만 아직까지 실현되지 않았죠. 그 이유는
두 가지입니다. 첫째, 굴벌레나방 콜로니에는 케케묵은 사고방식에
사로잡혀 있는 자가 많아서 여왕을 떠받드는 체제에서 벗어날 수
없습니다. 둘째, 장수말벌계의 각 콜로니들이 호시탐탐 기회를 엿
보며 위협하고 있기 때문입니다. 저희와 합류하면 즉시 공격하겠
다는 협박으로 인해 옴짝달싹 할 수 없습니다."

"기로마루, 야코마루 이야기가 사실인가?"

기로마루의 입은 웃는 것처럼 양쪽 귀까지 찢어졌다.

"거짓말을 거짓말로 덧칠한 궤변이자 헛소리입니다. 너무나 기가
막혀서 웃음도 나오지 않는군요. 부디 저 거짓말쟁이의 말에 현혹
되지 마시기 바랍니다. 저들이 주장하는 첫째 사항에 대해 말씀드
리자면 굴벌레나방 콜로니의 여왕은 이미 유폐 상태에 있다고 들
었습니다. 둘째 사항도 마찬가지입니다. 저희가 굴벌레나방 콜로니
를 협박했다는 건 새빨간 거짓말입니다."

가네코 소장이 다시 화살 방향을 옮겼다. "야코마루!"

"이런이런, 이거 놀라운 일이로군요. 굴벌레나방 콜로니의 여왕

이 유폐 상태에 있다고요? 대체 어디서 그런 황당무계한 말을 들었을까요? 여왕은 지금도 건재하게 콜로니를 지배하고 있습니다. 물론 정무는 유능한 섭정인 퀴치에게 맡기고 있지만요."

야코마루의 말이 끝나기도 전에 기로마루가 박력 있는 목소리로 위협했다.

"신들 앞에서 잘도 뻔지르르하게 거짓말을 늘어놓는군. 네 그 더러운 입을 찢어주겠다!"

"기로마루, 허락했을 때 말고는 말하지 말거라!"

가네코 소장이 날카롭게 야단치자 기로마루는 깊숙이 고개를 숙였다.

도미코 씨가 몸을 앞으로 내밀었다. "야코마루라고 했지? 한 가지 묻고 싶은데, 너는 지금 굴벌레나방 콜로니의 여왕이 건재하지만 정무는 섭정이 대행하고 있다고 했지? 그건 분명한 정보인가?"

"네에, 틀림없습니다."

야코마루는 자신만만하게 대답했지만 도미코 씨가 누구인지 아는지 머리를 조아리듯 깊숙이 숙였다.

"그런데 그렇게까지 내부 사정을 잘 알고 있다면, 적어도 기로마루의 콜로니보다 너희 콜로니가 굴벌레나방과 밀접한 관계에 있는 건 사실이 아닌가?"

말의 함정에 빠진 것을 깨닫고 야코마루는 식은땀을 흘리기 시작했다.

"아, 저기…… 그게 그러니까, 조금 전에 말씀드린 것처럼 관계를 만들기 위해 계속 노력해왔기 때문에…… 자연히 내부 사정도 자세히…… 그, 그리고 친하다고 해도 신의 의사를 거역하고 대모벌 콜로니를 공격하도록 명령하는 것은 천부당만부당한 일입니다. 그러면 즉시 신에게 벌을 받으리란 건 명명백백하지 않습니까? 저희가 왜 그런 자살행위를 선택하겠습니까?"

"그러면 굴벌레나방 콜로니가 단독으로 했다는 건가? 네 표현에 따르면 그것 또한 이상한 이야기가 되는데."

야코마루는 절체절명의 상황에서 재빨리 태세를 정비했다. "그에 관해서는 저 나름대로 생각한 게 있습니다. 여기서 말씀드려도 괜찮을까요?"

"좋아, 어디 말해보게."

"저희가 명령했든 굴벌레나방 안의 과격한 행동이든, 신의 허락도 없이 다른 콜로니를 공격하는 것은 미치지 않고서는 할 수 없는 일입니다. 그런데 만약 이것이 대모벌 콜로니에 의한 자작극이라면 어떻게 될까요?"

기로마루는 눈초리를 찢으며 초록 불길을 내뿜을 듯 날카롭게 야코마루를 노려보았지만, 야코마루는 태연하게 말을 이었다.

"굴벌레나방 콜로니가 사용하는 활이나 화살, 투구는 마음만 먹으면 얼마든지 구할 수 있습니다. 따라서 두 패로 나누어 연극을 한 후에 피해자로 가장한 게 아닐까요? 저희와 장수말벌 그룹은 세력이 비슷해서, 정면으로 부딪치면 쌍방이 막대한 손해를 입을수밖에 없습니다. 이런 말씀을 드리는 건 송구스럽지만, 장수말벌은 신을 속임으로써 잘만 하면 자신들은 다치지 않고 저희를 멸망시키려고 한 게 아닐까……."

주먹을 쥔 기로마루의 손이 바들바들 떨리는 것이 보였다. 지금이라도 야코마루에게 덤벼들어 잡아먹을 듯한 형상이다. 하지만 활활 타오르는 분노를 쇳덩이 같은 자제심으로 겨우 자제하는 듯했다.

가네코 소장이 옆에서 끼어들었다. "하지만 대모벌 콜로니에서는 두 마리나 죽지 않았나?"

"그들에게 몇 마리의 희생은 새 발의 피겠죠. 그것이 저희 콜로니와는 근본적으로 다른 점입니다. 저희 콜로니의 기본 이념은 민주주의로, 한 마리 한 마리가 이 우주에서 무엇과도 바꿀 수 없는 평등한 권리를 가지고 있습니다. 하지만 여왕만을 절대적으로 모시는 케케묵은 체제에서는 병사들을 작전의 말이고 일회용 소모품으로 생각할 겁니다."

야코마루는 틀림없이 입부터 먼저 태어났으리라. 모든 공격을 교묘하게 피할 뿐 아니라 즉시 되받아치는 솜씨에는 혀를 내두를 수밖에 없었다. 정도의 차이는 있지만 그 자리에 있는 모든 사람들은 야코마루에게 불신감을 껴안았지만, 이렇게 논리적으로 당당하게 주장하면 쉽게 허점을 찌를 수 없는 법이다.

도미코 씨가 가네코 소장을 향해 물었다. "이 자…… 야코마루의 말이 사실일 가능성이 있을까? 가네코 소장은 조금 전에 범행을 저지른 건 굴벌레나방 콜로니 병사라고 단언한 것 같은데."

그러자 가네코 소장이 횡설수설했다. "네…… 상식적으론 생각하기 힘들지만, 절대로 없냐고 물으시면 그렇다고 말씀드릴 수도 없습니다. 전부 모략이었다는 가능성까진 검토하지 못했으니까요."

결국 그날은 결론을 내리지 못한 채 회의를 마쳤다. 파멸의 발소리는 코앞으로 다가와 있었지만 위험의 싹을 꺾는 귀중한, 그리고 마지막 기회를 잃어버린 것이다.

야산을 온통 뒤덮은 10만의 군세는 한마디로 말해 장관이었다. 호박벌을 본뜬 노란색과 검은색 투구는 반짝반짝 햇빛을 반사해서 앞에서 공격하는 자를 압도한다. 수천의 깃발은 모든 병사들이 하나의 거대한 생물로 바뀐 것처럼 똑같은 리듬으로 흔들리고, 호랑이의 포효 같은 저주파 함성은 산천초목을 바들바들 떨게 만들었다.

갑옷으로 몸을 감싼 기로마루가 호언장담했다. "한 시간 안에 적을 섬멸하겠습니다."

이 위용을 보면 그 자신감에도 고개가 끄덕여진다.

"저 녀석들의 전략은 서전(緒戰)을 통해 거의 알았습니다. 정면으로 싸우면 승산이 없다는 걸 알고 수적으로 우세한 곳에서만 결전을 벌이더군요. 숫자가 적은 곳에서는 되도록 병사들을 분산시켜서 게릴라전을 펼치고 있죠. 하지만 그런 얄팍한 꼼수로 이길 만큼 전쟁은 만만하지 않습니다. 이번 기회에 그런 교훈을 뼈저리게 느끼게 해주겠습니다."

"무운을 빌게요. 단, 우리는 중립을 지킬 수밖에 없으니까 여기까지 적이 공격해오면 신속하게 철수하겠습니다. 도와드릴 수는 없으니까요."

서류철을 들고 그렇게 말하는 내 모습이 너무도 그 자리에 어울리지 않는다는 생각이 들었다.

기로마루가 늑대 같은 입을 벌리고 호탕하게 웃었다. "알고 있습니다. 하지만 그런 걱정은 하실 필요가 없습니다. 적의 화살은 여기까지 도달하지 못할 테니까요."

나는 보고서의 서식을 채우면서 물었다. "알겠습니다. 어디 보자, 이쪽은 장수말벌 콜로니의 본대 10만. 상대는 대모등에붙이, 명나방, 불나방, 도둑나방, 무당거미, 벼멸구 콜로니의 연합군인 약 14만 마리군요. ……어? 어째서 파리매 콜로니의 본대는 없죠?"

기로마루가 토해내듯 말했다. "그건 입에 기름칠을 한 그 겁쟁이에게 묻는 편이 좋겠지요. 생각하건대 저희와 싸울 용기가 없어진 게 아닐까요? 어쩌면 대모등에붙이 이하는 일회용 소모품으로, 조금이라도 저희 힘을 소모시키고 싶은 걸지도 모르죠. 민주주의다 뭐다 거창한 말을 늘어놓지만, 병사를 태연히 사지로 몰아넣는 것이 파리매의 상투 수단이니까요."

"그렇군요. 그러면 마음껏 싸우십시오."

"알겠습니다."

기로마루가 오른손을 높이 치켜들자 장수말벌 콜로니 병사들이 천천히 진군했다. 적의 연합군도 그에 호응하듯 모습을 드러내며 엄청난 군세를 과시했다. 숫자로는 분명히 상대가 더 우위에 있는 듯했다.

그때 나를 지키기 위해 동행한 조수보호관 이누이 씨가 주의를 주었다. "와타나베 씨, 조금 뒤로 물러나는 게 좋겠어. 그쪽은 유탄이 날아올 가능성이 있으니까."

"유탄이 뭐죠?"

"최근 요괴쥐 전쟁에서는 화살뿐 아니라 화승총도 사용하거든. 너무 빨라서 눈으로 볼 수 없는 건 주력으로도 못 막으니까."

그의 말이 끝나기도 전에 나는 서둘러 안전지대로 물러섰다. 그 것이 신호라도 되는 듯 전쟁터에서는 격렬한 함성이 솟구쳤다. 드 디어 양쪽 군대가 전쟁을 시작한 것이다. 화살이 날아다니고, 뒤를 이어 메마른 발사음과 함께 포연이 피어올랐다.

우리가 있던 언덕 위에서는 전쟁터를 한눈에 조망할 수 있었다. 거의 가로 일렬의 진형으로 활과 화승총을 든 적의 연합군에 대해 장수말벌군은 화살표 모양의 봉시진*으로 대항했다. 적은 일제 사 격으로 장수말벌군의 발을 묶어놓은 뒤 단숨에 역습할 심산이었 겠지만, 상황이 예측과 다르게 나타나자 당황감을 감추지 못했다. 총탄이 빗발처럼 날아와도 장수말벌 병사들이 발길을 멈추지 않 아서였다. 자세히 쳐다보니, 맨 앞의 몇몇 병사들이 기묘한 형태의 방패를 들고 전진하고 있었다.

옆에서 이누이 씨가 가르쳐주었다. "탄환 제거용 방패야."

나보다 체구가 작고 빼빼 마른 중년 남성이었지만, 잠시도 쉬지 않고 며칠씩 야산을 돌아다닐 수 있는 체력과 조수보호관으로의 풍부한 경험은 보건소 안에서 타의 추종을 불허했다.

"화승총탄은 웬만한 갑옷을 관통할 정도의 위력을 가지고 있는 데 저 방패 좀 봐. 각도가 있고 한가운데가 튀어나와 있지? 저걸

---

* 鋒矢陣, 쏘아진 화살처럼 생긴 진영.

이용하면 탄환을 좌우로 빗겨나가게 할 수 있거든."

그는 이어서 탄환 제거의 구조에 관해서도 설명해주었다. 세 줄의 푸른 대나무를 '∧' 모양으로 만든 방패로, 강력한 마포로 대나무 표면을 몇 겹 감아 아교로 굳히고 납을 두텁게 바른 후, 중요한 부분에 쇠파이프를 붙임으로써 방탄 성능을 높였다고 한다.

"고대문명의 센고쿠시대*에 고안한 '죽패'**는 문자 그대로 단순한 대나무 다발이지만, 거기에 요괴쥐들이 삼베와 납, 쇠파이프를 추가해서 탄환을 피할 수 있게 강도를 높였다고 하더군."

"그런 걸 만들었다니, 믿을 수 없어요. ……머리가 좋은 줄은 알았지만요."

"녀석들이 센고쿠시대의 장비까지 알고 있었는지는 모르지만, 모든 걸 자기 힘으로 알아내지는 못했을 거야. 어디선가 지식을 얻었다고밖에 생각할 수 없어."

그 즉시 머릿속에 유사미노시로가 떠올랐다. 12년 전, 파리매 콜로니에 갔을 때 사토루는 그들이 유사미노시로를 잡았을지도 모른다고 말했다. 당연히 장수말벌 콜로니에서도 똑같이 했을 가능성이 있다. 하지만 유사미노시로의 존재 자체가 터부인 만큼, 이누이 씨에게 그 말을 하는 건 주저할 수밖에 없었다.

그러는 사이에 전황은 장수말벌군의 우세로 나타났다. 호시탐탐 기회를 노리고 있던 장수말벌의 사수가 일제히 화승총을 쏘기 시

---

* 戦国時代, 15세기 중반부터 16세기 후반까지 사회, 정치적 변동이 계속된 내란의 시기.
** 竹牌, 화살을 막을 때 쓰던 참대를 엮어 만든 방패.

작한 것이다. 그것도 사격과 사격 사이의 간격이 매우 짧아서, 한 정이 세 정의 역할을 수행했다.

"저것도 마찬가지야. 화승총은 한 번 쏜 다음이 골치 아프거든. 안을 청소한 후 화약과 탄환을 넣고 막대로 약실에 밀어넣어야 겨우 다음 사격을 할 수 있으니까 말이야. 그런데 녀석들은 그런 과정을 거의 생략했어. 태고에 일본에서 처음으로 하야고*라는 원시적 카트리지를 개발했는데, 그것도 간략하게 했을 뿐 거의 똑같은 순서가 필요하지. 그런데 녀석들은 그걸 근본적으로 개량했어."

가만히 지켜보고 있자 사수는 발사하자마자 즉시 총구에 새 탄약을 넣고, 한 번 막대기로 찌른 뒤 즉시 다음 사격을 하고 있다.

"자세한 구조는 모르지만 기름종이에 싼 화약과 총탄을 넣은 후, 그대로 발사할 수 있게 만들었더군. ……가끔 녀석들의 지혜에 두려움을 느낄 때가 있어."

화력에서 우위를 점한 장수말벌군은 원거리 전투를 선택할 수도 있었지만, 그대로 적진으로 돌입해 치열한 백병전을 전개했다.

"이누이 씨는 요괴쥐에 관해선 모르시는 게 없군요. 저도 그동안 공부 많이 했다고 생각했는데 상대도 안 되는걸요."

그는 햇볕에 그을린 얼굴에 부드러운 미소를 담았다. "무슨…… 역시 전반적인 지식은 와타나베 씨에 비할 바 못 되지. 단지 난 업무상 콜로니 내부까지 견학할 기회가 많았거든. 녀석들이 우리 조수보호관을 뒤에서 뭐라고 부르는지 알아? 보통 인간은 신인데 우

---

* 무슨, 한 발분의 화약과 탄환을 미리 넣은 통.

리는 사신이래. 뭐 그것도 어쩔 수 없지만."

조수보호관은 명칭과 실체가 이율배반적인 직책의 대표적인 사례다. 보통 유해조수대책과에 속해 있는데, 인간에게 반항하는 요괴쥐를 구제하는 것이 주요 업무이기 때문이다. 、

"······어쨌든 지금까지 여러 콜로니를 봤지만 장수말벌 부대는 역시 최강이야. 특히 이렇게 육탄전에 이르면 다른 콜로니의 병사들은 대적할 수 없지."

"왜 그렇게 강하죠?"

그가 히쭉 웃으며 대답했다. "비밀이 들키면 곤란하다고 해서 위쪽에는 보고하지 않았는데, 와타나베 씨에게만 특별히 가르쳐주지. 장수말벌 콜로니 병사들은 전투에 돌입하기 전에 모두 약물을 투여하거든."

"약물요? 마약 같은 건가요?"

"그래, 콜로니에서 재배하는 대마에 여왕의 소변에서 추출한 향정신물질을 섞는다고 하더군. 정확한 배합은 비밀이라고 하는데, 그 약물을 투여하면 두뇌가 명석해지고 사명감이 고양될 뿐 아니라 공격성까지 최대한 높아져서 어떤 공포도 느끼지 않거든. 그 결과 천하무적 병사가 태어나는 거지."

싸늘한 기운이 등줄기를 가로질렀다. 전쟁터를 뛰어다니는 장수말벌 병사들은 분명히 한순간의 망설임도 없이 적에게 덤벼들었다. 그 모습이 12년 전 기억과 겹쳐졌다. 자신보다 세 배 큰 땅거미 변이개체 병사들을 향해 태연하게 돌진하는, 용감무쌍하다고 하기에는 도가 지나친 미친 병사들의 모습이······.

전쟁은 약 한 시간 만에 막을 내렸다. 수적으로 우세했던 적의 연합군이 궤멸되면서 절반은 뿔뿔이 흩어지고, 나머지는 들판에 무참한 시체로 변했다. 잠시 후, 전선에서 직접 전투를 지휘하던 기로마루가 나타났다.

"약속을 지키지 못해 부끄러울 따름입니다. 참으로 믿기 어려운 일이지만, 이 정도 적을 궤멸시키는 데 한 시간이 넘게 걸렸군요."

그는 커다란 입을 벌리고 만면에 미소를 지었는데, 눈에서는 늑대처럼 음침한 초록색 인광이 뿜어나왔다.

보건소로 돌아와 전쟁에 관한 보고서를 쓰고 있을 때, 와타히키 과장이 당황한 모습으로 허둥지둥 들어왔다.

"이제 오세요?"

"아, 사키 씨. 어땠어?"

"……장수말벌군의 압승이었어요. 파리매 콜로니는 회복할 수 없을 정도로 엄청난 타격을 받았죠."

"그래? 기로마루가 지휘하는 본대라면 당연하지 뭐."

들판을 가득 메운 산더미 같은 시체를 떠올리니 가슴이 먹먹해졌다. 아무리 설치류라곤 하지만 고도의 지성을 가진 생물의 대량 학살 장면을 두 눈으로 똑똑히 지켜본 것이다. 하지만 지금은 감상에 젖어 있을 때가 아니다. 시체가 부패하도록 그대로 내버려두면 감염증이 발생할 수도 있다. 이는 원래 환경위생과 일이지만 요괴쥐의 전쟁을 중단시켜서라도 시체를 묻게 하든지 주력으로 탄화 처리해야 한다.

"과장님은 어떠셨어요?"

과장의 표정은 왠지 찜찜해 보였다. "결과가 완전 예상 밖이야."

"굴벌레나방이 이겼나요?"

"흐음, 그렇게 말해도 좋을까? ……배신했어, 대모벌 콜로니가."

"네?"

나는 벌린 입을 다물지 못했다. 도저히 믿을 수 없었다. 요괴쥐 콜로니 사이에 작용하는 역학관계는 누구보다 잘 알고 있다고 자부했다. 그런데 이런 상황에서 대모벌 콜로니가 기로마루를 배신하고 야코마루에게 붙는다는 건 천지가 뒤집어져도 있을 수 없는 일이 아닌가?

더구나 이 전쟁 자체가 굴벌레나방 콜로니 병사가 대모벌 콜로니 병사를 공격해서 시작된 게 아닌가? 그런데 그런 당사자가 자신을 도와주러 달려온 아군을 배신하고 적의 품으로 들어가다니…….

그때 문득 생각이 났다. 공격을 받은 직후 대모벌 콜로니는 우연히 지나가던 묘법농장 직원에게 피해를 호소했을 뿐, 결국 이류관리과에 피해신고서를 제출하지 않았다.

무엇 때문일까? 요괴쥐는 본래 복수심이 강한 생물로, 전쟁을 피하기 위해 혼자 끙끙대거나 가슴앓이를 한다고는 생각할 수 없다. 상대가 압도적으로 강해서 승산이 없다면 콜로니의 존속을 위해서 눈물을 삼킬 수도 있지만, 현재 상황에서는 장수말벌 그룹을 등에 업고 있는 대모벌 쪽이 오히려 우세하지 않은가?

"……그러면 실제 전투는 어떠했나요?"

"돌연 대모벌 병사들이 전선을 이탈해 굴벌레나방 쪽으로 합류하는 걸 보고, 대모벌군을 지원하러 온 딱정벌레와 길앞잡이, 곰개미 병사들은 망연자실했지. 그런 탓에 거의 공방전도 펼치지 못하고 굴벌레나방이 간단히 승리를 거두었어."

"놀라운 일이군요."

"지켜보는 나까지 착잡하더군."

"이제 일승일패니까 전쟁의 귀추는 원점으로 돌아갔다고 봐도 될까요?"

"글쎄, 이쪽은 지금도 말한 것처럼 거의 전투를 하지 않았어. 물론 대모벌이 적의 편에 붙었으니까 다소 차이는 있겠지만, 역시 실전에서 대승을 거둔 장수말벌 그룹이 우세하지 않을까?"

과장의 희망적 관측은(물론 인간에게 충실한 장수말벌 그룹이 승리해야만 전후 처리가 훨씬 쉬워지기 때문이지만) 불과 나흘 후에 물거품처럼 사라지고 말았다. 그 소식을 가져온 사람은 뜻밖에 사토루였다.

"사키, 들었어?"

별안간 안색을 바꾸며 뛰어 들어온 그를 보고 나는 당황감을 감출 수 없었다.

"뭘 들었냐는 거야?"

"전쟁 말이야, 전쟁! 장수말벌과 파리매의 본대끼리 결전을 벌였잖아."

"아직 못 들었어. 신청서는 미리 내지만 각각의 전투는 우발적으로 일어나는 일도 있고……. 미리 날짜가 정해진 경우에는 되도록 입회해서 보고서를 제출하긴 하지만."

"그러면 결과는 아직 몰라?"

"그래…… 넌 알아?"

"우연히 전쟁터 근처를 지나갔어. 꼭 필요한 시료가 있었는데, 요괴쥐를 이용할 수 없어서 직접 갔거든."

나는 얼굴을 찡그리며 말했다. "왜 그렇게 위험한 일을 하는 거야? 더구나 전쟁 지역은 출입할 수 없을 텐데."

"하지만 워낙 급한 실험이라서……. 어쨌든 내가 본 건 전투가 끝난 지 하루쯤 지났을 거야. 중상을 입고 살아남은 병사가 있기에 응급처치를 해주고 무슨 일이 있었는지 물었거든."

엄밀히 말하면 요괴쥐 병사의 치료도 전쟁에 대한 간섭이라서 금지되어 있다. 하지만 나는 그보다 빨리 결과를 듣고 싶었다.

"어떻게 됐어? 장수말벌이 이겼지?"

그는 천천히 고개를 가로저었다. "아니, 그 반대야. 장수말벌군은 전멸했어."

나는 순간적으로 숨을 들이마셨다. "설마…… 말도 안 돼!"

"병사가 일본어를 제대로 못해서 무슨 일이 일어났는지 자세히 알 수는 없었지만, 장수말벌군은 거의 궤멸 상태로…… 몰살된 것 같아. 기로마루만 겨우 도망쳐서 지금 행방불명이래."

2

안전보장회의는 처음부터 무거운 분위기에 휩싸여 있었다.

의장인 가부라기 시세이 씨가 나지막한 목소리로 입을 열었다.

"조금 전에 말한 아사히나 사토루 군의 증언에 관해서 질문하실 분 계신가요?"

잠시 침묵이 이어졌다. 이번 회의에는 초의 주요 간부들이 모두 참석했다. 윤리위원회 의장인 아사히나 도미코 씨. 교육위원회 의장인 도리가이 히로미 씨. 직능회의 대표인 히노 고후 씨. 도서관 사서이자 어머니인 와타나베 미즈호. 초의 수장이자 아버지인 스기우라 다카시. 그리고 가네코 히로시 소장 이외의 보건소 직원들. 이미 100세가 넘은 무신 대사의 얼굴은 볼 수 없었지만 쇼조지를 대표하여 두 명의 승려가 참석했다.

맨 먼저 입을 연 사람은 아버지였다. "아사히나 군. 장수말벌 콜로니의 병사가 어떻게 살해됐는지, 자네 의견을 듣고 싶군."

사토루가 혀로 입술에 침을 묻히고 나서 말했다. "짐작도 할 수 없다는 게 제 솔직한 심정입니다. 전쟁터에는 장수말벌 콜로니 병사들의 시체만 굴러다녀서 일방적인 살육이 이루어졌다는 인상이 짙었습니다."

"죽은 병사들의 사인은 주로 무엇이었다고 생각하나?"

"그것도 대답해드릴 수 없습니다. 대부분의 시체에는 화살이 꽂혀 있었는데, 사후에 한 걸로 보이는 파괴 행위가 너무 심해서 대부분은 원형을 유지하지 못했으니까요."

"어떤 파괴 행위였는지 구체적으로 말해보게."

"시체가 갈기갈기 찢어져 있고, 사격의 표적이 된 것처럼 온몸에 구멍이 숭숭 뚫려 있는 것도 다수 보였습니다."

"자네가 치료해주었다는 장수말벌 병사는 뭐라고 말했지?"

"하도 더듬거려서 자세한 건 모르지만 대강 이런 상태였습니다. 장수말벌, 살해됐다. 몰살. 기로마루만, 도망쳤다……. 무슨 일이 일어났느냐고 물어보자 공포로 인해 과호흡을 일으키더니, 요괴쥐 언어로 절규할 뿐이었습니다."

"통역하게 만들 수는 없었나?"

"한동안은 숨이 붙어 있었는데 결국 상처가 심해서 죽었습니다."

다시 침묵이 찾아왔다. 무거운 침묵을 가장 먼저 깨뜨린 사람은 도미코 씨였다.

"의장님, 현지 검사 결과는 어떠했나요?"

전원의 시선이 가부라기 씨에게 쏠렸다.

"아사히나 군의 이야기를 듣고 어제 현장에 다녀왔습니다만, 유감스럽게도 이미 증거가 인멸된 다음이었습니다."

"증거가 인멸되었다고요? 무슨 뜻이죠?"

"현장 일대에 휘발류성 액체를 뿌려서 모두 태웠더군요. 불에 타는 건 전부 숯으로 변했습니다."

여기저기서 웅성거림이 일었다.

히로미 씨가 작은 목소리로 중얼거렸다. "일부러 그렇게 했다는 건 뒤가 켕기기 때문이 아닐까요……?"

히노 고후 씨 입에서 의미를 알 수 없는 꺼림칙한 웃음소리가 새어나왔다. "우히히히."

"그러면 무슨 일이 있었는지 짐작도 할 수 없나요?"

가부라기 씨는 여느 때와 달리 신중하게 대답했다. "나름대로 생각하는 게 있지만 확증이 없어서 마지막에 말씀드리고 싶습니다."

이번에는 어머니가 입을 열었다. "시체를 불태운 건 위생상 이유 때문이라곤 생각할 수 없습니다. 혹시 학살의 수단을 감추기 위해서가 아닐까요?"

"학살의 수단이라니, 특별히 짐작 가는 게 있나요?"

도미코 씨가 딸을 쳐다보듯 자애가 가득 담긴 시선을 어머니에게 향했다.

"그건…… 잘 모르겠습니다. 다만 최근 요괴쥐의 급속한 진보와 군비 확장을 보면 그들이 정보원을 가지고 있을 가능성이 있습니다."

"유사미노시로 말인가요?"

"네, 옛 국회도서관 이동식 단말기 중에 아직 몇 기가 살아남아 있을 가능성이 있습니다. 요괴쥐들이 그걸 잡아서 지식을 얻은 게 아닐까요?"

그러자 가부라기 씨가 신랄한 말투로 어머니를 비판했다. "그렇다면 도서관 정책에도 문제가 있는 게 아닌가요? 유사미노시로의 존재를 무턱대고 터부시해서 가까이 가지 못하게 했을 뿐, 후환을 차단하려는 노력을 게을리 한 게 아니냔 말입니다!"

어머니에 대한 가혹한 지적을 듣고 있자니 온몸이 오그라드는 듯했다. 하지만 어머니는 의연한 모습으로 정면으로 반박했다.

"유사미노시로를 모두 없애는 건 인류의 지적 유산을 완전히 소멸시키는 것으로 이어질 수 있습니다. 더구나 이는 윤리위원회의 승인을 거쳐서 결정한 사항입니다."

도미코 씨도 어머니를 옹호했다. "그래요, 그건 윤리위원회에서도 심의한 사항이죠. 결론은 우연히 잡은 것은 원칙적으로 파괴하되, 구태여 전부 없앨 필요는 없다는 것이었어요. 더구나 여기는 도서관 정책의 시비를 논하는 자리가 아닙니다. ……미즈호 씨, 요괴쥐가 유사미노시로에게 정보를 입수했다고 가정했을 때, 그 안에 장수말벌 병사들을 몰살할 수 있는 수단이 포함되어 있을 가능성이 있을까요?"

어머니는 잠시 생각에 잠겼다. "……그것들은 제4분류 지식이에요. 그것도 제3종 '앙'에 속하는 사항이라서 아무리 이 자리라 해도 말씀드릴 수는 없습니다."

가부라기 씨가 안절부절못하며 소리쳤다. "안전보장회의는 다른 모든 규정에 우선합니다. 여기서 말씀해주시지 않으면 한 발짝도 앞으로 나갈 수 없잖습니까!"

"특별히 서적을 공개하라는 게 아니에요. 다만 미즈호 씨가 기억하는 범위 안에서 말해줬으면 해요. 지금은 긴급한 경우니까요. ……장수말벌 병사들을 아주 간단히 전멸시킬 수 있는 수단이 있나요?"

아무리 어머니의 입이 무거워도 그렇게까지 말하는 도미코 씨의 말은 거역할 수 없을 것이다.

"고대문명에는 대량 파괴 무기가 몇 종류 있었습니다. 그것을 사용하면 요괴쥐 군단을 순간적으로 궤멸시킬 수 있죠. 다만 이번에는 그것을 사용했다고는 여겨지지 않습니다."

"왜죠?"

"첫째, 그런 지식을 얻었다고 해서 하룻밤 사이에 만들 수 있는 게 아니기 때문이죠. 그걸 만들려면 고도의 과학 기술과 생산 설비가 필요한데, 요괴쥐는 그런 단계에 도달하지 못했습니다. 둘째, 대량 파괴 무기를 사용하면 반드시 특징적인 흔적이 남습니다."

"구체적으로 말해보세요."

어머니는 잠시 주저하다 어쩔 수 없이 입을 열었다. "가장 파괴력이 큰 건 핵무기인데, 이건 문제가 되지 않습니다. 제조도, 원료의 조달도 불가능하고, 사용하면 지난번 업마에 필적할 만한……."

어머니는 내가 신경 쓰였는지 나를 힐끔 쳐다보고 나서 말을 이었다.

"어쨌든 거대한 폭발도 잔류 방사능도 없었다면 핵무기일 가능성은 배제됩니다. 그다음에 적을 광범위하게 죽일 수 있는 건 독가스죠. 하지만 이 또한 요괴쥐가 만드는 건 거의 불가능합니다."

그때 나도 모르게 머릿속에 있는 의문을 입에 담았다. "……하지만 예전에 땅거미가 독가스를 이용해서 공격한 적이 있습니다."

어머니는 나를 타이르듯 말했다. "내가 지금 말하는 건 황산이나 플라스틱을 태우는 수준의 독가스가 아닙니다. 신경가스나 질식성 가스, 미란성 가스 등, 하나의 초를 간단히 전멸시킬 수 있는 무서운 무기죠."

나는 안전보장회의의 멤버가 아니다. 그저 요괴쥐에 관한 질문이 나올 것을 대비하여 참석한 것에 지나지 않는다. 하지만 다행히 내 발언을 문책하는 사람은 아무도 없었다.

"그와 마찬가지로 치사성 바이러스를 사용한 생물 무기도 제조하기 어려운 데다 앞의 두 종류만큼 즉효성이 없어서 문제가 되지 않습니다. 그 이외에 지진발생 장치나 레이저 무기 등이 광범위한 피해를 일으킬 수 있지만, 지금은 인간조차 만들 수 없고 현장 상황과도 일치하지 않습니다."

"그러면 과거에 존재한 어떤 무기도 이번 사건과 관계없다고 단정해도 좋을까요? 그런데 미즈호 씨는 짐작 가는 게 있는 것 같은데요." 도미코 씨는 마치 어머니의 마음을 읽어낸 것처럼 온화한 말투로 캐물었다.

어머니는 한숨과 함께 말을 짜냈다. "……그나마 현장 흔적과 비슷한 게 있다면 슈퍼클러스터 폭탄 정도가 아닐까 합니다."

"그건 어떤 거죠?"

"보통은 항공기에서 투하하는데, 어미 폭탄이 터지면 안에 들어 있는 수백의 아들 폭탄이 광범위하게 흩어지고, 또 아들 폭탄이 터지면 주변에 수만의 손자 폭탄을 뿌립니다. 손자 폭탄 중에는 폭약 이외에 작은 금속 구슬이나 회전하는 프로펠러형 금속 조각이 들어 있어서, 한 번 폭발하면 반경 수십 미터에 있는 부드러운 표적은 모두 구멍투성이로 변합니다. 이거라면 현장에 거대한 구덩이도 생기지 않고, 수만 마리의 요괴쥐 시체가 갈기갈기 찢어져 있는 것도 이해할 수 있습니다."

고대인의 인간성을 의심한 것이 이번이 처음은 아니지만, 듣기만 해도 구토증이 치밀어올랐다. 내 상상력이 부족하기 때문인지 몰라도, 대체 무슨 생각으로 그런 무기를 설계했는지 이해할 수 없는 것이다. 폭탄이 가지고 있는 냉혹하기 그지없는 잔인함에 비하면 풍선개는 오히려 귀여울 정도다.

"그건 요괴쥐가 만들 수 있는 게 아니잖습니까?" 가부라기 씨의 질문은 전원의 의문을 대변했다.

어머니는 더할 수 없이 고통스러운 표정으로 대답했다. "물론 새로 만드는 건 그들의 기술 수준으로 불가능합니다. 다만…… 슈퍼클러스터 폭탄 내지 다른 몇 개의 대량 파괴 무기가 현존하고 있을지도 모릅니다."

다음 순간, 그 자리에 있던 모든 사람들이 일제히 숨을 들이마셨다.

"설마!"

"물론 1,000년이 지난 지금, 사용할 수 있을 가능성은 매우 낮다고 생각합니다. ……하지만 만약 요괴쥐가 유사미노시로에게서 정보를 얻었다면 그것을 발굴했을지도 모르죠."

도미코 씨가 미간에 주름을 잡으며 말했다. "그런 얘기는 나도 처음 듣는데요."

"이 건에 관해선 대대로 도서관 사서에게만 전해져왔습니다."

"그 대량 파괴 무기는 지금 어디 있죠?"

질문이 끝나기도 전에 어머니는 단호하게 대답했다. "그것만은 이 자리에서 대답할 수 없습니다. 다만 여기서 그렇게 멀지 않다는 것만 말씀드리겠습니다."

다시 주위가 소란스러워졌다. 만약 요괴쥐가 그것을 손에 넣었다면, 그리고 만에 하나 지금도 사용할 수 있다면 심각한 위협이 아닐 수 없다.

히노 씨가 기분 좋은 얼굴로 대머리를 어루만지며 노래하듯 말했다. "죽여, 죽여, 죽여! 우히히히히히. 못된 쥐들은 모옹땅 죽일 수밖에 없어어!"

"고견 잘 들었습니다. 이번에는 직접 현장을 본 제 의견을 말씀
드리고 싶습니다. 그건 도저히 폭탄에 의해서 생긴 것이라고 생각
할 수 없었습니다."

가부라기 씨 한마디로 주위는 다시 찬물을 뿌린 듯 조용해졌다.

도미코 씨가 몸을 앞으로 내밀었다. "시세이 씨, 뜸은 그만 들이
고 이제 당신의 생각을 말씀해주세요."

"불손한 말이라고 받아들여도 어쩔 수 없습니다. 아무리 증거를
인멸해도 알 수 있었습니다. 장수말벌군을 전멸시킨 건 분명히 주
력을 가진 인간입니다."

다음 순간, 그 자리에 있는 사람들은 일제히 어안이 벙벙한 표정
을 지었다.

"왜…… 그렇게 생각하죠?"

"현장에 있던 것은 모두 불에 탔는데, 그중에 원형을 유지한 것
도 있었죠. 제가 주목한 건 화살입니다."

"화살이 어떻게 되었나요?"

"장수말벌군의 화살과 파리매군의 화살은 화살촉과 화살날개
가 다르죠. 장수말벌군이 쏜 것으로 보이는 화살이 몇 개 전쟁터
에 남아 있었는데, 손상된 건 하나도 없었습니다."

"무슨 뜻인가요?"

"화살이 어딘가에 부딪혀서 튕겨나가거나 목표를 맞히지 못하
고 땅에 꽂히는 경우에는 반드시 손상되는 법이죠. 하나도 손상되
지 않은 것은 주력에 의해 공중에 멈춘 경우뿐입니다."

그 누구도 아닌 시세이 씨의 발언인 만큼 신빙성이 있었다.

"아, 그러고 보니…… 죄송합니다." 사토루가 말하려다 황급히 입을 다물었다.

도미코 씨는 아득히 먼 자손이 아니라 친손자를 보는 듯한 다정한 눈길로 말했다. "괜찮으니까 말해봐요."

"현장을 봤을 때 한 가지 이상하다고 여긴 게 있었습니다. 장수말벌군 병사의 시체에는 무기가 하나도 없었습니다. 물론 승자가 빼앗아갔을지도 모르지만 부러지거나 사용할 수 없는 무기는 그대로 방치하는 게 일반적이지 않을까요? ……만약 그들이 주력에 의해 무기를 전부 빼앗겼다면 그 이상한 상황도 이해할 수 있습니다."

가네코 소장이 당황한 모습으로 입을 열었다. "하, 하지만 우리 초에는 파리매 콜로니에 가담해서 장수말벌군을 몰살할 만한 사람이 아무도 없잖습니까? 물론 조수보호관이나 보건소 직원 중에도 없고요."

"물론 우리 초 사람은 아니겠죠. 생각할 수 있는 건…… 글쎄요, 다른 초의 사람일 가능성은 없을까요?"

가부라기 씨의 말에 주위는 다시 소란스러워졌지만, 도미코 씨가 단호하게 고개를 흔들었다.

"그런 일은 있을 수 없어요. 가미스 66초에서 비교적 가까운 곳은 도호쿠 지방의 시로이시 71초, 호쿠리쿠 지방의 다이나이 84초, 추부 지방의 고우미 95초 정도죠. 하지만 그쪽 사람들이 이렇게 어리석은 짓을 저지를 리 없어요."

그때 히로미 씨가 가냘픈 목소리로 말했다. "하긴 도미코 님은 그동안 다른 초와 연락하면서, 주의 깊게 감시해오셨으니까요."

"그래요, 나는 지금까지 다른 초의 상황을 관찰해왔어요. 먼 옛 날부터 오늘날까지 계속 말이죠. 그건 다른 초도 마찬가지예요. 평소에 교류가 없는 다른 초에서 무슨 일이 일어나고 있는지, 모두 두려워하면서도 알고 싶어 하죠. 그래서 전국에 있는 아홉 개 초의 대표들이 간담회를 만들어, 악귀나 업마의 출현과 안전보장에 관한 중요한 정보를 교환해왔어요. 그래서 장담할 수 있는데, 다른 초에서도 지금은 평온하게 사는 것밖에 생각하지 않아요."

그러자 가부라기 씨가 깨끗하게 자기 설을 취소했다. "무의미한 긴장은 그들에게 아무런 이점이 없겠군요. 그렇다면 가능성은 저절로 한정되죠. 지금 초에 사는 사람도, 다른 초의 사람도 아니라면 과거에 초에서 나간 사람이 아닐까요?"

다음 순간, 내 심장이 철렁 내려앉았다. 마리아와 마모루를 말하는 것이다.

도미코 씨가 우울한 목소리로 말했다. "그럴 가능성은 없어요. 그 애들은 이미 죽었으니까요."

거짓말이다. 마리아와 마모루를 감싸려고 그렇게 말하는 것이다. 그렇지 않으면……

"유골을 회수했다는 얘기는 저도 들었습니다. 실종되고 나서 2~3년쯤 지났을 때였죠?"

"그래요, 시세이 씨도 아시는군요."

유골…… 믿을 수 없는 말을 듣고 머리가 혼란스러웠다.

"하지만 지금으로선 그것 자체가 의심스럽군요. 유골을 발견했다고 신고한 게 이번 사건을 일으킨 원흉 야코마루니까요."

그 말을 들은 순간, 갑자기 온몸에 생기가 돌았다. 12년 전에 야코마루가 한 말이 떠올라서였다.

"공작을 하려면 다소 시간이 걸리지만, 잘만 하면 뼈도 준비할 수 있을지 모릅니다. 뼈를 가져다주면 이해하시지 않을까요? (……) 이런 말씀을 드리는 건 대단히 불경스러운 일이지만, 저희 뼈와 신의 뼈를 구분할 수 없는 부위가 있거든요. 특히 저희 중에 키가 큰 개체라면 어린 신과는 크기도 별로 차이 나지 않습니다. 따라서 그 뼈를 돌로 꼼꼼히 문질러……."

그렇다. 틀림없다. 야코마루가 가짜 뼈를 가져다준 것이다. 그렇게 뛰어난 모사꾼이라면 그 정도 일쯤이야 식은 죽 먹기이리라. 아마 요괴쥐의 뼈를 교묘하게 가공해서…….

"그 뼈는 분명히 진짜였어요."

내 귀가 이상해진 것일까? 도미코 씨는 대체 무슨 말을 하는 것일까?

"유골은 신중에 신중을 기해서 감정했죠. 사람 뼈인지, 나이와 성별에 모순은 없는지……. 결정적인 단서가 된 건 와키엔에 보관되어 있던 두 사람의 치아 모양이었어요. 그런데 만전을 기하려고 묘법농장 기술자에게 의뢰해 DNA 감정까지 했죠."

그럴 리 없다. 거짓말이다. 마리아가 죽다니, 그런 일은 있을 수 없다! 등줄기에 불쾌한 땀이 촉촉이 배어나오고 눈앞이 깜깜해졌다.

"마리아와 마모루 두 사람의 사망은 100퍼센트 확인했어요. 따라서 이번 사건과는 아무런 관계가 없을 거예요."

도미코 씨의 목소리가 마치 염라대왕의 선고처럼 무자비하게 울려퍼졌다. 그 이후 나는 어떻게 했을까? 기억이 모호해져서 단편적인 말과 영상밖에 떠오르지 않는다. 결국 회의가 지리멸렬해지면서 결론이 나오지 않았다. 갑론을박이 있었던 것은 파리매 쪽에 가담해 주력을 행사한 범인을 어디까지 찾느냐고, 요괴쥐에 대해서는 처음부터 결론이 정해져 있었다. 그런 와중에 몇 번이나 걱정스러운 듯 나를 바라보던 사토루의 눈길은 똑똑히 기억하고 있다.

한편 히로미 씨가 일주일 이후로 다가온 여름 축제를 연기해야 하지 않느냐는 제안을 내놓았지만, 사람들은 또 그녀의 병적인 노파심이 시작되었다고 비웃었을 뿐 일고조차 하지 않았다. 결국 당장은 사태 추이를 지켜보자고 하면서 범인 수색에 대한 결론은 뒤로 미루었다. 파리매 콜로니 및 그에 가담한 콜로니의 요괴쥐에 대해서는 아직 죄상이 분명하지 않은 상태에서도 전부 구제, 말살하기로 한 것에 이의를 제기하는 사람은 아무도 없었다.

가네코 소장이 이누이 씨를 필두로 다섯 명의 조수보호관을 소개하자 성대한 박수와 환호성이 일었다. 요괴쥐 구제에 관해서는 뛰어난 베테랑들로, 활이나 화기에 의한 반격을 완벽하게 봉쇄하면서 수천 마리에서 수만 마리의 요괴쥐를 단시간에 효율적으로 구제하는 기술을 가지고 있다고 한다. 인간의 일방적인 방침으로 말살되는 요괴쥐 쪽에서 보면 그야말로 사신으로 부르기에 어울리는 존재였다.

안전보장회의가 끝난 후, 나는 혼란에 휩싸인 채 부모님과 사토루의 부축을 받고 회의실에서 나왔다. 흐르는 눈물을 닦지도 않고 헛소리처럼 마리아의 이름을 불렀다. 하지만 혼란스러운 머리의 한구석에 기묘하리만큼 냉정한 부분이 자리하고 있어서, 계속해서 스스로에게 의문을 던졌다.

지난 12년간, 나는 대체 무슨 생각을 했는가? 진심으로 마리아와 마모루가 살아 있다고 믿고 있었던 걸까? 아니면 믿는 척 스스로를 속이고 있었던 것뿐일까?

어쩌면 오래전부터 마음속으로는 착실히 마리아와 마모루의 죽음을 받아들일 준비를 하고 있었을지도 모른다.

얼굴 없는 소년에게 경험한 상실감은 더 이상 맛보고 싶지 않았다. 그래서 마치 도마뱀이 스스로 꼬리를 자르듯 내 마음의 일부를 잘라내고, 그것이 조용히 죽어가는 모습을 멍하니 바라보고 있었던 건 아닐까?

가미스 66초에서는 해마다 많은 축제가 열리고 있다. 봄에는 쓰이나와 모내기 축제, 진화제. 여름에는 여름 축제와 불 축제, 정령회. 가을에는 팔삭제와 신상제. 그리고 겨울에는 눈 축제와 설날 축제, 사기초…….

그중에서 가장 종교적 색채와 의식이 약하고 누구나 신나게 즐기는 행사는 여름 축제, 일명 '괴물 축제'다. 이름은 오싹하지만 특별히 괴물로 분장하거나 사람을 두렵게 만드는 기발한 취향을 가지고 있는 축제는 아니다. 축제 실행위원들이 괴물처럼 삿갓과 두건, 가면으로 얼굴을 가리고 지나가는 사람들에게 술을 나눠주는 것뿐이다. 그런데 기이하리만큼 비일상적인 분위기에 휩싸이는 건 여름 축제가 반드시 음력 초하룻날 밤에 열리기 때문이리라. 그날 밤은 마을의 등불이 모두 꺼진다. 빛은 오직 길가에 있는 화톳불 과 불단의 등불, 가끔 하늘을 수놓는 불꽃뿐이다. 캄캄한 어둠에 둘러싸여 길거리는 한순간 아름다운 밤을 연출하는 무대로 바뀌 는 것이다. 하지만 보기에 따라서는 우리 초의 고립을 한층 돋보이 게 하는 것이기도 했다.

광대한 일본 열도에 흩어져 있는 겨우 아홉 개 초 중 하나. 일본 인이라는 정체성에 필사적으로 매달리면서, 실제론 수천 년 역사 에서 완전히 단절돼 시대의 외딴섬이 되어버린 가미스 66초…….

초의 연중행사는 모두 100년 이상 계속해서 내려오고 있다. 하 지만 고대문명이 무너진 이후 영상 기록과 문헌 등을 토대로 재현 한 것에 지나지 않는다. 괴물 축제도 원래는 다른 지방에 전해지는 행사였는데, 신중하게 선정한 여러 축제의 요소를 가미해서 우리 초의 축제로 부활시킨 것이다. 하지만 나는 가끔 고개를 갸웃거리 곤 한다. 가령 다른 곳에서 빌려오거나 가짜라고 해도 100년 이상 계속되면 유서 깊은 전통으로 바뀌는 것인가.

배가 도착한 순간, 정면에 있는 화톳불을 보고 나는 순간적으로 눈을 감았다. 어둠에 익숙해진 눈에 화톳불이 너무도 눈부셨던 것 이다. 오랜만에 나막신을 신어서 그런지 걸음걸이가 불안했다. 나 는 사토루의 손을 잡고 가까스로 선착장에 내려섰다.

"괜찮아?"

"응."

문득 10여 년 전 여름 축제 광경이 되살아났다. 마리아와 똑같은 유카타*를 새로 맞춰 입은 나는 몹시 들떠 있었다.

"우리 유카타, 똑같아!"

"그래, 똑같아!"

그때 유카타 무늬는 지금도 선명하게 기억하고 있다. 내 유카타는 물색 천에 하얀색 물방울과 빨간색 금붕어 그림이고, 마리아의 유카타는 하얀색 천에 물색 물방울과 빨간색 금붕어 그림이었다. 마리아는 나막신을 신은 발로 절묘하게 한 바퀴를 빙글 돌았다. 그 동작이 형용할 수 없을 만큼 사랑스러워서, 나는 넋을 잃고 멍하니 바라보았다.

"자아, 어서 축제에 가자!"

"조심하지 않으면 괴물한테 잡힐 거야."

"걱정하지 마. 잡힐 것 같으면 주문을 외면 되니까."

"주문?"

"그래, 요전에 우리 엄마가 그랬어. *진언*이라는 거래. 사키, 너한테만 특별히 가르쳐줄게."

아직 주력이 없는 우리에게 세계는 경이와 위험으로 가득 차 있었다. 하지만 그것은 어린 시절뿐으로, 나중에 자라서 주력을 갖게 되면 두려운 건 하나도 없으리라고 믿어 의심치 않았다.

---

* 浴衣. 집 안에서, 또는 여름철 산책할 때에 주로 입는 일본의 전통 의상.

앞에서 걸어가는 마리아의 뒷모습이 작아진 순간, 나는 불안을 느끼고 그녀의 이름을 부르며 손을 뻗었다…….

"……키, 사키. 왜 그래?"

나를 부르는 사토루의 소리를 듣고 나는 겨우 상상에서 벗어나 제정신으로 돌아왔다.

"아무것도 아니야. 잠시 멍했을 뿐이야."

"……저쪽으로 가보자. 무슨 공연을 하나 봐."

나는 그의 손에 이끌려 딱딱 나막신 소리를 내며 걸었다.

운하 옆에 있는 넓은 길은 샛노란 화톳불의 불빛을 받고 있지만, 좌우에는 칠흑 같은 어둠이 펼쳐져 있었다. 그것은 마치 이 세계에서 사자(死者)의 나라로 뻗어 있는 하나의 다리처럼 보였다. 빛의 영역 안에서 걸어갈 때는 안전하지만, 만일 길에서 벗어나 어둠 속으로 들어가면 두 번 다시 돌아올 수 없을지도 모른다…….

철이 든 이후 해마다 빠지지 않고 여름 축제에 참가했는데, 이렇게 기묘한 감각에 사로잡힌 건 아주 어렸을 때 말곤 처음이다.

길 앞뒤에는 축제장으로 향하는 사람들이 삼삼오오 걷고 있었다. 모두 유카타에 나막신을 신고, 손에는 부채를 들고 있다. 이런 저런 이야기를 나누며 웃음을 터뜨리는 소리는 여느 때라면 즐겁게 들렸을 텐데, 이때의 나에게는 바람 소리 같은 잡음으로밖에 들리지 않았다.

그때 앞쪽에서 *괴물*들이 나타났다. 두 사람은 삿갓에 두건 차림이었지만, 한 사람은 괴물 가면을 쓰고 있어서 얼굴을 알아볼 수 없었다. *괴물들*은 말없이 지나가는 사람들에게 술을 나눠주었다. 우리도 종이컵에 든 술을 한 모금씩 마셨다. 조금 달짝지근한 청주였다. 한 모금밖에 마시지 않았는데 갑자기 취기가 도는 것 같았다.

"저것 봐, 장대등이야."

사토루가 가리킨 곳에는 제등이 주렁주렁 매달려 있는 거대한 대나무 장대가 허공에 떠 있었다. 고대문명의 축제에서는 이걸 한 사람이 들었다고 하는데, 지금은 하나에 1톤 정도 되기 때문에 도저히 한 사람이 들 수 없다. 여름 축제에는 일곱 개 마을에서 하나씩 장대등이 나오게 되어 있지만, *12년 전에 발생한 천재지변으로 썩은나무마을이 참가할 수 없는 바람에* 그동안은 이엉마을에서 두 개의 장대등이 나왔다. 하지만 이번 해는 오랜만에 썩은나무마을도 참가해서, 전부 여덟 개의 장대등이 나왔다.

허공에 뜬 커다란 장대등이 조용히 앞으로 다가왔다. 내 눈앞을 가로지른 건 내가 태어난 물레방아마을의 장대등이었다. 제등에는 여러 종류의 물레방아 그림이 그려져 있다. 연자방아, 통방아, 디딜방아……. 장대등 맞은편에서 몇몇 괴물이 뛰쳐나왔다. 키가 작은 걸 보니 어린아이인 듯하다. 모두 삿갓 밑에는 두건이 아니라 여우나 원숭이 가면을 쓰고 있다.

"저것 봐, 어린 *괴물들*이야."

내가 손으로 가리켰을 때는 이미 뛰어간 다음이라서 사토루의 눈에는 띄지 않았다.

"어린 괴물이라고? 이상한데, 어린아이에게 *괴물* 역할을 시킬 리 없잖아."

"하지만 방금 뛰어갔어. 저기······."

그때 대포음 같은 소리가 울리고, 그날 밤 처음으로 불꽃이 솟구쳤다. 어두운 밤하늘에 커다란 꽃이 피었다. 이어서 두 번째, 세 번째도 색색가지 국화와 모란꽃이 밤하늘을 수놓았다. 황금빛으로 빛나는 멋진 불꽃이 터지자 사람들의 환호성이 터졌다. 주력은 일절 사용하지 않고, 화약과 장치만으로 여러 가지 모양을 만들어내는 것이다.

"······예쁘다."

그렇게 중얼거린 순간, 사토루가 내 어깨에 살며시 손을 올려놓았다.

"그래, 정말 근사하군."

불꽃을 신호로 축제 음악이 울려퍼졌다. 독특한 가락의 피리와 북, 징소리가 혼연일체되어, 색다른 공간으로서의 여름 축제 분위기를 한껏 고조시켰다. 다시 걸음을 옮기면서 나는 스스로에게 물었다.

나는 지금 여기서 무엇을 하고 있는 것일까?

마리아의 죽음을 안 지 불과 일주일밖에 되지 않았다. 그동안 이를 악물고 보건소는 하루도 쉬지 않았지만 축제를 구경하고 싶은 마음은 손톱만큼도 없었다. 하지만 여름 축제에는 모든 사람들이 참가한다. 병원과 탁아소를 제외하면 집 안에 틀어박혀 있는 사람은 아무도 없다. 그동안 혼자 지내는 건 도저히 견딜 수 없었던 것이다.

기분 전환하러 축제 행사장에 가자는 사토루의 제안을 받아들인 데에는 또 한 가지 이유가 있었다. 가미스 66초의 연중행사에는 계절마다 각각 주제가 있다. 봄의 쓰이나와 모내기 축제, 진화제는 오곡백과의 풍요로움을 기원함과 동시에 역병과 악령 등의 더러움을 씻는 의미가 강하다. 그리고 여름에 행해지는 여름 축제와 불 축제, 정령회는 조상에게 감사하고 죽은 자의 명복을 비는 축제다. 1년 중에서 살아 있는 자와 죽은 자의 거리가 가장 가까운 날인 것이다. 만약 마리아가 나를 만나고 싶으면 축제 어딘가에서 모습을 보여줄지 모른다는, 그런 무의식이 나를 움직인 것이리라.

축제가 열리는 광장에 도착하자 높은 망루와 함께 하얀색과 붉은색 장막을 친 무대가 마련되어 있었다. 아직 축제의 본 공연까지는 시간이 있었지만 괴물들이 나눠준 술을 마시고 기분이 좋아진 사람들이 장난감 활을 쏘아 풍선을 맞히거나 인형 뽑기를 하고 있었다. 주력을 사용하면 간단히 할 수 있지만, 축제 때에는 장대등을 조종하는 사람 이외에 단순한 구경꾼들은 주력을 사용하지 않는 것이 관습이었다.

"잠시만 기다려. 솜사탕이라도 사 올게."

사토루가 노점으로 뛰어가는 걸 보고 나는 잠시 주변을 어슬렁거렸다. 별 생각 없이 앞쪽을 보았을 때, 유카타를 입은 작은 여자아이의 뒷모습이 눈에 들어왔다. 마리아…… 그럴 리 없다. 나는 몇 번 눈을 깜빡거렸다. 하지만 등을 뒤덮은 새빨간 머리칼은 어린 시절의 마리아와 똑같았다. 하얀색 천에 물색 물방울과 빨간색 금붕어의 유카타도 그녀가 옛날에 입었던 것이다. 나는 천천히 소녀 옆으로 다가갔다. 4~5미터쯤 남았을 때, 소녀가 별안간 뛰기 시작했다.

"얘, 잠시만!"

내가 소리치며 쫓아가도, 소녀는 뒤를 돌아보지 않고 축제 광장을 빠져나가 운하 옆의 어두운 길을 달려갔다.

"마리아!"

조바심이 난 탓인지 익숙지 않은 나막신 탓인지, 발이 미끄러지는 바람에 하마터면 넘어질 뻔했다. 순간적으로 주력을 사용해서 몸을 지탱했지만 다시 앞을 쳐다보았을 때는 이미 소녀의 모습은 사라진 다음이었다. 그때 뒤에서 숨을 헐떡이며 뛰어오는 사토루의 목소리가 들렸다.

"사키, 무슨 일이야?"

나는 뒤돌아보며 사과했다. "미안해, 아무것도 아니야."

"아무것도 아니라고? 아무것도 아닌데 여기까지 뛰어왔어?"

"그건……."

마리아의 환영을 쫓아왔다고 할 수는 없어서 입을 다물었다. 생각보다 많이 뛰어왔는지, 주위에는 사람들의 모습이 별로 없었다.

"지금 '마리아'라고 소리치지 않았어?"

"들었어?"

"그래, 환영이라도 본 거야?"

나는 말없이 캄캄한 밤하늘을 올려보았다. 달이 없을 뿐 아니라 날씨가 흐려서 별빛조차 보이지 않았다.

"……잘 모르겠어. 그냥 비슷한 아이였을지도 모르고……."

하지만 소녀의 뒷모습은 마리아와 너무나 흡사했다. 그런데 그녀가 나를 만나고 싶어 했다면 왜 도망친 것일까? 나를 여기까지 오게 하고 싶었던 게 아닐까?

그때 희미한 날갯짓 소리가 귓가를 스쳤다. 나는 반사적으로 흠칫거리며 몸을 뒤로했다.

사토루가 불쾌한 얼굴로 말했다. "모기야."

화톳불의 불빛 사이로 천천히 날아다니던 모기는 이윽고 찌지직 하는 소리와 함께 땅으로 떨어졌다.

"이런 곳에 왜 모기가 있지?"

팔정표식 안에는 원래 모기나 파리가 없다. 특히 인간의 피를 빨아먹는 모기는 불쾌하게 여기는 사람이 많아서, 소리가 난 순간에 주력으로 없애는 것이다.

"야산에 갔던 사람 몸에 붙어왔을지도 모르지."

"여름 축제날 밤에 야산에 가는 사람이 어디 있어?"

이런 축제날 밤에 팔정표식 밖에 나갔다 오는 독특한 사람이 있을까?

"어쩌면 이누이 씨와 조수보호관들이 왔을지도 모르고."

일주일 전에 파리매 콜로니를 말살하러 간 조수보호관들은 사흘 만에 20만 마리를 구제하겠다는 거창한 목표에도 아무런 성과도 올리지 못했다. 육감으로 '사신'이 온다는 사실을 알아차렸는지, 야코마루를 비롯한 병사들이 일제히 몸을 감춘 것이다.

"그런가……?"

일주일 내내 야영하면서 휴대용 식량과 야산의 음식으로 지내는 것은, 하계 캠프의 경험으로 볼 때 상당히 힘든 일이리라. 따라서 일단 초로 돌아와서 영양을 보충하기로 했을지도 모른다. 임무를 마치지 않고 돌아오는 건 조수보호관들에게 어울리지 않는 행동인 것 같지만.

"그만 광장으로 가자. 이제 곧 불꽃 콘테스트가 시작될 거야."

불꽃 콘테스트는 하늘을 수놓는 불꽃을 주력으로 가공해서 밤하늘에 아름다운 그림을 만드는 콘테스트다. 해마다 초에서 최고의 주력을 가진 사람들이 도전해 사람들의 갈채를 받는 여름 축제의 최고 하이라이트인 것이다.

"응……."

지금 생각해도 그때 내가 왜 뒤돌아보았는지 알 수 없다. 어쨌든 나는 누군가의 조종을 받은 것처럼 뒤를 돌아보았다. 다음 순간, 온몸에 얼음물을 뒤집어쓴 듯한 충격을 받고 발길을 멈추었다.

내 모습을 이상하게 여긴 사토루가 물었다. "사키, 왜 그래?"

"저기……!" 나는 떨리는 손으로 운하를 가리켰다.

"저기 뭐? 내 눈엔 아무것도 안 보이는데."

그것이 보인 것은 한순간에 불과했다. 하지만 내 눈은 그 한순간을 선명하게 포착했다.

"저기 있었어. 마리아와 마모루, 그리고 얼굴 없는 소년이……."

세 사람은 운하의 어두운 물 위에 서 있었다. 아득히 먼 세계에서 나를 지켜보듯 조용한 모습으로. 운하는 이 세상과 저세상을 가로지르는 하나의 경계선 같았다.

사토루가 나를 껴안았다. "사키, 내 마음도 너와 똑같아. 설령 귀신이 됐다 하더라도 마리아와 마모루를 만나고 싶어. 하지만……."

"잘못 본 게 아니야. 믿어줘."

"그래, 네 눈에는 보였을지 모르지. 하지만 넌 축제에 오기 전부터 세 사람을 만나고 싶다고 생각했지? 숨길 필요 없어. 난 알고 있으니까."

"어떻게?"

"그 유카타를 보고 알았어. 축제날인데 화려하지 않은 감색, 오히려 내가 더 화려할 정도야."

미리 의논한 건 아니지만 그의 유카타도 가느다란 줄무늬가 있는 감색이었다.

"너를 데리러 가서 그 옷을 봤을 때, 마치 상복 같다고 생각했어."

내 마음을 정확히 맞히는 바람에 나는 어떤 말도 할 수 없었다.

"괜찮아. 넌 세 사람을 만나고 싶었지? 당연해. 그 강렬한 마음이 물 위에 투영되어 영상을 만들어낸 거야."

"……응."

그렇게 생각하는 수밖에 없으리라. 하지만 내 가슴속에는 여전히 석연치 않은 마음이 남아 있었다. 물론 물 위에 있던 세 사람의 환영은 내 무의식이 만들어냈을지도 모른다. 그렇다면 축제 광장에서 여기까지 뛰어온 그 소녀는 어떻게 설명할 수 있을까?

사토루는 한동안 나를 껴안은 채 그 자리에서 꼼짝도 하지 않았다. 내 마음이 가라앉을 때까지 기다리기로 한 것이리라.

시간이 얼마나 지났을까? 나는 가늘게 눈을 떴다. 그의 어깨너머로 광장 쪽으로 가는 길이 보였다. 여전히 화톳불은 켜져 있지만 사람들은 거의 보이지 않았다. 모두 불꽃 콘테스트를 구경하려고 광장에 모인 것이리라. 하지만 괴물들은 아직 술을 나눠주고 있었다. 가면을 쓴 키 작은 *괴물*들. 아마 어린아이가 가면을 쓴 것이리라. 술을 마신 남성이 별안간 길바닥에 쓰러질 때까지 나는 아무런 위기감도 느끼지 못했다.

"아아, 사토루!"

내 입에서 비명이 튀어나온 순간, 괴물들은 일제히 어디론가 도망쳤다.

"사키, 왜 그래?"

그는 다시 내 정신 상태가 이상해졌다고 생각했는지, 나를 더욱 꼭 껴안으려고 했다.

"아니야, 놔줘! 사람이, 사람이 쓰러졌어! 저쪽이야!"

내 말에 뒤를 돌아본 그는 숨을 들이마셨다.

"어떻게 된 거지?"

"조금 전에 어린이 *괴물*이 나눠준 술을 마시고……."

우리는 쓰러져 있는 남자 옆으로 뛰어갔다. 남자는 조금 전까지 거품을 내뿜으며 괴로워했지만, 이미 움직임을 멈춘 상태였다.

사토루가 남자의 입에 코를 대고 말했다. "죽었어. ……병 때문이 아니야. 독을 마신 거야."

"독이라고? 말도 안 돼, 대체 누가……."

"어린이 *괴물*이라고 했지?"

"응."

그의 얼굴에 떠 있는 공포가 나에게도 전염되었다.

"인간 중에 이런 짓을 할 사람은 없어. 녀석들은 요괴쥐야."

"요괴쥐? 그런 일은 있을 수 없어. 순식간에 전멸될 게 뻔한데 인간에게 대놓고 반항한단 말이야?"

"어차피 몰살될 걸 각오하고, 죽기 아니면 까무러친다는 생각으로 하는 거겠지."

"그러면 파리매가……?"

야코마루의 얼굴이 뇌리에 떠올랐다. 항상 빈틈없이 공기 냄새를 맡는 코. 그리고 모사꾼처럼 보이는 작고 둥근 눈.

"가자, 사람들한테 알려줘야 해!"

우리가 뛰려고 한 순간, 불꽃이 밤하늘을 수놓았다. 한 발, 두 발, 세 발. 무수한 국화와 모란꽃이 흐물흐물 흘러내리며 소용돌이로 바뀌더니, 물레방아처럼 회전하며 현기증이 날 만큼 잇따라 복잡한 패턴을 만들어냈다. 이어서 커다란 환호성이 들렸다. 불꽃 콘테스트가 시작된 것이다. 이런 상황에서는 아무리 목이 터져라 소리쳐도 들리지 않으리라.

마리아처럼 하늘을 날 수 있다면 얼마나 좋을까? 아마 그 순간만큼 그렇게 절실하게 바란 적은 없을 것이다. 하지만 공중 부양을 할 수 있었다면 내 목숨은 그곳에서 끊겼으리라.

다음 순간, 대지를 뒤흔드는 거대한 굉음이 울려퍼졌다. 하늘로 솟구치는 불꽃 소리가 아니다. 주위에 있는 모든 것을 파괴하는 듯한 격렬한 폭발음이었다. 사람들의 입에서 비명이 터진 순간, 사토루가 재빨리 내 어깨를 잡았다.

"도망쳐!"

"하지만…… 사람이 죽었다고 말해줘야 하잖아."

"이미 늦었어. 일제 공격이 시작된 거야. 이제 와서 가봤자 아무 것도 할 수 없어."

그의 냉정한 판단에 반발하면서도 나는 뒷걸음질 쳤다.

"광장에는 사람들이……."

"괜찮아. 저기에는 주력의 달인들이 전부 모여 있어. 요괴쥐 따위 한테 당할 리 없어."

그 말에 나는 마음을 쓸어내리며 안도의 한숨을 내쉬었다. 하긴 주력을 가진 사람이 많으니까 원시적 무기에 의존한 요괴쥐의 공 격은 간단히 물리치리라. 그래도 뒤가 켕기는 심정으로 광장의 반 대 방향으로 100미터 정도 도망쳤을 때, 머리 위에서 심상치 않은 기운이 느껴졌다. 무수한 화살이 어두운 밤하늘을 가른 것이다. 하지만 아무리 시선을 고정해도 희미한 실루엣밖에 보이지 않았 다. 화살을 검은색으로 칠해놓은 것이다.

뒤를 이어 화승총 수백 정을 발사하는 소리. 고함과 비명이 교 차하면서, 후자의 소리가 점점 더 커졌다. 나는 무의식중에 주저앉 아 귀를 막았다. 요괴쥐들이 사람들을 죽인다……. 모든 것이 실제 로 일어나는 사건이라고 여겨지지 않았다.

사토루가 내 팔을 끌고 억지로 일으켜 세웠다. "일어서! 어서 도 망쳐야 해!"

그때 도망치려고 하는 길 맞은편에서 희미한 소리가 들렸다. 금 속이 부딪치는 찰칵찰칵하는 소리. 수많은 개체들이 발소리를 죽 이며 다가오고 있다.

요괴쥐다……. 나는 숨을 들이마시고 걸음을 멈추었다. 사토루가 입 앞에 검지를 세우고 손짓으로 엎드리라고 지시했다.

온다. 생각보다 훨씬 많다. 200에서 300마리는 될까? 사방으로 흩어져서 몸을 낮추고 신중하게 전진한다.

요괴쥐에게 들키지 않은 건 두 가지 행운이 작용해서였다. 하나는 우리가 바람이 부는 반대쪽에 있었던 것. 그렇지 않으면 개처럼 후각이 예민한 요괴쥐가 즉시 우리 존재를 알아차렸으리라. 또 하나는 우리 둘 다 어둠의 색깔과 비슷한 감색 유카타를 입고 있었다는 것. 그로 인해 시야에 들어와도 한순간 사람이 있다는 사실을 알 수 없었던 것이다. 우리의 작은 행운이 그들에게는 목숨을 앗아가는 치명적인 불행이 되었다.

돌연 요괴쥐 부대의 한가운데에 있던 병사가 화려한 불꽃과 함께 타올랐다. 단말마의 비명을 지르며 발버둥치는 요괴쥐 한 마리가, 아연한 표정으로 걸음을 멈춘 병사들의 모습을 새빨갛게 비추었다.

사토루가 토해내듯 소리쳤다. "뒈져랏!"

요괴쥐들의 머리가 하나의 도화선으로 이어진 폭죽처럼 연이어 날아갔다. 200마리 이상의 요괴쥐가 터진 석류처럼 변할 때까지는 불과 10초도 걸리지 않았다. 압도적인 공포로 몸이 얼어붙었는지 반격은커녕 도주를 시도하려는 요괴쥐조차 없었다.

"이놈들……!"

사토루는 다시 시체로 변한 요괴쥐들을 집요하게 짓밟았다. 뜨거운 피거품이 피어오르고 뼈가 부서지는 소리가 들렸다.

"이제 그만해!"

그의 귀에는 그렇게 제지하는 내 목소리가 들리지 않는 듯했다.

"이 하등 구더기들이…… 잘도 인간을 죽였겠다!"

예전에도 그가 이렇게 한 적이 있다는 사실이 떠올랐다. 땅거미의 습격을 받았을 때다. 지하 터널을 끝없이 방황한 후, 봉인되어 있던 주력을 되찾고 겨우 지상으로 나와 반격을 개시했을 때…….그때의 그는 열두 살짜리 소년에 불과했는데, 한순간 악귀 같은 모습을 보고 등줄기가 오싹했던 것이다. 지금은 그늘이 져서 얼굴이보이지 않았지만 아마 그때와 똑같은 표정을 짓고 있으리라. 억제할 수 없는 분노와 피에 대한 흥분이 기이하게 뒤섞인 표정을…….

"이제 다 죽었어. 계속 여기에 있으면 위험해!"

그러자 그도 겨우 냉정을 되찾고 말했다. "그래, 지금은 도망치는게 좋겠어."

그런데 두세 걸음 걷던 그가 불쑥 걸음을 멈추었다.

"왜 그래?"

"이것들은 광장을 덮친 놈들과 다른 부대일 거야. 광장에서 도망치는 사람들을 이쪽에서 공격할 생각이었겠지. 그런데 이 정도 숫자라면 단순한 선발대이고 후발대가 있을 가능성이 높아. 따라서이쪽으로 도망치면 요괴쥐를 만날 거야. 위험하지만 광장으로 돌아가는 게 좋겠어."

"하지만……."

"걱정하지 마. 기습을 받긴 했지만 사람들이 순순히 당할 리 없으니까. 지금쯤 형세가 역전되었을 거야."

그의 예상은 정확히 들어맞았다. 요괴쥐의 작전은 전격적인 기습으로 사람들을 심리적인 패닉 상태에 빠뜨리는 것이었다.

일단 괴물 모습으로 분장해 사람들 사이에 섞여서 처음에는 보통 술을, 공격 직전에는 독이 든 술을 나눠주어 여기저기서 사망자를 만듦으로써 혼란에 빠뜨린다. 이어서 불꽃과 함께 곳곳에 설치해놓은 폭탄을 일제히 폭발시켜 광범위한 공포를 일으킨다. 사람들이 도망치면 멀리서 검은 화살을 쏘아 희생자를 늘림으로써 패닉 상태에 의한 사고를 노린다. 또 사람들을 한데로 모아 주력을 사용할 수 없게 만든 뒤, 수백 정의 총을 일제히 난사하여 최후의 공격을 가한다. 도중까지는 야코마루가 짜낸 계획이 완벽하게 성공했다. 그것을 저지하고 승부를 뒤집은 건 신에 가까운 능력을 가진 두 사람이었다.

요괴쥐의 파상 공세로 처음에 희생된 사람은 200명이 넘었다. 그리고 2,000명이 넘는 사람들이 공황 상태에 빠졌지만, 한 사람이 공중에 글자를 만들어 지시하면서 사람들은 점차 냉정함을 되찾았다. 불꽃도 사용하지 않고 하늘에 빛나는 글자를 만드는 건 그 후에도 성공한 사람이 한 명도 없고, 어떤 방법을 사용했는지는 지금도 수수께끼다.

'멈춰라!'

2,000여 명의 사람들은 글자 지시에 따라 모여들어 직경 16미터의 원을 만들었다. 주력의 상호 간섭을 방지하기 위해 전원이 주력을 봉인했다. 그렇게까지 일사불란하게 행동할 수 있었던 건 단 한 사람, 가부라기 시세이 씨에 대한 절대적인 신뢰가 있어서였다. 그리고 그 신뢰에 어긋나지 않게 직경 16미터의 원은 옛날이야기에

나오는 마법진처럼 모든 공격을 튕겨냈다. 검은 화살도, 화승총의 탄환도, 보이지 않는 반원형 벽의 저지를 받고 엉뚱한 방향으로 날아간 것이다.

광장으로 돌아온 우리는 눈으로 볼 수 없는 빠른 화살과 탄환을 간단히 막아내는 가부라기 씨의 능력에 경탄할 따름이었다. 모든 공격이 무효로 돌아간 요괴쥐들은 공격할 방법을 잃고 전전긍긍했다. 그때 히노 고후 씨가 거구를 흔들며 천천히 앞으로 걸어나왔다.

"히히히히히히히히. 세상에, 이걸 어떡하지? 이제 공격할 수 있는 방법이 없잖아." 그는 손에 든 부채로 대머리를 탁탁 두드리며 기묘한 가락을 붙여 노래하듯 말했다. "사람을 속인 못된 쥐를 어떻게 할까? 혀를 뽑아내고 가죽을 벗겨버릴까? 햇볕에 말려 육포로 만들어버릴까? 사람에게 반항하는 못된 쥐는 무서운 벌을 받아야겠지? 한 마리씩 뼈를 부숴서 쫙쫙 펴는 거야. 3단으로 겹쳐서 떡을 만드는 것도 좋겠지."

사람들 사이에서 박수가 일었다. 누구나 세상에서 가장 잔인한 방법으로 복수하길 원한 것이다. 히노 씨는 한 손을 들어 박수를 가라앉혔다. 그리고 다시 요괴쥐를 향했을 때, 그의 얼굴은 완전히 표변했다. 무엇보다 기이했던 것은 뒤룩뒤룩한 살에 묻혀 있던 가느다란 눈이 탁구공처럼 튀어나온 것이다.

그는 무서운 목소리로 울부짖었다. "그러면 사람을 죽인 못된 쥐를 어떻게 해줄까?"

모노드라마는 아직 끝나지 않았다. 이번에는 요괴쥐 언어로 소리친 것이다. 아마 조금 전에 했던 말을 일부러 요괴쥐 언어로 번역해서 들려준 것이리라. 오뚝이처럼 거대한 사람이 뺨을 흔들며 초음파처럼 날카롭게 소리치는 모습은 이런 경우가 아니면 지독히 우스꽝스러웠으리라.

그때 사토루가 흠칫 놀란 듯 중얼거렸다. "바람 위……? 설마!"

"왜 그래?"

"조금 전에 녀석들이 왜 바람 위에서 왔는지 이상했어. 바람 아래에서 왔다면 우리 냄새를 맡을 수 있었을 텐데. 그렇다면…… 위험해!"

그는 히노 씨를 향해 목이 터져라 소리쳤다.

"독가스예요! 조심하세요! 녀석들, 바람 위쪽에서 독가스를 사용하려는 거예요!"

히노 씨는 멍한 눈으로 쳐다보더니, 이윽고 히쭉 웃으며 고개를 끄덕였다.

"그래그래. 꼬마야, 가르쳐줘서 고맙다. 그래그래. 요괴쥐 녀석들, 아예 바보는 아니었구먼."

그때 기이한 냄새가 떠다니기 시작했다. 땅거미가 사용한 황산이 아니라 눈이 따갑고 자극적인 냄새였다.

이것이 진짜 목적이었던가? 야코마루의 간교한 지혜에 새삼 온몸에 소름이 끼쳤다. 그는 항상 2단계, 3단계 계획을 마련해놓았다. 기습 작전이 실패로 돌아갈 수 있다는 점을 처음부터 계산해놓은 것이다. 그리고 아군의 병사들이 있는 곳에 독가스를 분사하는 냉혈 작전은 누구 한 사람 예상할 수 없으리라는 것도.

3

우리는 숨 쉬는 것도 잊고 상황을 지켜보았다. 두 명의 절대적인 주술자, 히노 씨와 가부라기 씨는 독가스를 어떻게 처리할까? 하지만 아무 일도 일어나지 않았다. 히노 씨의 눈동자는 어느새 원래대로 돌아온 채 괜히 소리를 질러서 피곤하다는 얼굴로 부채를 부칠 뿐이고, 가부라기 씨에 이르러서는 자기와 아무 상관이 없다는 듯 팔짱을 낀 채 미동도 하지 않았다. 맨 처음 알아차린 사람은 사토루였다.

"바람이……."

조금 전까지 불던 바람이 딱 멈추고, 조금 전까지 코를 찌르던 자극적인 냄새는 거의 사라졌다. 아니, 바람이 다시 불기 시작했다. 산들바람 정도이긴 하지만 분명히 느껴진다. 그러나 바람의 방향은 조금 전과 정반대였다. 바람은 미풍에서 점차 기세를 더해 강풍에 가까워졌다.

내 입에서 감탄사가 흘러나왔다. "믿을 수 없어. ……바람의 방향을 바꾸다니."

두 사람 가운데 누가 했는지는 몰라도, 현실에서 있을 수 없는 일을 내 눈으로 본 것이다.

사토루도 감탄한 모습으로 중얼거렸다. "그래. 나는 평생 할 수 없을 거야."

예전 하계 캠프에서 땅거미의 독가스 공격을 받았을 때, 그도 회오리를 일으켜 콜로니 위에 체류하고 있던 유독가스를 날려보낸 적이 있다. 하지만 그건 무풍지대나 바람의 방향이 자주 바뀌거나 국지적인 미풍밖에 불지 않는 곳에서만 할 수 있는 일이다.

이 광장에는 밤이면 산에서 평야로 산바람이, 평지에서 바다로 육지 바람이 분다. 풍속은 약하지만 대기가 순환하는 거대한 흐름을 거스르고 정반대 방향으로 바람을 불게 하는 건 대단한 기술로, 어떤 이미지를 만들어야 그렇게 할 수 있는지 짐작도 되지 않았다.

조금 전까지 바람 위쪽에 있던 요괴쥐 부대의 모습은 여전히 보이지 않았지만, 혼란에 빠졌음을 알 수 있는 날카로운 비명이 들렸다. 당연히 그러하리라. 돌연 바람의 방향이 바뀌면서 독가스가 전부 자기들 쪽으로 갔으니까.

히노 씨의 입에서 기분 나쁜 웃음소리가 흘러나왔다. "으히히히히히. 어리석다, 어리석어. 머리가 나빠도 유분수지. 설마 이렇게 케케묵은 수법을 사용해서 신 중의 신인 우리를 물리칠 수 있다고 생각한 건 아니겠지?"

그러곤 삶은 문어처럼 새빨개진 대머리를 부채로 휘리릭 부쳤다. 두터운 입술에는 음탕한 미소가 달라붙어 있고, 지금이라도 혀로 입술을 핥을 것 같았다.

"자아, 이제 기대되는군. 어리석은 생쥐 녀석들이 과연 어떻게 될지! 이히히히히히. ……어디, 오랜만에 전쟁놀이나 해볼까?"

맨 처음 기습 공격을 감행한 요괴쥐는 4,000에서 5,000마리쯤 되었으리라. 그들은 기겁한 모습으로 히노 씨 앞에서 우왕좌왕하더니, 별안간 기계처럼 정연한 동작을 취했다. 잠시 후, 그 가운데 절반이 하나의 대열을 만들고 이윽고 나머지 절반이 또 하나의 대열을 만들었다.

당연히 우리를 향해 돌격해오리라고 여겼지만 아무래도 모습이 이상했다. 나중에 만든 대열의 요괴쥐 병사들이 납 인형으로 변한 것처럼 미동도 하지 않은 것이다. 한편 먼저 만든 대열의 병사들이 경악한 표정으로 사람이 아니라 나중에 만든 대열의 동료를 향해 창을 겨누었다.

히노 씨의 괴상망측한 목소리가 울려퍼졌다. "가부, 어때? 오랜만에 한번 놀아보지 않겠나? 자네가 좋아하는 쪽을 가져도 되네."

하지만 가부라기 씨는 팔짱을 낀 채 고개를 흔들 뿐이었다. "난 됐네."

"흐음, 그거 유감이군. 혼자 놀면 재미가 없는데. 할 수 없지 뭐. 그러면 시작해볼까?"

히노 씨는 크게 숨을 들이마시고 나서, 손뼉을 치며 광장이 쩌렁쩌렁 울리도록 힘차게 소리를 질렀다.

"아아, 이아이아이아이아이아이!"

손장단이 일고, 다시 눈알이 튀어나왔다. 그는 깨진 종 같은 목소리로 절규했다.

"어허! 에헤라디야!"

그 순간, 나중에 만든 대열의 요괴쥐들이 일제히 먼저 만든 대열의 요괴쥐들을 공격했다.

사토루가 망연한 모습으로 중얼거렸다. "이럴 수가! 대체 어떻게 한 거지……?"

주력으로 상대의 뇌를 조작하는 건 난이도가 매우 높은 기술이다. 분노나 공포 같은 강렬한 감정을 일으키는 것만 해도 상당한 기술이 필요하고, 더구나 복잡한 행동을 하게끔 하려면 상대의 뇌 수준에 맞춰 이미지를 재구성하는 비범한 상상력과 뛰어난 집중력이 필요하다. 더구나 히노 씨가 조종하는 요괴쥐는 전체의 절반이라고 해도 2,000마리가 넘는다. 그렇게 많은 고등 생물의 뇌를 동시에 지배하는 건 인간의 능력이라고 할 수 없다. 신의 영역에 도달했다는 소문도 과장이 아닐지 모른다.

주력으로 조종당한 요괴쥐들은 용수철 장치가 달린 장난감처럼 엄청난 속도로 창과 칼을 휘두르며 돌진했다. 상대도 필사적으로 방어했지만, 조금 전까지 동료였던 병사가 갑자기 악령에 홀린 양 덤벼드는 것이다. 그 공포는 도저히 말로 형용할 수 없으리라.

예전에 사토루도 똑같은 전술을 채택한 적이 있다. 요괴쥐의 시체를 조종해서 땅거미 병사들을 공황 상태에 빠뜨리는 데 성공한 것이다. 기술면에서는 비교가 되지 않지만 심리적인 효과는 비슷하리라.

"몽땅 몽땅 모옹땅 죽여서 뇌를 빨아먹어라. 이리 죽이고, 저리 죽이고 에헤라디야! 빠져나갈 수 있으면 빠져나가 보시지. 벌거벗은 생쥐가 거품을 물고 찍찍. 아, 얼쑤! 찍찍찍찌이익."

히노 씨는 망루에서 가져온 북을 두들기며 자기 마음대로 가사를 바꾸어 노래를 불렀다. 그 노래에 맞춰 요괴쥐의 칼이 커다란 활을 그린 순간 피가 솟구치며 목이 날아갔다. 눈뜨고 볼 수 없을 만큼 처참하고 잔인한 광경이었다. 귀신에 홀린 표정으로 요괴쥐들의 참살 행위를 지켜보던 사토루의 입에서 신음이 흘러나왔다.

"아……!"

"왜 그래?"

"조종당하는 요괴쥐 중에 똑같이 움직이는 녀석들이 있어……."

상당히 떨어져 있었음에도 히노 씨는 재빨리 사토루의 말을 듣고 우리 쪽을 향해 혀를 쏙 내밀었다. 튀어나온 눈알이 더할 수 없이 음침하게 보였다.

"이런, 나의 실수! 잠시 신경을 덜 썼더니 금방 들키고 말았네."

나도 겨우 알아차렸다. 조종당하는 요괴쥐를 자세히 쳐다보니 똑같이 움직이는 개체가 많은 것이다. 개중에는 아무도 없는 공간을 향해 무의미하게 창을 찌르는 개체도 있었다. 움직임의 패턴은 고작해야 열 종류밖에 되지 않으리라.

"한 마리 한 마리 전부 다르게 하고 싶은 마음은 굴뚝같지만, 숫자가 너무 많으면 귀찮거든. 더구나 신의 술까지 한 잔 마셔서 말이야……."

그렇게 농담하는 동안에도 요괴쥐의 조종에는 지장이 없는 모양이었다.

"우히히히. 상대는 어찌할 바를 모르고 허둥지둥, 이쪽은 목숨도 아까워하지 않지. 이렇게 대충 조종해도 될 정도로 말이야. 그런데 이 정도가 이 고후 님의 한계라고 생각하면 기분 나쁘걸랑. 어디 한 번 엉덩이를 때려줄까?"

말이 끝나자마자 조종당하는 요괴쥐들의 움직임이 두 배로 빨라졌다. 무리한 동작으로 어깨와 팔의 관절이 어긋났지만 광기에 찬 공격은 계속되었다.

"이히히히히히히히······!"

비린내 나는 피연기가 솟구치며 히노 씨의 날카로운 웃음소리가 메아리쳤다. 잔인한 살육 쇼에 취해 사람들의 경계심이 조금씩 희미해졌다. 요괴쥐에 대한 격렬한 분노와 증오와 함께 공포에서 해방되었다는 안심감도 이상 심리 상태의 한 가지 원인이었으리라. 믿기 힘든 일이지만 어쩌면 야코마루는 그것까지 계산에 넣었을지도 모른다. 그렇지 않으면 그다음 일이 그토록 타이밍 좋게 일어날 수 없을 테니까.

처음에 2,000마리가 넘었던 요괴쥐 병사들이 3분의 1로 줄어들면서 승리가 코앞으로 다가왔다고 생각한 순간, 갑자기 굉음이 울려퍼졌다. 이어서 10여 발의 메마른 발사음. 그리고 발밑을 뒤흔드는 격렬한 폭발음.

한순간 무슨 일이 일어났는지 알 수 없었다. 아마 그 자리에 있는 모든 사람들이 그러했으리라. 진실은 나중에 살아남은 사람의 증언들을 꿰어 맞춰서 겨우 알 수 있었다. 동포의 살육을 지켜보며 그때까지 조용히 기회를 엿보고 있던 몇몇 요괴쥐가 일제히 총을 쏜 것이다. 표적은 둘. 히노 고후 씨와 가부라기 시세이 씨였다.

우리는 막연하게나마 요괴쥐의 의도가 사람들을 한 명이라도 더 죽이는 것이라고 여겼다. 처음부터 전멸될 것을 각오하고, 조금이라도 우리에게 큰 상처를 주기 위해 독 안에 든 쥐가 고양이를 공격하듯 전쟁을 일으킨 것이라고. 하지만 야코마루의 머리에는 승리밖에 없었다. 그러기 위해서 채택한 전술이 고후 씨와 시세이 씨의 목숨을 빼앗는 것이다.

뒤에서 날아온 총탄 중 세 발이 히노 씨에게 명중하고, 그중 한 발이 실팍한 가슴을 관통했다. 그는 서서히 그 자리에서 무너져내렸다. 그와 동시에 재빨리 흩어진 사격수 네 마리가 네 방향에서 가부라기 씨에게 총격을 가했다. 가부라기 씨의 모습은 화약 연기로 완전히 뒤덮였다. 그 틈을 놓치지 않고 요괴쥐 두 마리가 돌진했다. 두 마리 모두 대량의 화약과 쇠로 만든 송곳을 몸에 걸치고, 가부라기 씨에게 가까이 다가가자마자 화려한 섬광과 함께 자폭했다.

요괴쥐는 어떻게 하늘에서 내려온 양 이렇게 가까운 곳에서 나타날 수 있었을까? 사람들은 모두 똑같은 의문을 품었다. 대답은 단순 명쾌했다. 그들은 처음부터 옆에 있었던 것이다. 가부라기 씨가 지켜준 직경 16미터의 군중들 속에.

사람들은 갑자기 자기 옆에서 튀어나와 화승총을 겨눈 요괴쥐를 보고 숨을 들이마셨으리라. 아무리 봐도 인간과 똑같이 생겨서였다. 하지만 자세히 보면 다르다는 사실을 알 수 있었다. 인간처럼 꾸민 얼굴에는 머리카락도 눈썹도 속눈썹도 없고, 표백한 듯 새하얀 피부는 100세가 넘은 노인처럼 쭈글쭈글했다. 더구나 튀어나온 입술 사이로 누런 앞니가 보였다.

예전에 땅거미 콜로니의 여왕은 태내에서 발생 과정을 조종해 풍선개나 총엽병 같은 기형 괴물을 낳았다. 그렇게 생각하면 인간과 비슷한 유사인간을 만들어냈다고 해도 이상할 건 없으리라.

유사인간의 의태에는 두 가지 효과가 있었다. 첫째, 사람들 사이에 몸을 숨길 수 있다는 것. 물론 평생이라면 이상하게 쳐다보는 사람도 있고, 들킬 가능성도 있다. 하지만 요괴쥐의 급습으로 사람들의 시선이 밖으로 향하는 바람에 누구 한 사람 요괴쥐가 숨어 있다는 사실을 알아차리지 못했다. 또 하나의 효과는 총을 쏠 때 발휘되었다. 사격수가 요괴쥐의 모습이었다면 누군가가 주력을 이용해서 순간적으로 차단했을 것이다. 하지만 어두운 밤인 데다 인간과 구별하기 힘든 유사인간에게는 공격제어가 작동해서 주력을 발동할 수 없었다. 그것은 가부라기 씨도 예외가 아니었다. 유사인간의 총격과 자폭 공격에 의해 그 위대한 달인의 목숨도 여기서 대단원의 막을 내린다고 생각했다.

그러나 폭발은 어중간하게 끝났다. 화약 연기가 걷혔을 때, 그곳에는 여전히 가부라기 씨가 서 있었다. 그의 좌우에는 기묘하게 생긴 두 개의 둥근 물체가 있었다. 비눗방울처럼 생긴 직경 2~3미터의 투명한 물체로, 안에서는 불꽃과 연기가 빙글빙글 돌고 있다.

그의 주력은 두 가지 폭발을 완전하게 봉쇄했다. 예전에 사토루가 풍선개의 폭발을 억제한 것과 비슷했지만 그의 밀봉은 더 완벽했던 것이다. 그는 쓰러져 있는 히노 씨를 흘깃 쳐다보았다. 표정도 바뀌지 않고 말도 없었지만 온몸에서 커다란 분노의 아우라가 활활 타오르는 듯했다.

"내가 처리하겠습니다. 여러분은 부디 주력을 삼가주십시오."

평정한 목소리가 오히려 분노의 크기를 짐작케 했다. 그는 밤에도 늘 쓰고 다니던 선글라스를 벗었다. 여기저기서 목소리가 되지 않는 웅성거림이 일었다. 그의 맨 얼굴을 본 사람이 거의 없어서였다.

옆으로 찢어진 커다란 눈은 맑고 투명했다. 이목구비도 뚜렷해서 남자답게 잘생겼다고 할 수 있을 정도였다. 기이하게 생긴 안구를 제외하면. 한쪽 눈에 두 개씩 도합 네 개의 홍채가 어둠 속에서 번들번들 호박색 빛을 내뿜었다. 그의 집안에 대대로 전해지는 특이한 유전적 특징으로, 보통 사람과는 차원이 다른 주력의 증거라고 한다. 시세이(肆星)라는 이름도 사실은 별이 네 개라는 뜻의 '시세이(四星)'에서 한자를 바꾼 것이다. 덧붙여서 말하자면 '시(肆)' 자에는 '죽이다'라는 뜻도 있다.

"사악한 녀석들."

나지막한 중얼거림과 동시에 폭발을 봉쇄하고 있던 투명한 물체에 구멍이 뚫렸다. 그러자 주력에 의해 억제되고 있던 에너지가 분출하면서 남아 있던 유사인간 두 마리를 덮쳤다.

쇠송곳과 함께 초고속 물줄기의 습격을 당한 유사인간의 상반신은 강판에 갈린 듯 흔적도 없이 사라지고, 남은 하반신은 털썩 땅으로 떨어졌다.

가부라기 씨의 무서운 눈이 사람들 쪽으로 향했다. 모두 숨을 죽이고 있어서 기침 소리 하나 들리지 않았다. 다음 순간, 2,000여 명의 사람들 중에서 10여 명이 허공으로 떠올랐다. 그런데 보이지 않은 손에 매달려 버둥거리는 모습을 보니 하나같이 유사인간이 아닌가.

"의태 따위로 내 눈을 속일 수 있다고 생각했다니!"

10여 마리의 유사인간은 거대한 기계에서 발사된 듯 엄청난 속도로, 어두운 밤하늘 저편으로 초음속의 여행을 떠났다.

그때 무의식중에 내 입에서 소리가 튀어나왔다. "위험해!"

치열한 살육전에서 살아남은 요괴쥐 병사들이 남은 화기와 활을 총동원해 가부라기 씨의 등 뒤에서 마지막 공격을 감행한 것이다. 그는 뒤를 돌아보지 않았다. 하지만 거침없이 다가오던 무수한 화살은 그에게 다가갈수록 공기의 끈적임이 더해진 것처럼 급격히 속도를 떨어뜨리더니 마침내 정지했다.

그는 서서히 고개를 돌려 허공에 멈춰 있던 화살과 탄환을 뚫고, 네 개의 눈동자를 요괴쥐에게 향했다. 다음 순간, 살아남은 600마리 이상의 요괴쥐는 망막을 태울 듯한 강렬한 빛과 함께 한순간에 증발했다. 엄청난 양의 수증기가 아지랑이가 되어 피어올랐다. 한 박자 늦게 뜨거운 바람이 우리 쪽으로 밀려들었다. 순간적인 주력으로 가리지 않았다면 얼굴은 온통 화상에 의한 물집으로 뒤덮였으리라. 그는 천천히 쓰러져 있는 히노 씨 곁으로 다가갔다. 등 뒤에서 탁탁탁 소리를 내고 화살과 탄환이 떨어졌다.

"고후, 정신 차리시게!"

그가 껴안자 히노 씨는 눈을 가늘게 뜨고 피를 토했다.

"이럴 수가! 하, 하등한…… 쥐새끼 따위에게."

"미안하네. 등 뒤를 지키고 있던 내가 방심만 안 했어도……."

하지만 히노 씨 귀에는 이미 어떤 말도 들리지 않는 듯했다.

"신의 아들의 육신이…… 이렇게 약할 줄이야……."

도와줄 일이 없을까 해서 나와 사토루는 히노 씨 곁으로 뛰어갔다. 하지만 가부라기 씨가 우리를 향해 천천히 고개를 흔들었다.

"내 안에 있는…… 예술가의 영혼이…… 끊어진다…… 참으로 안타깝도다……." 히노 씨는 계속 헛소리처럼 중얼거렸다. "아름다움의…… 잔상을…….”

그것이 그의 마지막 말이었다. 한순간 희미하게 빛나는 영상이 허공에 나타났다. 여성의 모습이다. 나는 무의식중에 숨을 들이마시고 그 영상을 바라보았다. 저녁놀에 빛나는 들판에 실오라기 하나 걸치지 않은 가냘픈 소녀가 서 있다. 소녀는 우리를 향해 가볍게 미소를 지었다. 지금까지 이렇게 아름다운 소녀를 본 적이 있을까?

대체 누구일까? 그렇게 생각한 순간, 영상은 천천히 빛을 잃고 결국 어둠 속으로 녹아들었다. 최고의 주력을 자랑하던 히노 씨가 어이없이 생을 마감한 것이다. 가부라기 씨가 눈을 감고 천천히 일어섰다.

“여러분, 진정하십시오. 당장의 위기는 사라졌습니다. 이중에 안전보장회의 멤버가 계십니까?”

사람들 사이에서 웅성거림이 일었다. 맨 먼저 비틀거리며 나타난 사람은 보건소의 가네코 소장이었다. 어둠 속에서도 안색은 창백하고, 충격으로 말을 할 수 없는 것 같았다. 이어서 부모님의 모습을 발견했을 때, 나는 마음 깊은 곳에서 안도의 한숨을 내쉬었다. 살아 있으리라고 믿고 있었지만 내 눈으로 직접 확인하자 눈물이 솟구쳤다. 나는 뛰어가서 부모님을 꼭 껴안았다. 그 뒤쪽에서 도미코 씨가 침착한 모습으로 나타났다.

“고후 씨는요?”

가부라기 씨가 대답했다. “숨을 거두었습니다.”

“그랬군요…….” 도미코 씨가 엄격한 목소리로 말했다. “이번 일에 조금이라도 관련된 요괴쥐는 한 마리도 남김없이 처리하세요.

의심스러운 것들은 모두 범인으로 간주하고요."

"물론입니다."

"이런 일이 실제로 일어나리라곤 상상도 못 했어요. 그나저나 그 야코마루라는 요괴쥐, 몇 단계 계획을 세워 공격한 지혜를 보면 결코 방심할 수 없는 자예요. 고후는 엄청난 힘을 가졌으면서도 상대를 얕잡아보았기 때문에 비명횡사한 거예요. 그건 알고 있죠?"

"네, 하지만 걱정하실 필요 없습니다. 저에게는 어떤 공격도 소용없으니까요."

"그래요. 분명히 당신의 시야는 360도로, 사각(死角)과 맹점도 없고 중간을 막고 있는 차폐물도 뚫을 수 있죠. 반응 속도는 보통 신경세포의 한계를 아득히 뛰어넘어서, 당신을 쓰러뜨릴 방법은 나도 모르니까요. ……하지만 불안이 가라앉지 않아요."

그동안 부모님을 포함한 안전보장회의 멤버들은 사태를 수습하기 위해 움직이기 시작했다.

일단 아버지가 초 수장으로 지시를 내렸다. "치료가 필요하신 분은 이쪽으로 오십시오. 혹시 여기에 의사나 간호사가 계십니까?"

한 사람이 보이지 않는 걸 깨닫고 나는 도미코 씨에게 물었다.

"저기, 히로미 씨는요?"

도미코 씨는 얼굴을 일그러뜨리며 천천히 고개를 흔들었다.

"네?"

"히로미 씨는 가장 예민하고 또 신중한 사람이었지. 그런데 머리에 총탄을 맞고 즉사했어. 참으로 안타까운 일이야. 돌이켜보면 안전보장회의에서 히로미 씨 혼자만 여름 축제를 연기해야 한다고 했는데……." 그녀는 나지막하고 평탄한 목소리로 말을 이었다. "예전에 악귀 K를 만난 이후 이렇게까지 강렬한 증오에 휩싸인 적은 없어. 저주스러운 요괴쥐 야코마루에게는 반드시 복수를 하겠어. 내가 약속하지. 그 어떤 생물도 맛본 적 없는 고통 속에서 천천히 목숨을 빼앗겠다고……."

그녀는 비장한 미소를 남기고 윤리위원회 위원들을 모아서 회의를 시작했다.

그동안 가부라기 씨는 부상자를 제외한 사람들을 향해 강력하게 호소했다. "여러분, 비상사태 훈련을 생각해보십시오. 그때를 위해서 만든 5인 1조가 있잖습니까? 지금 당장 다섯 명의 생사를 확인해보시기 바랍니다. 다섯 명이 안 되는 조는 다른 조와 하나가 되어, 반드시 다섯 명이 되도록 해주십시오. ……먼저 다섯 명이 된 조부터 초를 돌아다니며 남아 있는 요괴쥐를 샅샅이 찾아보시기 바랍니다. 인간에게 충실한 콜로니의 요괴쥐이든 목숨을 구걸하든 상관치 말고 발견한 즉시 말살하십시오. 확실하고 신속하게, 심장을 터뜨리든지 목뼈를 부러뜨리는 겁니다. 항상 다섯 명이 전후좌우를 확인해서 사각지대를 만들지 않도록, 그리고 하늘과 땅 밑에도 주의를 게을리 하지 말기 바랍니다!"

가부라기 씨의 말이 끝나자마자 사토루가 내 손을 잡았다.

"가자."

"응?"

"우리는 전인학급 때 반으로 조를 만들었잖아. 그때는 다섯 명이 있었는데 지금은 두 명밖에 없어. 그러니까 다섯 명이 안 되는 다른 조와 합류해야지."

"그런데…… 넌 어떻게 생각해?"

"뭐가 뭔지 모르겠어. 하지만 왠지 불안해서 견딜 수 없어."

그는 그 말을 끝으로 더 이상 아무 말도 하지 않았다.

우리는 즉시 세 명이 있는 조를 발견해서, 사토루의 제안대로 합류했다. 세 사람은 야금공방의 장인들이었다. 리더인 후지타라는 중년 남성과 야금공방 일을 하면서 소방단 일도 하고 있는 구라모치라는 30대 초반의 남성, 그리고 나보다 두세 살 많은 오카노라는 여성이었다. 같은 직장 사람들로 구성된 5인조 중 한 명은 입원해서 축제에 참가하지 못했고, 또 한 명은 요괴쥐의 독화살을 맞고 죽었다고 한다. 세 사람 모두 깊이 슬퍼하고 강렬하게 분노했다. 구라모치 씨는 요괴쥐에 대한 복수심을 노골적으로 드러내고, 오카노 씨는 독화살을 맞고 숨진 친구를 애도하며 하염없는 눈물을 흘렸다. 입원 중인 동료가 걱정된다고 해서 우리는 일단 병원으로 가기로 했다. 그렇게 말하자 어머니는 나를 껴안고 눈물을 흘리며 배웅했다.

"사키, 조심하렴."

아버지는 끈질기게 몇 번씩 말했다. "아무리 주력을 가지고 있어도 다섯 명이 뿔뿔이 흩어지면 위험해. 절대로 사람들 곁에서 떨어지면 안 된다. 알았지?"

"알았어요. 걱정하지 마세요."

나는 일부러 밝게 대답했지만, 가슴속에 똬리를 틀고 있는 표현할 길 없는 불안은 더욱 강해질 뿐이었다.

가미스 66초에서 입원 환자를 위한 침대가 있는 유일한 병원은 초의 중심부에서 조금 떨어진 황금마을에 있었다. 주위는 온통 논이 에워싸고 있고, 초록의 이파리 사이에서 겨우 벼 이삭이 나온 참이었다.

우리는 작은 배를 타고 어두운 수로로 나아갔다. 한시라도 빨리 목적지에 도착하고 싶은 마음에, 안전을 확인하며 천천히 가야 하는 것이 답답하기만 했다. 아직 날이 밝을 때까지는 시간이 한참 남아 있어서, 요괴쥐가 숨어 있지 않을까 조심해야 했기 때문이다. 아무도 타지 않은 배를 주력으로 조종해서 우리 앞을 달리게 했지만, 요괴쥐가 그 미끼에 걸린다는 보증은 없었다.

"사토루, 아까 왠지 불안해서 견딜 수 없다고 했잖아. 무슨 뜻이야? 이제 말해줘도 되잖아."

사토루는 배에 있는 다른 사람의 귀를 신경 쓰면서 작은 목소리로 대답했다. "이해할 수 없는 일이 워낙 많아서 그래."

"그렇게 말하지 말고 구체적으로 말해봐."

"일단 야코마루가 왜 승산 없는 전쟁에 발을 내디뎠냐는 거야. 그 녀석의 성격은 너도 알고 있잖아. 절대로 운을 하늘에 맡기고 도박하는 성격이 아니야. 따라서 승산이 충분하지 않으면 전쟁을 시작하지 않았을 거야."

그러자 배 뒤쪽에서 주위를 살펴보고 있던 후지타 씨가 일어서서 옆으로 다가왔다.

"자네들, 야코마루에 대해 잘 알고 있나?"

"네, 녀석의 이름이 스퀴라였을 때 우연히 만났어요."

사토루는 하계 캠프에 관해서 간단히 설명해주었다.

"분명히 교활하기 짝이 없는 녀석 같군. 하지만 아무리 발버둥 쳐도 요괴쥐에게는 승산이 없어. 아마 오늘 밤 기습 공격에 모든 걸 걸었을 거야."

사토루는 이해할 수 없는 모호한 표정을 지었다.

"저도 그렇게 생각하지만…… 아까 광장에 가는 도중에 다른 요괴쥐 부대의 습격을 받았거든요. 녀석들은 제가 처리했지만요."

"그거 잘했군 그래."

"그런데 죽은 요괴쥐의 문신을 보았더니, 파리매 콜로니 병사가 아니었습니다."

"뭐? 그게 정말이야?"

나는 경악할 수밖에 없었다. 요괴쥐 관리를 전문으로 하고 있으면서 그것까지 관찰하지 못한 나 자신에게 화가 치밀었다.

"이마에 '대' 자가 있더군요. 그건 대모벌 콜로니를 나타내는 표시죠."

"대모벌? 그건 맨 처음 파리매에게 공격당한 콜로니잖아. 그 이후 파리매 쪽에 붙었다는……." 배를 조종하면서 우리 이야기에 귀를 세우고 있던 구라모치 씨가 날카로운 목소리로 말했다.

그간의 사정은 이미 많은 사람들에게 알려져 있었던 것이다.

"네, 그래서 생각해봤죠. 애당초 대모벌 콜로니가 왜 적에게 붙었는지 의문이었거든요."

후지타 씨가 물었다. "흐음, 자네 추측은 어떤가?"

"……대모벌 콜로니는 파리매가 반드시 이긴다고 확신했을 겁니다. 따라서 자기 콜로니의 존속을 위해선 장수말벌을 배신할 수밖에 없었죠."

후지타 씨는 희미하게 미소를 지으며 고개를 흔들었다. "역시 승산이 있었다는 이야기인가? 하지만 지나친 생각이야. ……뭐, 그렇게 생각하면 앞뒤 이야기는 맞지만."

"그리고 또 한 가지 마음에 걸리는 게 있습니다. 파리매는 실제로 장수말벌군을 전멸시켰죠. 기로마루는 백전백승을 자랑하는 불세출의 장군으로, 휘하 병사들은 최강이라고 하더군요. 그런데 왜 그렇게 쉽사리 패했을까요? 오늘 밤 기습 공격에서 사용한 방법은 요괴쥐들의 전쟁에서는 별로 도움이 되지 않을 것 같던데요."

그러자 후지타 씨의 얼굴에서 웃음이 사라졌다.

나는 사토루의 얼굴을 똑바로 쳐다보며 물었다. "그렇다면 비장의 카드가 있단 거야?"

"그래, 아직 정체는 모르지만. 너희 어머니께서 말씀하신 고대의 대량 파괴 무기일지도 모르고." 뒤쪽의 말은 한층 목소리를 낮추었다.

"하지만 가부라기 씨는 그때……."

장수말벌군을 궤멸시킨 건 주력을 가진 인간이라고 단언했던 것이다.

"그래."

사토루는 눈과 얼굴로 더 이상 말하지 말라고 지시했다. 다른 세 사람이 알아봤자 공연히 불안만 부추길 뿐이다.

후지타 씨가 생각에 잠기며 말했다. "……그래, 녀석들은 총과

활보다 훨씬 강력한 무기를 가지고 있을지도 모르지. 각자 충분히 주의해서 행동하도록!"

"나 참, 기가 막혀서. 아무리 강력한 무기를 가지고 있어도 어떻게 주력을 이긴단 말인가요? 우리가 선제공격을 하면 아무런 문제가 없잖습니까? 녀석들이 숨어 있다고 해도 지금 같은 긴급 사태에선 건물을 통째로 무너뜨리면 돼요. 아무튼 네모토를 죽인 요괴쥐들을 몰살시키지 않으면 직성이 풀리지 않을 겁니다!"

후지타 씨가 조바심을 내며 소리치는 구라모치 씨를 타일렀다. "자네 마음은 이해하지만 지금은 냉정해져야 할 때야. 녀석들은 주도면밀하게 준비해서 전쟁에 임하고 있어. 잘못하면 우리가 당할지도 몰라."

"네네, 알겠습니다." 구라모치 씨는 분노를 이기지 못하는 표정으로 고개를 돌리며 대답했다.

마음속 동요 때문인지 배가 약간 흔들렸다.

그때까지 잠자코 듣고 있던 오카노 씨가 고개를 들며 말했다. "나도, 나도…… 그런 사악한 생물은 한 마리도 남김없이 죽여버리고 싶어요. 하지만 지금은 병원에 있는 오우치 씨가 걱정돼서 견딜 수 없어요."

후지타 씨가 격려하듯 말했다. "나도 그래. 하지만 무사할 거야. 병원엔 50~60명이나 있으니까. 환자도 대부분 주력을 사용할 수 있잖아. 요괴쥐 따위에게 호락호락 당할 리 없어."

오카노 씨는 자기 자신에게 말하듯 중얼거렸다. "그렇겠죠…… 분명히."

"걱정하지 마세요. 괜찮을 거예요."

나는 가늘게 떨고 있는 그녀의 어깨를 껴안고, 안심시키기 위해 다정하게 토닥거렸다. 오우치라는 사람은 그녀의 애인일지도 모른다. 예전에 이런 식으로 마리아를 위로해준 것이 떠오르자 감상적인 기분이 들었다.

미끼 배의 뒤를 따라 우리는 선착장에 도착했다. 그곳에서 병원 정면까지는 좁은 수로가 이어져 있었다. 하지만 요괴쥐가 양쪽에 있는 논의 벼 이삭 사이나 진흙탕 속에 숨어 있을지도 모르기 때문에, 수로를 통과하는 건 너무도 위험한 일처럼 보였다.

사토루가 목조 3층짜리 병원을 가리키며 속삭였다. "저기 보세요."

건물 불빛은 모두 꺼져 있고 소리 하나 들리지 않았으며, 현관에는 깊은 어둠이 똬리를 틀고 있었다. 현관문이 열려 있는 것일까? 더 자세히 관찰하자 현관문 주위의 판자가 뒤틀려 있는 것이 눈에 들어왔다.

"세상에! 문이 부서진 거야?"

"네, 큰 구멍이 뚫린 것 같아요."

"그럴 수가……!"

오카노 씨가 소리를 지르려고 하자 후지타 씨가 황급히 입을 틀어막았다.

"쉿! 걱정하지 마. 모두 대피했을지 모르잖아. 어쨌든 병원 안을 조사해보는 게 좋겠어."

우리는 최대한 조용히 두 척의 배를 앞으로 전진시켰다. 나와 사토루, 후지타 씨는 논 사이를 지나가며 좌우를 날카롭게 노려보았다. 요괴쥐가 언제 덮칠지 모른다고 생각하니 다른 사람에게도 들릴 만큼 심장이 세차게 방망이질 쳤다. 손바닥에 땀이 흥건하게 배어나와서 몇 번이나 유카타에 닦아야 했다.

두 척의 배는 병원 정면에 도착했다. 역시 현관문은 어디론가 사라지고, 그 대신 직경 2미터 정도의 둥근 구멍이 뚫려 있었다.

후지타 씨가 코를 킁킁거리며 이해할 수 없다는 표정을 지었다. "요괴쥐의 소행이라고 하면, 이 구멍을 어떻게 뚫었을까? 화약 냄새도 안 나는데."

그때 구라모치 씨가 배에서 일어섰다. "잠시만! 뭐가 있을지 모르니까 신중히 행동하게."

후지타 씨의 만류를 뿌리치고 구라모치 씨가 배에서 내렸다.

우리는 아연한 얼굴로 구라모치 씨의 뒷모습을 바라보았다. 가부라기 씨와는 차원이 다르다. 이런 상태에서 산탄총이라도 맞으면 여기서 생을 마감할 수밖에 없다. 하지만 주변의 어둠은 여전히 고요했다. 구라모치 씨는 성큼성큼 걸어가서 현관의 구멍을 들여다보았다.

"⋯⋯아무도 없어요. 안에는 온통 나뭇조각이 흩어져 있고요. 거대한 통나무 같은 걸로 문을 부순 것 같습니다."

구라모치 씨의 목소리는 어두운 밤하늘에 오만할 정도로 크게 울려퍼졌다.

사토루가 긴장한 목소리로 귀엣말을 했다. "사키, 좀 이상한 것 같지 않아?"

"무슨 뜻이야?"

"지나치게 조용하잖아."

"그건 그렇지만……."

그렇게 대답하다 퍼뜩 생각이 났다. 그렇다. 벌레 소리 하나 들리지 않는 것은 이상하다. 이 계절이라면 주위 논에서 개구리의 대합창이 들려야 정상일 텐데.

"……이 주변에 요괴쥐가 숨어 있다는 거야?"

"그래. 그것도 상당히 많이."

"어떡하지?"

사토루가 후지타 씨와 오카노 씨를 손짓으로 불러서 상황을 설명했다.

"……녀석들은 우리가 모두 배에서 내리길 기다리고 있습니다. 무방비한 모습을 드러내면 단숨에 공격할 속셈이겠죠."

"그, 그렇다면 우리가 먼저 공격할까?"

"하지만 지금 공격하면 구라모치 씨가 적의 표적이 됩니다."

오카노 씨가 떨리는 목소리로 속삭였다. "다시 오라고 해야겠어요."

"아니, 그건 우리가 눈치챈 걸 알려주는 꼴이 되겠죠. 그러면 무턱대고 공격해서 오히려 골치 아프게 되고, 구라모치 씨도 무사히 돌아올 수 없을 겁니다."

내가 물었다. "그러면 어떡하자는 거야?"

"구라모치 씨가 저 구멍을 통해 안으로 들어갈 때까지 기다리는 게 좋겠어. 구라모치 씨가 모습을 감춘 순간, 녀석들의 기선을 제압하고 공격하는 거야."

구라모치 씨는 잠시 어두운 현관문의 구멍 앞에서 망설이는 듯했다. 병원 안쪽은 바깥보다 훨씬 캄캄했지만 그렇다고 횃불을 드는 건 위험하다고 여긴 것이리라.

"이봐요! 거기서 뭐해요? 안 올 거예요?"

구라모치 씨가 뒤를 돌아보고 조바심 나는 목소리로 소리치자 사토루가 대답했다.

"금방 갈게요. 잠시만 기다리세요. 지금 주변 상황을 살펴보고 있는 중입니다."

"쳇. 뭐야, 겁먹은 거야?"

구라모치 씨는 토해내듯 말한 뒤, 이내 구멍을 통과해서 모습을 감추었다. 그 순간, 사토루의 신호를 계기로 우리는 각각 맡은 장소를 향해 주력을 내뿜었다. 논의 모든 이삭이 하늘을 태울 듯한 기세로 타올랐다.

2~3초 동안은 아무 일도 일어나지 않았다. 우리가 착각한 걸까? 그렇게 생각한 순간, 숨어 있던 요괴쥐들이 논의 물과 진흙을 튕기며 일제히 모습을 드러냈다. 그들의 숫자는 수백이 넘었다. 그들은 벼 이삭 사이에 숨겨놓았던 무기를 꺼내자 이판사판이라는 식으로 모든 활과 화승총을 쏘았다.

하지만 잠복이 드러난 상황에서는 그들에게 승산이 없다. 새빨갛게 타오른 벼 이삭은 적의 소재를 가르쳐주는 둘도 없는 조명이 되고, 더구나 어둠에 익숙해진 그들의 눈을 헷갈리게 만드는 역할을 했다. 요괴쥐들이 내뿜은 화살 중에 배에 명중한 것은 거의 없고, 대부분은 목표에서 크게 휘어져 우리 머리 위를 넘어갔다.

한편 논에 불을 지르고 나서 자유를 얻은 우리는 인정사정없는 공격을 감행했다. 공포에 사로잡히고 분노와 복수심에 불타는 우리는 요괴쥐들의 목을 가차 없이 자르고 두개골을 짓이겼으며 척추를 부러뜨리고 심장을 짓눌렀다. 우리는 가끔 주력끼리 간섭해서 무지개 같은 스파크가 생기는 것조차 개의치 않았다. 오직 한 마리도 남기지 않겠다는 집요한 생각이 우리를 철저한 살육에 몰입하게 만든 것이다. 결실의 가을을 맞이하기 직전의 논은 벼 이삭이 튀는 소리와 요괴쥐들이 내지르는 단말마의 합창이 어우러지는 아비규환의 장소로 변했다.

"이제 됐습니다. 그만하세요! 충분합니다!"

사토루가 큰 소리로 우리를 제지했을 때는 이미 10분이 지난 후였다. 벼 이삭도 거의 불타고, 적의 반격도 완전히 끊어졌다. 후지타 씨가 흥분이 가시지 않는 모습으로 몸을 내밀었다.

"다 해치운 건가……?"

사토루가 대답했다. "네에, 적은 이미 전멸했습니다."

논을 뒤덮고 있던 불길이 자연히 사그라지자 주위에는 다시 어둠이 짙게 깔렸다. 불에 탄 요괴쥐의 악취가 주변을 가득 메웠다.

"나…… 이렇게……."

오카노 씨가 다음 말을 잇지 못하고 배에서 몸을 내밀어 토하기 시작했다. 나는 오카노 씨의 등을 문질러주었다.

"무리도 아니에요. 오카노 씨, 마음 편하게 가지세요. 이해해요. 이렇게 하고 싶은 사람은 아무도 없을 거예요. 가령 상대가 요괴쥐라 하더라도."

"이 정도로 그럴 것 없어. 나를 봐. 난 아무렇지도 않잖아."

후지타 씨는 그렇게 말하고 나서 문득 생각난 것처럼 구라모치 씨를 불렀다.

"이봐, 구라모치! 어디 있어? 아무 일 없어?"

하지만 아무리 기다려도 구라모치 씨의 대답은 들리지 않았다.

후지타 씨가 당황한 얼굴로 사토루에게 물었다. "어떻게 된 거지?"

"잘 모르겠습니다. 유탄에 맞지 않았으면 좋겠는데요."

"이제 요괴쥐는 없잖아. 찾으러 가야 하지 않을까?"

"네, 다만 병원 안엔 아직 잔당이 숨어 있을 가능성이 있습니다."

"흐음, 그럴 수도 있겠군. ……어떻게 하는 게 좋을까?"

출발할 때 리더 역할을 자청했던 후지타 씨는 어느새 완전히 사토루에게 의지하고 있었다. 아마 본인은 젊은이의 의견을 받아들이는 어른의 자세를 보이고 있다고 생각하리라.

"제가 한 번 가보겠습니다."

"그래? 부탁해도 되겠나?"

무의식중에 내 목소리가 높아졌다. "사토루, 그건 안 돼!"

"걱정하지 마. 잠복하고 있던 녀석들은 전멸해서, 이번에는 등 뒤에서 공격할 수 없으니까."

"하지만…… 아무리 그래도."

"그 대신 뒤에서 나를 지원해줘."

그러곤 조용히 배에서 내렸다. 침착한 걸음걸이로 병원의 현관에 도착한 후, 신중하게 구멍 주변을 조사하고 나서 우리 쪽을 돌아보았다.

"구라모치 씨는 어디에도 없습니다. 아마 안쪽으로 들어간 것 같습니다."

"자네가 안에 들어가서 살펴보고 오겠나?"

후지타 씨가 간교한 목소리로 사토루를 재촉했다. 나는 발끈해서 벌떡 일어났다. 사지로 향하는 사토루의 모습을 잠자코 보고 있을 수만은 없었던 것이다.

"안 돼요, 사람들을 더 불러 와야겠어요. 사토루 혼자 건물 안으로 들어가는 건 너무 위험해요."

후지타 씨가 나를 타이르는 말투로 말했다. "하지만 지금은 어디나 다 힘든 상태잖아. 지원해주러 오기는 힘들 거라고."

"본인은 안전한 장소에 있으면서 무책임하게 말하지 마세요! 여기서 말만 하지 마시고 직접 가보시는 게 어때요?"

내가 한 발짝도 물러서지 않자 그는 머쓱한 표정으로 입을 다물었다.

"사토루, 안 돼! 절대 안으로 들어가면 안 돼!"

사토루는 잠시 망설이다 마지못해 배가 있는 곳으로 돌아왔다.

"하지만 사키, 이대로 있으면 결판이 나지 않아."

"네가 죽으면 결판이 난다는 거야?"

내가 하도 기세등등하게 소리쳐서인지 그는 잠시 주춤거렸다.

"아니, 그건……."

호기심에 휩싸이면 앞뒤 가리지 않고 뛰어드는 점은 열두 살 때나 지금이나 별반 다르지 않다.

후지타 씨가 달래듯 말했다. "……알았어. 알았으니까 그만 진정해. 하긴 와타나베 씨 말이 맞을지도 몰라. 여기서 병원 건물을 부수는 게 어때? 이제 그러는 수밖에 없어. 그러면 요괴쥐가 숨어 있어도……."

이번에 거친 목소리로 그의 말을 제지한 사람은 뜻밖에도 오카노 씨였다.

"반장님! 말도 안 되는 소리 하지 마세요! 안에는 아직 생존자가 있을지도 모르잖아요! 오우치 씨도, 구라모치 씨도. 그런데 건물을 부수자니…… 사람들을 모두 희생시킬 작정이에요?"

그의 얼굴에 당황하는 기색이 떠올랐다. "아니, 난 그럴 생각은 손톱만큼도 없고……. 그러니까, 그게…… 조금씩 건물을 해체하면 어떨까 해서……."

그때 내가 3층 창문을 올려다보고 소리쳤다. "아, 저기 보세요!"

그곳에서 희미한 빛이 새어나온 것이다. 사토루도 나와 동시에 그 빛을 발견했다.

"뭐지? 뭐가 빛나고 있어."

희미한 빛을 내뿜으며 가끔 깜빡이는 것이 있었다. 맨 처음 병원 앞에 도착했을 때는 그런 빛이 없었고, 논이 불타는 동안에는 빛을 내뿜었어도 보이지 않았으리라.

"누가 있어……. 저건 반딧불이가 아니야. 주력으로 만든 빛이야."

사토루는 그렇게 말하며 병원 쪽을 쳐다보았다. 사람의 영혼을 만든 적은 없었지만 빛의 전문가인 그의 말인 만큼 나름대로 설득력이 있었다.

"누가 도움을 요청하는 것 같아. 가봐야겠어."

"함정일지 몰라. 저런 빛을 만들 수 있다면 창문을 열고 도움을 청할 수 있잖아."

내 반론에 그는 고개를 흔들었다. "반드시 그렇다곤 할 수 없어. 중상을 입어서 움직일 수 없을지도 모르고. 어쨌든 내가 가볼게. 누군지 모르지만 그냥 내버려둘 수는 없잖아."

이번에는 그의 의지가 굳은 것처럼 보였다. 더 이상 말려봤자 소용없으리라.

"알았어, 그러면 나도 갈게."

"아니, 넌……."

"너 혼자 갔다 요괴쥐가 뒤에서 공격하면 대처할 도리가 없잖아."

나는 그렇게 말하며 배에서 내렸다. 나막신을 신어서 그런지 발이 공중에 떠 있는 느낌이 들었다.

오카노 씨가 작지만 결연한 목소리로 말했다. "나도 가겠어요. 셋이라면 더 안전할 거예요."

"흐음, 너무 많이 가면 오히려 위험할지도 모르는데……."

후지타 씨가 탄식하듯 일부러 큰 소리로 말했지만 아무도 대꾸하지 않았다.

"아무리 위험해도 갈래요. 오우치 씨와 구라모치 씨가 무사한지 확인해야겠어요."

오카노 씨는 배에서 내려 우리와 보조를 맞추었다.

"알았어, 그러면 난 여기서 주변을 살펴볼게. 다 함께 가는 건 너무 위험하니까 말이야. 무슨 일이 있으면 큰 소리로 도움을 요청해."

겁을 집어먹고 변명하는 것임은 누구의 눈에도 분명했으나, 전술로는 틀린 것이 아닐지도 모른다. 결국 우리는 후지타 씨를 배에 남기고 병원 안을 탐색하기로 했다.

사토루, 나, 오카노 씨 순서대로 현관의 둥근 구멍을 통과해 1층으로 들어갔다. 구라모치 씨 말처럼 바닥에는 온통 작은 나무 파편들이 흩어져 있었다. 우리는 길고 가느다란 막대기를 줍거나 벽에서 꺾어 각자 횃불을 만들었다. 우리 모습이 잘 보이는 건 위험하지만 불이 없으면 걸음을 내디딜 수 없었던 것이다.

안으로 들어가자 넓은 로비와 함께 오른쪽에 접수처가 있고, 정면에는 2층으로 올라가서 좌우로 갈 수 있는 계단이 있었다. 본래는 1층을 전부 조사하고 나서 2층으로 올라가야 하지만 지금은 한시라도 빨리 3층으로 가야 한다. 만일 도움을 요청하는 사람이 부상을 입었다면 즉시 치료해주어야 하기 때문이다.

나와 오카노 씨는 사토루의 뒤를 따라 계단을 올라갔다. 주력으로 환자를 운반할 수 있어서 그런지 계단은 별로 기능적으로 되어 있지 않았다. 나는 좌우를 경계하고, 오카노 씨는 뒤쪽을 담당했다. 나막신 밑의 나무 계단에서 들리는 삐걱거리는 소리가 몹시 신경을 자극했다.

오카노 씨가 무거운 침묵을 견디지 못하고 나지막하게 중얼거렸다. "구라모치 씨가 어디로 갔을까요?"

위안이 될 만한 대답이 떠오르지 않아서 나와 사토루는 잠자코 있는 수밖에 없었다.

2층에서 3층으로 올라가자 긴장감은 견딜 수 없을 만큼 높아졌다. 구라모치 씨가 사라진 걸 보면 안에 아무것도 없다고 생각할 수 없어서였다. 앞에서 걸어가던 사토루가 3층 복도로 올라가기 직전에 걸음을 멈추었다.

"왜 그래?"

내가 최대한 작은 목소리로 물어보자 그도 속삭임으로 대꾸했다.

"조금 전의 빛이야. 복도 오른쪽. 지금 창문에 비쳤어. 사키, 그리고 오카노 씨. 횃불만 천천히 앞으로 보내세요."

우리는 그의 말대로 횃불을 앞으로 보냈다. 허공에 뜬 두 개의 횃불이 계단 위를 천천히 올라가서 3층에 도착했다. 횃불이 복도를 밝게 비추었다.

"아직 정체를 드러내지 않는군."

그가 정신을 집중하자 복도 중간에 있는 우리 눈앞에 희미하게 빛나는 공간이 태어났다. 거울이다. 그는 천천히 거울의 각도를 바꾸었다. 횃불이 오른쪽 복도의 안쪽을 비추었다. 아무도 없다. 아니, 바닥에 사람이 쓰러져 있다. 꼼짝도 하지 않는 걸 보니 이미 죽은 것 같다.

그는 거울을 돌려 이번에는 왼쪽 복도를 비추었다. 있다. 흠칫 놀란 모습으로 딱딱하게 굳어 있는 요괴쥐 네 마리. 그쪽에서도 우리의 모습을 본 것이리라. 한 마리가 황급히 바람총을 불었다. 길고 가느다란 화살이 사토루가 만든 거울을 뚫고 오른쪽으로 날아갔다.

"죽여!"

나는 사토루의 지시에 적잖이 당황했다. 직접 눈으로 본 것 이외에 주력을 사용한 경험이 없어서였다. 하지만 그때 네 마리 중 한 마리가 허공으로 떠올랐다. 사토루가 주력으로 떠오르게 한 것이다.

나와 오카노 씨도 한발 늦게 그를 따라했다. 거울에 비친 영상을 이용해서 직접 볼 수 없는 요괴쥐에게 주력을 가한 것이다. 사토루가 잡은 요괴쥐의 목을 한 바퀴 돌렸다. 이어서 오카노 씨가 조금전에 바람총을 사용한 병사를 잡아서 머리를 날려보냈다.

나도 겨우 좌우가 반대인 영상에 이미지를 겹칠 수 있었다. 인간이외의 짐승에 대한 잔학한 처사에는 이미 마음이 마비된 지 오래다. 보이지 않는 낫으로 목을 베어내자 요괴쥐는 대량의 피를 내뿜으며 바닥으로 쓰러졌다. 그러는 동안 사토루가 마지막 한 마리를처리했다.

"한 마리 남겨두는 편이 좋지 않았을까?"

"아니야, 어차피 말이 안 통하는데 뭐. 사람의 말을 할 수 있는건 일부 지식 계급뿐이야."

우리는 간신히 3층으로 올라갔다. 또 어디에 함정이 있지 않을까 하는 생각으로 천천히 발길을 옮겼지만 요괴쥐는 더 이상 없는것 같았다. 오카노 씨가 복도에 쓰러져 있는 사람에게 다가가서 비명을 질렀다.

"구라모치 씨…… 어떻게 이런 일이!"

"보지 않는 편이 좋겠어요."

사토루가 오카노 씨를 시체에서 떼어내고, 나는 흐느껴 우는 그녀를 꼭 껴안았다.

사토루가 툭하니 내뱉었다. "괴로워한 흔적이 없는 걸 보면 즉사한 것 같아."

아마 그러했으리라. 구라모치 씨가 병원으로 들어간 순간, 우리는 논에 불을 질렀다. 무슨 일인가 돌아본 순간, 등 뒤에서 바람총을 맞은 것이다. 조금 전의 요괴쥐들이 그의 시체를 여기까지 끌어올렸으리라. 잘만 하면 우리까지 방심하게 만들어 죽일 수 있다고 생각하면서…….

사토루가 복도 오른쪽으로 걸어갔다.

"이번엔 안을 살펴봐야겠어."

"조심해!"

"괜찮아, 복병은 이제 없어. 그보다 밑에서 본 빛이 어디서 나왔는지……." 그가 갑자기 입을 다물었다.

"왜 그래?"

"사키, 이리 와봐!"

그가 복도 오른쪽에 있는 병실로 들어가는 걸 보고, 나와 오카노 씨는 반사적으로 뛰어갔다. 거기서 우리 눈에 들어온 건 상상도 못 한 광경이었다.

4

그곳에는 거대한 누에고치 같은 물체 세 개가 천장에 매달려 있었다. 그 기이한 모습에 나도 모르게 몸을 떨었는데, 자세히 살펴보니 시트로 빙빙 감싼 다음에 이집트의 미라처럼 붕대로 묶어놓은 것이었다. 검은 머리칼이 삐져나온 걸 보면 안에 있는 것은 사람이리라. 더구나 가슴 부위가 미세하게 위아래로 움직이고 있었다. 아직 숨이 붙어 있는 것이다.

"내리자."

우리는 미라 같은 물체를 허공에 띄운 후, 붕대를 자르고 천천히 바닥으로 내렸다.

침대 시트를 펼치자 안에서 세 사람이 나왔다. 한 사람은 나도 진찰을 받은 적이 있는 노구치라는 의사였다. 나머지 두 사람은 간호사와 청소부로, 각각 세키와 가시무라라는 이름표가 붙어 있었다. 세 사람 모두 눈이 가려지고 손이 뒤로 묶여 있었다. 우리는 즉시 손을 풀고 눈가리개를 떼어냈는데, 세 사람 모두 눈의 초점이 일정하지 않은 채 작은 동물처럼 파르르 몸을 떨었다.

"괜찮으세요?"

사토루의 질문에도 거의 반응이 없었다.

"이 사람들, 다쳤을지도 몰라요. 머리를 맞았다든지……."

오카노 씨가 세 사람의 몸을 살펴보았지만 찰과상 같은 것밖에 보이지 않았다. 사토루가 세 사람의 눈을 차례대로 들여다보고 고개를 갸웃거렸다.

"무슨 약물이라도 투여한 걸까……?"

나는 왠지 온몸의 털이 곤두설 정도로 이 자리의 상황이 두려웠다. 여기에 있는 것이 무참하게 난도질당한 시체들이었다고 해도 이렇게까지 겁먹지는 않았으리라. 무엇인가가 부조리하고, 엄청나게 잘못되었다는 생각이 들어서 견딜 수 없었던 것이다. 하지만 그 이유는 명확하지 않았다.

오카노 씨가 이해가 되지 않는 표정으로 말했다. "저기…… 우리가 밑에서 본 반딧불이 같은 빛은 이 사람들이 만들었겠죠?"

"그래요, 그렇게밖에 생각할 수 없어요."

"만약 그렇다면 주력을 사용할 수 있으니까 스스로 결박을 풀 수 있지 않을까요?"

"아니…… 이 사람들은 극히 교묘한 방법으로 구속당해 있었어요. 눈을 가리면 대상이 보이지 않아서 주력을 사용할 수 없죠. 더구나 허공에 떠 있다는 불안과 낙하에 대한 공포로 붕대를 자르기 힘들었을 겁니다. 그리고 조금 전까지 요괴쥐 병사가 감시하고 있었으니까요."

"그래서 그 빛을……?"

"그럴 겁니다. 앞을 볼 수 없는 상태에서는 그렇게 하는 게 고작이었을 테니까요. 병원 내부 상황은 기억에 새겨져 있으니까, 아마 반딧불이가 날아다니는 이미지를 떠올리지 않았을까요? 빛을 보고 누가 달려와줄지 모른다는 한 줄기 희망을 담아서요."

두 사람의 대화를 듣는 동안 나는 이 자리가 처한 기이한 상황을 겨우 알아차렸다.

"사토루. ……애당초 이 사람들은 왜 포로가 되었을까?"

"어? 요괴쥐에게 기습을 당했기 때문이겠지. 그렇게 놀랄 만한 일은 아니야. 야코마루의 계략에 휘말려 이미 많은 사람들이 살해됐잖아."

"그야 등 뒤에서 갑자기 공격하면 누구나 제대로 반항하지 못하고 쓰러질 거야. 하지만 아무런 저항도 하지 못하고 인질이 되다니…… 이런 일은 있을 수 없어."

사토루가 말문이 막히는 걸 보고 오카노 씨가 소름 끼치는 목소리로 말했다. "……그래요, 이런 일은 있을 수 없어요. 어떤 상황이라도, 가령 누가 인질로 잡혔다고 해도 주력을 사용하면 구할 수 있었을 텐데. 그것도 셋이나 있으면서……."

사토루가 팔짱을 끼고 생각에 잠겼다. "반드시 그렇다곤 할 수 없지 않을까요? 의식을 잃을 정도로 타격을 준다든지, 마취를 한다든지. 실제로 무슨 일이 있었는지는 모르지만……."

그때 정신을 차렸는지, 노구치 의사의 입에서 신음이 흘러나왔다. "……아. 아앗, 아앗!"

사토루가 그의 앞에 몸을 숙이고 말을 걸었다.

"정신이 드세요? 구해주러 왔습니다. 이제 걱정하지 않으셔도 됩니다. 여기 있던 요괴쥐는 한 마리도 남김없이 없앴으니까요."

노구치 의사가 기침하면서도 재빨리 말했다. "도, 도망쳐. 빨리."

"왜 그러세요? 무슨 일이 있었죠?"

"그, 그, 금방 돌아올 거야……. 지금 당장 도망쳐야 돼!"

"돌아온다고요? 누가요?"

"오우치 씨는 무사한가요? 여기 입원해 있던 환자인데요."

사토루와 오카노 씨가 동시에 물었을 때, 간호사인 세키 씨가 목이 터져라 고함을 질러댔다. 무슨 말인지는 전혀 알아들을 수 없었다. 단지 그녀의 얼굴과 목소리에 담겨 있는 것은 무서운 공포였다. 그토록 끔찍한 일을 겪었음에도 귀를 찢는 그녀의 절규는 우리 심장을 꽁꽁 얼어붙게 만들었다. 나는 인간의 입에서 그렇게 무서운 비명이 나온다는 사실을 처음 알았다.

"세키 씨, 정신 차리세요! 이제 괜찮아요. 두려워할 것 없어요!"

오카노 씨가 가까스로 공포를 억누르고 세키 간호사를 진정시키려고 했지만, 진정은커녕 오히려 흥분하게 만들 뿐이었다. 절반쯤 폐허로 변한 병원 안에 끊임없이 무서운 비명이 울려퍼졌다. 그 소리에 자극을 받았는지, 가시무라 씨가 벌떡 일어섰다. 말 걸 틈도 없이 그는 우리를 힐끔 쳐다본 뒤, 재빨리 등을 돌리더니 쏜살같이 도망쳤다. 그의 발걸음은 놀라울 만큼 확실해서, 이내 계단을 두세 개씩 뛰어내리는 소리가 들렸다.

이럴 때는 어떻게 해야 할까? 나는 판단을 내릴 수 없어서 사토루를 쳐다보았다.

"어쨌든 여기서 나가는 게 좋겠어. 사람들을 배에 태우고 이 자리를 떠나는 거야."

"지금 도망친 사람은 어떡하고?"

"그건 나중에 생각하자."

우리는 손을 내밀어 의사와 간호사를 일으켰다.

"빨리, 빨리, 빨리 도망쳐야 돼……."

제정신으로 돌아왔다고 생각한 것도 잠시, 노구치 의사는 계속 헛소리처럼 중얼거리며 발도 제대로 가누지 못했다. 세키 간호사도 겨우 비명을 그쳤지만, 이번에는 학질에 걸린 것처럼 몸을 바들바들 떨 뿐 말을 하지는 않았다. 계단을 내려가는 도중에 밖에서 사람의 소리가 들렸다.

"뭐지?"

사토루가 다시 3층으로 뛰어가서 창밖을 내려다보았다. 나도 그의 옆으로 다가가서 같은 곳을 바라보았다.

숲속을 향해 전속력으로 뛰어가는 사람이 보였다. 별빛이 워낙 희미해서 확실히 보이지는 않았지만 가시무라 씨 같았다.

"이봐! 왜 그래? 이제 도망치지 않아도 돼!"

그렇게 소리치는 사람은 후지타 씨였다. 그가 뱃전에 서서 계속 소리를 질렀지만 가시무라 씨는 뒤도 돌아보지 않았다.

"후지타 씨! 그 사람은……."

사토루가 창문을 반쯤 열고 그렇게 말한 순간, 계단 도중에서 노구치 의사가 목소리를 짜내며 만류했다.

"안 돼! 그렇게 소리를 지르면 우리가 여기 있다는 걸 알잖나!"

그렇게 큰 소리는 아니었지만 목소리에 담긴 절박함은 심상치 않았다. 우리는 반사적으로 창문에서 떨어졌다.

"무슨 뜻이죠? 요괴쥐는……."

"요괴쥐가 아니야! 그 녀석이…… 그 녀석이 돌아올 거야!"

다시 세키 간호사가 미친 듯이 비명을 질러댔다. 온몸의 신경을 헤집어놓는 괴조처럼 날카로운 비명이었다.

"입을 막아, 어서!"

오카노 씨가 재빨리 세키 간호사의 입을 막았다. 노구치 의사의 목소리에는 그렇게 할 수밖에 없는 절박함이 담겨 있었던 것이다. 세키 간호사는 잠시 마구 날뛰더니, 갑자기 허탈한 모습으로 얌전해졌다.

사토루가 노구치 의사의 양어깨를 잡고 다그쳤다. "그 녀석이 누구죠? 대체 여기서 무슨 일이 일어난 건가요?"

"그 녀석은…… 그 녀석이 누구인지는 몰라. 하지만 녀석이 죽였어. 병원의 직원과 환자를 전부……."

충격으로 인해 오카노 씨의 몸이 딱딱하게 굳었다.

"살아남은 건 우리 세 명뿐이야. 아마 인질로 삼기 위해……."

"왜 저항하지 않았죠?"

"저항? 저항은 불가능해. 도망치려고 한 사람은 모두 살해됐으니까."

그때 어디선가 딱딱 하는 소리가 들렸다. 그 소리가 노구치 의사의 입에서 흘러나오는 것이라는 사실을 알아차릴 때까지는 그렇게 많은 시간이 걸리지 않았다. 공포의 기억이 되살아나면서 위아래의 치아가 맞지 않는 것이리라.

노구치 의사가 미치광이 같은 눈으로 말했다. "어서 도망쳐. 안 그러면……."

나는 절박한 위기를 느끼고 소리쳤다.

"사토루, 어쨌든 어서 도망치자!"

"알았어."

우리는 황급히 계단을 내려가 1층 로비에 도착했다. 그때였다. 어디선가 무서운 비명이 들렸다.

"사람 살려!"

현관에 뚫린 구멍을 통해 가시무라 씨가 우리 쪽으로 뛰어오는 것이 보였다. 아직 70~80미터 정도 떨어져 있다. 여전히 배에 타고 있는 후지타 씨가 큰 소리로 가시무라 씨를 불렀다.

"이봐, 이쪽이야! 이쪽으로 오면 안전해!"

"이미 늦었어. ……바깥은 틀렸으니까 뒤쪽으로 도망치는 게 좋겠어."

노구치 의사가 발길을 돌리고 비틀거리는 걸음걸이로 병원 안쪽을 향했다. 우리는 어떻게 해야 할지 몰라서 망연히 그 자리에 서 있을 따름이었다. 다음 순간, 우리 쪽으로 뛰어오던 가시무라 씨의 온몸이 눈부신 불길에 휩싸였다.

사토루가 넋 나간 사람처럼 중얼거렸다. "이럴 수가……! 어떻게 이런 일이……."

내 눈을 의심한다는 말은 이럴 때 사용하는 말이리라. 마치 악몽 속에 있는 것 같았다. 도저히 믿을 수 없었다. 이렇게 할 수 있는 것은…….

가시무라 씨가 불길 속에서 두 손을 휘저으며 몸부림쳤다. 그 순간, 한 줄기 돌풍이 휘몰아치자 불길이 흔들리며 조금씩 줄어들었다. 후지타 씨다. 그가 주력을 이용해서 불길을 끄려고 한 것이다.

"도와줘야 해!

내가 주력을 발동해서 나머지 불길을 끄려고 한 순간, 사토루가 내 어깨를 잡았다.

"관둬!"

"하지만 가시무라 씨를 구해야 하잖아!"

"그럴 때가 아니야. 어서 도망치자!"

그는 내 손을 꼭 잡고 병원 안쪽으로 뛰기 시작했다. 나는 끌려가면서 밖을 쳐다보았다. 조금 전보다 불길이 더 커지더니 땅에 쓰러진 가시무라 씨를 계속 태웠다.

그때 후지타 씨의 모습이 눈에 들어왔다. 배에서 내려 가시무라 씨 쪽으로 가던 그는 방향을 바꾸어 우리 쪽으로 뛰어왔다. 다음 순간, 뒤쪽에서 보이지 않는 실로 그를 잡아당긴 자가 있었다.

나는 숨을 들이마셨다.

역시…… 하지만 이런 일은 있을 수 없다…….

후지타 씨가 허공으로 떠올랐다. 스스로 떠오른 게 아니다. *누군가가 주력을 이용해서 허공에 매단 것이다.*

나는 지르려던 비명을 집어삼켰다. 현실적으로 일어날 수 없는 일을 보았을 때, 인간은 행동 지침을 잃어버리고 멍해지는 법이다. 그때의 내가 그러했다. 나로부터 불과 40~50미터밖에 떨어지지 않은 공중에서는 한 사람이 살아 있는 상태에서 갈기갈기 찢어질 운명에 처해 있었던 것이다.

다음 순간, 사토루가 내 고개를 돌려 반대쪽을 향하게 했다.

"보지 마."

"으아아아아아아아악……!"

등 뒤에서 고막을 찢는 절규가 들렸다. 이윽고 밤공기가 농밀한 습기와 함께 피 냄새를 가져왔다. 사토루가 내 어깨를 껴안은 채 말없이 병원 안쪽으로 걸음을 옮겼다.

노구치 의사가 손짓하며 숨죽인 목소리로 말했다. "어서 뛰어! 이쪽이야!"

처음 봤을 때는 몰랐지만 계단 뒤쪽에 안으로 이어지는 좁은 복도가 있었다. 나중에 안 일이지만 그것은 시체운송용 통로였다.

사토루가 떨리는 목소리로 노구치 의사에게 물었다. "어떻게 된 거죠? 저건 누구예요?"

"몰라서 물어? 사람들은 다 알고 있어. 저 녀석은……."

노구치 의사가 돌연 입을 다물더니, 손으로 조용히 하라는 신호를 보냈다. 나는 흠칫거리며 귀를 기울였다.

들린다. 발소리다. 체중도 무겁지 않고 보폭도 작은 것 같았다. 발소리는 천천히 병원의 현관으로 다가왔다. 현관 구멍을 통과해서 안으로 들어온 발소리는 삐걱삐걱 마룻바닥 소리를 내며 계단을 올라갔다.

그때 세키 간호사의 얼굴을 처다본 나는 경악을 금할 수 없었다. 공포로 추하게 일그러지면서 당장이라도 비명을 지를 것 같아서였다. 여기서 소리를 지르면 모든 것이 끝장이다.

나보다 빨리 행동에 나선 사람은 오카노 씨였다. 그녀의 머리를 껴안고 달래듯 등을 어루만져준 것이다. 이윽고 딱딱했던 그녀의 몸에서 서서히 긴장이 빠져나갔다. 그동안 발소리는 도중의 층계참을 지나 2층으로 향했다.

노구치 의사가 손을 내밀어 빨리 가자고 재촉했다. 우리는 발소리를 죽이고 병원 뒤쪽으로 향했다. 노구치 의사가 뒷문 손잡이를 잡고 옆으로 돌렸다. 그러나 문은 열리지 않았다. 뒤쪽에 서 있던 우리는 한순간 패닉 상태에 빠질 뻔했다. 하지만 위쪽에 있는 작은 빗장을 밀자 문은 삐걱거리는 소리와 함께 조심스럽게 열렸다.

밖으로 나오자 악취가 떠다니는 좁은 관 안에서 드넓은 지옥으로 나온 듯한 느낌이 들었다. 문을 닫자 노구치 의사는 비척거리며 엉뚱한 방향으로 걸음을 내디뎠다.

"선생님, 그쪽이 아닙니다."

그는 만류하는 사토루의 손을 험악하게 뿌리쳤다.

"따라오지 마. 나는 내가 알아서 갈 테니까 너희는 너희 가고 싶은 데로 가!"

"이러지 마세요!"

"지금은 뿔뿔이 도망치는 수밖에 없어. 그래도 결국은 모두 살해될 거야. 하지만 운이 좋으면 한 명쯤은 살 수 있을지도 모르지."

그때 병원 안에서 이상한 소리가 들렸다. 인간의 울부짖음 같기도 하고, 짐승의 포효 같기도 한 기이한 소리였다. 3층에서 요괴쥐의 시체를 발견하고, 인질이 사라진 걸 알았으리라. 지금은 한시라도 빨리 도망쳐야 한다.

"뿔뿔이 흩어지면 위험해요. 지금은 우리 모두가 하나가 되지 않으면……."

"하나……? 거기에 무슨 의미가 있지?"

노구치 의사의 입가에서 비웃음이 새어나오며 하얀 치아가 빛을 뿌렸다. 등 뒤의 병원에서는 3층에서 뛰어 내려오는 발소리가 들렸다. 이제 시간이 없다.

"좀 전에 두 명이 살해되는 거 봤지? 다섯 명이 있든 100명이 있든 어차피 결과는 마찬가지야."

"하지만……."

"*악귀와 싸울 방법이라도 있어?* 난 신경 쓰지 말고, 가고 싶은 데로 가라고!"

노구치 의사는 그렇게 말하고 나서 사토루의 가슴을 밀어냈다.

악귀……. 그 말을 들은 순간, 피가 얼어붙는 듯한 공포가 온몸을 강타했다. 이성이나 상식으로 생각하면 그런 일은 있을 수 없다. 요괴쥐의 기습과 똑같은 시기에 어떻게 악귀가 나타난 걸까?

하지만 지금 그 증거를 내 눈으로 똑똑히 보지 않았는가. 주력에 의해 불타고 무참히 찢긴 인간의 모습을. 이 세상에 악귀 말고 그런 짓을 할 수 있는 자가 누구란 말인가?

"할 수 없군, 우리는 반대 방향으로 도망치는 수밖에."

어둠 속으로 사라지는 노구치 의사를 바라보며 사토루는 발길을 돌리려고 했다. 그때 내가 재빨리 그의 소매를 잡았다.

"잠깐!"

"왜 그래?"

"이쪽으로 오고 있어, 건물을 돌아서……."

바람을 타고 희미한 소리가 들린다. 나는 다시 귀를 기울였다. 틀림없다. 조금 전에 병원 안으로 들어왔을 때처럼 명료하지는 않지만 모래를 밟고 풀을 헤치는 소리가 이쪽으로 다가오고 있다.

사토루가 말없이 손짓으로 우리를 불렀다. 그리고 소리를 내지 않도록 조심하면서 조금 전에 통과한 문을 살며시 열었다.

그는 어느새 발소리가 나는 나막신을 벗어서 손에 들고 있었다. 나와 오카노 씨도 그와 똑같이 신발을 벗었다. 우리는 세키 간호사를 양쪽에서 잡고 조용히 병원 안으로 들어갔다. 마지막으로 사토루가 미끄러지듯 들어와서 신중하게 문을 닫았다.

위기일발의 순간이었다. 숨을 죽이고 있자 문 바로 앞을 지나가는 발소리가 들렸다. 거리로 말하자면 2~3미터밖에 되지 않았으리라. 그와 동시에 기묘한 소리가 귀에 닿았다. 마치 저주를 퍼붓듯

목 안쪽에서 내뱉는 *끄륵끄륵* 하는 나지막한 소리. 그리고 뱀이 상대를 위협할 때 나오는 *쉭쉭* 하는 높은 치찰음. 악귀다……. 지금 이 얇은 문 건너편에 악귀가 있다. 만약 여기에 문이 있다는 것을 알면……. 나는 눈을 질끈 감고 기도했다.

신이시여, 부탁합니다. 부디 저희를 찾지 못하게 해주세요.

부디 악귀가 여기서 떠나도록 해주세요.

부디 이대로 아무 일도 없이…….

그렇게 마음속으로 기도를 올리던 나는 흠칫 놀랐다. 갑자기 소리가 들리지 않는 것이다. 악귀의 발소리도, 목에서 나는 *끄륵끄륵* 하는 소리도. 멀리 가는 소리는 들리지 않았다. 그렇다면 아직 이 근처에 있을 것이다. 그럼에도 소리가 들리지 않는다면 의도적으로 소리를 감추고 있다고 생각할 수밖에 없다.

악귀는 지금 귀를 쫑긋 세우고 있다. 그렇게 생각하니 침을 삼킬 수조차 없었다. 영겁으로 여겨지는 얼어붙은 시간 속에서 내 눈은 끔찍한 광경을 포착했다. 문 손잡이가 천천히 돌아가고 있던 것이다…….

이제 틀렸다. 공포에 휩싸인 나머지 정신이 아득해졌다. 하지만 결국 문은 열리지 않았다.

"Grrrrr…… ★*∀§▲ЖАД!"

악귀의 입에서 높고 날카로운 소리가 흘러나오고, 곧이어 사냥감을 발견한 사냥개처럼 뛰어가는 소리가 들렸다. 그러나 살았다고 여길 틈도 없이 이번에는 등골이 오싹한 비명이 울려퍼졌다. 나는 두 귀를 막았다. 이어서 노구치 의사의 목소리가 들렸다.

"이 빌어먹을 녀석! 오지 마! 이 악귀 녀석."

이어서 듣기만 해도 소름 끼치는 비명이 귀로 파고들었다. 악귀는 한 방에 숨통을 끊지 않고 노구치 의사에게 온갖 고통을 안겨주었다.

"이쪽이야, 빨리 와!"

사토루가 잰걸음으로 병원 안을 가로질러 현관으로 다가갔다. 그리고 구멍 안쪽에서 신중하게 바깥을 살펴보았다. 우리 세 사람도 그의 뒤를 따랐다. 튀어나온 나뭇조각이 맨발에 박힌 탓에 발자국이 피로 물들었지만, 정신이 반쯤 나간 탓인지 통증은 느껴지지 않았다.

"넌…… 넌 대체 누구냐?"

건물 뒤에서 노구치 의사가 내지르는 단말마의 절규가 들렸다. 나는 어금니를 악물고 머리를 흔들었다. 지금 내가 할 수 있는 일은 아무것도 없다. 듣지 말자. 생각하지 말자. 적어도 지금만은. 지금은 어떻게든 목숨을 부지하여 여기서 빠져나가야 한다…….

"배는 괜찮은 것 같아. 어서 나와!"

사토루는 구멍 밖으로 나가서 안에 있는 우리에게 손짓했다. 우리도 서둘러 빠져나가려고 했지만 구멍 바로 앞에서 멈출 수밖에 없었다. 세키 간호사가 온몸을 덜덜 떨며 두 발에 힘을 주고 저항해서였다. 내 가슴은 절망감으로 가득 찼다.

"뭐하는 거예요? 어서 도망쳐야 해요……. 제발 말 좀 들어요!"

그러자 사토루가 냉철한 목소리로 말했다. "사키, 어서 와! 그 사람은 내버려두고!"

"하지만……!"

"안 그러면 다 죽어. 누가 가서 악귀의 존재를 말해주지 않으면 초는 전멸할 거야!"

오카노 씨가 조용하면서도 단호한 목소리로 말했다. "두 분만 가세요. 난 세키 씨와 같이 여기에 숨어 있을게요. 나중에 지원군을 보내주세요."

그녀의 목소리는 맑게 가라앉아 있었다. 이미 죽음을 각오한 사람처럼.

"그건 안 돼요!"

"지금은 그렇게 하는 수밖에 없잖아요. 그리고 배로 도망치는 편이 더 위험할지도 몰라요. 여기에 누가 숨어 있으리라곤 생각하지 못할 수도 있고. ……자, 어서요!"

"사키, 어서 가자!"

사토루가 내 팔을 잡고 억지로 구멍에서 끌어냈다. 눈에서 눈물이 흘러넘쳤다.

"죄송해요……."

나는 그녀에게 사과하고 나서 등을 돌렸다. 그리고 사토루와 같이 죽을힘을 다해 배까지 뛰어갔다.

눈 가장자리로 새카맣게 탄 시체가 들어왔다. 아직 희뿌연 연기가 피어오르고 있다. 그 건너편에는 갈기갈기 찢긴 후지타 씨의 사지가 흩어져 있다. 어떻게든 마음을 진정시키려고 했지만 몸의 떨림이 멎지 않았다.

배에 올라타자마자 사토루가 재빨리 밧줄을 풀었다. 우리는 배의 바닥에 납작하게 엎드렸다. 배가 천천히 회전하면서 움직이기 시작했다. 어두운 밤하늘을 배경으로 귀신의 집처럼 우뚝 솟아 있는 병원이 시야를 가득 메웠다. 지금이라도 악귀가 나타날지 모른다는 공포가 온몸에서 힘을 빼앗아갔다.

배는 사토루의 교묘한 조종에 의해 좁은 수로를 지나 병원에서 멀어졌다. 주위가 보이지 않는데, 어떻게 배를 조종하는 것일까? 고개를 돌려 쳐다보니, 그는 달빛을 이용하여 배의 상공에 작은 거울을 만들어 필요한 정보를 얻고 있었다. 배는 서서히 커다란 커브를 틀었다.

그가 속삭이듯 말했다. "……이제 됐어. 여기까지 왔으면 병원에서는 안 보여."

"그러면 빨리…… 전속력으로 도망치자!"

나는 작은 목소리로 애원했지만 그는 고개를 흔들었다.

"한동안 소리를 내지 않고 가는 게 좋아. 이 근처에는 악귀뿐 아니라 요괴쥐도 있을지 몰라. 아직은 기슭과 가까워서 총으로 쏘면 피할 수 없어. 여기서 조금만 더 가면 넓은 운하가 나와. 거기서 단숨에 속도를 올리는 거야."

우리는 멈칫멈칫 배 안에서 고개를 내밀었다. 배는 희미한 물소리를 내며 어두운 수로를 빠져나갔다.

"오카노 씨…… 괜찮을까?"

그는 대답하지 않았다. 아마 어떤 위로도 소용없다는 사실을 알고 있는 것이리라.

"정말 악귀였어?"

그가 고개를 갸웃하며 말했다. "그렇게밖에 생각할 수 없잖아."

"하지만 어떻게…… 어디서 왔지? 우리 초에는 이상한 사람이 한 명도 없었잖아. 교육위원회에서 그렇게 눈을 빛내며 감시하고 있었는데."

"그거야 모르지. 지금으로선 알 수 있는 게 하나도 없으니까. 다만 분명한 사실이 있어."

"뭔데?"

"기로마루가 이끄는 장수말벌군이 왜 전멸했는지…… 아무리 용맹한 군대라도 상대가 악귀였다면 제대로 싸우지 못했을 거야."

"그래……."

"그리고 또 한 가지, 야코마루가 왜 전쟁을 시작했는지도 분명해. 요괴쥐와 악귀와의 관계는 잘 모르겠지만 만약 나의 상상이 맞는다면……."

거기까지 말하고 그가 별안간 입을 다물었다.

"왜 그래?"

"조용히 해……. 움직이지 말고, 평정한 목소리로 계속 말해."

"무슨 소리야?"

"목소리 상태를 바꾸지 마."

"알았어. 이렇게 말하면 돼? 말해줘, 갑자기 왜 그러는지……." 나는 가까스로 평범한 어조로 물었다.

"100미터쯤 뒤에서 따라오는 배가 있어."

다음 순간, 온몸에서 핏기가 빠져나갔다.

"뭐? ……설마!"

"우리가 병원에 갈 때 사용했던 미끼 배야. 분명히 악귀가 타고 있을 거야."

살며시 시선을 돌리자 수면에 반사한 별빛을 통해 쫓아오는 배의 실루엣을 확인할 수 있었다.

"어떡하지……? 왜 공격하지 않는 거지? 그리고……."

"목소리의 톤을 바꾸지 마. 우리가 눈치챈 걸 알면 그 순간 배와 함께 폭발할지 몰라. ……즉시 공격하지 않은 이유는, 우리를 쫓아가면 사람들이 있는 곳을 알 수 있다고 생각하는 걸 거야."

상황은 최악으로 치닫고 있었다. 이대로 사람들과 합류하면 사신을 데려가는 꼴이 된다. 그렇다고 악귀를 뿌리칠 방법은 생각나지 않는다. 필사적으로 타개책을 떠올리려고 했지만, 공포로 머리가 마비되었는지 생각이 정리되지 않았다.

"운하로 나가서…… 전속력으로 도망치면 살 수 있지 않을까?"

말이 끝나기도 전에 그가 냉정하게 부정했다. "아니, 불가능해. 운하는 거의 직선이라서 앞이 환하게 보여. 우리가 속도를 올린 순간, 저쪽의 주력에 잡혀서 한 방에 끝장이야."

그 말은 곧 상대의 배를 못 움직이게 만들 수 없다는 것이다. 우리가 조금이라도 적대적인 움직임을 보인 순간, 그쪽은 공격을 취할 것이기 때문이다. 그쪽의 시야 안에 있는 이상, 구워 먹든 삶아 먹든 악귀 마음대로라는 것이다.

"그러면…… 이제 끝장이라는 거야?"

"잠시만 기다려. 지금 생각하고 있잖아. 뭐든지 좋으니까 계속 말해봐."

지금 믿을 수 있는 건 오직 그의 냉정함뿐이다. 나는 그가 시키는 대로 계속 말하는 수밖에 없었다.

"이렇게 될 줄은 꿈에도 몰랐어. 지금도 오늘 일어난 일을 믿을 수 없어. 여름 축제날인데, 많은 사람들이 죽었어. 조금 전에는 바로 내 눈앞에서. 아무도 구할 수 없었어. ……그뿐만이 아니야. 우리는 오카노 씨를 버리고…… 아니, 죽게 내버려뒀어. 왜 이렇게 된 거지? 대체 뭐가 잘못된 거야?"

커다란 눈물방울이 뺨을 타고 흘러내렸다.

"이런 데서 죽고 싶지 않아. 아무것도 모르는 채 인생을 끝내긴 싫어. 이 상태에서 죽으면 누군가의 발에 짓밟혀 죽는 벌레나 마찬가지잖아. 적어도 내가 왜 죽어야 하는지, 이유라도 알고 싶어. 그렇지 않으면 죽어도 눈을 감을 수 없을 거야."

내가 말하는 동안에도 그는 깊은 생각에 잠겨 있었다.

"마리아가 죽었다는 거, 난 안 믿어. 아니, 믿고 싶지 않아. 난 마리아를 사랑했어. ……그리고 오늘 밤에 마리아는 우리를 구해줬어. 기억해? 우리가 광장으로 가려고 했을 때, 난 분명히 마리아를 봤어. 마리아의 뒤를 따라갔기 때문에 요괴쥐의 기습을 피했던 거야. 만약 그때 광장으로 갔다면 총을 맞든지 화살을 맞아서 죽었을지 몰라. 히로미 씨처럼. 나는 그 사람을 싫어했어. 그것도 너무너무……. 마치 실험동물처럼 간단히 우리를 죽이려고 했으니까. 그것도 끔찍한 부정고양이를 이용해서. 하지만 지금은 이해해. 그 사람은 두려워한 것뿐이야. 오늘 밤 같은 무서운 사건을 막아야 한다고, 그렇게 생각한 것뿐이야. ……그렇다고 마리아와 마모루에게 한 짓을 용서할 마음은 손톱만큼도 없지만. 그것만이 아니야. 우리의 소중한 친구였던 얼굴 없는 소년에게 한 짓도."

심장이 조여들어서 나는 말을 끊지 않고는 견딜 수 없었다.

"나는 그를 좋아했어. 마음 깊은 곳에서 진심으로 사랑했어. 그래서 그의 이름도 기억해내지 못한 채 죽기는 싫어. ……사토루, 난 너도 좋아해. 하지만 아직 그에 대한 마음을 정리할 수 없어. 그에 대한 마음을 정리하기 전까진 한 발짝도 앞으로 나아갈 수 없어. 그래서……."

그가 고개를 들고 나의 말을 가로막았다. "내 마음도 너와 똑같아. 이 나이에 이런 말을 하기는 창피하지만 기억을 빼앗긴 탓에 아직 그에 대한 마음을 정리하지 못했어."

"사토루……."

"그래서 여기서 죽을 수 없어. ……악귀를 물리칠 방법은 생각나지 않지만, 속여서 도망칠 수는 있을 거야."

눈앞에 한 줄기 희망의 빛이 떠올랐다.

"어떻게 할 건데?"

그는 그 방법을 설명하고 나서 덧붙였다. "……문제는 기슭으로 어떻게 올라가느냐는 거야. 넓은 운하로 들어가면 올라갈 수 없어. 그러기 전에 좋은 장소를 찾아야 돼. 수로 폭이 좁아지는 곳을."

나는 문득 생각이 났다. "……아니야, 오히려 넓은 장소가 좋겠어. 악귀가 우리가 상륙했다고 의심할 수 없는 장소가."

내가 머리에 떠오른 생각을 이야기하자 그가 히죽 웃었다.

"좋아, 그렇게 하자. 지금까지 사람을 공중에 띄운 적은 한 번도 없지만 아마 할 수 있을 거야. 운하로 들어가면 즉시 해볼게."

"알았어."

나는 머릿속으로 앞으로 해야 할 일을 되짚어보았다. 모든 것은 두 가지 과제를 동시에 해결하는 그의 기술에 달려 있지만, 내가 실패하면 만사 끝장이다. 기회는 한 번밖에 없는 것이다.

배는 안절부절못하는 내 마음과 똑같은 속도로 나아갔다. 지금 속도를 올리면 의심을 사게 된다. 지금은 오직 기다리는 수밖에 없다.

이윽고 시야가 조금씩 넓어졌다. 좁은 수로에서 넓은 운하로 이어지는 장소가 코앞으로 다가온 것이다. 나는 그때 깨달았다. 주위가 잘 보이는 건 눈이 어둠에 익숙해진 탓이 아니다. 아마 동틀 때가 가까워진 것이리라. 악귀를 눈부시게 만들려면 캄캄한 편이 더 좋을 텐데. 하지만 지금은 이것저것 따질 때가 아니다.

사토루는 힐끔힐끔 뒤쪽을 훔쳐보며 눈으로 거리를 측정했다. 악귀의 배는 100미터쯤 떨어져서 계속 따라왔다. 우리 배는 수로에서 수직으로 교차하는 운하로 들어가서 왼쪽으로 나아갔다. 수십 미터나 되는 강폭이 도네 강의 본류를 떠올리게 했다. 악귀의 배는 아직 운하 뒤쪽에 있지만, 시야를 가로막는 것이 없는 탓에 우리 배가 훤히 보일 것이다.

신중하게 타이밍을 재던 사토루가 악귀의 배가 운하로 들어온 순간 등 뒤의 공간에 거울을 만들었다. 강폭만 한 직경의, 지금까지 한 번도 만든 적이 없는 커다란 거울을. 우리는 그대로 200미터 정도 나아갔다. 등 뒤에서는 악귀의 배가 악착같이 쫓아오고 있었다. 하지만 지금 악귀가 보고 있는 건 우리 배가 아니라 거울에 비친 자기 배다.

"준비됐어? 시작한다!"

"응......!"

다음 순간, 사토루는 배에서 내 몸을 띄워 뱃전 바로 옆으로 내던졌다. 나는 수면에 닿을락 말락 한 높이에서 매 같은 속도로 활주했다. 우리는 마리아 같은 공중 부양 기술을 익히지는 못했다. 하지만 주력을 이용해 서로의 몸을 옮기는 것이라면 가능하다.

순식간에 배의 속도가 빨라졌다. 그와 반대로 내 몸은 공기에 저항을 받은 것처럼 속도가 줄어들며 운하의 기슭에 도착했다.

나는 풀 위에 떨어지자마자 재빨리 엎드려 배의 위치를 확인했다. 사토루가 타고 있는 배는 이미 상당히 앞쪽으로 나아갔다. 거울을 사이에 두고 뒤쪽에서는 악귀의 배가 쫓아가고 있다. 거울에 비친 자기 배에 모든 신경을 집중하고 있는 악귀의 눈에는 허공에 뜬 거울만 보일 뿐 내 모습은 보이지 않았을 것이다.

이번에는 내 차례다. 나는 멀리 보이는 사토루의 몸을 주력으로 들어올렸다. 그리고 거울 밖으로 빠져나가지 않도록 조심하면서 단숨에 앞쪽 기슭으로 끌어당겼다.

그는 무릎을 껴안은 자세로 한 바퀴 돌며 빠른 속도로 기슭으로 다가왔다. 도중에 너무 빠른 걸 깨닫고 황급히 멈추려고 했으나 제동이 너무 늦었는지, 착지하고 나서 크게 튀어올라 풀밭 위에서 빙글빙글 굴렀다. 그와 동시에 두 개의 배 사이에 있던 거울이 깨지더니, 헤아릴 수 없이 많은 물방울로 돌아가서 안개처럼 사라졌다. 이런 어둠 속에서는 지금까지 보고 있던 거울에 비친 자기 배와 우리 배를 쉽게 구별할 수 없을 것이다.

아직 해야 할 일이 남아 있다. 나는 단숨에 아무도 없는 배의 속력을 높였다. 배 바닥이 서서히 높아지면서 수면 위를 활주하는 상태가 되었다. 내가 타고 있는 배를 움직이기보다 밖에서 조종하는 편이 훨씬 쉽다. 악귀의 배는 따라가지 못하고 계속 멀어졌다.

사토루의 예언이 적중했다. 다음 순간, 우리가 타고 있던 배가 현란한 빛과 함께 화려한 불길에 휩싸인 것이다. 나는 악귀의 주력과 부딪치지 않도록 배를 조종하던 주력을 중단했다. 불길에 휩싸인 배는 추진력을 잃고 한동안 타성으로 나아가다 건너편 기슭에 부딪히며 움직임을 멈추었다. 그리고 그곳에서 계속 타오르더니, 이윽고 천천히 맴돌다 앞쪽부터 물에 가라앉았다. 불길이 사라지자 주위는 다시 푸른빛이 감도는 희미한 어둠 속에 잠겼다.

사토루가 자세를 낮추고 뛰어오더니, 마지막에는 포복으로 전진해 내 옆에 나란히 섰다. 착지할 때 허리를 세게 부딪혔는지 연신 문지르고 있다. 우리는 손을 꼭 잡았다.

악귀의 배는 침몰한 우리 배 옆으로 가더니, 아직 미련이 남았는지 한동안 그 주위에서 맴돌았다. 무엇을 하는 것일까? 우리는 안절부절못하며 악귀의 모습을 지켜보았다. 악귀가 머물고 있는 이상, 지금 있는 곳에서 움직일 수는 없다. 이번에 들키면 도망칠 곳은 어디에도 없는 것이다.

이윽고 악귀가 탄 배가 천천히 뱃머리를 돌렸다. 우리의 눈앞을 통과할 때는 숨이 멎고 목덜미의 털이 곤두섰지만, 원래 온 방향으로 돌아가는 걸 보고는 살았다는 생각에 온몸에서 긴장이 빠져나갔다. 하지만 좋아하고 있을 수만은 없었다. 악귀의 배가 다시 병원으로 가는 수로로 들어가는 걸 보고 우리는 참담한 심정에 휩싸였다. 이제 오카노 씨와 세키 간호사에게 도망칠 시간이 충분히 있었기를 기도하는 수밖에 없다. 만약 아직도 그 병원 안에서 숨을 죽이고 있다면…….

사토루가 일어서서 나에게 손을 내밀었다.

"그만 가자. 배가 없으니까 이제 걸어가는 수밖에 없어. 서둘러야 해."

"그럼 또 서로를 던질까? 이번에는 건너편 언덕까지?"

나는 흐르는 눈물을 들키고 싶지 않아 이를 악물고 농담했다.

"제발 참아줘. 네 덕분에 허리가 부러지는 줄 알았어."

그의 얼굴에서 쓴웃음이 퍼져나갔다. 주위가 상당히 밝아져서 표정이 똑똑히 보였다.

그때 동쪽 하늘에서 서광이 비치며 언덕과 수평선을 장밋빛으로 물들였다. 땀구멍까지 얼어붙게 만드는, 피처럼 새빨간 아침 노을이었다.

한시라도 빨리 초의 사람들과 합류하여 우리가 본 걸 전해야 한다. 그렇게 생각하자 속이 바짝바짝 타들었지만, 요괴쥐가 어디 숨어 있을지 모르는 상태에서는 한 발짝 떼어놓는 데에도 신중할 수밖에 없었다.

더구나 우리는 둘 다 맨발이었다. 병원에서 나뭇조각에 찔렸을 때 출혈이 심한 걸 보고 사토루가 유카타를 찢어 즉석에서 천 신발을 만들어주었는데, 한 걸음 떼어놓을 때마다 통증을 느껴서는 초까지 가는 데 얼마나 걸릴지 알 수 없었다.

온갖 생각들이 머릿속에서 뛰어다녔다. 생각만 해도 괴로운 사건은 최대한 머리에서 쫓아내고, 오직 현재 상황에 의식을 집중했다. 그런 의미에서 보면 발의 통증이 어젯밤 이후의 무서운 경험을 잊게 해주는 역할을 했을지도 모른다. 그러나 이윽고 의식은 눈앞의 괴로운 현실에서 도피하기 시작했다.

나는 계속 고대문명에 관해서 생각했다. 당시에는 주력이 없었음에도 많은 기적들을 이루어냈다. 물론 지금이 아니면 해낼 수 없는 일들은 헤아릴 수 없이 많지만, 주로 두 가지 점에서 우리 문명은 크게 후퇴했다.

하나는 통신 수단이다. 고대문명에서는 전파를 이용하는 기계 장치를 이용해 대량의 정보를 신속하게 주고받을 수 있었다고 한다. 현재는 짧은 거리라면 전성관을 통해 말을 할 수 있지만 마을 전역을 커버할 수는 없다. 그것 말고 시세이 씨가 허공에 그린 문자 등의 예외를 제외하면 전서구나 봉화밖에 없는, 고대인의 비웃음을 살 만큼 한심한 지경이다. 평소 같으면 그래도 아무 지장이 없지만, 화급을 다툴 때 가장 필요한 것이 통신 수단이라는 사실은 이 시점까지 깨닫지 못했다.

둘째, 이동 수단이 한정되어 있다는 것이다. 가미스 66초는 물의 고향으로, 혈관처럼 내달리는 운하와 수로에 의해 사람과 물자를 효율적으로 운반하는데, 눈으로 뒤덮인 겨울을 제외하면 육로의 이동 수단은 매우 빈약하다. 실제로 이때만큼 그것이 원망스러웠던 적은 없다. 이 약점은 야코마루의 교묘한 전술에 휘말리며 생각지도 못한 초의 취약함을 드러내게 되는데, 물론 그 당시에는 알 도리가 없었다.

다시 그 시간으로 돌아가자. 상처투성이의 발로 어쩔 수 없이 행군해야 했던 우리는 들판에서 집을 발견하고 잠시 휴식을 취할 수 있었다. 나는 그 집에 도착할 수 있었던 것도 마리아의 인도라고 생각한다. 사토루는 단순한 착각이라고 말하지만, 어느 쪽으로 갈까 망설일 때 귓가에서 속삭이고 등을 밀어주는 수호천사 같은 존재를 느낀 것이다. 어쨌든 우리가 그 집에 도착한 건 기적에 가까운 확률이었다. 주위 5킬로미터 이내에는 그 집 말고 다른 집이 한 채도 없었으니까.

우리의 윤리관으로 보면 누구의 집이든 빈집에 들어가는 건 있을 수 없는 일이다. 하지만 이때는 긴급 피난의 원칙이 적용되었다. 우리는 그 집에서 누더기로 변한 유카타를 벗고 산뜻한 옷으로 갈아입었다. 공교롭게도 그 집에는 남자 어른 옷과 남자 어린이 옷밖에 없었던 탓에 나는 짧은 면 반바지와 카키색 티셔츠를, 사토루는 청바지에 수수한 알로하셔츠를 선택했다. 무엇보다 고마운 것은 발에 맞는 신발을 발견했다는 것이다. 또한 빵을 만들려고 했는지 부엌에는 반죽한 밀가루가 놓여 있었다. 우리는 냄비에 채소와 된장을 넣고 주력을 이용해서 순간적으로 가열한 뒤, 밀가루 반죽을 뜯어 넣고 수제비를 만들어 먹었다.

집 뒤쪽에는 무엇에 사용했는지 모르지만 짐차가 놓여 있었다. 나무 바퀴가 두 개 있는 커다란 수레에 불과했지만, 피곤에 지친 우리에게는 더할 수 없이 쾌적한 운송 도구처럼 보였다. 약탈하는 것 같아서 마음이 찜찜했으나 주인에게는 나중에 사과하기로 하고 짐차에 올라탔다. 차축은 상당히 견고해서 주력을 이용하자 제법 빨리 달릴 수 있었다. 하지만 울퉁불퉁한 길에서 전해지는 충격과 함께 두 개밖에 없는 바퀴가 불안정하게 흔들리는 바람에 금세 속이 울렁거렸다.

"나…… 안 되겠어. 더 이상 못 견디겠어."

나는 짐차에서 내려 열심히 구토증과 싸웠다. 조금 전에 먹은 수제비가 위장 안에서 빙글빙글 맴돌았다. 사토루의 얼굴도 창백해졌다.

"역시 이건 사람이 탈 게 못 돼."

어젯밤부터 잠시도 눈을 붙이지 못한 탓에 더욱 구토증이 치민 것이다.

"수로를 이용하는 수밖에 없겠어. 이렇게 가면 언제 도착할지 몰라."

"하지만 배가 없잖아."

"이걸 사용할 수 있을 것 같아. 만약 부력이 모자라면 주력으로 보충하면 되잖아."

나는 짐차를 쳐다보았다. 분명히 물에 띄우면 뗏목처럼 보일 수도 있으리라.

"만약 도중에 요괴쥐의 습격을 당하면 어떡하지?"

수로를 항해하는 동안은 주위에서 다 보이기 때문에 언제 공격 대상이 될지 알 수 없다.

"그럴 가능성도 있겠지. 하지만 이런저런 가능성을 다 생각하면 때를 놓칠 수도 있어. ……둘이나 있으니까 악귀만 만나지 않으면 대처할 수 있을 거야."

그의 낙관론이 신중하게 생각한 끝에 나온 것인지, 아니면 단지 피곤해서 생각하기 귀찮아서인지는 알 수 없었다. 수로를 목표로 우리 키보다 크게 자란 풀밭을 빠져나가는 도중에 멀리서 폭발하는 소리가 들렸다.

"무슨 소리지?"

그의 얼굴이 험악하게 변했다.

"아직 전투가 계속되고 있어……."

이어서 두 번, 세 번. 폭발음은 점점 격렬해졌다.

"상황을 모르는 상태에서는 전부 쓸데없는 억측에 불과해. 어쨌든 빨리 사람들과 합류하는 게 좋겠어."

그 후로도 예닐곱 번은 폭발음이 울렸다. 폭발음을 들을 때마다 온몸에 채찍질을 당하는 듯한 심정이었다. 무슨 일이 일어났는지는 알 수 없다. 하지만 인간이 요괴쥐를 공격할 때는 적어도 폭발물을 사용하지는 않는다.

겨우 초 중심부로 향하는 운하를 발견하고 사토루가 살며시 수면에 짐차를 내렸다. 가까스로 뜨기는 했지만 우리 두 명이 올라타자 짐차는 매우 불안해 보였다. 조금이라도 중량을 줄이기 위해 나무 바퀴에 감겨 있던 쇠를 벗겨보았지만, 그래도 큰 물결이 밀려오면 거꾸로 뒤집어졌다. 그러나 더 이상 시간을 낭비할 수 없어서 우리는 과감하게 출발을 감행했다. 처음에는 그가 추진에 전념하고, 나는 짐차가 가라앉지 않도록 신경 쓰는 역할을 담당했다. 바퀴를 앞으로 회전시키면 부력이 좋아지리라고 기대했으나 유감스럽게도 아무런 효과가 없었다. 그러는 사이에 짐차가 뒤로 크게 기울며 물에 빠질 뻔해서 우리는 앞쪽을 꼭 잡았다. 그리고 결국 그것이 가장 안정된 자세라는 사실을 깨달았다. 짐차 앞쪽을 약간 들어올려 뒤에서 주력으로 밀면, 추진력 일부가 양력으로 바뀌어 서핑보드처럼 파도를 가르고 나아갈 수 있는 것이다.

그로부터 몇 킬로미터는 상당히 순조로웠다. 온몸이 물에 흠뻑 젖는 건 여름이라서 그렇게 괴롭지 않았지만 짐차에 매달린 채 주력을 사용하고 있으려니 점차 머리가 몽롱해졌다. 게다가 앞이 보이지 않아서 어딘가에 부딪히지 않을까 하는 걱정으로 정신은 너덜너덜해졌다.

그래도 적의 매복에 신경 쓰면서 아픈 발을 이끌고 걸어다닌 것보다는 훨씬 편하다고 스스로를 위로했다. 간선 운하에서 지선으로 들어가기 직전이었다. 물밑에서 무엇인가에 부딪힌 듯한 둔탁한 충격이 느껴졌다. 사토루가 짐차를 세웠다.

"뭐지?"

비스듬했던 짐차가 수평으로 바뀌고, 수면에 닿을락 말락 한 높이에서 물결에 흔들렸다.

"……오른쪽 바퀴에 뭐가 부딪힌 것 같아."

"바위인가?"

"운하 한가운데에 그렇게 큰 바위가 있겠어? 이 주변의 수심은 적어도 4~5미터는 될 건데."

우리는 짐차에서 얼굴을 내밀어 물속을 들여다보았다. 처음에는 너무도 거대해서 '그것'인지 몰랐다. 하지만 물이 투명한 덕분에 바닥에 찰싹 달라붙어 있는 것이 어렴풋이 보였다.

"저게…… 뭐지?"

그도 대답에 궁한 모습이었다. 운하 바닥에 있는 토사와 똑같은 색을 띠고 있어서 구분하기 힘들었지만, 2~3미터 길이에 양쪽 끝이 오므라든 방추형처럼 생겼다. 간단히 말하면 거대한 해삼과 색깔은 물론 모양도 똑같다고 할까?

"지금 부딪힌 게 저건가?"

"저기 있으면 부딪히기 힘들 텐데……."

그는 물에 얼굴을 대고 수상한 물체를 뚫어지게 쳐다보았다. 나도 그의 옆에서 그와 똑같이 물속에 시선을 고정했다. 그때 조금 떨어진 곳의 바위가 떠올라서 천천히 떠다니기 시작했다. 그가 주력으로 움직인 것이다. 조심하라고 말할 틈도 없이, 바위는 생물처럼 둥실둥실 헤엄쳐서 거대한 물체의 꼬리(어느 쪽이 머리인지는 모르지만 편의상 우리의 진행 방향과 똑같은 쪽을 머리라고 보았다)에 세차게 부딪혔다.

반응은 예상보다 훨씬 격렬했다. 거대한 해삼처럼 생긴 괴물이 몸을 비틀며 바닥을 차더니, 믿을 수 없는 속도로 헤엄치기 시작한 것이다.

나는 순간적으로 주력을 이용하여 꼬리를 잡으려고 했다. 그것을 알아차렸는지 물체는 내 쪽으로 머리를 비틀고 먹물처럼 새까만 액체를 토해냈다. 액체의 양은 놀라우리만큼 엄청나서, 그 즉시 주위의 물이 새카매지면서 물속이 보이지 않았다.

"큰일 났다. 기슭으로 올라가자!"

우리는 물에서 얼굴을 들고 운하의 왼쪽 기슭에 짐차를 댔다. 새카만 물 위에 떠 있으면 어디서 공격을 받을지 모른다. 우리는 기슭의 키 큰 여름풀에 몸을 숨기며, 운하를 내려다볼 수 있는 가장 높은 위치까지 올라갔다. 다시 쳐다보자 새카만 물은 운하의 앞뒤 100미터 정도를 오염시켰다.

"설마 독은 아니겠지?"

내가 그렇게 물어보자 사토루는 검은 물에 담근 손을 쳐다보았다.

"아니야. 오징어나 문어의 먹물과도 다른 것 같아."

나도 새까만 물에 담근 손목에서 팔꿈치 뒤쪽을 관찰했다.

"이 새까만 건 액체가 아니야⋯⋯."

투명한 물과 새카맣고 미세한 알갱이가 선명하게 나누어져 있는 것이다.

"아무래도 미세한 먹가루 같아."

그는 새카맣게 물든 운하를 바라보며 진언을 외었다. 새까만 물이 점차 맑아졌다. 주력에 의해 검은 입자가 천천히 가라앉는 것이다.

이윽고 70퍼센트 정도 맑아진 물의 바닥에 조금 전 괴물이 숨어 있는 것이 보였다. 괴물은 자신을 감추고 있는 연막이 사라진 걸 알아차렸는지 다시 헤엄쳐서 도망치려고 했다. 하지만 이번에는 우리도 준비하고 있었다. 우리는 연체동물 같은 거대한 몸을 움켜잡은 채 물에서 끌어올려 허공에 매달았다. 괴물의 몸에서 우두둑 물이 떨어지며 커다란 물보라가 일었다. 괴물은 포기한 듯 발버둥

치지는 않았다. 다만 머리를 돌려 자신을 허공에 매단 인간이 어디 있는지 열심히 찾았다.

괴물의 얼굴을 보고 나는 숨을 들이마셨다. 덩치는 긴수염고래만큼 거대하지만 머리 크기는 인간과 거의 비슷했다. 크고 둥근 눈은 바다표범처럼 새까맣고, 놀라운 것은 주둥이 길이가 2~3미터나 된다는 것이었다. 가비알 같은 악어 입이나 새 부리를 떠올리게 했지만, 크기를 무시하면 가장 비슷하게 생긴 건 모기의 주둥이였다.

사토루가 말했다. "저 녀석도 요괴쥐의 변이개체야."

예전에 땅거미가 낳은 총엽병이나 풍선개를 보지 않았다면 도저히 믿을 수 없었으리라. 그때는 늪에서 나타난 개구리와 똑같이 생긴 병사도 있었는데, 지금 내 눈앞에 있는 괴물은 완전히 물속에서 살 수 있도록 특화한 것 같다.

"……그래, 이 녀석은 먹가루를 토해서 운하를 새까맣게 만들 생각이야."

초를 종횡무진 흐르는 수로를 지배하기 위해 투명한 물을 새까맣게 만들려는 속셈인가? 나는 야코마루의 간교한 지혜에 새삼스레 혀를 내둘렀다.

사토루가 다시 자신의 손을 바라보았다.

"그런데 이 녀석의 역할은 정말 그것뿐일까? 그렇다면 문어나 오징어 같은 먹물을 토해내는 편이 낫지 않을까? 이 녀석은 왜 일부러 미세한 먹가루를……."

그는 퍼뜩 생각이 나는 모양이었다.

"아니야, 녀석의 진정한 목적은 이게 아니야……. 이제 알았어! 아까 그 폭발이야!"

"무슨 말이야?"

그때 괴물의 눈이 우리를 포착했다. 새까만 눈은 깜빡이지도 않고 우리를 빤히 쳐다보았다. 그러자 그때까지 보지 못했던 길고 가느다란 돌기가 괴물의 머리 위에서 일어서더니, 그 돌기에 있는 깃발처럼 생긴 지느러미들이 바람에 흔들렸다.

사토루가 소리쳤다. "위험해!"

다음 순간, 괴물의 길고 가느다란 주둥이가 우리를 향해 안개처럼 새카만 먹가루를 대량으로 뿜어냈다.

5

검은 안개는 즉시 우리 시야를 뒤덮었다. 그 순간이 생사의 갈림길이었다.

미세한 먹가루가 폐를 뒤덮으면 질식사를 피할 수 없다. 가령 주력으로 벽을 만든다고 해도 허공을 떠다니는 대량의 분진에 둘러싸여 꼼짝도 할 수 없을 것이다. 그리고 그 후에 일어난 일을 보면 바람을 일으켜 안개를 걷어낼 틈도 없었다.

괴물을 매달고 있던 주력의 손이 없어지면서 50톤은 됨직한 거대한 물체가 땅으로 떨어졌다. 물주머니처럼 생긴 몸은 단단한 땅에 세차게 부딪히며 이내 평평해졌다. 그 충격이 내장에 치명적인 손상을 주었으리라. 그래도 괴물은 머리를 치켜들고 여전히 새까만 분진을 내뿜어, 불과 몇 초 사이에 체내에 저장하고 있던 방대한 분진을 모두 토해냈다.

이어서 일어난 일은 상상의 영역에 불과하지만, 아마 빨대처럼 생긴 괴물의 좁은 주둥이는 대량의 공기와 분진이 통과한 마찰열에 의해 단숨에 수백 도까지 올라갔으리라. 그곳에서 직접 불길이 전해졌든지, 어쩌면 열에 의해 떨어져나간 주둥이가 기류를 타고 검은 안개 속으로 뛰어들어 점화구 역할을 했을지도 모른다. 어쨌든 불길은 순식간에 분진 전체로 퍼져서 폭발적인 연소를 일으켰다. 이른바 분진 폭발이다. 원래 숯은 천천히 타오르지만, 미립자인 경우에는 주위의 산소와 결합하여 급격히 연소해서 폭발을 일으키는 것이다. 폭발 범위는 반경 수백 미터에 이르렀다. 만약 그 안에 있었다면 가부라기 씨가 아닌 이상 살아남을 수 없었으리라.

검은 안개에 의해 시야가 덮인 순간, 머리에 떠오른 것은 내 몸을 지키는 게 아니라 사토루를 구하겠다는 강한 의지였다. 그리고 그것은 그도 마찬가지였다. 그 직전에 악귀에서 도망치기 위해 서로의 몸을 던지는 행동이 행운의 예행연습이 되었을지도 모른다.

검은 안개로 모습이 보이지 않은 순간, 나는 괴물을 매달고 있던 기중기 이미지를 포기하고 그 대신 투석기를 떠올렸다. 사토루의 몸을 갈고리에 걸어 허공을 향해 힘껏 내던진 것이다.

그 순간, 강렬한 가속도로 인해 머리가 짓눌리는 듯한 현기증에 휩싸였다. 정신이 들자 아득한 눈 밑에 대지가 펼쳐져 있었다. 내가 그를 들어올림과 동시에 그 역시 나를 들어올린 것이다. 순간적으로 주력을 이용해서 귀를 막았는지, 기압 차이로 고막이 찢어지는 일은 피할 수 있었다. 나는 재빨리 코로 숨을 토해내고 귀로 공기를 빼냈다. 자유 낙하를 동반하는 무중력 상태에서 위장이 치켜 올라간 듯한 불쾌함이 느껴졌다. 밑에서 부는 세찬 바람에 반바지와 티셔츠가 찢어질 것처럼 펄럭이고 있었다.

고도가 얼마나 될까? 가미스 66초 전체를, 그리고 주변의 숲과 쓰쿠바 산까지 한눈에 바라볼 수 있을 정도였다. 하지만 사토루의 모습은 어디에서도 보이지 않았다.

지표는 광범위에 걸쳐 새카만 분진의 구름으로 뒤덮여 있었다. 그 모습은 마치 음침한 검은 버섯이 천천히 팽창하여 증식하는 것처럼 보였다. 이대로 있으면 다시 저 한가운데로 들어가리라. 손발을 펼쳐 자세를 조정하며 어떻게든 몸을 부양시키려고 했지만, 하늘을 나는 이미지를 어떻게 만들어야 좋을지 알 수 없었다.

그때 눈 밑의 분진 구름이 눈부신 빛과 함께 대폭발을 일으켰다. 솟구치는 바람의 힘에 의해 밑으로 내려가던 몸이 다시 위로 올라갔다. 순식간에 머나먼 거리를 이동하는 것이 느껴졌다.

허공을 날면서도 이상하게 두려움은 느껴지지 않았다. 낙하의 충격을 주력으로 줄일 수 있다는 자신감이 있긴 했어도 이렇게 높이 올라온 건 태어나서 처음일 텐데……. 가로막는 것 하나 없는 햇빛이 반짝반짝 대기에 난반사하고 있다. 투명한 푸른 하늘에는 새하얀 솜구름이 나부끼고 있었다.

환시가 일어난 것은 그때였다. 밝은 하늘이 반전해서 어두운 밤하늘로 바뀐 것이다. 하나하나의 분화구가 보일 만큼 거대한 달이 교교하게 대지를 비추었다.

아아, 이것은…… 예전에 겪었던 내 체험이라는 확신이 들었다.

일단 삭제되었던 기억. 그 기억이 다른 기억의 미세한 부분에 달라붙어 있던 조각들을 끌어모아, 다시 만들어지는 듯한 느낌이 들었다.

아득한 아래쪽에 아름다운 달빛을 받고 있는 ■의 오두막이 보였다. 눈에 들어오는 모든 대지가 절구 모양으로 움푹 들어갔다. 오두막이 있었던 곳을 향해 주위에서 토사가 해일처럼 밀려들었다. 저주파 같은 땅울림에 뒤섞여 나무들이 뿌리째 뽑히고 부러지는 소리가 들렸다.

세계의 종말 같은 끔찍한 광경이 조금씩 내 눈앞에서 멀어졌다. 내 몸이 커다란 포물선을 그리며 뒤쪽으로 날아가는 것이 느껴졌다. 세찬 바람을 받고 점퍼가 파르르 떨렸다. 고무줄이 날아가면서 머리카락이 밤하늘에 나부꼈다. 이대로 어딘가에 떨어져서 죽는 것도 나쁘지 않으리라. 그런 생각에 휩싸이며 나는 조용히 눈을 감았다. 하지만 이내 다시 눈을 떴다.

■은 마지막 힘을 모두 사용해서 나를 구해주었다.

나는 살아야 한다.

나는 다시 정면을 향했다. 세찬 바람이 얼굴을 때렸지만 눈을 감지는 않았다. 눈물이 뒤쪽으로 날아갔다.

환시는 극히 한순간으로, 주위는 아침 햇살이 찬란하게 쏟아지는 원래의 밝은 공간으로 돌아와 있었다. 겨우 예전 기억이 선명하게 떠올랐다. 예전에 얼굴 없는 소년이 나를 구해준 것이다. 지금 사토루가 나를 구해준 것처럼.

폭발의 기류를 타고 먼 거리를 이동하는 동안 고도가 급속히 떨어졌다. 아무래도 나는 초의 중심부를 향해 날아가고 있는 듯했다. 눈 아래 경치가 점차 똑똑히 보이기 시작했다. 그것이 이엉마을 중심지, 초의 번화가임을 깨닫고 나는 커다란 충격에 휩싸였다. 대부분의 건물이 부서지고 무참한 폐허로 변해 있었던 것이다. 사람의 모습은 보이지 않았다.

나는 중력의 가속도에 의해 엄청난 속도로 대지와 부딪치려고 하고 있었다. 나는 주력으로 땅을 밀어서 속도를 줄였다. 어떻게든 물로 들어가야 한다. 수로 안에 떨어지면 속도를 완전히 죽이지 않아도 큰 부상은 피할 수 있으리라. 하지만 눈의 한쪽 구석에 들어온 수로의 물은 완전히 말라 있었다.

물이 다 빠지다니…… 무엇 때문일까? 이유를 생각할 틈이 없었다. 나는 서둘러 계획을 바꾸어 날개 이미지를 만들었다. 활공을 함으로써 조금이라도 앞으로 나아가야 한다. 연착륙할 수 있는 장소는 한정되어 있다. 그때 노란색이 눈에 들어왔다. 넓은 해바라기밭이다. 기름을 짜기 위해 초에서 재배하는 것이다. 나는 가까스로 방향을 바꾸어 해바라기 밭에 내려서기로 결심했다. 마리아는 어떻게 그토록 쉽게 공중 부양을 할 수 있었을까?

샛노란 꽃이 눈앞으로 다가왔다. 큰일 났다. 이미지를 떠올린 대로 속도가 줄어들지 않은 것이다. 나는 한순간 주력의 팔로 땅을 쳤다. 몇몇 해바라기 줄기가 부러져서 허공으로 솟구쳤다.

착륙하는 순간, 나도 모르게 눈을 감았다. 부러진 해바라기 줄기가 뺨을 스쳤다. 다음 순간, 나는 세차게 땅에 부딪혔다. 해바라기가 쿠션 역할을 해주었음에도 가슴이 땅에 부딪히는 바람에 순간적으로 숨이 막혔다. 나는 그대로 수많은 꽃들의 품에 안겨 정신을 잃었다.

정신이 들자 엎드린 채 쓰러져 있었다. 나는 천천히 손발을 구부리거나 펴서 상태를 확인했다. 손바닥이 까졌지만 뼈가 부러지거나 심한 타박상을 입지는 않은 것 같았다. 주위 소리에 귀를 기울이고 나서 조용히 일어났다.

화창한 여름의 아침이다. 멀리서 작은 새의 노랫소리가 들린다. 그것 말고 무거운 침묵이 주위를 에워싸고 있었다. 사토루는 어디로 갔을까? 분진 폭발 직전에 그를 던진 방향을 떠올리려고 했으나 기억이 나지 않았다. 무사하다고 믿고 싶었지만 걱정은 더해질 뿐이었다.

주력을 많이 사용한 탓에 머리가 몽롱했다. 의식을 잃은 건 고작 5분이나 10분밖에 되지 않아서 휴식 효과는 거의 나타나지 않았다. 만약 지금 요괴쥐나 분진 괴물을 만나면 나 하나를 지키기도 힘들 것이다. 악귀의 경우는 말할 필요도 없고……. 어쨌든 여기서 우물쭈물 시간을 낭비할 수는 없다. 한시라도 빨리 사람들과 합류해야 한다. 나는 주위 기척에 신경을 곤두세우며 걸음을 내디뎠다.

해바라기 밭을 지나 잡목림으로 들어갔다. 도중에 수많은 나무들이 쓰러져 있는 것이 눈에 들어왔다. 짐차에서 내려 수로로 가는 도중에 들은 폭발음이 떠올랐다. 그 괴물이 몇 마리 나타나서 초의 중심부에서 폭발을 일으킨 것이다. 여기까지 영향이 미친 걸 보면 후폭풍이 상당히 광범위하게 덮친 것이리라.

하지만 폭발 규모로 보면 괴물도 죽은 것이 명백하다. 즉, 자폭에 가까운 것이다. 예전에 본 풍선개는 목숨을 걸고 땅거미의 용혈을 지켰는데, 분진을 토해내는 괴물은 처음부터 적, 즉 인간을 죽이기 위해 만들어진 공격 무기인 것이다. 그 이외의 요괴쥐 병사도 전부 생물이라기보다 일회용 소모품이나 마찬가지였다. 희생을 마다하지 않고, 아니 처음부터 희생양이 되기 위해 공격을 감행하는 것이다.

이런 사태가 일어나리라곤 상상도 하지 못했다. 우리는 주력이라는 절대적인 힘을 믿은 나머지 요괴쥐를 너무 만만하게 보았을지도 모른다. 그나저나 무엇이 요괴쥐를 그렇게까지 만든 것일까?

나는 그때 평소처럼 생각에 집중하는 바람에 주위에 대한 경계를 소홀히 했다. 조금만 더 걸어서 잡목림을 빠져나가려고 했을 때 그 사건이 일어났다. 정면에서 윙윙 소리를 내며 커다란 바위가 날아온 것이다.

갑자기 허를 찔린 탓에 주력으로 저지할 수 없었다. 나는 그 자리에서 엉덩방아를 찧었다. 다행히 목표가 정확하지 않았는지, 바위는 내 머리 위를 지나 조금 뒤쪽에 떨어졌다.

첫 번째 공격이 실패하자 틈을 주지 않고 다음 공격이 이어졌다. 폭풍을 견뎌낸 나무들이 뿌지직 소리를 내면서 비틀어졌다. 그것은 아무리 봐도 주력에 의한 것이라고밖에 볼 수 없었다.

나는 경악해서 입을 다물지 못했다. 악귀가 여기까지 쫓아온 것일까? 그렇다면 이제 살아날 방법은 없다……. 나는 눈앞으로 다가온 거목을 주력으로 받았다. 주력끼리 부딪치는 기묘한 감각과 함께 공중에 무지갯빛의 간섭 모양이 나타났다. 그때 깜짝 놀라는 인간의 외침이 들렸다.

"우아! 이럴 수가……?"

나는 목이 터져라 소리쳤다. "그만둬! 난 사람이야!"

그러자 두 개의 주력이 사라지면서 허공에 떠 있던 거목이 땅으로 떨어졌다. 역시 그렇다. 누가 나를 요괴쥐로 오인해서 공격한 것이다.

"잠시만 기다려. 지금 갈 테니까!"

나는 두 손을 크게 휘두르며 잡목림에서 빠져나왔다. 5~6미터쯤 떨어진 곳에 망연자실한 표정의 소년이 서 있었다. 아마 열대여섯 살쯤 되었으리라. 소년이 나를 발견하고 뛰어왔다.

"죄송해요, 요괴쥐인 줄 알고……."

"조심해! 만약 내가 죽으면 너도 괴사하니까."

"괴사라뇨?"

착하게 보이는 소년은 멍한 표정으로 되물었다.

"아, 괴사기구에 대해선 안 배웠겠구나. 어쨌든 잘 확인하고 나서 주력을 사용해야 해."

"네. ……하지만 요괴쥐는 숨어 있다 기습 공격을 하는 게 특기라서요."

소년의 이름은 사카이 스스무로, 전인학급의 4학년 학생이라고 한다. 그에게 어젯밤 이후에 일어난 일들을 묻자 놀라운 대답이 돌아왔다. 비록 어리지만 그는 요괴쥐와의 전투에 자원해서 처음부터 끝까지 목격했다고 한다.

축제 광장이 습격을 받은 후, 복수에 불탄 사람들은 다섯 명이 한 조가 되어 요괴쥐 초토화 작전을 개시했다. 그리고 우리가 병원에 도착해서 매복해 있던 요괴쥐와 싸우기 시작했을 무렵, 초 중심부에서도 치열한 전투가 벌어졌다고 한다.

요괴쥐가 선택한 것은 철저한 게릴라전이었다. 주력을 가진 인간에게 정면으로 대항할 도리가 없는 이상, 달리 선택할 방법이 없었으리라. 하지만 게릴라전이 커다란 전과를 올릴 수 있었던 이유는 야코마루가 병사를 단순한 소모품으로밖에 여기지 않는 비정한 전술을 채택함과 동시에, 우리가 전쟁에 대한 준비를 전혀 하지 않아서였다. 우리가 여름 축제에 참가하는 사이, 요괴쥐 부대는 빈집에 침입해서 시가전에 대비했다. 맨 처음 요괴쥐들과 함께 모든 건물을 부숴야 했는데, 그 당시만 해도 그만한 희생을 치를 필요가 있다고 여긴 사람은 아무도 없었다.

또한 5인 1조의 사람들은 지금까지 훈련다운 훈련을 받아본 적 없이 머리 꼭대기까지 분노가 치민 상태에서 실전에 투입되었다. 따라서 모든 방향에 주의를 기울이지 못하고 앞에서 요괴쥐들이 함성을 지르며 공격해오면 그쪽에 시선과 의식이 쏠릴 수밖에 없다. 그리하여 소모품들이 주력에 짓눌리는 동안 등 뒤에 숨어 있던 요괴쥐 사격수가 총을 쏘는 단순하기 짝이 없는 작전에 의해 많은 사람들이 목숨을 잃었다고 한다.

생각지도 못한 상황에 깜짝 놀라 급거 몇 조가 연계하려고 했는데, 그것은 다시 야코마루의 전술에 빠지는 결과를 낳았다. 역시 다섯 마리가 한 조가 된 유사인간이 야음을 틈타 사람들 사이에 끼어든 것이다. 유사인간이 빈틈을 노려 갑자기 공격을 시작하자 사람들은 대혼란에 빠졌다. 유사인간의 화살이나 총탄을 맞고 쓰러진 사람들뿐 아니라 유사인간으로 오인해서 사람을 공격하는 비참한 상황이 벌어진 것이다. 이 경우에는 주력에 의해 죽음을 맞이한 사람뿐 아니라, 실수로 사람을 공격한 사람도 괴사기구의 작용으로 목숨이 끊어질 수밖에 없다.

그렇게 해서 악몽 같은 하룻밤이 지나자 인간 쪽의 전사자는 200~300명에 이르렀다. 물론 그 두세 배의 요괴쥐를 죽이기는 했지만 일방적인 패배나 마찬가지였다.

해가 떠오르자 야코마루의 다른 전략이 모습을 드러냈다. 요괴쥐 부대는 하룻밤 내내 간헐적으로 공격을 계속했다. 동틀 무렵이 되자 유사인간을 일소한 덕분에 희생자는 더 이상 나오지 않았지만, 그것이 사람을 한숨도 자지 못하게 만들기 위한 작전이라는 건 아무도 간파하지 못했다. 겨우 요괴쥐의 집요한 공격이 그친 뒤 사람들이 잠시 안심하고 선잠에 빠졌을 때, 나와 사토루가 만난 '숯뿜기'가 등장한 것이다.

숯뿜기는 한밤중에 수로를 거슬러 올라와 초 안에 침입, 물속에서 대기하고 있었던 모양이다. 치열한 전투에 정신을 빼앗긴 탓에 긴수염고래 정도의 거구임에도 누구 하나 눈치채지 못했다. 더구나 숯뿜기의 존재를 알아차리지 못하게 하려고 요괴쥐는 일부러

수로 쪽에서 공격하지 않았던 것이다.

전투가 일단락되었다고 안심한 순간, 예닐곱 마리의 숯뿜기가 돌연 수로에서 머리를 내밀어 새까만 분진을 뿜어냈다. 건물 사이에 있는 골목 등 최대한 피해가 많이 발생하는 장소를 미리 계산해 분진으로 가득 채운 뒤, 사람들이 진정한 목적을 알아차리기 전에 연이어 대폭발을 일으킨 것이다.

격렬한 폭풍과 건물 등의 파편이 무방비한 상태에 놓여 있던 사람들을 덮쳤다. 수많은 분진 폭발이 연속적으로 일어나며 산소 결핍 상태에서 숨을 거둔 사람도 있다고 한다.

소년이 눈물을 머금으며 말했다. "가부라기 시세이 씨가 지켜주지 않았다면 우리도 죽었을 거예요. ……하지만 그 폭발로 선생님도 죽었어요. 엄마랑 아빠가 어디 있는지 몰라서, 저 혼자 찾고 있었어요."

"그런데 왜 나에게 바위를 던진 거야? 혹시 부모님일지도 모르잖아."

"누나가 숲속에 있었잖아요. 그런 데는 절대로 들어가지 말라고, 어른들이 몇 번이나 말했거든요. 녀석들이 숨어 있을지도 모르고, 실수로 다른 사람의 공격을 받을지도 모른다고요."

"그랬구나. 난 몰랐어."

부모님이 걱정되어 견딜 수 없었지만 우리 부모님의 소식은 모르는 듯했다. 그리고 또 한 가지, 반드시 물어봐야 할 것이 있다.

"스스무, 그것 말고 더…… 무서운 걸 보거나 들은 거 없어?"

소년이 입술을 삐죽거리며 대답했다. "그것 말고 더 무서운 거요? 그걸로 충분하지 않나요? 하룻밤 사이에 이렇게 무서운 일이 많이 일어났는데."

"이상한 걸 물어봐서 미안해."

아무래도 악귀는 아직 나타나지 않은 모양이다. 그렇다면 빨리 사람들에게 경고를 해주어야 한다. 어떻게든 도미코 씨나 가부라기 씨를 찾을 수 있다면 좋겠는데.

나는 소년과 함께 걷기 시작했다. 어깨를 나란히 하고 걸은 것이 아니라 되도록 서로 등을 댄 자세로 모든 방향에 신경을 쓰면서. 우리는 수로 옆에 도착했다. 하늘에서 본 대로 물은 완전히 말라서 바닥이 드러나 있었다.

"수로의 물이 왜 없어졌지?"

소년의 입에서 나온 대답은 그렇게 의외가 아니었다.

"높은 사람들이 만일에 대비해서 수문을 닫고, 물을 전부 빼라고 했어요."

"요괴쥐가 숨어서 덮칠까 봐?"

"네. 숯뽑기가 수로에서 왔기 때문일 거예요. 요괴쥐 중에는 숯뽑기 말고 양서류 같은 녀석도 있다고 하던걸요."

운하와 수로는 가미스 66초 안에 그물의 눈처럼 둘러쳐져 있다. 그 전부를 감시하기 어렵다는 걸 생각하면 당연한 대책일지도 모른다. 하지만 야코마루의 지혜는 사람들의 예상을 뛰어넘었다. 사람들이 시종 그의 손바닥 안에서 춤을 추고 있었다고 할 수 있으리라.

어쩌면 이렇게 된 것도 적의 계산대로, 아니 어쩌면 이렇게 되도록 유도한 게 아닐까 하는 의심이 들 정도다. 수로를 사용할 수 없는 경우, 사람들이 이동하기 힘들다는 것까지 간파한 것이리라.

그 상태에서 얼마나 걸었을까? 한 사람 두 사람, 여기저기서 사람들의 모습이 보이기 시작했다. 처음에는 그걸 보고 안심했지만 점차 기분이 무거워지고 우울해졌다.

시체에 매달려 울음을 터뜨리는 젊은 여자. 총상을 입고 비명을 지르는 남자들. 잃어버린 부모를 찾기 위해 목이 터져라 소리치는 어린아이들. 우리가 지나가자 모두 도움을 요청하는 시선으로 쳐다보았다. 멈추어 서서 어떻게든 도와주고 싶었지만 지금은 그럴 시간이 없다. 악귀가 나타나면 지금보다 더 끔찍한 지옥을 경험해야 한다. 그러기 전에 도미코 씨나 가부라기 씨를 만나 대책을 강구해야 한다.

"부탁이에요…… 살려주세요."

길거리에 쓰러져 있던 중년 여인이 우리를 향해 필사적으로 손을 내밀었다. 얼굴과 팔을 비롯해 밖으로 드러난 부분이 화상으로 심하게 문드러지고, 옷도 새카맣게 탔다. 이 정도 상처라면 얼마 살지 못하리라.

"물 좀…… 물 좀 주세요."

나는 입술을 깨물었다. 이 사람을 이대로 두고 가자니 마음이 아파서 견딜 수 없었다. 하지만 내가 늦으면 되돌릴 수 없는 일이 벌어지게 된다. 그때 소년이 도움의 손길을 내밀었다.

"누나, 이분은 내가 돌볼 테니까 누나는 어서 가세요. 높은 사람한테 가봐야 하잖아요."

"그래…… 고마워. 부탁해!"

소년의 손을 꼭 잡고 나서 걸음을 내디디려고 했을 때, 쓰러져 있는 여성이 나에게 말을 걸었다.

"잠시만요. 대체 누구에게…… 그렇게 급히 가는 건가요?"

나는 그 여성을 쳐다보고 말했다. "죄송해요. 도미코 님이나 가부라기 씨를 만나서 꼭 전해야 할 말이 있어요. 이대로 있으면 더 무서운 일이 벌어질 거예요……."

뒷말이 이어지지 않았다.

죽음의 끝자락에 있는 사람에게 더 무서운 일이 벌어진다고 하다니. 내가 이렇게 무신경한 사람이었던가?

그녀는 괴로운 듯 기침을 하면서 말했다. "도미코 님은…… 학교에 있어요. 전인학급으로 대피했을 거예요. 그 건물은 아직 무사하니까요."

문득 생각이 났다. 어쩌면 이 여성은 윤리위원회 위원일지도 모른다. 그러고 보니 얼굴을 본 적이 있는 것 같지만, 화상 때문에 확신을 가질 수 없었다.

"고맙습니다."

나는 깊숙이 고개를 숙이고 나서 잰걸음으로 걸었다. 장소를 알아낸 것은 고마운 일이다. 이제 1초라도 빨리 도착해야 한다. 점점 발걸음이 빨라지면서 결국은 뛰기 시작했다. 비록 일시적이기는 하지만 조금 전까지 느꼈던 피로는 어디론가 날아갔다.

전인학급에 가는 것은 졸업하고 나서 처음이다. 마음만 먹으면 언제든지 갈 수 있지만, 괴로운 추억으로 인해 자연히 발길이 멀어졌다. 학교에 다가감에 따라서 그 당시의 기억이 되살아났다. 초의 중심부에 비하면 파괴의 정도는 다소 나았지만, 그래도 추억이 깃든 건물들이 부서진 걸 보니 가슴이 아팠다.

도중에 한두 방울씩 비가 내리기 시작했다. 하늘은 여전히 새파랬다. 잠깐 내리다 그치려나? 그렇게 생각한 순간 서서히 구름이 끼었다. 전인학급 앞에 도착했을 때는 소나기처럼 쏟아졌다. 교문 앞에서 윤리위원회 직원 같은 사람이 나를 제지했다. 체구가 작은 초로의 남성이었다.

"비상사태로 인해 이 건물은 윤리위원회에서 접수했습니다. 안으로 들어갈 수 없습니다."

예전에 만난 적이 있는 남자였다. 도미코 씨 밑에서 일하는 사람으로, 이름은 니이미라라.

"전 보건소 이류관리과에 근무하는 와타나베 사키예요. 지금 당장 도미코 님을 뵙고 전해야 할 말이 있어요."

"……여기서 잠시만 기다리세요."

그는 이마에 주름을 잡고 교사 안으로 들어갔다. 나는 건물 차양 밑에서 비를 피하며 그가 돌아오길 기다렸다. 한동안 오지 않아서 안절부절못하고 있을 때 그가 모습을 드러냈다.

"이쪽으로 오십시오."

나는 그의 뒤를 따라 눈에 익은 전인학급의 교사로 들어갔다. 건물 자체는 튼튼해서 무너질 위험은 없는 듯했지만 폭풍이 빠져나간 후의 내부는 비품이나 나뭇조각, 유리 파편 등이 어지러이 흩어져 있어서 발 디딜 곳이 없었다. 도미코 씨는 교장실에 있는 것일까? 그러나 니이미 씨가 안내해준 곳은 보건실이었다.

"실례하겠습니다."

"들어오세요."

니이미 씨 말에 대꾸한 것은 틀림없는 도미코 씨의 목소리였다. 나는 그녀의 무사함을 알고 일단 안도했다.

"사키 양?"

"네……."

다음 순간, 나는 침대에 누워 있는 그녀의 모습을 보고 큰 충격을 받았다. 머리에는 붕대가 칭칭 감겨 있고, 두 눈도 가려져 있다. 팔은 어깨에 걸친 삼각건에 매달려 있고, 그 외에도 여기저기 부상을 당한 듯하다.

"무사해서 다행이야."

"많이 다치셨나 봐요……."

"아니야, 대단하지 않아. 유리 파편이 스쳤을 뿐이야. 날이 밝고 숯뿜기 같은 괴물이 나오리라곤 생각지도 못했으니까."

희미한 미소를 매단 그녀의 얼굴이 즉시 진지하게 바뀌었다.

"그보다 나에게 급히 전해야 할 게 있다고 했다면서, 뭐지?"

"네. ……최악의 사태가 일어났어요."

나는 사토루와 함께 병원에서 본 걸 요점만 간추려 이야기했다.

"그건 틀림없이 악귀였어요. 이대로 있으면 엄청난 일이 벌어질 거예요. 지금 당장 대책을 세워야 해요!"

그녀는 한동안 대답하지 않았다.

"그럴 리가…… 아무리 사키 양의 말이라도 믿을 수 없어."

"거짓말이 아니에요! 제 눈으로 똑똑히 봤어요! 악귀의 모습은 보지 못했지만, 두 명이 제 눈앞에서 살해되는 걸 봤어요."

"하지만 앞뒤가 맞지 않아. 어떻게 지금 악귀가 나타났지? 교육위원회에서 아이들을 그렇게 엄중히 관리했는데. 조금이라도 라면 크로기우스 증후군의 징조를 보인 아이는 한 명도 없었어."

"이유는 잘 모르겠어요. 하지만 악귀가 아니라면 누가 주력으로 인간을 살해할 수 있을까요?"

그녀는 다시 침묵했다.

"부탁이에요. 제발 믿어주세요. 이대로 있으면 진짜 되돌릴 수 없는 일이 벌어질 거예요."

그녀는 갈라진 목소리로 말했다. "하지만 사키 양…… 만약 그 말이 사실이라면 이제 손쓸 도리가 없어."

"그럴 수가……!"

"생각할 수 있는 건, 그래…… 다른 초에서 태어난 악귀가 어떤 이유로 여기까지 왔다는 것 정도겠지. 그런 경우에 우리한텐 악귀를 쓰러뜨릴 방법이 없어. 아직 악귀로서 눈뜨기 전이라면 부정고양이를 사용할 수 있지만, 진정한 악귀라면 만에 하나의 요행…… 천우신조를 기대하는 수밖에 없을 거야. 악귀가 사고를 당하든지 병에 걸리기를……."

"2세기 전에 우리 초는 악귀에 의해 참화를 당했지만 훌륭하게 부활했잖아요. 도미코 님은 자신의 눈으로 그걸 똑똑히 지켜보셨고요!"

그녀는 낮은 목소리로 담담하게 이야기했다. "그래, 그렇기 때문에 무슨 짓을 해서라도 다시는 악귀가 나타나지 못하게 하겠다고 나 자신에게 맹세했지. 이번에 나타나면 초는 전멸하리라고 생각했으니까. 그때 우리에게는 엄청난 행운이 따랐지만 이번에는 그렇지 않아. 요괴쥐에게도 이렇게 쩔쩔 매고 있는데……."

그녀는 흠칫 놀란 표정으로 말을 끊고 나서 즉시 덧붙였다.

"우연일 리 없어. 요괴쥐의 습격과 악귀의 출현은 관계가 있을 거야. 하지만 어떻게, 어떻게 그럴 수 있을까……?"

그때 창 밖에서 비명 같은 소리가 들렸다. 심장이 덜컹 뛰어올랐다. 비명이 점점 가까이 다가왔다. 한 사람이 아니다. 많은 사람들이 일제히 비명을 지르는 것이다.

그녀가 물었다. "니이미 씨, 무슨 일이에요?"

니이미 씨와 나는 창가로 다가가서 밖을 내다보았다. 공포에 휩싸인 사람들이 학교 앞의 거리를 뛰어다니고 있다. 사태가 심상치 않다는 것은 순간적으로 알 수 있었다. 그러는 사이에 군중 한 사람이 외친 "악귀다!"라는 소리가 귀에 들어왔다.

마침내 온 것이다……. 공포와 절망으로 무릎의 힘이 빠져나갔다.

도미코 씨가 엄격한 목소리로 말했다. "사키 양, 지금 당장 여기서 도망쳐."

"도미코 님도 같이 가세요!"

"난 여기 남을게. 이런 꼴로는 거치적거리기만 할 거야."

"하지만……!"

"팔정표식을 넘어 쇼조지로 가. 이런 긴급사태에는 거기서 안전보장회의를 열어 태세를 정비하기로 되어 있으니까. 만약 무사하다면 네 부모님도 쇼조지로 피했을 거야."

그 순간, 온몸에 피가 힘차게 돌았다. 가냘픈 희망이었지만 지금은 그것에 매달리는 수밖에 없다.

"예전에 내가 한 말, 기억하고 있지? 너를 내 후계자로 지명한 건 진심이야. 이런 형태로 물려주는 건 유감스럽지만 가미스 66초를 너에게 맡길게."

"안 돼요. 전…… 도저히 그럴 만한……."

"그리고 니이미 씨, 당신도 사키 양과 같이 피하세요."

그러자 니이미 씨가 당황한 표정으로 반박했다. "도미코 님께서 가시지 않는다면 저도 여기에 있겠습니다."

"아니에요, 당신에게는 다른 사명을 부여할게요. 지금 들은 이야기를 가부라기 씨에게 전해주세요. 그리고 정말로 악귀가 왔다면 시민회관으로 가서 방송해주세요. 되도록 많은 사람들에게, 되도록 멀리 대피하라고 경고해주는 거예요."

그는 직립부동의 자세로 고개를 숙였다. "……알겠습니다."

"이러고 있을 때가 아니에요. 어서 가세요!"

어떻게 해야 할지 몰라서 멍하니 서 있는 나를, 니이미 씨가 억지로 끌고 나갔다.

"안 돼요! 이대로 있으면 도미코 님이……!"

"이게 도미코 님의 뜻입니다."

그의 눈에서 눈물이 흘렀다. 나도 눈시울이 뜨거워지는 것을 느꼈다.

도미코 씨가 악귀를 만난 건 지금의 나와 비슷한 나이였다. 그리고 200년이 넘는 오랜 세월 동안 이 초를 지켜왔다. 좋은 의미든 나쁜 의미든, 그녀와 초는 하나라고 할 수 있다. 그리고 지금 그녀는 이 초와 함께 순직하려고 하는 것이다.

하지만 언제까지 감상에 젖어 있을 수는 없다. 나는 강한 사람이다. 나에게는 앞으로 해야 할 일이 있다. 나는 마음속으로 몇 번이나 스스로에게 그렇게 말했다. 그렇게 하지 않으면 공포로 인해 그 자리에서 무너져내릴 것 같아서였다.

공포에 사로잡힌 사람들은 나그네쥐처럼 목숨을 건 폭주를 계속하고 있었다. 도저히 누군가를 잡고 이야기를 들을 수 있는 상태가 아니었다. 니이미 씨는 시끄러운 소리에 지지 않도록 입 앞에 손나팔을 만들고 말했다.

"와타나베 씨는 도미코 님께서 시키신 대로 쇼조지로 가십시오."

"니이미 씨는 어떻게 하실 거예요?"

"난 가부라기 씨를 만나 도미코 님의 이야기를 전하겠습니다."

"그러면 저도 같이 가겠어요. 악귀가 정말로 있다는 걸 아는 사람은 저뿐이니까요."

아마 가부라기 씨는 사람들이 악귀에게 겁먹고 있다는 사실을 알아도, 단지 환영을 봤다든지 적의 모략에 빠져서 그렇게 믿는 것이라고 여기리라. 히노 씨가 세상을 떠난 지금, 악귀에 대항할 수 있는 사람은 가부라기 씨밖에 없다. 서둘러 정확한 정보를 전해주어야 한다.

우리는 사람들의 물결에 휘말리지 않도록 조심하면서 길가를 따라 앞으로 나아갔다. 이렇게 사람들이 몰려 있으면 아무도 주력을 사용할 수 없다. 앞다투어 도망치는 모습에서는 신의 힘을 구가했던 선택된 백성이라는 자부심은 한 조각도 찾아볼 수 없고, 고대문명을 뛰어넘어 아득히 먼 원시시대로 돌아간 것 같았다. 동굴 안에서 어둠에 깃든 초자연적 존재를 두려워하며, 바람 소리에도 벌벌 떨던 가엾은 혈거인들로.

아침에 맑게 개었던 하늘은 묵직한 구름으로 뒤덮여 있었다. 일단 소나기는 그쳤지만 언제 또 비가 내릴지 모른다.

니이미 씨가 말했다. "가부라기 씨는 이쪽에 계실 겁니다. 조금 전까지 무사한 사람들을 모아서 기와 더미를 치우고 부상자를 수용하기 위한 텐트를 쳤죠. 그 일이 끝나면 자율경비대를 재편성한다고 하셨는데요."

"하지만 사람들이 이렇게 우르르 몰려가는 상태에서는……."

나는 사람들을 보고 절망적인 기분이 들었다. 이런 상태에서 어떻게 가부라기 씨를 찾을 수 있을까?

사람들의 선두가 광장에 도착한 순간, 하늘 앞쪽이 밝게 빛났다. 어두운 구름을 배경으로 빛을 뿌리는 거대한 글자가 떠올랐다.

진정하십시오

두려워하지 마십시오

여러분은 제가 지키겠습니다

메시지 효과는 대단했다. 공포에 휩싸인 채 자신을 잊어버린 사람들이 발길을 멈추고 서서히 안정을 되찾은 것이다.

"공포는 마음을 마비시킵니다. 그것이 적의 계획입니다. 여러분, 냉정해지십시오."

가부라기 씨가 공중에 떠올라 광장에 모습을 드러냈다. 황금색으로 빛나는, 눈이 네 개 달린 가면을 쓰고 있다. 쓰이나 의식 때 사용하는 방상씨 가면이다. 주력으로 증폭된 목소리는 확성기보다 더 뚜렷하게 사방에 울려퍼졌다.

"요괴쥐들은 악마 같은 간계를 사용해서 인간에게 반역을 일으켰습니다. 그 결과, 안타깝게도 많은 사람들이 희생되었죠. 지금은 돌아가신 분들을 애도함과 동시에 일치단결해야 합니다."

짝짝짝 하고 여기저기서 박수가 일었다. 박수 소리는 점차 커지더니 모든 사람들에게 파급되었다. "그렇다!", "지금은 단결해야 한다!"라는 목소리가 사방에서 솟구쳤다.

"요괴쥐에게 죽음을!"

가부라기 씨가 그렇게 소리치며 광장 한가운데에 살며시 내려섰다.

"요괴쥐에게 죽음을!"

"요괴쥐에게 죽음을!"

"요괴쥐에게 죽음을!"

열광한 사람들은 주먹을 휘두르며 입을 모아 가부라기 씨의 말을 따라했다.

가부라기 씨의 탁월한 카리스마가 없었다면 이렇게 쉽게 공포를 가라앉히지는 못했으리라. 참으로 훌륭한 인심장악술이었다. 마음에서 공포를 쫓아낼 수 있는 감정은 강력한 분노밖에 없다. 사람들을 선동해서 원초적 분노를 불태우게 하는 건 극약 처방처럼 위험한 일이지만, 모든 사람의 정신을 차리게 하려면 그만큼 강렬한 자극이 필요한 것이다. 하지만 지금 생각하면 그것도 모두 야코마루의 냉혹하고 비정한 계산에 들어 있었을 것이다. 악귀가 등장하는 타이밍도. 사람들을 한쪽으로 모는 방향도. 그리고 가부라기 씨가 나타나서 그들을 광장에서 제지하리라는 것까지도.

그때 아무런 징조도 없이 광장의 땅이 파도치듯 부풀어오르더니 갑자기 무너졌다. 비명 지를 틈도 없이 사람들은 발밑에 뚫린 거대한 구멍으로 빨려 들어갔다.

붕괴의 범위는 반경 50미터쯤 되는 광장 전체에 이르렀다. 그 가장자리는 사람들을 따라가고 있던 우리 눈앞까지 다가오고, 중심은 가부라기 씨가 서 있던 사람들의 한가운데였다.

그 당시 요괴쥐의 공학적 능력 중 적어도 토목 기술만은 인간을 추월하지 않았을까? 어떻게 하면 한순간에 그렇게 광범위한 함몰을 초래할 수 있었을까? 이것은 추측의 영역에 불과하지만 아마 원래 주특기였던 터널 파기 능력을 살려 광장의 지하에 종횡무진 터널을 파서 무너지기 쉽도록 했으리라. 그리고 가장 깊은 부분에 거대한 구덩이를 만든 것이다.

발파를 한 것은 좁은 터널을 통해 가져온 소형 숯뿜기이리라. 어쨌든 밀폐 공간의 분진 폭발에 의해 약해진 지반이 무너지며 지상에 있던 수백 명의 군중이 밑으로 떨어졌다. 모락모락 피어오르는 흙 연기로 인해 앞이 보이지 않았다. 나는 눈에 먼지가 들어가지 않도록 두 손으로 얼굴을 가리는 것이 고작이었다.

니이미 씨가 내 손을 잡았다. "어서 피하세요!"

"하지만 아직 가부라기 씨에게……!"

그는 기침을 심하게 하면서 말했다. "틀렸어요, 이런 상황에서는 도저히……!"

가부라기 씨가 죽을 리 만무하다. 하지만 아무리 초인적 존재라도 이번에는 주력을 발동할 시간적 여유가 없었을지 모른다.

우리가 광장 반대 방향으로 피하자, 다시 비가 내리기 시작했다. 처음에는 한두 방울 떨어질 정도였지만 점차 빗발이 굵어지면서 조금 전의 소나기에 가까운 상태가 되었다. 그때 하늘을 올려다보던 나는 경악을 금치 못했다. 비가 극히 좁은 범위에밖에 내리지 않는 것이다. 그것도 땅이 무너져 흙 연기가 피어오르는 곳에만.

비가 그치는가 싶더니 이번에는 세찬 바람이 불었다. 그로 인해 비에 젖은 흙 연기는 완전히 날아가버렸다. 가부라기 씨는 땅이 무너지기 전과 똑같은 장소에 서 있었다. 아니, 발밑에는 아무것도 없었으므로 떠 있었다고 해야 할까?

그의 주위에는 수많은 사람이 그와 똑같이 떠 있었다. 그들은 자기 힘으로 떠 있는 게 아니라 주력에 의해 매달려 있는 상태였다. 잠시 후, 사람들은 망연한 얼굴로 천천히 구덩이 밖으로 내려섰다. 가부라기 씨의 분노와 고뇌에 찬 목소리가 울려퍼졌다.

"사람들을 모두 구하지 못하다니, 참담하기 이를 데 없습니다. 하지만 복수하기 위해서 제가 있는 것입니다. 추악하고 저주받은 생물, 모든 요괴쥐를 신의 나라 일본 열도에서 근절시키겠다고 여러분 앞에서 약속하겠……."

그의 말이 끝나기 전에 날카로운 총소리가 울려퍼졌다.

땅이 무너져서 생긴 거대한 구덩이. 그 구덩이 중간에 뚫린 횡혈에서 요괴쥐들이 일제 사격을 개시한 것이다. 그리고 다른 횡혈에서는 한 번에 수백 개의 화살이 날아왔다. 표적은 단 하나, 시세이 씨였다. 하지만 아래쪽에서 빗발처럼 퍼붓는 총탄과 화살은 목표에 도달하기 전에 다른 차원으로 빨려가듯 사라졌다.

"정말 존경할 만큼 끈질기군. 하지만 유감스럽게도 나에겐 어떤 짓도 통하지 않는다!"

다음 순간, 모든 요괴쥐가 보이지 않는 손에 의해 횡혈에서 끌려나왔다. 그들의 숫자는 수백 마리가 넘었다.

가부라기 씨가 그들에게 물었다. "너희 중에 인간의 말을 아는 자가 있느냐?"

이미 도망칠 수 없는 운명을 깨달았는지, 허공에 뜬 무수한 요괴쥐들은 입을 다문 채 침착하게 최후의 순간을 기다렸다.

"조용히 저세상으로 보내줄 만큼 난 동물애호정신을 가지고 있지 않다. 어쨌든 어젯밤 이후, 너희한테는 이가 갈리고 치가 떨리니까."

다음 순간, 모든 요괴쥐가 괴로워하며 발버둥 쳤다.

"괴로우냐? 너희 신경세포에 고통의 정보를 보내고 있는 거다. 실체가 없는 거짓 정보라서 그것만으론 죽지 않는다. 내 질문에 대답하지 않으면 고통은 영원히 계속될 것이다!"

결국 더 이상 견디지 못하고 한 마리가 입을 열었다.

"그만…… 그만둬."

"오호라! 인간의 말을 아주 잘하는구나! 너희 총대장은 지금 어디 있지?"

"끼익! 모른다……. 끽끽!"

고문을 당하는 요괴쥐는 거품을 내뿜으며 몸을 비틀었다. 그러자 겨우 충격에서 회복된 사람들이 소리치기 시작했다.

"죽여라! 죽여라! 죽여라!"

가부라기 씨가 무서운 목소리로 위협했다. "자아, 어서 불어! 안 그러면……."

그러나 요괴쥐는 잠시 발버둥을 치고 나서 눈을 희번덕거리더니, 마침내 침을 질질 흘리며 알아듣지 못하는 말로 중얼거릴 따름이었다.

가부라기 씨가 토해내듯 말했다. "고통의 강도를 너무 높였나?"

폐기물로 변한 요괴쥐는 새하얀 연기를 내뿜으며 불길에 타오른 후, 새까만 숯덩이로 변해 구덩이 바닥으로 떨어졌다. 그때 우리 훨씬 뒤쪽에서 고막이 찢어질 듯한 비명이 들렸다. 뒤를 돌아본 순간, 이 세상의 광경이라고 생각할 수 없는 모습이 망막에 비쳤다. 몇몇 사람이 하늘에서 떨어지는 색종이처럼 허공에 떠올랐다. 몇 명은 그대로 건물 외벽에 부딪혀서 꽃송이를 활짝 펼친 듯한 검붉은 핏자국을 남겼다.

"악귀다!"

거리는 즉시 공포와 광란의 아수라장으로 변했다. 하지만 도망칠 곳은 어디에도 없다.

"악귀라고? 말도 안 돼……. 어떻게 그런 일이……!"

가부라기 씨는 구덩이 위의 공간에서 땅으로 내려섰다.

이제 볼일이 끝났는지, 그는 허공에 매달려 있던 요괴쥐들을 잇 따라 짓이겼다. 갈비뼈가 튀어나오고 기다란 내장이 축 늘어진 시 체들은 실이 끊어진 것처럼 구덩이 바닥으로 사라졌다.

그때 분노에 미친 야수 같은 처참한 비명이 귀로 파고들었다. 우 리 뒤쪽에 있던 수십 명이 한순간에 불길에 휩싸인 것이다. 절규하 면서 발버둥 치거나 땅에 엎드린 사람들. 니이미 씨는 나를 끌어안 고 건물의 움푹 들어간 곳으로 몸을 숨겼다.

불에 타죽은 사람들의 비명이 끊어지자 거리는 음침한 정적에 휩싸였다. 살아남은 사람들은 전부 우리처럼 거리 양쪽 끝에 몸을 숨기고, 입도 다물 수 없을 만큼 바들바들 떨었다. 그 한가운데를 악귀가 걸어왔다. 똑바로 쳐다보는 것은 도저히 불가능했다. 나는 단지 희미한 발소리에 모든 신경을 집중했다.

심장이 미친 듯 방망이질 쳤다. 마치 언제 멈추어도 상관없게끔 이 세상의 흔적을 새기는 것처럼…… 하지만…….

니이미 씨의 팔 사이로 악귀의 모습을 본 순간, 매료된 것처럼 내 시선이 빨려 들어갔다. 형용할 수 없을 만큼 무서우면서도 시선 을 뗄 수 없었던 것이다. 악귀의 키는 매우 작았다. 마치 요괴쥐나 어린아이처럼.

요괴쥐가 입는 털가죽으로 몸을 감싼 악귀의 얼굴과 팔에는 파 란색의 복잡한 문신이 새겨져 있었다. 악귀는 우리에게는 눈길도

주지 않고, 정면에 있는 가부라기 씨만을 뚫어지게 쳐다보았다.

가부라기 씨가 소리쳤다. "정말…… 악귀인가? 그런데 왜지? 넌 대체 누구냐?"

다음 순간, 나는 눈을 크게 뜰 수밖에 없었다.

처음 보는 소년이었다. 하지만 그 소년이 누구인지 똑똑히 알 수 있었다. 어린아이치고는 이목구비가 뚜렷한 얼굴. 약간 기다란 얼굴은 아무리 봐도 마리아와 똑같았다. 그리고 길게 자란 머리카락은 마리아처럼 빨간색이고, 마모루처럼 심하게 뻗쳐 있었다. 갑자기 나타난 악귀는 요절한 두 사람의 자식이었던 것이다.

"Grrr…… ★＊∀§▲ЖАД!"

야수의 신음이 섞인 기묘한 보이소프라노의 목소리로 악귀가 소리쳤다.

몇 개의 벽돌이 허공에 떠올라 가부라기 씨를 향해 총알 같은 속도로 날아갔다. 하지만 모두 투명한 벽에 부딪힌 것처럼 도중에 산산이 부서졌다.

가부라기 씨의 뒤쪽 구멍에서 서서히 나무뿌리가 다가왔다. 다음 순간 양쪽 건물에 균열이 들어가나 싶더니 회반죽을 무너뜨리고 기다란 나무 기둥이 튀어나왔다. 하지만 어떤 공격도 소용이 없었다. 두 개의 나무 기둥은 가부라기 씨를 궤멸시키기 전에 작은 나뭇조각으로 변하고, 뒤쪽에서 덮친 나무뿌리는 발밑에 도착하기 전에 타올라서 새하얀 재로 바뀌었다.

"≠＊口И…… Ё▼ЮΣ."

경계를 하는지 악귀가 걸음을 멈추었다. 그리고 사냥감의 예상치 못한 저항에 재미가 없어진 포악한 짐승처럼 고개를 갸웃거리며 가부라기 씨를 노려보았다.

가부라기 씨가 단호하게 호통을 쳤다. "소용없다. 네 단순한 기술을 피하는 건 나한테 식은 죽 먹기다. 기왕에 할 바에야 이 정도는 해야지!"

갑자기 악귀 양쪽에 있던 집이 설탕으로 만든 산처럼 힘없이 무너져내렸다. 이번은 악귀의 발밑에까지 이르러 도로에 깔려 있던 납작 돌은 미립자로 변하고, 개미지옥 같은 커다란 구덩이가 뚫렸다. 악귀는 야생 동물답게 민첩한 동작으로 뒤로 물러섰다. 얼굴에는 경악의 표정이 깃들었다.

"사키!"

그때 뒤에서 부르는 이름을 듣고 나도 모르게 펄쩍 뛰어올랐다. 뒤를 돌아보니 사토루가 비장한 표정으로 서 있었다.

"사토루…… 무사했구나!"

"어서 피하자. 승부는 보나마나 뻔해."

"어? ……하지만."

악귀와 가부라기 씨는 교착 상태로 서로를 노려보고 있었다. 기술의 우열이라는 점에서는 비교가 되지 않지만 양쪽 모두 사태를 타개할 만한 결정적인 수단을 찾지 못한 것처럼 보였다.

"아직은 가부라기 씨의 시위 행위가 효과를 발휘해서 악귀가 움직이지 못하고 있어. 하지만 녀석이 눈치채는 건 시간문제야."

"눈치채다니, 뭘?"

"가부라기 씨에게는 공격제어와 괴사기구가 있어서, 같은 인간인 악귀를 죽일 수 없어. ……하지만 녀석은 달라."

그러자 니이미 씨가 옆에서 이의를 제기했다. "잠시만요, 악귀도 가부라기 씨를 쓰러뜨릴 수 없지 않을까요? 가부라기 씨는 어떤 공격도 막아낼 거고요."

"아니, 녀석에게는 간단한 일입니다."

"그럴 수가……!"

나의 뇌리에 잃어버렸던 기억이 다시 되살아났다.

가부라기 시세이 씨는 마지막으로 하얀 달걀과 눈싸움을 하고 있는 ■에게 천천히 다가갔다. 우리는 모두 역사적인 만남을 기대했다. ■은 언젠가 그의 뒤를 이을 것이라고 주목받는 사람이다. 여기서 처음으로 그에게 직접 지도를 받을 수 있지 않을까? 하지만 그의 발길이 도중에 멈추었다.

왜 그러는 것일까? 고개를 갸웃거린 순간, 그는 오히려 한두 걸음 뒷걸음질 쳤다. 그리고 재빨리 발길을 돌리자마자 어안이 벙벙한 모습의 우리를 남기고 실습실에서 나갔다.

주력의 누출. 이것 또한 오랫동안 잊고 있었던 말이다. 무적의 가부라기 씨는 그때 무엇을 그토록 두려워했던 것일까?

그때 가부라기 씨 입에서 비명이 터져나왔다.

"끄아아아아아아……!"

온몸에 힘을 담은 기합이 아니라 단말마의 절규였다. 다음 순간, 그의 얼굴을 뒤덮고 있던 황금 가면이 날아가고 보기에도 끔찍한 홍채가 네 개 달린 눈이 그대로 드러났다. 하지만 그 눈에는 이미 죽음의 그림자가 짙게 드리워 있었다.

"도망치려면 지금밖에 없어!"

사토루에게 이끌려 우리는 뛰기 시작했다. 그것도 악귀의 바로 옆을 지나고 가부라기 씨 옆을 빠져나간 것이다. 악귀는 우리 세 명에게 아무런 관심도 기울이지 않았다. 다만 온 힘을 다해 가부라기 씨의 숨통을 끊어놓으려 하고 있었다.

힐끔 뒤를 돌아보았을 때, 무지개 같은 빛으로 뒤덮여 있는 가부라기 씨의 머리가 눈에 들어왔다. 주력과 주력이 부딪쳤을 때 나타나는 간섭 모양이다. 악귀는 *가부라기 씨의 육체에 직접 주력을 행사하고 있다. 그리고 아무리 가부라기 씨라 하더라도 주력으로 상대의 주력을 제거할 수는 없는 것이다.*

마른 나뭇가지가 부러지는 음침한 소리가 들렸다. 가부라기 씨의 목이 상상할 수 없는 방향으로 비틀어졌다. 그것이 내가 본 그의 마지막 모습이었다.

광장 한가운데에서 떡하니 입을 벌리고 있는 구덩이가 눈앞으로 다가왔다. 믿을 수 없을 만큼 거대하고, 바닥이 보이지 않을 만큼 깊었다. 우리는 필사적인 심정으로 구덩이 안으로 뛰어내렸다.

6

우리는 대지 바닥까지 이어져 있는 듯한 거대한 구덩이 안으로 떨어졌다. 많은 사람들과 요괴쥐들의 무덤으로 변한 구덩이 바닥은 캄캄했다. 앞이 보이지 않으면 주력을 사용할 수 없다. 나는 순간적으로 위쪽을 향해 구덩이 끝에 주력의 갈고리를 걸었다. 그리고 상상 속 밧줄을 잡고 가까스로 벽면에 매달렸다.

조금 전 내린 비 때문에 벽은 번들번들 빛나고 쉽게 미끄러졌다. 무더운 데다 폭발로 인해 산소가 줄어들었는지 숨쉬기 힘들 정도였다. 더구나 공기에는 불에 탄 살 냄새에 피 냄새, 정체를 알 수 없는 악취까지 섞여 있었다.

사토루의 목소리가 들렸다. "사키, 괜찮아?"

나보다 상당히 위쪽에서 발 디딜 곳을 발견한 듯했다.

"난 여기 있어! 니이미 씨는?"

"난 괜찮습니다."

튀어나온 바위로 인해 모습은 보이지 않았지만 생각보다 가까운 곳에서 목소리가 들렸다.

"내 조금 밑에 횡혈이 있어. 거기로 들어가자."

사토루의 말이 끝나자마자 벽 쪽에서 초록색 불꽃이 번뜩였다. 잠시 눈이 아찔했지만 위치는 확실히 확인할 수 있었다. 새빨간 빛줄기가 천천히 시야를 가로질렀다. 나는 벽이 자석처럼 내 모습을 빨아들이는 이미지를 만들었다. 그리고 몸을 안정시키고 나서 도마뱀붙이처럼 천천히 기어 올라갔다.

구덩이 밖에서 사람들의 비명과 건물이 무너지는 소리가 들렸다. 악귀가 살육을 재개한 것이다. 나는 입술을 꽉 깨물었다. 지금 우리는 아무것도 할 수 없다. 다만 조금이라도 많은 사람들이 도망치길 기도하는 수밖에 없는 것이다. 눈을 감고 심장의 고동을 진정시켰다. 지금은 살아남는 것만 생각해야 한다. 악귀의 시선이 구덩이 안으로 향할 때까지는 아직 시간이 있을 것이다.

나와 니이미 씨가 횡혈에 도착했을 때, 사토루는 이미 안에서 기다리고 있었다.

"어서 들어와."

그는 순서대로 우리 손을 잡아서 횡혈 안으로 끌어당겼다.

횡혈의 직경은 1.5미터밖에 되지 않아서 허리를 구부려야만 했다. 조금 전보다 심한 악취가 코를 찔렀다. 코가 떨어져나갈 듯한 지독한 악취였다.

"이 냄새는 뭐지?"

사토루가 코를 막으면서 대답했다. "아마 터널을 굳힐 때 점토나 콘크리트에 배설물을 섞었을 거야."

"왜 그런 짓을 하는데?"

"돌관공사* 때문이겠지 뭐. 녀석들도 전쟁을 위해서 상당히 무리한 거야."

니이미 씨가 땅에 있던 횃불을 발견하고 불을 붙였다. 그러자 더 숨쉬기 힘들었지만 횡혈 안 모습은 어렴풋이 볼 수 있었다. 땅에는 쓰레기가 어지러이 흩어져 있었다. 잡초 뿌리나 곤충의 날개와 다리 등. 그들이 먹은 식량의 잔해이리라.

그때 니이미 씨가 무언가를 발견했다. "여기를 보세요."

땅 위에 대량의 혈흔이 있다. 그리고 기어간 흔적도.

---

* 突貫工事, 장비와 인원을 집중적으로 투입하여 한달음에 해내는 공사.

사토루가 속삭였다. "부상당한 요괴쥐가 있어. 조심해, 아직 살아 있을지 몰라."

횡혈 안쪽을 향해 혈흔을 더듬어가자 죽은 것처럼 누워 있는 요괴쥐 한 마리가 눈에 들어왔다. 하지만 자세히 쳐다보니 희미하게 가슴이 위아래로 흔들리고 있었다.

사토루가 손가락으로 가리키며 말했다. "저기 봐, 왼쪽 가슴이 없어……."

빈사 상태의 요괴쥐는 왼쪽 팔과 왼쪽 가슴을 잃어버린 채, 오른손에는 피 묻은 칼을 꽉 쥐고 있었다.

"가부라기 씨의 주력에 왼팔이 잡혔나 봐. 끌려 들어갈 것 같으니까 스스로 왼팔을 자르고 도망친 거야."

니이미 씨의 입에서 신음이 흘러나왔다. "하찮은 짐승이 그렇게까지 하다니……."

"그때 구덩이에서 끌려나온 병사들은 거의 옷을 입지 않았습니다. 하지만 이 개체는 가죽과 금속으로 된 갑옷을 입고 있죠. 이건 아무리 봐도 장관급입니다. 자기가 알고 있는 귀중한 정보를 지키기 위해서는 그렇게 할 수밖에 없었을 겁니다."

"……숨통을 끊을 거야?"

"아니, 말을 할 수 있다면 하게 만들어야지. ……걱정하지 마. 악귀는 여기까지 쫓아오지 않을 테니까 아직은 시간이 있어."

사토루는 주력으로 요괴쥐에게 칼을 빼앗았다. 그 순간 의식을 되찾았는지, 횃불의 불빛을 받은 요괴쥐는 새빨갛게 빛나는 눈으로 우리를 노려보았다.

사토루가 요괴쥐 앞에 웅크려 앉았다. "묻는 말에 순순히 대답하면 고통 없이 편하게 보내주지. 그동안 끔찍한 음식을 먹은 것 같더군. 왜 그렇게까지 하면서 인간에게 반항한 거지? 대체 꿍꿍이가 뭐야?"

요괴쥐가 엎드린 채 사토루를 돌아보았다.

"왜지? 인간의 말을 할 수 있잖아? 이제 와서 모르는 척해봤자 소용없어."

요괴쥐는 갈라진 목소리로 친구에게 이야기하듯 태연하게 대답했다. "모르는 척하는 게 아니다."

"그래? 그렇다면 말해. 야코마루는 지금 어디 있지?"

하지만 요괴쥐는 입을 다물고 대답하지 않았다.

"너희는 모두 야코마루에게 속고 있어. 왜 그걸 모르지? 그 녀석은 병사들의 목숨을 벌레만큼도 생각하지 않아."

"병사들의 목숨이라고? 그런 건 아무래도 상관없다. 일개 병사의 목숨 따위는 대의 앞에서 새털처럼 가벼울 뿐이니까."

"그 대의라는 게 대체 뭔데?"

"너희의 압정에서 우리의 모든 종족을 해방시키는 거다."

그때 나도 모르게 옆에서 끼어들었다. "압정이라고? 그게 무슨 소리야? 우리는 너희를 가혹하게 다룬 적이 없어."

"우리는 높은 지능을 가지고 있다. 본래라면 너희와 평등한 대우를 받아야 할 존재다. 그럼에도 너희는 악마의 힘을 가지고 우리의 존엄을 빼앗고 짐승처럼 다루었다. 이제 너희를 지상에서 일소하는 것 말고 우리의 긍지를 회복할 길은 없다."

사토루가 흥분해서 소리쳤다. "우리를 일소한다고? 진심으로 그렇게 할 수 있다고 생각해? 너희 요괴쥐는 비겁한 속임수를 통해서 많은 사람을 죽였어. 하지만 사람이 한 명이라도 남아 있으면 너희를 몰살시킬 수 있어!"

"그렇지 않다. 너희가 야코마루라고 부르는 해방의 영웅, 스퀴라가 우리와 함께 있는 이상! 그리고 하늘에서 우리에게 내려준 구세주가 있는 이상은 말이야."

"구세주? 그 악귀 말이야?"

"악귀? ……악귀는 너희들이다!"

요괴쥐는 엎드린 자세로 땅을 박차고 사토루에게 덤벼들었다. 그 순간, 우리 세 사람의 주력이 교차하면서 무지갯빛이 번쩍였다. 작은 돌멩이처럼 횡혈 끝까지 날아간 요괴쥐가 삐죽 튀어나온 바위에 세차게 부딪혔다.

"아뿔싸!"

사토루가 그렇게 말했을 때는 이미 늦었다. 등이 반대로 꺾인 요괴쥐의 숨통이 끊어진 것은 한눈에 알 수 있었다.

"이 녀석, 죽고 싶어서 일부러 덤벼들었어……."

니이미 씨가 우리를 재촉했다. "이제 됐어요. 그만 가죠. 여기서 시간을 지체할 수는 없습니다. 나에겐 도미코 님께서 부여한 마지막 사명이 있습니다. 두 분도 빨리 쇼조지로 가야 하지 않습니까?"

우리는 숨을 헐떡이고 구슬땀을 흘리며 좁은 횡혈을 걸어갔다. 어딘가에 땅 위로 나가는 출구가 있을 것이다. 사토루는 악귀가 종혈을 내려올 만큼 주력을 응용할 수 없다고 얕잡아보았지만, 만약 악귀가 일찌감치 대량 학살을 마쳤다면 출구에서 우리를 기다릴 위험성도 있는 것이다.

14년 전, 하계 캠프에 갔을 때가 떠올랐다. 그때도 나와 사토루는 요괴쥐의 터널을 끊임없이 방황하는 처지에 빠졌다. 당시에는 그렇게 절망적인 상황은 영원히 없으리라고 여겼는데, 지금에 비하면 가벼운 담력 시험에 지나지 않았다. 많은 사람들의 죽음을 목격한 데다 부모님의 안부조차 모른다. 더구나 우리에게는 돌아갈 곳조차 없는 것이다. 눈물이 솟구쳤지만 이를 악물고 참았다.

불세출의 능력자였던 히노 씨와 가부라기 씨가 쓰러진 지금, 악귀에게 대항할 수단은 무엇 하나 남아 있지 않았다. 그래도 포기할 수는 없다. 미래에 아무런 희망도 없을 때, 어디까지 버틸 수 있을지 진정한 강인함을 알 수 있는 법이다. 그런 의미에서 보면 지금이야말로 진정한 시련의 시기인 것이다.

여기서 질 수는 없다. 나에게는 초를 지켜야 할 사명이 있다. 도미코 씨는 나를 후계자로 지목하며 초를 부탁하지 않았는가? 그 생각만이 마음의 유일한 버팀목이 되었다.

요괴쥐의 횡혈을 200미터쯤 걸어가자 땅 위로 올라가는 종혈이 있었다. 나무뿌리 사이에 있는 출입구는 잡초로 교묘하게 위장되어 있었다. 초 바로 옆에 출입구를 만든 대담무쌍함에는 혀를 내두르다 못해 어이가 없을 지경이었다.

우리는 근처에 악귀와 요괴쥐 부대가 없는 걸 확인하고 나서 밖으로 나왔다. 이런 상황에서는 가까운 수로로 직행해서 배를 타고 도망치는 것이 좋으리라. 하지만 숯뽑기로 인해 수로에는 물이 하나도 없다. 남아 있는 간선 운하에는 적의 눈길이 빛나고 있으리라. 나와 사토루는 어쩔 수 없이 걸어서 도네 강 본류로 가기로 했다. 그러려면 니이미 씨와는 여기서 헤어져야 한다.

그는 우리 손을 꼭 잡고 말했다. "두 분 모두 무사하길 간절히 바라겠습니다."

"니이미 씨도 우리랑 같이 가시는 게 어때요?"

사토루의 말에 그는 고개를 흔들었다. "아니, 나는 시민회관으로 가야 합니다. 그것이 도미코 님의 지시였으니까요."

"하지만 방송을 해봤자 이미 늦었잖습니까? 악귀는 이엉마을에 있던 사람들을 전부……."

"늦었는지 늦지 않았는지는 모릅니다. 하지만 내가 방송을 함으로써 한 사람이라도 대피할 수 있다면 헛된 일이 아니겠죠."

그의 의지는 단호했다. 우리는 그곳에서 헤어지고, 그리고 그것이 마지막이 되었다.

나와 사토루는 여름풀을 헤치고 언덕을 올라갔다. 언제 악귀가 나타날지 모른다는 공포로 인해 온몸에 식은땀이 흘렀다. 뒤를 돌아보니 초 중심부에서는 음침한 검은 연기가 몇 줄기 피어오르고 있었다.

오늘 새벽, 병원에서 초를 향해 갔을 때와 마찬가지로 요괴쥐의 매복을 경계하면서 가기 때문에 좀처럼 앞으로 나아갈 수 없었다. 겨우 이엉마을을 빠져나가려고 했을 때, 바람을 타고 시민회관의 방송이 들려왔다.

긴급경보, 긴급경보! 악귀가 나타났습니다. 악귀가 나타났습니다. 이름 및 유형은 알 수 없지만, 크로기우스 I형 내지 II형의 변이형으로 보입니다. 악귀는 크로기우스 I형 내지 II형의 변이형으로 보입니다. 악귀의 습격으로 이엉마을에서는 다수의 희생자가 발생했습니다. 다시 한 번 말씀드리겠습니다. 악귀의 습격으로 이엉마을에서는 다수의 희생자가 발생했습니다. 가급적 신속히 대피해주시기 바랍니다. 초 중심부에 계신 분은 지금 즉시 대피하고, 주변부에 계시는 분도 가능하면 초를 떠나 멀리 대피하시기 바랍니다……

니이미 씨의 목소리였다. 사토루가 내 어깨를 꽉 잡았다. 그는 생각보다 일찍 시민회관에 도착했다. 악귀나 요괴쥐를 만날 위험성도 생각하지 않고 서둘러 간 것이리라.

그 후에도 방송에서는 한동안 똑같은 내용이 흘러나왔다. 한편 악귀의 정식 명칭인 라먼 크로기우스 증후군은 혼돈형이라고 불리는 라먼 I형~IV형과 질서형으로 불리는 크로기우스 I형~III형으로 분류된다. 혼돈형과 질서형은 파괴나 살육의 형태가 달라서 피난할 때의 마음가짐도 다르다.

이윽고 방송은 오래된 아날로그 레코드음악으로 바뀌었다. 물론 고대의 레코드가 1,000년 넘게 유지될 리는 만무하다. 주력에 의해 도자기 음반에 사운드트랙을 복제한 것으로, 연주 자체는 아득한 옛날에 녹음한 원음 그대로다.

음악은 드보르자크의 교향곡 「신세계에서」의 제2악장 제1부 「집으로 가는 길」이었다. 니이미 씨가 왜 이 곡을 선택했는지는 알 수 없다. 고향인 초가 없어지려고 하는 순간, 왜 매일 해 지기 직전에 아이들의 귀가를 재촉하던 곡을 튼 것일까? 연주에는 노래가 들어 있지 않았지만, 나의 뇌리에는 가사가 선명하게 떠올랐다.

머나먼 산으로 해는 떨어지고
별들이 하늘을 수놓네
오늘의 일을 마치고
마음 가벼이 쉬면
바람은 시원하도다, 이 저녁에
모든 게 즐겁고 행복하도다,
행복하도다

끊임없이 불타오른다, 화톳불은
지금은 불꽃이 잠잠해졌네
편안히 잠들라고
재촉하듯 사라지면
그대의 따뜻한 손길을 느끼며
이제는 즐거운 꿈을 꾸네
꿈을 꾸네

그 후에도 「집으로 가는 길」의 멜로디는 끝없이 흘러나왔다.
사토루가 나를 재촉했다. "니이미 씨도 시민회관에서 탈출했나 봐. ……우리도 어서 가자."

"그래."

해가 질 때까지는 아직 시간이 있었지만 이 곡을 들으면 조건반사적으로 저녁놀 광경이 떠오른다. 그때 문득 생각이 났다. 시민회관의 안내 방송은 전기로 이루어지고, 전기는 한 마을에 하나밖에 없는 발전용 물레방아에 의해 얻어진다. 하지만 지금 수로의 물은 모두 말라 있다.

니이미 씨는 아직 시민회관 안에 있다. 이 방송은 그의 주력이 없으면 내보낼 수 없을 테니까. 그 이야기를 하려다가 사토루의 옆얼굴에 자리한 험악한 표정을 보고 그만두었다. 그도 이미 그 사실을 알고 있는 것이다.

우리는 메마른 수로를 가로질러 강을 향해 말없이 걸었다. 시민회관에서 한참 떨어진 곳에 도착했을 때에도 「집으로 가는 길」은 어렴풋이 들려왔다. 그러다 어느 순간, 음악이 뚝 끊어졌다.

나는 눈을 감고 눈물을 흘리지 않겠다고 이를 악문 뒤, 천천히 숨을 토해냈다. 니이미 씨는 도미코 씨가 나를 후계자로 지명했다는 사실을 알고 있다. 그래서 우리를 안전하게 쇼조지로 가게 하려고 일부러 반대 방향인 시민회관으로 악귀를 끌어들인 게 아닐까? 하지만 그걸 확인할 기회는 영원히 사라졌다.

우리는 간선 운하를 피해 들판을 빙빙 돌아서 겨우 도네 강에 도착했다. 이때만큼 맑고 깨끗하며 웅대한 물이 아름답게 보인 적은 없으리라. 배가 있는지 찾아보았지만 그렇게 금방 우리 눈에 띌 리 없다. 우리는 결국 쓰러진 나무 세 개를 주력으로 연결해 뗏목을 만들었다. 도네 강을 거슬러 올라가며 느긋한 물의 상하 운동에 몸을 맡기고 있노라니, 지난 24시간 사이에 일어난 일들이 현실처럼 여겨지지 않았다.

이것은 꿈이다. 꿈이어야 한다. 나는 그렇게 생각하고 싶었다. 하지만 몸에 남은 무수한 찰과상과 타박상, 그리고 주체할 수 없는 피로는 모든 것이 실제로 일어난 일이라고 소리 높여 주장하고 있었다.

갑자기 머리가 몽롱해졌다. 어젯밤부터 잠시도 눈을 붙이지 못한 데다, 그동안 일어난 충격적인 일들을 뇌가 한꺼번에 처리하지 못했기 때문이리라. 나는 어느새 기묘한 무감각증(Apathy)에 빠져 있었다.

앞으로 1,000년 후에 우리는 모두 형태도, 그림자도 없어질 것이다. 여기서 어떤 일이 일어났는지 기억하는 사람조차 없으리라. 그렇다면 죽을힘을 다해 공포를 참고 괴로워하면서 싸우는 것에 도대체 무슨 의미가 있을까……?

"사키, 이 근처가 아닐까?"

사토루가 물었지만 무슨 뜻인지 알 수 없었다.

"입구가 어디였는지 기억나?"

그제야 겨우 알았다. 쇼조지의 진입로를 묻고 있는 것이다.

"……잘 모르겠어. 저기 있는 회화나무는 본 적 있는 것 같은데."

비밀이라고 할 것까지는 없지만 쇼조지의 장소는 별로 알려져 있지 않았다. 통과의례를 할 때는 창문이 없는 가옥형 배를 타고 오기 때문에, 어느 수로에서 강으로 나오고 다시 어느 수로로 들어갔는지 알 수 없었다. 하지만 이류관리과의 업무로 조수보호관과 함께 현장 작업을 할 때 몇 번 들른 적이 있다. 그런데 도네 강에서 쇼조지 경내까지 이어지는 진입로가 어디에서도 보이지 않는 것이다.

"이상해. 분명히 이 주변인 것 같은데."

"어떡하지?"

상륙해서 주변을 살펴보아야 할까? 하지만 엉뚱한 곳을 돌아다니면 요괴쥐를 만날 위험성만 높아진다.

사토루가 목청을 높여 외쳤다. "실례합니다! 아무도 없나요?"

"그만둬. 악귀가 들으면 어떡해?"

나는 다급히 제지했지만 그는 고개를 가로저었다.

"위험하다는 건 알고 있어. 하지만 이러는 동안에 악귀가 쫓아올지 몰라. 빨리 절을 찾아야 하잖아. ……실례합니다! 스님, 안 계신가요?"

그러자 놀랍게도 어디선가 대답이 들렸다.

"누구시죠?"

"저는 묘법농장 생물시험과에 근무하는 아사히나 사토루, 이쪽은 보건소 직원인 와타나베 사키입니다. 도미코 님이 쇼조지로 가라고 해서 왔습니다."

"잠시만 기다리세요."

삐걱삐걱. 뭐가 움직이는 소리가 나면서 우리의 뗏목 정면에서 덤불이 좌우로 갈라졌다. 안에는 수로가 이어져 있었다.

"그대로 들어오십시오."

목소리 주인은 여전히 모습을 드러내지 않았다. 우리는 쓰러진 나무를 이어붙인 어설픈 뗏목을 타고 수로로 들어갔다. 등 뒤에서 덤불로 위장한 문이 닫혔다. 자세히 쳐다보니 그렇게 대규모는 아니지만 주력 없이 열기는 어려우리라. 배를 타고 강에서 보면 알아차리지 못하고, 육지에서 다가와도 울창한 나무와 바위에 가려 쉽게 발견할 수 없을 것이다.

뗏목은 좁고 구불구불한 수로를 통해 울타리가 에워싸고 있는 선착장에 도착했다. 통과의례를 할 때, 교육위원회 사람들이 나를 데려온 곳이다. 더 큰 수로가 있는데, 그쪽은 폐쇄했을 것이다. 그때 스님 차림의 남자가 합장을 하면서 나타났다. 우리도 정중히 인사를 했다.

"용케 무사히 찾아오셨군요. 저는 쇼조지의 지객*으로 있는 자쿠조라고 합니다. 많이 피곤하시죠. 일단 편히 쉬십시오. 그 후에 몇 가지 묻고 싶은 게 있습니다."

우리는 울타리로 사방이 가려져 있는 계단을 올라갔다. 절 안으로 들어가자 스님은 방으로 안내한 뒤, 바로 2인분의 밥상을 가져왔다. 상에는 새하얀 쌀밥과 무절임, 그리고 뜨거운 물뿐이었지만, 그때의 우리에게는 어떤 진수성찬보다 반가웠다. 우리는 맹렬한 기세로 밥을 입으로 쑤셔 넣었다. 정신을 차렸을 때는 밥상이 텅 비어 있었다.

그리고 우리는 한동안 넋 나간 사람처럼 멍하니 앉아 있었다. 사토루에게 하고 싶은 말은 너무도 많았지만 그런 기력이 솟구치지

---

* 知客, 절에서 손님을 접대하는 스님을 말한다.

않았다. 다시 뗏목 위에서 경험했던 무감각증에 빠진 듯했다. 그때 밖에서 소리가 들렸다. 조금 전에 만난 자쿠조 스님의 목소리였다.

"아사히나 사토루 씨와 와타나베 사키 씨, 많이 피곤하시겠지만 지금 즉시 본당으로 가주시겠습니까?"

우리는 동시에 대답했다.

"알겠습니다."

본당에는 많은 승려들이 모여 있었다. 호마를 태울 참인 듯했다.

"사토루 씨와 사키 씨가 오셨습니다."

자쿠조 스님이 그렇게 말하자 본당 안에서는 기침 소리 하나 나지 않았다.

"오오, 오오! 잘 오셨소."

그렇게 말하며 우리를 맞이해준 사람은 바로 무신 대사였다. 이미 100세가 넘은 고령이기도 했지만 한동안 만나지 못한 사이에 더욱 늙고 야위어 보였다.

"도미코 님은…… 별일 없으신고?"

나는 뭐라고 대답해야 좋을지 몰라서 잠시 머뭇거렸다. 내 표정에서 모든 걸 읽어냈는지 무신 대사는 조용히 눈을 감았다. 그 대신 우리에게 말을 건 사람은 학처럼 야윈, 역시 상당히 고령으로 보이는 승려였다. 그는 쇼조지의 감사(監寺)로 일하는 교샤라고 자신을 소개했다. 감사는 절의 주지인 무신 대사의 뒤를 잇는 직책으로, 실무상 최고책임자라고 할 수 있다. 어디서 보았다고 생각했는데, 일주일 전에 열린 안전보장회의에 참석했던 사람이다.

"두 분께 협조를 구하고 싶은 게 있습니다. 두 분 중 가까이에서 악귀를 보신 분이 있습니까?"

사토루가 대답했다. "둘 다 보았습니다."

"그러면 인상과 체격을 말씀해주십시오. 몇 살 정도이고, 어떻게 생겼는지……."

"악귀는…… 아마 열 살쯤 되었을 거예요."

내 말에 여기저기에서 웅성거림이 일었다.

"열 살? 그렇게 어린 악귀가 있다는 얘기는 처음 듣는데요."

"아직 소년이라기보다 어린애에 가깝고, 이목구비는 매우 뚜렷했어요. 머리카락은 새빨간 삐침머리로……."

마리아와 마모루가 이 세상에 남긴 흔적이라는 것에는 확신이 있었지만 그 말은 주저할 수밖에 없었다. 나와 사토루가 악귀의 외모를 묘사하는 사이에 스님 한 분이 호마단에 불을 지폈다. 불길이 천장에 닿을 정도로 피어오르자 몇몇 스님이 독경을 시작했다.

"대강 알았습니다. 그러면 악귀가 이렇게 생겼습니까?"

교샤 스님의 말이 끝나자마자 불길 속에서 악귀의 모습이 떠올랐다.

"네에…… 그래요. 틀림없어요!"

가까이에서 봤을 때의 전율이 되살아나서 내 목소리가 파르르 떨렸다.

"감사합니다. 이제 물러가셔도 됩니다."

교샤 스님은 그렇게 말하고 나서 무신 대사와 함께 호마단 앞에 앉았다. 불길 안에 향유를 붓고 호마목을 태우자 불티가 튀어올랐다. 이윽고 한마음으로 독경하는 30여 명의 목소리가 본당 가득히 울려퍼졌다.

"한 가지 묻고 싶은 게……."

교샤 스님에게 그렇게 말하는 나를 자쿠조 스님이 제지했다.

"질문이 있으면 저에게 하십시오. 어쨌든 지금은 물러가시기 바랍니다."

본당에서 나오자마자 사토루가 자쿠조 스님에게 물었다. "지금 어떤 기도를 하는 거죠?"

자쿠조 스님은 잠시 고개를 숙이고 생각에 잠겼다. "사실 말하면 안 되지만 두 분께는 특별히 말씀드리죠. 쇼조지의 모든 힘을 기울여 악귀를 멸하기 위한 호마를 태우는 겁니다."

"악귀를 멸한다고요? 그게 가능한 일인가요?" 너무나 놀라서 나도 모르게 목소리가 높아졌다.

"물론 쉬운 일은 아닙니다. 하지만 북극성에서 나오는 불광으로, 요괴들의 행동을 막는 치성광법(熾盛光法), 비사문천(毘沙門天)의 힘으로 귀신을 진정시키는 진장야차법(鎭将夜叉法), 사개대법(四箇大法)의 하나로 지령(地靈)을 진정시켜서 국가의 재난을 막는 대안진법(大安鎭法), 태고에 몽고가 일본을 공격했을 때 신의 바람인 가미카제(神風)를 일으켰다는 불정존승다라니법(佛頂尊勝陀羅尼法), 나아가서는 최강의 주법인 일자금륜법(一字金輪法) 등, 모든 비법을 집약하고 또 효력을 높이는 주법을 실시하면 악귀를 멸할 수 있다고 믿고 있습니다."

그의 자신만만한 대답을 듣고 사토루가 조심스럽게 물었다. "지금까지 성공한 사례가 있나요?"

"저희 절에 전해지는 고문서에 따르면 400년 전에 나타난 악귀를 사흘 밤낮에 걸친 기도로 멋지게 멸하고, 그 후에는 한 사람의 희생자도 나오지 않았다고 합니다."

"그건…… 악귀를 죽였다는 건가요?"

사토루가 거듭 물어보자 잠시 그의 표정이 흐려졌다.

"아니, 그렇진 않습니다. 태고에는 적을 없애기 위한 불법이 존재했지만, 지금은 부처의 길에 어긋나기 때문에 금기시되어 있지요."

"하지만 많은 사람이 악귀에 의해 죽었습니다. 악귀 하나를 죽임으로써 많은 사람이 살 수 있다면 오히려 부처의 길에 맞는 일이 아닐까요?"

"그래도 기도에 의해 악귀를 죽일 수는 없습니다. 그건 저희나 여러분이나 마찬가지죠. 주력을 이용해서 사람을 죽이는 건 어떤 방법이든 허용되지 않으니까요."

아무리 우회적인 형식을 취해도 우리의 DNA에 새겨진 공격제어나 괴사기구를 속일 수는 없는 것이리라. 그런데 악귀를 직접 공격할 수 없다면 무엇 때문에 호마를 피우는 것일까? 사토루도 나와 똑같은 의문을 품은 모양이다.

"그러면 기도의 효력은 어디에 나타나는 건가요?"

"악귀를 멸하는 건 행동을 제약하고 참회의 마음과 불심을 되살리게 만들어, 쓸모없는 살육을 저지하는 것이죠."

사람들의 무의식에서 새어나온 주력이 생물의 진화까지 바꾸는 만큼, 수행을 쌓은 승려들이 한마음으로 기도하면 엄청난 효과를 발휘할 수 있으리라. 자쿠조 스님의 말처럼 악귀를 멸하는 호마는 악귀를 물리적으로 공격하는 게 아니라 정신적으로 영향을 주어서 행동을 제약하는 것이다. 평화적인 해결 방법이란 관점에서 볼 때 그보다 더 좋은 것은 없을지도 모른다.

하지만 애초의 출발점에 중대한 오산이 있는 게 아닐까? 지금까지 나타난 악귀는 한때 우리 사회의 일원이었다. 아무리 악귀의 인격이 마음을 지배한다고 해도 그 깊은 곳에는 평범한 인간이었던 시절의 기억이나 감정이 잠들어 있다. 그런 기억의 깊은 부분에 작용할 수 있으면 살육을 주저하게 만들 수도 있으리라.

하지만 이번에 나타난 악귀는 인간 사회에서 산 적이 없고, 사람의 말도 알아들을 수 없다. 유전적으로는 인간일지 몰라도 정신은 요괴쥐나 마찬가지다. 그런 상대를 이런 식으로 멸하게 만들 수 있을까?

나는 그 말을 해야 할지 말아야 할지 잠시 망설였다. 하지만 나에게는 그전에 물어봐야 할 것이 있었다.

"도미코 님께 들었는데, 비상시에 안전보장회의 멤버들은 쇼조지로 대피하기로 되어 있다고 하던데요. 저희 부모님…… 도서관 사서인 와타나베 미즈호와 초 수장인 스기우라 다카시가 혹시 여기에 오지 않았나요?"

다행히 스님의 대답은 나의 예상과 달랐다.

"오셨습니다."

"네? 그럼 지금 어디에 계시죠?"

기세 좋게 되물었던 나는 그의 침울한 얼굴을 보고 찬물을 뒤집어쓴 듯한 기분을 맛보아야 했다.

"두 분은 무신 대사님, 교샤 스님과 말씀을 나누신 뒤 초로 돌아가셨습니다. 두 분이 오시기 두세 시간 전이었죠."

그렇다면 도네 강에서 엇갈린 것이다.

"그럴 수가……! 왜 다시 돌아가신 거예요?"

"부모님은 와타나베 씨가 무사한지 몹시 걱정하셨습니다. 하지만 반드시 여기로 오리라고 믿으며 기다리셨지요. 그때 초에 악귀가 나타났다는 소식이 들어왔습니다."

나는 스님의 얼굴에서 눈을 뗄 수 없었다.

"그러자 현재 가장 급한 건 악귀를 저지하는 일이라고 생각하신 모양입니다. 비록 어떤 희생을 치르더라도 말이죠. 그래서 일부러 초로 돌아가셨습니다. 이유는 두 가지예요. 첫째, 초에서 기르는 부정고양이를 한 마리도 남김없이 풀어주기 위해서. 둘째, 요괴쥐의 손에 넘어가지 않도록 도서관에 있는 자료를 모두 처분하기 위해서."

"그러면……."

무릎에서 힘이 빠져나갔다. 만약 사토루가 어깨를 잡아주지 않았다면 그 자리에서 쓰러졌을지 모른다. 그러면 어머니와 아버지는 자진해서 사지로 들어갔다는 말인가?

"와타나베 씨가 오면 전해달라고 맡겨놓으신 게 있습니다. 나중에 보여드리죠."

"지금 당장…… 보여주세요." 나는 망연히 그렇게 중얼거리는 수밖에 없었다.

"알겠습니다. 그러면 가져다드리지요. ……다만 그전에 두 분을 꼭 만나 뵙고 싶다는 분이 계십니다. 역시 저희 절에 오신 손님입니다."

그의 말은 이미 내 귀에 들어오지 않았다. 지금 쫓아가도 이미 늦었으리라. 부모님은 벌써 악귀와 요괴쥐가 지배하는 지역으로 들어갔을 테니까. 그렇다면 살아 돌아오는 건 불가능하다. 나는 양친을 한꺼번에 잃게 되는 걸까? 그렇게 생각하니 몸 안에 있던 힘이 모두 빠져나가는 듯했다.

사토루는 스님과 잠시 이야기를 나누더니 내 어깨를 껴안고 기다란 복도를 걸어갔다. 아무래도 손님방으로 가는 모양이었다.

스님이 널문 앞에서 무릎을 꿇고 말했다. "실례하겠습니다. 와타나베 사키 씨와 아사히나 사토루 씨를 모셔왔습니다."

"들어오세요."

안에서 들린 목소리는 어디선가 들은 적이 있다. 널문을 열자 천장까지 널빤지로 뒤덮인 방에 허름한 마루가 깔려 있었다. 같은 손님방 중에서도 조금 전에 우리가 있던 방은 상당히 좋은 방이었던 것이다.

"와타나베 씨, 무사해서 다행이야. 아사히나 씨도." 한 남성이 이불 위에서 상반신을 일으키며 말했다.

햇볕에 까맣게 그을린 데다 반백의 지저분한 수염이 얼굴을 뒤덮었지만 누구인지는 금방 알 수 있었다.

"이누이 씨……."

파리매 콜로니를 말살하러 갔다 소식이 끊어진 보건소의 조수 보호관이다. 아마 악귀를 가장 먼저 만난 사람은 그이리라. 그는 힘없이 고개를 숙였다.

"창피해서 죽고 싶어. 주어진 사명도 완수하지 못한 채 뻔뻔스럽게 도망치다니……."

"아닙니다. 상대가 악귀인 이상 어쩔 도리가 없었을 겁니다."

사토루의 위로에 그는 절레절레 고개를 흔들었다. "아니야, 최소한 좀 더 빨리 알려주었다면 이렇게…… 끔찍한 사태는 막을 수 있었을 텐데."

"이누이 씨, 파리매 콜로니를 구제하러 가신 게 약 일주일 전이었잖습니까? 그 후에 무슨 일이 있었죠?"

사토루의 질문을 받고 그는 더듬더듬 이야기를 시작했다.

다섯 명의 조수보호관은 안전보장회의의 명령을 받고 파리매 콜로니를 말살하러 갔는데, 사흘 만에 24만 마리를 구제한다는 당초 임무를 달성하기는커녕 한 마리도 말살할 수 없었다. 악명 높은 '사신'이 온다는 사실을 미리 알았는지, 파리매 콜로니를 비롯한 모든 요괴쥐가 땅속으로 숨은 것처럼 모습을 감추어서였다.

그들은 산과 들을 돌아다니며 하루를 보낸 뒤, 다음 날 아침 보고서를 작성하여 비둘기 발에 묶어 보건소에 보냈다. 처음 사흘은 판에 박은 듯 똑같아서, 하루 종일 아무런 소득 없이 보내야 했다. 사건이 일어난 건 나흘째에 접어들었을 때였다.

그들은 모두 뛰어난 베테랑으로, 요괴쥐의 전술과 약점은 전부 알고 있었다. 따라서 적이 숨었다고 하여 뿔뿔이 흩어져서 수색하는 어리석음은 저지르지 않았다. 주력을 가진 사람이 여럿 있는 경우에 여기저기로 분산시켜 각개 격파하는 것이 그들의 상투적인 수단이었기 때문이다.

그날 아침에도 다섯 명은 예리한 시각과 청각으로 모든 방향을 감시하며 요괴쥐를 찾으러 다녔다. 그리고 숙련된 사냥꾼처럼 산과 들을 돌아다닌 끝에 겨우 요괴쥐의 소부대가 야영한 흔적을 발견했다.

한 시간 정도 추적한 후에 그들은 요괴쥐의 소부대를 발견할 수 있었다. 10여 마리가 바위산 중턱에 있는 동굴에 드나들며 숨겨놓은 활과 화살을 옮기고 있었다. 다섯 명 중에 눈이 가장 좋은 우미노 씨가 파리매계의 불나방 콜로니 병사라는 걸 확인했다. 여기서 처음으로 다섯 명은 뿔뿔이 흩어졌다. 서로의 위치를 확인한 후, 언제든지 지원할 수 있는 태세를 갖추면서 한 마리도 놓치지 않도록 포위망을 좁힌 것이다.

소수의 요괴쥐 구제는 벌집을 제거하는 것만큼 위험한 작업이다. 한 사람이 적의 반격을 무효화하는 역할을 담당하고, 한 사람이 정면에서 공격한다. 나머지 두 명은 유격대다. 시야가 트인 곳에 진을 치고 도망치는 요괴쥐를 모조리 죽이든지 정보를 알아내기 위해 생포하는 것이다. 당시 이누이 씨는 유격대로, 바위산을 오른쪽으로 돌아 반대편 꼭대기로 올라가서 전쟁터를 내려다볼 수 있는 곳에 섰다. 또 한 명의 유격대인 아이자와 씨는 왼쪽으로 돌아 움푹 들어간 구덩이에 몸을 숨겼다.

드디어 공격이 시작되었다. 처음부터 인간의 공격이란 것을 눈치채면 동굴 안쪽에 있는 개체가 도망칠 가능성이 있다. 밖에서는 동굴 안에 출입구가 몇 개 있는지 모르기 때문이었다. 그래서 공격 역할인 가와마타 씨는 작은 돌멩이를 이용하여 총격처럼 보이게 했다. 총 쏘는 소리와 똑같은 소리를 내는 비상한 재주를 가지고 있었던 것이다.

예상한 대로 상대 콜로니의 공격이라고 오해한 불나방 콜로니 병사들은 즉시 임전 태세를 취했다. 그리고 총격이 단발이라는 걸 확인한 다음 바위나 대나무 방패 뒤에 숨어 반격을 시작했다. 가와마타 씨가 탄환으로 가장한 돌멩이를 조금 떨어진 소나무 뒤에서 쏜 것처럼 위장했기 때문에 요괴쥐의 화살도 그쪽에 집중되었다. 그리고 적당한 타이밍에 탄환이 떨어진 것처럼 위장하며 돌멩이를 멈추자 동굴 안에서 요괴쥐들이 우르르 몰려나왔다.

그때 바위산 꼭대기의 동굴에서 요괴쥐 한 마리가 나타났다. 요괴쥐 위치에서는 아이자와 씨의 모습이 완전히 보인다. 하지만 요괴쥐가 활을 쏘기 전에 이누이 씨가 소리를 내지 않고 처리했다. 이런 더위에도 요괴쥐는 초록색과 갈색이 뒤섞인 망토를 입고 있었다. 나무들 사이에 있으면 눈에 잘 띄지 않는 망토로, 아마 뒤에서 적을 암살하기 위한 사수였으리라.

그러는 사이에 아래쪽은 순식간에 정리가 되었다. 모습을 드러낸 요괴쥐 병사의 목을 가와마타 씨가 숙련된 기술로 꺾은 것이다. 방어 역할의 우미노 씨와 가모시다 씨는 할 일이 없어 심심할 지경이었다.

그때 중턱의 동굴에서 무언가가 나왔다. 그는 머리에 회색 망토를 쓰고 있었다. 살아남은 요괴쥐가 항복하려는 거라고 여기고, 이누이 씨는 일부러 죽이지 않았다. 지상에 있는 네 명의 조수보호관도 똑같이 여겼으리라. 누구 한 사람 새로 나타난 자를 공격하지 않았는데, 어딘지 모르게 모습이 이상했다.

숨어 있던 네 명의 조수보호관인 가와마타 씨, 우미노 씨, 가모시다 씨, 아이자와 씨가 한꺼번에 모습을 드러냈다. 물론 상대가 한 마리라면 어떤 상태에서도 완벽하게 방어할 수 있지만, 그래도 전투 도중에 전원이 모습을 드러내는 건 있을 수 없는 일이다.

가와마타 씨가 먼저 말을 걸었다. "넌 누구지? 대체 여기서 뭐하는 거야?"

이제야 이누이 씨도 상대가 인간이라는 사실을 깨달았다. 바로 밑에 있어서 정확하게 판단할 수는 없지만 요괴쥐와 키가 비슷한 걸 보면 아마 어린아이이리라. 하지만 그다음에 일어난 일은 말 그대로 악몽이었다.

우선 가와마타 씨의 머리가 새빨간 피를 내뿜으며 수박처럼 터졌다. 그다음은 우미노 씨, 가모시다 씨, 아이자와 씨 순서였다.

이누이 씨는 너무나 큰 충격을 받은 나머지 머릿속이 새하얘졌다고 한다. 심장은 미친 듯이 쿵쾅거리고 등에서는 식은땀이 솟구쳤다. 오직 악귀라는 말만이 머릿속을 뛰어다녔다.

마음을 조금 가라앉히고 머리가 움직이게 되자 연달아 의문이 솟구쳤다. 그는 왜 여기에 있는 것인가? 왜 요괴쥐 동굴에서 나타난 것인가? 그는 대체 누구인가? 하지만 이해할 수 없다고 해도 대답이 나오지 않는 의문에 시간을 허비할 순 없다. 그는 즉시 생각을 바꿔 먹었다. 어떻게 하면 여기서 무사히 도망칠 수 있을까로.

본능적인 공포에 휩싸여 뒤도 돌아보지 않고 도망치고 싶었지만, 죽을힘을 다해 마음을 진정시키며 다음 방법을 생각했다. 그리고 조금 전에 죽은 요괴쥐에게서 초록색과 갈색이 뒤섞인 망토를 벗겼다. 결과적으로 보면 그것이 그를 죽음에서 구한 가장 옳은 선택이었다.

바위산에서 내려온 후, 그는 어느 쪽으로 가도 요괴쥐의 엄중한 포위망에서 도망칠 수 없다는 사실을 깨달았다. 싸움으로 이어진 경우, 혼자서는 반드시 이긴다는 보장이 없고 악귀가 나타나면 그것으로 끝장이다.

그는 조금씩 숨는 장소를 바꾸며 적이 사라지길 기다렸다. 하지만 요괴쥐들은 그의 기대와 달리 언제까지나 그 주변을 떠나지 않았다. 녀석들은 '사신'이 다섯 명씩 행동한다는 사실을 알고 있었던 것이다. 그렇다면 함정에 빠진 건 오히려 자신들이 아닐까?

망토는 말 그대로 그의 목숨줄이었다. 모자가 달린 덕분에 몸 전체를 완전히 감싸면 근시 기미가 있는 요괴쥐의 눈을 속일 수 있고, 요괴쥐의 강력한 체취가 스며들어 있어서 냄새로 인해 들킬 염려도 없다. 그래도 결정적인 위기가 한 번 있었다. 정면에서 다가오는 요괴쥐 대부대와 마주친 것이다. 그 즉시 조용히 길을 양보하고 숲속으로 들어갔는데, 그때 요괴쥐들은 분명히 그를 보았다. 하지만 체구가 작아서 요괴쥐로 통할 수 있었던 것과 함께, 평소에 요괴쥐를 자세히 관찰하여 행동을 따라한 덕분에 겨우 의심을 피할 수 있었다고 한다.

"……하지만 녀석들에게 들키지 않도록 들판에 숨어 있는 게 고작이라서, 도저히 초로 돌아갈 수는 없었지."

이누이 씨의 목소리에는 쓰디쓴 고뇌의 빛이 배어 있었다.

"그런 식으로 나흘이 지났어. 그동안 풀에 맺힌 이슬을 빨아먹는 것 말고 아무것도 먹지 못해서 체력이 한계에 이르렀지. 그런데 나흘째 낮…… 그러니까 어제였어. 갑자기 요괴쥐가 이동하기 시작하더군. 일제히 어디론가 이동해서 처음에는 함정이라고 여겼지만 더 이상 의심하고 있을 시간이 없었지. 나는 주위가 어두워지길 기다렸다 초로 향했어. 요괴쥐는 그렇다고 쳐도 악귀에 대해선 바로 경고해주어야 했으니까."

이누이 씨는 땅을 기어가듯 언덕을 넘어 전망마을에 도착했다. 맨 처음 만난 사람에게 도움을 요청하려고 했지만, 사람의 모습은 커녕 그림자도 보이지 않았다. 그제야 여름 축제날이라는 사실이 머리에 떠올랐다.

오늘 밤은 모든 사람들이 밖에 나갔을 것이다. 깊은 실망감이 그의 온몸을 휘감았다. 그래도 누군가가 남아 있을 장소를 떠올렸다. 병원과 신생아 탁아소다. 병원은 멀리 떨어진 황금마을에 있었지만 출산원과 신생아 탁아소는 전망마을에 있었다. 그는 재빨리 탁아소로 향했다. 불꽃이 밤하늘을 수놓은 순간, 멀리 떨어진 이영마을에서 환호성이 일었다. 그리고 겨우 도착한 탁아소에서 그는 상상도 할 수 없는 끔찍한 광경을 목격했다.

"물론 녀석들에게 그런 습성이 있다는 것은 알고 있었지. 지금까지 콜로니끼리의 전쟁이 끝날 때마다 내 눈으로 그런 광경을 목격했으니까. 하지만 그때는 어차피 하등 동물의 소행이라고 생각했어. 그런데 인간에게 그런 짓을 하다니……." 이누이 씨는 이렇게 말하고는 입을 다물었다.

"잠시만요, 설마 요괴쥐가……."

사토루도 충격을 받았는지 질문을 끝까지 마치지 못했다.

"그래, 녀석들은 끔찍하게도 인간의 갓난아이를 노린 거야."

그 순간, 열두 살 때 겪었던 하계 캠프의 기억이 되살아났다.

그때 땅거미 콜로니의 용혈 안에서 장수말벌 병사들이 솟구치듯 나타났다. 제각기 소중한 보물처럼 무엇인가를 껴안고 있다.

"저건……?"

나는 질문하는 도중에 알아차렸다. 짐승의 새끼다.

"용혈로 가는 도중에는 출산실이 많이 있죠. 전부 땅거미 여왕이 낳은 새끼입니다."

"그런데 저걸 왜……."

기로마루는 속이 메슥거릴 만큼 만족스러운 표정을 지었다. "저거야말로 귀중한 전리품, 저희 콜로니의 미래를 지탱할 노동력이 될 겁니다."

새끼 요괴쥐를 껴안은 한 병사가 기로마루 곁으로 다가왔다. 아직 눈도 뜨지 못한 새끼 요괴쥐는 연신 앞발을 내밀며 무언가를 잡으려고 했다. 피부는 아름다운 핑크색으로, 성체에 비해 훨씬 쥐처럼 생겼다. 나는 스퀼라의 말을 떠올렸다.

'여왕은 처형되고, 그 이외는 전원 노예로서 부역에 종사해야 합니다. 살아 있을 때는 가축보다 못한 취급을 받고, 죽으면 야산에 버려지거나 밭의 비료가 되는 거죠.'

새끼 요괴쥐의 운명을 생각하니 눈앞이 캄캄해질 수밖에 없었다.

나는 충격으로 머리가 흔들거리고 구토증이 치밀었다.

야코마루의 또 하나, 그리고 진정한 목적은 탁아소를 덮쳐 인간의 갓난아이를 차지하는 것이었다.

"녀석들은 탁아소에 남아 있던 선생들을 무자비하게 죽였지. 물론 요괴쥐들이 그렇게 한 건 아니야. 녀석들과 같이 있던 악귀의 소행이지. 녀석들은 갓난아이를 약탈한 뒤, 그 자리에서 울며 소리치는 아이에게 문신을 새겼어. 녀석들의 기괴한 문자로……."

이류관리과에 근무한 이후 요괴쥐의 문자를 몇 번 본 적이 있었다. 한자와 비슷하면서도 어딘지 모르게 다르다. 구태여 비유하자면 고대의 여진문자(女眞文字)나 거란문자(契丹文字), 서하문자(西夏文字)와 비슷하다고 할까?

사토루가 창백한 얼굴로 말했다. "지금 당장이 문제가 아니군. 처음엔 마리아와 마모루의 아이였어. 그 아이가 성장해서 가부라기 씨조차 대항할 수 없는 악귀가 되고, 이번 승리를 통해서 얻은 아이들이 10년 후에 주력을 사용할 수 있게 되면……."

내 입에서 신음이 흘러나왔다. 이것이야말로 야코마루가 은밀히 그리던 원대한 구상이었던 것이다.

이번에는 가미스 66초를 손에 넣지 못해도 좋다. 가령 완전히 정복하지 못해도 10년간 현 상태를 유지하면 된다. 탁아소에 갓난아이가 얼마나 있었는지는 잘 모르지만 적어도 100명은 넘었을 것이다. 그 아이들이 요괴쥐에 의해 악귀로 자란다면, 일본의 어느 초도 대항할 수 없게 된다. 그런 식으로 더 많은 아이를 약탈해서 악귀 부대를 편성하면 일본에서 극동 아시아, 나아가서는 유라시아 대륙을 통해 전 세계를 정복하는 것도 꿈은 아니리라. 위대한 요괴쥐의 세계가 탄생하는 것이다.

"그때 어떻게 하는 편이 좋았는지, 지금도 잘 모르겠어. 아마 조용히 그 자리를 떠나 초의 높은 사람들에게 말씀드려야 했겠지. 하지만 도저히 그냥 지나칠 수 없었어. 가슴이 울렁거려서 그대로 넘어갈 수 없었던 거야. 그래서 요괴쥐 한 마리가 내 앞에 나타나서 울며 소리치는 인간의 갓난아이를 득의양양하게 보여주었을 때, 그 녀석의 머리를 산산조각으로 날려버렸지."

평소에 냉정하고 침착한 그의 뺨 주위가 격정에 휩싸인 듯 불그스레하게 달아올랐다.

"당연히 엄청난 소동이 벌어졌지. 주력에 의한 공격은 방향을 알아낼 수 없으므로 녀석들은 정신없이 우왕좌왕했어. 나는 그 틈을 이용해서 무사히 도망칠 수 있었지. 물론 그렇게까지 계산한 게 아니라 순간적인 감정을 이기지 못해 죽인 거였지만."

사토루가 이누이 씨의 순간적인 기지에 찬사를 보냈다.

"굉장해요! 무사히 피해서 다행입니다."

"아니, 그렇게 무사하지는 못했어. 계속 그 망토를 입고 도망쳤는데, 도중에 요괴쥐 병사에게 들켜서 왼팔에 총상을 입었지. 이번에는 정말로 틀렸다고 생각하며 도망쳤는데, 놀랍게도 악귀와 정면으로 부딪쳤지 뭔가? 얼굴을 본 건 아니지만 그건 틀림없이 악귀였어."

나는 숨을 들이마시며 다급히 물었다. "그래서 어떻게 됐어요?"

"어설픈 재주가 급할 때 도움이 된다는 말이 있잖나? 녀석들의 말을 할 수 있는 덕분에 아프다고 소리치며 도망쳤지. 얼굴을 가린 탓에 그쪽도 자세히 보지 못했는지, 결국 아무 짓도 하지 않고 지나가더군."

가슴에 쌓여 있던 이야기를 토해내서 마음이 편해졌는지 그의 말투가 조금 매끄러워졌다.

"전망마을은 이미 녀석들의 세력권 안에 들어가 있어서 나는 들판으로 도망치는 수밖에 없었어. 하지만 그러는 사이에 정신이 아득해지더군. 그대로 있으면 녀석들에게 잡혀 비참한 고깃덩어리로 변할 테니까. 실제로 그렇게 되리라고 각오하고 있었지. 그런데 의식이 희미해졌을 때, 누군가가 나를 일으켜주었어. 아아, 드디어 인간을 만났다! 그렇게 생각하고 눈뜬 순간, 내 얼굴을 들여다보는 것은 아무리 봐도 추악한 요괴쥐였어. ……이제 다 틀렸다고 생각했지. 그런데 어떻게 이런 일이! 나를 이 쇼조지로 데려다준 것이 그 녀석이니까, 역시 인생은 한 치 앞을 알 수 없는 법이야."

사토루가 의아한 표정으로 물었다. "어떻게 된 거죠? 요괴쥐가 구해주다니……!"

"녀석은 야코마루의 반대파 거두, 장수말벌 콜로니의 총대장 기로마루였어. 예전부터 훌륭한 녀석이라고 생각했지. 이런 식으로 내 목숨을 구해줄 줄은 꿈에도 몰랐지만 말이야."

이누이 씨의 말이 끝나기도 전에 나도 모르게 소리쳤다.

"기로마루가 살아 있었군요! 지금 어디에 있죠?"

"글쎄…… 조금 전에 눈을 떴을 때, 두 사람이 절에 도착했다고 해서 어쨌든 만나게 해달라고 부탁했는데, 생각해보니 기로마루를 까맣게 잊고 있었군."

그때 어느새 자리를 떠나 있던 자쿠조 스님의 목소리가 옆에서 들렸다.

"실례하겠습니다. 부모님께서 사키 씨에게 전해달라고 맡겨놓으신 겁니다. 받으십시오."

스님이 내민 것은 평평한 오동나무 상자였다. 생각보다 훨씬 커서, 세로 길이가 60센티미터나 되었다. 묵직한 무게가 느껴지는 상자 위에는 편지봉투가 놓여 있었다.

"고맙습니다."

사토루가 스님에게 물었다. "장수말벌 콜로니의 기로마루가 이누이 씨를 데려왔다고 하던데, 지금 어디에 있죠?"

스님이 냉담하게 대꾸했다. "아아…… 그 이류 말인가요? 이 절 안에 잡아두었습니다. 조사할 게 있을지 몰라서요."

"만날 수 있을까요?"

"글쎄요, 그건 좀……."

나는 그 말을 들으며 스님에게 받은 상자를 바닥에 내려놓고 편지봉투를 열었다.

7

편지는 종이에 붓으로 흘려 쓴 것이었다. 그리운 엄마의 필적이다. 글씨만 보아도 가슴이 먹먹해지며 나도 모르게 눈물이 쏟아질 것 같았다.

사랑하는 사키

네가 무사히 쇼조지에 도착하리라고 믿으며 이 편지를 쓴다.

사태가 왜 이렇게 되었는지는 잘 모르겠지만 지금 초에서는 악귀가 날뛰고 있고, 이미 많은 희생자가 나왔다고 하더구나. 우리는 우리가 할 수 있는 최선을 다해서 악귀를 저지하려 해. 그래서 더 이상 너를 기다리지 못하고 초로 돌아간다. 어쩌면 우리도 목숨을 잃을지 모르지만 그것이 우리에게 주어진 책무이니 어쩔 수 없어. 지식은 힘이라는 말이 있는데, 악귀에 대항하기 위해서는 지식이 필요하지. 그리고 도서관 사서인 나는 그 지식을 가지고 있어.

너는 절대로 우리를 따라와서는 안 돼. 우리는 모든 노력을 기울여 악귀를 저지할 생각이지만, 성공하지 못했을 때를 대비해서 네가 꼭 해야 할 일이 있다.

지금부터 쓰는 것은 제4분류의 지식 중에 제3종인 '앙'에 속하는 내용이야. 그러니 이 편지를 읽자마자 재빨리 태우길 바란다. 개인적인 감상에 휩쓸리지 말고, 항상 초의 장래를 생각해서 행동해야 해. 넌 도미코 씨의 선택을 받은 사람이라는 사실을 잊지 말거라.

안전보장회의 자리에서 내가 고대의 대량 파괴 무기에 관해서 한 말, 기억하고 있지? 예전에 지상에는 인류를 수십 번이나 몰살할 수 있는 무기가 넘쳐났지. 그 대부분은 파괴되었고, 나머지도 1,000년의 세월을 거스르지 못하고 이미 썩어버렸을 거야. 나는 그때 슈퍼클러스터 폭탄에 관해서 말했는데, 만일 남아 있다고 해도 지금 작동하리라고 생각할 수 없어.

그런데 그 이후 슈퍼클러스터 폭탄에 관한 자료를 찾고 있을 때, 한 가지 문서를 발견했지. 그 문서에 따르면 1,000년이 지난 지금도 작동할 가능성이 있는 대량 파괴 무기가 한 종류 있었어. 무슨 운명의 장난인지 그것은 주력이 없는 인간이 주력이 있는 인간을 근절하기 위해 개발한 무기로, 사이코버스터라는 무서운 속칭으로 불렸다고 하더구나. 미국에서 개발된 사이코버스터는 당시 일본에 주둔하고 있던 미군을 통해 은밀히 반입되었지.

그 이후 편지에는 '도쿄도'로 시작되는, 숫자를 포함한 주문 같은 글자가 쓰여 있을 뿐, 사이코버스터라는 무기가 어떤 것인지 구체적으로 언급되어 있지는 않았다.

내가 사랑하는 사키는 총명하니까 이미 알고 있을 거야. 지금 우리가 왜 그런 저주스러운 무기를 필요로 하고 있는지. 우리는 주력으로 악귀를 공격하고 죽일 수 없어.

지금까지 이런저런 마을에서 수도 없이 악귀들이 나타났지. 그때마다 길거리에는 시체가 켜켜이 쌓이고, 강물은 피로 붉게 물들었어. 어느 의미에서 볼 때, 악귀는 인간의 본질에 깊숙이 뿌리를 내리고 있는 업일지도 모르지. 하지만 우리에게는 대처할 방법이 없어.

과거에 악귀가 나타났을 때의 사례집을 살펴보면 각 시대의 사람들이 얼마나 힘들게 투쟁했는지 알 수 있단다. 때로는 신불의 가호가 있었다고밖에 여길 수 없는 사례도 있더구나. 악귀의 접근을 막기 위해 건물을 부숴 산더미 같은 벽돌 더미로 만들려고 했을 때, 우연히 철근 하나가 날아와 악귀의 가슴을 찔러 죽인 거야. 그때 건물을 부순 사람은 괴사기구가 발동해서 숨을 거두었지만, 그 결과 많은 사람들이 목숨을 구할 수 있었지.

하지만 그런 상황을 의도적으로 만들려고 한 시도는 모두 실패로 끝나고 말았어. 악귀의 주변에서 파괴 행위를 하려고 하면 공격 제어가 작동해 주력을 사용할 수 없게 되니까. 그밖에도 술에 취하거나 마약을 사용해서 살의를 숨기려고 한 사례도 있지. 하지만 유감스럽게도 어느 것 하나 성공하지 못했어. 어떤 술책을 사용해도 자기 자신을 계속 속이는 것은 지극히 어려운 일이니까.

그런데 요전에 발생한 사례에 힌트가 숨어 있더구나. 지금으로부터 250년 전에 일어난 일이지. 그때 우리 초를 덮친 악귀 K는 한 의사의 영웅적인 행위에 의해 쓰러졌어. 의사는 K에게 독극물이 든 주사를 놓았지. 그 직후, K에게 살해되었지만 K 역시 눈을 감고 말았어. 만약 K에 의해 죽지 않았다면 의사는 어떻게 되었을까? 역시 괴사기구가 발동하면서 사망했을 가능성이 크겠지. 어쨌든 중요한 점은 K를 죽일 수 있었다는 거야.

독주사를 놓는 행위가 의사의 마음속에서 어떻게 인식되었는지는 알 수 없어. 하지만 주력을 사용하지 않고 다른 것을 매개로 하면 현재의 우리도 사람을 죽일 수 있지 않을까? 물론 그런 이야기를 글로 쓰는 데에도 온몸이 덜덜 떨리는 공포가 느껴지지만…….

역시 과거 사례 중에 활이나 총을 사용하는 시도는 모두 실패로 끝났지. 그런 무기는 상대에 대한 살의 없이는 사용할 수 없기 때문이야. 하지만 고대문명이 만들어낸 대량 파괴 무기는 달라. 버튼 하나만 눌러도 경우에 따라서는 수백만 명의 목숨을 빼앗게 되는데, 그런 일은 머리로는 인식할 수 있어도 가슴으로는 실감할 수 없는 법이니까. 즉, 양심의 고통, 살인에 대한 혐오감을 교묘하게 배제하고 대량 살인을 저지를 수 있게 만드는 장치인 거야.

사이코버스터도 대량 파괴 무기의 범주에 들어가는데, 많은 사람을 살상할 능력이 있는 게 아니라 오히려 암살이나 테러에 사용되었던 모양이더구나. 어쨌든 사람을 죽일 수 있다는 실감과는 가장 동떨어진 무기라서, 공격제어에 저촉되지 않을 뿐 아니라 괴사기구의 발동도 피할 수 있을 거야. 악마의 무기도 사용하기에 따라서는 관세음보살님께서 내려주는 자비로운 비처럼 많은 사람들을 구할 수 있을지 모르지.

사이코버스터가 보관되어 있는 장소는 기록에 남아 있더구나. 앞에 써놓은 고대 주거지가 바로 그곳이야. 물론 이것만으로는 그곳에 도착할 수 없겠지. 하지만 이 상자에 들어 있는 걸 이용하면, 이게 제대로 작동해주기만 하면 발견할 수 있을 거야.

사키, 너는 매우 보기 힘든, 아무나 가질 수 없는 자질을 가지고 있어. 한마디로 말하면 강한 정신력이야. 눈물을 흘리거나 기죽는 일은 있어도, 너는 절대 꺾이지 않고 마지막까지 임무를 완수하리라고 믿어 의심치 않아. 엄마의 눈으로 봐도 항상 그러했고, 도미코 씨도 보증해주셨으니까. 만약 사이코버스터가 현존한다면, 너라면 반드시 찾아낼 수 있을 거야. 부디 그걸로 악귀를 물리치고 초를 구해주길 바란다.

아버지와 나는 진심으로 너를 사랑하고, 언제 어떤 때라도 너의 앞길을 지켜보고 있으마.

너의 엄마, 와타나베 미즈호

편지를 읽고 나자 나도 모르게 눈물이 흘러내렸다. 나는 옆에서 걱정스러운 눈길로 지켜보는 사토루에게 편지를 내밀고 오동나무 뚜껑을 열었다. 안에 들어 있는 건 50센티미터쯤 되는, 갯강구처럼 생긴 물체였다. 등 부분에 있는 뱀의 배처럼 생긴 철판에는 짙은 감색으로 빛나는 직사각형의 모양이 몇 개나 새겨져 있었다.

옆에서 들여다보던 사토루가 놀란 말투로 중얼거렸다. "유사미노시로야……."

어린 시절에 본 것과는 모양이 다르지만 전체적인 이미지는 비슷했다. 하지만 등에는 촉수 같은 돌기가 하나도 없어서 조상이라고 할 수 있는 미노시로와는 조금도 닮지 않았다. 억지로 이름을 붙이자면 가짜유사미노시로나 거짓유사미노시로라 할 수 있으리라.

나는 눈물을 닦으며 물었다. "그런데 살아 있을까?"

"글쎄, 안에 종이가 들어 있어. 취급설명서일지 몰라."

나는 상자에 들어 있던 종이를 꺼냈다. 상당히 오래되었는지 전체가 누르스름하게 변해 있었다. 그곳에는 눈에 익숙지 않은 네모난 글씨로 가짜유사미노시로에 대한 설명이 쓰여 있었다.

129년 4월 11일. 쓰쿠바 산 중턱에서 발굴한 지하 4호 창고에서 발견, 채집.

일련번호 : 도시바 태양전지식 자주형 아카이브 버전 SP-SPTA-6000

취급 주의. 특기 사항 :

① 작동시키기 전에 태양광을 이용해서 충전해야 한다. 장기간 휴면 상태로 놔둔 후에는 여름의 강한 햇빛에서 최소한 여섯 시간 충전해야 한다. 태양광이 부족한 곳에서 장시간 작동한 경우, 배터리가 끊어질 위험이 있다.

② 휴면 상태로 전환하기 위해서는 구두로 그렇게 명령한 후, 작동 램프가 꺼진 걸 확인하고 어두운 곳에 보관해야 한다.

③ 완전히 확보한 상태에서는 인간의 명령에 순종하지만, 빈틈을 주면 빛으로 현혹시키거나 도주할 가능성이 있다. 야생 동물을 대할 때보다 더 세심한 주의가 필요하다.

④ 수명도 길고 내구성이 뛰어나도록 설계되어 있지만 자체 수리 기능은 한정적이다. 일련번호가 너무 오래된 것을 보면 부품은 교환할 수 없을 것 같다.

⑤ 일부 전자회로에 문제가 있는 것으로 보인다. 수리는 불가능하다. 고장이 의심되는 경우에는 열을 식히도록 잠시 쉬게 해주는 편이 좋다.

⑥ 정보, 지식 중에는 제4분류에 속한 것이 많으므로, 아무쪼록 신중하게 처리하길 바란다. 일반윤리 규정에 자주형 아카이브는 발견하는 즉시 파괴하는 것이 원칙이므로, 이 기기의 존재 자체를 도서관 관계자 이외에 발설해서는 안 된다.

사토루가 말했다. "129년이라면 100년도 훨씬 더 됐잖아. 과연 움직일까? 어쨌든 햇볕에 쪼여보자."

이 기계는 100년이 넘게 비밀리에 도서관 지하 창고에 보관되어 있었다. 그런 기계를 어머니가 위험을 감수하면서까지 도서관에 들러 일부러 가지고 나온 것이다. 완전히 망가진 *잡동사니*라고 여기고 싶지는 않았다.

우리는 자쿠조 스님에게 빌린 쇠창살 안에 가짜유사미노시로를 집어넣은 후 절 경내에 있는 따뜻한 양지에 놓았다. 해가 지기 전까지 여섯 시간이 되지 않을지도 모른다. 오늘 안으로 작동할 수 있을지 없을지는 오직 신만이 아는 상황이다.

"이쪽입니다."

자쿠조 스님이 가리킨 곳을 보고 우리는 얼굴을 찡그렸다. 뒷산 바위에 큼지막하게 뚫린 구멍 안에 튼튼한 나무 격자가 끼워져 있었다. 그것은 아무리 봐도 감옥이었다.

사토루가 눈에 비난을 담으며 힐문했다. "왜 이런 곳에……?"

"이류에게 손님방을 내줄 수는 없으니까요. 더구나 지금은 요괴 쥐의 반란으로 많은 사람이 목숨을 잃은 직후이잖습니까?"

나도 한마디하지 않고는 견딜 수 없었다.

"하지만 기로마루는 인간에게 충실한 장수말벌 콜로니의 장군 이잖아요. 더구나 이누이 씨를 구해 여기까지 데려왔는데……."

"윤리위원회에서는 어느 콜로니이건 따지지 말고 모두 없애라 는 지시를 내렸습니다. 그리고 한때 인간에게 충실했던 콜로니라 고 해도, 전쟁의 승패를 보고 쉽게 배반하는 게 짐승의 생리이기 도 하고요."

스님의 말투에는 목숨을 빼앗지 않은 것만 해도 부처님의 자비 라는 느낌이 배어 있었다. 격자의 잠금쇠를 빼고 문을 열자 어두 운 감옥 안에서 뜨거운 열기와 짐승의 냄새가 전해졌다. 맨 먼저 입을 연 사람은 스님이었다.

"기로마루, 널 만나기 위해 손님이 찾아오셨다."

그러자 안쪽에서 바닥에 엎드려 네발로 기어나오는 커다란 그림 자가 보였다. 일어서기에는 천장이 낮은 것이다. 기로마루라는 건 바로 알 수 있었다. 번들거리는 초록색 눈과, 눈가에서 콧대를 따 라 그린 복잡한 문양의 문신. 요괴쥐치고는 덩치가 크고 늑대를 연 상하게 만드는 독특한 얼굴. 하지만 한쪽 눈은 무참하게 짓이겨져 있었다. 온몸에는 아직 치유되지 않은 수많은 상처가 남아 있었 고, 게다가 뼈만 앙상하게 남은 상태였다. 기로마루가 더 가까이 다 가오려고 했을 때, 철렁하고 쇠사슬 소리가 났다. 그는 비틀거리면서도 가까스로 네발로 버텼다.

"잘 오셨습니다. 이렇게 누추한 곳까지 오시게 해서 참으로 죄송합니다."

이런 상황에서도 예전과 다름없이 말투에는 자존심 강하고 냉소적인 느낌이 배어 있었다.

"와타나베 사키야. 날 알아보겠어? 이쪽은 아사히나 사토루……."

나는 도저히 견딜 수 없어서 스님을 돌아보았다.

"너무해요! 어떻게 이렇게 대할 수 있어요? 적어도 쇠사슬만이라도 풀어주세요!"

"그러려면 감사스님의 허락을 받아야 하는데……."

"지금은 기도하는 중이잖습니까? 허락은 나중에 제가 받겠습니다."

사토루는 결연하게 말한 뒤, 주력을 이용하여 기로마루의 뒷다리를 묶고 있던 쇠사슬을 끊었다.

"이러시면 곤란합니다."

스님이 몹시 곤혹스러운 표정을 지어도 우리는 개의치 않았다.

기로마루는 우리 앞으로 다가오더니, 바깥의 빛이 눈부신지 눈을 가늘게 뜨고 말했다. "물론 두 분을 기억하고 있습니다. 이류관리과의 와타나베 사키 님은 얼마 전에 뵈었고, 아사히나 사토루 님은 예전에 뵀을 때 아직 귀여운 소년이었죠. 정말 훌륭하게 자라셨군요."

"이런 꼴을 겪게 해서 미안해……. 그리고 고마워, 이누이 씨를 구해줘서."

내 말에 기로마루는 입을 크게 벌리고 미소를 지었다.

"뭘요, 당연한 일을 했을 뿐입니다. 그보다 악귀 말인데요, 어떻게 하실 생각이십니까?"

"이류 주제에 감히 어디서 참견이냐! 뒤로 물러서지 못해?"

스님이 큰 소리로 꾸짖었지만 기로마루는 그 말을 무시하고 우리에게 호소했다.

"동족 중에 최강을 자랑하는 저희 정예부대가 악귀 하나로 인해 간단히 전멸되었습니다. 주력으로 저희가 쏜 화살을 공중에 멈추게 하고, 무기까지 빼앗아버리는 등 저희로서는 어찌할 도리가 없더군요. 비록 나이는 어리지만 실로 가공할 만한 존재였습니다."

"그래서 어떻게 됐어?"

기로마루는 표정도 바꾸지 않고 대답했다. "악귀는 단번에 병사들의 목숨을 빼앗으려고 하지 않더군요. 일방적인 학살을 즐긴다고 생각할 수밖에 없었습니다. 제 용감한 병사들은 적의 화살받이가 되고 칼에 찔리는 등 처참하게 살해되었죠."

"그래도 너는 용케 무사했네."

말하고 나서 깨달았다, 한눈을 잃어버린 그에게 무사하다고 말하는 게 너무 무신경한 일이라는 사실을.

"제가 도망칠 수 있었던 건 기적에 가까운 일이었습니다. 저의 퇴로를 만들기 위해 부관을 비롯한 정예병들이 하나가 되어 돌진했는데, 중간에 거대한 자석이라도 있는 것처럼 무기가 모두 날아갔지요. 그들이 맨손으로 싸우며 생선처럼 토막당하는 것을 보면서 저는 악귀와 불과 20~30미터밖에 떨어지지 않는 도랑으로 뛰어들었습니다. 악귀가 눈치채지 못한 건 신불의 가호가 있었기 때문입니다."

"그랬구나. 악귀는 우리 초도 덮쳤어……. 걱정하지 마. 네 부하의 원수는 꼭 갚아줄 테니까."

"하지만 신이시여……. 인류는 동종에게 주력을 사용할 수 없잖습니까? 어떻게 대처하실 건가요?"

"그걸 어디서 알았지?"

스님이 경악해서 반문했지만 기로마루는 여전히 우리를 향해서 말했다.

"신께서는 아무래도 저희의 지능을 과소평가하는 것 같군요. 저희 사이에서는 이미 알고 있는 사실입니다. 물론 그 씹어 먹어도 시원치 않을 야코마루 녀석도 알고 있을 겁니다. 아마 이번 계획의 출발점도 그것이었겠죠."

사토루가 물었다. "기로마루, 너라면 악귀를 어떻게 퇴치하겠어?"

한때 명장이라는 찬사를 받던 요괴쥐라면 좋은 계획이 있지 않을까 여긴 것이리라.

"주력을 사용할 수 없다면 저희가 사용하는 일반적인 전투 방법을 쓰는 수밖에 없습니다. 총이나 독화살이나 함정이나……. 어쨌든 악귀를 쓰러뜨리지 않으면 승리할 수 없을 텐데, 파리매 콜로니 병사들이 철통같이 호위하고 있을 겁니다. 쉬운 일은 아니겠지요."

역시 획기적인 묘안은 없는 듯했다.

"아 참, 또 한 가지 묻고 싶은 게 있는데, 우리는 지금 도쿄로 가야 해. 도쿄에 관해서 아는 게 있다면 말해주지 않겠어?"

기로마루는 깜짝 놀란 것처럼 하나 남은 눈을 크게 떴다. "그 저 주받은 땅에는 신은 물론이고 저희 동족들도 좀처럼 가려고 하지 않습니다. 게다가 현재 그 주변에는 콜로니가 없을 텐데요."

이번에는 내가 질문했다. "옛날 전쟁에서 흙과 물까지 오염시켰 다고 하던데, 그게 정말이야?"

"그렇게 광대한 지역이 불모지로 남아 있는 걸 보면 지금도 유해 물질이 남아 있을 가능성이 있습니다."

"치명적인 독가스나 방사능이 남아 있어서 발을 들여놓기만 해 도 죽는다던데?"

그러자 기로마루가 입 꼬리를 올리고 히쭉 웃었다.

"그건 단순한 소문에 불과합니다. 독가스는 이미 없어졌습니다. 방사능에 관해서 말하면 플루토늄 239의 반감기*는 2만 4,000년이 나 된다고 하던데, 그 지역 일대가 생명에 위험을 줄 정도로 오염되 어 있는 것 같지는 않습니다."

"그걸 어떻게 알지?"

"딱 한 번이지만 예전에 실제로 가본 적이 있습니다. 물론 현지에 서는 물도 음식도 입에 대지 않았지만, 하루 종일 도쿄 공기를 마시 며 돌아다녔습니다. 그런데 건강에는 특별히 문제가 없었지요."

나와 사토루는 서로의 얼굴을 바라보았다. 혹시 하늘의 도움이 아닐까? 기로마루도 그 분위기를 민감하게 알아차린 듯했다.

---

* 半減期, 방사성 원소나 소립자가 붕괴 또는 다른 원소로 변할 경우, 그 원소의 원자 수가 최초의 반으로 줄 때까지 걸리는 시간.

"저는 한 번 찾아간 곳은 절대로 잊지 않습니다. 저를 데려가시면 안내를 해드리죠."

스님이 당황한 모습으로 경고했다. "여러분, 이 자의 말을 곧이곧대로 받아들여서는 안 됩니다! 이류는 어차피 이류입니다. 앞에서는 충성하는 척하면서 뒤에서 어떤 음모를 꾸밀지 알 수 없습니다."

"제 충성심을 의심하신다면, 이것 한 가지만은 믿어주시기 바랍니다. 야코마루에 대한 제 증오심만큼은 털끝만큼의 거짓도 없는 진실이란 것을. 그 사악한 녀석은 저희 장수말벌 콜로니의 여왕을 감옥에 유폐했습니다. 지금쯤 저처럼 비참한 지경에 처해 있을 겁니다. 무슨 짓을 해서라도 야코마루를 갈기갈기 찢어 죽이고 여왕을 구해내고 싶다, 이것만이 제 유일한 희망이며 살아 있는 의미입니다!"

간절히 호소하는 그의 눈에서는 지금이라도 초록색 불길이 뿜어나올 듯했다.

"조금 전에 저 자신은 건강에 문제가 없었다고 말씀드리면서, 저와 같이 간 병사들의 3분의 1이 다치거나 죽었다는 말씀을 빠뜨렸군요. 그 어두운 땅에는 지금도 수많은 위험이 숨어 있어서, 아무리 신이라 하더라도 적절한 안내자 없이 들어가시는 건 자살행위입니다."

말이 끝나기도 전에 스님은 연신 고함을 질렀지만 이미 우리 귀에는 들어오지 않았다. 앞으로 가야 할 도쿄라는 무서운 장소가 머릿속을 가득 채웠던 것이다.

가짜유사미노시로는 태양광으로 충전을 시작하고 나서 여섯 시간이 지나도 작동할 기미를 보이지 않았다.

사토루가 땅이 꺼져라 한숨을 쉬었다. "이거 큰일인데. 이 녀석이 작동하지 않으면 장소를 알 수 없잖아. 당시 지도도 없는 마당에 고대 주소만으론 찾아갈 수 없고."

"내일 다시 충전해보지 뭐. 100년이 넘게 휴면 상태에 있었잖아. 그보다 어서 출발해야지."

그러고 나서 나는 가짜 유사미노시로를 만져보았다. 태양광에 의해 뜨거워져 있지만 움직일 기미는 보이지 않았다.

"그게 좋겠습니다. 이제 곧 해가 질 겁니다. 강 표면에 황혼 빛이 반사하는 시각이 오히려 밤보다 적에게 들키지 않을 테니까요."

목욕과 식사를 마치고 나서 기로마루는 완전히 생기를 되찾았다. 벌거벗은 상태로 놔둘 수 없어서 쇼조지의 승려복을 입혀보니, 마치 요괴절의 괴물 스님 같은 소름 끼치는 모습으로 변했다.

절의 선착장에 떠 있는 기묘한 물체를 바라보며 이누이 씨가 말했다. "……그나저나 이건 대체 어떻게 조종하는 거지?"

옆에 몽응리어*호라고 쓰여 있는 걸 보니 분명히 배였다. 길이는 5미터 정도이고, 배 두 척을 위아래로 딱 붙여놓은 모양이다. 위쪽에는 물이 들어가지 않도록 닫을 수 있는 문이 붙어 있다. 세 사람과 한 마리가 그 문으로 들어가서 바닥에 앉자 콩나물시루처럼 몸도 움직일 수 없었다.

---

* 夢應鯉魚, 꿈속의 잉어라는 뜻으로 1776년 일본에서 출판된 『비와 달 이야기』라는 책에 수록된 단편. 주인공이 잉어가 되어 마음껏 헤엄치는 꿈을 소재로 한 이야기이다.

자쿠조 스님이 설명했다. "한 사람이 앞쪽의 작은 창으로 밖을 보면서 지시를 내리고, 또 한 사람 내지 두 사람이 선체 옆에 있는 바깥 바퀴를 주력으로 돌려야 합니다."

바깥 바퀴는 작은 물레방아 같은 모양으로, 내부를 관통하는 노처럼 생긴 고리에 의해 안쪽에서 돌릴 수 있다. 다만 물이 들어오는 걸 막기 위해 반원형의 유리 덮개가 고리를 덮고 있어서, 주력을 사용하지 않으면 돌릴 수 없다. 양쪽 바깥 바퀴를 앞쪽으로 회전시키면 앞으로, 뒤로 회전시키면 뒤로 간다. 좌우를 반대 방향으로 돌리면 커브를 틀 수도 있다.

"이건 저희 절에서 가지고 있는 초의 유일한 잠수정입니다. 원래 강바닥을 조사하기 위해 만들었는데, 유사시에는 주지스님이나 감사스님 같은 고승이 마지막으로 대피할 때 사용하기도 하죠. 하지만 이번 사명의 중대성을 고려해서 특단의 조치로써……."

사토루가 끝없이 이어지는 스님의 이야기를 넌지시 가로막았다. "자쿠조 스님, 그동안 여러모로 고마웠습니다. 무신 대사님이나 교샤 감사님을 직접 뵙고 감사의 말씀을 드리지 못하는 게 유감입니다. 모쪼록 말씀 잘 전해주십시오."

"벌써 가시려고요? 재차 말씀드리지만 다시 한 번 생각해보십시오. 저런 이류와 같이 가는 건 제정신으로 할 수 있는 일이 못 됩니다."

"지금은 선택의 여지가 없습니다. 이용할 수 있는 건 뭐든지 이용하는 수밖에요."

우리는 갈아입을 옷과 가짜유사미노시로를 넙색(넙색이라기보다 배낭이라고 부르는 편이 좋으리라)에 집어넣고, 불안을 가슴에 안은 채 출발했다. 내가 앞쪽 창문에서 밖을 보는 역할이고, 사토루가 오른쪽, 이누이 씨가 왼쪽 바퀴를 돌리는 역할이다. 처음에는 물 위에 뜬 채 절의 수로를 빠져나갔다. 스님이 덤불로 위장한 문을 열어주었다. 배가 도네 강으로 나가자 천천히 문이 닫혔다. 그리고 그것이 내 눈에 새겨진 쇼조지의 마지막 모습이었다.

문을 닫고 잠행을 시작하자 배 안이 캄캄해졌다. 강물이 갈색으로 혼탁해 있는 데다 해가 거의 저물어 창밖이 보이지 않는 탓에, 내 지시는 계속 뒤처지기만 했다. 더구나 좌우 바퀴도 호흡이 맞지 않아서, 몽응리어호는 술에 취한 사람처럼 비틀비틀 나아갔다. 하지만 몇 번 바위에 부딪힐 뻔하면서도 10분 정도 지나자 세 사람 모두 조금이나마 비결을 파악했다.

그리고 그때쯤 이 배가 가진 최대의 결점을 깨달았다. 배가 작은 탓에 사람이 많이 타면 단시간에 산소가 부족해져서 숨이 막힌다는 것이다. 우리는 일단 물 위에 떠올라 위쪽 문을 열고, 신선한 공기를 받아들였다. 그리고 한동안 그대로 항행하기로 했다.

물속에서 잠행하는 동안은 좌우 바퀴를 이용해야 해서 생각처럼 속도가 나지 않았다. 그래서 물에 떠 있는 동안에 조금이라도 거리를 벌려두고 싶었다.

기로마루가 위쪽 문에서 고개를 내밀고 공기 냄새를 맡더니 문을 닫고 말했다. "잠행하는 편이 좋겠습니다. 앞쪽에서 동족의 냄새가 강하게 나고 있습니다."

몽응리어호는 다시 천천히 가라앉은 뒤, 강바닥에 닿을락 말락

한 위치에서 서서히 바퀴를 움직였다.

사토루가 누구에게랄 것도 없이 중얼거렸다. "잠수한 상태로 어디까지 가야 할까?"

하지만 대답하는 목소리는 들리지 않았다.

그런 상태에서 얼마나 지났을까? 머리 위에서 배 그림자가 보였다. 두 개…… 세 개. 요괴쥐가 망을 보는 듯했다. 바야흐로 도네 강 하류 유역은 완전히 적의 지배하에 들어간 것이다. 몽웅리어호는 강바닥을 기어가듯 적의 그림자 밑을 통과했다. 우리는 모두 움직임을 멈추고 숨을 죽였다. 배 안에서 내는 소리가 어디까지 퍼질지는 누구도 짐작할 수 없어서였다.

이윽고 적의 그림자가 보이지 않자 사토루가 선언하듯 말했다. "위로 올라가자."

"하지만…… 좀 더 기다리는 편이 낫지 않을까? 아직 근처에 녀석들이 있을지 모르잖아."

내 반론에 그는 고개를 흔들었다. "계속 잠행하다 다음 적을 만나면 어떡해? 숨 쉴 수 있는 기회를 놓치면 안 돼."

이누이 씨와 기로마루도 그의 의견에 찬성해서, 3 대 1로 물 위로 올라가게 되었다. 문을 열자 신선한 공기가 흘러 들어왔다. 우리는 일제히 심호흡을 하며 산소의 고마움을 절감했다.

"이렇게 가면 언제 바다에 도착할지 몰라. 차라리 물 위에 떠서 전속력으로 가면 되지 않을까? 그러면 녀석들이 따라올 수 없을 거야."

더 이상 잠수하고 싶지 않은 마음에 나는 무책임한 말을 늘어놓았다.

"그건 이미 합의했잖아. 물론 녀석들이 강에 밧줄을 쳐놓지 않은 이상, 하구를 빠져나와 바다로 나갈 수는 있어. 하지만 그러면 적은 우리 움직임을 알아차릴 뿐 아니라 어쩌면 우리 의도까지 간파할지 몰라. 적의 눈에 띄지 않고 바다로 나갈 수 있다면 그렇게 해야 해."

그의 말은 너무도 지당해서 나는 더 이상 고집을 부릴 수 없었다.

해가 완전히 떨어지면서 주위는 급격히 어두워졌다. 물 위에서도 배를 조종하기 힘든 마당에 물속에서 어떻게 지시를 내리란 말인가? 그렇게 생각하고 눈앞이 캄캄해지기 시작했을 때, 기로마루의 목소리가 들렸다.

"문을 닫고 잠수하십시오. 앞쪽에 상당히 많은 동족이 있습니다. 어쩌면 경계선을 쳤을지 모릅니다."

몽웅리어호는 다시 물속으로 내려갔다. 물속은 믿을 수 없을 만큼 캄캄했다.

이 주변 수심은 고작해야 4~5미터이리라. 빛을 완전히 차단할 만큼 깊지는 않았지만, 아직 초승달에다 하늘이 구름으로 뒤덮여 있어서 별빛조차 선명하지 않았다. 더구나 강바닥은 먹물을 뿌려놓은 것처럼 아무것도 보이지 않은 탓에, 나는 아무런 지시도 내릴 수 없었다.

"미안해, 앞이 전혀 안 보여."

내 말에 사토루와 이누이 씨는 당황한 표정으로 노 젓는 손길을 멈추었다.

기로마루가 조언을 했다. "당분간은 물살을 타고 가면 됩니다. 바위에 부딪히지 않도록 세심하게 주의해주십시오."

앞이 보이지 않는 상태에서 어떻게 하면 충돌을 피할 수 있을까? 나는 기로마루에게 화를 내려다가 일단 캄캄한 창문을 뚫어지게 쳐다보았다.

"그래, 빛이 있으면 되겠다! 창문 안쪽에 작은 빛을 만들면 멀리까지 볼 수 있잖아."

내 말이 끝나기도 전에 사토루가 부정했다. "그건 안 돼. 물속에 빛이 있으면 눈에 더 잘 띄니까."

"그러면 이대로 장님이 코끼리를 더듬듯 나아가는 수밖에 없다는 거야?"

"지금은 다른 방법이 없잖아."

반론을 제기하려고 했을 때, 창문 밖에서 희미한 빛이 새어 들어왔다.

"아, 저기 봐! 밖이 밝아졌어."

그러자 뒤쪽에서 이누이 씨가 내 어깨를 잡았다. "쉿! 조용히 해!"

우리는 잠시 꼼짝도 하지 않았다. 이윽고 앞쪽 수면에서 희미한 빛이 보였다.

사토루가 목소리를 죽이고 말했다. "녀석들이 횃불로 강물을 비추고 있어."

"이 배가 보일까?"

"아마 괜찮을 거야……."

말은 그렇게 했지만 자신 있는 말투는 아니었다.

기로마루가 대조적으로 자신만만하게 선언했다. "걱정하실 필요 없습니다. 위에 있는 자들은 오직 물 위를 감시하고 있습니다. 물속에 있으리라곤 상상도 못 할 겁니다."

횃불의 불빛으로 앞이 밝아진 덕분에, 우리는 느리지만 확실하게 나아갈 수 있었다. 기로마루의 말이 맞는지 우리 존재를 알아차린 기미는 없었다. 아무리 횃불로 비춰도 수면에서 반사하는 빛 때문에 물속은 보이지 않을 것이다. 그때 우리의 진행 방향 앞쪽에 떠 있는 수많은 그림자가 눈에 들어왔다. 아마 뗏목이리라.

"사토루, 저기 봐."

내가 작은 목소리로 속삭이자 사토루는 바깥 바퀴의 회전을 이누이 씨에게 맡기고 앞쪽으로 다가왔다.

"저게 뭐지?" 그는 수많은 그림자를 관찰하고 나서 길게 숨을 토해냈다. "이렇게까지 감시하고 있을 줄은 상상도 못 했어."

"무슨 뜻이야?"

"녀석들이 물 위에 장애물을 놔뒀어. 강에 온통 뗏목을 띄워서 배가 지나갈 수 없도록 만든 거야. 아마 뗏목 위에는 사격수를 배치했겠지."

일시적으로 강폭이 좁아지기는 하지만 그래도 수백 미터는 될 것이다. 통나무를 이은 조잡한 뗏목이라고 해도 이렇게 봉쇄하려면 여간 힘들지 않았으리라.

기로마루가 회심의 미소를 지으며 만족스럽게 말했다. "의심덩어리에 겁쟁이가 생각해낼 만한 일이죠. 하지만 그렇게 야비한 책사라도 우리가 물속으로 가리라곤 상상도 못 한 것 같습니다."

몽응리어호는 뗏목의 훨씬 아래쪽, 강바닥과 닿을락 말락 한 부분을 통과했다. 요괴쥐의 봉쇄를 뚫고 나가자 다시 주위는 암흑 속에 갇혔다. 우리는 잠시 나아간 후, 조용히 물 위로 올라가서 배 안의 공기를 바꾸었다.

"기왕에 만드는 거, 환기 장치까지 만들었으면 좋았을 텐데."

사토루의 투덜거림과 반대로 이누이 씨는 들뜬 목소리로 말했다.

"하지만 여기까지 왔으니 하구는 멀지 않았어. 여기부터는 잠행할 필요가 없지 않을까?"

내가 기로마루를 향해서 물었다. "기로마루, 요괴…… 네 동족 냄새 안 나?"

"잘 모르겠습니다. 조금 앞에서 바람의 방향이 바뀌어 육지 바람이 불어오니까요." 기로마루는 열심히 냄새를 맡은 후, 귀를 쫑긋 세우며 덧붙였다. "지금은 아무 소리도 들리지 않습니다. 그래도 우리 쪽에서 소리를 내는 건 어떻게든 피해야 합니다."

몽응리어호는 물 위에 뜬 채 강 한가운데를 조용히 내려갔다. 나는 문에서 얼굴을 내밀어 앞쪽 상황을 살펴보았다. 강폭은 조금 전에 뗏목을 띄워서 봉쇄한 지점보다 훨씬 넓어서, 양쪽 기슭이 거의 보이지 않을 정도였다.

이제 안심해도 되리라. 팽팽했던 신경이 느긋해지기 시작했다. 이대로 똑바로 내려가면 하구다. 그리고 태평양으로 나가면 악귀에게 잡힐까 봐 벌벌 떨지 않아도 된다. 이제 조금만 참으면 되는 것이다. 그때 1킬로미터쯤 앞쪽에서 우두커니 서 있는 두세 척의 배가 눈에 들어왔다.

"배가 있어. 어떡하지?"

"잠시만 기다려."

뭉웅리어호가 움직임을 멈추었다. 앞으로 회전하는 바퀴를 거꾸로 돌려, 물살을 거스르며 그 자리에 멈춘 것이다.

"……물속으로 들어가는 게 좋겠어. 여기서 바다까지라면 숨을 참고 갈 수 있을 거야."

다음 순간, 기로마루의 숨죽인 외침이 귀로 파고 들어왔다. "어서 피해야 합니다!"

"어? 왜 그래?"

"동족과…… 그 녀석입니다! 틀림없어요, 악귀 냄새입니다!"

"하지만 바람의 방향은 반대……."

나는 말을 하다 알아차렸다. 악귀는 뒤쪽에서 쫓아오는 것이다.

뒤를 돌아보자 어두운 강물 위에 커다란 돛을 단 실루엣이 보였다. 상당히 빠른 속도로 다가와서, 남은 거리는 400~500미터밖에 되지 않는다.

우리를 발견한 것이다. 악귀는 요괴쥐보다 시력이 뛰어난 인간이다. 캄캄한 강에서도 반사되는 별빛을 통해 희미한 항적을 본 것이리라.

"잠수할까?"

"이미 늦었어……. 이대로 돌파하는 수밖에 없어!"

사토루의 외침을 듣고 나는 주력을 이용해 단숨에 뭉웅리어호의 속도를 높였다. 그도 내 옆에서 고개를 내밀어, 뒤쪽을 향해 은폐 공작을 했다. 나중에 들었는데 수면에 대량의 공기를 내뿜어 거대한 거품 벽을 만들었다고 한다. 그러면 우리의 항적은 보이지 않을 것이다.

그가 앞쪽을 바라보며 소리쳤다. "사키, 눈 감아!"

그의 의도를 모르는 상태에서 나는 이미지만으로 배의 속도를 높이며 눈을 꼭 감았다. 눈꺼풀 너머로 강렬한 빛이 쏟아졌다. 앞쪽에 떠 있던 요괴쥐의 배들이 눈부신 섬광을 뿌리며 불타오른 것이다. 악귀가 그것을 봤다면 눈이 부셔서 한동안 아무것도 볼 수 없었으리라.

몽옹리어호는 조종하는 사람이 눈을 감고 있는 위험한 상황에서도 불타고 있는 배 사이를 교묘하게 빠져나갔다. 눈을 뜨자 나는 정신없이 배의 속도를 높이고 있었다. 잠수정은 엄청난 기세로 강위를 활주했다. 정신이 들었을 때는 태평양 위에 떠 있었다. 이미 육지는 보일락 말락 멀어져 있었다. 강과는 비교가 되지 않는 커다란 파도에 한순간 공포를 느꼈다. 가시마나다의 거친 파도였다.

"악귀는…… 떼어냈어?"

"그래, 지금은…… 하지만 곧 체제를 정비해서 쫓아올 거야."

"왜?"

"그냥 도망치는 거라면 녀석들이 지배하는 지역을 빠져나와 강으로 내려갈 필요 없이 육로를 이용했을 거잖아. 구태여 위험을 저지르면서까지 강행 돌파했다는 사실이 야코마루의 귀에 들어가면 우리 의도를 알아차릴지도 몰라. 적어도 방관할 수 없는 사태라고 생각하겠지."

배가 흔들릴 때마다 배 속에 있는 것이 치밀어오르는 듯했다. 바닻바람 냄새가 코 안쪽에 아릿하게 느껴졌다.

"그러면 한시라도 빨리 도망쳐야 하잖아."

"그래, 여기부터는 오른쪽으로 육지를 보면서 가기만 하면 돼. 일단 이누보자키를 넘어 보소 반도를 크게 돌아가자." 그는 어두운 바다에 시선을 고정하며 덧붙였다. "문제는 그다음이야. 가짜유사미노시로가 눈뜨지 않으면 두 손 드는 수밖에 없어."

별빛을 받은 도쿄 만은 수많은 개펄이 흩어져 있는 아름다운 내해였다. 아무리 봐도 기로마루의 말처럼 끔찍한 곳이라는 생각은 들지 않았다.

우리는 도쿄 만의 가장 깊은 곳으로 들어간 뒤, 그곳에서 밤이 새길 기다렸다. 한밤중에 기슭으로 다가가는 건 위험하다는 기로마루의 조언에 따른 것이다. 예전에 그들이 낮에 육로로 갔을 때는 아무런 이상도 없었는데, 밤에 기슭으로 다가간 그의 부하들은 전부 정체불명의 괴물에 의해 잡아먹혔다고 한다.

도쿄 만의 파도는 바다에 비해 훨씬 평온했지만, 그래도 파도에 이리저리 흔들리자 한시라도 빨리 단단한 땅을 밟고 싶다는 마음이 간절했다. 그래서 동쪽에서 황금빛 서광이 비치기 시작했을 때는 겨우 상륙할 수 있다는 마음에 깊은 한숨을 내쉬었다.

그때 거대한 그림자가 머리 위를 뒤덮었다.

흠칫 놀라서 올려다보니, 새벽하늘은 어지러이 춤추는 무수한 생물로 뒤덮여 있었다.

옆에서 기로마루가 설명했다. "박쥐입니다. 여기에는 헤아릴 수 없을 만큼 많이 살고 있죠. 지금 도쿄의 지배자는 이 녀석들이라고 할 수 있을 정도입니다."

박쥐가 왜 이렇게 많은 것일까? 어쨌든 기로마루의 침착한 모습을 보면 이것이 위험의 정체는 아닌 듯하다. 우리는 도쿄 만의 북서쪽 기슭을 향했다. 회백색 모래사장이 끝없이 이어져 있지만 큰 식물이나 동물의 모습은 보이지 않았다.

나는 배가 해변으로 올라가자마자 밖으로 뛰어내렸다. 그리고 한껏 기지개를 펴서 굳은 근육을 풀었다. 부드러운 모래 감촉이 긴장했던 마음을 풀어주었다. 해변으로 올라오고 나서도 한동안 몸이 흔들리는 느낌에서 벗어나지 못했다. 다른 사람들도 내 뒤를 이어 상륙했다.

우리는 추격자에 대비해 배 감출 곳을 찾았다. 모래사장 안쪽에 회색의 암초 같은 것이 있었다. 자세히 살펴보니 콘크리트로 지은 고대 건물의 잔해인 듯했다. 예전에 파리매 콜로니에서 본 원형 건물이 떠올랐지만 그것보다 훨씬 컸다. 건물 뒤쪽을 살펴보니 거대한 균열이 있고, 20미터쯤 아래쪽에 커다란 바위 선반이 있었다. 거대한 균열은 땅속 깊은 곳까지 이어져 있어서, 곰팡내 나는 서늘한 공기가 콧속으로 파고들었다. 우리는 필요한 짐만을 챙기고 몽응리어호를 바위 선반 위에 안치했다.

"이제 어떡하지?"

사토루가 가짜유사미노시로가 들어 있는 배낭을 가리키며 말했다. "무턱대고 돌아다녀봤자 소용없어. 이 녀석을 다시 충전해보자."

"그전에 안전한 곳으로 이동하는 게 좋겠어. 바다가 내려다보여서, 추격자가 쫓아온 경우라도 금방 알 수 있는 데로."

이누이 씨의 제안에 따라 우리는 조금 높은 곳으로 이동했다. 거무칙칙한 바위산 위쪽에 조금 전에 본 회색 암초 같은 고대 건물의 잔해가 남아 있었다. 모래사장의 모래도 원래는 산산이 부서진 콘크리트이지만, 똑같은 콘크리트라도 점성이 뛰어난 덕분에 가까스로 붕괴는 면한 듯했다.

우리는 조금씩 강해지는 아침 햇살 밑에 가짜유사미노시로를 놔두었다. 이제 기다리는 수밖에 없으리라. 그동안 아침 식사를 하기로 했다. 연기 때문에 불을 피울 수 없어서, 쇼조지에서 마련해 준 주먹밥처럼 뭉친 병사용 식량을 묵묵히 씹어 먹었다. 메밀가루에 가다랑어, 매실장아찌, 호두, 구기자 열매 등을 섞어서 꿀로 굳힌 것이다. 그걸 먹고 있자 옛날에 먹었던 요괴쥐의 휴대식이 떠올랐다. 야코마루와 같이 굴벌레나방 콜로니에 갔을 때의 일이다. 맛은 달랐지만 큰 차이는 없으리라. 눈을 질끈 감고 코를 꽉 막으면 먹을 수 없는 정도는 아니었다.

배 속이 안정되자 이번에는 졸음이 쏟아졌다. 이렇게 위급한 상황에서도 졸린 것이 신기하기만 했다. 내 모습을 본 이누이 씨가 교대로 자자고 말하는 소리를 듣고 나는 즉시 잠에 빠졌다. 그때 어떤 꿈을 꾸었는지는 기억나지 않는다. 다만 정말로 위험한 상황에 처하면 인간은 악몽을 꾸지 않는 모양이다. 왠지 즐거운 꿈이었다는 기억만이 남아 있다. 어쩌면 어린 시절로 돌아갔던 걸지도 모른다.

갑자기 꿈속에 침입자가 나타났다. 기묘한 괴물이다. 개구리처

럼 나지막하게 *끄륵끄륵* 울고, 새처럼 날카롭게 삐삐 지저귄다. 시
끄러워 짜증이 나면서도 의식이 급속히 돌아왔다. 이 소리는 대체
뭐지? 눈을 뜨자 나 이외의 두 사람과 한 마리가 가짜유사미노시
로 주위에 모여 있었다.

"무슨 일이야?"

"작동했어…… 충전이 끝났나 봐."

사토루의 대답을 들은 순간, 잠은 완전히 달아났다. 나는 벌떡
일어나서 그의 곁으로 달려갔다.

가짜유사미노시로는 듣기 싫은 기계음을 내다 마침내 첫마디를
입에 담았다.

"저는 국립국회도서관 쓰쿠바 관의 미러 단말기 008호입니다."

부드러운 여성의 목소리였다. 다음 순간, 주위에서 환호성이 일
었다.

"묻고 싶은 게 있어."

사토루의 질문을 무시하고 가짜유사미노시로는 일방적으로 말
했다.

"……지금 초기화를 하고 있습니다. ……초기화를 하고 있습니
다. 초기화를 하고 있습니다."

아무래도 다른 도서관 단말기와 교신하는 모양이다. 잠시 후, 가
짜유사미노시로는 자랑스럽게 선언했다.

"초기화를 완료했습니다……. 달력 수정 및 아카이브 업데이트
에 성공했습니다."

이렇게 멀리 떨어져 있어도 기계끼리는 간단히 통신할 수 있는

것일까?

사토루가 조심스럽게 말했다. "축하해. 그런데 물어볼 게 있어."

"질문, 검색 서비스를 이용하기 위해서는 이용자를 등록해야 합니다."

사토루는 힐끔 내 얼굴을 쳐다보았다.

그 옛날 하계 캠프에서 유사미노시로를 잡았을 때 들은 말과 똑같았다.

"어떻게 하면 등록할 수 있지?"

"등록은 만 18세 이상만 가능하고, 이름과 주소, 나이를 증명하기 위해서는 다음의 서류가 필요합니다. 운전면허증. 의료보험증(주소가 기재된 것). 여권(생년월일과 현재 주소가 적힌 부분의 복사본). 학생증(주소, 생년월일이 기재된 것). 주민등록등본의 복사본(3개월 이내에 발급된 것). 공공기관에서 발행한 증명서 및 그것에 준한 것. 모두 유효기간이 지나지 않아야 합니다."

"그런 건 없어."

"또한 다음과 같은 서류로는 등록할 수 없으니 주의하시기 바랍니다. 사원증, 학생증(주소 또는 생년월일이 기재되지 않은 것), 전철 정액권, 명함……."

"하지만 지금 당장 질문에 대답하지 않으면 널 부술 거야. 그리고 미리 경고하는데, 최면술도 소용없어."

"……서류에 의한 절차는 생략됐습니다. 지금부터 이용자를 등록하겠습니다."

"그것도 생략해. 우리가 알고 싶은 건 이 주소야. 여기에 가려면 어떻게 하면 되지?"

그는 편지에 있는 주소를 말했다. 가짜유사미노시로에서 다시 신경을 자극하는 전자음이 나왔다.

"전지구측위 시스템 작동 불가…… GPS 위성의 전파를 수신할 수 없습니다……. GPS 위성의 전파를 수신할 수 없습니다……. 수신권 밖에 있습니다."

"걱정하지 마. 그런 건 이미 없어졌으니까."

"다른 단말기에서 보내는 전파를 수신해서, 삼각법으로 현재 위치를 추정하겠습니다."

가짜유사미노시로는 한동안 입을 다물고, 1세기 만에 주어진 일에 착수했다.

"……지도와 대조 완료. 전자 나침반에 의한 지자기측위 완료. 목적지의 방위를 알아냈습니다. 현재 위치에서 29도 서북쪽으로 가십시오."

됐다! 나는 두 주먹을 불끈 쥐었다. 이제 편지에 있던 주소로 갈 수 있다. 거기에 아직 사이코버스터라는 무기가 있는지 없는지는 오직 신만이 알겠지만.

"사이코버스터가 어떤 건지 가르쳐줄래?"

가짜유사미노시로는 잠시 생각에 잠겼다. "……57건이 나왔습니다."

"일명 사이코킬러라든지 사이코사이드라고 부르는 무기 같은데."

"한 건이 나왔습니다. ……사이코버스터는 고대문명 말기에 미국에서 초능력자 소탕 계획에 사용되었던 세균 무기의 속칭입니다."

세균……. 차가운 소름이 등줄기를 가로질렀다.

"그런데 사이코라는 건 정신이라든지…… 정신이상자를 말하는 거 아니야?"

사토루가 엉뚱한 질문을 했다. 쓸데없는 데 집착하는 버릇은 예나 지금이나 똑같다.

"일본어로 쓰면 똑같지만 히치콕의 영화를 통해 알려진 정신이상자란 말의 속어는 'psycho'입니다. 이에 비해 염동력을 가진 사람들은 'psyko'라고 했습니다. 그런데 염동력을 사이코키네시스(psychokinesis)라고 쓰면서 일반인들에게도 똑같이 알려진 것입니다."

"그보다 세균 무기가 뭐야?"

"사이코버스터의 정식 명칭은 강독성탄저균(strong toxicity bacillus anthracis)으로 보통 'STBA'라고 합니다. 탄저균이란 토양 속에 존재하는 병원균 일종으로, 인체에 들어가면 피부탄저, 폐탄저, 장탄저 등 무서운 병을 일으킵니다……."

가짜유사미노시로의 설명을 들은 순간, 우리의 온몸에는 가느다란 소름이 돋았다. 탄저균은 환경이 나빠지면 살아남기 위한 포자 상태로 휴면에 들어가는데, 그 덕분에 매우 사용하기 편한 생물 무기가 되었다고 한다. 탄저균을 배양해서 건조시키면 새하얀 가루 모양의 포자를 만드는데, 이 포자는 열이나 건조에 강하고 공기로 감염되는 능력을 갖고 있어서 편지봉투에 넣어서 보낼 수도 있다.

STBA는 유전자 조작으로 탄저균의 독성을 강화한 것으로, 보통의 폐탄저 치사율 80~90퍼센트를 거의 100퍼센트까지 높이는 데 성공했다. 더구나 STBA에는 다제내성*이 있어서, 보통의 탄저균에는 유효한 페니실린이나 테트라시클린 등의 항생 물질도 전혀 효과가 없다고 한다.

"……또 일반적인 탄저균은 사람에게서 사람으로 감염되지 않지만 STBA는 감염력이 매우 뛰어나서, 통상의 역학적 대처 방법으로는 감염이 폭발하는 걸 막을 수 없습니다. 이렇게 제1급 무기로서 이상적인 파괴력을 가지고 있음과 동시에 STBA의 장점은 다른 세균이나 바이러스 무기에 비해 전후 처리를 쉽게 할 수 있다는 거죠. 1~2년 만에 보통 탄저균보다도 훨씬 독이 약해지도록 설계되어 있으니까요. 이렇게 사용하기 편하고 환경에도 좋은 생물 무기로써……."

미쳤다. 고대인들은 대체 무슨 생각으로 이런 무기를 만든 걸까?

"……정말 이런 걸 가지러 가야 하는 거야?"

두 사람과 한 마리는 내 질문의 진정한 의미를 이해하지 못한 듯했다.

사토루가 대답했다. "지금은 어쩔 수 없잖아. 악귀를 쓰러뜨리기 위해서니까."

이누이 씨가 말했다. "공기 속에 방출해도 시간이 지나면 독성이 약해질 거야. 이거라면 장래에 화근을 남기지 않을 수 있어."

기로마루의 감상은 다음과 같았다.

---

* 多劑耐性, 여러 가지 약물에 대하여 내성을 보이는 성질.

"굉장합니다! 이거라면 악귀가 눈치채기 전에 충분히 감염시킬 수 있습니다. 이제 남은 문제는 분말을 어떻게 흡수하게 만드느냐 이군요."

사이코버스터에 관한 가짜유사미노시로의 끝없는 설명이 이어졌다.

"⋯⋯보통의 탄저균 포자는 50년 이상 생존하는데, STBA 포자는 1,000년 이상의 내구성을 가지고 있다고 합니다. 이건⋯⋯."

"이제 됐어."

사토루는 전자음이 뒤섞인 기묘한 여성의 목소리를 제지했다. 아마 배터리를 우려한 것이리라.

다음 순간, 기로마루가 긴장된 얼굴로 벌떡 일어섰다.

"큰일 났습니다⋯⋯!"

이누이 씨가 깜짝 놀라며 물었다. "왜 그래?"

"저 새입니다. 저 새를 잡으세요."

기로마루가 하늘을 날고 있는 작은 새를 가리켰다. 이미 100미터 정도는 떨어져 있는 듯했다. 이누이 씨가 새에 의식을 집중하기 전에 사토루가 나지막이 외쳤다.

"잠시만요!"

사토루의 눈앞에 진공 상태의 렌즈가 생겼다. 보통의 렌즈와 반대인 오목렌즈로, 대상의 영상을 확대하는 것이다. 우리는 사토루 옆에 모여들었다. 렌즈 한가운데는 수평선 너머에서 다가오는 돛의 끝이 선명하게 보였다.

"믿을 수 없어. 벌써 쫓아오다니⋯⋯!"

사토루가 충격받은 얼굴로 중얼거리자 기로마루가 분해서 견딜 수 없다는 듯이 말했다.

"제 불찰입니다. 수색이나 척후에 새를 사용하는 건 요괴쥐들의 상투 수단인데, 이렇게 빨리 발견하리라곤 예상치 못했습니다. 아마 어젯밤 도쿄 만에서 정박하는 동안, 부엉이나 쏙독새 같은 야행성 새의 눈에 띄었겠죠."

"어떻게 하지?"

"이미 이쪽 위치를 파악했을 겁니다. 지금 당장 대피해야 하는데 반경 30킬로미터 이내의 지상은 불모지대와 사막뿐으로, 몸을 숨길 수 있는 장소가 없습니다. 반면에 저쪽은 새를 이용해서 최단거리로 달려올 수 있죠. 잡히는 건 시간문제입니다."

이누이 씨가 미간에 깊은 주름을 새기고 물었다. "그러면 지하로 들어가는 게 어때?"

"도쿄의 지하는 지옥입니다. 제가 부하를 잃은 것도 대부분 지하를 탐험할 때였죠. 하지만 지금은 그런 말을 하고 있을 때가 아니군요."

기로마루는 40~50미터 떨어진 곳의 바람구멍 같은 입구를 가리켰다.

"조금 전에 옆을 지날 때 바람 냄새를 맡아봤는데, 도쿄의 지하를 종횡으로 달리는 커다란 동굴까지 이어져 있는 것 같습니다. 처음에는 비교적 완만한 경사면이 이어져 있어서, 아마 걸어서 내려갈 수 있을 겁니다."

우리에게는 선택의 여지가 없었다.

"좋아. 어쨌든 적에게 잡히기 전에 사이코버스터를 찾으면 되잖아. 우리를 쫓아온다면 적을 찾아다닐 필요 없이 오히려 잘됐지 뭐. 지옥의 밑바닥으로 데려가주겠어. ……최악의 경우에는 우리가 살해되기 전에 좁은 동굴 안에서 악귀 녀석을 감염시킬 수 있잖아."

이누이 씨 말은 우리 모두의 각오를 대변해주었다.

VI

어둠 속에서
타오른 화톳불은

1

우리는 한 걸음 한 걸음 신중히 확인하면서 땅속으로 내려갔다. 발밑은 회백색 석회암으로, 자칫 방심하면 쭈르륵 미끄러질 것 같다. 동굴 안은 바깥에 비해서 서늘하리라는 선입관이 있었는데, 경사면을 내려가는 사이에 조금씩 땀이 배어나왔다. 온도가 높을 뿐만 아니라 습도가 100퍼센트에 가까운 것이다.

"왜 이렇게 덥지?"

내 질문에 기로마루는 한마디로 "박쥐입니다"라고 대답한 후 앞길을 서둘렀다.

바닥에서는 몇 종류의 바람이 복잡하게 뒤섞여 소용돌이쳤다. 기로마루는 그 냄새를 맡으며 가야 할 길을 선택하는 듯했다. 사토루의 배낭에서 얼굴만 내밀고 있는 가짜유사미노시로는 우리가 찾고 있는 건물까지의 방위와 거리는 말할 수 있어도 도중의 지형에 관해서는 아무런 정보도 없는 탓에, 기로마루의 안내 없이는 한 발짝도 나아갈 수 없었다.

완만한 경사면이 끝나고 길은 수평으로 변했다. 입구에서는 상당히 떨어져 있지만 군데군데 지상으로 통하는 작은 구멍이나 균열이 있는 덕분에 그럭저럭 빛은 부족하지 않았다.

"앞쪽은 더 덥습니다. 조금만 참으십시오."

그때 앞쪽에서 가냘픈 웅성거림이 들렸다. 기로마루가 조금 높은 곳에 있는 직경 1미터가량의 구멍을 가리켰다. 아무래도 그곳이 발생원인 듯했다. 맨 앞에 선 기로마루가 급경사면을 기어 올라갔다. 원래 미끄러운 석회암이 물에 젖어 더 미끄러워진 탓에, 겨우 4~5미터 올라가는 데도 상당히 고생하는 것 같았다.

구멍 안을 들여다본 기로마루가 우리를 돌아보며 말했다. "이 안은 완벽히 어둡습니다. 조명을 준비하는 게 좋겠습니다."

우리는 배낭에서 랜턴을 꺼냈다. 빛은 강하지 않지만 식물 씨에서 짜낸 기름을 넣으면 열다섯 시간 넘게 이용할 수 있다. 불 켤 때 말고는 주력을 사용할 필요가 없다는 것도 편리한 점이었다.

날카롭고 시끄러운 소리가 귓불을 때렸다. 방울을 울리는 듯한, 여러 요정들이 수다를 떠는 듯한 기묘한 소리였다. 좁은 입구를 통과하자 안쪽에는 넓은 공간이 자리하고 있었다. 하지만 기로마루 뒤를 따라서 안으로 들어간 순간, 후덥지근함과 엄청난 냄새에 입을 다물 수 없었다.

"발밑을 조심하십시오."

우리에게 주의를 당부하는 기로마루의 눈이 음침한 초록빛을 내뿜었다.

그 말을 듣고 랜턴으로 발밑을 비춘 순간, 하마터면 비명을 지를 뻔했다. 넓은 동굴 바닥에서 무언가가 꿈틀거리고 있었다. 자세히 쳐다보니 무수한 벌레였다. 생전 처음 보는 커다란 구더기와 연충류, 그리마 같은 다족류와 바퀴벌레, 커다란 거미 등. 그런 생물들이 끝없이 이어지는 진흙탕을 기어 다녔는데, 거기서 나오는 끔찍한 냄새로 보아하니 진흙탕의 정체는 두껍게 쌓인 분뇨인 듯했다. 이 기이한 열기도 대량의 분뇨가 발효하면서 만들어지는 것 같았다.

"도저히 못 가겠어!"

내 말에 개의치 않고 기로마루와 이누이 씨는 재빨리 걷기 시작했다. 사토루가 내 손을 잡아끌었다.

"사키, 지금은 가는 수밖에 없어."

하지만 생리적인 혐오감으로 발길을 내디딜 수 없었다.

"이 안에 독충이 있으면 어떡하지? 만약 독충에 물려서 그대로 끝이면……?"

나는 그렇게 말하며 랜턴을 위로 향했다. 천장에도 벌레가 있지 않을까 걱정이 되었기 때문이다.

높이 10미터가 넘는 천장에는 무수한 박쥐들이 방울처럼 빼곡히 매달려 있었다. 아까부터 귀로 파고들던 기묘한 소리는 박쥐의 울음소리였던 것이다. 스스로도 얼굴에서 핏기가 사라지는 걸 알 수 있었다.

"안 돼, 난 못 가. 이 박쥐가 덮치면 뼈도 못 추릴 거야."

사토루가 배낭의 가짜유사미노시로에게 물었다. "여기 있는 박쥐 중에 인간에게 해를 끼칠 만한 게 있어?"

"이 동굴에 있는 박쥐는 대부분 도쿄큰박쥐입니다. 낮에는 주로 간토 지역 부근의 숲에서 곤충을 잡아먹고, 밤에는 천적이 별로 없는 도쿄의 동굴로 돌아가죠. 지금까지 인간에게 해를 끼쳤다는 기록은 없습니다. 또 인간에게 감염증을 매개했다는 사례도 알려져 있지 않습니다."

사토루가 나를 격려하듯 말했다. "거봐, 괜찮다잖아."

"……과거 도쿄 23구의 지하에 있는 동굴 전체에 약 100억 마리 정도가 서식한 것으로 보입니다. 도쿄큰박쥐가 동굴 안에 떨어뜨린 분뇨가 생물들의 먹이가 되면서, 본래 불모지대인 동굴 생태계의 근간을 이루었습니다. 또한 도쿄큰박쥐는 덩치가 커서 큰박쥐란 이름이 붙었는데, 조상이 오가사와라큰박쥐라는 설에는 의문을 제기하는 학자들이 많습니다. 오가사와라큰박쥐를 포함한 대부분의 큰박쥐는 동굴성이 아닌 데다 초음파도 내뿜지 않기 때문입니다. 그러면 어디 있는지 위치를 알아낼 수 없으니까요. 그를 대체하는 가설 중에는 간토 지역에 대량으로 서식하는 관박쥐가 대형화해서……."

가짜유사미노시로는 묻지도 않은 설명을 장황하게 늘어놓았다. 새로운 질문을 하든지 그만두라고 하지 않는 이상 계속 설명하는 구조로 되어 있는 것이리라.

사토루가 물었다. "……박쥐 똥 위에 있는 벌레 중에서 독이 있는 게 있어?"

"여기 있는 대부분의 벌레는 아무런 해가 없고, 사람을 무는 것도 없습니다. 유일한 예외는 동굴구더기파리입니다. 동굴구더기파리는 먹이인 박쥐 똥이 풍부한 환경에 적응하는 바람에 날아다니는 능력을 잃어버린 파리죠. 구더기 상태로 일생을 보내며 유생 생식을 하는데, 날카로운 입으로 사람의 손발을 물 수 있습니다. 독성은 확인되지 않았으나 환경이 불결한 만큼 상처를 통해 세균이 감염될 가능성이 있습니다. 또 동굴구더기파리의 침에 의해 드물게 알레르기 반응을 일으키는……."

사토루가 가짜유사미노시로의 입을 다물게 했다. "알았어. 이제 됐어. 이 정도 크기의 구더기 말이지? 일단 그 녀석만 조심하면 되니까 어서 가자. 시간이 없어."

나는 눈을 꼭 감고 기분 나쁜 벌레가 우글거리는 박쥐의 똥 위를 걸었다. 첨벙첨벙 발의 복사뼈 주위까지 분뇨에 잠긴다. 온몸에 소름이 끼치고 등골이 오싹해졌다. 그 덕분이라고 하면 이상하지만 윙윙 날아다니는 무수한 날벌레와 사우나 같은 고온과 습기는 거의 신경 쓰이지 않았다. 한참 지나서 딱딱한 바위를 밟고 안도의 한숨을 내쉬자 무릎도 좋아하는 것 같았다.

"도쿄의 지하가 지옥이라고 한 이유를 이제 알겠어."

내 말에 기로마루가 입술 끝에 미소를 담았다. "아니, 그래도 이 주변은 천국입니다."

박쥐의 커다란 터널을 빠져나가자 조금 시원해졌다. 처음에는 고맙다고 생각했지만 잠시 지나자 땀이 식으며 피부가 차가워졌다. 춥고 습도가 높은 상태가 이렇게 불쾌하다는 걸 처음 알았다.

앞에서 걷는 기로마루는 이 환경이 고통스럽지 않은 모양이었다. 요괴쥐가 원래 혈거성 동물이라는 사실을 떠올리고 마음 든든하게 여겼지만, 곰곰이 생각하니 추격자 요괴쥐도 똑같은 혈거성 동물이 아닌가?

"예전에 도쿄에 온 적이 있었다고 했지?"

"네에."

기로마루는 왠지 그것에 대해 언급하고 싶지 않은 듯했다.

"그러면 여기 상황을 잘 알고 있겠네? 왜 여기에 콜로니를 만들지 않았지? 이렇게 넓은 동굴이 있는데?"

기로마루가 얼굴을 찡그리며 대답했다. "우리 동족은 지금까지 수많은 선구자를 배출해왔는데, 이 땅에 살려고 한 자는 아무도 없었습니다. 여기에는 기분 나쁜 선주민들이 많기 때문이죠. 지난번에도 말씀드린 것처럼 여기를 걸어서 탐험한 것만으로 부하의 3분의 1을 잃었을 정도니까요."

그 기분 나쁜 선주민에 대해서는 가짜유사미노시로에게 자세하게 물어보는 편이 좋을까? 그런 생각을 한 순간, 사토루가 가짜유사미노시로에게 다른 질문을 했다.

"여기에서 목적지까지의 방위는?"

"서북쪽으로 27도입니다. 지금까지 정확하게 잘 왔습니다."

하지만 그는 별로 기쁜 것 같지 않았다.

"흐음…… 우리가 찾는 건물이 아직 있는지 없는지, 그건 모르는 거지?"

"그것에 대해선 아카이브에 정보가 없어서 확인할 수 없습니다. 단, 적어도 건물 일부가 남아 있을 확률은 50퍼센트가 넘습니다."

사토루가 깜짝 놀라며 소리쳤다. "정말이야? 어떻게 그렇게 장담할 수 있지? 벌써 1,000년이나 지났는데?"

그걸 걱정하고 있었던가? 나는 이제야 이해가 되어서 고개를 끄덕였다.

"현재 가고 있는 중앙합동청사 제8호관에는 수명이 아주 긴 콘크리트를 사용했습니다. 글리콜에텔 유도체와 아미노알코올 유도체를 혼합하고, 또한 폴리머함침 처리 및 표면유리화 처리를……."

"구체적인 건 몰라도 돼. 요컨대 1,000년을 버티고 있어도 이상할 게 없다는 거잖아."

가짜유사미노시로가 새침한 목소리로 대답했다. "이론적으론 그렇게 됩니다."

"그럼 다른 건물이 거의 남아 있지 않은 건 뭐 때문이지?"

"고대문명에서 사용한 일반적인 콘크리트는 길게는 100년, 일반적으론 50년 정도의 내구성밖에 없습니다. 또한 시공 불량이나 물을 많이 섞은 불법 콘크리트, 바닷모래를 사용한 알칼리골재 반응 등의 영향으로 수명이 단축되었죠. 도쿄의 지상에 있는 건조물 중 3분의 1은 9일전쟁으로 대부분 파괴되고, 남은 것도 대부분 100년 안에 파괴되었습니다. 콘크리트는 풍화되고 강한 산성비의 작용으로 석회 부분이 녹아내려, 다양한 용도를 위해 만든 거대한 지하 공간으로 흘러들었죠. 그래서 자연 상태로 완성되려면 수백만 년이 필요한 종유동이 불과 수백 년 만에 만들어진 겁니다."

내가 물었다. "9일전쟁이 뭐야?"

"일반 사람들에 의한 초능력자 사냥이 종언을 맞이한 이후, 반격으로 돌아선 초능력자가 일반 사람들을 없앤 전쟁입니다. 100명도 안 되는 초능력자들이 도쿄 안에 있던 일반 사람 1,100만 명을 불과 9일 만에……."

"됐어."

나는 가짜유사미노시로의 말을 가로막았다. 제정신으로는 들을 수 없어서였다.

학교에서는 가르쳐주지 않았지만 인류 역사가 전쟁과 살육의 기록이라는 건 알고 있었다. 하지만 주력을 가지고 있는, 지금의 우리와 기본적으로 똑같은 사람들이 그렇지 않은 사람들을 학살했다는 말은 믿고 싶지 않다.

그나저나 지금 우리가 가지러 가는 사이코버스터라는 물질에는 전쟁 상황을 바꿀 정도의 힘은 없었던 모양이다. 그런데 전쟁에서 이긴 쪽의 후예가 그런 것에 의지할 수밖에 없는 상황에 빠지다니, 참으로 운명의 장난이 아닌가. 그것 말고도 운명의 장난은 또 있다. 지표에 콘크리트로 두껍게 화장을 한 도쿄 자체가 그러하다. 자연을 배제하기 위한 콘크리트가 풍화하고 용해되어 태고의 카르스트 대지 같은 모습으로 변했으니 말이다. 바야흐로 지상은 끝없는 불모지대로 변하고, 지하는 열과 습기로 뒤덮여 음침한 생물이 날뛰는 지옥 같은 환경으로 변한 것이다.

그때 기로마루가 발길을 멈추고 코를 치켜들더니 연신 공기 냄새를 맡았다. 이윽고 벽에서 가느다란 균열을 발견하고 그곳에 코를 들이박았다.

이누이 씨가 물었다. "왜 그래?"

"추격자입니다. 냄새가 납니다. ……흐음, 역시 그렇군."

사토루가 소리쳤다. "기로마루, 어서 도망쳐야 하잖아……!"

"걱정하지 마십시오. 적은 상당히 멀리 있으니까요. 더구나 저희와는 다른 곳으로 들어간 모양입니다. 좁은 터널을 흐르는 바람에 냄새가 실려 왔는데, 이 정도면 그쪽의 진용은 거의 알아낼 수 있습니다."

나는 기로마루의 능력에 관심이 쏠렸다. "진용이라니, 몇 마리 있다는 거 말이야?"

"네. 전부…… 일곱 마리. 생각보다 적지만 좁은 지하에서 신속하게 행동하기에는 적당한 숫자겠죠. 그중 다섯 마리는 낯선 냄새입니다. 아마 일반 병사인 것 같습니다. 하지만 나머지는 확실히 알고 있습니다. 그 악귀와…… 야코마루입니다."

사토루가 깜짝 놀라서 소리쳤다. "야코마루가 왔다고? 대장이 직접 쫓아왔다는 거야? 지금까지는 계속 숨어 있었으면서?"

기로마루가 코끝으로 비웃었다. "이상할 건 하나도 없지요. 세 분과의 전투에서 승리하기 위해서는 반드시 악귀를 기용해야 하니까요. 그리고 악귀는 녀석들 비장의 카드입니다. 악귀를 잃어버리는 건 곧 패배와 직결되니까요. 그걸 생각하면 야코마루가 직접 진두지휘해서 만전을 기하는 건 당연한 일이 아닐까요?"

기로마루의 말에는 자기라도 그렇게 했으리라는 뜻이 내포되어 있었다.

이누이 씨가 날카로운 질문을 했다. "잠깐! 그렇다면 그쪽에서도 우리 인원수를 알고 있지 않을까?"

기로마루는 당연하다는 표정을 지었다. "그럴 가능성도 있습니다. 도쿄의 지하는 크고 작은 터널이 종횡무진 달리고, 온갖 방향에서 바람이 불고 있습니다. 이쪽 냄새도 바람이 가져가지요. 그 냄새를 맡으면 우리의 숫자나 구성은 손바닥 보듯 훤히 알 수 있습니다."

서로의 진용을 안다는 것은 언뜻 보기에 5 대 5의 조건인 듯하지만, 악귀라는 비장의 카드를 가지고 있고 숫자도 많은 야코마루 쪽이 압도적으로 유리할 것이다. 이때 나는 그렇게 생각했다.

우리는 말없이 어두운 종유동을 걸어갔다. 방향은 가짜유사미노시로와 기로마루에게 맡겨둔 덕분에 생각할 시간은 충분했다.

여름 축제날인 그저께 밤부터 무서운 사건들이 잇따라 일어나는 바람에, 우리는 정신 차릴 틈도 없이 이리 뛰고 저리 뛰었다. 그로 인해 가장 중요한 문제에 관해서 진지하게 생각할 시간이 없었던 것이다.

"사토루, 마리아와 마모루의 아이가 왜 악귀가 되었을까?"

내가 던진 질문에 사토루는 한동안 대답하지 못했다.

"……잘 모르겠어. 어떻게 자랐는지 짐작도 되지 않고. 녀석들은 약물을 사용하지?"

그러고는 앞쪽에서 걸어가는 기로마루의 뒷모습을 힐끔 쳐다보았다.

"아무리 그래도 약물로 인해 평범한 아이가 악귀로 변할까?"

"지금까지 나타난 악귀는 전부 돌연변이였다고 했잖아. 양친에 이상이 없어도 아이가 악귀가 될 소질을 가지고 태어날 수는 있어."

"실제로 그런 일이 있을까? 확률이 엄청나게 적잖아."

그는 절레절레 고개를 흔들었다. "지금 그런 걸 따져서 뭐해? 어쨌든 악귀를 막지 않으면 우리 초는 전멸해. 그리고 악귀를 막으려면 사이코버스터가 필요하고."

나는 머릿속에서 모락모락 피어오르는 생각을 말로 표현하려고 했다.

"그래, 하지만 뭐라고 할까……. 난 왠지 그 애가 악귀가 아닌 것 같아……."

"무슨 말이야? 그 녀석이 무슨 짓을 했는지 보고도 그런 소리가 나와? 그 녀석이 몇 명을 죽였는지 아느냐고! 가부라기 시세이 씨까지 당했어!"

그가 씩씩거리며 소리쳤다. 어쩌면 그 소리가 영향을 미쳤을지 모른다. 다음 순간, 천장에서 무언가가 그의 머리 위로 떨어졌다.

"우왓!"

놀라움에 고통이 뒤섞인 비명이 동굴 안에 메아리쳤다. 다리에 힘이 빠졌는지, 그는 그 자리에서 엉덩방아를 찧었다.

기로마루가 뒤를 돌아보고 날카롭게 소리를 질렀다. "당장 떼어내세요!"

나는 사토루에게 랜턴을 향했다. 그의 왼쪽 어깨에 약 30센티미터쯤 되는, 희미하게 빛나는 미끈미끈한 물체가 달라붙어 있었다.

"억지로 잡아당기면 안 됩니다. 불을 붙여 자기가 알아서 떨어지도록 해야 합니다."

기로마루의 지시에 따라 나는 그 물체 일부에 열을 가했다. 단숨에 태워버릴 수도 있지만 그러면 사토루까지 화상을 입게 된다.

2~3초 동안은 아무런 반응도 없었다. 하지만 이윽고 미끈미끈한 몸에서 거품과 연기가 피어오르더니 괴이한 생물의 몸이 길게 늘어졌다. 조금 전까지는 분명히 둥근 덩어리였는데, 점차 가늘고 길어지며 한쪽 끝에서 촉수가 네 개 나타났다.

"민달팽이야⋯⋯."

믿을 수 없다. 민달팽이가 사람을 덮치다니! 나는 즉시 네 개의 촉수를 태웠다. 민달팽이 괴물은 고통 때문인지 몸을 60~70센티미터까지 쭉 펴더니 바닥으로 떨어졌다. 그 즉시 새파란 불꽃을 만들어 태우자 불길 속에서 날카로운 비명이 들렸다. 잠시 후, 괴물은 연기와 수증기를 피우며 한 줌의 재로 변했다.

나는 재빨리 사토루에게 뛰어갔다. "괜찮아?"

"조심하세요! 아직 위에 있습니다."

기로마루의 말을 듣고 이누이 씨가 랜턴으로 천장을 비췄다. 천장의 바위 사이에는 똑같은 괴물들이 우글거리고 있었다. 언제 뛰어내릴까 기회를 엿보고 있다가 첫 번째 개체가 불길에 타오르자 깜짝 놀라 우왕좌왕하는 듯했다.

이누이 씨의 주력에 의해 민달팽이가 우수수 땅으로 떨어졌다. 전부 100마리는 넘으리라. 한꺼번에 모여 작은 산을 만들고 나서도 꿈틀꿈틀 몸을 비틀며 작은 눈이 붙어 있는 촉수를 치켜올렸다. 다음 순간, 뜨거운 불길에 휩싸인 괴물들은 일제히 점액과 거품을 품어냈다. 기이한 비명이 귀로 파고들고 악취가 코를 찔렀다.

나는 사토루의 모습을 살펴보았다. 쇠갈고리로 할퀸 양 알로하 셔츠의 어깨 부분이 부풀어오르고, 피가 멈추지 않는지 광범위에 걸쳐 새빨갛게 물들었다.

"많이 아파?"

그는 이를 악물고 고개를 끄덕였다.

"이거, 대체 뭐야?"

나는 그의 배낭에 들어 있던 가짜유사미노시로를 향해 버럭 소리를 질렀다. 가짜유사미노시로는 가늘고 긴 거울을 내밀어 대상을 확인했다. 그 모습은 관찰당하는 민달팽이와 기묘하리만큼 비슷했다.

"흡혈민달팽이입니다. 동굴 천장에 붙어 있다 사냥감이 지나가면 강력한 빨판으로 달라붙죠. 가시 모양의 이빨이 있는 치설*로 사냥감 표면에 광범위하게 상처를 내서 피를 빨아먹는데, 한 번에 많은 흡혈민달팽이가 달라붙어 피를 빨아먹으면 출혈 과다로 죽음에 이르는 일도 있습니다."

나는 배낭에서 꺼낸 구급 세트로 사토루의 상처를 소독하면서 말했다. "괄태충은 보통 식물들밖에 안 먹잖아."

"민달팽이과는 아니지만 유럽 원산의 삿갓달팽이는 육식성으로 지렁이를 잡아먹기도 하죠. 단, 육지에 사는 조개 종류 중에서 피를 빨아먹는 건 오늘날까지 흡혈민달팽이 말고는 알려진 것이 없습니다."

---

* 齒舌, 부족류 이외 연체동물의 입 속에 있는 줄 모양의 혀.

"독이 있어?"

"아마 없을 겁니다."

가짜유사미노시로의 대답에 나는 가슴을 쓸어내리며 안도의 한숨을 내쉬었다.

기로마루가 사토루의 상처를 들여다보며 말했다. "상처는 깊지 않지만 그냥 내버려두면 출혈이 심해질 것 같군요. 강하게 압박해서 피를 멈추게 해야겠습니다."

"이런 괴물이 있다니…… 역시 여기는 지옥이야."

내 중얼거림을 듣고 기로마루는 고개를 흔들었다. "이건 시작에 불과합니다."

사토루는 이를 악물고 고통을 참으며 걸어갔다. 상처는 화상처럼 새빨갛게 부풀어오르고 출혈은 좀처럼 멎지 않았다. 상처 자체는 깊지 않은데 왜 계속 피가 나는 것일까? 독이 없다는 것이 정말일까? 그런 걱정이 마음을 짓눌렀지만, 어차피 해독제는 가지고 있지 않다. 나중에 알았지만 흡혈민달팽이는 강력한 흡착력을 이용해 깊은 곳의 혈관을 파괴한다고 한다.

사토루는 구급 세트에 있는 진통제를 거부했다. 주력을 사용하는 데 지장이 있을지 모른다는 것이었다.

그가 혼잣말처럼 중얼거렸다. "모든 게 다 이상해. ……여기에 오래 있으면 안 되겠어."

조금이라도 기분을 전환시키려고 나는 계속 발길을 옮기며 물었다. "무슨 뜻이야?"

"넌 안 이상해? 생물이 그런 식으로 진화하다니."

"하지만…… 팔정표식 주변에서도 비슷한 일이 일어나고 있잖아. 의식의 필터에서 흘러넘친 주력이 끊임없이 새어나오고 있어. 그렇게 새어나온 주력이 팔정표식 밖으로 나가서……."

나는 그렇게 말하며, 그런 말을 어디서 들었는지 고개를 갸웃거렸다. 그가 깜짝 놀란 눈길로 나를 쳐다보았다.

"주력이 새어나온다……? 재미있는 생각이군. 하지만 듣고 보니 그래. 지난 1,000년 사이에 새로운 생물이 나타난 건 모두 팔정표식 주변이니까. 그렇다면 도쿄가 이렇게 된 것도 그것 때문일지 모르겠군. 일본에 사는 모든 사람들은 도쿄가 지옥이라는 이미지를 가지고 있어. 도쿄를 떠올릴 때마다 새어나온 주력이 도쿄를 점점 더 진정한 지옥으로 만드는 거야……."

돌연 머릿속이 차가워졌다. 우리는 지금 진정한 지옥을 돌아다니고 있는 것이다.

"이렇게 단기간에 종유동이 생긴 것도 가짜유사미노시로의 말처럼 산성비의 작용 때문만은 아닐 거야."

하지만 나는 그때 다른 생각에 휩싸여 있었다.

주력이 새어나온다……. 아니다. 이건 내 생각이 아니다. 내 안에 다른 사람이 있는 듯한 생각이 들었다. 누군지는 몰라도 내가 아주 잘 알고 있는 사람이…….

수평굴을 지나고 있을 때, 기로마루가 걸음을 멈추고 땅에 귀를 댔다.

이누이 씨가 흠칫 놀라며 물었다. "왜 그래?"

혹시 추격자의 발소리라도 들은 걸까?

"이 주변 바닥이 상당히 얇은 것 같습니다. 그리고 그 밑은 깎아지른 절벽이죠. 함정을 만들기에는 최적의 장소입니다."

그 말이 무슨 뜻인지 이누이 씨는 즉시 알아들었다.

"알았어."

우리가 지나고 나서 이누이 씨는 터널 바닥의 넓은 부분에 균열을 만들었다. 한 마리라면 견딜 수 있겠지만 여러 마리가 올라가면 바닥이 무너지는 것이다.

기로마루가 만족스러운 표정을 지었다. "이 정도로 추격자가 전멸하리라곤 생각하지 않습니다. 하지만 함정이 있다고 생각하면 쫓아오는 속도가 늦어질 수밖에 없겠죠."

"우리가 다시 여기로 돌아올 때는 어떡하지?"

"자신이 만든 부비트랩에 빠진다면 살아 있을 자격이 없지 않을까요?"

나는 내가 살아 있을 자격이 있는지 없는지 걱정되었다.

다시 잠시 걸어가자 파리의 숫자가 많아졌다. 주위를 윙윙 날아다니며 틈만 나면 얼굴에 앉으려고 했다. 땀이 정수리를 타고 흘러내리는 걸 보니 다시 기온이 높아지는 것이리라.

기로마루가 말했다. "앞쪽에 또 박쥐의 군생지가 있는 것 같군요. 거기만 지나면 일시적으로 냄새를 없앨 수 있을지 모릅니다."

또 푸세식 화장실 지옥을 지나가야 한다고 생각하니 가슴이 덜컹 내려앉았다. 하지만 다행히 그 후에 즉시 빠져나가는 길을 발견할 수 있었다. 앞쪽의 짙은 어둠 속에 연초록색으로 빛나는 리본

같은 것이 매달려 있었다. 숫자는 수십 개가 넘었다.

"저게 뭐지?"

내가 그렇게 물은 순간, 기로마루의 목 안쪽에서 기묘한 소리가 새어나왔다. 부정고양이의 입에서 새어나오는 *끄륵끄륵* 하는 소리와 비슷했다. 아무래도 기분이 좋은 듯했다.

"자칫 몸에 달라붙으면 꼼짝도 할 수 없지만 조심만 하면 그렇게 위험한 생물은 아닙니다. 그보다 저건 위쪽 계층으로 통하는 구멍이 있다는 표시죠. 길을 바꿔서 추격자를 따돌릴 수 있는 절호의 기회입니다."

기로마루의 말과 가짜유사미노시로의 설명을 합치면 이렇게 된다. 도쿄에는 거대한 동굴들이 종횡무진 뻗어 있고, 그와 나란히 작은 터널들도 뚫려 있다. 또한 동굴에는 비교적 얕은 곳에서 땅바닥처럼 깊은 곳까지 여러 계층이 있는데, 계층 사이를 왔다 갔다 하려면 일반적으로 대지의 균열이나 비교적 많지 않은 수직굴을 이용하는 수밖에 없다. 그런데 계층 사이에는 좁은 구멍들이 많이 뚫려 있다. 나선송곳지렁이가 뚫어놓은 것이라고 한다. 보통 생물은 대항할 수 없는 콘크리트나 암반도, 머리가 단단하고 강한 산을 분비하며 드릴처럼 회전하는 나선송곳지렁이는 쉽게 뚫을 수 있는 것이다.

나선송곳지렁이가 뚫은 구멍은 깊은 계층의 동굴까지 산소와 물, 빛을 안겨주는 것 이외에 수많은 생물들이 적절하게 이용하고 있다. 한필끈끈이도 그중 하나다. 한필끈끈이는 태고 때부터 존재하는 육지플라나리아의 직계 자손이다. 육지플라나리아는 플라나

421

리아에 가까운 생물로, 신체 한가운데에 있는 입으로(신체는 테이프처럼 얇고 1미터쯤 된다) 지렁이나 민달팽이 등을 잡아먹는다. 그리고 거미처럼 실을 내뿜어 밑으로 내려가는 것으로도 유명하다.

한편 한필파리끈끈이는 실을 내뿜어 나선송곳지렁이가 뚫어놓은 종혈을 수직으로 이동하거나 계층 사이를 이동한다. 흙반딧불이처럼 연초록색의 유혹을 받은 날벌레나 파리 등이 달라붙으면 몸에서 나오는 끈끈한 점액을 분비하여 신체의 30센티미터 간격으로 달라붙어 있는 입으로 잡아먹는다. 길이는 최대 12미터에 달하고, 도쿄큰박쥐 같은 큰 먹이가 걸리면 칭칭 감아서 질식사시킨다고 한다.

랜턴의 불길을 크게 해서 위협하자 열기를 느낀 한필파리끈끈이 수십 마리가 천천히 위로 올라갔다. 그 후에는 천장에 뚫린 벌집 같은 구멍만 남아 있을 뿐이다. 기로마루의 예상에 따르면 위쪽 계층까지의 두께는 고작 40센티미터 정도라고 한다. 나선송곳지렁이는 바위가 얇은 곳을 선택해서 구멍을 뚫는 습성이 있다. 나와 이누이 씨가 신중하게 바위를 잘라냈지만, 한필파리끈끈이는 더 위쪽 계층으로 올라갔는지 그림자도 보이지 않았다.

우리는 서둘러 앞쪽에 있는 박쥐의 연립 주택까지 가서 냄새를 배게 했다. 그리고 조금 전 구멍을 통해 위쪽 계층으로 이동했다. 그다음에는 내 주특기를 이용할 수 있었다. 위쪽이 넓고 아래쪽이 좁은 와인 뚜껑 모양으로 자른 바위 덮개는 거의 완벽하게 원래 구멍으로 들어갔다. 나는 깨진 도자기를 복구할 때의 요령으로 석회암의 이음새를 없앴다. 밑에서 확인해야 알 수 있지만 상당히 신경 써서 보지 않으면 알아차리지 못하리라는 자신이 있었다. 내 주특기는 이렇게 화려하지는 않지만 수준은 제법 높기 때문에, 파괴적 의지를 발산하는 것밖에 재주가 없는 악귀는 상상도 할 수 없으리라.

기로마루에 따르면 냄새는 수평굴 내부의 바람에 의해 멀리까지 운반되지만, 나선송곳지렁이의 좁은 구멍을 통해 위아래로는 확산되기 힘든지, 가령 냄새를 맡았다고 해도 다른 계층에서 나는 것까지는 알 수 없다고 한다. 도중에 계층을 바꾸는 것은 좋은 아이디어라고 생각했다. 하지만 우리는 그때 심사숙고해야 했을지도 모른다. 잔머리를 써서 제비뽑기의 제비를 바꾸는 것이 반드시 좋은 결과로 이어진다고는 할 수 없으니까.

위쪽 계층은 조금 전까지 있던 동굴에 비해 온도와 습도는 약간 낮고, 동물상은 훨씬 다양한 듯했다. 그렇게 생각한 이유는 두 가지다. 하나는 석회암 이외의 토양이 풍부한 덕분에 온갖 종류의 지렁이가 살고 있고, 또 하나는 여기에 와서 본 유일한 포유류인 쥐 때문이다. 가짜유사미노시로에 따르면 동굴쥐는 고대의 도시 환경에 적응하며 살았던 시궁창쥐의 후예라고 한다. 지금은 눈이 거의 퇴화되어 오직 후각에 의해 좁은 균열 사이를 왔다 갔다 하며, 박쥐 똥에 모여드는 동굴구더기파리 같은 곤충을 잡아먹고 있다.

이 두 종류 생물은 이 계층의 식물연쇄에서 가장 밑바닥 층을 이루고 있다. 즉, 그걸 먹이로 삼는 생물이 존재한다는 것이다. 잠시 걷는 사이에 우리는 그런 포식자를 몇 개나 발견했다.

가장 놀란 것은 갑자기 랜턴 빛에 나타난 거대한 거머리였다. 오렌지색 바탕에 검은 줄무늬와 반점이 새겨져 있는 몸길이는 4미터가 넘고 몸통은 매우 굵었으며, 가늘고 뾰족한 머리를 흉악하게 치켜들고 우리를 살펴보는 모습에서는 똑같은 길이의 뱀과 비교할 수 없는 존재감이 느껴졌다. 나는 공포를 느끼고 무의식중에 입 안으로 진언을 외기 시작했다.

"죽일 필요 없이 몸을 조금만 움직이십시오. 이 녀석은 지금 진동과 열량으로 우리 크기를 측정하고 있습니다."

기로마루가 왜 돌연 박애주의자가 되었는지는 모르지만, 그의 조언대로 몸을 움직이자 거대한 거머리는 우리가 먹이로는 너무 크다고 판단했는지 의외로 민첩하게 방향을 바꾸더니 어둠의 안쪽으로 모습을 감추었다. 가짜유사미노시로에 따르면 얼룩땅거머리라는 종류로, 고대부터 산간지방에 서식하고 있던 여덟마디땅거머리에서 진화했다고 한다. 환형동물이면서도 사냥을 하기 위해서 파충류 정도의 지능을 가지고 있다는 것이다. 그 직후에 다른 거머리의 포식 장면을 목격하게 되었다.

70~80센티미터쯤 되는 산지렁이가 동굴 벽을 기어가고 있었다. 길고 가느다란 몸에는 빛을 내뿜는 점이 등 간격으로 붙어 있었다. 가짜유사미노시로에 따르면 고대 기차를 방불케 한다고 한다.

다음 순간, 천장 구멍에서 무언가가 화살 같은 속도로 날아와 산지렁이의 머리를 물었다. 왕관엄니거머리라고 한다. 조상인 땅거머리는 세 개의 엄니를 가지고 있었는 데 반해 이 녀석은 나선송곳지렁이 등을 잡아먹기 위해 머리에 왕관처럼 생긴 열여섯 개의 엄니를 가지고 있었다. 조금 전에 본 얼룩땅거머리에 비하면 훨씬 몸이 가늘었지만, 많은 엄니를 손가락처럼 교묘하게 이용해 마구 날뛰는 산지렁이를 통째로 삼키는 모습에서는 천박함을 뛰어넘은 생명의 박진감을 느끼고 나도 모르게 멍하니 바라보았을 정도다.

얼마나 걸었을까, 기로마루가 불쑥 말했다. "이제 목적지의 3분의 1은 왔을 겁니다."

겨우 그 정도밖에 못 왔단 말인가? 실망이 온몸을 휘감았다. 조금 전부터 주위에서 몇 종류의 벌레가 아름답게 울고 있었다. 이 주변에는 풀밭도 없는데 무엇이 우는 것일까?

나는 사토루의 배낭에 들어 있는 가짜유사미노시로에게 물었다. "이 벌레는 뭐야? 방울벌레야?"

"여기서 우는 것은 모두 바퀴벌레 종류입니다. 베짱이바퀴벌레, 도둑바퀴벌레, 꽹과리바퀴벌레 등이 동굴 안에서 수컷을 찾아다니면서……."

"이제 됐어."

내가 넌더리를 내며 가로막자 사토루가 퉁명스럽게 말했다.

"사키, 되도록 쓸데없는 질문은 하지 마. 목적지에 도착하기 전에 이 녀석의 전력이 끊어지면 큰일이니까."

"미안해."

평소와 달리 조바심이 극에 달한 모습이다. 어깨 상처가 그렇게 아픈 것일까?

우리는 이때 기로마루, 이누이 씨, 사토루, 나의 순서로 걸었다. 맨 뒤에 가는 건 불안했으나 그렇다고 맨 앞에서 걸을 자신은 없고, 사토루의 컨디션이 좋지 않아서 어쩔 수 없었다. 그때 문득 등 뒤에서 기척을 느끼고 뒤를 돌아보았다.

아무것도 보이지 않는다. 눈에 들어온 것은 지금 막 걸어온 어두운 동굴뿐이다. 하지만 앞을 향하고 나서도 꺼림칙한 느낌은 사라지지 않았다. 잠시 걸어가고 나서 이번에는 재빨리 돌아보았다. 랜턴을 비춰보았지만 역시 아무것도 없었다. 벽에는 기다란 내 그림자가 있을 뿐이었다.

"왜 그래?" 사토루가 뒤를 돌아보며 물었다.

조금 전에 딱딱하게 말한 것이 미안했는지 이번에는 다정한 말투였다.

"아무것도 아니야. 왠지 기척이 느껴져서…… 하지만 착각이었나 봐."

그리고 한동안은 말없이 걸음을 내디뎠다. 등 뒤에서 나는 소리를 들으려고 귀를 쫑긋 세웠지만 아무 소리도 들리지 않았다. 그리고 알아차렸다. 아무 소리도 들리지 않는 것이 이상한 것이다. 우리 주변이나 앞쪽에서는 바퀴벌레 울음소리가 들렸다. 그런데 등 뒤에서는 아무 소리도 들리지 않는 것이다.

바퀴벌레는 우리가 지나가도 개의치 않고 계속 울어댔다. 그런데 우리가 지나가고 나서 조금 있으면 울음을 뚝 그쳤다.

나는 가짜유사미노시로에게 물어보려고 하다 그 직전에 멈추었다. 조금 전에 사토루의 말을 들은 이후론 자꾸 망설여지는 것이다. 나는 조금 걷고 나서 천천히 뒤를 돌아보았다. 랜턴 불빛을 받고 있는 건 여전히 그림자뿐이다. 하지만…….

나는 걸음을 멈추었다. 그럼에도 그림자는 천천히 우리 쪽으로 다가오고 있었다.

"그림자가 다가와……!"

내 말에 기로마루가 당황한 모습으로 앞쪽에서 뛰어왔다.

"불길로, 불길로 쫓아버리세요!"

주력으로 불을 붙일 수는 있지만, 태울 것이 아무것도 없어서는 불길을 만들 수 없다. 나는 순간적으로 랜턴 뚜껑을 열어 물대포처럼 기름을 분사하고, 이어서 발화점을 넘을 때까지 기름 온도를 높였다.

눈부신 불길이 거대한 혀처럼 동굴 벽을 핥았다. 하지만 그림자는 불길이 닿기 직전에 뿔뿔이 흩어져서 어디론가 사라졌다.

"어떻게 된 거지?"

"도망쳐!"

우리는 무턱대고 앞을 향해 뛰었다. 발밑은 울퉁불퉁한 종유동이고, 더구나 흔들리는 랜턴의 불빛 이외에 시야는 제로다. 그런 와중에 전속력으로 질주하는 건 제정신으론 도저히 할 수 없는 일이리라. 2~3분 정도 달려서 숨이 목구멍까지 차올랐을 때, 앞에서 네발로 뛰어가던 기로마루가 걸음을 멈추었다.

"이제 상당히 떨어졌을 겁니다. 그림자는 그렇게 빨리 이동할 수 없으니까요."

사토루가 기로마루에게 따지듯 물었다. "그림자라니, 그게 뭔데?"

"잘 모르겠습니다. 하지만 지난번 탐험에서 가장 많은 희생자를 낸 것이 그 그림자 때문이었습니다. 그것에 잡혔다 살아난 자는 하나도 없으니까요."

사토루가 가짜유사미노시로를 향해 버럭 소리를 질렀다. "그림자의 정체를 가르쳐줘!"

"검은과부진드기입니다. 육식성 진드기로, 검은 그림자처럼 동굴 벽을 이동하며 집단으로 사냥하죠. 연체동물에서 환형동물, 척추동물에까지 작용하는 치명적 신경독을 가지고 있어서, 동굴 안 대부분의 생물을 잡아서 부드러운 체조직을 갉아먹습니다."

"……어쨌든 그만 가자."

이누이 씨 말에 따라 우리는 종종걸음으로 걸어갔다. 불길로 태우면 간단하지만 검은과부진드기 자체가 너무 작은 데다 재빨리 모이고 재빨리 흐트러지는 탓에 정신을 집중할 수 없으며, 동굴 안에는 그것 말고 태울 만한 것이 거의 존재하지 않는다. 바람을 일으킨다고 해도 바위 표면이 매끄럽지 않으면 달라붙어 있는 진드기를 모두 날려보낼 수 없다. 그렇다고 최후의 수단으로 벽이나 천장을 무너뜨리면 대규모 붕괴로 이어질 우려도 있다. 어쨌든 지금은 신속하게 도망치는 것이 가장 현명한 방책이라고 여겨졌다. 그런데 조금 걸어간 곳에서 우리는 땅에 떨어져 있는 기이한 물체를 발견했다. 이누이 씨가 랜턴의 불빛을 향했다.

"이게 뭐지?"

랜턴 불빛을 받고 떠오른 것은 평평한 주머니처럼 생긴 몇 미터에 이르는 물체였다. 오렌지색에 검은 문양이 들어 있다. 그것이 조금 전에 본 얼룩땅거머리의 껍질만 남은 잔해라는 사실을 알았을 때, 우리는 하나같이 입을 다물지 못했다.

기로마루가 냉정하게 말했다. "……아무래도 그림자에게 잡아먹힌 것 같군요. 예전에 그 녀석에게 잡아먹힌 제 부하도 뼈와 가죽만 남았죠."

이누이 씨가 긴박한 목소리로 속삭였다. "이봐, 이 녀석을 잡아먹은 진드기 떼들이 이 근처에 있는 거 아니야?"

"아마 아직 주변의 벽이나 천장에 달라붙어 있을 겁니다."

우리는 소스라치게 놀라서 주위를 둘러보았다.

"괜찮습니다. 이렇게 큰 먹이를 해치웠으니까 지금은 배가 부를 겁니다. 이제 그만 가시죠. 가능하면 자극하지 않도록 소리를 내지 않는 편이 좋겠습니다."

우리는 발소리를 죽이고 그 자리를 떠났다.

"이 계층에 있는 터널은 흉악한 진드기의 소굴인 것 같군요. 예상치 못한 일이지만 여기에는 이점도 있습니다."

기로마루의 느긋한 말투에 사토루가 화난 것처럼 물었다.

"이점? 무슨 이점? 지금 우리 목숨은 경각에 달려 있어. 캄캄한 터널 안에서, 더구나 이렇게 작은 녀석을 상대로 어떻게 주력을 사용하겠어?"

"그건 그렇습니다. 하지만 잊어서는 안 됩니다. 우리 최대의 적은 뒤에서 쫓아오는 악귀라는 사실을……."

그러자 사토루가 흠칫 몸을 떨며 입을 다물었다.

"녀석들이 우리와 똑같은 계층에 들어오면 그림자의 목표가 될 수도 있죠. 녀석들의 추격을 늦추는 건 물론이고 피해를 줄지도 모릅니다. ……그런 의미에서 보면 최초의 민달팽이도 살려두는 게 좋지 않았을까요? 앞으로 이 동굴에 사는 끔찍한 원주민은 최대한 죽이지 않는 게 좋겠습니다."

그때 나를 대신해 가장 위험한 뒤쪽에 있던 이누이 씨가 경고했다.

"그렇게 말할 수 없을 것 같군. 최초의 그림자가 생각보다 빨리 쫓아온 것 같아……."

우리는 즉시 안절부절못했지만 기로마루는 여유만만한 표정을 무너뜨리지 않았다.

"아직 행운은 우리 편인 것 같습니다. 저길 보십시오. 안전지대는 눈앞에 있습니다."

그가 가리킨 곳을 쳐다보자 연초록색으로 빛나는 리본의 숲이 바람에 흔들리고 있었다. 한필파리끈끈이다.

"이유는 잘 모르지만 그림자는 왠지 저 생물에게는 다가가지 않더군요. 저쪽으로 가면 한숨 돌릴 수 있을 겁니다."

그렇다. 미세한 진드기에게 끈적끈적 달라붙은 한필파리끈끈이는 천적일 수밖에 없으리라. 지나갈 수 있는 빈틈이 있어도 본능적으로 피할 것이 분명하다.

"조금 전처럼 놀라게 하면 재빨리 위쪽으로 도망칠 겁니다. 절대로 닿지 않도록 조심하면서 밑을 통과하십시오."

기로마루의 지시에 따라 우리는 네발로 기어서 연초록색 커튼 같은 한필파리끈끈이 밑을 지나갔다. 땅과의 거리는 고작 40센티미터 정도밖에 되지 않아서, 악전고투 끝에 가까스로 통과할 수 있었다.

연초록색으로 빛나는 보호벽 밑에서 맞은편을 바라보니, 상상을 초월하는 숫자의 진드기들이 동굴을 새까맣게 뒤덮었다. 하지만 이쪽과는 일정한 거리를 유지하면서 더 이상 가까이 오려고 하지 않았다.

살았다. 우리는 일제히 안도의 한숨을 내쉬었다. 하지만 한필파리끈끈이가 언제 변덕을 부려 다른 계층으로 이동할지 모른다. 그러면 진드기 부대는 성난 파도처럼 한꺼번에 밀려오리라.

어쨌든 앞길을 서두르기로 했다. 도중에 몇 번 분기점을 만났는데, 되도록 가짜유사미노시로가 가리키는 방향과 가까운 터널을 선택했다. 분기점을 세 번 정도 지나자 내가 어디서 왔는지 알 수 없었다. 만약 나 혼자 이 땅속에서 방황할 처지에 있었다면 벌써 길을 잃어버렸으리라.

그다음은 비교적 순조롭게 나아갈 수 있었다. 그런데 몇 킬로미터를 돌파했을 때 어디선가 미세한 금속음이 들렸다. 한 번. 두 번. 세 번……. 기로마루가 벽에 귀를 대고 모든 정신을 모았다.

"적은 지하에서 두 패로 나누어진 것 같습니다. 저 소리로 서로 연락하면서 우리를 찾고 있습니다. ……그와는 별도로 지상에도 부대가 있는 것 같습니다."

사토루가 물었다. "저 소리는 어떻게 내는 거지?"

"방법은 아주 단순합니다. 암벽에 쇠말뚝을 박고 커다란 쇠망치로 두들기는 겁니다. 암반이 많은 지층에서 자주 사용하는 통신 수단입니다."

내가 물어보았다. "뭐라고 하는지 알아?"

"콜로니마다 신호가 달라서 정확한 건 모릅니다. 하지만 지금으로선 우리 위치를 파악하지 못한 모양입니다."

하지만 적은 착실히 포위망을 좁히고 있으리라. 처음에 각오한 대로 이건 시간과의 싸움이다. 물론 사이코버스터가 1,000년의 시간을 뛰어넘어 지금까지 남아 있다는 가정하의 이야기지만……

다음 순간, 우리는 망연한 표정으로 걸음을 멈추었다.

우리 눈앞에는 깎아지른 절벽이 펼쳐져 있고, 맞은편 벽에는 터널의 입구 같은 것이 보이지 않았다.

머리 위에서는 좁은 균열을 통해 지상의 빛이 새어 들어와, 아득한 아래쪽에서 반사하여 희미한 빛을 뿌렸다. 아래쪽에 물이 있는 것이다. 물소리가 들리지 않아서 처음에는 땅속의 연못이라고 여겼는데, 종잇조각을 떨어뜨려 관찰해보니 맞은편에서 우리 쪽을 향해 천천히 흘러 내려오고 있었다. 지하 하천인 것이다.

"계속 가려면 저 강을 거슬러 올라가야 합니다."

기로마루가 생각에 잠긴 표정으로 말하자 이누이 씨가 이의를 제기했다.

"그건 무리야. 여기엔 배가 없잖아. 통나무도 하나 없어서, 어설픈 뗏목을 급조할 수밖에 없어. 그렇다고 헤엄치는 건 너무 위험하고."

생각만 해도 등골이 오싹했다. 지금까지 경험으로 볼 때 저 물속에 어떤 미지의 생물이 숨어 있을지 어떻게 아는가?

그때 사토루가 새로운 제안을 했다. "과감하게 지상으로 나가는 게 어떨까? 지금 대부분의 추격자는 땅속에 있잖아. 적어도 악귀는 말이야. 그렇다면 지상으로 가는 편이 빠를 거고……"

기로마루가 냉정한 말투로 반대했다. "그건 찬성할 수 없습니다. 녀석들의 지상부대는 새를 이용하고 있습니다. 우리가 나가는 걸 말 그대로 새 눈으로 지켜보고 있어서, 발견 즉시 땅속으로 정보를 전할 겁니다. 이쪽 위치를 파악하면 펄펄 끓는 쇠냄비에 들어간 것이나 마찬가지죠. 갑자기 저격당할 가능성도 있고 언제 어디서 악귀가 나타날지 모릅니다."

"그러면…… 어떡하지?"

"우리도 두 팀으로 나누어야 할 것 같습니다."

기로마루는 그렇게 말하고 나서, 절벽에서 몸을 내밀어 아래쪽을 들여다보았다.

"한 팀은 지금 온 동굴을 돌아가 추격자가 다른 방향으로 가도록 냄새와 흔적을 배게 한 다음에 이쪽으로 돌아옵니다. 그동안 다른 한 팀은 아래 계층으로 이동하여 원래 왔던 방향으로 가는 겁니다."

사토루가 의아한 얼굴로 물었다. "뭐 때문에 원래 왔던 방향으로 가는 거지?"

"상륙한 지점에 가서 잠수정을 가져오는 겁니다. 이 강을 거슬러 올라가려면 잠수정이 있어야 하니까요."

사토루가 어처구니없는 표정을 지었다. "말도 안 되는 소리! 그렇게 큰 걸 어떻게 가져오라는 거야?"

"이 지하 하천은 바다로 이어져 있습니다. 하지만 기슭에서는 하구 같은 게 보이지 않았죠. 그렇다면 입구는 바닷속에 있지 않을까요? 잠수정을 이용하면 비교적 여기까지 안전하게 올 수 있을 겁니다."

잠시 어색한 침묵이 찾아왔다. 어느 쪽으로 가도 위험은 지금보다 훨씬 높아진다. 하지만 우리는 알고 있었다. 대안은 아무것도 없다는 사실을…….

2

나는 랜턴을 높이 치켜들고 신중하게 걸음을 옮겼다.

습도 100퍼센트의 사우나 같은 상태는 조금 전의 동굴과 똑같았지만 벽이나 천장 여기저기서 물이 새어나와 발밑에도 물이 흐르는 것에는 진절머리가 났다. 시야가 좋지 않아서 조금이라도 방심하면 발이 미끄러질 것 같았다.

나이에 걸맞지 않게 경쾌한 걸음으로 앞에서 걸어가는 이누이 씨가 뒤를 돌아보며 물었다. "괜찮아?"

"네에. ……물이 없으면 좀 더 편하게 걸을 수 있지만요." 나도 모르게 불평이 입을 뚫고 나왔다.

"하지만 물이 많은 덕분에 그 끔찍한 그림자…… 진드기는 없는 모양이야."

진드기는 일반적으로 높은 습도를 좋아하지만, 동굴 벽면이 이렇게 물에 젖어 있으면 돌아다니기 힘들다. 미세한 생물에게 물의 표면 장력과 점성은 무시할 수 없기 때문이다. 따라서 이런 상황에 물이 있다고 불평하면 하늘에서 벌을 내릴지도 모른다.

우리 네 명은 기로마루의 제안대로 두 팀으로 나누어졌다. 나와 이누이 씨는 해안까지 몽웅리어호를 가지러 가고, 사토루와 기로마루는 추격자를 따돌리기 위해서 가짜 냄새와 흔적을 남기기로 했다.

사토루는 흡혈민달팽이에 의한 부상으로 인해 오래 걷기 힘들다며 나에게 해안으로 가달라고 부탁했다. 실제로 상당히 괴로워 보였지만 그의 진의가 무엇인지는 말하지 않아도 알 수 있었다. 본인이 더 위험한 쪽으로 가려는 것이다. 아무리 기로마루가 곁에 있어도 맹수의 눈앞에서 잔재주를 부려봤자 소용없는 일이다. 자칫 잘못하면 먹이가 될 것을 각오해야 한다. 나는 그런 사실을 알면서도 그의 제안을 받아들였다. 반드시 살아서 만날 것이다. 지금은 그렇게 믿는 수밖에 없다.

"이누이 씨, 모든 게 잘되겠죠?"

그렇게 물은 것은 단순한 위안이라도 좋으니까 그렇다는 말을 듣고 싶어서였다. 하지만 그의 반응은 내 기대와 다르게 나타났다.

"솔직히 말하면 그렇게 대답할 수 없어. 모든 게 예상과는 너무도 달라서……."

"그렇군요……."

기분이 무겁게 가라앉았다.

"하지만 무슨 일이 있어도 사키 씨는 살아남아야 해. 난 그러기 위해서 최선을 다할 거야."

"고마워요. 그렇게 말씀해주시니 마음 든든해요. 이누이 씨는 용맹한 사람들만 모여 있는 조수보호관 중에서 유일하게 살아남은 분이시잖아요." 나는 그렇게 말하자마자 바로 후회했다.

그는 입가에 희미한 미소를 담았다. "살아남았다……."

"죄송해요, 제가 아무 생각 없이 말해서요."

"그게 아니라 살아남았다는 말이 가슴에 와닿지 않아서 그래. 죽지 못했다는 편이 맞을지도 모르지."

"그런……."

"아니, 정말이야. 난 가족보다 더 끈끈하게 맺어진 네 명의 동료를 잃었어. 내가 죽지 않았던 건 단지…… 우연에 불과했지. 지금의 나는 망령에 지나지 않아. 동료의 원한을 풀어주기 위해서 목숨을 연명하고 있는 거야."

그와 똑같은 말을 최근 누군가에게 들은 것 같다는 생각이 들었다. 평소에 냉정한 이누이 씨 눈빛에 뜨거운 감정이 깃들었다.

"그래서 그 악귀만은 도저히 용서할 수 없어. 그러니까 약속해 줘. 내가 뜻을 이루지 못하고 쓰러져도, 사키 씨가 꼭 그 악귀를 저지하겠다고."

"네에, 약속할게요."

저지한다……. 우리는 심리적 억제에 의해 사람에게 그보다 더 강한 말은 사용하지 않았지만, 무슨 뜻인지는 분명했다.

"그나저나 요괴쥐들이 사신이라고 부르며 공포의 대상으로 삼았던 내가 지금 이 모양 이 꼴이 되다니. 이렇게 되고 보니 비로소 사냥당하는 자의 심정을 이해할 것 같군."

"저도 마찬가지예요……. 갑자기 세계가 악몽 속으로 빨려 들어간 느낌이에요. 모든 게 실제로 일어난 일이라곤 여겨지지 않아요.

내일 아침에 눈을 뜨면 걱정할 필요 없어, 모든 게 꿈이었어……
누가 그렇게…… 말해줄 것 같은…….”

가슴이 조여들어서 더 이상 말을 할 수 없었다.

“그 마음 이해해. 나도 그렇게 바라지 않는 건 아니야. 하지만 실
제로는 일단 내일 아침에 살아서 눈을 뜨기 위한 방법을 생각해야
하지.” 그는 크게 한숨을 쉬고 나서 덧붙였다. “아무래도 이 말을
해야겠어. 기로마루에 관한 말이야.”

너무도 뜻밖의 말이라서 나는 눈을 동그랗게 떴다.

“기로마루요?”

“솔직히 말하면 기로마루를 어디까지 믿어야 좋을지 모르겠어.”

“설마요……! 이누이 씨를 구해준 게 기로마루잖아요. 그리고 지
금도 기로마루가 없으면 아무것도 할 수 없지 않나요……?”

그는 걸음을 멈추고 나를 쳐다보았다.

“물론 양쪽 모두 인정하지만, 사키 씨는 인간의 통찰력이 가장
떨어지는 게 언제라고 생각해?”

나는 생각에 잠기며 말했다. “모든 게 너무 잘될 때가 아닐까요?
마음을 놓으면 아무래도 느슨해지잖아요.”

“물론 그런 경우에 사람은 쉽게 따뜻한 온천물에 들어가곤 하
지. 하지만 신중한 사람이라면 오히려 방심하지 않도록 투구 끈을
바짝 조이는 법이야.”

“그러면 어떤 경우인데요?”

“내 경험으론 오히려 최악의 상황에서야. 안 그래도 절망적인 상
황에서, 실제 상황은 더 나쁘지 않을까 냉정하게 의심하는 사람은

한 번도 본 적이 없거든. 모두 부질없는 희망을 찾아 헤매는 와중에 위험한 징후는 깨끗이 간과해버리지."

"다시 말해 지금의 저희가 그렇다는 건가요?"

"상황이 이렇게까지 가혹해졌을 때, 무서운 사자의 몸속에 벌레가 있다고 의심하는 사람은 없는 법이니까."

"기로마루가 배신자란 거예요?"

"그럴 가능성도 고려해야 해."

"왜죠? 사람이 아니기 때문인가요? 아니면 분명한 근거라도 있어요?"

그는 다시 랜턴을 앞으로 향하며 어두운 동굴을 걷기 시작했다. 나도 그의 뒤를 따랐다.

"내가 기로마루를 의심하는 이유는 두 가지야. 일단 기로마루가 예전에 도쿄에 왔다는 것 자체가 미심쩍어. 대체 여기에 무엇을 하러 왔을까?"

"그건…… 한 번쯤 조사해둘 필요가 있다고 생각하지 않았을까요? 다른 콜로니에 앞서서 어떤 곳인지 확인해서…… 이용 가치를 찾을 수 있을지도 모르고요."

"그렇게 모호한 동기로 병사의 3분의 1을 잃어버리면서까지 계속 탐험할까? 기로마루처럼 뛰어난 지휘관이라면 처음에 희생자가 나온 시점에서 계획을 중단하고 철수했을 거야."

"그럼 이누이 씨는 기로마루가 무슨 이유로 왔다고 생각하시는 건데요?"

"그건 잘 모르겠어. 하지만 뒤가 켕기지 않는다면 기로마루 자신이 말을 흐리지 않고 제대로 설명했겠지."

그 점이 신경 쓰이지 않은 것은 아니지만, 그때는 그럴 만한 여유가 없었다는 것이 솔직한 심정이다. 더구나 이런 상황에서 기로마루가 적이라고 하면 하늘이 무너지고 땅이 꺼지는 상태에 놓이게 된다. 어떻게 해야 좋을지 짐작도 되지 않는 것이다.

"혹시……."

입을 열다 말고 나는 말을 끊었다. 어디선가 기묘한 소리가 들려왔기 때문이었다.

우리는 발길을 멈추고 귀를 기울였다. 이누이 씨가 벽에 귀를 댔다. 나지막한 땅울림 같은 소리. 훨씬 위쪽 계층에서 들린다.

"무슨 소리죠?"

"어디선가 동굴 일부가 무너진 것 같아."

그때 퍼뜩 생각이 났다.

"우리가 만든 함정이 성공한 게 아닐까요?"

"아니…… 적어도 그건 아니야. 소리는 단속적으로 네 번 들렸으니까."

이누이 씨는 생각에 잠겼지만 더 이상 설명하지는 않았다. 우리의 걸음걸이는 자연히 빨라졌다.

나는 문득 생각이 나서 물어보았다. "조금 전에 기로마루를 의심하는 이유가 두 가지라고 하셨는데, 또 한 가지는 뭐예요?"

"그건 곧 알게 될 거야."

"곧?"

그는 수수께끼 같은 표현을 사용했다. "해안에 도착해서 지상으로 나가면 일목요연해질 테니까."

    다시 해안으로 돌아가는 길은 아침에 동굴 안을 나아갈 때보다 훨씬 빨랐지만 그래도 몇 시간이 걸렸다. 동굴은 지상으로 통하는 거대한 균열로 이어져 있었다. 가짜유사미노시로에게 전자 나침반으로 현재 위치를 확인해달라고 했더니, 우리가 몽응리어호를 숨긴 균열이나 지하로 내려간 경사면까지는 100미터도 남지 않았다고 한다. 이미 몸은 녹초가 되었고 울퉁불퉁한 길을 걸어온 탓에 발이 아파서 견딜 수 없었지만 편안히 쉴 수는 없다. 주력으로 몸을 지탱하며 경사면을 올라가고 있을 때, 대지 밑바닥에서 기괴한 소리가 울려퍼졌다. 마치 무수한 요괴가 웃는 듯한 끔찍하고 음침한 소리였다.

    "걱정하지 마. 박쥐야."

    순간적으로 몸을 움츠렸지만 이누이 씨 말에 안도했다.

    동굴 안쪽에서 수십만, 수백만 마리의 도쿄큰박쥐가 시끄럽게 울면서 날아온 것이다. 우리의 등이나 머리를 스칠 듯이 날았지만 음향 정위 덕분인지 부딪히는 개체는 없었다.

    박쥐 떼들은 거대한 하나의 생물처럼 주변을 온통 뒤덮으며 상승하더니, 황혼의 하늘로 녹아들었다. 그제야 겨우 해가 지고 있다는 사실을 알아차렸다. 아침 일찍부터 땅속에 있어서 시간 감각이 완전히 어긋난 것이다. 아침 일찍 병사용 식량을 먹은 뒤 아무것도 배 속에 집어넣지 않은 것이 떠올랐지만 배고픔은 거의 느껴지지 않았다. 저혈당으로 인해 머리가 어지러워도 긴장이 온몸을 뒤덮어서 그런지 식욕이 솟구치지 않은 것이다.

하늘은 급속히 파란색에서 군청색으로 바뀌었다. 급경사면을 거의 올라왔을 때, 해는 이미 떨어지고 주위에는 어둠의 장막이 내려앉아 있었다. 균열에서 고개를 내밀어 주변과 하늘의 모습을 살펴보았다. 도쿄 안에 있는 모든 박쥐 소굴에서 새까만 모기떼 같은 것이 수백 개나 피어올랐다. 어지러이 춤을 추는 박쥐의 숫자를 모두 더하면 억이 넘을지도 모른다. 이렇게 박쥐가 하늘을 메우고 있는 동안은 쏙독새나 올빼미를 이용해서 감시할 수 없으리라. 우리는 몸을 낮추고 몽웅리어호를 감춰놓은 곳까지 뛰어갔다.

적이 발견하지 못했는지 잠수정은 무사했다. 우리는 주력을 이용해 잠수정을 살며시 들어올렸다. 그대로 해안으로 이동하려는 순간, 이누이 씨가 제지했다.

"잠시만."

"왜요? 빨리 가지 않으면 들킬지도 몰라요."

"기억 안 나? 밤에 해안으로 다가가는 건 위험하다는 거."

나는 지그시 입술을 깨물었다. 그건 의식에 전혀 없었던 것이다.

"제가 너무 경솔했어요······."

나는 이누이 씨의 배낭을 열고 가짜유사미노시로에게 물었다. "이 부근의 해안에서 밤중에 사람이나 요괴쥐를 덮칠 가능성이 있는 생물들이 있을 테지. 그중에서 가장 위험한 생물은 뭐지?"

가짜유사미노시로는 잠시 침묵했다. 고장 난 게 아닐까 걱정이 들었을 때, 겨우 드문드문 대답이 돌아왔다.

"······은 큰왕털갯지렁이라고 생각해요······. 참갯지렁이의 일종인 왕털갯지렁이에서 진화했다고 보고…… 도쿄 만의 안쪽 및 ……에만 서식하고…… 두 개의 안점(眼點)과 촉수관이 인간을 연상…… 강한 두 쌍의 큰 턱으로…… 최종 포식자로…… 야행성…… 암수가 쌍이 되는 계절…… 특히 위험……."

그것을 끝으로 가짜유사미노시로에게서는 아무 소리도 들리지 않았다.

나는 깜짝 놀라서 소리쳤다. "큰일 났어요! 고장 났나 봐요!"

"전지가 떨어져서 그래. 태양광을 받고 작동한 후 계속 어두운 곳에서 혹사시켰으니까."

"하지만 이게 움직이지 않으면 지하 수로가 어디 있는지도 모르는데……."

"나중에 부활시킬 방법을 생각하지. 그보다 지금은 잠수정에 어떻게 탈지 생각하는 게 좋겠어."

그는 나의 정신을 당면한 문제로 되돌렸다.

"기로마루의 부하를 덮친 건 아무래도 참갯지렁이 동료인 것 같군."

참갯지렁이라는 말을 들어도, 어떻게 생겼는지 이미지가 떠오르지 않았다.

"바다에 있는 작은 지렁이 같은 생물인가요?"

"왕털갯지렁이 일종이라면 오히려 바다에 사는 지네 같은 생물을 상상하면 될 거야. 그리고 요괴쥐 병사를 덮쳐서 죽일 정도니까 결코 작지는 않겠지." 그의 얼굴이 강한 긴장으로 가득 찼다. "기로마루가 수상한 두 번째 이유는 바로 이거야. 우리가 해안으로 나왔을 때, 해가 졌으리라는 건 쉽게 상상할 수 있었을 거야. 하지만 기로마루는 여기서 기다리고 있을 위험에 관해서 아무런 경고도 해주지 않았어. 큰왕털갯지렁이라는 생물에 관한 정보도 주지 않았고 말이야."

나는 일부러 기로마루를 변호했다. "하지만 병사들이 습격당했다는 것뿐, 기로마루도 해안에 어떤 괴물이 있는지 모르지 않았을까요? 우리에게는 가짜유사미노시로가 있으니까 그 정도 정보는 얻으리라고……."

그는 내 말을 순순히 인정했다. "……뭐 사태가 워낙 급박해서 그럴 때가 아니었을지 모르지. 어쨌든 어서 가자. 상대가 참갯지렁이 정도라면, 잠수정 안에 있으면 안전할 거야."

그의 지시에 따라서 나는 몽응리어호 안에 들어가 위쪽 문을 닫았다. 이어서 그가 주력으로 잠수정을 들어올려 기슭에서 조금 떨어진 장소에 살며시 내려놓았다. 배 바닥이 모래밭에 닿는 감촉이 느껴지면서 몽응리어호는 느긋하게 밀려오는 파도에 요람처럼 좌우로 흔들렸다.

앞쪽에 있는 작은 창문으로 밖을 내다보았지만, 마침 해면 높이라서 아무것도 보이지 않았다. 예비지식이 없으면 이런 곳에 위험이 존재하리라곤 상상도 할 수 없었다. 이누이 씨가 왼쪽에서 신중한 발걸음으로 천천히 바다로 다가오는 것이 보였다. 지금이라도 괴물 같은 참갯지렁이가 덮치지 않을까 마른침을 삼키며 지켜보았지만 아무 일도 일어나지 않았다. 그가 선체로 올라오는 소리가 들렸다. 위쪽 문을 탕탕 두들기는 소리를 듣고 나는 걸쇠를 빼냈다.

문이 열리고 그의 얼굴이 보였다.

"이 시간엔 아직 괴물이……."

그때 끼릭끼릭 하는 기이한 소리가 들렸다. 거대한 생물이 재빨리 선체로 기어오르는 소리다. 다음 순간, 이누이 씨의 모습이 시야에서 사라지고, 뒤를 이어 길고 가는 새까만 물체가 입구 위를 지나갔다. 그 모습은 아무리 봐도 지네와 똑같았다. 너무도 빨리 이동하는 바람에 무수한 다리가 똑똑히 보이지는 않았지만, 언제다 지나갈까 생각할 만큼 길어서 목표를 노릴 시간은 충분했다.

나는 괴물의 몸에 불을 붙였다. 불길과 함께 온몸의 털이 곤두서는 날카로운 비명이 들렸다. 이누이 씨의 비명이 아닐까 착각할 정도로 사람 목소리와 똑같았다. 몸 한가운데에 불이 붙은 괴물은 서서히 밑으로 추락해, 커다란 소리를 내며 물에 떨어졌다. 나는 황급히 사다리를 타고 배 위로 올라갔다.

눈뜨고 쳐다볼 수 없을 만큼 끔찍한 괴물이 발버둥 치고 있었다. 꿈틀거리는 무수한 다리와 기다란 몸체가 몇 개의 물결을 만들며 배를 빙글 감싸고 있다. 길이가 얼마나 되는지 짐작도 되지 않았다.

괴물은 물속에서 머리를 내밀어 나를 쳐다보았다. 그 얼굴이 놀라울 만큼 사람의 얼굴과 똑같았다. 촉수 덩어리인지 해초인지 구분이 되지 않는 것이 머리카락처럼 새카맣게 자라나 있고, 나를 뚫어지게 쳐다보는 두 눈에는 흉악한 분노가 이글이글 타오르고 있었다.

하지만 사람을 연상케 하는 것은 그것까지였다. 머리처럼 보이는 건 두 눈이 달린 혹에 불과하고, 아래쪽에 가슴처럼 보이는 것이 진짜 입이리라. 상아처럼 새하얀 두 쌍의 커다란 턱이 사냥감을 노리는 개미지옥처럼 좌우로 크게 벌어져 있다. 한순간, 나는 목이 터져라 비명을 질렀다.

괴물은 깜짝상자의 인형처럼 몸을 길게 뻗어, 3미터나 떨어져 있는 나를 단번에 물려고 했다. 그 끔찍한 턱이 내 머리를 삼키려고 하기 직전에 산산조각으로 흩어졌다.

머리를 잃어버린 큰왕털갯지렁이는 기다란 목을 흔들며 미친 듯이 날뛰었다. 다시 두 번, 세 번 폭발이 일어났다. 그때마다 조금씩 짧아지더니 기다란 괴물은 마침내 최후의 경련을 일으킨 뒤 바다에 뜬 채 움직이지 않았다.

몇 미터 떨어진 물속에서 이누이 씨가 소리쳤다. "괜찮아?"

"네."

나는 그렇게 대답하는 것이 고작이었다. 공포로 몸이 마비되어 있었기 때문에, 간발의 상태에서 그가 괴물을 날려버리지 않았다면 그 커다란 턱의 먹이가 되었으리라.

"다른 괴물이 있을지 몰라. 빨리 여기를 떠나는 게 좋겠어."

그는 재빨리 잠수정 바깥쪽에 있는 사다리를 타고 올라왔다. 그리고 내가 배 안으로 뛰어내림과 동시에 들어와서는 문을 닫고 걸쇠를 걸었다.

나는 폭발한 큰왕털갯지렁이의 체액을 온몸에 뒤집어쓴 상태였다. 끈적끈적해서 기분이 나쁠 뿐만 아니라 바다 냄새와 썩은 냄새가 뒤섞인 악취는 견디기 힘들었지만, 지금은 괴물의 서식지에서 조금이라도 멀어지는 것이 선결문제였다. 나는 이누이 씨 지시에 따라 바깥 바퀴를 돌리는 데 모든 신경을 집중했다. 그는 앞쪽에 있는 작은 창을 내다보며 바다 안에 뚫려 있을 지하 하천의 하구를 찾았다.

바닷속은 이미 완벽한 어둠에 가까운 상태였다. 그는 랜턴 빛으로 밖을 비추며 유리의 반사가 눈에 들어오지 않도록 창문에 얼굴을 딱 붙였다. 큰왕털갯지렁이가 또 나타나서 창문 너머로 큰 턱을 들이밀지 모른다고 생각하니 무서워서 견딜 수 없었다. 다행히 내 망상이 현실이 되는 일은 없었다.

그는 이윽고 커다란 동굴의 입구를 발견했다. 해초의 흔들림으로 볼 때 틀림없이 하구였다.

우리는 동굴 안으로 들어갔다. 밤의 바닷속보다 더 농밀한, 숨막힐 듯한 어둠 속으로. 검은 먹물을 뿌려놓은 듯한 암흑 속으로.

바닷속 동굴을 나아가고 있자 점차 불안이 증폭되었다. 몽응리 어호의 용적이 작은 만큼, 물속에 장시간 있으면 산소가 부족해질지 모른다. 도네 강을 내려왔을 때에는 네 명이 타고 있었지만 지금은 두 명이라서 단순히 계산하면 두 배의 시간은 견딜 수 있다. 랜턴의 불길이 산소의 소비에 어느 정도 영향을 미치는지 잘 모르지만.

이누이 씨가 앞에 시선을 고정한 채 입을 열었다. "사키 씨, 조금 전에는 고마웠어."

"아니에요. 오히려 이누이 씨께서 제 목숨을 구해주셨잖아요."

"아니, 그전 말이야. 순간적으로 바다로 뛰어들어 도망치려고 했는데, 그 괴물이 엄청나게 빨리 움직이는 바람에 하마터면 잡아먹힐 뻔했어. 사키 씨가 그 녀석의 몸에 불을 지르지 않았다면 난 두 동강 났을 거야."

아무리 허를 찔렸다곤 하지만 주력을 가진 사람이 둘이나 덤비지 않았다면 괴물을 죽일 수 없었으리라. 여기가 지옥이라는 사실을 새삼스레 절감했다. 이런 저주받은 곳에서는 한시라도 빨리 도망치고 싶다. 사이코버스터라는 저주스러운 무기를 손에 넣지 않아도 된다면. 하지만 생각해보면 악귀를 이쪽으로 유도한 건 좋은 방법이었을지 모른다. 행운의 여신이 우리 편이라면 도쿄에 서식하는 끔찍한 생물 중 어느 것이 악귀를 처리해줄 수도 있지 않은가.

나는 오직 어두운 상상에 몸을 맡기고 있었다. 정신의 평형을 유지하려면 그렇게 해야만 했다. 지옥에서 살아남으려면 내가 악마가 되는 수밖에 없다. 초를, 부모님을, 사랑하는 사람을 생각하는 일은 그만두자. 지금은 오직 여기서 살아서 돌아가기만을 바라야 한다.

아무리 가도 동굴은 똑같았다. 물이 완만하게 흘러갈 뿐 빛도, 공기도 없다. 어쩌면 다른 하구로 들어온 것이 아닐까? 그것은 참으로 무서운 상상이었다. 하지만 생각해보면 그 주변의 지하 하구가 꼭 하나라고 할 수만은 없지 않은가? 이 동굴에는 땅속을 흐르는 수로가 끝없이 이어지고, 마침내 지하수가 스며드는 암벽에 부딪혀서 최후를 맞이할지도 모른다.

기계적으로 몽웅리어호의 바깥 바퀴를 돌리는 사이에 점차 현실과 상상의 경계선이 모호해졌다. 그때 오래전에 이와 똑같은 경험을 했다는 사실이 떠올랐다. 아직 어렸을 때 하계 캠프에서 요괴쥐의 전쟁에 휘말려 지하 터널을 방황했을 때의 일이다.

나에게는 장시간 어두운 곳에서 단조로운 상황에 놓여 있으면 의식이 퇴행해서 최면 상태에 빠지는 습관이 있는 걸까? 어쩌면 머나먼 옛날, 쇼조지에서 무신 대사가 했던 통과의례와 관련이 있을지도 모른다. 이때도 나는 서서히 트랜스* 상태로 들어갔다. 신체 감각이 희미해지면서 어둡고 공허한 공간에 오직 의식만이 떠 있는 듯한 기분이 들었다. 이윽고 환청이 시작되었다. 어디선가 내 이름을 부르는 소리가 들린 것이다.

"사키, 사키."

나는 중얼거렸다. "누구야……?"

"사키, 나야."

그리운 목소리였다.

"넌……?"

얼굴 없는 소년이다.

"아직 내 이름이 생각 안 나나 보구나. 하지만 괜찮아. 나는 계속 함께 있으니까. 나는 네 마음속에 살고 있어."

"내 마음속에?"

"그래. 주력은 자신의 생각을 외부 세계에 새기는 능력을 말하

---

* Trance, 정상적인 의식이 아닌 상태. 최면 상태나 히스테리 상태에서 나타나는데, 외부와 접촉을 끊고 깊은 명상 상태에 들어가 특수한 희열에 잠기는 것을 이른다.

지. 그리고 사람의 영혼을 끝까지 파고들면 생각에 도착해. 내 영혼의 일부는 네 마음 깊은 곳에 새겨져 있어."

"그런데 넌 어떻게 된 거야?"

"그것도 잊어버렸어? 하지만 상관없어. 언젠가 기억날 테니까."

"적어도 네 이름이라도 말해줘."

"넌 내 이름을 알고 있어. 하지만 마음속에 장애물이 있어서 떠올릴 수 없는 것뿐이야."

내가 중얼거리는 걸 의아하게 여겼는지 이누이 씨가 물었다.

"사키 씨, 괜찮아?"

"네에…… 괜찮아요."

내 의식은 완전히 두 개로 분열되어서, 마치 다른 사람이 대답하는 듯한 느낌이 들었다.

"사키, 걱정할 건 하나도 없어. 그 말을 하고 싶었어."

"하지만 내가 정말 악귀를 쓰러뜨릴 수 있을까?"

"악귀? 넌 오해하고 있어. 그건 악귀가……."

그러는 사이에 소년의 목소리가 아득히 멀어지고, 그 대신 다른 소리가 고막을 장악했다. 이누이 씨가 큰 소리로 나를 부른 것이다.

"사키 씨, 정신 차려! 왜 이러는 거야?"

서서히 현실 감각이 되돌아왔다.

"죄송해요, 깜박 졸았나 봐요……."

그렇게 대답하는 나와 최면 상태에 있는 내가 천천히 겹쳐졌다.

"올라가고 있어."

"올라가고 있다고요?"

"물살이 훨씬 완만해졌어. 수면도 보이고. 상당히 넓은 터널로 나온 것 같아."

몽웅리어호는 거의 정지하고 있는 어두운 물살 속에서 위로 떠올랐다. 이누이 씨가 신중하게 귀를 기울이고 나서 위쪽 문을 열었다. 신선한 공기가 흘러 들어오자 나도 모르게 깊은숨을 내쉬었다.

"상당히 넓은 공간이군. 아마 아득한 옛날에 인공적으로 만들었겠지."

그가 몽웅리어호 위에 올라선 걸 보고 나도 사다리를 올라갔다. 그곳은 바위로 된 돔 같은 장소였다. 위를 올려다본 순간, 내 입에서 중얼거림이 새어나왔다.

"별인가?"

하지만 그렇지 않다는 사실을 바로 깨달았다. 넓은 천장을 가득 메우고 있는 초록색 빛은 예전에 본 기억이 있다.

"땅반딧불이다……."

예전에 요괴쥐 소굴에서 본 것과는 규모가 다르다. 이번 땅반딧불이는 마치 은하 같았다. 조용히 흐르는 새카만 물이 거울처럼 하늘의 빛을 비추었다. 이누이 씨가 흥미로운 눈길로 천장을 올려다보았다.

"나도 실물은 처음 봤어. 저 빛으로 벌레를 유인해서 잡는 거군. 여기에는 경쟁 상대인 한필파리끈끈이가 없어서 땅반딧불이가 번식할 수 있는 걸까? ……그래, 천장에는 구멍이 뚫려 있지 않은 것 같아. 나선송곳지렁이도 여기 천장에는 구멍을 뚫을 수 없나 봐. 암반이 너무 두껍거나, 아니면 너무 단단하기 때문이겠지. 그래서 한필파리끈끈이가 내려올 수 없는 거야."

그때 나의 뇌리에는 전혀 다른 경치가 되살아났다.

물살을 따라 강을 내려가는 백련 4호 주위에서 동심원 모양으로 파문이 퍼
져나갔다. 다음 순간, 그 동심원 안쪽에서 모든 잔물결이 사라졌다.

"아아, 굉장하다……!"

우리를 중심으로 사방이 얼어붙은 것처럼 수면을 울퉁불퉁하게 만든 것들
이 사라지면서, 바야흐로 수면은 잘 닦인 유리처럼 드넓은 하늘의 별을 비추
는 칠흑의 거울로 변했다.

"예쁘다! 마치 우주를 여행하는 것 같아."

나는 그날 밤을 평생 잊지 못하리라.

그날 백련 4호가 여행한 곳은 지상의 강이 아니라 무수한 항성이 빛나는
하늘의 강이었던 것이다.

"왜 그래?"

멍하니 서 있는 나를 쳐다보며 이누이 씨가 고개를 갸웃거렸다.

"아아…… 아무것도 아니에요."

나는 주변을 둘러보는 척하며 고개를 돌렸다. 흐르는 눈물을 보
이고 싶지 않았던 것이다.

완벽한 시간, 완벽한 세계…….

기억이 났다. 나에게 그 광경을 보여준 사람은 분명히 얼굴 없는
소년이었다.

이누이 씨가 고개를 들고 말했다. "조금 있으면 충전이 끝나."

온 얼굴에 굵은 땀방울이 맺힌 걸 보면 이번 정신 집중은 상당히 힘든 것이리라. 나는 진심으로 찬사를 보냈다.

"고마워요……. 이렇게 할 수 있다니, 정말 굉장해요. 나 혼자였다면 두 손 들었을 거예요."

"기술적으론 그렇게 어려운 게 아니야. 처음에는 태양광과 파장이 똑같아야 한다고 생각해서 좀 힘들었지만……."

그는 그때까지 씨름했던 랜턴과 횃불을 쳐다보았다.

"이 녀석이 도중에 잠시 작동해서 태양전지의 시스템을 가르쳐준 덕분에 그다음에는 간단했어. 수광부(受光部)에 닿은 빛에서 전기를 만드는 방법은 모르지만, 요컨대 전기를 먹고 저장하기만 하면 되니까 주력을 이용해서 이쪽에 직접 전력을 보내면 돼."

그러고는 태양전지를 벗겨낸 곳의 코드 달린 부품을 가리켰다. 그런 말을 들어도 이미지가 떠오르지 않았다. 전기라는 추상적인 것을 어떻게 이미지로 만들 수 있을까? 사토루도 기계 계통에 강한 걸 보면, 어쩌면 남녀에 차이가 있는지도 모른다.

잠시 지나자 가짜유사미노시로는 원래대로 응답하게 되었다. 잠자는 것처럼 보인 동안에도 계속 현재 위치를 파악했는지 내 질문에 즉시 방위를 가르쳐주었다. 다행히 우리가 선택한 하구는 틀리지 않은 모양이었다.

그곳에서 나는 이누이 씨에게 몽웅리어호로 들어가라고 한 후, 지하 하천의 물로 몸을 씻고 나서 새 티셔츠와 반바지로 갈아입었다. 겨우 큰왕털갯지렁이의 악취에서 해방되고 앞으로의 전망이

서자 용기백배까지는 아니더라도 앞길에 햇살이 비친 듯한 기분이 들었다. 이제 사토루, 기로마루와 합류한 후 가짜유사미노시로를 이용해 고대 빌딩의 폐허를 발견하기만 하면 된다. 물론 그것이 얼마나 안이한 생각이었는지는 이내 깨닫게 되지만…….

몽응리어호가 대지의 균열에 도착했을 때는 이미 한밤중이 되어 있었다. 그곳이 사토루와 헤어진 지점이라는 건 가짜유사미노시로에게 확인할 것까지도 없이 분명했다. 하지만 그곳에 있어야 할 그들의 모습은 어디에서도 보이지 않았다. 우리는 한동안 기다리다 결국 이누이 씨가 최종 결단을 내렸다.

"그냥 가자. 더 이상 시간을 허비할 수는 없어."

"하지만 사토루를 버릴 수는……."

나는 저항을 시도했지만 스스로도 이유가 되지 않는다는 건 알고 있었다.

"지금은 어딘가에 무사히 있을 거라고 믿는 수밖에 없어. 악귀들을 유인한 뒤 어디 숨어서 꼼짝도 할 수 없을지 모르지. ……아무튼 여기까지 오는 데 시간을 너무 많이 사용했어. 우리에게는 중요한 사명이 있잖아. 지금은 그걸 첫 번째로 생각해야지."

우리는 몽응리어호를 타고 출발했다. 지하 하천은 하구 부근에 비해 약간 좁아졌지만 폭과 높이는 거의 일정했다. 아무래도 이 주변은 물의 침식에 의해 생긴 종유동이 아니라 처음부터 인공 터널로 만든 것……. 아마 고대에 만든 철도의 흔적이리라.

나선송곳지렁이의 구멍이 거의 보이지 않는 것은 콘크리트의 질이 좋다는 증거일지도 모른다. 우리 목표인 중앙합동청사 제8호관은 그렇게 멀지 않다는 예감이 들었다.

이윽고 우리는 탁 트인 장소로 나왔다. 땅반딧불이가 별처럼 빛나던, 돔처럼 생긴 바위 정도는 아니지만 폭도 넓고 높이도 높았다. 가짜유사미노시로에 따르면 그것은 '지하철 역'이라고 한다.

조명도 없는 한밤중의 지하에서 랜턴 불빛을 받은 벽면은 인공물의 흔적이 남아 있어서 그런지 매우 음침하게 보였다. 넓은 지하하천을 천천히 거슬러 올라가던 몽웅리어호는 갑자기 막다른 곳에 봉착했다. 앞쪽이 벽으로 되어 있는 것이다.

"강이 없어졌어……!"

"이 앞쪽은 물속으로 가는 수밖에 없을 것 같아. 잠수해서 조사해보지."

지금까지 너무 혹사시켜서 그런지, 잠수할 때 선체에서 삐걱삐걱 소리가 났다. 어쨌든 위쪽 문을 닫자 몽웅리어호는 서서히 물속으로 가라앉았다.

우리는 어두운 물속에서 배 앞쪽에 있는 창문을 통해 벽의 모습을 탐색했다. 그 결과 알아낸 사실은 두 가지였다. 물이 흘러 들어오는 균열이나 틈새가 많다는 것과 몽웅리어호가 지나갈 수 있을 정도로 큰 구멍은 어디에도 없다는 것이다.

"이거 큰일이군. 지금부터는 잠수정으로 갈 수 없을 것 같아."

"주력으로 구멍을 뚫으면 어때요?"

"물이 단숨에 쏟아질지도 모르고, 자칫하면 동굴 전체가 무너질 우려도 있어."

여기까지 어떻게 왔는데……! 나는 부득부득 이를 갈고 싶은 심정이었다. 그러다 문득 생각이 나서 가짜유사미노시로에게 물었다.

"우리가 가려고 하는 건물은 얼마 안 남았지?"

"오차는 있지만 직선거리로는 100미터 정도입니다. 앞쪽에 있는 A19 출구에서 계단을 올라가면 직접 건물 안으로 들어갈 수 있습니다."

가슴속에서 결연한 의지가 솟구쳤다. 여기까지 왔는데, 마지막 100미터 앞에서 주저할 이유는 없지 않은가!

이누이 씨가 가짜유사미노시로에게 물었다. "넌 물에 잠겨도 괜찮아?"

"도시바 태양전지식 자주형 아카이브 SP-SPTA-6000은 완전 방수 사양으로, 13기압, 수심 120미터까지 활동할 수 있습니다."

앞으로 어떤 꼴을 당할지 상상도 못 한 채 자랑스럽게 대답하는 기계를 보고 있노라니, 왠지 서글픔이 밀려들었다.

"내가 먼저 나가지. 문제가 없으면 일단 돌아올게."

이누이 씨의 말에 나는 고개를 흔들었다.

"같이 갈게요. 무슨 일이 있었을 때, 혼자는 대처할 수 없잖아요."

"하지만……."

나는 찜찜해하는 그를 설득했다. "이누이 씨에게 무슨 일이 생기면 저 혼자 어떻게 하겠어요? 그럴 바에야 처음부터 운명을 같이 하는 편이 합리적이잖아요."

한동안 입씨름이 오고 갔지만 이번에는 그가 고집을 꺾었다. 우리는 일단 몽옹리어호를 물 위에 띄워서 위쪽 문을 열고 밖으로 나갔다. 물속에서 걷는 건 나의 주특기가 아니다. 전인학급에서 더 진지하게 연습할 걸 그랬다고 생각했지만, 이미 때늦은 후회에 불과하다.

우리는 각자 주력으로 동굴 안의 공기를 끌어모아 물속에서 커다란 거품을 만들었다. 이누이 씨가 먼저 물속으로 들어갔다. 이제 막 옷을 갈아입은 터라서 조금 원망스러웠지만, 나도 그의 뒤를 따랐다. 물은 얼음물처럼 차가웠다.

우리는 등에 '추'를 메고 천천히 물의 바닥까지 내려갔다. 조금 전에 물속에서 만든 커다란 거품에 상반신과 랜턴을 집어넣었다. 이런 상태라면 몇 분간은 숨을 쉴 수 있을 것이다.

물의 바닥을 걷는 건 생각보다 훨씬 힘들었다. 물의 저항이 큰 데다 느리기는 하지만 앞쪽에서 물이 내려오고 있어서, 발에 힘을 주고 버티지 않으면 떠내려갈 것 같았다. 등의 추는 몸이 떠오르는 걸 막아주었지만 반면에 어깨에는 상당한 부담이 되었다.

더구나 거품 안쪽에서 밖을 쳐다보니 랜턴의 빛이 난반사해서 거의 앞이 보이지 않았다. 주위 상황을 확인하려면 가끔 거품 밖으로 얼굴을 내밀어야 하는 것이다.

반면에 발밑은 생각보다 훨씬 평평했다. 주위의 벽도 고대에 만들었을 때의 형태를 잘 유지하고 있었다. 콘크리트라는 재료 자체가 지상보다 오히려 물속에서 오래 견디는지도 모른다.

공기가 없는 터널을 수십 미터 걸어갔을 때, 앞쪽에 있던 이누이 씨가 거품 안에서 랜턴을 좌우로 흔들어 신호를 보냈다. 가짜유사미노시로가 말하던 출구를 발견한 모양이었다. 나는 거품에서 얼굴을 내밀어 그쪽을 쳐다보았다. 사각의 구멍이 보인다. 아마 그 앞에는 계단이 있으리라.

이제 거의 다 왔다고 생각하니 무의식중에 발걸음이 빨라졌다. 아니, 잠시만. 뭔가 이상하다. 이누이 씨가 미친 듯이 손을 흔들고 있는 게 아닌가? 어떻게 된 것일까?

다음 순간, 내 몸은 거품을 빠져나가 위로 올라가서 천장에 부딪혔다. 그가 주력으로 나를 던져올린 것이다. 이유를 생각할 틈도 없이 세찬 물살이 발밑을 스치고 거대한 그림자가 빠져나갔다.

큰왕털갯지렁이다. 더구나 아까보다 훨씬 크다. 나를 노리다 목표를 잃어버린 지렁이 괴물은 이누이 씨를 향해 일직선으로 돌진했다. 아마 피할 틈이 없었으리라. 거대한 턱이 그의 목덜미를 문 것과 동시에 괴물은 산산조각으로 폭발하며 그 일대의 물을 새빨갛게 물들였다.

랜턴 빛이 사라지고 물속은 캄캄한 어둠에 갇혔다. 나는 미칠 듯한 심정으로 패닉에 빠지지 않도록 마음을 다잡았다. 등의 추로 인해 다시 천천히 가라앉는 것을 느꼈다. 나는 배낭을 벗어던지고 물 위로 떠올랐다. 조금 전에 이누이 씨가 던져올렸을 때, 나도 모르게 숨을 전부 토해낸 것이다. 이대로 있으면 질식할 수밖에 없다. 나는 손으로 더듬어 공기를 찾았다.

있다. 천장의 한 귀퉁이에 공기가 모여 있다. 아마 나와 이누이 씨가 만든 거품의 공기이리라. 머리를 집어넣을 공간이 없어서 나는 위쪽을 향해 입만 내밀어 공기를 빨아들였다.

쓸데없는 생각을 할 여유는 없다. 지금은 살아날 방법만을 생각해야 한다. 여기까지 100미터 정도 걸어왔다. 이 정도 공기로는 도저히 돌아갈 수 없다. 앞으로 나아가는 수밖에 방법이 없는 것이다. 이누이 씨가 발견한 출구는 바로 눈앞에 있으리라. 헤엄치려고 하다 문득 생각이 나서, 나는 바닥까지 잠수해 조금 전에 버린 배낭을 등에 멨다. 안에 가짜유사미노시로가 들어 있는 것이다.

한 걸음 한 걸음, 조심스럽게 물속을 전진했다. 아무 생각도 하지 마라. 산소를 사용하지 않도록 마음을 비우고 걸어라. 스스로에게 그렇게 말하며 동굴에 사는 장님새우처럼 손으로 더듬어 앞으로 나아갔다. 하지만 조금 전에 본 출구에는 좀처럼 도착하지 않았다. 방향이 잘못된 것일까? 등골이 오싹해진 순간, 손이 벽에 닿았다. 벽을 따라 좌우를 확인하자 왼손이 허공을 갈랐다. 입구다. 나는 조금 전과 똑같은 걸음걸이로 앞으로 나아갔다. 캄캄한 물속에서 한 걸음, 두 걸음, 세 걸음…… 발에 무엇인가가 닿았다. 계단이다. 신중하게 계단을 밟고 위로 올라갔다. 숨이 차다. 숨을 쉬고 싶다.

생각하지 말고 걸어라. 한 걸음씩, 착실히.

의식이 점점 멀어졌다. 조금 전에 가슴 가득 빨아들인 공기를 토해내고 싶어서 견딜 수 없다.

계단은 영원한 고문처럼 계속 이어졌다. 이제 틀렸다. 나는 배낭을 그 자리에 놓고 물을 헤치며 단숨에 올라갔다. 다음 순간, 그동안 참았던 공기의 거품이 코에서 뿜어져나왔다.

나는 층계참 같은 곳에서 물 위로 얼굴을 내밀었다. 휘익, 목에서 공기 빠지는 소리가 났다. 나는 곰팡내가 밴 무거운 공기를 마음껏 들이마셨다. 어쩌면 유해가스가 들어 있을지 모르지만 그런 것에 신경 쓸 때가 아니었다. 나는 기침을 하고 눈물을 흘리며 심호흡을 했다.

살았다. 이제 산 것이다. 나는 비틀비틀 계단을 올라가 물에서 나왔다. 그리고 그 자리에 털썩 주저앉아 한바탕 흐느껴 울었다. 나를 구하려고 목숨을 내던진 이누이 씨를 생각하고, 그리고 마침내 지옥의 바닥에서 외톨이가 되어버린 나 자신을 가여워하며.

목조 건물 중에는 1,000년의 눈비에도 견디는 것이 적지 않다고 하는데, 그보다 훨씬 발전해야 할 콘크리트 건조물이 100년 안에 무너진다는 것은 역사의 아이러니가 아닐 수 없다.

중앙합동청사 제8호관 중 지하의 대부분과 지상 2층까지가 원형 그대로 남아 있는 데에는 몇 가지 요인이 있었다. 첫째, 세금을 물처럼 써서 사들인 하이테크 콘크리트 덕분에 철골이나 철근이 썩은 뒤에도 건물의 형태를 유지할 수 있었던 것. 둘째, 빌딩의 지하 및 기초 부분이 지하수가 용출한 지하 하천에 매몰된 것. 셋째, 붕괴한 다른 빌딩의 콘크리트로 지상 부분이 뒤덮인 것. 때문에 전쟁이 끝난 후 지상에 남은 산처럼 쌓인 기와 더미가 용해하여 석회분이 카르스트 대지로 변해 이 건물을 보호한 것이다.

나는 왼손으로 가짜유사미노시로를 껴안고 오른손으로 불붙은 배낭을 든 채, 그 불빛에 의지하여 건물 안을 돌아다녔다. 가짜유사미노시로에는 빛을 내뿜는 기능도 있지만, 그런 것으로 귀중한 배터리를 낭비할 수는 없다. 이누이 씨가 죽은 지금은 지상으로 올라가 태양광을 쪼이는 것밖에 충전할 방법이 없는 것이다.

큰왕털갯지렁이의 체액과 잔해가 뒤섞여 있는 물속으로 다시 들어가 가짜유사미노시로가 들어 있는 배낭을 가져오는 건 죽기보다 싫었다. 하지만 목숨을 내놓고 나를 구해준 이누이 씨를 생각하면 그렇게 어려운 일이 아니었다. 죽음의 순간에도 집중력을 잃지 않고 상대를 길동무로 삼은 건 죽음의 신이라 불리는 조수보호관으로서의 높은 자존심이었으리라. 그 덕분에 나는 지금도 살아서 숨을 쉴 수 있다. 만약 앞이 보이지 않는 어두운 물속에서 큰왕털갯지렁이를 상대해야 했다면, 나는 그 괴물의 살아 있는 먹이로 변했으리라. 그렇다면 나 또한 이누이 씨와의 약속을 어길 수는 없다. 어떻게 해서라도 악귀를 저지하겠다는 약속이다.

나는 천천히 심호흡을 했다. 눈앞에 있는 건 지난 몇 세기에 걸쳐 차가운 암흑 속에 갇혀 있는 건물이다. 그곳에는 인간의 근원적인 공포를 자극하는 물체가 숨어 있는 듯한 생각이 들었다.

과거에 각 방을 쾌적하게 만들었을 내부 공사는 모조리 변질되어, 타르 모양의 점액이나 먼지 덩어리로 변해 있었다. 놀랍게도 지상에서 뻗어온 것으로 보이는 나무뿌리가 복도를 점령하고 있었다. 도쿄의 지상은 전부 사막 같은 불모지대라고 여겼는데, 그런 곳에서도 악착같이 살아남은 생물이 있는 것이다. 나선송곳지렁이도 뚫지 못한 콘크리트에 어떻게 뿌리가 침입했는지 모르겠지만……. 어쨌든 조금씩 앞으로 나아가자 너덜너덜한 쇠문이 붙은 커다란 종혈에 도착했다. 가짜유사미노시로에 따르면 엘리베이터라고 하는, 각 층을 이동하기 위한 기계의 구멍이라고 한다.

나는 굵은 나무뿌리를 몇 개 묶어 즉석에서 횃불을 만들었다.

배낭이 거의 불에 탄 지금, 고마운 선물이었다. 물기를 머금은 나무뿌리는 주력으로 계속 연소시키지 않으면 불길이 사라질 것 같았지만, 수증기가 섞인 새하얀 연기를 내뿜으며 느긋하게 타올라 주었다. 그나저나 과연 이런 폐허에 내가 찾는 물건이 있을까? 생각할수록 허무한 희망처럼 여겨졌다.

어머니의 편지에 있던 주소에는 번지와 건물 이름 뒤에 두 개의 방 번호가 적혀 있었는데, 금속이 부식되고 나무가 썩은 탓에 원형을 유지하고 있는 문은 하나도 없었다.

처음 층에서는 수확이 전혀 없었다. 물론 백골로 변한 시신 두 구를 수확이라고 부를 수 있다면 또 모르지만. 시체를 감싸고 있던 누더기로 볼 때 하얀 옷을 입었던 듯하다. 크기로 볼 때 하나는 남성, 또 하나는 여성이다. 모두 심한 손상을 입었는데, 사인이 무엇이었는지는 짐작도 되지 않는다.

나는 계단을 이용하여 하나 위층으로 올라갔다. 여기에는 조금 전에 봤던 것과는 구조가 다른 방이 하나 있었다. 부식하지 않는 금속으로 만든 문이 남아 있었던 것이다. 문의 글자 위에는 얇게 긁힌 자국이 있었지만 문양은 똑똑히 알아볼 수 있었다. 이렇게 생긴 기호였다.

나는 가짜유사미노시로에게 물었다. "이게 무슨 뜻이야?"

"바이오해저드 마크입니다. 생물학적 위험 표시로, 이 안에 병원

성 미생물이 존재한다는 걸 의미하고 있죠."

그렇다면 사이코버스터가 있어도 이상하지 않으리라.

나는 흥분을 억누르며 금속 문을 잡아당겼다. 하지만 자물쇠가 잠겼는지, 아니면 녹이 슬어 달라붙었는지 꼼짝도 하지 않았다. 나는 한 걸음 뒤로 물러서서 주력으로 문을 뜯었다. 삐걱거리는 소리가 이내 짐승의 슬픈 포효 같은 소리로 변하더니, 마침내 금속 문은 내 앞에 무릎을 꿇었다. 떨어진 문을 옆으로 내던지고 나는 안으로 들어갔다.

안은 실험실처럼 되어 있었다. 어디서 들어왔는지 발밑에는 흙탕물이 고여 있고, 유리 파편이 어지러이 흩어져 있다. 벽 쪽에 보관고 같은 것이 놓여 있었는데, 보관고의 금속 문에는 조금 전 바이오해저드 마크가 새겨져 있었다. 사이코버스터가 있다면 분명히 이 안에 있으리라.

나는 도망칠 수 없도록 나무뿌리로 묶은 가짜유사미노시로를 바닥에 내려놓았다. 문에 손댄 순간, 심장이 세차게 쿵쾅거리는 것이 느껴졌다. 여기까지 도착하기 위해 얼마나 큰 희생을 치렀던가. 마침내 악마의 무기를 손에 넣는 것일까?

문에는 자물쇠가 채워져 있지 않아서 손잡이를 잡아당기자 쉽게 열렸다. 안은 텅 비어 있었다. 커다란 기대로 부풀어 있던 가슴에서 허무한 한숨이 새어나왔다. 아무래도 발밑에 흩어져 있는 유리 조각은 여기에 들어 있던 용기의 마지막 모습인 듯했다. 가짜유사미노시로에게 물어볼 것까지도 없이 사이코버스터가 들어 있었다고 해도 흙탕물 안으로 사라졌다는 건 분명하다.

만일을 위해 다시 구석구석 살펴보았으나 눈에 띄는 것은 아무것도 없었다. 이번에는 가짜유사미노시로를 껴안고 계단을 올라가 위층을 살펴보았다. 역시 아무것도 보이지 않았다. 1,000년이 넘은 폐허 속에서 뭔가를 찾을 수 있다고 생각한 것이 잘못이었을지도 모른다.

나는 순서대로 계단을 올라가 모든 방을 확인했다. 시간이 얼마나 지났는지는 알 수 없다. 기대는 상당히 희미해졌지만 아무런 성과가 나타나지 않아도 마지막까지 몸을 움직이는 수밖에 없다. 그렇지 않으면 죽어간 사람들에게 너무나 미안하지 않은가.

그리고 마침내 지상으로 나왔다. 바깥쪽은 완전히 토사에 묻혀 있었지만, 모든 방에 커다란 창문이 있는 것이 지상이라는 증거였다. 토사 일부는 방 안에까지 들어와 있었다. 밖에서 흘러 들어온 빗물이 여기저기에 물웅덩이를 만들었다. 조금 전 실험실 바닥에 고여 있던 흙탕물도 예전에는 빗물이었으리라.

그때 그 층의 중간 정도에 있는 방 하나가 내 시선을 끌었다. 다른 방과 다른 점은 없었지만 안쪽에 있는 천연목 같은 책상이 지금까지 본 것보다 두 배가 컸다. 이 방의 주인이 상당히 고위 관직에 있었다는 증거이리라.

사방을 둘러보니 단순한 집무실일 뿐, 위험한 병원균을 보관하는 방은 아니다. 그렇게 여기고 포기하려던 순간, 횃불의 불빛 안으로 벽 일부에 있는 네모난 무늬가 들어왔다. 뭐지? 몇 걸음 다가가자 콘크리트 벽 일부에서 사방 40센티미터가량의 금속 부분이 눈에 띄었다. 문처럼 생기고, 겉에는 회전식 손잡이가 달려 있었다.

나는 별로 기대하지 않고 가짜유사미노시로에게 물었다. "이건 뭐지?"

"금고입니다. 재산과 보물을 안전하게 보관하기 위한 비밀 금고죠. 세월이 흐르면서 금고를 감춰놓는 그림이나 벽지가 없어진 것 같습니다."

더 이상의 설명은 불필요했다. 나는 주력으로 튼튼한 금속 문을 뜯어내기 시작했다. 보관고가 있던 방의 문과는 두께와 강도가 달라서 쉽게 떨어지지 않았다. 그러는 사이에 금고를 끼우고 있는 콘크리트에 금이 가면서 벽이 무너질 것 같았다.

이번에는 이미지를 바꾸어 금고의 문을 벗겨냈다. 지금까지 한 번도 본 적이 없는 금속으로, 주력에 끝까지 저항하는 데에는 입에서 감탄사가 흘러나올 정도였다. 이윽고 비뚤어진 문이 예리한 소리를 내며 바닥으로 떨어졌다. 금속 두께는 10센티미터가 넘었다. 나는 나무뿌리 횃불을 들고 구멍 안을 들여다보았다.

3

무언가가 있다. 금속으로 만든 붓통 같은 용기. 그리고 봉투에는 두터운 편지가 들어 있었다.

나는 일단 용기를 꺼내보았다. 표면에는 기묘한 마크가 새겨져 있다. 빨간 동그라미 안에서 머리가 큰 우주인 같은 생물이 두 손을 펼치고 있는 그림이다. 비스듬한 선에 가로막혀 밖으로 나갈 수 없는 모습을 상징적으로 표현한 것이다. 용기를 어떻게 열어야 하는지 몰라서 잠시 시행착오를 반복하다, 우연히 손가락이 작은 돌기에 닿은 덕분에 뚜껑이 열렸다.

안에 있는 것은 예상 밖의 물건이었다. 십자가다. 7~8센티미터 정도로, 오랜 세월로 인해 뿌옇게 변하기는 했지만 원래는 유리처럼 투명한 소재로 만들었으리라. 하지만 기이한 건 그 형태였다.

한가운데에 커다란 둥근 고리가 끼워져 있고, 십자가 세 개의 끝이 양쪽으로 갈라져 있었다. 그것은 산양이나 악마의 뿔을 떠올리게 해서 불길한 인상을 안겨주었다. 가짜유사미노시로에게 물어보니 가장 일반적인 동그라미가 있는 십자가는 켈트십자가라고 한다. 기독교 상징인 십자가에 켈트민족의 신앙인 윤회전생을 의미하는 동그라미를 추가한 것이다. 하지만 이 십자가의 무늬는 오히려 고대 일본에서 기독교를 금지했던 시대에 기독교인들이 몰래만든 이체십자가나 구루스십자가의 문양과 비슷했다.

나는 십자가를 케이스에 내려놓고 봉투를 열어보았다. 안에는 여러 겹으로 접힌 종이가 들어 있었다. 종이를 펼친 순간, 나는 당황할 수밖에 없었다. 종이 색깔은 많이 변했지만 산화하지 않고, 빼곡히 쓰인 깨알 같은 글씨도 선명하게 보였다. 그럼에도 읽을 수 없었던 것이다. 일본어가 아니기 때문이었다. 가짜유사미노시로에게 명령하자 즉시 내용을 스캔해서 번역해주었다.

"엑소시즘. 이것은 사악한 악마의 힘에 홀린 인간을 정화하고 인간성을 회복하기 위한 결의의 표명이자, 악에 대한 성전의 선전 포고다……."

편지 내용은 공포에 사로잡힌 채 편협한 신앙에서 구원을 찾는 인간이 얼마나 광기로 내달릴 수 있느냐 하는 극단적인 사례였다.

"……악마가 얼마나 교활한지는 선물에 대가를 요구하지 않는다는 점을 보면 쉽게 알 수 있다. 인류에 아무런 대가도 요구하지 않고 염동력이라는 가공할 만한 능력을 부여한 것은, 1,000년 후를 내다볼 수 있다는 길쭉한 홍채를 가진 산양의 눈으로 인간의 말로를 정확하게 예지했기 때문이다. 힘은 부패를 초래하고, 절대적인 힘은 절대적인 부패를 초래한다. 이것은 정치 권력에 한정된 이야기가 아니다. 자신의 몸에 맞지 않는 과대한 힘은 반드시 그 소유자를 파멸시키고, 주위에도 막대한 참화를 초래한다."

부드러운 여성의 목소리로 담담하게 번역된 내용은 등골을 오싹하게 만들었지만 그만두라고 할 수는 없었다. 편지 내용이나 십자가가 사이코버스터와 관계가 있는지 확인해야 했다.

"……그야말로 이 힘 자체가 악이며, 염동력을 가지고 있는 인간은 곧 악마나 마녀로 간주해야 한다. 그런 의미에서 6세기 전에 나온 선구적 명저인 『마녀의 철퇴』의 오명은 지금 반납해야 한다. 악녀사냥은 항간에 떠도는 이야기처럼 집단적 광기의 산물이 아니었다. 과학이 발달하지 않은 시대에도 직감적으로 염동력의 존재와 위험성을 올바르게 인식한 사람들이 있었고, 그런 선구자들에 의한 사이코의 나쁜 종자 배제는, 비록 불행하게 휘말린 사람이나 누명 쓴 사람이 있었다고 해도 전 인류적 관점에서 볼 때 정당한 행위였다고 할 수 있다."

두 명의 수도사(아무리 생각해도 악마에 홀린 사람은 그들인 것 같다)

가 써서 마녀사냥의 교과서로 자리매김한『마녀의 철퇴』라는 책에 관해서는 나중에 개요를 알게 되었다. 지금까지 출판된 서적 중에 '요'나 '앙'이라는 제4분류의 낙인을 찍어 금서로 만들어야 할 책이 있다면, 이보다 더 어울리는 책은 없으리라. 그 이후 주력을 얻은 인간에 대한 저주가 끝없이 이어지더니 마침내 핵심 부분으로 들어갔다.

"……따라서 악마의 힘을 가지고 있는 인간은 살해, 정화해서 더 이상 죄를 짓지 않도록 하는 것 이외에 다른 방법이 없다. 그러기 위한 극히 유효한 수단 중 하나가 강독성 탄저균, 통칭 사이코버스터다. 이것이야말로 신의 축복이라고 할 수 있으리라. 할렐루야. 신은 어떤 경우에도 우리에게 필요한 양식을 주신다."

여기부터 한동안 종교적 열광에 가득 찬 문장이 이어지더니 겨우 사용 방법에 관해서 설명하기 시작했다.

"이 신성한 가루는 예전에 이교도가 정치 목적의 테러에 이용한 것처럼 봉투에 넣어 보내거나, 목표물에 직접 뿌릴 수도 있다. 하지만 악마 퇴치의 성전에서는 성 베네딕트의 메다이처럼 신성한 도구를 사용하는 것이 바람직하다."

성 베네딕트는 고대 기독교의 성인으로, 그의 모습이나 십자가가 새겨진 메다이 펜던트는 역병 퇴치나 악마 추방에 효과가 있었다고 한다.

"이것은 정의를 행하고 죄를 씻기 위한 십자가다. 악마의 발밑에 내던지면 불활성 가스와 함께 안에 있는 성분이 흩어진다. 그것은 1,000년이 흘러도 부활해서, 극소량이라도 마신 악마의 사악한 목숨을 제거할 것이다. 할렐루야……."

나는 눈을 감고 가짜유사미노시로의 번역을 끝까지 들었다. 그리고 다시 한 번 금속 용기에서 십자가를 꺼냈다. 이 안에 지난 1,000년 동안이나 치사량의 세균이 봉인되어 있었단 말인가? 그렇게 생각하자 손끝이 파르르 떨렸다. 그때 십자가의 각도가 약간 비스듬해지면서 겨우 깨달았다.

이것은 십자가가 아니다. 언뜻 보면 십자가 모양이지만 실은 조금 전에 본 바이오해저드의 마크를 본뜬 것이다. 일부러 이런 형태로 만든 것에 실용적인 이유가 있었다고는 생각할 수 없다. 대체어떤 일그러진 정신이 이것을 유머라고 여길 것인가?

나는 신중에 신중을 기하여 십자가를 케이스 안에 넣었다. 그리고 잠시 생각에 잠겼다. 나는 이 콘크리트의 무덤에서 악마를 해방시키려는 것일지도 모른다. 하지만 이 광기와 증오의 씨앗이야말로 바야흐로 우리에게 남은 유일한 희망인 것이다.

바닥에서 일어서려고 할 때 그동안 쌓인 피로로 인해 발이 휘청거렸다. 조금 쉬는 편이 좋을 것 같다. 가능한 한 빨리 사토루와 기로마루를 찾아내서 합류해야 하지만, 그렇게 할 수 없는 경우에는 혼자 악귀를 쓰러뜨려야 한다. 그 어느 쪽이든 일단 여기서 나가야 하리라.

여기에 올 때 지나온 물속으로 다시 들어갈 수 있을까? 몽응리어호에 도착할 수만 있다면……. 혼자 조종하기는 힘들겠지만 그래도 움직일 수는 있으리라. 그러면 다시 합류 지점으로 돌아가기도 어렵지 않으리라.

안 된다. 물속으로 들어가는 것은 생리적 저항이 있을 뿐 아니라 너무 위험하다. 만약 큰왕털갯지렁이가 또 한 마리 있으면 이번에는 목숨을 부지할 수 없다. 우리를 쫓아온 것은 한 쌍 중 하나로, 이누이 씨가 산산조각으로 만든 개체의 피 냄새를 맡고 멀리서 다른 개체가 찾아올 가능성도 있다.

물속으로 들어가는 것 말고 다른 방법이 없을까? 이 건물에 구멍을 뚫어서 지상으로 나갈 수도 있으리라. 하지만 지상은 밤낮을 가리지 않고 새들이 눈을 크게 뜨고 감시하고 있다. 새의 눈을 속이는 것은 매우 어려운 일이리라. 일단 발견되면 끝장, 다시는 도망칠 수 없을지 모른다……

그때 문득 생각이 났다. 박쥐다. 몽응리어호를 가지러 해안으로 갔을 때와 똑같이 하면 된다. 박쥐가 동굴에 드나들기 위해 도쿄의 하늘을 완전히 메우는 시간대만은 하늘에서의 감시가 불가능하다. 지금 몇 시쯤 됐을까?

"앞으로 몇 시간 후면 박쥐가 동굴로 돌아오지?"

"어제와 똑같은 시간이라고 가정하면 약 한 시간 반 후입니다."

가짜유사미노시로의 대답에 한숨이 새어나왔다.

"그 시간이 되면 깨워주겠어?"

"알겠습니다."

나는 가짜유사미노시로를 묶은 나무뿌리를 팔에 몇 겹으로 감았다. 그리고 무릎을 껴안고 바닥에 누운 뒤, 이윽고 바닥 없는 늪 같은 깊은 잠에 빠졌다.

귀를 찢는 신호음에 의식이 급속하게 깨어나기 시작했다.

"오전 4시 5분입니다. 해가 뜨는 건 앞으로 31분. 박쥐가 동굴로 돌아올 시각입니다."

거짓말이다. 전혀 잠을 잔 것 같지 않다. 가짜유사미노시로가 그렇게 말한다면 틀림없겠지만.

나는 몸을 일으키고 준비를 했다. 준비라고 해봤자 짐은 거의 없다. 배낭은 이미 태워버렸고 정말로 필요한 것은 가짜유사미노시로와 사이코버스터뿐이다.

어쩌면 살아서 눈뜨는 건 이번이 마지막일지도 모른다. 불길한 상상이 뇌리를 스쳤지만 고개를 흔들어서 뿌리쳤다. 어두운 생각은 아무런 도움이 되지 않는다. 지금은 내가 해야 할 일을 하는 수밖에 없다.

나는 저주받은 방을 뒤로했다. 1,000년 전, 어두운 망상에 사로잡혀 있던 방의 주인이 지금도 구석에 버티고 서서 내 뒷모습을 물끄러미 쳐다보는 것 같았다.

계단을 올라가 지상 2층으로 향했다. 1층과 달리 절반 이상이 무너져서 토사로 메워져 있었다. 나는 되도록 지상과 가까운 장소를 찾았다. 아직 밖이 캄캄해서 찾기는 쉽지 않았지만, 가냘프게 바람이 느껴지는 곳이 있었다. 건물 외벽에 있는 작은 균열이 밖으로 통하는 것이다.

귀를 기울이자 무수한 박쥐의 울음소리가 들렸다. 첫 번째 박쥐 떼가 돌아온 것이다. 지금 밖으로 나가서 숨을 만한 장소를 찾아야 한다. 나는 최대한 소리를 내지 않고 조금씩 콘크리트를 부수어 균열을 확대하고 토사를 제거했다. 2~3분 만에 그럭저럭 빠져나갈 수 있는 크기의 틈이 생겼다. 나는 머리를 낮추고 살며시 기어나왔다.

아련한 별빛을 받고 있는 것은 지하에 뒤지지 않을 만큼 황량한 광경이었다. 태고의 빌딩이 있었던 곳은 고작 지상 2~3층까지밖에 남지 않고, 철골이나 철근은 썩은 채 초내구성 콘크리트에 의해 가까스로 형태를 유지하고 있었다.

부서진 건물이 풍화해서 잿빛 모랫더미로 변하고, 다시 그 일부가 녹아서 카르스트 대지 같은 경관을 만들어냈다. 여기저기에 강물처럼 거무칙칙한 줄무늬가 남아 있는 건 오랫동안 자외선을 받고 끈기를 잃어버린 아스팔트 포장의 슬픈 말로라고 한다. 물론 그런 사실을 가르쳐준 것은 가짜유사미노시로였지만.

잡초를 제외하면 식물은 몹시 빈약했다. 건물 지하에까지 뿌리를 내린 강인한 나무들은 하나같이 키가 작고, 간토 지역 평야를 스산하게 부는 겨울바람을 온몸으로 받은 탓인지 기묘하게 뒤틀려 있었다. 지상은 지나칠 정도로 물이 잘 빠지는 탓에 건조한 불모지대로 변하고, 나무들은 물을 찾아 지하 깊숙이 뿌리를 내리느라 성장의 여력을 전부 사용한 듯했다.

머리 위 하늘은 무수한 박쥐로 뒤덮여 있었다. 어제 모습을 떠올리면 박쥐들이 소굴로 돌아갈 때까지 한두 시간은 족히 걸리리라. 그전에 사토루와 헤어진 곳, 깎아지른 절벽 같은 균열로 돌아가야 한다. 건물의 그늘에서 그늘로 걸으면서 나는 가짜유사미노시로가 가리키는 방향으로 황급히 발길을 옮겼다. 적의 눈이 하늘에만 있다고 할 수는 없다. 지상에 있는 부대가 지금도 이 근처를 감시하고 있을지 모른다.

어스름 새벽의 황야를 잰걸음으로 걸어가는 사이에 의식이 기이하게 변하는 듯했다.

이 느낌은 뭐지? 이게 기시감이라는 걸까? 이런 곳에 온 건 분명히 태어나서 처음이다. 그럼에도 예전에 이와 똑같은 광경을 본 듯한 감각에 사로잡힌 것이다. 내가 꿈을 꾸고 있는 것일까? 아니, 그럴 리 없다. 의식도 맑고, 사고도 또렷하다. 그런데 왜……?

나는 드문드문 자라나 있는 주변 나무들을 둘러보았다.

주변부터 나무들이 눈에 띄게 변형되어 있었다. 마치 1년 내내 강풍에 시달린 지역처럼 대부분의 나무가 일정한 방향으로 비틀어져 있는 것이다. 조금 전부터 막연한 불안과 불쾌감이 나를 엄습해왔다.

집에 가고 싶다. 지금 당장 여기서 도망치고 싶다. 그것은 본능의 목소리였다. 단 1초라도 이 자리에 있고 싶지 않은 것이다. 하지만 ■을 떠올리며 죽을 힘을 다해 스스로를 달랬다. 지금 되돌아갈 수는 없다. 그를 구할 수 있는 사람은 나밖에 없는 것이다.

어쨌든 나는 앞으로 나아갔다. 자세히 쳐다보니 기괴하게 비틀린 식물이 길의 표시 역할을 톡톡히 했다. 위에서 내려다보면 숲이 소용돌이 모양으로 변형되어 있을 거라는 생각이 들었다. 그렇다면 ■은 그 한가운데에 있지 않을까?

나무들이 무수한 촉수를 가진 문어 괴물 같은 실루엣으로 변해 있었다. 나는 끊임없이 꿈틀거리는 촉수를 따라가듯 걸음을 내디뎠다.

대체 무엇일까? 나는 눈을 깜빡거렸다. 현재 풍경과 겹쳐서 다른 영상이 보이는 것이다.

심신의 피로가 극에 달해 환각을 보는 것일까? 나는 옆에 있던 건물 외벽을 손으로 짚어 몸을 지탱했다. 초내구성 콘크리트도 오랜 세월의 침식과 풍화를 이기지 못하고 표면이 기이하게 비틀어져 있었다.

내 눈앞에서 단단한 토벽이 흐물흐물 일그러지더니 이리저리 흔들렸다. 물거품이 연달아 나타났다 사라졌다. 멍하니 지켜보기만 해도 미칠 듯한 광경이었다. 다시 격렬한 두통이 머리를 내달렸다.

나는 화들짝 놀라 벽에서 손을 떼었다. 공포로 인해 숨을 쉴 수 없었다. 도저히 있을 수 없다. 단단한 콘크리트가 그렇게 되다니! 실제로 그런 일은 있을 수 없지 않은가?

하지만 단순한 환상이 아니다. 나는 예전에 분명히 이 광경을 목격했다. 그것은 마음 안쪽에서 솟구친 확신이다.

박쥐 울음소리가 한층 커졌다. 빛이다. 드디어 날이 밝은 것이다. 하늘을 올려다보니 수천만 마리, 수억 마리의 박쥐가 세로로 줄을 서서 거대한 한 마리의 용처럼 새벽하늘에서 물결치고 있었다. 박쥐가 만들어낸 몇 개의 끈이 하늘을 가로질렀다. 그것은 마치…….

순간, 아침 노을빛이 거대한 끈으로 변한 새카만 박쥐들을 장밋빛으로 물들였다.

그때 갑자기 조명을 비춘 것처럼 주위가 밝아졌다. 고개를 들자 아름다운 오로라가 하늘을 온통 뒤덮었다. 옅은 초록색 빛이 거대한 커튼을 연상케 하는 주름을 만들고, 그 위에 빨간색과 핑크색, 보라색 빛이 스며들었다.

뜨거운 눈물이 뺨을 타고 흘러내렸다.

기억이 없어진 게 아니었다. 아무리 교묘한 수단을 사용해도 모든 기억을 없애는 것은 불가능하다. 다만 지금까지 기억의 늪 속에 잠겨 있었을 뿐이다. 그리고 지금 이 순간, 모든 기억이 선명하게 되살아났다. 마치 봉인되어 있던 기억 자체가 스스로 족쇄를 벗어던지고 갇혀 있던 문을 활짝 연 것처럼.

그날 밤, 나는 어두운 숲을 지나 그를 만나러 갔다. 얼굴 없는 소년을. 그렇다, 그의 이름은…….

나는 경악으로 눈을 크게 떴다. 무너진 콘크리트 황야에 그의 모습이 나타났다. 그것도 불과 수십 미터 앞에.

나는 목이 터져라 그의 이름을 불렀다. "슌!"

그리고 몸을 돌리고 뛰어가는 그를 죽을힘을 다해 쫓아갔다.

"잠깐만!"

그의 뒷모습은 황야에 휑그러니 남아 있는 건물들의 잔해 사이에서 보였다 사라졌다 했다. 적에게 들키지 않을까 하는 걱정은 이미 어디론가 사라졌다. 나는 정신없이 그의 뒤를 쫓아갔다. 건물의 모퉁이를 돌아가자 그의 모습이 보이지 않았다. 그의 뒤를 따라 재빨리 모퉁이를 돈 순간, 나는 그 자리에 멈춰 섰다. 그가 불과 10여 미터밖에 떨어지지 않은 곳에서 걸음을 멈춘 것이다.

"슌! 어떻게……?"

무엇을 묻고 싶었는지는 나 자신도 알 수 없다.

그는 천천히 고개를 들고 미소를 지었다. 그리운 그 얼굴을 보자 가슴이 뜨거워졌다. 그때 산처럼 쌓인 기와 더미 너머로 아침 햇살이 쏟아졌다. 다음 순간, 그의 모습이 눈부신 빛 속으로 녹아들었다. 마법의 시간은 믿을 수 없을 만큼 갑작스럽게 종언을 알렸다. 나는 다만 그 자리에 망연히 서 있을 수밖에 없었다.

"괜찮으세요?"

그렇게 물은 이는 슌이 아니었다. 슌은커녕 인간도 아니었다.

기로마루가 깜짝 놀란 모습으로 잇따라 질문을 퍼부었다. "제가 여기 있다는 걸 어떻게 아셨죠? 이누이 씨는 어떻게 되었나요?"

나는 겨우 딱딱하게 굳은 혀를 움직일 수 있었다.

"나는…… 슌…… 아니, 사토루는 어떻게 됐어?"

"가까운 동굴에 계십니다. 약간 부상을 입어서, 제가 두 분을 찾으러 가는 중이었습니다."

"부상을 입었다고? 많이 다쳤어?"

"아니, 그렇게 심하지는 않습니다. 목숨에는 지장이 없습니다."

기로마루의 기준으로 보면 대단하지 않을지도 모르지만, 나를 찾으러 올 수 없을 정도라면 많이 다쳤을지도 모른다.

"사토루를 만나게 해줘. ……왜 다친 거야?"

기로마루가 앞장서서 나를 안내하며 말했다. "악귀에게 쫓길 때 바위 파편에 맞았습니다. 박쥐 떼가 상당히 드문드문해진 걸 보니 서두르는 편이 좋겠군요."

우리는 서둘러 땅에 휑하니 뚫린 구멍 안으로 들어갔다. 콘크리트가 빗물에 침식되어 생긴 구멍 같았다. 기이하게도 그 구멍은 카르스트 대지에서 볼 수 있는 돌리네*라는 지형과 똑같았다.

사토루가 나를 보자마자 소리쳤다. "사키, 무사했구나! 얼마나 걱정했는지 몰라!"

하지만 내 눈에는 사토루의 상태가 훨씬 심각하게 보였다. 흡혈민달팽이의 습격을 받은 왼 어깨도 낫지 않았는데, 오른팔에 칭칭 감은 붕대에도 새빨간 피가 배어 있는 것이다.

"이누이 씨는?"

나는 천천히 고개를 가로저었다. 그는 무거운 표정으로 조용히 고개를 숙이고 기도를 올렸다.

"그랬구나……. 분명히 멋진 최후를 맞이했겠지?"

"그래. 지하의 강에서 갯지렁이 괴물의 습격을 받았어. 이누이 씨 혼자였다면 충분히 살 수 있었을 거야. 하지만 나를 지키려다가 그만……."

나는 더 이상 말을 할 수 없었다.

"사키, 이누이 씨 희생을 절대 헛되게 하지 말자."

"물론이야. ……찾았어. 이것도 이누이 씨가 나를 구해준 덕분이야."

"찾았다고? 정말이야?"

"이거야."

---

* Doline, 석회암으로 이루어진 카르스트 지형에서 관찰되는 움푹 팬 땅.

나는 나무뿌리로 가슴에 묶어놓았던 금속제 용기를 그에게 내밀었다. 팔에 통증이 느껴지는지 그는 얼굴을 찡그렸다. 그리고 나무뿌리를 풀어 용기를 열고는, 안에 들어 있던 십자가를 뚫어지게 바라보았다.

"조심해. 실수로 깨뜨리기라도 하면 우린 끝장이야. 사용할 땐 상대의 발밑에 깨뜨리면 되는 것 같아."

나는 발견했을 때의 상황을 대충 설명했다.

"알았어."

사토루는 십자가에 붙어 있던 쇠줄을 목에 걸었다.

"어떡하려고?"

"용기에 넣어두면 갑자기 악귀를 만났을 때 바로 사용할 수 없잖아. 내가 목에 걸고 있을게."

"안 돼, 넌 팔을 다쳤잖아. 내가 가지고 있을게."

"이걸 깨뜨리거나 부술 수는 있어." 그는 태연한 얼굴로 말했다.

막상 그때가 되면 자신이 희생할 생각이리라.

"나도 얼마든지 할 수 있어."

"알았어. 그러면 교대로 가지고 있자. 일단 처음에는 나야."

그는 끝까지 자기주장을 굽히지 않았다. 나는 더 이상 입씨름을 하지 않았다. 어차피 좁은 동굴 안에서 사이코버스터 십자가가 깨지면 주위 사람들은 모두 감염을 피할 수 없으리라.

그때까지 잠자코 듣고 있던 기로마루가 입을 열었다. "계속 같은 곳에 머물러 있는 건 위험합니다. 이제 슬슬 이동하지요."

"이제 어디로 가면 되지?"

"당초 목표인 사이코버스터는 손에 넣었습니다. 일단 철수하는 것도 한 가지 방법이겠죠. 하지만 지금이 천재일우의 기회일지도 모릅니다. 궁극적인 목표인 악귀가 몇몇 호위병만을 데리고 우리 코앞까지 와 있으니까요." 기로마루가 귀까지 찢어진 커다란 입을 벌리고 히쭉 웃었다. "유리한 점이 또 있습니다. 첫째, 적은 어디까지나 우리를 사냥한다고 생각하겠지만, 사냥에 빠진 녀석일수록 자신이 사냥감이란 사실을 눈치채지 못하는 법이지요. 더구나 녀석들은 우리가 사이코버스터를 입수한 걸 모릅니다. 이렇게 좋은 기회를 놓칠 수는 없겠죠."

나는 무의식중에 사토루의 눈을 보았다. 그는 조용히 내 눈을 바라보며 고개를 끄덕였다. 우리는 알고 있다. 기회는 지금밖에 없다는 것을. 가령 목숨을 잃더라도 여기서 악귀를 저지하지 않으면 안 된다는 것도.

기로마루는 승복을 벗어던지고는 지하수로 꼼꼼히 몸을 씻었다. 그리고 다시 온몸 구석구석에 진흙과 박쥐 똥을 뒤섞어 덕지덕지 바르기 시작했다.

내가 코를 잡고 말했다. "……냄새 때문에 코가 떨어져나갈 것 같아."

요괴쥐는 인간보다 후각이 훨씬 예민할 텐데 기로마루는 어떻게 참는 것일까?

"저도 그렇지만 지금은 이것저것 따질 때가 아닙니다. 제 냄새를 완전히 없애지 않으면 안 되니까요."

기로마루는 마치 화장하듯 얼굴에도 꼼꼼히 진흙과 박쥐 똥을 발랐다.

"녀석들은 눈에 불을 켜고 두 분의 냄새를 찾으려고 하지만, 왠지 저에게는 식욕이 동하지 않는 모양입니다."

"왜지?"

"아예 관심이 없는 것 같더군요. 두 분만 처리하면 저는 내버려 둬도 위험하지 않다고 얕잡아보는 것일지도 모르고요."

"넌 적에게 엄청난 타격을 주었으니까 오히려 멀리 하고 싶은 게 아닐까?"

사토루도 악취를 견디기 힘든지, 얼굴은 웃고 있지만 코에 가느다란 주름이 잡혔다.

"녀석들을 그렇게 많이 해치웠어?"

"그래. 감탄할 만큼 대활약을 펼쳤어. 적의 병사를 일곱 마리나 죽였고."

"그렇게 많이? 어떻게?"

"처음에는 냄새로 상대를 유인했어. 종점은 그 검은과부진드기가 있는 동굴이었는데, 또 뭘 잡아먹었는지 끔찍하더군. 그렇게 배짱 좋은 악귀와 야코마루도 그걸 보고는 꽁무니 빠지게 도망칠 정도였지. 하지만 그 정도로 만족하지 않는 게 기로마루의 무서운 점이야. 이번에는 다른 검은과부진드기 떼를 유도해서 녀석들의 야영지로 가게 했지. 녀석들은 병사를 잃고 다시 삼십육계 줄행랑을 칠 수밖에 없었어. 그런데 그 후에 어떤 일이 벌어졌는지 알아? 먹이를 얻지 못한 진드기 떼들이 방향을 바꿔 우리를 쫓아오지 뭐야? 그때 알았는데, 그 진드기는 물기가 있는 벽은 질색이지만 물 위는 태연하게 건너오더군."

"그게 정말이야?"

"기름을 엄청나게 분비하면서, 모든 진드기가 새카만 김처럼 한 데 뭉쳐 물 위로 떠올라 천천히 건너오지 뭐야? ……뭐 한데 뭉쳐 있어서 불로 태우기는 쉬웠지만 말이야."

득의양양하게 수훈을 자랑하는 사토루를 보면서 내 안에서는 다시 의혹이 고개를 치켜들었다. 어떻게 기로마루 혼자 그렇게 대단한 전과를 올릴 수 있었을까?

"적의 병사를 일곱 마리나 죽였다는 게 확실해?"

"그래. 내 눈으로 확인한 숫자만이니까 실제로는 더 죽었을지 몰라."

"……그런데 맨 처음에는 적의 숫자가 전부 일곱 마리라고 하지 않았어?"

그에 대한 대답은 요괴 스님에서 진흙 인형으로 변신한 기로마루가 해주었다.

"지하부대에 손실이 있을 때마다 지상부대에서 병사를 보내주고 있습니다. 다만 지상에도 여유가 별로 없는지, 현재 적의 지하부대는 다섯 마리 정도로 보입니다."

"기로마루, 그런데 큰왕털갯지렁이가 있다는 걸 왜 미리 말해주지 않았지?"

그러자 기로마루는 고개를 갸우뚱거렸다. "그게 뭐죠?"

"해안에 있던 갯지렁이 괴물이야, 그 녀석 때문에 이누이 씨가."

기로마루는 마른 진흙으로 뒤덮인 얼굴로 깊은 한숨을 내쉬며 말했다. "한밤중에 해안이 위험하다는 건 재차 강조할 필요가 없다고 생각했습니다. 무례한 말씀일지 모르지만 사키 씨뿐이라면 또 몰라도 사신이라고 불리는 조수보호관이 옆에 계셨으니까요. 더구나 괴물의 정체에 대해서는 전혀 몰랐습니다. 부하들을 많이 잃었지만 어떻게 생긴 괴물의 소행이었는지는 결국 제 눈으로 확인하지 못했으니까요."

사토루가 나를 달래듯 어깨에 손을 올려놓는 바람에 더 이상은 추궁할 수 없었다.

그때 기로마루가 위쪽을 향해 코를 킁킁거렸다. "이런……! 이거 큰일이군요. 지상에 비가 내리기 시작한 것 같습니다."

사토루가 물었다. "비가 내리면 왜 큰일이지?"

"일반적으로 비는 도망치는 자에게 축복이죠. 동굴 안에도 지하수가 흘러들어 냄새가 사라지니까요. 하지만 지금 냄새가 사라지면 녀석들을 유인하기 어려워집니다."

이제야 겨우 우리 귀에도 가느다란 빗소리가 들려왔다.

"이 구멍이 비로 가득 차는 일은 없을 테니까 안심하십시오. 지하로 이어지는 배수 구멍이 벌집처럼 무수히 뚫려 있으니까요……."

천장에 가까운 구멍에서 물이 몇 줄기 떨어졌다. 그러자 동굴 여기저기에서 온갖 물소리가 울려퍼졌다. 폭포 같은 소리. 얕은 여울물 소리. 물레방아를 떠올리게 하는 소리.

"서두르는 게 좋겠습니다. 이 작전은 빠를수록 좋으니까요."

우리는 기로마루를 따라 도쿄 동굴의 가장 깊은 곳으로 걸음을 옮겼다. 혈관에 비유하자면 대동맥 같은 넓은 길을 지나 세포 혈관 같은 좁은 길로 들어간 것이다.

지하 생활에 익숙한 요괴쥐답게 기로마루는 미로 같은 분기점에서 한순간도 망설이지 않았다. 나는 사토루의 호흡이 점점 거칠어지는 게 마음에 걸렸다. 생각보다 많이 다친 것이리라.

처음에는 오직 바닥을 향해 내려가다 도중부터 위로 올라가기 시작했다. 바위 표면에는 물의 얇은 막이 쳐져 있어서 미끄러지지 않도록 세심한 주의를 기울여야 했다. 급경사면을 몇 개 올라가자 돌연 사방이 넓어졌다. 지상과 상당히 가까운 곳이라는 사실은 물소리가 직접 들리는 것으로도 알 수 있었다. 어디선가 희미한 빛이 새어 들어왔다. 지상에서 비바람이 몰아치지 않았다면 이 주변은 상당히 밝았으리라.

"우리가 함정을 칠 곳은 여기입니다."

기로마루가 가리킨 곳을 쳐다보니, 바위 중간에 직경 3~4미터쯤 되는 구멍이 떡하니 입을 벌리고 있었다.

"아마 1,000년 전에 인공적으로 파낸 터널일 겁니다. 이 구멍을 1.5킬로미터 정도 들어가면 지상으로 나갈 수 있는데, 도중에 분기점이 거의 없는 외길이라서 이번 작전에 딱입니다."

"뭐가 딱이라는 거지? 우리가 도망칠 길이 한 방향밖에 없다는 거잖아." 사토루가 얼굴을 찡그리며 물었다.

상처가 아픈 것일지도 모른다.

"추격자도 등 뒤의 한 방향에서 쫓아오니까 양쪽 거리를 쉽게 측정할 수 있잖습니까? 더구나 외길이라곤 하지만 도중에 복잡하게 좌우로 커브가 되어 있어서 서로의 거리가 가깝지 않은 이상 악귀의 시야에 들어가는 일은 없습니다."

기로마루의 몸을 뒤덮고 있는 진흙은 빗물과 땀에 의해 군데군데 벗겨져 있었다. 그 사이에서 한쪽 눈이 음침한 초록색 빛을 내뿜었다.

"단, 분기점이 거의 없다고 했는데 샛길은 몇 개 있습니다. 모두 앞이 막혀 있으니까 절대로 들어가면 안 됩니다."

나는 불안에 휩싸여서 물었다. "샛길인지 아닌지 어떻게 판단하면 되는데?"

"눈으로 보면 금방 알 수 있습니다. 샛길은 이 구멍보다 훨씬 좁은 데다 거의 수직으로 교차하고 있으니까요. 어쨌든 계속 앞으로만 가면 길을 잃지는 않을 겁니다."

마치 길치인 인간이 가엾다는 말투였다.

"……그런데 정말 여기가 최적의 장소일까?"

사토루의 망설이는 듯한 말투를 듣고 기로마루는 자신만만하게 대답했다.

"우리 목적에 이보다 더 좋은 곳은 없습니다. 최대 장점은 이 바람입니다."

터널에서는 앞쪽을 향해 미풍이 불고 있었다. 어떤 메커니즘인지는 잘 모르지만 도쿄의 동굴 안에서는 항상 몇 개의 바람이 교차하는 듯했다.

이 터널을 곧장 걸어가면 바람 위쪽을 향해 나아가게 된다. 등 뒤에서 오는 악귀는 항상 바람 아래쪽에 있다. 따라서 십자가를 깨뜨려 사이코버스터를 방출하면 악귀만 감염되고 바람 위쪽에 있는 우리는 포자의 피해를 입지 않는다는 것이다.

그런데 과연 우리 마음대로 잘될까? 나는 형용할 수 없는 불안을 느꼈지만 기로마루의 계획 이외에 마땅한 대안은 생각나지 않았다.

기로마루가 천장을 올려다보며 말했다. "이거 조짐이 좋지 않은데요……. 아무래도 생각보다 비가 많이 올 것 같습니다."

그는 우리가 알아들을 수 없는 소리까지 듣는 듯했다.

"처음에는 터널 안까지 냄새를 배게 하여 악귀를 유인한 뒤, 출구 앞에서 잠복하고 있다가 사이코버스터를 뒤집어씌우려고 했는데…… 하지만 그래서는 목적을 완벽하게 달성할 수 있을지 불안합니다."

불길한 예감이 세포 구석구석까지 파고들었다.

"무슨 뜻이야?"

"냄새는 물에 씻겨 사라지니까요. 적에게는 지금이 최대의 기회라고 여기게 해서, 다른 생각을 할 틈도 없이 무작정 우리 뒤를 쫓게 해야 합니다. 그러기 위해서는 더 강력한 먹잇감…… 아니, 확실한 미끼가 필요하죠."

"그 미끼라는 게……." 불안이 가득한 사토루의 목소리에 어두운 의혹이 추가되었다.

"적어도 한순간, 두 분의 모습이 적의 눈에 띄어야 합니다. 그런 다음에 즉시 터널 안으로 도망치면 악귀는 제정신을 잃고 두 분의 뒤를 쫓아올 겁니다."

사토루가 비명처럼 소리를 질렀다. "지금 우리더러 악귀와 술래 잡기를 하란 말이야? 그것도 거의 숨이 닿을 만큼 가까운 거리에 서? 그게 가능하다고 생각해? 실수로 넘어져서 한순간이라도 그쪽 시야에 들어가면 끝장이라고!"

"두 분은 튼튼한 발을 가진 성인 남녀입니다. 한편 악귀는 아직 어린아이가 아닙니까? 만약 100미터 달리기를 하면 얼마든지 이 길 수 있습니다."

"말도 안 되는 소리 그만둬!"

기로마루는 사토루의 항의에 귀를 기울이지 않고 말을 이었다. "그리고 또 한 가지. 사이코버스터를 쓰려면 가까운 곳에서 십자가 를 깨뜨려야 합니다. 이렇게 습기가 많은 데서는 가루가 멀리 날아 가지 않고, 자칫하면 젖은 바위 벽에 달라붙을 수 있습니다."

나는 기로마루의 눈을 쳐다보며 말했다. "그건 불가능해. 도저히 할 수 없어."

쌍안의 초록색 홍채가 깜빡거리지도 않고 나를 똑바로 쳐다보 았다.

"할 수 없다고요? 무슨 뜻이죠?"

"그렇게 무모한 짓은······."

"여기 올 때까지 얼마나 큰 희생을 치렀는지 아십니까? 저희 동 포의 생명에는 관심이 없는 것 같으니까 그건 말씀드리지 않겠습 니다. 하지만 이누이 씨를 비롯하여 얼마나 많은 사람이 목숨을 내던졌죠? 모든 건 악귀를 쓰러뜨리는 한순간을 위해서였습니다. 다들 그걸 믿었기 때문에 자신의 목숨을 내던지면서까지 두 분을 살리려고 한 게 아닙니까? 그럼에도 악귀를 매장할 수 있는 천재일우의 기회를, 처음이자 마지막일 이 기회를 깨끗하게 포기하겠다는 건가요? 절체절명의 갈림길에서 악귀를 만날까 봐 무섭다는 어린애 같은 두려움 때문에?"

그의 목소리는 온몸이 오그라들 만큼 가시가 돋쳐 있었다. 나는 한마디 반론도 제기할 수 없어서 고개를 숙일 수밖에 없었다.

"악귀를 쓰러뜨리지 않으면 두 분에게는 살 수 있는 기회가 없습니다. 악귀를 쓰러뜨려야만 살 수 있는 거죠. 지금이야말로 용기를 불러일으킬 때입니다. ……그렇지 않으면 기나긴 일생을 후회 속에서 보내리라고 말씀드리고 싶지만, 그렇게 오래 살 수도 없겠죠. 아마 두 분의 생명은 조금 연장될 뿐, 늦든 빠르든 악귀에 의해 죽음을 맞이하게 될 겁니다. 그때 남은 건 끝없는 후회뿐입니다. 이렇게 무의미하게 죽음을 맞이할 바에야, 왜 악귀를 물리칠 기회를 놓쳤을까 하고……."

기로마루의 말이 내 마음을 날카롭게 후벼 팠다.

그때 사토루가 목소리를 낮추어 입을 열었다. "……그래. 네 말이 맞아. 우리는 악귀를 쓰러뜨리려고 목숨까지 버리겠다는 심정으로 이곳에 왔어. 이제 와서 무섭다는 이유로 그만둘 수는 없겠지. ……그런데 넌 뭐할 건데? 우리가 목숨 걸고 악귀와 술래잡기를 하는 동안 팔짱 끼고 구경만 할 거야? 너무 비겁하다고 생각하지 않아?"

기로마루의 초록색 눈에 슬픈 빛이 감돌았다.

"그 말은 마치 떼쟁이 어린애의 말 같군요. 난 죽느냐 사느냐의 무거운 사명을 짊어지고 있는데, 이 요괴쥐는 왜 그렇지 않지? 비겁해, 나보다 이 녀석이 먼저 죽어야 하는데, 라고 말이죠."

사토루가 더 이상 참지 못하고 분통을 터뜨렸다. "우리가 오냐오냐했더니 너무 함부로 말하는 거 아니야?"

"그러면 뭐든지 좋으니까 대안을 제시해주십시오. 제가 목숨을 버림으로써 악귀를 쓰러뜨릴 수 있다면 한순간도 망설이지 않고 임무를 완수할 테니까요. ……또한 제가 여기서 목숨을 끊음으로써 두 분을 분기탱천하게 만들 수 있다면 그렇게 하고 싶습니다. 그렇게 하지 않는 이유는 단 하나, 악귀를 여기까지 유인해줄 자가 없기 때문입니다."

사토루가 분한 표정으로 중얼거렸다. "악귀를 여기까지 유인해 올 수 있다면, 마지막 뒤처리까지 네가 할 수 있잖아?"

"가장 중요한 건 마지막입니다. 악귀가 맨 앞에 서서 돌진해오는 상황을 만들기 위해서는 두 분이 미끼가 되는 수밖에 없습니다. 두 분의 모습을 보면 다른 병사들은 무서워서 쫓아올 수 없을 테니까요. 반대로 제가 미끼가 되면 아무리 발버둥 쳐도 악귀를 유인할 수 없습니다." 기로마루는 슬픈 표정으로 고개를 가로저은 뒤, 나지막이 말을 이었다. "물론 저는 두 분에게 강요할 수 없습니다. 오히려 두 분의 분노를 산 순간, 벌레처럼 사라질 존재에 불과하죠. ……마지막으로 결정하실 분들은 어디까지나 두 분입니다."

그때 다시 기로마루에 대한 희미한 의혹이 내 안에서 소용돌이 쳤다. 그와 동시에 100퍼센트 우리 예상대로 되지 않으면 성공할 수 없는 계획에 대한 막연한 불안도. 하지만 앞으로 내가 해야 할 일에 대한 망설임은 손톱만큼도 없었다.

　기로마루가 냄새로 악귀를 유인하기 위해 나와 사토루의 옷을 가지고 모습을 감춘 후, 어느덧 두 시간이 지났다. 그동안 우리는 최종 결전의 자리가 될 터널을, 지상으로 나가는 종점까지 대강 조사해놓았다.

　사토루가 머릿속으로 코스를 확인하면서 말했다. "바닥은 생각보다 괜찮아. 기복도 별로 없고, 위험한 바위나 발에 걸릴 만한 돌부리는 조금 전에 다 제거했으니까. ……조심해야 할 건 도중에 세 군데 정도 있는 균열뿐이야. 넌 괜찮아? 다 기억했어?"

　길치인 나를 걱정하는 듯한 말투에 나는 조금 발끈했다. "내가 헤매는 건 갈림길이 많을 때뿐이야. 이 터널은 외길이잖아."

　"하지만 악귀와 부딪치면 캄캄한 어둠 속에서 뛰어야 해. 터널 안에서 우왕좌왕하다 구부러진 모퉁이에서 벽에 부딪히면 끝장이야."

　"내 생각인데, 한 사람은 횃불을 들고 뛰어도 되지 않을까? 한 손을 쓸 수 없어도 뛰는 속도에는 별로 영향이 없을 텐데."

　"그건 안 돼." 그는 일언지하에 부정했다.

　호랑이가 없는 곳에선 토끼가 대장 노릇을 하고 싶어 하듯, 기로마루가 없는 지금은 자신이 무서운 대장 역할을 떠맡고 싶어 하는 것처럼.

　"우리 속도는 별로 다르지 않아도 악귀는 전혀 달라. 우리가 동굴을 비춰주면 그쪽은 전속력으로 뛸 수 있어. 하지만 캄캄한 어둠 속에서는 코스를 다 알고 있는 우리가 더 빨리 뛸 수 있잖아."

"악귀는 횃불을 들고 오지 않을까?"

"그러면 우리에겐 생각지도 않은 행운이지. 느닷없이 물을 뿌려 불을 끄면, 밝음에 익숙해진 악귀는 한동안 어둠 속에서 헤맬 거야."

"그럼 악귀가 신중해져서 무턱대고 쫓아오지 않을지도 몰라."

악귀는 우리가 주력으로 자신을 공격할 수 없다는 사실을 알고 있으리라. 그래서 우리를 두려워하지 않고 쫓아오는 것이다. 하지만 발밑이 제대로 보이지 않는 캄캄한 어둠 속에서는 경계심을 가질 가능성이 있다.

"그건 그래. 터널 입구에서 일단 걸음을 멈추게 하는 건 어려울지도 몰라. ……이렇게 하면 어떨까? 네가 작은 불빛을 들고 앞에서 뛰는 거야. 그러면 나도 불빛이 보이니까 빨리 뛸 수 있겠지. 하지만 그런 경우, 악귀도 횃불을 들고 쫓아올 테니까 상당한 속도를 낼 수 있을 거야."

즉, 술래잡기의 상황은 점점 가혹해진다는 것이다.

"하지만 생각해보니 이 방법에는 이점도 있어. 악귀의 불빛을 보면 얼마나 가까이 왔는지 짐작할 수 있잖아. ……그리고 안전한 거리를 유지하면서 병풍바위까지 유도하는 거야."

병풍바위는 사이코버스터를 사용할 최적의 지점으로 우리 두 사람의 의견이 일치한 곳이다. 직선 통로의 마지막 공간에 병풍처럼 생긴 얇은 바위가 튀어나와 있어, 그 뒤쪽에 숨어 있다 악귀를 공격할 수 있다. 쫓아오는 악귀의 모습이 완전히 보이므로, 가까이 올 때까지 기다렸다 발밑에 십자가를 던지면 되는 것이다. 문제는 오히려 그다음이다. 사이코버스터는 악귀를 감염시켜 며칠 안에 목숨을 빼앗을 수 있어도, 그 자리에서 혼절시킬 수는 없다. 포자를 흡수한 악귀는 최소한 몇 시간 동안 그 이전과 다름없이 활동할 수 있는 것이다.

고대의 군사용어에 일격이탈*이라는 말이 있다고 하는데, 그 말이 필요한 상황이었다. 우리는 한동안 건강한 악귀에게서 자력으로 도망쳐야 하는 것이다.

"……십자가 말인데, 너보다 내가 가지고 있는 편이 낫지 않을까? 넌 두 손을 다 다쳤잖아."

그러나 그는 재빨리 내 마음을 읽었다. "이 정도는 아무것도 아니야. 그리고 옛날부터 던지기는 내가 더 잘했잖아."

"하지만……."

"그리고 생각해봐. 넌 내 앞에서 뛸 거니까 네가 사이코버스터 십자가를 던지면 나까지 감염될 거야."

"아니야, 그건 네가 병풍바위까지 온 다음에 사용할 거야."

"그래도 역시 내가 갖고 있는 게 좋겠어. 네가 넘어져서 십자가가 깨지기라도 하면 최악이니까."

농담처럼 말했지만 정말로 최악의 경우, 가령 도망치는 도중에 악귀에게 잡히기라도 하면 그는 악귀를 저승의 길동무로 삼을 생각이리라.

지상에서는 여전히 비가 내리고 있는 모양이다. 여기저기서 스며든 물이 동굴 벽을 축축이 적시고, 발밑에서는 물이 흐르고 있다.

---

* 一擊離脫, 일격을 가하고 재빨리 도망치는 것.

무거운 공기가 피부에 끈적끈적하게 달라붙었다.

"정말 할 수 있을까?"

내 중얼거림을 듣고, 그가 무슨 뜻이냐는 시선으로 나를 쳐다보았다.

"우린 지금…… 한 사람을 죽이려 하고 있어."

그가 단호하게 내 말을 가로막았다. "시끄러워! 그런 생각 하지마. 우리는 다만 악귀 앞에 십자가를 던지는 것뿐이야. 그렇게 했다고 해서 악귀가 바로 죽는 것도 아니고."

그의 말이 궤변이라는 건 알고 있다. 하지만 사이코버스터를 사용하는 사람이 그인 만큼 죄의식을 갖게 해서는 안 된다.

"미안해, 내가 괜한 말을 해서."

"괜찮아. ……우리는 단지 사명을 완수할 따름이야. 그것 말고 다른 생각은 머리에서 쫓아내."

"으응. 하지만……."

지금 꼭 말해야 한다. 안 그러면 때를 놓칠 듯한 생각이 든다.

"마리아와 마모루의 아이가 정말 악귀일까?"

그가 고개를 흔들며 지겹다는 듯 말했다. "또 그 소리야? 그 녀석이 한 짓을 생각해봐. 무턱대고 많은 사람들을 학살했어. 악귀가 아니라면 왜 그런 짓을 하겠어?"

"그건 알고 있어. 하지만 예전에 나타난 악귀와 근본적으로 다른 것 같아서."

"……물론 조금은 다를지도 모르지. 악귀 형태는 몇 가지로 나누어지니까. 그런데 그 차이가 뭐지? 그건 악귀를…… 막고 나서 나중에 생각해도 충분해."

"나는 아무리 생각해도 악귀가 아닌 것 같아."

내 말이 끝나기도 전에 그가 벌떡 일어나서 머리를 쥐어뜯었다.
"제발 그만해! 이제 와서 왜 헷갈리게 하는 거야?"

"미안해. 하지만 잠시만 내 말을 들어줘. 어쩌면 그 애는 자기가
누구인지 모르는 것 같다는, 자꾸 그런 생각이 든단 말이야."

"그렇다고 달라지는 게 뭔데? 어느 쪽이든 우리는 막는 수밖에
없어. 그렇지 않으면 초는 전멸하고, 일본 전체가 야코마루의 지배
를 받게 돼. 처음에는 작은 씨앗일지 모르지만 이윽고 악귀 수가
늘어나면서 전 세계가 요괴쥐의 지배를 받을지도 모른다고!"

"그건 나도 알고 있어. 무슨 짓을 해서라도 막아야 한다는 것도.
하지만 그 애는 마리아의 아이잖아. 한 번만 기회를 줘. 딱 한 번이
라도 좋으니까."

"기회? 그게 무슨 뜻이지?"

"만약 그 아이를 깨닫게 할 수만 있다면……."

나는 내 계획을 그에게 설명했다. 사토루 이외에는 누구도 할 수
없는 방법을.

"지금 제정신이야? 그렇게 해봤자 무슨 도움이 된다는 거야?"

"내가 이렇게 부탁할게. 한 번 시도해볼 가치는 있잖아. 병풍바위
뒤에서 사이코버스터를 사용하기 직전이라면 여유가 있을 거야."

그는 팔짱을 낀 채 생각에 잠겼다. 그리고 겨우 입에서 나온 대
답은 다음과 같았다.

"……약속은 할 수 없어. 만약 그때 시간적 여유가 있다면 시도

해볼지도 모르지. 하지만 그것 때문에 사이코버스터를 사용한다는 본래 계획에 차질이 생기게 할 수는 없어. 무리라고 생각하면 그 순간 십자가를 던질 거야."

"그야 당연하지. 네 말이 맞아. 어쨌든 내 얘기를 들어줘서 고마워. 내 마음에만 담아두는 게 좋았을지 모르지만, 말하지 않고는 견딜 수 없었어." 나는 진심으로 그렇게 이야기했다.

"이해해. ……네 마음은."

그는 그 말을 끝으로 입을 다물었다. 더 이상 그 화제에 깊숙이 들어가고 싶지 않은 것이다. 그때 멀리서 거친 소리가 들렸다. 금속과 바위를 치는 듯한, 신경을 날카롭게 후벼 파는 소리.

"저 소리는……!"

내 말에 사토루가 입술 앞에 검지를 세웠다.

또 들린다. 소리는 복잡한 경로를 더듬어 우리 귀에까지 닿았다. 구불구불한 동굴에 메아리치고, 일부는 단단한 바위에 직접 전해지면서.

"녀석들이야. 지하와 지상이 서로 연락을 취하는 거야."

마침내 사냥이 시작된 것이리라. 적이 쫓아오는 사냥감은 틀림없이 기로마루이다. 다음 순간, 우리 귀가 다른 소리를 포착했다. 늑대의 포효처럼 길게 여운을 끄는 독특한 소리였다.

사토루가 소리쳤다. "기로마루다!"

이미 가까운 곳까지 와 있다. 약속한 대로 악귀를 유인해서 데려오고 있다는 신호다.

"온다. 터널로 들어가자. ……아마 2~3분이면 도착할 거야."

우리는 정해진 위치에 섰다. 나무뿌리를 꼬아 만든 작은 횃불에 불을 켰다. 최초의 순간이 가장 큰 관문이다. 악귀에게 우리의 모습을 확실하게 보여주어야 하니까.

쿵쾅거리는 심장 소리로 인해 손가락 끝까지 떨렸다. 식은땀이 나기 시작했다. 지금이라도 바로 옆의 구멍에서 악귀가 튀어나올 것만 같다. 실패는 용납되지 않는다. 우리 두 사람의 목숨에 그치지 않고, 수많은 사람의 운명까지 좌우하는 것이다. 치열한 긴장으로 인해 현기증과 구토증이 치밀어올랐다. 관자놀이가 쿡쿡 쑤셔왔다.

그때였다. 의식이 기이하리만큼 맑아지면서, 돌연 사고의 폭이 몇 배로 넓어진 듯한 생각이 들었다. 내가 다른 사람이 된 듯한 신비한 체험이었지만 결코 불쾌하지는 않았다. 오히려 눈앞이 아찔할 정도의 환희를 동반하는, 가장 비슷한 감각을 들자면 성적인 쾌감이다. 그렇다. 틀림없다. 지금 순이 내 귓가에서 속삭이며 나와 사고를 공유하고 있는 것이다.

나는 그때까지 느꼈던 막연한 불안과 의혹을, 다른 사람의 눈을 빌린 것처럼 객관적으로 바라볼 수 있었다. 기로마루에 대한 의혹을 완전히 씻어낸 건 아니다. 하지만 내가 느꼈던 불안의 뿌리는 다른 곳에 있었다.

"적은 어디까지나 우리를 사냥한다고 생각하겠지만, 사냥에 빠진 녀석일수록 자신이 사냥감이란 사실을 눈치채지 못하는 법이지요."

기로마루의 말이 귓가에서 되살아났다. 이것은 적에게 한 말이 지만 우리에게도 그대로 해당되는 말이었다. 예전에 똑같은 말을 들은 적이 있다. 그렇다, 와키엔에서 바둑을 배웠을 때다.

빼앗으려고 기를 쓰다 보면 자기도 모르게 빼앗기게 된다……. 상대의 말을 정신없이 빼앗으려고 할 때일수록 자기 말이 위험하 다는 격언이다. 그 말이 왜 이렇게 마음에 걸리는 것일까?

야코마루……. 아직 스퀴라라고 불리던 시절, 그는 바둑 책에서 전략을 배웠다고 말했다. 그토록 교활한 요괴쥐가 우리 의도를 알 아차리지 못할 리 있을까? 기로마루의 교묘한 전술에 의해 커다란 타격을 입은 직후에, 또 감쪽같이 유혹에 넘어가서 비장의 카드인 악귀를 위험에 처하게 할까?

아니, 그것만이 아니다. 야코마루는 정말로 예기치 않은 기습에 의해 병사를 일곱 마리나 잃었을까? 애당초 자신의 부하들까지 태 연하게 버리는 것이 냉철하기 짝이 없는 그의 전략적 특징이 아닌 가? 만약 우리가 야코마루의 손바닥 위에서 춤추고 있다면…….

다시 식은땀이 주르륵 흘렀다. 하지만 이제 와서 되돌릴 수는 없다.

앞쪽 구멍에서 기로마루가 뛰쳐나왔다. 그리고 우리와 시선을 맞추자마자 즉시 다른 구멍으로 뛰어들어 모습을 감추었다.

사토루의 입에서 나지막한 목소리가 흘러나왔다.

"온다……!"

마침내 공포가 그 모습을 드러내는 것이다.

4

기로마루가 뛰쳐나온 구멍에서 뒤를 이어 검은 그림자 몇 개가 기어나왔다. 요괴쥐 병사들이다. 거의 알몸에 가죽주머니 같은 것을 등에 메고, 좁은 공간에서 사용하기 편한 바람총을 들고 있다.

우리 냄새를 맡은 것이리라. 그들은 재빨리 넓게 흩어져서 바람총을 입에 대고 임전 태세를 취했다. 어두운 곳에 익숙해서인지, 원래 시각에 별로 의존하지 않아서인지, 횃불을 들고 있는 것은 네 마리 중 한 마리뿐이다.

이어서 다른 그림자가 나타났다. 어두워서 판단할 수 없지만 아마 야코마루나 악귀이리라. 그림자는 두려워하는 모습도 없이 앞으로 걸어나왔다. 체구는 요괴쥐 병사들과 비슷했지만 터널 안 푹푹 찌는 더위에도 망토로 얼굴을 가린 채, 어둠에 시선을 고정하고 주위를 살펴보았다.

요괴쥐 병사들이 냄새를 더듬어 기로마루가 도망친 구멍을 발견했다. 모두의 시선이 그쪽으로 향했다. 망토를 입은 녀석이 몸을 약간 구부린 순간, 횃불에 반사되면서 망토 앞으로 삐져나온 머리카락이 보였다. 불빛을 받은 머리카락은 피처럼 새빨갛다……

악귀다.

나와 사토루는 가장 잘 보이는 곳에 있던 병사 두 마리의 목을 주력으로 비틀었다. 목뼈가 부러지는 소리와 함께 두 마리는 비명 지를 틈도 없이 쓰러졌다. 나머지 두 마리는 한순간 무슨 일이 일어났는지 모르는 모습이었지만, 이윽고 공황 상태에 휩싸인 채 가까운 구멍으로 뛰어들려고 했다.

유일하게 망토를 뒤집어쓴 녀석만이 오만하게 서 있을 뿐이었다. 그는 천천히 우리 쪽으로 고개를 돌렸다. 우리는 재빨리 바위 뒤로 몸을 집어넣은 뒤, 터널 안쪽을 향해 뛰기 시작했다.

악귀가 우리 모습을 보았는지 보지 못했는지는 모른다. 하지만 주력에 의해 병사 두 마리가 죽은 것은 자기 눈으로 똑똑히 확인했으리라. 그다음은 우리 예상대로 악귀가 쫓아오느냐 마느냐다. 우리는 터널을 20미터 정도 뛰어간 다음 구부러진 모퉁이에서 걸음을 멈추었다. 나는 나무뿌리 횃불에 불을 붙이고 마른침을 삼키며 등 뒤를 지켜보았다.

터널 입구에 횃불을 들고 있는 그림자가 나타났다. 망토를 뒤집어쓴 체구 작은 사신의 검은 실루엣이다. 그것이 죽음을 건 경주의 시작을 알리는 신호였다. 우리는 다시 튕기듯 일어나서 뛰기 시작했다.

뒤쪽을 돌아볼 여유는 없다. 다만 이를 악물고 죽을힘을 다해 뛰는 것이다. 쫓는 자는 자신이 원하는 속도대로 뛸 수 있지만 쫓기는 쪽은 선택의 여지가 없는 법이다. 힘의 배분도 생각할 수 없다. 이쪽이 속도를 줄였을 때 상대가 단숨에 뛰어와서, 한순간이라도 우리 모습을 발견하면 모든 게 끝나는 것이다. 미리 약속한 대로 내가 앞에서 뛰고, 내 바로 뒤에서 사토루가 뛰어왔다. 공포로 발이 꺾일 듯했지만 나 자신을 질타하며 땅을 박차고 구부러진 동굴을 뛰고 또 뛰었다.

아무 생각도 하지 마라. 쓸데없는 것을 생각하면 발에 힘이 빠진다. 튀어나온 바위 하나, 갈라진 균열 하나에 발이 걸리면 나와 사토루는 둘 다 짧은 인생에 종지부를 찍게 된다. 등 뒤에서 성큼성큼 다가오는 악귀에 대한 공포로 심장이 찢어질 듯했다.

악귀와의 사이에는 구부러진 모퉁이 하나 이상의 거리를 두어서는 안 된다. 그러면 이쪽의 모습이 시야에 들어가지 않을 것이다. 악귀도 함부로 주력을 사용할 수는 없다. 자칫하면 동굴 전체가 무너져서 자신도 생매장될 것이고, 아니면 우리와 악귀 사이에 장벽을 만들 수도 있기 때문이다.

하지만 맞바람을 타고 우리 냄새가 등 뒤로 가고 있다고 생각하니, 땅에 닿는 발뒤꿈치의 감각이 사라지면서 허공에 둥둥 떠 있는 것처럼 느껴졌다. 내가 지금 제대로 뛰고 있는지, 당장이라도 넘어질 것 같은지조차 알 수 없는 것이다.

그때 사토루가 뒤에서 내 이름을 불렀다. "사키! 사키! 조금만 스피드를 떨어뜨려. 천천히 쫓아오는 것 같아."

그렇다. 쫓아오는 쪽은 결코 조바심 낼 필요가 없다. 무리하지 않는 속도로 쫓아오면서 우리가 제풀에 지쳐 쓰러지길 기다리면 되는 것이다.

우리는 종종걸음 정도까지 속도를 낮추었다. 악귀가 들고 있는 햇불의 불빛은 구부러진 동굴에 막혀 우리에게까지 닿지 않았다. 하지만 희미한 발소리는 귓불에 메아리쳤다. 규칙적인 걸음걸이는 뛴다고 하기보다 오히려 잰걸음에 가까웠다. 우리도 속도를 더 늦추기로 했다. 종종걸음과 빠른 걸음을 번갈아 하며 숨이 차는 걸 막으려고 했지만, 처음에 전력 질주한 탓에 이미 숨쉬기도 힘들었다.

등 뒤에서 다시 금속과 바위 때리는 소리가 들렸다. 그것도 하나 둘이 아니다. 지하에서 지상으로 신호를 보내는 것이다. 하지만 당시에는 우리 둘 다 그 소리를 거의 염두에 두지 않았다.

"느낌이 좋아. 계속 이대로 가면 돼. 놈은 여유를 보여주려는 생각일 거야. 하지만 이 정도 간격이 딱 좋아. 난 처음에 녀석이 전력 질주할까 봐 긴장했는데."

사토루의 호흡도 상당히 흐트러져 있었지만, 목소리에는 자신감이 배어 있었다.

"……이대로 가도 괜찮을까?"

"그래. 병풍바위까지 최대한 호흡을 가다듬고 가자. 넌 조금 앞에서 가. 나는 최대한 뒤로 물러서서 녀석의 모습을 살펴볼 테니까. 녀석이 갑자기 속도를 올리면 '온다!'라고 소리칠게."

"그래."

다시 막연한 불안이 엄습했다. 하지만 지금은 순순히 그의 지시를 따르기로 하자. 내가 예민한 탓이리라. 모든 것은 계획대로 진행되고 있지 않은가? 조금이긴 하지만 마음에 여유가 생긴 탓인지 여러 생각들이 뇌리를 뛰어다녔다.

기로마루가 적과 내통하지는 않았을까? 모든 것이 야코마루의 책략이 아닐까?

그런 걱정은 마음속에서 쫓아내려고 했다. 이미 주사위는 던져졌다. 우리 계획이 맞는지 틀린지는 이제 몇 분 후면 알 수 있으리라. 지금 불안에 휩싸여봤자 얻는 건 아무것도 없다. 그때 무의식 밑바닥에서 떠오른 것은 기이하게도 예전에 와키엔에서 배운 일본의 창세 신화였다.

출산할 때의 화상으로 인해 아내인 이자나미를 잃은 이자나기. 하지만 이자나기는 도저히 아내를 잊지 못해, 사자들이 사는 황천으로 간다. 그리고 "절대 내 모습을 보면 안 돼요"라는 아내의 말에도 그녀의 모습을 보고야 만다. 그것은 부패해서 구더기가 꿈틀거리는 무서운 모습이었다.

이자나기는 공포에 휩싸인 채 대지의 밑바닥에서 동굴을 통해 도망친다. 자신의 추한 모습을 보인 아내는 격노해서, 요모쓰시코메라는 괴물로 하여금 이자나기의 뒤를 쫓게 한다.

물론 목숨을 걸고 도망치는 도중에 느긋하게 신화를 떠올린 건 아니다. 그것은 극채색의 기묘한 이미지가 되어, 어두운 동굴 안에서 환시에 가깝게 나타났다. 아마 내 의식을 차지하고 있던 주술적이라고도 할 수 있는 원시적인 공포가, 기억 저편에서 비슷한 이야기를 불러일으킨 게 아닐까?

이자나기는 괴물에 쫓길 때마다 머리 장식과 빗살, 복숭아 열매를 던져서 간신히 화를 피한다. 하지만 우리는 상당히 많이 악귀를 떼어놓고 있다. 이 정도라면…….

그때 누군가의 목소리가 귀로 파고들었다.

이상해.

나는 마음속으로 물었다.

슌…… 슌이야?

희미한 목소리는 집요하게 이어졌다.

이상해. 이상하지 않아?

이상하다고? 뭐가 이상하다는 거야?

저 소리, 안 들려?

그때 다시 등 뒤에서 적이 지상으로 신호를 보내는 소리가 들렸다. 한 군데가 아니라 여러 군데에서 동시에 신호를 보내는 것 같다. 그런데 그게 왜 이상하다는 것인가?

바야흐로 순의 목소리가 똑똑하게 들렸다.

위험해. 이건 함정이야. 사키, 멈춰.

나는 무의식중에 소리를 내어 외쳤다. "멈추라고? 왜? 그럴 순 없어!"

모르겠어? 악귀는 아까부터 쫓아오지 않아.

나는 빨리 달리던 속도를 늦추어 종종걸음으로 만들고, 이윽고 그 자리에 멈추어 섰다. 내 뒤에서 뛰어오던 사토루가 소리쳤다.

"사키, 뭐하는 거야? 빨리 뛰어!"

"사토루, 이건 함정이야!"

"무슨 말 하는 거야? 넌 환각을 보고 있어. 아까부터 계속 혼자 중얼거렸잖아."

사토루는 그렇게 말하며 내 등을 밀었다.

"잠깐만, 악귀는 쫓아오지 않아. 이유가 뭐라고 생각해?"

그는 이제야 알아차린 양 등 뒤를 돌아보았다.

"아마 걸어오는 거겠지. 이렇게 있으면 즉시 잡힐 거야!"

"악귀의 발소리가 들려? 아까부터 들리는 건 빗소리와 적의 통신하는 소리뿐이야."

그는 흠칫 놀라며 멍하니 입을 벌렸다. "정말이군. ……하지만 지금은 앞으로 가는 수밖에 없어. 여긴 외길이니까."

"잠시만. 혹시……."

나는 재빨리 그를 제지했다. 그리고 그것이 우리 두 사람의 목숨을 구하는 계기로 이어졌다. 우리가 가고 있는 동굴 앞쪽이 굉음과 함께 무너진 것이다. 대량의 바위 파편과 물들이 동굴 바닥으로 쏟아지며 우리 쪽으로 밀려왔다.

"뛰어!"

우리는 발길을 돌려 조금 전에 왔던 곳으로 뛰었다. 하지만 그쪽에는 악귀가 있지 않은가? 절체절명의 위기라고 생각했는지, 사토루가 목에 걸고 있던 십자가를 꽉 쥐었다. 어차피 악귀에게 살해될 바에야 길동무를 삼으려는 것이리라. 하지만 터널을 40~50미터 돌아가도 악귀의 모습은 보이지 않았다.

사토루가 발길을 멈추고는 떨리는 목소리로 중얼거렸다. "어디 갔지?"

나는 뒤를 돌아 우리가 온 방향을 뚫어지게 보았다. 일단 붕괴는 멈춘 듯했다. 모락모락 피어오르던 모래 먼지는 비와 습기로 인해 서서히 가라앉았다. 조금 전까지 완벽한 어둠에 가까웠던 동굴이 어렴풋이 밝아졌다. 붕괴에 의해 지상까지 바람구멍이 뚫린 것이다.

"돌아가자."

"돌아가자니, 어디로?"

혼란에 빠진 그의 목소리에서는 자신감을 찾아볼 수 없었다.

"처음 뛰어온 곳……. 바람 아래쪽."

"거기엔 악귀가 있잖아."

"아마 없을 거야."

무서운 공포가 여전히 나의 심장을 꽉 움켜쥐었지만 머리 일부는 안개가 걷힌 양 명석해졌다.

"아직도 모르겠어? 그건 함정이었어. 야코마루는 우리가 도망칠 방향을 예측하고 터널을 무너뜨린 거야."

"그러면 기로마루도 한패야?"

"그것까진 잘 모르겠지만……. 어쨌든 저쪽으로 가는 건 자살행위야. 적이 우리를 기다리며 잠복하고 있으니까."

그는 완전히 겁먹은 표정을 지었다. "하지만 이쪽에는 악귀가 있어. 그래, 역시 앞으로 나아가는 게 좋겠어. 지금의 붕괴로 인해 지상까지 종혈이 뚫렸다면 거기로 도망칠 수 있을 거야."

"안 돼! 곰곰이 생각해봐. 녀석들이 단단한 바위를 어떻게 무너뜨렸을 것 같아?"

그 순간, 그의 얼굴이 새하얗게 질렸다.

"화약은 아니야. 화약 연기나 유황 냄새는 나지 않았고, 폭발하는 소리도 들리지 않았어. 다만 바위 무너지는 소리가 났을 뿐이야. ……그런데 설마 그럴 리가."

그때 내 눈에 터널의 땅에 떨어져 있는 물체가 들어왔다. 내 시선을 알아차리고 그도 그쪽을 쳐다보았다. 그곳에 떨어져 있는 건 잘려진 새빨간 머리카락이었다.

사토루가 얼굴을 일그러뜨리며 분한 표정을 지었다. "빌어먹을! ……감쪽같이 속았어."

역시 우리는 처음부터 끝까지 야코마루의 손바닥 위에서 춤을 춘 것이다. 생각해보니 악귀가 망토를 뒤집어쓰고 있는 것 자체가 부자연스러운 일이었다. 동굴 안이 푹푹 찌는 것도 그러하지만, 그런 모습이라면 우리가 요괴쥐 병사로 오인해서 살해할 가능성도 있지 않은가. 물론 악귀를 죽인 쪽도 괴사하게 되지만, 적의 쪽에서 보면 비장의 카드인 악귀와 인간 하나를 바꾸어서는 수지타산이 맞지 않는다.

그것은 악귀가 아니었다. 악귀에게 잘라낸 새빨간 머리카락을 이용해 요괴쥐 병사를 악귀로 변장시킨 것이다. 그리고 우리가 도망치는 방향을 지상으로 전한 것이리라. 지상에서라면 자신이 생매장될 우려도 없이 동굴을 무너뜨릴 수 있는 것이다. 그렇다면 우리를 기다리고 있던 것은…….

"도망쳐!"

내가 그렇게 소리쳐도 사토루는 눈을 크게 뜨고 망연히 내 등 뒤를 응시할 뿐이었다.

희미한 흙먼지 사이로, 빛나는 횃불을 들고 있는 가냘픈 어린아이의 실루엣이 떠올랐다……. 우리는 무서운 짐승을 피해 도망치는 토끼처럼 정신없이 뛰었다. 등 뒤에서 경쾌하게 질주하는 발소리가 들렸다. 느긋하게 추적하는 게 아니라 단숨에 승부를 내려 쫓아오는 것이다. 우리와 악귀 사이를 가로막고 있는 건 구부러진 모퉁이 하나뿐이었다. 긴 직선으로 들어가면 악귀는 우리 모습을 포착하고 잔인하게 목을 날려버릴 것이다. 다음 순간, 머릿속에 한 가지 아이디어가 떠올랐다. 나는 오른손을 내밀어 눈앞에 있는 사토루의 배낭을 잡았다.

"사키, 뭐하는 거야?"

나는 배낭 안에 손을 넣고 가짜유사미노시로를 잡자마자 등 뒤로 집어던졌다. 마법의 도구를 사용해서 눈앞의 위기를 모면한 이자나기처럼. 땅으로 내던져진 가짜유사미노시로는 위험을 감지하고, 수많은 다리를 버둥거리며 갯강구처럼 벽을 기어올랐다.

우리가 다음 모퉁이를 돌아간 직후, 등 뒤에서 강렬한 빛이 솟구쳤다. 가짜유사미노시로가 자기방어를 위해 현란한 빛을 뿌리며 악귀의 눈을 현혹시킨 것이다.

일곱 색깔의 빛은 몇 초 동안 격렬하게 깜빡거린 후, 마치 촛불을 끈 것처럼 완전히 모습을 감추었다. 가짜유사미노시로의 운명은 알 수 없지만 적어도 몇 초는 악귀의 발을 붙잡아줄 것이다. 빛이 사라졌을 때 우리는 마침 기다란 직선의 끝에 접어들었다. 따라서 그 몇 초가 없었다면 우리 운명은 거기서 대단원의 막을 내렸으리라.

거리가 충분히 떨어졌다고 생각한 것도 잠시, 등 뒤에서 다시 재빠른 발소리가 들려왔다. 어린아이의 발걸음은 생각보다 훨씬 빨랐다. 작고 가벼운 덕분에 좁은 동굴 안에서 쉽게 방향을 바꿀 수 있는 것이다.

죽을힘을 다해 도망치는 우리에게도 약간이나마 유리한 점이 있었다. 터널 안을 몇 번이나 왔다 갔다 한 덕분에 구부러진 곳이 어디인지, 장애물이 어디 있는지 완전히 머릿속에 들어 있는 것이다. 그 덕분에 한동안은 간격을 줄이지 않고 도망칠 수 있었다. 하지만 그것도 오래 지속되지는 않았다.

공기를 충분히 받아들이지 못한 폐가 비명을 지르고, 목구멍은 불에 덴 듯 뜨거웠다. 별로 달리지도 않았는데 지구력이 한계에 가까워졌다. 공포가 우리의 체력을 뿌리째 빼앗은 것이다. 더구나 최악인 것은 우리가 당초 계획과 달리 바람 아래쪽을 향해 도망치고 있다는 것이다. 이런 상태에서는 죽음을 각오하고 사이코버스터를 사용한다고 해도 바람 위쪽에 있는 악귀는 포자를 흡수하지 않을 가능성이 높다. 그때 사토루가 걸음을 멈추더니, 계속 달리는 나를 내버려두고 혼자 뒤쪽으로 다가갔다.

"뭐하는 거야?"

"네 계획 말이야, 한 번 해볼게."

사토루는 등 뒤 공간에 의식을 집중했다. 그러자 어두컴컴한 동굴에 비단 같은 스크린이 걸리더니, 빛이 거의 차단되면서 우리 쪽은 캄캄해졌다.

그로부터 불과 2초 후에 악귀가 모습을 드러냈다. 악귀가 들고 있는 횃불의 빛이 스크린을 투과해서 건너편의 모습이 어렴풋이 보였다. 하지만 대부분의 빛이 반사하고 있는 탓에, 악귀의 눈에는 완벽한 거울로밖에 보이지 않을 것이다.

악귀가 걸음을 멈추었다. 횃불을 높이 치켜들고 의혹에 가득찬 모습으로 이쪽을 쳐다보고 있다. 몸에 걸치고 있는 것은 허리에 감은 도롱이와 신발뿐이다. 이렇게 보니 단지 어린 소년에 불과했다.

만약 그 아이가 깨달을 수 있다면…….

나는 내 계획을 사토루에게 설명했다. 요괴쥐의 손에 자란 그 아이는 자신을 요괴쥐라고 여기고 있을 것이다. 그런데 만약 거울을 보면 어떻게 될까? 요괴쥐 콜로니에서는 한 번도 거울을 본 적이 없다. 그들에게는 거울을 보는 습관이 없는 것이다. 그 아이도 물에 비친 어렴풋한 모습은 봤을지 모르지만 자신의 모습을 뚫어지게 본 적은 없으리라.

요괴쥐임을 믿어 의심치 않았던 아이가, 자신의 적인 인간과 똑같이 생겼다는 사실을 깨닫는다면 자기 정체성이 흔들리지 않을까? 어쩌면 조금이라도 인간에 대한 공격제어를 불러일으킬지도 모른다.

지금 제정신이야? 그렇게 해봤자 아무런 소용이 없을 거야.

그는 그때 그렇게 말했다. 하지만 지금 목숨 걸고 거울을 만들어 내 계획을 실천에 옮기고 있다.

"사키, 여기는 나에게 맡기고 도망쳐."

"싫어."

나는 꼼짝도 하지 않을 작정이었다. 더 이상은 뛰고 싶지 않다. 더구나 혼자 도망치고 싶은 생각은 손톱만큼도 없다. 어차피 이 계획이 실패하면 계속 도망치는 건 불가능하리라.

악귀…… 마리아의 아들이 서서히 거울을 향해 다가왔다. 이쪽에 보이는 것은 희미한 실루엣뿐이라서 표정까지는 알 수 없지만 동작에서는 당혹한 모습이 역력했다.

사토루가 나지막한 목소리로 중얼거렸다. "……그래, 똑똑히 봐. 넌 사람이야. 우리와 똑같은 사람이라고!"

그러자 그 말에 대꾸하듯 악귀가 입을 열었다.

"Grrrrr…… ПΥガШ▼Ё◎⊿? ……ПΥガШ▼Ё◎⊿? ……ПΥガШ▼Ё◎⊿?"

악귀는 요괴쥐 언어로 똑같은 말을 반복했다. 그리고 고개를 갸웃거리며 거울에 비친 자신의 모습을 뚫어지게 쳐다보나 싶더니, 갑자기 날카로운 어린아이의 목소리로 절규했다.

"ﻭ★＊∀§▲ЖАД ヺヱ!"

다음 순간, 악귀 옆에 있는 벽에 무수한 균열이 생겼다.

"위험해! 도망쳐!" 나는 그렇게 소리치며 머리를 낮추었다.

사토루도 나를 따라했지만 타이밍이 조금 늦었다.

벽에서 떨어진 수십 개의 돌멩이가 윙윙 소리를 내면서 날아온 것이다. 돌멩이는 거울을 통과해서 내 머리 위로 날아갔는데, 그중 하나가 사토루의 정수리를 스쳤다. 그는 그 자리에서 쓰러질 뻔했지만 이를 악물고 간신히 버텼다. 나는 고개를 들고 숨을 들이마셨다. 거울은 이미 안개처럼 감쪽같이 사라졌다.

나와 사토루의 거리는 15미터. 그리고 사토루와 불과 10미터 떨어진 거리에 악귀가 서 있다. 사토루는 그 자리에 우두커니 선 채 꼼짝도 하지 않았다. 정수리에서는 붉은 선혈이 뚝뚝 떨어졌다. 우리는 뱀의 날카로운 시선을 받고 있는 개구리나 마찬가지였다.

악귀는 경계하지도 않고 느긋한 발걸음으로 다가왔다. 이쪽이 반격할 수 없다는 사실을 알고 있는 것이다. 한 묶음 잘려나간 새빨간 머리카락 밑에는 이목구비가 뚜렷한, 천사처럼 아름다운 얼굴이 있었다. 하지만 두 눈동자에 깃들어 있는 것은 생쥐를 죽이기 위해 입맛을 다시는 고양이처럼 잔인한 빛이었다.

사토루가 조용히 말했다. "사키, 도망쳐."

어떻게 하려는 걸까 싶어 고개를 갸웃거렸을 때, 동굴 안 바람이 약해졌다.

"사토루……?"

좁은 터널 안이라곤 하지만 그는 주력을 이용해 바람의 방향을 바꿀 정도의 기술은 가지고 있지 않았다. 그런데 죽을힘을 다해 기술을 짜낸 끝에, 조금 전까지 불던 바람을 제지하고 한순간 무풍지대를 만든 것이다.

"이제 끝내겠어."

"안 돼…… 그만둬!"

그의 계획을 깨닫고 나는 소리가 되지 않는 비명을 질렀다. 사토루와 천천히 다가오는 악귀의 거리는 이제 5미터도 채 되지 않았다.

"선물이다. 받아라!"

그는 재빨리 십자가를 휘두르더니 악귀의 발밑을 향해 힘껏 내던졌다.

그 순간, 나의 시간 감각이 수십 배로 늘어났다.

모든 영상이 느린 속도로 재생되는 화면처럼 완만한 움직임으로 바뀌었다. 나의 눈에는 사토루가 내던진 십자가의 움직임이 마치 100장의 정지된 그림을 연속으로 보여주는 것처럼 뚜렷이 비쳤다. 참나리의 꽃술이나 악마의 뿔처럼 생긴 기이한 모양의 십자가는 바위에 부딪히며 툭 부러졌다. 그리고 회색이 감도는 새하얀 분말이 연기처럼 퍼져나갔다…….

나는 그때 생각했다.

아아, 이제 모든 것이 끝났다. 우리는 겨우 사명을 완수했다. 우리가 어떻게 되든 이제 악귀는 없어지리라. 그리고 가미스 66초에는 다시 평화와 질서가 찾아오리라…….

아니, 그렇지 않다. 이런 일은 있을 수 없다. 그리고 있어서도 안 된다. 이렇게 거리가 가깝다면 악귀뿐 아니라 사토루까지 사이코 버스터에 감염되지 않는가? 이치를 뛰어넘은 온갖 생각들이 뇌리를 뛰어다녔다.

나는 지금까지 사랑하는 사람들을 잇따라 잃었다. 언니. 슌. 그리고 마리아와 마모루까지…….

내가 산다고 해도 여기서 사토루를 잃으면 나는 정말로 외톨이가 되어버린다. 우리 1반은 나 하나밖에 남지 않는 것이다. 신이 바라는 결말이 정말로 그것이란 말인가.

싫어!

나는 마음속으로 절규했다.

그 순간, 물속에 떨어뜨린 새하얀 그림물감처럼 천천히 퍼져나가던 강독성 탄저균의 포자는 눈부신 빛을 뿌리며 불길에 휩싸였다. 1,000년의 세월을 살아온 저주받은 무기인 사이코버스터는 청

징한 업화 속에서 완전히 타오른 것이다…….

언뜻 정신이 들었을 때, 사태는 새로운 전개를 맞이하고 있었다. 사토루는 망연한 표정으로 그 자리에 엉덩방아를 찧었다. 그리고 악귀는…… 큰 소리로 울부짖으며 비틀비틀 도망쳤다. 사이코버스터의 미립자에 불이 붙었을 때 어딘가에 화상을 입은 것이리라.

"사토루, 도망치자!"

내가 팔을 잡고 일으켜 세워도 그는 얼빠진 사람처럼 중얼거렸다.

"사키, 이게 도대체……?"

"그건 나중에 따지고 어서!"

우리가 발길을 돌렸을 때, 등 뒤에서 무서운 포효가 울려퍼졌다. 뒤를 돌아보자 악귀가 분노의 표정을 고스란히 드러내며 우리를 노려보고 있었다. 머리카락이 불에 타고, 양손이 새빨갛게 짓물러 있는 것이 보였다.

이번에야말로 끝장이다. 온몸이 마비되는 공포 속에서 나는 악귀를 쳐다보았다. 그리고 지금 당장 내 목숨이 사라지리라 의심치 않았다. 나의 어리석은 충동적 행위가 지금까지의 노력을, 많은 사람들의 희생을 전부 무로 돌려버렸다. 이제 악귀를 쓰러뜨리지 못한 채, 지옥의 바닥에서 흙으로 돌아가는 것이다…….

나는 순순히 죽음을 받아들이려고 했다. 그래서 한순간 그 직후에 일어난 일을 이해할 수 없었다.

우리 등 뒤에서 소리를 내며 돌멩이 하나가 날아왔다. 돌멩이는 악귀에 명중하기 직전 주력에 의해 튕겨나갔지만 악귀는 왠지 겁먹은 표정으로 뒷걸음질 쳤다. 등 뒤의 어둠에서 기로마루가 몸을 낮춘 자세로 튀어나왔다.

"이쪽입니다!"

기로마루는 나와 사토루의 목덜미를 잡자마자 악귀의 반대 방향으로 뛰기 시작했다. 그야말로 마의 한순간이었다. 황급히 도주하는 우리는 악귀의 시야 속에 완전히 노출되어 있었다. 악귀는 우리를 불덩어리로 만들 수도 있었지만 이상하게 아무 일도 일어나지 않았다. 구부러진 모퉁이를 지났을 때, 나는 겨우 기적적으로 살았다는 사실을 깨달았다.

아직 상황은 절체절명에 가깝다. 사신은 바로 뒤에서 쫓아오고 있으니까. 더구나 지금까지 그의 손아귀에 잡혀 있었던 거나 마찬가지가 아닌가? 어쨌든 우리는 구사일생으로 살아났다. 하지만 그와 동시에 천재일우의 기회도 잃어버린 것이다.

우리는 필사적으로 지하 터널을 도망쳤다.

기로마루가 코를 킁킁거리며 말했다. "악귀는 아직 쫓아오지 않는 모양입니다."

지금은 악귀가 바람 위쪽에 있어서 가까이 다가오면 즉시 알 수 있으리라.

"화상을 심하게 입은 것 같았어. 치료부터 하려는 건지 모르지."

그렇게 말하는 사토루의 정수리에서도 아직 피가 흐르고 있었다. 우리는 달리기를 그만두고 걷기 시작했다.

"이제 어디로 가야 하지?"

내 질문에 기로마루는 복잡한 표정을 지었다.

"잘 모르겠습니다. 지금은 악귀와 멀리 떨어지는 게 먼저입니다."

"미안해, 나 때문에 사이코버스터가……."

"느긋하게 후회할 시간이 없습니다. 앞쪽을 조심하십시오. 야코마루가 복병을 두었을지도 모르니까요."

터널 입구에 도착할 때까지 적의 공격은 없었다. 그것도 당연하다는 낙관이 점차 고개를 치켜들었다. 적의 비장의 카드인 악귀는 지금 우리 등 뒤에 있다. 아무리 야코마루가 교묘한 책사라 할지라도 요괴쥐 병사만으로 주력을 가진 인간과 정면 대결을 펼치지는 않으리라…….

터널 입구로 나왔을 때, 기로마루가 발길을 멈추었다. 바람 위쪽에 있던 우리는 맞은편의 냄새를 알 수 없다. 하지만 기로마루는 요괴쥐 특유의 예민한 귀로 무슨 소리를 알아들은 듯했다. 아무래도 적이 잠복하고 있는 모양이었다.

기로마루는 말없이 손으로 우리를 제지했다. 지금 왔던 곳으로 천천히 돌아가려고 했을 때, 날카로운 총소리와 함께 벽에서 바위 파편이 날아왔다. 우리는 터널 안쪽으로 2~3미터 들어갔다. 이어서 두 번째 총격. 이번에는 안쪽까지 총탄이 닿았다.

반격하려고 해도 상대의 모습은 보이지 않고, 섣불리 보려고 하면 그 순간 총알받이가 되리라. 그렇다고 주력으로 동굴을 부수면 우리까지 생매장될 공산이 크다.

살았다고 생각한 것도 찰나, 우리는 완전히 막다른 골목에 봉착했다. 도망칠 곳은 어디에도 없는 것이다. 세 번째 총격을 통해 적이 무턱대고 쏘는 것이라는 사실을 알았지만, 벽을 맞고 튕겨나온 총탄에 당할 가능성도 있어서 우리는 황급히 터널 왼쪽으로 접어들었다. 그곳은 문자 그대로 막다른 곳이었다. 터널 안에 날카로운 피리 소리가 울려퍼졌다. 야코마루가 악귀에게 연락을 취하는 것이리라.

기로마루가 코를 킁킁거리며 친한 친구가 온 것 같은 말투로 말했다. "……악귀 냄새입니다. 이제 쫓아온 모양이군요. 불에 그슬린 냄새와 피 냄새가 섞여 있습니다. 땀 냄새에서는 공포가 느껴지는군요. 부상을 입은 탓인지 대단히 신중한 모습으로, 30~40미터 떨어진 곳에서 걸음을 멈췄습니다. 우리 모습을 살피는 것 같군요. 아무래도 우리가 여기 있다는 걸 아는 모양입니다."

왜 단숨에 우리를 없애지 않는 것일까? 머릿속에서 가느다란 의문이 피어올랐다. 사토루가 머리를 껴안고 주저앉아 깊은 한숨을 내쉬었다.

"다 틀렸어. 우리는 여기서 꼼짝도 할 수 없어. 최후의 카드였던 사이코버스터도 잃어버렸으니 이제 끝장이야……."

사이코버스터로 책임을 통감하고 있는 터라 마음이 쿡쿡 쑤셨지만, 의외로 기로마루가 반론을 제기했다.

"포기하기는 아직 이릅니다."

"왜지? 무슨 좋은 생각이라도 있어?"

나는 일말의 희망을 담아 그렇게 물어보았지만 대답은 내 기대와 어긋났다.

"사태가 여기에 이르러서는 손쓸 도리가 없겠죠. ……하지만 야코마루도 단숨에 결판을 내지는 못하는 것 같습니다."

기로마루의 말은 내가 조금 전에 느꼈던 의혹을 대변했지만 사토루는 완전히 비관에 사로잡혀 있었다.

"그쪽은 이제 조바심 낼 필요가 없겠지. 압도적인 우위에 서 있으니까 우리가 자멸하기만 기다리면 되는 거야."

하지만 기로마루는 사태를 냉정하게 분석했다. "꼭 그렇다고 할 수는 없습니다. 이쪽에는 아직 최후의 수단이 남아 있으니까요. 적과 함께 생매장될 것을 각오하고 주력으로 동굴을 파괴하면 되잖습니까?"

"야코마루는 그것이 무서워서 더 이상 우리를 궁지에 몰지 않는 거야?"

그렇다면 대규모 붕괴로 적까지 죽인다는 요행에 기대하는 수밖에 없으리라.

"그런 이유도 있겠죠. 지금은 그쪽이 압도적으로 유리하지만 결정적인 방법을 찾지 못했을 수도 있습니다. 두 분의 주력을 두려워하여 야코마루의 병사는 터널로 들어올 수 없습니다. 한편, 악귀도 혼자 돌진하는 것을 망설이는 듯합니다."

"그건 왜지?"

"첫째, 제가 있기 때문입니다. 저에게는 주력이 없지만 아무런 망설임도 없이 악귀를 공격할 수 있습니다. ……그리고 어쩌면 다른 의혹이 생겼을지도 모르고요."

"다른 의혹이라니?"

"조금 전에 두 분을 만났을 때, 악귀는 심한 화상을 입었습니다.

주력에 의한 공격을 받지 않을 거라고 얕잡아보고 있었는데, 막상 화상을 입고 보니 정말 그럴까 하는 의혹을 가질 수도 있지 않을까요?"

사토루가 고개를 들며 말했다. "그러고 보니…… 사키는 사이코버스터에 불을 붙임으로써 악귀를 공격한 거잖아. 어떻게 그런 게 가능했지?"

나는 가슴에 손을 대고 생각을 정리해보았다.

"아마…… 사이코버스터에 불을 붙이는 게 결과적으론 악귀의 목숨까지 구한다고 믿었기 때문이었을 거야. 목숨을 구하려다 우연히 상대에게 부상을 입혔다면 그건 공격이 아니잖아."

사토루의 입에서 신음이 흘러나왔다.

"그걸 응용할 수 없을까? 겉으론 악귀의 목숨을 구하려는 형태로 주력을 발동해서……."

나는 고개를 가로저었다. "그건 힘들어. 공격 의도를 위장하는 방법은 지금까지 나타난 악귀에게도 여러 차례 시도했어. 하지만 성공한 적은 한 번도 없었지. ……본인이 기만을 인식하고 있는 이상, 공격제어나 괴사기구를 속일 수는 없어."

애당초 그런 단순한 속임수가 효과를 발휘한다면 이런 지옥의 밑바닥까지 사이코버스터를 찾으러 올 필요도 없었으리라.

그때 터널 밖에서 야코마루의 커다란 목소리가 울려퍼졌다. "잠시 대화를 하지 않겠습니까? 난 파리매 콜로니의 총사령관 야코마루입니다. 더 이상 쓸데없는 죽음은 그만두는 게 어떻겠습니까?"

사토루가 분노를 감추지 못하고 나지막하게 소리쳤다. "저 사악한 녀석, 지금 무슨 헛소리야? 갑자기 기습 공격을 감행해서 아무 죄 없는 사람들을 무자비하게 학살한 게 누군데?"

"부디 제 말에 대답해주십시오. 인간과 요괴쥐는 서로 종은 달라도 지성을 가진 존재입니다. 비록 이해관계는 다르지만 모든 문제는 대화로 해결할 수 있습니다. 그러기 위한 첫걸음은 서로 커뮤니케이션을 하는 겁니다."

기로마루가 작은 목소리로 주의를 주었다. "절대로 대답을 해서는 안 됩니다. 녀석은 이쪽의 대답으로 위치를 파악할 생각일지도 모르니까요."

야코마루는 우리가 대답하지 않는 것에도 상관하지 않고 말을 이었다. "……이런 상태에서는 언젠가 여러분을 모두 없앨 수밖에 없습니다. 그것은 제 본의가 아닙니다. 야코마루의 이름과 명예를 걸고 약속하죠. 지금 투항하면 여러분의 목숨은 보장하겠습니다. 그와 더불어 포로로서 인도적으로 대우할 것도 약속드리죠."

기로마루가 비아냥거렸다. "저 말은 뻐둥지만들기가 다른 새들에게, 너희가 내 둥지에 알을 낳아도 절대로 먹지 않겠다고 약속하는 거나 마찬가지입니다. 저 두 개의 혀도 설마 우리가 그 말을 믿고 어슬렁어슬렁 나오리라고 기대하는 것은 아니겠죠. 밑져야 본전이라는 식으로 말하는 것뿐입니다."

이쪽이 대꾸하지 않기로 결심했다는 걸 알았는지 야코마루의 목소리가 뚝 끊겼다. 그리고 마침내 적이 충분히 준비하고 공격해오기만을 기다리게 되었다. 답답한 침묵이 어깨를 무겁게 내리눌렀다.

"사토루, 미안해……. 내가 바보였어. 아깐 너까지 사이코버스터에 감염될 것 같았거든. 하지만……."

사토루는 공허한 모습으로 중얼거렸다. "네 마음 다 알아. 그대로 사이코버스터를 사용했다면 악귀는 감염되었을지 모르지. 하지만 감염을 운운하기 전에 난 악귀의 손에 의해 쓰러졌을 거야. ……그걸 생각하면 다소 목숨이 연장되었다고나 할까?"

나는 기로마루를 향해서 자조적으로 말했다. "……결국 네 말대로 되었군. 난 악귀를 저지할 수 있는 좋은 기회를 시궁창에 던져버렸어. 아마 난 그걸 후회하면서 죽어가겠지."

기로마루의 한쪽 눈이 번들번들 빛을 내뿜었다.

"저희 사회에는 이런 속담이 있습니다. 푸념은 무덤에 들어가고 나서 구더기에게나 들려주라고 말이죠. 여러분은 너무 빨리 포기하는군요. 저희 종족은 심장이 움직이지 않는 순간까지 계속해서 역전할 방법을 찾습니다. 비록 쓸데없는 노력으로 끝난다고 해도 잃어버릴 건 아무것도 없으니까요. 살아 있는 한 계속 싸우는 건 병사의 본분이기 전에 생물의 본분이 아닐까요?"

이 시기에 이르러서도 투지를 잃지 않는 기로마루에게는 절로 고개가 숙여졌다. 하지만 이때의 나에게는 단순한 허풍이나 현실 도피로밖에 들리지 않았다. 우리는 이미 모든 방책을 사용하고, 대지의 밑바닥에서 궁지에 몰려 있는 것이다. 이런 상황에서 어떤 방책을 생각할 수 있으랴. 사토루가 두 손으로 움켜잡고 있던 머리를 들었다.

"기로마루, 한 가지 물어볼 게 있어."

"뭐죠?"

"우리는 감쪽같이 야코마루의 함정에 걸렸어. 솔직히 말하면 그 때 네가 배신한 게 아닐까 생각했지."

그 말을 듣고도 기로마루는 동요하지 않았다. "정신적인 충격으로 인해 그렇게 생각하시는 것도 무리가 아닙니다. 저 자신도 뒤통수를 맞은 건 인정하니까요. 하지만 냉정히 생각해보면 그럴 가능성이 없다는 걸 아시지 않을까요? 첫째, 저에게는 두 분을 배신하고 두 개의 혀 쪽에 붙을 이유가 없습니다. 제가 사는 목적은 오직 저희 여왕을 구해내고 녀석을 고깃덩어리로 만들어 돼지 먹이로 주는 것뿐이니까요. 둘째, 만약 제가 적의 편이었다면 두 분은 이미 귀신들과 같은 세계에 있겠죠. 두 팀으로 나누어졌을 때라면 기회는 얼마든지 있었으니까요. 그 정도는 갓난아기의 손을 비트는 것과 마찬가지입니다."

나는 정면에서 기로마루의 눈을 뚫어지게 쳐다보았다. 몇 번을 보아도 등골이 오싹하는 느낌은 지울 수 없다.

"그럴지도 모르지. 넌 우리가 악귀한테 살해되기 직전에, 너까지 위험한 상황에서도 우리를 구하러 왔어. 더 이상 의심한다면 제정신이 아니겠지. ……하지만 나도 한 가지 묻고 싶은 게 있어."

"뭐든지 물어보십시오. 살아 있는 동안에는 대답할 수 있으니까요."

"넌 예전에 부하들을 이끌고 도쿄에 왔었다고 했지? 분명히 여기 지리에도 정통하더군. 그런데 무엇 때문에 왔지? 부하의 3분의 1을 잃어버리는 위험을 저지르면서까지 왜 이렇게 무서운 곳에 온 거야?"

기로마루는 커다란 입을 귀까지 벌리고 헤벌쭉 웃었다. "아무래도 저에 대한 의심의 뿌리는 거기에 있었던 거군요. 이 이야기는 별로 하고 싶지 않았지만 이제 와서 시치미 뗄 필요는 없겠죠."

그는 벌떡 일어나서 귀를 쫑긋 세우고 코를 움찔거린 뒤, 적의 움직임에 변화가 없는 걸 확인한 다음에 말을 이었다.

"저희가 도쿄의 지하를 탐색하기로 한 건 이번과 똑같은 이유에서였습니다. 고대문명의 유물인 대량 파괴 무기를 손에 넣기 위해서였지요."

"……뭐 때문에?"

내 질문이 끝나기도 전에 기로마루의 입에서 실소가 새어나왔다. "뭐 때문이냐고요? 무기를 차지하려는 목적은 어디까지나 수집하기 위해서가 아니라 사용하기 위해서입니다. 사이코버스터 정도로는 역부족이지만, 만약 핵무기나 대량의 방사능 물질을 손에 넣을 수 있다면 인류를 대신해 저희가 패권을 잡는 것도 불가능한 일은 아니니까요."

사토루가 믿을 수 없다는 표정으로 소리쳤다. "왜지? 장수말벌 콜로니는 인류와 좋은 관계를 쌓아왔잖아. 그런데 왜 너희까지 야코마루와 똑같은 야망을 품은 거지?"

"우선 야망의 차원이 아니라는 걸 이해해주시기 바랍니다. 이 세상의 모든 생물은 살아남고 번식하기 위해 존재하는 법이죠. 그건 저희 콜로니도 마찬가지로, 영원히 존속하고 번영하는 게 유일무이한 목적입니다. 따라서 안전보장을 위해 모든 위험을 상정하고 대책을 준비할 필요가 있습니다. 저희 장수말벌 콜로니 산하에는 여러 우호 콜로니가 있지요. 그런데 저희에게는 적대하는 콜로니뿐만 아니라 우호 콜로니까지 급습해서 몰살시킬 수 있는 전투 계획이 있고, 필요하면 언제든지 실행에 옮길 수 있습니다." 그는 담담한 표정으로 말을 이었다. "그걸 생각해보면, 인류라는 존재가 저희 콜로니에 얼마나 큰 위협이며 공포인지는 쉽게 상상할 수 있습니다. 좋은 관계란 과연 어떤 관계일까요? 저희는 인류에게 충성을 맹세하고 많은 조공과 노동을 제공함으로써 겨우 생존할 수 있는 처지에 있습니다. 하지만 바람의 방향이 바뀌지 않는다고 누가 장담할 수 있을까요? 때로는 너무도 부조리한 이유로 콜로니 하나가 통째로 말살되는 일도 드물지 않으니까요."

"그래서 선수를 쳐서 인류를 멸망시키려고 한 거야?"

"선제공격을 해서 충분히 이길 수 있었다면 그렇게 했을 겁니다. 이번에 야코마루가 한 것처럼 말이죠. 하지만 유감스럽게도 핵무기도, 다른 무기도 발견하지 못해서 그런 계획은 자연히 없어졌습니다."

"애당초 핵무기의 존재를 어떻게 알았지?"

"당연히 아시리라고 생각하는데요. 여러분이 유사미노시로나 가짜유사미노시로라고 부르는 도서관 단말기입니다. 저희는 오래전부터 가장 큰 힘은 지식이라는 사실을 깨달았지요. 그래서 도서관 단말기를 한 마리라도 많이 잡으려고 했습니다. 예전 단말기는 오직 인류용 방어 장치만 진화해왔는데, 최근에는 저희가 잡기 힘들도록 새로운 타입이 나타났더군요. ……저희 콜로니에서 보유하던 단말기는 유감스럽게 야코마루한테 빼앗기는 바람에, 녀석은 지금 적어도 네 대를 가지고 있을 겁니다."

우리는 주력이라는 압도적인 힘을 가지고 있는 탓에 완전히 방심하고 있었다. 어느 시대나 지배자의 권력 기반은 하얀 개미에 의해 침식되는 나무 기둥처럼, 방심과 태만에 의해 무너지는 것인지도 모른다.

"솔직하게 말해줘서 고마워. 그런데 그런 말을 듣고도 너를 믿을 수 있을 거라고 생각해?"

내 질문에 기로마루는 당연하다는 말투로 대답했다. "물론입니다. 저를 믿어야 하기 때문에 숨김없이 말씀드렸으니까요. 저희는 무턱대고 인류를 적대시하는 것도, 정복욕에 사로잡혀 있는 것도 아닙니다. 제 소원은 단 하나, 저희 콜로니의 존속과 번영뿐입니다. 하지만 지금 저희 콜로니는 존망의 위기에 처해 있습니다. 그리고 그 원흉은 저희 여왕을 유폐하고 있는 야코마루와 파리매 콜로니지요."

그의 눈에서 칼처럼 날카로운 빛이 뿜어나왔다.

"녀석은 거대한 권력욕의 포로이며, 콜로니를 위해 살아야 하는 저희 종족의 본능을 잃어버린 괴물입니다. 민주주의의 이름을 빌린 위험한 사상을 확대함으로써 모든 권력을 장악하고, 스스로 독재자가 될 생각이입니다."

분노 때문인지 그의 목소리에 짐승의 포효가 섞였지만, 적에게 들릴 것을 경계했는지 갑자기 톤을 낮추었다.

"인류가 지금까지 저희 종족을 노예처럼 이용했음에도 저희는 독자적인 문화와 미풍양속을 유지할 수 있었습니다. 그런데 만약 야코마루가 패권을 장악하면 저희 종족은 끝장입니다. 자신을 낳아준 어머니에게 로보토미 수술을 해서 노예화하는 사회만은 무슨 일이 있어도 막아야 합니다."

그 순간, 파리매 콜로니에서 본 '가축우리'의 비참한 광경이 떠올랐다. 그러자 기로마루에게 처음으로 종족을 초월한 공감이 느껴졌다.

"……따라서 전 어떤 수단을 써서라도 악귀를 쓰러뜨리고 야코마루의 야망을 분쇄해야 합니다. 그리고 그 점에서는 여러분과 제 이해관계가 일치하고 있다고 생각합니다. 이제 이해가 되시나요?"

나는 고개를 끄덕였다. "그래, 충분히 이해했어."

"나도 이해는 했지만……."

사토루는 뒷말을 잇지 않았지만, 무슨 말을 하고 싶었는지는 이심전심으로 알 수 있다. 이제 와서 기로마루를 100퍼센트 믿는다고 해도 상황은 털끝만큼도 좋아지지 않는 것이다. 이미 우리에게는 아무런 방법도 없다. 그때는 그렇게 믿어 의심치 않았다. 기로마루도 예외는 아니었으리라. 어쩌면 야코마루도 그렇게 생각하지 않았을까?

하지만 실제 형세는 전혀 달랐다. 그런 사실을 알았다면 더 이상 피를 흘리지 않고 승리할 수 있었으리라. 그런데 그 순간, 실은 우리 쪽이 압도적으로 우세하다는 걸 누가 상상이나 할 수 있었으랴. 그때 내 머릿속에서 또 목소리가 들렸다.

……재미있군.

사토루와 기로마루가 이상하게 여기지 않도록 나도 머릿속으로 물었다.

순이야? 재미있다니, 무슨 뜻이야?

기로마루 말이야. 조커…… 아니, 비장의 카드가 될지 몰라.

무슨 말인지 모르겠어. 자세히 설명해줘.

내가 말했잖아. 그 애는 악귀가 아니야. 그걸 생각하면…….

돌연 순의 목소리가 멀어졌다.

순, 순! 왜 그래? 가르쳐줘!

……했잖아…… 너에게 보여줬어…… 지상에서…… 내 모습
이…… 됐는지…….

그리고 더 이상 아무 소리도 들리지 않았다. 나는 잠시 망연히
앉아 있었다.

그런 내 모습이 이상했는지 사토루가 물었다. "사키, 왜 그래?"

순이 한 말이 무슨 뜻인지 생각할 때, 기로마루가 속삭였다.

"옵니다……. 악귀가……."

우리는 소스라치게 놀라며 입구 쪽으로 시선을 향했다. 우리가
있는 막다른 곳은 도중에 크게 구부러져 있어서 터널까지는 시야
에 들어오지 않는다.

"발소리를 죽이고 천천히 걸어오고 있습니다. 점점 가까이 다가
옵니다. 이제 2~3미터……."

악귀는 정말 우리가 어디 있는지 알고 있을까? 만약 여기로 들
어오면 더 이상 도망칠 곳은 없다. 나는 동굴을 무너뜨리기 위해
정신을 통일했다. 하지만 그것은 자살행위일 뿐만 아니라 악귀를
길동무로 삼을 목적, 즉 명백한 인간을 향한 공격이다. 최후의 순

간에는 공격제어가 내 주력을 꽁꽁 묶어놓으리라. 그렇다면 지금 해야 하지 않을까? 아직 악귀의 모습이 보이지 않는 바로 지금.

나는 동굴 천장을 올려다보았다. ……안 된다. 절망이 온몸을 내리눌렀다. 여기서 동굴을 무너뜨리면 사토루까지 죽게 된다. 역시 주력을 발동할 수 없다. 나는 눈을 감고 최후의 순간을 기다렸다.

잠시 후, 기로마루가 안도한 모습으로 속삭였다. "악귀가 지나갔습니다. 야코마루와 합류하러 간 모양입니다."

그 순간, 그때까지 멈춰 있던 피가 힘차게 돌기 시작했다. 새삼스레 가슴이 쿵쾅거리고 식은땀이 한꺼번에 뿜어나왔다.

사토루가 크게 숨을 내쉬면서 말했다. "악귀가 왜 이동한 거지?"

"저희가 이판사판 야코마루 쪽을 공격할까 봐 두려웠는지도 모르죠. 주력으로 총탄을 피하며 두 분 중 한 분이라도 살아남으면 녀석들을 몰살시킬 수 있으니까요." 기로마루가 고개를 갸웃거리며 말을 이었다. "하지만 지금까지 양쪽에서 공격해놓고 일부러 한쪽을 포기했다면 저희에게는 퇴로가 생긴 겁니다. 도망치라는 뜻인지 아니면……."

"가령 함정이라도 도망쳐야 해. 그쪽에 다른 부대가 기다리고 있을지 모르지만 이번 기회를 놓치면 다시는 도망칠 수 없어."

조금씩 밖으로 나가려던 사토루를 내가 재빨리 막아섰다.

"잠깐!"

알았다. 이제야 겨우 순이 무슨 말을 하려고 했는지 이해할 수 있었다.

그 애는 악귀가 아니다. 만약 진짜로 라면 크로기우스 증후군 환자라면 도미코 씨 말처럼 우리에게는 손쓸 도리가 없으리라. 하지만 그 애는 악귀가 아니다. 그렇다면…….

사토루가 의아한 시선으로 나를 쳐다보았다. "사키?"

"우리 눈은 그냥 뚫려 있는 구멍이었어. 지금까지 절호의 기회가 몇 번이나 있었는데 팔짱을 낀 채 그냥 보냈으니까."

기로마루가 몸을 앞으로 내밀었다. "무슨 뜻이죠?"

"하지만 기회는 아직 남아 있어. 조금 전보다 상황은 더 어려워졌지만…… 하지만 만약 반대라면? 그리고 그걸 역으로 이용할 수 있다면…….."

사토루가 더 이상 참을 수 없다는 듯 버럭 소리를 질렀다. "사키, 제발 부탁이니까 나도 이해할 수 있도록 설명해줘!"

"한 가지 방법이 있어. 악귀를 쓰러뜨릴 수 있는 방법이……!"

5

나는 입술에 침을 바르고 머릿속을 정리하며 이야기했다.

"계속 이상하게 생각했어. 왜 하필 마리아와 마모루의 아이가 악귀가 되었는지. 돌연변이에 의해 악귀가 태어날 확률은 아주 미미해. 그리고 역사상 처음으로 요괴쥐의 손에 들어간 아이에게 그런 일이 일어나는 건 천문학적인 확률일 거야."

"……하지만 녀석들이 그렇게 만들었을 가능성도 있잖아. 요괴쥐는 정신을 조종하는 약도 사용한다고 하니까."

"그 선입관 때문에 판단이 흐려진 거야. 사람의 갓난아이를 손에 넣은 건 야코마루에게도 처음 있는 일이잖아. 그런 상황에서 지금까지 한 번도 사람에게 사용한 적 없는 약을 사용해서 정신을 바꾸려고 할까?"

기로마루가 옆에서 끼어들었다. "그런 약물 중에 저희가 사용하고 있는 건 몇 종류 되지 않습니다. 저희 조상인 벌거숭이두더지쥐 여왕은 소변에 있는 향정신물질로 워커들을 지배했다고 하더군요. 그 특징은 저희 여왕에게도 이어지고 있는데, 저희 지능이 비약적으로 높아진 결과 완전한 정신 지배가 어려워지면서 대마 등을 섞어 병사의 공포심을 없애고 있습니다. ……하지만 사키 씨 말씀처럼 저희와 종족이 다른 인간의 갓난아이에게 효과가 있을지 의문이고, 더구나 그들 마음대로 공격제어를 마비시키고 악귀를 만들어내는 건 불가능할 겁니다."

사토루가 혼란스러운 표정으로 말했다. "녀석이 악귀가 아니라면 뭐란 말이야? ……아니야, 아무리 생각해도 녀석은 악귀야. 녀석이 저지른 일을 생각해봐!"

사토루의 정수리에서 흘러내린 피가 완전히 마르지 않아서 보는 사람의 마음을 아프게 만들었다.

"그게 우리의 눈을 흐리게 만든 최대 원인이었어. 그 애가 태연히 해치운 대학살에 대한 공포와 감정적 충격이 우리의 결론을 한 발짝 건너뛰게 만들었지. 그 애는 악귀라고 말이야. 그렇게 생각함으로써 빨리 안심하고 싶었던 거야."

말하는 사이에 나의 내부에서는 점차 논점이 정리되었다.

"안심? 지금 무슨 말을 하는 거야? 왜 악귀라고 결론을 내리면 안심할 수 있지?"

"라먼 크로기우스 증후군은 적어도 미지의 존재가 아니기 때문이야. 기지의 공포는 미지의 공포에 비해 훨씬 쉽게 받아들일 수 있으니까."

사토루가 팔짱을 끼고 생각에 잠겼다.

"그 애가 악귀가 아니라는 결정적 근거가 있어. 악귀에는 두 가지 종류가 있지. 냉정하게 생각하는 질서형과 무의식의 암흑 속으로 빨려 들어가는 혼돈형. 약간의 차이는 있지만, 양쪽에는 한 가지 공통점이 있어. 주위에 있는 모든 생명을 무차별적으로 죽인다는 거야. 만약 그 애가 정말로 악귀라면 왜 야코마루와 요괴쥐들은 무사한 거지?"

"……그게 약물을 이용해서 조종한다는 증거가 아닐까?"

"아니야. 악귀를 길들이는 건 불가능해. 그렇게 할 수 있다면 사람들이 벌써 했을 거고, 과거에 수도 없이 일어난 참화의 피해도 훨씬 줄어들었을 거야. 그리고 의식이 몽롱할 정도로 약에 찌들어 있다면 어떻게 초를 덮쳐서 사람들을 죽일 수 있겠어?"

사토루가 멍하니 입을 벌렸다. "그러면 왜 녀석에게는 공격제어도, 괴사기구도 아무런 효과가 없지?"

"효과가 없지 않을 거야."

"무슨 말이야?"

"단순하게 생각해봐. 그 애는 태어나자마자 부모와 떨어져 요괴쥐 손에서 자랐어. 그래서 자신이 사람이 아니라 요괴쥐라고 생각하고 있을 거야."

"그게 무슨 관계가……."

이제야 그도 내가 하고 싶은 말을 깨달은 모양이다.

"너, 이렇게 말하고 싶은 거야? 악귀…… 그 녀석의 공격제어 대상은 사람이 아니라 요괴쥐라고?"

"틀림없어."

내 안에서 어렴풋이 소용돌이치고 있던 생각이 마침내 확신으로 바뀌었다. 자신을 요괴쥐로 여기는 그 아이는 동족인 *요괴쥐*를 죽일 수 없다. 하지만 *다른 종족인 인간*은 잠시도 망설이지 않고 말살할 수 있으리라.

"아무리 그래도, 그렇게 무자비하게 사람을 죽일 수 있을까?"

"우리도 태연히 하고 있잖아."

사토루가 흠칫 놀란 표정을 지었다. "뭐?"

"상대가 요괴쥐인 경우에 말이야……."

그렇게 말하고 나서 나는 기로마루가 어떻게 생각할지 마음에 걸렸다. 기로마루의 눈이 크게 벌어졌다.

"……사키 씨 말씀이 맞습니다. 왜 지금까지 그걸 눈치채지 못했을까요? 이상하다는 걸 좀 더 빨리 알아야 했습니다. 애당초 저희 정예부대가 전멸됐을 때, 녀석은 주력을 이용해서 저희 병사들을 몰살시키지 않고 저희가 쏜 화살을 막고 무기를 빼앗는 데 전념했죠. 그때는 저희를 옴짝달싹 못하게 만들고 나서 천천히 죽이려는 것이라고밖에 여기지 않았는데……. 그 직후 도망치는 도중에 악귀를 만났는데, 저를 공격하려고 들지 않더군요. 그때 저와 녀석의 거리는 불과 20~30미터밖에 되지 않아서, 저를 보지 못했을 리 없는데 말입니다."

그의 입에서 땅울림 같은 신음이 새어나왔다.

"조금 전에도 그러했습니다. 두 분이 악귀를 상대하셨을 때, 저는 돌멩이 하나만을 들고 달려들었죠. 거기서 두 분을 잃으면 끝장이라고 여겼기 때문인데, 솔직히 말해서 도망칠 수 있으리라곤 상상도 못 했습니다. 어떻게든 한 명이라도 구하면 천만다행이라고 생각했지만 그때도 악귀는 수수방관 상태에서 우리가 도망치는 걸 지켜보았죠. 공격하지 않은 게 아닙니다. 저까지 휘말릴까 봐 공격할 수 없었던 겁니다!"

머리칼을 쥐어뜯으며 후회하는 기로마루를 바라보며 사토루가 떨리는 목소리로 말했다.

"잠시만! 그럼 이렇게 되는 거야? 녀석이 혼자 있을 때 기로마루가 공격했다면……."

"그래. 녀석은 기로마루에게 주력을 사용할 수 없으니까 꼼짝없이 당할 수밖에 없어. 기로마루는 녀석을 쉽게 처치할 수도 있고, 생포할 수도 있었어!"

그때, 사토루가 노려본 동굴 벽에 균열이 생기는 바람에 한순간 간담이 서늘해졌다.

"빌어먹을! 우리는 승리를 거머쥐고 있었어! 그런데 승리가 손바닥에서 빠져나가는 것조차 눈치채지 못하다니! 왜 더 빨리 그런 생각을 하지 못했을까?"

나는 되도록 평정한 목소리로 말했다. "사토루, 진정해. 아직 늦지 않았어. 어쨌든 절체절명의 순간에 알아차렸으니까."

"적어도 악귀…… 녀석이 앞쪽을 지나가기 전에 알아차려야 했어. 녀석은 지금 야코마루와 합류했잖아. 이제 와서 기로마루 혼자 돌진해봐야 온몸에 화살과 탄환이 박힐 뿐이야." 그는 팔짱을 끼고 깊은 한숨을 토해냈다.

그래도 아직 방법이 있다. 성공할 확률은 미미할지 모르지만 제로는 아니다. 그렇다면 그 방법을 시도해보는 수밖에 없으리라. 하지만 그렇게까지 냉혹하고 비정한 방법에는 주저할 수밖에 없었다. 처지가 반대였다면, 그렇다, 내가 야코마루였다면 즉시 실행했으리라. 하지만 아무래도 마음이 내키지 않았다. 인간과 요괴쥐 모두 살아 있는 생물로, 심장이 고동치며 뜨거운 피가 흐르고 있다. 웃고, 울고, 화내고, 생각하는…… 지성을 가진 존재다. 한 번 사용하고 버려도 되는 일회용 소모품이 아닌 것이다. 기로마루와 같이 다니는 동안, 나는 그런 사실을 뼈저리게 느끼게 되었다.

더구나 그 아이는 마리아와 마모루의 아이가 아닌가? 그렇게 생각하니 가슴이 찢어질 것 같았다. 초를 덮쳐서 건물을 부수고, 아무 죄도 없는 수많은 사람을 죽인 건 틀림없는 사실이다. 나도 한때는 증오와 복수심에 사로잡혀 있었다. 하지만 그 아이는 악귀가 아니다.

그 아이에게는 아무런 죄도 없다. 요괴쥐에 의해 부모를 잃은 가엾은 아이, 그들의 손에 자라고 그들의 명령에 따라 대량 학살을 저지른 불쌍한 아이일 뿐이다. 자신을 요괴쥐라고 믿고 있는 그 아이에게는 아무런 의문도, 아무런 양심의 가책도 없었으리라. 요괴쥐는 그 아이에게 사람이 그들을 노예처럼 부리고, 일방적으로 죽이는 악의 화신이라고 했을 테니까. 그리고 어느 의미에서 보면 그것은 사실이었다.

그것만이 아니다. 그 아이는 요괴쥐의 명령을 거역할 수 없다. 강력한 공격제어와 괴사기구의 굴레에 묶여 있는 그 아이는 요괴쥐를 공격할 수는 없는 반면, 요괴쥐는 자기 마음대로 그 아이를 공격할 수 있다. 다시 말해, 말 그대로 그 아이는 요괴쥐의 노예인 것이다.

지금까지 어떻게 살았을까? 마리아와 마모루가 죽고 나서 그 아이가 걸어왔을 가혹한 나날을 생각하니 심장이 터질 것 같아서 견딜 수 없었다. 그러나 만약 여기서 우리가 패배하면 어떻게 될까?

살아남은 사람들은 모두 몰살되든지, 먼 곳으로 도망치는 수밖에 없으리라. 야코마루는 그 아이를 전면에 내세워 다른 초의 보복을 피하며 시간을 벌 것이다. 그렇게 10년만 버티면 초에서 빼앗은 갓난아이들이 주력을 갖게 된다. 그러면 이제 손쓸 도리가 없어진다. 일본 전역이 요괴쥐에 의해 정복당하는 날만을 기다리게 되는 것이다. 지금 어떻게 해야 할지 고민하는 것은 정신적인 사치에 불과하다.

나는 악마가 되는 수밖에 없다. 도미코 씨가 살아 있었다면 분명히 나와 똑같은 결단을 내렸을 것이다.

사토루가 고개를 들었다. "사키, 아까 악귀를 쓰러뜨릴 방법이 한 가지 있다고 했지?"

나는 고개를 끄덕였다. "으응, 그러기 위해선 일단 적의 위치를 알아야 해."

우리는 우리가 있던 막다른 장소와 터널이 교차하는 지점에서 4~5미터 앞까지 살금살금 걸어갔다. 터널 안쪽에서는 어떤 소리도 들리지 않았다. 내가 손으로 신호를 보내자 사토루는 공기 중의 수증기를 모아 미세한 물방울 층을 만든 후, 눈에 띄지 않는 터널 왼쪽에 작은 거울을 만들었다. 그리고 천천히 거울을 기울여 적이 있는 방향을 비추었다.

보인다. 그 순간, 사토루는 재빨리 거울을 없앴다. 우리는 다시 살금살금 막다른 곳으로 들어왔다. 비록 한순간이었지만 똑똑히 확인할 수 있었다. 적의 병사 다섯 마리가 막다른 곳의 입구에서 불과 20여 미터 떨어진 장소에 숨어 있다. 그리고 그곳에서 5미터쯤 뒤쪽에는 그 아이가 우두커니 서 있었다.

사토루가 속삭이듯 말했다. "악귀…… 녀석이 장소를 옮긴 건 요괴쥐들과 합류하기 위해서만이 아니었어. 우리를 함정에 빠뜨리려고 했던 거야. 아까 여기서 도망치려고 했다면 그것으로 끝장이었어."

기로마루가 목소리를 낮추고 설명했다. "앞쪽에 저희 동족 병사들을 배치하고, 악귀를 맨 뒤쪽으로 배치한 건 좋은 전법입니다. 제가 선두에 서서 돌진하면 앞쪽의 병사들에게 벌집이 될 테니까요. 그렇다고 두 분이 먼저 나가면 뒤쪽에서 눈을 빛내고 있는 악귀의 주력에 의해 갈기갈기 찢길 겁니다."

"야코마루를 봤어?"

"아니요…… 그 겁쟁이 녀석은 훨씬 뒤쪽에 틀어박혀 있는 모양입니다."

우리의 목표인 악귀…… 그 아이는 요괴쥐 병사가 지키고 있었는데, 이것은 예상한 대로다.

한편 야코마루가 최전선에 없다는 것은 낭보가 아닐 수 없다. 승부는 단숨에 판가름 난다. 야코마루의 두뇌라면 한순간에 우리 의도를 간파할지 모른다. 하지만 뒤쪽에 있다면 우리가 행동을 일으킨 후 그가 알아차리는 건 대단원의 막이 내려진 다음일 것이다.

야코마루에게는 찾아볼 수 없는 전략 실수였다. 그때까지 고립되어 있던 '악귀'와 합류해서 불패의 태세를 구축했다고 믿은 순간, 의심 덩어리였던 그의 마음속에서도 방심이 태어난 것이다. 그쪽이 그런 사실을 알아차리기 전에 신속하게 행동해야 한다. 그리고 그 비장의 카드가 바로 기로마루다.

나는 기로마루 쪽으로 몸을 돌리고 말했다. "너한테 한 가지 부탁이 있어."

"말씀만 하십시오. 승리에 도움이 된다면 뭐든지 하겠습니다."

내가 계획을 설명하자 기로마루는 경악한 표정으로 말을 잃었다.

사토루가 아연한 얼굴로 물었다. "그런…… 방법이 있었어? 어떻게 생각했어?"

"슌이 가르쳐줬어."

"슌? 슌이라니…… 아아!"

사토루의 내부에서도 기억의 봉인이 풀린 모양이었다.

한동안 말문을 닫고 있던 기로마루의 입에서 돌연 웃음이 새어나왔다. "굉장해요! 당신은 일류 전략가입니다. ……완전히 기회를 놓쳤다고 생각했는데, 이렇게 간단한 방법이 남아 있을 줄이야!"

"해주겠어?"

"물론입니다. 가장 큰 문제는 냄새군요. 최전선에 있는 저희 동족들은 바람 위쪽에 있는 이쪽의 냄새를 간단히 구별할 테니까요."

"그래……."

우리는 안쪽 벽에서 많은 양의 물이 떨어지는 곳을 발견했다. 비는 여전히 세차게 쏟아져서, 당분간 물이 마를 걱정은 하지 않아도 될 것이다. 기로마루는 물로 몸을 꼼꼼히 씻은 뒤 진흙을 덕지덕지 발랐다. 사토루가 그 옆에서 입었던 옷을 모두 벗었다.

기로마루가 자기 몸의 냄새를 맡으며 말했다. "박쥐 똥이 있으면 완벽하겠지만 이 정도라도 구별하기 힘들 겁니다."

"이것만으론 완전하지 않아. ……사토루, 바람의 방향을 바꿀 수 있어? 몇 초라도 좋으니까."

"거울도 만드는 동시에 바람의 방향을 바꾸라는 거야? 뭐 몇 초라면 할 수 있을 거야."

사토루는 복잡한 표정을 지으며 그렇게 말한 뒤, 이내 아련한 미소를 지었다.

"슌이었다면 두 가지 기술을 동시에 사용하는 건 식은 죽 먹기였을 텐데. ……만약 여기서 빠져나가면 네가 기억해낸 슌과의 추억을 말해줘."

"그래."

사토루에게 해주고 싶은 이야기가 뭉게구름처럼 모락모락 피어올랐다. 나는 사토루의 옷을 입으려고 악전고투하는 기로마루를 도와주었다. 신체 구조가 달라서 힘들기는 했지만 그럭저럭 몸을 쑤셔 넣을 수 있었다. 이제 얼굴만 숨기면 모든 것이 완벽하다.

"아, 이걸 사용하면 되겠다!"

사토루가 팔과 정수리의 출혈을 막고 있던 붕대를 풀었다. 달라붙어 있던 딱지를 떼어내자 상처에서 새로운 피가 흘러나왔지만 조금도 신경 쓰지 않았다.

"그래요, 이거라면 속일 수 있을 겁니다. 악귀도 사이코버스터에 불이 붙었을 때, 얼굴에 화상을 입었다고 생각할지 모르고……."

기로마루는 사토루에게 받은 피투성이의 붕대로 머리를 칭칭 감았다. 그리고 미라처럼 소름 끼치는 모습으로 변해서 진지한 목소리로 말했다.

"자아, 이제 준비는 끝났습니다. 그런데 작전에 들어가기 전에 두 분께 부탁할 게 있습니다."

"뭐든지 말해봐."

"이번 사건이 끝나면 아마 사람들의 의견은 요괴쥐를 전부 없애자는 쪽으로 기울 겁니다. 그래도 저희 장수말벌 콜로니의 여왕만은 구해주십시오. 콜로니 전원의 목숨이며 희망인…… 저희 어머니만은……."

"알았어. 약속할게."

"나도 약속할게. 어떻게 해서라도 너희 여왕을 구해서, 어느 누구도 건드리지 못하게 할게. 콜로니도 재건할 수 있도록 도와줄게."

그의 특징인 커다란 입은 붕대 안에 있어서 보이지 않았지만 아마 히쭉 웃었으리라.

"더 이상 이 세상에 미련은 없습니다. 마침내 두 개 혀의 발칙한 야망을 쳐부술 수 있다고 생각하니, 가슴이 두근거려서 견딜 수 없군요."

우리는 막다른 곳과 터널이 교차하는 곳까지 무릎걸음으로 나아갔다.

"조금 전에 정한 순서대로 내가 10부터 반대로 헤아려서 제로에서 시작! 그런 다음에 1부터 순서대로 헤아릴게. 1에서 사토루가 바람을 멈추고. 2, 3, 4에서 바람의 방향을 바꾸고 거울을 만들어. 5, 6, 7에서 내가 공격하고, 그리고 8에 뛰어나가는 거야⋯⋯."

"알았어."

"알겠습니다."

나는 천천히 심호흡을 했다. 앞으로 1분 안에 우리의 운명, 아니 이 세계의 운명이 정해진다. 그렇게 생각하니 다리가 떨려왔다. 무서운 아수라장을 빠져나와서 배짱이 생겼다고 여겼는데, 막상 최후의 순간에 이르자 두려움이 온몸을 짓누른 것이다.

나는 죽을지도 모른다. 아직 하고 싶은 일이 많은데. 이런 땅바닥에서 의식이 무로 돌아가고, 육체가 썩어버린다고 생각하니 견딜 수 없었다.

아니, 그렇지 않다. 내가 가장 두려워하는 건 개죽음이다. 악귀를 쓰러뜨리지도 못하고, 헛되이 목숨을 잃는 것. 마지막 눈을 감을 때 야코마루가 부르는 승리의 노래를 듣고, 모든 사람에게 나의 역부족을 사죄하면서 죽음의 길로 떠나는 것이다. 긴장으로 입 안이 바싹 마르고 가벼운 현기증이 일었다.

진정해라.

모든 정신을 눈앞의 사명에 집중해야 한다. 나는 몇 번이고 스스로에게 그렇게 말했다.

"그러면 준비됐지? 10, 9, 8, 7……."

카운트다운을 하는 동안 심장이 세차게 방망이질 치기 시작했다. 육체가 앞으로 벌어질 싸움에 대비하려고 하는 것이다.

"3, 2, 1, 0!"

한순간 터널 안의 바람이 약해졌다. 사토루가 터널 왼쪽에 벽을 만들어 바람을 차단한 것이다. 그리고 공기 렌즈를 만들 때와 똑같은 이미지로 벽 앞쪽에 진공 상태를 만들었다.

"1."

그와 동시에 공기 속 수증기를 응결시켜 거울을 만들었다.

"2, 3, 4."

그가 진공 상태의 앞쪽을 조금 풀어주었다. 음압으로 인해 잠시 멈춘 바람이 이번에는 반대 방향으로 불기 시작했다. 막다른 곳에 있는 나는 피부로 느낄 수 없었지만, 미세한 먼지에 시선을 고정하자 미풍이 반대 방향으로 불고 있다는 것을 알 수 있었다. 그때 거울이 천천히 방향을 바꾸어 우리 오른쪽에 있는 적을 비추었다.

나는 거울에 비친 병사 한 마리를 선택했다. 지금은 조용히 목을 비틀기보다 조금 화려한 방법을 사용해야 한다. 나는 입 안으로 조용히 진언을 외었다.

"5."

다음 순간, 병사의 머리가 피연기를 내뿜으며 가루로 변해서 날아갔다.

"6."

패닉 상태에 빠진 적들이 일제히 총을 난사해댔다. 제지하는 야코마루의 소리도 들리지 않는 듯했다. 화승총은 한 번 발사하면 다음 총탄을 끼우고 나서 쏠 때까지 시간이 걸린다.

"7."

잠시 총소리가 멈추었다. 나는 두 번째 병사를 허공에 띄운 후 재빨리 천장에 내동댕이쳤다. 두 번째 병사의 피와 살점과 함께 천장에서 떨어진 돌멩이가 병사들 위로 쏟아졌다. 이제 남은 병사들은 세 마리. 한 마리가 도망치기 시작하자 다른 병사들도 꽁무니가 빠지게 도망쳤다.

"8!"

그때 기로마루가 튀어나가는 걸 보고 나도 그의 뒤를 따랐다. 모습은 조금 보기 흉했지만 요괴쥐치고는 눈에 띄게 덩치가 크기 때문에, 뒷발로 땅을 박차며 뛰는 모습은 어두운 터널 안에서 인간과 구별하기 힘들었다. 기로마루의 어깨너머로 떡하니 버티고 서있는 작은 모습이 보였다. 피처럼 새빨간 머리카락. 그 아이다. 아이는 노골적으로 분노를 드러내며 기로마루 쪽을 뚫어지게 쳐다보았다.

인간으로 변장한 기로마루의 연기는 찬사를 보내고 싶을 만큼 훌륭했다. 예전에 요괴쥐인 척하며 위험지대를 탈출한 이누이 씨보다 나았으면 나았지 못하지 않을 것이다. 기로마루는 열심히 뛰면서 주력을 사용하려는 것처럼 미처 도망치지 못한 병사를 가리 켰다.

그 즉시 검은 옷을 입은 내가 보이지 않는 칼을 휘두르며 병사 의 목을 잘랐다. 피비린내로 인해 좁은 터널 안은 숨쉬기 힘들 정 도였다.

"Ӿ★＊∀§▲Ж…… АД♂♂!"

악귀…… 그 아이가 도저히 사람의 어린아이라고는 여길 수 없 는 목소리로 포효했다.

앞쪽에서 질주하던 기로마루가 보이지 않은 벽에 부딪힌 것처럼 걸음을 멈추었다. 다음 순간 건너편이 보일 만큼 기로마루의 몸통 에 커다란 구멍이 뚫리고, 옆에 있던 나는 온몸에 그의 피를 뒤집 어썼다. 기로마루의 등에서 내장이 튀어나와 땅으로 떨어지는 것 이 보였다.

"Ӿ★＊∀§……."

뭔가 이상하다고 느꼈으리라. 그 아이는 끄륵끄륵 하는 소리를 멈추고, 새삼스레 기로마루의 모습을 뚫어지게 쳐다보았다.

사람이라면 의식을 잃는 것에서 그치지 않고 그 즉시 숨을 거두 었으리라. 하지만 기로마루는 그 상태에서도 서 있었다. 아직 해야 할 일이 남아 있던 것이다. 그는 덜덜 떨리는 오른손으로 머리를 감싸고 있던 붕대를 벗겨냈다. 조금 전까지 울려퍼지던 아비규환 을 대신하여 고요한 정적이 터널 안을 가득 메웠다.

기로마루가 붕대를 풀자 요괴쥐의 머리가 확연히 드러났다. 그 아이는 얼어붙은 것처럼 눈도 깜빡거리지 않았다.

"Ⅱϒガ······ ▼Ë······ ⊿······."

기로마루는 마지막으로 요괴쥐 언어로 소리치더니 그 자리에서 털썩 떨어졌다. 그 순간, 나도 모르게 그의 옆으로 뛰어갔다. 이미 목숨이 끊어진 것은 분명하지만 커다란 입에는 회심의 미소가 달라붙어 있었다. 그때 앞쪽에서 들리는 끔찍한 비명을 듣고 나는 고개를 들었다.

"ⅡϒガⅢ▼Ë······ ◎⊿······?"

악귀······ 그 아이가 경악한 모습으로 바들바들 떨기 시작했다. 새빨간 머리카락이 뒤덮고 있는 이마에는 구슬 같은 땀이 송골송골 맺혀 있었다. 눈을 돌리고 싶었지만 나는 입술을 깨물고 끝까지 그 모습을 지켜보았다.

그 아이, 마리아와 마모루의 아이는 땅에 무릎을 꿇은 채 오른손으로 왼쪽 가슴을 눌렀다. *주력에 의해 동족을 살해했다는 인식*이 괴사기구를 발동시킨 것이다. 입술을 깨물고 있던 내 입 안에 쇳덩이를 핥은 듯한 피 냄새가 퍼졌다. 도망칠 방법은 없다. 이제 이 아이는······.

다음 순간, 왼쪽 가슴에 무거운 동통이 느껴졌다. 기이한 오한이 등줄기를 뛰어다니고 온몸의 털이 곤두서는 느낌이 들었다. 말 그대로 마른하늘에 날벼락이었다. 나도 벌을 받는 것일까?

상상도 하지 못했지만 같은 인간인 그 아이를 결과적으로 죽음에 이르게 한 이상, 결코 예상할 수 없는 일은 아니다.

등 뒤에서 사토루가 뛰어왔다. "사키, 왜 그래?"

속이 울렁거렸다. 나는 반쯤 죽음을 각오하면서 가슴을 눌렀다.

그리고 필사적으로 스스로를 설득했다. 나는 죽이지 않았다. 나는 죽이지 않았다. 나는 죽이지 않았다…….

문득 이상한 생각이 들었다. 나는 왜 살고 싶어 하는 것일까? 사랑하는 사람들을 잃고, 지금까지 수많은 시체를 뛰어넘었으면서. 그럼에도 왜 이토록 살고 싶어 하는 것일까?

정신이 들었을 때는 이미 통증이 사라진 다음이었다. 나는 아직 살아 있는 것일까? 고개를 들자 사토루가 진심으로 안도의 미소를 지었다.

"걱정하지 마. ……이제 괜찮아."

그는 그렇게 말하며 아플 정도로 나를 꼭 껴안았다.

나는 분명히 그 아이를 죽음으로 내몰았다. 하지만 직접 공격한 건 아니다. 그래서 괴사기구는 발동하지 않고, 그 전조인 경고 발작만으로 끝난 것이다.

시선을 다시 그 아이에게 돌렸다. 바닥에 누워 있는 작은 육체는 손가락 하나도 까딱하지 않았다. 이미 숨이 끊어진 것이다. 그 옆에서 망연히 서 있는 검은 그림자는 야코마루였다.

그때 시체 옆으로 삐져나온 머리카락 색깔이 내 눈으로 뛰어들었다. 그것은 살아 있을 때의 마리아를 방불케 하는 빨간색이었다. 내 가장 친한 친구가 이 세상에 남긴 유일한 혈육……. 그 아이를 죽음에 이르게 하고 싶지는 않았다. 하지만 이렇게 하는 수밖에는 다른 도리가 없었다.

눈물이 뺨을 타고 방울방울 흘러내렸다. 만약 다른 아이처럼 초에서 태어났다면 매우 영리하고 사랑스러운 소년으로 자랐으리라.

이 아이에게는 아무런 죄도 없는데…….

내가 얼마나 무서운 죄를 저질렀는지 생각하면 지금도 가끔 두려움에 휩싸이곤 한다. 그리고 이룰 수 없는 꿈이란 사실을 알면서도 마음속으로 되뇌는 것이다. 적어도 최후만은 인간으로서 맞이하게 해주었다면 얼마나 좋았을까.

라그나뢰크*를 떠올리게 하는 처참한 전쟁과 혼란은 급속히 수습으로 향했다. 최후의 카드를 잃어버린 야코마루의 눈에는 전쟁의 귀추가 한눈에 보였으리라. 우리는 허물처럼 변해버린 그를 포박한 뒤, 그들의 배를 타고 초로 돌아왔다.

초를 버리고 도망치려고 결심한 사람은 물론이고 이미 도망친 사람도 많았다. 하지만 '악귀'가 죽었다는 이야기를 듣자 상황은 완전히 바뀌었다. 도미코 씨를 비롯해 윤리위원회 위원들이 대부분 세상을 떠났기 때문에, 대신 임시 최고의사결정기관인 질서회복위원회를 만들어 요괴쥐에 대한 본격적인 공격에 착수했다. 그리고 아직 젊은 나와 사토루도 그 위원으로 선정되었다.

지금까지 초를 이끌어온 중노년층이 모조리 세상을 떠난 지금 나이를 따질 여유가 없었던 것이다. 대부분의 위원은 요괴쥐와의 전쟁에서 두각을 나타낸 20~30대 젊은이들이었다. 희생자 중에는 우리 부모님도 포함되어 있었다. 그리고 사토루의 모든 가족들도.

---

* Ragnarök. 북유럽 신화에 나오는 세계 종말의 날. 여러 신과 악마들의 싸움으로 온 세상이 멸망한다고 한다.

그 사실을 알고 나는 하늘을 향해 통곡했다. 눈물은 이미 말라 버린 줄 알았는데 어디에 눈물샘이 숨어 있었던 것일까? 아무리 손으로 훔쳐내도 눈물은 뺨을 타고 하염없이 흘러내렸다.

시간이 한참 흐른 뒤에야 부모님을 만난 사람들한테서 이야기를 들을 수 있었다. 그들의 말에 따르면 두 분이 초로 돌아왔을 때, 전황은 중요한 국면을 맞이했다고 한다.

야코마루는 '악귀'에 의해 세상을 떠난 시세이 씨 유해를 팔정표 식의 밧줄 위에 걸어놓았다. 그걸 본 사람들의 공포는 상상을 초월 해서, 모두 저항할 기력을 잃고 앞다투어 도망칠 뿐이었다. 그 이후 '악귀'의 공포라는 든든한 배경을 가진 요괴쥐 '사냥'이 실시되 면서, 100명에 가까운 사람들이 체포되었다. 이 단계에서 야코마 루는 살육보다 인질 잡기에 혈안이 되어 있었다. 그리고 주력을 사 용할 수 없도록 사람들의 눈을 가려서 감옥에 집어넣었다고 한다.

한편 전쟁을 포기하지 않은 젊은 사람들은 '악귀'와 부딪치지 않 도록 세심한 주의를 기울이며 요괴쥐 부대를 기습하여 차츰차츰 적의 전력을 줄여나갔다. 그런 와중에 초에 도착한 부모님은 학교 등의 시설을 돌아다니며 부정고양이를 풀어주었다.

부정고양이는 내가 생각했던 것보다 훨씬 지능이 높았던 모양 이다. 목표의 냄새가 묻은 물건은 물론이고, 이미지로 만든 사진을 보여주어도 목표를 정확하게 기억해서 한두 달씩 계속 노릴 수 있 다고 한다. 부모님이 풀어준 부정고양이는 전부 열두 마리였다. 그 들은 초의 폐허에 몸을 숨기고 호시탐탐 '악귀'를 죽일 기회를 엿 보았다. 그리고 그 가운데 한 번은 거의 성공할 뻔했다.

제각기 다른 곳에서 풀려난 부정고양이가 '악귀'를 발견하자마자 마치 사전에 약속이라도 한 양 합동 작전을 펼쳤다. 조금 떨어진 건물 옥상에서 직접 본 사람의 이야기에 따르면 그들의 작전은 다음과 같았다.

요괴쥐 호위병의 보호를 받은 '악귀'가 남쪽을 향해 길거리를 걸어갔을 때, 각각 동쪽과 서쪽에서 부정고양이가 접근했다. 서쪽에서는 갈색, 동쪽에서는 회색 부정고양이었다. 바람 위쪽에 있던 갈색 부정고양이의 냄새를 맡은 호위병들이 재빨리 서쪽을 방어했다. 그러자 그 틈을 노려서 동쪽에 있던 회색 부정고양이가 맹렬히 돌진했다.

마치 그때를 기다리고 있었던 것처럼 제3, 제4의 자객인 검정과 얼룩 부정고양이가 '악귀'의 등 뒤인 북쪽에서 몰려들었다. 얼룩 부정고양이는 황급히 오른쪽으로 돌아서 남쪽 방향에 섰다. 세 마리의 부정고양이에게 둘러싸인 '악귀'는 절체절명의 위기에 빠진 것처럼 보였다. 시세이 씨처럼 엄청난 기술의 소유자가 아닌 이상, 세 마리가 동시에 공격하면 대처하기 힘들었으리라.

그런데 절체절명의 순간 '악귀' 주변을 지키고 있던 몇몇 호위병이 부정고양이의 공격을 막아냈다. 호위병은 고슴도치처럼 온몸이 가시로 덮인 돌연변이로, 살해 전문가인 부정고양이도 그들을 제거할 때까지는 몇 초의 시간이 필요했다. 앞발로 고슴도치 호위병을 쓰러뜨리고 부드러운 배를 가르는 동안, 태세를 회복한 '악귀'가 주력으로 세 마리를 처리한 것이다.

결국 부정고양이는 '악귀'의 숨통을 끊어놓을 수 없었다. 하지만

'악귀'의 발걸음을 지체시키는 역할은 충분히 하고도 남았다. 그 사이 많은 사람들이 초에서 도망칠 수 있었으니까. 우리 부모님은 부정고양이가 '악귀'의 발걸음을 지체시키는 사이에 도서관으로 가서, 적의 손에 들어가서는 안 되는 서적과 문서를 전부 태우는 데 성공했다. 그러나 그 연기가 적의 눈에 띈 것이리라. 두 사람이 도서관에서 나온 순간, '악귀'와 마주친 것이다…….

초에서 순직한 다른 사람들과 마찬가지로 부모님의 죽음은 결코 무의미하지 않았다고 생각한다. 하지만 형세는 점차 분명해졌다. '악귀'에 대처할 방법이 없는 이상, 사람들의 상황은 눈뜨고 볼 수 없을 만큼 비참했던 것이다. 그런데 그 즈음 돌연 '악귀'의 행동이 이상해졌다고 한다. 공격을 망설일 뿐 아니라 정신이 나간 것처럼 방심한 모습이 눈에 띄었다는 것이다. 그 덕분에 많은 사람의 목숨을 구할 수 있었는데, 원인은 확실하지 않지만 아무래도 쇼조지에서 행한 악귀 섬멸의 호마가 효력을 발휘한 모양이다.

야코마루는 포로를 고문하여 그런 사실을 알아냈다고 한다. 그 즉시 '악귀'와 야코마루가 이끄는 정예부대가 행동을 개시했다. 그들이 초 주변에서 모습을 감춘 지 얼마 되지 않아 이윽고 쇼조지가 새빨간 불길에 휩싸였다. 무신 대사와 교샤 감사를 비롯한 대부분의 승려들이 절과 운명을 함께하면서, 마침내 '악귀'를 말릴 수 있는 건 아무것도 없었다. 그리고 그때 쇼조지에서 우리에 관한 정보를 얻고 추격해온 것이다.

다시 원점으로 돌아가자. '악귀'가 죽었다는 정보가 눈 깜짝할 사이에 퍼지면서 사람들의 마음을 악령처럼 지배했던 공포는 깨끗이 사라졌다. 그 대신 그들을 사로잡은 것은 분노와 복수라는 이름의 쌍둥이 괴물이었다. 그와 동시에 이웃 초인 호쿠리쿠 지방의 다이나이 84초와 추부 지방의 고우미 95초에서 지원군이 도착했다. 형세는 즉시 역전되었다.

요괴쥐는 '악귀'라는 최종 병기와 함께 두뇌인 야코마루까지 동시에 잃어버리고, 또한 숯뿜기를 비롯한 변이개체까지 모두 사용한 터였다. 이미 내놓을 카드는 남아 있지 않고, 이웃 초에서 파견된 조수보호관이 엄중히 포위하고 있어서 도망치는 것도 불가능했다.

야코마루를 대신하여 파리매 콜로니의 지휘를 잡았던 스퀴카라는 장군은 빼앗은 어린아이를 한 명도 남김없이 반환함과 동시에 평화를 요구하는 특사를 파견했는데, 질서회복위원회에서는 5분 만에 특사를 박제로 만든 뒤 정중한 거절의 문서를 입에 물려 돌려보냈다. 다음에 무조건 항복을 선언할 테니까 병사의 목숨을 살려달라는 문서를 가져온 사자는 주력에 의해 살아 있는 상태에서 유전자를 변이시켜, 차마 눈뜨고 볼 수 없는 암세포 덩어리로 만들어 돌려보냈다.

사태가 여기에 이르자 스퀴카도 옥쇄를 각오한 채 전군을 이끌고 진격했다. 그러나 요괴쥐에게 깨끗하게 죽음을 맞이하는 일은 허용되지 않아서, 결국 분노에 불타고 복수에 혈안이 된 사람들에 의해 몸이 찢기고 살이 저며지는 처참한 꼴을 당하게 되었다. 나와 사토루도 요괴쥐 초토화 작전에 참가했는데, 그때 상황을 자세하게 묘사하고 싶지는 않다.

다만 잊을 수 없는 것이 두 가지 있다. 하나는 검붉은 피와 뿌연 피안개로 뒤덮인 드넓은 평원이고, 또 하나는 설치류 특유의 날카로운 비명이 메아리치는 소리다. 그들의 비명은 왜 그렇게 목이 터져라 외치는 인간의 비명과 똑같을까?

일주일 만에 보는 야코마루의 모습에서는 생기를 찾아볼 수 없고, 체구도 한 뼘은 줄어든 것 같았다. 쇠사슬에 묶인 그는 납작한 돌 위에 앉아 고개를 빳빳이 치켜들고 우리를 쳐다보았다.

"야코마루, 우리를 기억해?"

그 말에도 그는 극히 모호한 반응밖에 보이지 않았다.

"난 보건소 이류관리과의 와타나베 사키, 이쪽은 묘법농장의 아사히나 사토루야."

그제야 겨우 갈라진 목소리가 돌아왔다. "……기억합니다. 도쿄의 지하 동굴에서 우리의 구세주를 죽이고, 나를 잡은 분들이죠."

사토루가 발끈해서 되받아쳤다. "무슨 소리야? 죽이긴 누가 죽여? 네가 비열한 계책을 짜내서 마리아와 마모루를 죽였잖아! 그들의 아이는 너 때문에 많은 사람을 죽였어. 이렇게 된 책임은 모두 너한테 있다고!"

나는 입을 다문 야코마루를 향해 조용히 말했다. "넌 앞으로 재판에 회부될 거야. 하지만 그전에 꼭 물어보고 싶은 게 있어."

이류가 재판받는 일은 있을 수 없지만, 이번만은 질서회복위원회에서 특별 법정을 열기로 결정했다. 지금부터 천 몇 백 년 전에 유럽에서 거행된 동물 재판을 참고해서, 처음으로 사람 이외의 피고를 단죄하는 것이다. 하지만 야코마루에게는 거의 발언할 기회가 주어지지 않고, 주어진다고 해도 그의 솔직한 대답은 들을 수 없으리라.

"왜 그런 짓을 했지?"

그의 얼굴에 처연한 미소가 떠올랐다. "그런 짓……?"

"네 죄는 일일이 거론할 수 없을 정도야. 그런데 왜 그렇게까지 아무 죄도 없는 사람들을 무자비하게 학살했는지 그 이유를 알고 싶어."

그는 불편한 자세에서 고개만을 돌려 나를 쳐다보았다. "모든 건 전술의 일환에 불과합니다. 전쟁을 시작한 이상, 반드시 이겨야 하죠. 패배하면…… 지금의 나 같은 말로가 기다리고 있으니까요."

"왜 인간에게 반항한 거지?"

"우리는 당신들의 노예가 아니기 때문입니다."

"노예라니! 우리가 언제 너희를 노예로 취급했지? 물론 공물과 부역은 요구했지만, 너희에게 완전한 자치를 인정하고 있었잖아!" 사토루의 목소리에는 분노가 담겨 있었다.

"주인님의 기분이 좋을 때는 그렇죠. 하지만 사소한 이유로 주인님의 분노를 사면, 그 즉시 콜로니와 함께 처참하게 사라질 운명입니다. 어쩌면 노예보다 더 비참하지 않을까요?"

그 순간, 나의 뇌리에 기로마루의 말이 떠올랐다. 내용이 거의 똑같았던 것이다.

나는 이류관리과에서 내린 과거의 처분을 떠올리며 말했다. "콜로니를 없애는 건 가장 무거운 처분이야. 특별한 이유가 없으면 그런 짓을 하지 않아. ……사람을 죽이거나 반역을 기도하지 않으면."

야코마루는 분연히 고개를 들고 이빨을 드러내며 말했다. "닭이 먼저냐, 달걀이 먼저냐……. 어쨌든 우리는 고인 물에 떠 있는 물거품처럼 불안정한 처지입니다. 거기서 탈출하고 싶어 하는 건 당연하지 않을까요? 우리는 고도의 지성을 가진 존재입니다. 당신들과 비교해도 뒤떨어지는 것은 하나도 없습니다. 다른 것이라곤 오직 주력이라는 악마의 힘이 있느냐 없느냐는 것뿐이죠."

사토루가 냉정한 얼굴로 야코마루를 내려다보았다. "이거 한 귀로 듣고 한 귀로 흘려들을 수 없는 말이군. 지금 그 말만으로도 충분히 사형에 처할 수 있어!"

야코마루가 어깨를 들썩이는 동작을 했다. "어차피 내 운명은 달라지지 않겠죠."

"넌 콜로니를 위해서라고 말하지만 기로마루의 의견은 달랐어. 콜로니를 통합하는 건 그렇다고 치고, 여왕의 권력을 찬탈해서 아이를 낳는 가축처럼 취급한 건 어떻게 정당화할 거지?"

"기로마루는 용맹한 장군일지는 몰라도 케케묵은 사상에 집착하는 늙은이에 지나지 않아요. 녀석은 본질을 보지 못했습니다. 여왕이 콜로니의 실권을 장악하고 있는 이상, 개혁은 불가능하다는 사실을……. 내가 혁명을 일으키려고 한 건 콜로니를 위해서가 아닙니다."

"그러면 뭘 위해서지? 네 추악한 권력욕을 만족시키기 위해서야?"

"콜로니라는 작은 울타리를 뛰어넘어 모든 동포를 구하기 위해서죠."

"동포를 구하기 위해서라고? 번드르르하게 말은 잘하는군. 넌 네 병사를 일회용 소모품처럼 태연히 죽게 만들었잖아."

"조금 전에도 말씀드린 것처럼 전부 전술의 일환입니다. 전쟁에서 승리하지 않으면 아무 의미가 없으니까요. 승리만 하면 모든 희생은 보답을 받습니다."

사토루가 끌끌 혀를 찼다. "여전히 말 하나는 기막히게 하는군. 그런데 이거 안타까워서 어쩌나? 승리하지 않으면 의미가 없다고 했는데, 넌 결국 패배했잖아."

"그렇습니다. 내가 죽음을 받아들여야 하는 것은 바로 그 점입니다. 구세주라는 절대적인 카드를 얻었으면서, 단순한 트릭에 속아서 모든 걸 잃어버렸죠." 그는 고개를 푹 숙인 채 혼잣말로 중얼거렸다. "역사를 바꿀 수 있었을 텐데……. 모든 동포를 해방시킨다는 장대한 꿈이 깨졌어. 이렇게 좋은 기회는 두 번 다시 찾아오지 않을 거야."

"사키, 가자. 이런 녀석과 얘기해봤자 시간 낭비일 뿐이야."

"잠시만 기다려."

나는 발길을 돌리려고 한 사토루를 제지하고 야코마루를 쳐다보았다.

"야코마루."

"내 이름은 스퀴라입니다."

"그래, 스퀴라. 너에게 한 가지 부탁이 있어. 너로 인해 죽은 모든 사람들에게 진심으로 사죄해줘."

"얼마든지 사죄드리지요." 야코마루…… 스퀴라는 비아냥거리는 말투로 덧붙였다. "……그전에 당신들이 사죄한다면 말입니다.

아무런 양심의 가책도 없이 벌레처럼 짓밟은 우리 모든 동포들에게요."

재판은 한마디로 말해 그로테스크한 한 편의 연극 같았다.

검사가 야코마루의 죄상을 늘어놓자 그 자리를 가득 메운 관중들(아마 살아남은 사람들 중에 중병인이나 중상자를 제외하고 전원 참석했으리라)은 제각기 분노에 가득 찬 소리를 질렀다. 검사 역할인 기모토 씨라는 여성(예전에 도미코 씨 밑에서 일했다)은 관중들을 충분히 선동했다고 판단하자 피고석에 묶여 있는 야코마루 쪽으로 향했다.

"그러면 야코마루, 너에게 변명할 기회를 주겠다."

"내 이름은 스퀴라다!"

스퀴라가 그렇게 소리치자 사방에서 야유가 쏟아졌다.

"감히 짐승인 너에게 내려준 고마운 이름을 부정하는 거냐?"

"우리는 짐승도, 너희의 노예도 아니다!"

이 말에 관중의 분노는 최고조에 달했다. 곳곳에서 새어나온 주력에 의해 임시 법정 안은 머리가 아플 만큼 긴장된 상태에 휩싸였다. 하지만 죽음을 각오한 야코마루는 조금도 주눅 들지 않았다.

"짐승이 아니면 대체 뭐라는 거지?"

스퀴라는 천천히 법정 안을 둘러보았다. 그와 시선이 마주친 것 같아서 나는 순간적으로 흠칫 몸을 떨었다.

"우리는 인간이다!"

한순간 고요함이 관중석을 점령했다. 다음 순간, 여기저기서 한꺼번에 폭소가 쏟아졌다. 웃음소리가 이어지는 동안은 기모토 씨도 쓴웃음을 짓는 수밖에 없었다. 겨우 웃음소리가 가라앉자 그녀의 기선을 제압하고 스퀴라가 소리쳤다.

"웃고 싶으면 마음껏 웃어라. 악이 영원히 번성하는 일은 없다! 내가 죽어도 언젠가 내 뒤를 잇는 자가 나타날 것이다. 그때야말로 너희의 사악한 폭정이 끝날 것이다!"

그러자 법정은 대혼란에 빠졌다. 수많은 관중들이 지금 당장 스퀴라를 갈기갈기 찢어 죽이라고, 관자놀이에 시퍼런 핏대를 세우며 소리치기 시작했다.

기모토 씨가 어떻게든 장내를 진정시키려고 했다. "진정하세요! 여러분, 잠시만 진정하세요……! 제 말씀을 들어보십시오! 여기서 죽이면 안 됩니다. 이 녀석을 그냥 죽이는 건 아깝지 않습니까? 이 악마가 무슨 짓을 했는지 생각해보십시오. 그렇게 편안히 보내주어도 된다고 생각하십니까? 저는 이 사악한 녀석에게 무간지옥*형을 구형하고 싶습니다!"

사방에서 우레와 같은 박수가 쏟아졌다. 내가 조용히 법정을 빠져나오자 사토루도 내 뒤를 따라나왔다.

"왜 그래? 녀석에게 그 정도는 당연하잖아."

"과연 그럴까……?"

"그게 무슨 말이야? 너희 부모님도, 우리 가족들도, 초의 사람들도…… 일일이 헤아리면 끝도 한도 없어. 모두 저 녀석 때문에 죽음을 맞이했잖아."

---

* 無間地獄, 팔열 지옥의 하나로 한 겁(劫) 동안 끊임없이 고통을 받는다는 지옥이다.

"그래. 하지만 잔혹한 복수에 무슨 의미가 있지? 그냥 빨리 목숨을 빼앗으면 되잖아."

"그 정도론 사람들의 흥분이 가라앉지 않아. 들어봐, 저 함성을."

열광한 관중들의 목소리는 몇 킬로미터 떨어진 곳까지 들리리라. 그 소리는 이윽고 규칙적으로 '무간', '지옥'이라고 연호하는 목소리로 바뀌었다.

나는 고개를 숙이고 중얼거렸다. "난 잘 모르겠어. ……무엇이 옳은지."

약 반나절의 재판을 거쳐 스퀴라에게는 검사의 요구대로 무간지옥형이 선고되었다. 온몸의 신경세포에서 뇌로 극한의 고통 정보를 보냄과 동시에 주력으로 재빨리 손상을 회복시킴으로써 죽거나 미치는 길을 허용하지 않는 궁극의 형벌이다. 스퀴라는 그 상태로 100년이라는 세월을 살아야 한다.

도미코 씨의 말이 되살아났다. 아직 어떤 생물도 맛본 적이 없는 고통 속에서 천천히 목숨을 빼앗겠다는 약속……. 그 약속은 지금 실현되었다.

하지만 내 가슴에 남은 건 바닥을 알 수 없는 공허함뿐이었다.

6

나는 여기저기를 돌아다니며 겨우 끌어모은 채소 줄기와 뿌리를 믹싱볼에 넣었다. 식욕이 왕성한 벌거숭이두더지쥐는 눈 깜짝할 사이에 해치울 양이지만, 인간이 먹는 식량도 부족한 지금은 어쩔 수 없는 노릇이다.

아직 파괴 흔적이 생생한 보건소 안을 빠져나가 사육실의 잔해로 들어갔다. 지붕이 깨끗하게 없어진 덕분에 푸른 하늘이 보이지만, 사방의 벽은 중간까지 남아 있다. 우리로 사용하던 유리관 일부가 파손된 탓에 35마리의 벌거숭이두더지쥐는 땅에 판 구덩이 안에서 생활하고 있다. 벽이 땅속 깊숙이 이어져 있는 덕분에 그들이 도망쳐서 야생으로 돌아가는 일은 없을 것이다.

채소 찌꺼기를 뿌려주자 희미한 진동을 느끼고 워커들이 구멍에서 우르르 몰려나왔다. 마지막으로 나타난 것은 여왕인 사라미와 애인인 수컷들이었다. 여왕은 살라미 소시지와 똑같이 생긴 거구를 흔들고 워커들을 쫓아내더니 먹이를 독점했다.

그 정도의 파괴와 살육이 일어난 후에 이 녀석들이 무사하다는 사실을 알았을 때는 다행이라고 기뻐하기보다 왠지 맥이 풀리고 부조리한 느낌마저 들었다. 물론 벌거숭이두더지쥐에게는 아무런 죄도 없다. 살처분할 수도 없고 그냥 내버려두면 환경에 악영향을 미칠 가능성도 있어서 일단 계속 기르기로 한 것이다.

그나저나 보면 볼수록 사람을 무기력하게 만드는 생물이다. 추악한 용모도 그러하지만 근친상간에 배설물까지 먹는 습성은 도저히 받아들이기 힘들다. 예전부터 생각했는데, 왜 이토록 추악한 생물을 일부러 개량해서 인간과 비슷한 지능을 가진 존재로 만든 것일까?

벌거숭이두더지쥐에게 먹이를 주고 나서 나는 보건소로 돌아왔다. 건물은 보수하기 힘들 만큼 부서졌지만 다행히 불은 나지 않아서 대부분의 서류는 무사했다. 며칠 후에는 필요한 서류만을 챙겨서 새 건물로 이동해야 한다.

이류관리과는 보건소를 떠나 새로운 윤리위원회의 직속으로 들어간다. 그리고 나는 윤리위원회 위원과 이류관리과의 초대 과장을 겸임하게 되었다. 나의 첫 번째 임무는 윤리위원회를 설득하여 간토 지역 근교의 모든 요괴쥐를 구제하기로 한 결정을 번복하게 만드는 것이다. 인류에 충실한 콜로니에게까지 벌을 주는 건 아무리 생각해도 무의미한 일이기 때문이었다. 최악의 경우에는 기로마루와 약속한 대로 장수말벌 콜로니의 여왕만은 구해주어야 한다.

버드나무 고리짝 50개분의 서류를 일일이 확인하는 것은 쉬운 일이 아니었지만 나는 누구의 도움도 받지 않고 혼자 검토하기로 결심했다. 이류관리과의 서고 안쪽에서 지금까지 누구의 눈에 띄지 않은 서류를 훑어보는 사이에 여러 가지 의문들이 솟구쳐서였다. 어쩌면 이 서류 중 일부는 관계자 이외에 읽어서는 안 되는 것일지도 모른다. 마음 안쪽에서 무언가가 그렇게 경고했다.

그날도 새로 나온 몇 개 문서가 마음에 걸렸다. 확인해야 할 서류는 산더미처럼 남아 있었지만 나는 그 문서에서 시선을 떼어낼 수 없었다. 오늘은 그것 말고도 꼭 해야 할 일이 있어서, 계속 멍하니 있을 수는 없지만.

그때 부서진 문 사이로 사토루가 불쑥 모습을 드러냈다.

"사키."

"사토루, 또 이상한 문서가 나왔어. 들어볼래?"

그는 무슨 말인가 하고 싶은 듯했지만 짤막하게 "그래"라고 대답했다.

"첫 번째 문서는 영어를 옮긴 것 같은데, 요괴쥐 학명에 관한 거야. 요괴쥐의 선조인 벌거숭이두더지쥐 학명은 'Heterocephalus glaber'라고 한대. 'Heterocephalus'는 그리스어로 '다른 머리', 'glaber'는 '대머리'라는 뜻을 갖고 있다고⋯⋯."

그가 눈썹을 위로 치켜올렸다. "그래서?"

"인간의 학명은 'Homo Sapiens'잖아. 'Homo'와 'Hetero'는 '똑같다'와 '다르다'야. 뜻이 정반대지."

"단순한 우연이겠지. 옛날부터 존재하는 생물의 학명은 고대문명 때 붙인 거고."

"그건 나도 알아. 하지만 이 문서에서 요괴쥐의 학명으로 제안하는 것이 그 두 가지를 조합한 'Homocephalus glaber'야. 이상하지 않아?"

일소에 붙이리라고 여겼지만 그는 짐짓 심각한 표정을 지었다.

"⋯⋯그래서 그 학명이 채택되었어?"

"잘 모르겠어. 도서관에 있는 자료를 찾아보면 알 수 있겠지. 그리고 또 하나, 요괴쥐의 이름을 일본 이름으로 하는 것에 대한 제안서가 나왔어. 날짜 부분이 희미해져서 정확하진 않지만 종이 상태로 보면 수백 년 전에 쓴 문서 같아."

"그러면 맨 처음 요괴쥐가 만들어졌을 무렵이군."

그는 벽돌 조각이 어지러이 흩어져 있는 보건소 안을 둘러본 뒤,

망가지지 않은 의자를 발견하고 앉았다.

"요괴쥐는 일본어로 바케네즈미(バケネズミ), 한자로는 '화서(化鼠)'라고 쓰잖아. 이 '화(化)' 자의 성립에 대해 언급하고 있는데, 출전은 고대의 한자사전이야. 잘 들어. '화' 자는 사람 인(人) 자와 그 거꾸로 된 모습 ⼃=ヒ을 조합함으로써 사람이 모습을 바꾸거나 바뀌는 것을 가리킨다……. 한자사전을 찾아봤는데, 지금은 그렇게 쓰여 있는 부분만 삭제되어서 제4분류인 '요'로 취급되고 있어."

그는 다시 일어서더니 불안한 모습으로 보건소 안을 어슬렁어슬렁 걸어다녔다.

"사토루…… 왜 그래?"

"너한테는 말하지 않으려고 했는데……."

"무슨 일인데?"

"조사해봤어, 요괴쥐의 유전자를."

그의 말이 끝나기 무섭게 나도 모르게 벌떡 일어섰다.

"갑자기 그건 왜?"

"계속 마음에 걸렸어. 그 재판에서 야코마루…… 스퀴라가 한 말이."

"……나도 그랬어."

기모토 씨가 "짐승이 아니면 대체 뭐라는 거지?"라고 물었을 때, 스퀴라는 "우리는 인간이다!"라고 소리쳤다. 그것이 내내 마음에 걸렸던 것이다. 그는 인간에게 격렬한 증오를 품고 있지 않았던가? 그런데 왜 자신들을 가리켜 '인간'이라고 한 것일까?

"농장 근처에 있던 요괴쥐의 시체 일부를 아무도 몰래 냉동 보관해뒀어. 넌 모르겠지만 요괴쥐의 유전자를 분석하거나 연구하는 건 윤리 규정 위반이거든. 지금까지는 그 이유를 몰랐는데…….”

나는 마른침을 삼키며 물었다. “어떻게 됐어?”

그는 보일락 말락 고개를 가로저으며 말했다. “DNA를 해석할 것까지도 없이, 요괴쥐의 염색체는 성염색체를 포함해서 23쌍이었어.”

“무슨 뜻인지 모르겠어. 내가 이해할 수 있도록 설명해줘.”

“조상이라고 되어 있는 벌거숭이두더지쥐의 염색체는 30쌍이야. 즉, 성립으로 볼 때 전혀 다른 생물이라는 거지.”

“그러니까…… 요괴쥐와 여기서 기르는 벌거숭이두더지쥐는 아무 관계도 없다는 거야?”

“아니, 요괴쥐가 가지고 있는 성질의 상당한 부분은 벌거숭이두더지쥐의 유전자를 받았다고밖에 볼 수 없어. 하지만 근간이 되는 생물은 별도로 있다는 거야.”

“……설마.”

“인간의 염색체도 23쌍이야. 인간 말고 염색체를 23쌍 가지고 있는 생물은 내가 알고 있는 한 올리브나무밖에 없어. 설마 요괴쥐가 올리브나무에서 만들어졌다고 생각하는 건 아니겠지?”

요괴쥐가 인간이 아닐까? 그렇게 의심하게 된 게 언제부터였을까?

돌연 하계 캠프에서 유사미노시로를 잡았을 때, 순이 한 질문이 뇌리에 떠올랐다.

“……노예왕조의 백성이나 수렵민들은 주력…… 사이코키네시스가 없었잖아? 그 사람들은 어디로 갔지?”

슌은 계속해서 질문을 던졌지만 유사미노시로의 대답은 그의 기대를 배신했다.

"그 이후, 현재에 이르는 역사에 관해서 신뢰할 수 있는 문헌은 거의 없습니다. 따라서 유감스럽게도 그 질문에는 대답해드릴 수 없습니다."

등줄기에 오한이 내달렸다. 우리 조상인 주력이 있는 사람들이 주력이 없는 사람들을 요괴쥐로 만들었다는 말인가?

"어째서? 대체 무엇 때문에 그런 짓을 한 거지?"

그는 음울한 목소리로 대답했다. "목적은 한 가지밖에 없어. 주력을 손에 넣은 이후, 인류는 그 이전보다 더 끔찍한 피비린내 나는 역사를 되풀이해왔어. 그런 상태가 겨우 안정되었을 때, 주력으로 사람을 공격할 수 없게 만들기 위해 공격제어와 괴사기구를 유전자 안에 집어넣었지. 그때 가장 골치 아픈 문제로 떠오른 것이 주력이 없는 사람들이야."

"무슨 뜻이야?"

"그때까지 주력이 있는 사람은 최고의 특권 계급이었지. 그때는 파워 엘리트라는 말이 있었다고 하는데, 주력이 없는 사람을 지배하면서 권세와 영화를 마음껏 누렸어. 그런데 공격제어와 괴사기구로 인해 인간을 공격할 수 없게 되자 처지가 완전히 바뀌었지. 주력이 있는 사람은 없는 사람을 공격할 수 없지만, 그 반대는 가능하기 때문이야. 마침 악귀…… 마리아의 아이와 요괴쥐 같은 관계가 되어버린 거지."

"그러면 주력이 없는 사람에게도 공격제어나 괴사기구를 집어넣으면 되잖아."

"그렇게 하지 않은 이유는 두 가지였을 거야. 첫째, 주력이 있는 사람이 그 이외 사람의 생사여탈을 장악하는 압도적 지위를 내놓고 싶지 않았던 것. 둘째, 주력이 없는 사람에게 공격제어라면 또 몰라도 괴사기구를 집어넣는 건 불가능했던 것. 괴사기구의 메커니즘에 대해 기억하고 있어? 일단 뇌가 똑같은 사람을 공격했다는 사실을 인식하지. 그러면 무의식의 염동력이 발동하면서 호르몬의 이상 분비가 일어나고 최종적으로는 심장이 멈추는 거야."

한마디로 괴사기구는 주력에 의한 강제적 자살인 것이다. 따라서 주력이 없으면 괴사기구도 작동하지 않는다.

"그래서 방해가 된 사람들…… 주력이 없는 사람들을 짐승으로 만든 거군."

내가 살고 있는 사회가 얼마나 죄 많은 곳이었는지를 깨닫고 나는 온몸을 떨었다.

"그래…… 단순한 카스트 제도로는 충분하지 못했어. 공격제어나 괴사기구의 대상이 되지 않을 만큼 주력이 없는 사람의 유전자를 벌거숭이두더지쥐와 섞어서 인간보다 못한 짐승으로 바꾼 거야……. 그들이 바치는 노동과 공물로 주력이 있는 사람들이 특권 계급으로서 잘 먹고 잘살기 위해서 말이야."

그리고 주력을 가진 '사람'은 다른 모습으로 변한 예전의 동포들을 짐승처럼 살육해온 것이다.

"그런데 왜 하필이면 그렇게 추한 생물로 만들었을까?"

"이유는 네 말 속에 들어 있어. 바로 추하게 생겼기 때문이지. 추하게 생겨야만 인간과 다른 이류라는 걸 한눈에 알아볼 수 있고, 아무런 동정심을 느끼지 않고 죽일 수 있지. ……물론 포유류 중에서는 보기 드문 진사회성을 가지고 있어서 관리하기 쉽다는 이유도 있었을지 모르지만."

그의 대답에서는 아무런 구원도 얻을 수 없었다.

왜 좀 더 빨리 알아차리지 못했을까? 그렇게 생각하면 앞뒤가 딱 맞아떨어진다. 요괴쥐는 조상이라고 하는 벌거숭이두더지쥐에 비해서 수백 배나 크다. 가령 주력을 이용해 빠른 속도로 진화시켰다고 해도, 단기간에 이렇게 거대하게 만들면 어딘가 이상해질 수밖에 없다.

개와 비교해보면 쉽게 알 수 있으리라. 오랜 세월에 걸쳐 여러 품종으로 분화한 개조차 자세히 살펴보면 이빨이 비틀어져 있지 않은가? 치와와처럼 작은 개는 조그만 턱에 이빨이 빽빽이 박혀 있는데, 세인트버나드처럼 큰 개에 이르면 이빨과 이빨 사이가 숭숭 뚫려 있는 것이다. 그런데 요괴쥐의 이빨에서는 그런 특징을 볼 수 없었다. 아니, 더 근본적인 부분에서 의문을 품어야 했을지도 모른다.

요괴쥐의 여왕은 어떻게 자식들의 모양을 마음대로 바꿀 수 있을까? 자궁 안에서 태아를 조종하고 있다면, 그것도 일종의 한정적인 주력이 아닐까? 주력이 없다는 이유로 짐승으로 바뀐 사람들이라고 해도 그들이 원래 인간이었다면 주력이 모양을 바꾸어 숨어 있다고 해도 이상할 것은 없지 않은가?

"우리는 아무것도 모르고 태연히 그들을 죽여왔어. 물론 이유도 없이 죽인 적은 한 번도 없지만 죽인 건 엄연한 사실이야."

나는 그의 말에 커다란 충격을 받았다.

"그러면 우리는 괴사해야 마땅하다는 거네. 어쩌면 그렇게 되어야 했을지도 몰라. 인간을 죽였으니까, 그것도 그렇게 많이……."

그렇게 생각하자 가슴의 동요가 빨라지고 식은땀이 흘렀다.

"아니, 그들은 인간이 아니야. 분명히 우리와 똑같은 조상에서 갈라졌을지 모르지만 지금은 완전히 다른 생물이 되었어."

"똑같은 23쌍의 염색체를 가지고 있는데……?"

그렇다. 인간과 가장 비슷하다는 침팬지의 염색체도 23쌍은 아니다.

"그게 전부는 아니야. 중요한 것은 우리가 요괴쥐를 동포로 인식할 수 있느냐 없느냐야. 넌 정말로 땅거미의 총엽병이나 풍선개, 숯뿜기 같은…… 그런 이상한 괴물이 우리와 똑같은 인간이라고 생각해?"

사토루의 질문은 지금도 내 귀 안쪽에 남아 있다.

솔직히 말하면 이론상으로는 또 몰라도, 요괴쥐나 그들이 낳은 변이개체를 나는 도저히 인간이라고 생각할 수 없다. 또 그렇게 생각하지 않으려고 한 것도 사실이다.

내 손은 피로 물들어 있다. 대부분은 나 자신이나 다른 사람을 지키기 위해 어쩔 수 없이 한 정당방위였다. 하지만 요괴쥐와의 전쟁에서 끔찍한 살육을 저지른 건 엄연한 사실이다. 이제 와서 그것이 살인이라고 하면 나는 어떻게 해야 하는가? 아직 괴사기구가 발동할 징조는 보이지 않지만, 머리를 감싸고 고민하는 사이에 어쩌면 스위치가 눌려질지도 모른다. 그리고 또 한 가지. 내가 이날 하려고 하는 일을 위해서는 그렇게 생각할 수 없다. 아니, 그렇게 생각해서는 안 된다.

이엉마을 한가운데에는 새로운 공원이 생겼다. 요괴쥐의 습격으로 생긴 비극, 수많은 사람의 목숨을 앗아간 참극을 잊지 않도록 하기 위한 기념 공원이다. 공원에는 화단과 함께 진혼을 위한 위패가 설치되었다. 전쟁이 끝난 지 겨우 한 달밖에 되지 않아서 많은 건물이 폐허로 남아 있었지만, 이 공원은 일찌감치 완성되었다. 공원의 맨 안쪽에는 전쟁의 기억이 퇴색되지 않도록 하기 위한 전쟁 기념관이 들어서 있다.

처음 완성되었을 때는 그 건물 앞에 매일 기다란 줄이 생겼다. 증오심을 불태우고 복수심을 부추기기 위한 줄이. 개중에는 하루도 빠짐없이 들르는 노인도 있었다. 아들과 딸, 며느리와 사위, 손자들까지 전부 요괴쥐에 의해 몰살됐다는 것이다.

나는 전쟁기념관 안으로 들어갔다. 구경꾼은 아무도 없었다. 오늘 열리는 전몰자 추모 행사에 참가하기 위해 모두 전망마을에 간 것이다. 벽에는 요괴쥐의 악행을 재현하는 전시물이 빼곡히 걸려 있다. 그들이 사용한 무기들. 비겁한 속임수로 무고한 사람들을 학살하는 요괴쥐 병사들. 요괴쥐의 신체적 특징을 과장스럽게 변형해놓았지만 전부 진짜 박제를 사용했다.

요괴쥐 병사 옆에는 유사인간의 표본도 걸려 있다. 밤이나 멀리서 보면 인간으로 착각할 수도 있지만, 이렇게 가까이에서 보면 오히려 차이가 확연해서 소름이 끼칠 정도다. 맞은편에는 기적적으로 남아 있던 숯뿜기의 머리와 10분의 1의 모형이 걸려 있다. 알림판에는 분진 폭발의 위력에 관한 과학적인 해설이 곁들여 있다. 그리고 전시실 맨 안쪽에는 커다란 유리 케이스가 놓여 있다. 유리 케이스 앞에는 직원 한 명이 앉아 있었다. 전시과 직원이 24시간, 4교대로 근무하는 것이다.

오늘 담당자는 오노세 씨라는 초로의 남성이다. 그는 나를 보자마자 의외의 표정을 지었다.

"아니, 와타나베 씨. 추모식에 안 가셨어요?"

"지금 막 다녀오는 참이에요. 오노세 씨는요?"

그는 꺼림칙한 눈으로 유리 케이스를 보면서 투덜거렸다.

"물론 참석하고 싶지만 누구 한 사람은 여기를 지키고 있어야 하니까요……."

"그러면 다녀오세요. 여기는 제가 보고 있을게요."

"그럴 수는 없어요. 윤리위원회분에게 이런 일을 맡길 순……."

그는 정중히 고사했지만 가고 싶은 마음은 숨기지 않았다.

"괜찮아요. 지금 가시면 충분히 헌화할 수 있어요. 돌아가신 따님에게 꽃을 주고 오세요."

"그래도 될까요? 그렇게 말씀해주시니 감사합니다. 그러면 빨리 다녀오겠습니다."

얼굴에 기쁨이 퍼진 것도 잠시, 그는 자리를 떠나기 전에 유리 케이스를 노려보았다.

"모든 게 이 녀석 때문입니다. 이 씹어 먹어도 시원치 않을 녀석…… 아주 고통스럽게 만들어주세요."

"네에, 저도 이 녀석 때문에 부모님과 친구들을 잃었어요……. 자아, 서두르는 편이 좋지 않을까요?"

"알겠습니다. 그러면 잠시 다녀오겠습니다."

그는 잰걸음으로 전쟁기념관에서 나갔다.

그가 다시 돌아올 것에 대비하여 잠시 기다리고 난 뒤에 천천히 유리 케이스 옆으로 다가갔다. 강화 유리 안에 들어 있는 걸 본 순간, 나도 모르게 눈길을 피할 수밖에 없었다. 하지만 똑똑히 보아야 한다. 나는 깊이 심호흡을 한 후, 열을 헤아리고 나서 시선을 돌렸다.

유리 케이스 안에 누워 있는 것은 이미 생물임을 포기하고, 단지 괴로워하기 위해 존재하는 고깃덩어리였다.

"스퀴라……."

그렇게 이름을 불렀지만 아무런 반응도 없다.

"……좀 더 빨리 왔으면 좋았을 텐데. 하지만 오늘 말고는 기회가 없었어. 주위에 사람이 없어질 때까지 기다리는 수밖에 없었으니까."

그의 신경세포에는 끊임없이 고통을 흘려보내기 위한 특수한 종양이 무수히 심어져 있었다. 내가 주력으로 고통을 차단하자 온몸에 일던 미세한 경련이 멈추었다. 아마 지난 한 달 사이에 처음 있는 일이리라.

"넌 충분히 고통을 당했어. ……그러니까 이제 그만 끝내자."

사토루에게 그런 이야기를 듣지 말았어야 했다. 새삼스레 후회가 밀려들었다. 과연 내가 할 수 있을까? 여기 누워 있는 것이 예전에 인간의 후예라는 사실을 알고 있으면서…….

귀수불심*이라는 말이 뇌리에 떠올랐다. 눈을 감고 다시 조용히 진언을 왼다. 여느 때라면 순간적으로 떠올릴 수 있지만, 일부러 천천히 입술을 움직이면서. 그리고 주력에 의해 스퀴라의 호흡 중추를 마비시켰다.

나는 다정하게 말을 걸었다. 유리 케이스에 가로막혀 내 목소리가 들리지 않을지도 모르고, 들린다고 해도 알아들을 수 있을지 모르지만…….

"스퀴라, 우리가 처음 만났을 때 기억나? 땅거미에게 잡힌 우리는 가까스로 도망쳤어. 그런데 또 요괴쥐를 만나서 이번에는 틀렸다고 생각했지. 하지만 그게 네가 있는 파리매 콜로니였어. 넌 우리에게 생명의 은인이었어."

유리 케이스 안의 고깃덩어리에서는 물론 대답이 돌아오지 않았다. 하지만 나는 왠지 그가 귀를 기울이는 듯한 생각이 들었다.

"넌 멋진 투구와 갑옷을 입고, 인간의 말을 유창하게 했어. 그 말을 들었을 때 얼마나 안도했는지 알아? 말로 표현할 수 없을 정도였지."

한숨 같은 희미한 소리가 들렸다. 아마 호흡이 멎은 것에 의한 생리적 반응에 지나지 않겠지만, 나에게는 그가 대답한 것처럼 여겨졌다.

"그 이후 정말 많은 일들이 일어났지. 한밤중에 기로마루에게 쫓

---

* 鬼手佛心, 상대를 위해 눈을 질끈 감고 무서운 일을 해내는 부처님의 마음.

기며 함께 도망친 적도 있었어. 그때 넌 이미 우리를 배신하고 기로마루와 내통했지? 정말 믿을 수 없다니까. 애당초……."

나는 흠칫 몸을 떨며 말을 끊었다. 그리고 그의 모습을 확인하고, 이것으로 됐다고 스스로에게 말했다.

지난 한 달이 영겁처럼 느껴졌으리라. 하지만 이제 고통은 끝났다.

다른 사람이 부활시킬 수 없도록 탄화할 때까지 그의 시신을 태운 뒤 나는 전쟁기념관을 뒤로했다.

증오와 격정에 휩싸여서 일을 저질렀다. 누가 추궁하면 그렇게 변명할 생각이다. 그러면 징벌은 피할 수 있으리라. 윤리위원회 위원으로서 이렇게 규칙을 간단히 무시하는 건 당치도 않은 일이다. 하지만 나는 그때 이 세상에는 규칙보다 더 중요한 것이 있다고 믿게 되었다.

공원에서 나올 때, 바람을 타고 멀리서 멜로디가 들렸다. 재건한 시민회관에서 「집으로 가는 길」이 흘러나오고 있다.

머나먼 산으로 해는 떨어지고
별은 하늘을 수놓네
오늘의 일을 마치고
마음 가벼이 쉬면
바람은 시원하도다, 이 저녁에
모든 게 즐겁고 행복하도다,
행복하도다

끊임없이 불타오른다, 화톳불은

지금은 불꽃이 잠잠해졌네

편안히 잠들라고

재촉하듯 사라지면

그대의 따뜻한 손길을 느끼며

이제는 즐거운 꿈을 꾸네

꿈을 꾸네

나는 나지막하게 중얼거렸다. 왜일까? 왜 눈물이 멈추지 않는 것일까? 스스로도 그 이유를 알 수 없었다.

이 기나긴 수기도 이제 막바지에 이른 것 같다.

그 이후 지금까지 일어난 일을 간략하게 언급해두고 싶다. 스퀴라를 안락사시켰다는 이유로 한 달간 근신 처분을 받은 것 말고는 생각보다 많은 비난을 받지는 않았다. 전쟁을 끝내게 한 공적을 높이 평가하기도 했겠지만, 어쩌면 다른 사람들도 무간지옥형에 처한 요괴쥐의 존재를 지긋지긋하게 여겼을지 모른다. 당초 격정이 가라앉은 뒤, 고통스러워하는 생물을 계속 보아야 하는 건 기분 좋은 일이 아니다. 마음속으로는 '저런 모습을 계속 보고 있으면 어쩐지 재앙이 닥칠 것 같다!'고 누구나 생각했는데, 너무나 일본인다운 감정이라고 할 수 있으리라.

초의 주변에 존재하는 요괴쥐의 근절이라는 기획안은 치열한 격론 끝에 작은 차이로 부결되었다. 시종일관 인간에게 충실한 장수말벌 콜로니 이하 다섯 개 콜로니의 존속은 허락되어서, 가까스로 기로마루와의 약속을 지킬 수 있게 되었다. 한편 그 이외의 콜로니는 모두 지상에서 없어졌는데, 그에 반대표를 던진 사람은 나 한 사람뿐이었다.

그로부터 2년 후, 나는 사토루와 결혼했다.

그리고 다시 3년 후, 정식 선거를 통해 윤리위원회 역사상 최연소 의장에 취임하여 현재에 이르고 있다. 많은 것이 잿더미로 변한 그날로부터 어느덧 10년의 세월이 흘렀다.

10년이라는 숫자에는 양손의 손가락 합계라는 것 이상의 의미는 없으리라. 하지만 맨 앞에서 쓴 것처럼 산더미처럼 쌓여 있던 현안이 정리되고 새로운 체제가 궤도에 오르자, 마치 운명의 장난처럼 미래에 대한 의혹이 싹텄다. 그중에서 가장 화급을 요하는 문제는 악귀와 업마에 관한 리포트였다. 여태껏 유례를 찾아볼 수 없을 만큼 악귀나 업마의 출현 가능성이 높다는 것이다.

지금까지 악귀나 업마가 태어나는 건 돌연변이에 의한 것으로, 우연한 산물에 지나지 않는다고 생각했다. 그런데 그 리포트에 따르면 악귀나 업마가 출연한 사회와 그 10년 전의 사회 정세에 명백한 상관관계가 있다고 한다.

아직 가설의 영역에 불과하지만 공동체를 구성하는 많은 사람들이 현저한 긴장이나 감정적 동요에 처한 경우, 공격제어와 괴사기구에 결함이 있는 아이의 출생 확률이 높아진다는 것이다. 이유는 말할 것도 없이 주력의 누출에 의한 유전자 변이다. 또 유전자 변이와 함께 정신적으로 불안정한 양친 밑에서 자란 아이는 업마로 변할 확률이 비약적으로 높아진다는 분석도 있었다.

만약 그것이 악귀나 업마가 태어나는 메커니즘이라고 하면, 지금만큼 위험한 시기가 없다는 것도 기우는 아니리라. 10년 전, 우리 초는 미증유의 비극을 맞이했다. 폭력에 의한 대량 죽음을 경험하면서 지금도 많은 사람들이 깊은 트라우마를 가지고 있다. 또 요괴쥐와 치열한 전투를 벌이면서 한때 모든 사람들이 강력한 분노와 공격 욕구에 사로잡혀 있지 않았던가.

그 직후에 태어난 아이들이 이제 곧 주력을 가지게 된다. 만약 그중 한 명이라도 라면 크로기우스 증후군, 또는 하시모토 아펠바움 증후군 환자가 태어나면 이번에야말로 우리 초는 멸망의 위기에 처할 수밖에 없다.

윤리위원회에서는 고뇌에 찬 결단을 내려야 했다. 그래서 10년 만에 다시 부정고양이를 만들기로 결정했다. 그 일은 사토루가 대표로 있는 묘법농장에서 극비리에 추진되어, 최근 22마리의 귀여운 새끼 고양이가 태어났다. 아직까지는 보통 고양이와 크기가 비슷하지만, 빠른 것은 1년 만에 검치호를 능가하는 맹수로 성장한다고 한다. 지금은 다만 그들의 차례가 오지 않도록 기도하는 수밖에 없으리라.

내가 맡은 새 윤리위원회의 일은 그것만이 아니다. 지금까지 일본 열도에 흩어져 있는 아홉 개 초는 최소한의 연락을 주고받는 것 이외에 서로 교섭을 하지 않았는데, 나는 그것부터 바꾸자고 제안했다.

10년 전 요괴쥐와의 전쟁 덕분에 그런 기운이 높아진 것도 사실이다. 일단 지원하러 와준 호쿠리쿠 지방의 다이나이 84초, 추부 지방의 고우미 95초, 그리고 도호쿠 지방의 시로이시 71초와의 사이에 앞으로 어떻게 하는 것이 좋을지 협의하는 연락협의회를 발족시켰다.

또한 그 초들과 조금씩 교섭하고 있던 홋카이도의 유바리신세이 초, 간사이의 세이카 59초, 추고쿠의 이와미긴잔 초, 시코쿠의 시만토 초, 규슈의 사이카이 77초와도 교류를 추진하기 위한 사전 준비 작업을 하고 있다.

그것만이 아니다. 사이카이 77초를 창구로 한반도의 남쪽에 있는 가야 군이라는 곳에도 친서를 보냈다(번역은 새로 잡은 유사미노시로에게 시켰다). 외국과 교류하는 건 지난 수백 년 사이에 처음 있는 일이다. 하지만 아직 정말로 해야 할 일이 남아 있다.

얼마 전에 나는 사토루와 이런 대화를 나누었다.

"……다들 겁쟁이라고 할까, 너무 보수적이라 화가 나서 견딜 수 없어. 지금 윤리위원회에는 나보다 어린 사람도 많은데."

그는 가볍게 미소를 지었다. "조바심 낼 거 없어. 다들 자기만큼 대담해질 수 없는 것뿐이야."

왜 다들 그렇게 말하는 것일까? 나는 이 세상에 나만큼 신중한 사람은 없다고 생각하는데…….

"가끔 이런 생각이 들어. 주력은 인간에게 아무런 은혜도 안겨주지 않았다고. 사이코버스터 십자가를 만든 사람이 쓴 것처럼 악마의 선물일지도 모른다고."

그는 단호하게 고개를 흔들었다. "난 그렇게 생각하지 않아. 주력은 우주의 근원에 다가가는 신의 힘이야. 인간은 오랜 진화를 거친 끝에 높은 곳에 도달했지. 처음에는 분명히 우리 키에 맞지 않는 힘이었을지 몰라. 하지만 최근 들어서 드디어 이 힘과 공존할 수 있게 되었어."

그의 의견은 과학자다운 낙관주의로 가득 차 있었다.

"사토루, 우리가 정말 바뀔 수 있을까?"

"바뀔 수 있어. 또 바뀌어야 하고. 모든 생물은 계속 바뀜으로써 환경에 적응해서 살아남은 거잖아."

문제는 어떻게 바뀌느냐는 것이리라.

나는 아직 그에 대한 내 의견을 다른 사람에게 말한 적이 없다. 아무도 찬성하지 않을 것 같아서였다. 그래서 여기에만 기록해두려고 한다.

공격제어와 괴사기구는 분명히 평화와 질서를 가져왔을지도 모른다. 그런데 그것은 너무도 경직되고 부자연스러운 해결 방법이 아니었을까?

거북은 단단한 껍질로 몸을 지키고 있다. 하지만 일단 껍질 사이로 벌레의 침입을 허락하면 온몸을 뜯어먹을 때까지 두 손 놓고 지켜보아야 한다. 공격제어와 괴사기구를 나쁘게 이용하면 얼마나 무서운 사태가 발생하는지, 10년 전 사건이나 과거의 악귀 사례를 보아도 알 수 있지 않은가!

우리는 언젠가 이 두 가지 무거운 족쇄를 벗어던져야 한다. 그로 인해 다시 모든 것이 재로 돌아가는 한이 있더라도. 결코 믿고 싶지 않지만 새로운 질서는 엄청난 피로 덧칠하지 않으면 태어나지 않을지도 모른다.

사토루가 의아한 표정으로 물었다. "사키, 무슨 생각해?"

"아무것도 아니야. ……이 애가 자랐을 때는 지금보다 더 좋은 사회가 되었으면 해서. 그렇게 되겠지?"

그는 살며시 내 배를 쓰다듬으며 말했다. "걱정하지 마. 반드시 그렇게 될 테니까."

지금 내 배 속에는 새로운 생명이 깃들어 있다. 우리 첫 아이다.

예전에는 아이를 갖는 게 무섭다고 생각한 적도 있지만 지금은 다르다. 아이는 곧 희망이고, 앞으로 무슨 일이 있더라도 씩씩하게 자라리라고 믿고 있다. 둘이 의논해서 아들이라면 슌, 딸이라면 마리아라고 이름 짓기로 했다.

10년 전 그 사건이 일어난 이후, 슌은 한 번도 나타나지 않았다. 아마 내 마음 깊은 곳, 무의식의 넓은 바다 밑에서 기나긴 잠에 빠져 있으리라. 하지만 그는 언제든지 우리를 지켜주고 있을 것이다.

깊은 밤, 주위에 고요한 정적이 흐를 때면 의자에 깊숙이 걸터앉아 눈을 감곤 한다. 그때 떠오르는 건 도장이라도 찍은 듯 항상 똑같은 광경이다.

법당의 어둠을 배경으로 호마단 위에서 활활 타오르는 불꽃. 깊은 땅속에서 울려퍼지는 진언에 장단을 맞추듯 탁탁 튀는 오렌지색 불티.

그때마다 왜 이 광경이 떠오르는지 이상해서 견딜 수 없다. 통과의례 때 받은 최면 암시가 그토록 강력했던 걸까? 하지만 이 수기를 마치려고 하는 지금은 그렇지 않다는 생각이 든다. 그 불길은 바뀌지 않는 것, 미래를 향해 계속 이어지는 무엇인가를 상징하는 게 아닐까?

이 수기는 당초 계획한 대로 원본과 복사본 두 부를 타임캡슐 안에 넣어 땅속 깊숙이 묻기로 했다. 그리고 유사미노시로에게 스캔하라고 해서, 1,000년 후에 처음으로 공개할 수 있도록 방법을 강구할 생각이다. 그때 우리는 과연 바뀌어 있을까? 만약 당신이 1,000년 후에 이 글을 읽는다면 그 대답을 알고 있으리라.

원하건대 그 대답이 부디 '예스'이기를…….

245년 12월 1일
와타나베 사키

사족일지 모르지만 마지막으로 전인학급 벽에 붙어 있던 표어를 여기에 적어두고 싶다.

상상력, 그것이야말로 모든 것을 바꾼다.

내 이름은 사키.

이 시대의 사람들은 모두 초능력의 일종인 주력을 가지고 있다. 머릿속으로 이미지를 떠올리면 전부 현실로 나타나는 것이다. 어떤 사람은 커다란 바위를 산산조각 낼 수 있고, 어떤 사람은 새처럼 하늘을 날 수 있다. 인간은 높은 덕을 가진 덕분에 신의 힘인 주력을 손에 넣은 것이다. 이 세계에서 웬만한 일들은 전부 주력으로 해결한다. 그리고 단순노동은 인간의 말을 할 수 있는 '요괴쥐'에게 시킨다. 우리는 단지 주력을 연마하며, 어른들이 만들어놓은 울타리 안에서 즐겁게 뛰어놀기만 하면 된다. 이렇게 행복한 세계가 어디 있으랴. 이 안에 있으면 두려워할 건 하나도 없다. 여기는 아름다운 나의 집이며, 이상적인 나의 고향이다. 더구나 인간에게 반항할 자는 아무도 없다. 당연하다. 신의 힘을 지닌 인간에게 감히 누가 반항하랴.

그러던 어느 날, 나는 친구들과 함께 갔던 하계 캠프에서 놀라운 사실을 알게 된다. 내가 믿어 의심치 않았던 세계가 한순간에 무너지는 순간이다. 학교에서 갑자기 사라진 친구들은 어디로 갔는가? 어른들은 왜 항상 철저하게 아이들을 관리하고 있는가? 어른들은 왜 그토록 악귀와 업마를 두려워하는가? 지금까지 학교에서 배운 역사는 다 거짓이었던가? 그토록 자랑스럽게 여겼던 역사는 피비린내 나는 전쟁과 암투, 살육과 복수의 기록이었단 말인가?

내 이름은 스퀴라.

나는 인간을 신으로 섬기며, 인간이 시키는 일은 무엇이든 하고 있는 요괴쥐다. 인간들은 우리에게 자유를 주고 자치권을 인정하고 있다고 말하지만, 사실 우리의 생존은 모래성보다 더 위태롭기 짝이 없다. 인간들이 가지고 있는 주력을 이용하면 수천, 수만 개체가 살고 있는 콜로니 하나를 멸망시키는 것은 식은 죽 먹기보다 쉬운 일이니까. 우리는 사람들이 시키는 일이라면, 아무리 부조리한 일이라도 따를 수밖에 없다. 그렇지 않으면 내일 당장이라도 역사의 무대에서 처참하게 사라지게 되리라. 하지만 우리는 하찮은 벌레나 짐승이 아니다. 높은 지성을 가지고 있는 존재인 것이다. 지성만으로 보면 인간에 비해도 손색이 없지 않을까! 인간과 다른 점은 오직 한 가지, 우리에게는 주력이라는 악마의 힘이 없다는 것뿐이다.

생존이란 무엇인가? 지배와 피지배의 관계는 어떻게 되는가? 지성을 가진 존재에게는 똑같은 권리가 주어져야 하지 않는가? 인간은 왜 입으로는 민주주의를 부르짖으면서 우리에게 완전한 자유를 허락하지 않는 것일까? 인간이 세상에서 가장 두려워하는 것은 악귀와 업마다. 그들은 아무런 죄책감 없이 인간을 벌레처럼 죽여버리니까. 하지만 우리 처지에서 보면 인간이야말로 진정한 악귀나 업마가 아닐까?

미래에 대한 궁금증은 우리의 달콤한 호기심을 끊임없이 자극한다. 그리고 그런 호기심을 충족시키기 위해 많은 영화와 소설들이 쏟아졌다. 그동안 우리가 접한 미래 이야기는 두 가지로 요약할 수 있다. 뛰어난 과학 기술과 그에 비례하여 점점 극으로 치닫는 공포.

그리고 여기에 또 하나의 미래가 있다. 무대는 1,000년 후의 일본. 주인공은 사키라는 소녀. 그녀가 살고 있는 가미스 66초의 인구는 3,000여 명으로, 일본의 전체 인구도 약 5~6만 명에 불과하다. 이 세계에는 과학 기술이 존재하지 않는다. 통신 기술은 시민회관의 확성기에 의한 안내 방송뿐이고, 운송 수단은 배뿐이다. 그 대신, 사람들은 모두 초능력 일종인 주력을 가지고 있다. 주력이 없는 사람은 상상도 할 수 없다. 그러던 어느 날, 더할 수 없이 순종적이었던 요괴쥐가 인간에게 반란을 일으킨다. 사키는 생각한다.

애당초 요괴쥐는 누구인가? 짐승인 요괴쥐가 어떻게 인간의 말을 할 수 있는가? 인간은 왜 하필 가장 추하게 생긴 벌거숭이두더지쥐에게 지능을 주어 요괴쥐로 만들었는가? 더구나 우리는 그들에게 완벽한 자치를 인정해주었는데 그들은 왜 반란을 일으켰을까?

그리고 그녀는 깨닫는다. 새로운 질서가 태어나기 위해서는 엄청난 피를 흘려야 한다는 사실을……. 그렇다면 이제 피를 흘릴 수밖에 없으리라. 사랑하는 사람들을 더 이상 잃지 않기 위해서는…….

지금으로부터 12년 전, 2008년 한 해를 기시 유스케의 『신세계에서』와 함께 보냈다. 책을 번역하는 동안 주인공인 사키와 함께 웃고 울고, 때로는 두 주먹을 불끈 쥐고 분노하다가 마지막에 스퀴라의 처절한 울부짖음을 듣고는 머리가 멍해져서 한동안 꼼짝도 못 하다 뜨거운 눈물을 흘렸던 작품이다. 이번에 새로 출간한다는 소식을 듣고, 원서도 다시 읽고 번역본도 다시 확인했다. 그때는 찾지 못했던 자료도 찾아내고, 그때는 보지 못했던 작은 오류들도 수정하면서. 12년 사이에 인터넷 자료들이 더욱 방대해졌음을 새삼 깨달았다……! 그러곤 그때 느꼈던 감정을 다시 소환할 수 있었다.

　"아아! 역시 재미있다! 역시 『신세계에서』는 최고다! 역시 기시 유스케는 대단하다!"

　만약 누군가 기시 유스케의 작품 중에서 가장 좋아하는 작품이 뭐냐고 묻는다면 대부분의 사람들은 『검은 집』이라고 말하겠지만, 나는 잠시도 주저하지 않고 『신세계에서』라고 대답할 것이다. 『검은 집』이 머리로 생각하게 만드는 작품이라면 『신세계에서』는 가슴으로 생각하게 만드는 작품이기 때문이다.

　『신세계에서』를 읽고 눈을 크게 뜨지 않는 사람이 있을까?

　『신세계에서』를 읽고 탄성을 자아내지 않는 사람이 있을까?

　『신세계에서』를 읽고 눈물 흘리지 않는 사람이 있을까?

　이제는 당신이 눈물을 흘릴 차례다.

이선희

신세계에서 2

초판 1쇄 2020년 11월 25일
초판 2쇄 2022년 8월 31일

지은이 | 기시 유스케
옮긴이 | 이선희
펴낸이 | 송영석

주간 | 이혜진
기획편집 | 박신애 · 최미혜 · 최예은 · 조아혜
외서기획편집 | 정혜경 · 송하린
디자인 | 박윤정 · 유보람
마케팅 | 이종우 · 김유종 · 한승민
관리 | 송우석 · 전지연 · 채경민

펴낸곳 | (株)해냄출판사
등록번호 | 제10-229호
등록일자 | 1988년 5월 11일(설립일자 | 1983년 6월 24일)

04042 서울시 마포구 잔다리로 30 해냄빌딩 5 · 6층
대표전화 | 326-1600 **팩스** | 326-1624
홈페이지 | www.hainaim.com

ISBN 978-89-6574-032-2
　　　978-89-6574-033-9 (세트)